La fureur dans le sang

Du même auteur,
aux Éditions J'ai lu

Le tueur des ombres, *J'ai lu* 6778
Au lieu d'exécution, *J'ai lu* 6779
La dernière tentation, *J'ai lu* 7409
Quatre garçons dans la nuit, *J'ai lu* 8025
Le chant des sirènes, *J'ai lu* 8392

Val McDermid

La fureur dans le sang

Traduit de l'anglais par Pascal Loubet

J'AI LU

«Sous les cicatrices inscrites dans la chair,
Le chant ténu du sang s'élève,
Qui apaise des guerres oubliées depuis longtemps.»

T.S. ELIOT, *Four Quartets, Burnt Norton.*

Titre original :
A WIRE IN THE BLOOD

VAL McDERMID

Née en Écosse dans les années 1950, Val McDermid est, à 17 ans, la première élève issue d'une école publique à fréquenter la célèbre université d'Oxford. Elle travaille comme journaliste pendant quinze ans, notamment à Glasgow et à Manchester, avant de vivre de sa plume. Elle est désormais critique de littérature policière pour la presse et participe à des programmes sur BBC Radio 4 et BBC Radio Scotland.

Auteur de trois séries policières d'une grande noirceur, notamment celle mettant en scène l'inspectrice Carol Jordan et le profileur Tony Hill dans *Le chant des sirènes* ou encore *La fureur dans le sang*, elle développe dans ses romans ses thèmes de prédilection de femme engagée et féministe.

Elle a reçu de nombreux prix littéraires anglo-saxons, dont le Gold Dagger Award en 1995 pour *Le chant des sirènes*, le Anthony Award pour *Au lieu d'exécution* en 2001, premier polar anglais à remporter cette récompense américaine, et le Barry Award pour *Quatre garçons dans la nuit* en 2004.

PROLOGUE

Le meurtre, c'est comme la magie, se disait-il. La rapidité de sa main lui avait permis de passer inaperçu jusque-là, et il en serait toujours ainsi. Il était comme le facteur qui apporte le courrier dans une maison dont les occupants jureraient ensuite n'avoir jamais eu de visite. C'était un savoir-faire ancré en lui comme un pacemaker dans le cœur d'un patient. Sans son pouvoir magique, il serait mort. Ou à peu près.

Rien qu'en la voyant, il sut qu'elle serait la prochaine. Avant même que leurs regards ne se rencontrent, il le savait. De tout temps, dans son dictionnaire personnel, cette combinaison très particulière avait été la définition de la perfection : innocence et maturité, cheveux d'un noir de jais, regard pétillant. Il ne s'était encore jamais trompé. Cet instinct le gardait en vie. Ou à peu près.

Il la regarda l'observer, et sous les murmures pressés de la foule, il entendit résonner la musique dans sa tête. *Jack et Jill sont allés sur la colline chercher un seau d'eau. Jack est tombé et a cassé sa couronne*… Le refrain guilleret s'enfla, explosa et martela son cerveau comme une marée d'équinoxe qui s'abat sur un brise-lames. Et Jill ? Qu'était-il advenu de Jill ? Oh, il savait bien ce qu'il lui était arrivé. Encore, et encore, ressassé comme cette comptine barbare. Mais cela ne suffisait jamais. Il ne s'était jamais tout à fait satisfait d'un châtiment proportionné au crime.

C'est pourquoi il en fallait une autre. Et il se tenait là, à la regarder l'observer. Ses yeux lui lançaient des signaux qui disaient: « Je t'ai remarquée. Trouve le chemin qui mène jusqu'à moi et je m'intéresserai encore un peu plus à toi. » Et elle reçut le message. Elle le reçut cinq sur cinq. Elle était tellement transparente: la vie n'avait pas encore brouillé ses espérances. Un sourire entendu tordit les coins de ses lèvres et elle fit le premier pas sur le long – et pour lui, excitant – chemin d'exploration et de douleur. La douleur, pour lui, n'était pas tout à fait la seule caractéristique nécessaire, mais c'était certainement l'une d'elles.

Elle se fraya un chemin vers lui. Les itinéraires qu'elles choisissaient variaient, remarqua-t-il. Certains étaient directs, téméraires. D'autres tortueux, circonspects, au cas où elles se seraient méprises sur le sens de ce que leur disait son regard. Celle-là choisit la spirale, traçant un cercle de plus en plus resserré, comme si, de ses pieds, elle avait tracé l'intérieur d'une coquille de nautile géante, une Galerie Guggenheim en miniature et aplatie en deux dimensions. Sa démarche était mesurée, déterminée. Elle ne le quittait pas des yeux, comme s'il n'y avait rien eu d'autre entre eux, ni obstacle ni distraction. Même lorsqu'elle se trouvait derrière lui, il sentait son regard, qui correspondait parfaitement à ses attentes.

Cette manière de procéder lui donnait un indice sur elle: elle voulait savourer cette rencontre. Elle voulait le voir sous tous les angles possibles, l'imprimer dans sa mémoire pour toujours, persuadée qu'elle n'aurait pas d'autre occasion de l'étudier d'une façon aussi détaillée. Si on lui avait dit ce que l'avenir lui réservait véritablement, elle se serait évanouie, comme électrisée à cette perspective.

Enfin, son orbite de plus en plus resserrée l'amena à sa portée. Il ne restait plus entre eux que le cercle immédiat des admirateurs, un cercle d'une ou deux personnes. Il fixa son regard dans le sien, y instilla tout son charme et, avec un petit signe de tête poli à ceux qui l'entouraient, fit un pas dans sa direction. Les corps s'écartèrent docilement lorsqu'il prit la parole:

— Très heureux d'avoir fait votre connaissance. Voulez-vous m'excuser ?

Une ombre d'incertitude passa sur le visage de la jeune fille. Fallait-il qu'elle s'en aille, comme eux, ou qu'elle reste sous le feu de son regard magnétique ? Il n'y avait pas d'équivoque, il n'y en avait jamais eu. Elle était captivée, la réalité que lui offrait cette soirée dépassait ses rêves les plus fous.

— Bonsoir, dit-il. Comment vous appelez-vous ?

Elle resta momentanément sans voix, elle n'avait jamais été aussi près d'une célébrité, et était fascinée par ces dents que l'on découvrait rien que pour elle. Pour mieux la manger.

— Donna, bafouilla-t-elle finalement. Donna Doyle.

— C'est un joli nom, dit-il d'une voix douce.

Le sourire qu'il reçut en retour était aussi éclatant que le sien. Parfois, il avait l'impression que c'était trop facile. Les gens entendaient ce qu'ils avaient envie d'entendre, surtout lorsque ce qu'on leur disait ressemblait à un rêve devenu réalité. L'abolition complète de l'incrédulité, voilà ce qu'il parvenait à faire à chaque fois.

Quand les gens venaient à ces soirées, ils s'attendaient à ce que Jacko Vance et tout l'entourage du grand homme se comportent exactement comme à la télé. Par association, quiconque faisait partie du cercle de la célébrité était auréolé de la même lumière. Les gens étaient tant habitués à la sincérité de Vance, si familiers de son honnêteté très publique, qu'il ne leur venait jamais à l'esprit de chercher l'erreur. Pourquoi l'auraient-ils dû, alors que Vance jouissait d'une image si populaire qu'en comparaison, le Bon Roi Wenceslas aurait eu l'air d'Harpagon ? Ils l'écoutaient parler et ils entendaient *Le Petit Jack et le Haricot géant :* Vance ou ses employés plantaient une petite graine, et eux imaginaient déjà leur existence sous la forme d'une fleur qui éclosait tout en haut d'un arbre juste à côté du sien.

À cet égard, Donna Doyle était exactement comme tous les autres. À croire qu'elle suivait les instructions d'un scénario qu'il aurait pu écrire pour elle. L'ayant stratégiquement conduite dans un coin, il fit mine de lui donner une photo dédicacée de Vance la superstar. Puis il sembla se raviser, d'un air si délicieusement naturel qu'on l'aurait cru issu du répertoire de De Niro.

— Mon Dieu, souffla-t-il. Bien sûr. Bien sûr !

L'exclamation avait été l'équivalent verbal d'une claque qu'il se serait assenée sur le front.

Surprise, les doigts à quelques centimètres de ce qu'il avait failli lui offrir, elle fronça les sourcils, sans comprendre.

— Quoi ?

Il eut la petite moue de celui qui se réprimande intérieurement.

— Ne faites pas attention à moi. Je suis désolé, je suis certain que vous avez des projets d'avenir bien plus intéressants que tout ce que nous autres, personnalités superficielles de la télévision, nous pouvons vous offrir.

La première fois qu'il avait utilisé cette phrase, les mains moites, le sang lui battant les tempes, il s'était dit qu'elle était tellement grotesque qu'elle ne parviendrait même pas à berner un ivrogne à deux doigts du coma. Mais il avait eu raison de suivre son instinct, même quand celui-ci l'avait conduit sur la pente d'une ringardise frôlant le crime. Sa première proie, tout comme la suivante, avait immédiatement saisi qu'on lui proposait un projet qu'il ne s'était pas donné la peine de présenter aux personnes insignifiantes croisées l'instant d'avant.

— Que voulez-vous dire ? demanda-t-elle, le souffle suspendu, refusant d'avouer qu'elle le croyait déjà, au cas où elle aurait mal compris et aurait offert le flanc à la honte cuisante d'un malentendu.

Il eut un imperceptible haussement d'épaules, qui pouvait à peine altérer le délicat tombé de son impeccable costume.

— Laissez tomber, dit-il en secouant très légèrement la tête, l'ombre de la déception dans son regard triste et son sourire étincelant désormais évanoui.

— Non, dites-moi.

À présent, on sentait une pointe de désespoir, car tout être, quoi qu'il dise, espère devenir une star. Allait-il vraiment arracher sous ses pieds le tapis volant magique qu'il lui avait fait miroiter et qui devait l'emmener loin de son existence misérable, jusque dans son univers ?

Il eut un regard rapide de part et d'autre pour s'assurer qu'on ne l'écoutait pas, puis il baissa la voix et prit un ton passionné.

— J'ai un projet en route. Vous avez le profil. Vous seriez parfaite. Dès que je vous ai vue, j'ai su que c'était vous. (Un sourire de regret.) En tout cas, maintenant, je peux au moins garder votre image en tête pendant que nous auditionnerons les centaines de candidates pleines d'espoir que les agents nous envoient. Nous aurons peut-être de la chance…

Sa voix mourut. Il avait les yeux humides et chagrins du chiot qu'on abandonne dans un chenil pour les vacances.

— Je ne pourrais pas… Je veux dire, enfin…

Le visage de Donna s'était éclairé, d'abord d'espoir, puis de surprise devant sa propre audace, et enfin rembruni sous la déception tandis qu'elle se persuadait de ne pas aller plus loin.

Il eut un sourire indulgent. Un adulte l'aurait trouvé condescendant, mais elle était trop jeune pour s'en apercevoir.

— Je ne crois pas. Je prendrais un risque énorme. Un projet comme celui-ci, à un stade aussi délicat… Il suffirait d'un mot imprudent dans une oreille indiscrète pour le compromettre commercialement. Et vous n'avez aucune expérience professionnelle, n'est-ce pas ?

Cette vision tentante de ce qu'aurait pu être son avenir souleva une bouillonnante éruption d'espoir et les mots s'entrechoquèrent comme des roches charriées par un torrent de lave. Oui, elle avait reçu des prix de karaoké, elle était une excellente danseuse, aux dires de tout le monde, et elle avait joué la nourrice dans une représentation de *Roméo et Juliette* au club de théâtre.

Il pensait que les établissements scolaires auraient eu plus de jugeote et auraient évité d'agiter les eaux déjà tumultueuses du cœur d'une adolescente en lui proposant des pièces aussi enflammées, mais il se trompait. Ils n'apprenaient jamais rien, les profs. Tout comme ceux dont ils avaient la charge. Les gosses assimilaient peut-être les causes de la Première Guerre mondiale, mais ils ne saisissaient jamais que les clichés sont efficaces parce qu'ils sont le reflet de la réalité. On sait ce qu'on perd, pas ce qu'on gagne. N'accepte jamais de bonbons de la main d'un inconnu.

À en juger par son air aussi pressant qu'empressé, ces avertissements n'avaient jamais résonné à l'oreille de Donna Doyle. Il sourit et reprit :

— Bon, d'accord ! Vous m'avez convaincu ! (Il baissa la tête et la fixa dans les yeux. Il avait pris une voix de conspirateur.) Vous savez garder un secret ?

Elle hocha la tête comme si sa vie en dépendait. Elle ignorait que c'était pourtant le cas.

— Oh, oui ! dit-elle, les yeux brillants, les lèvres entrouvertes sur sa petite langue rose.

Il savait qu'elle avait la bouche de plus en plus sèche. Il savait aussi qu'elle possédait d'autres orifices où tout le contraire était en train de se produire.

Il la considéra d'un regard calculé, dans une évaluation à peine déguisée qu'elle accueillit avec un mélange d'appréhension et de désir aussi intime que celui du scotch et de l'eau.

— Je me demande... commença-t-il, soupirant presque. Pourriez-vous me retrouver demain matin ? À 9 heures ?

Elle fronça un instant les sourcils, puis son visage s'éclaira, d'un regard déterminé.

— Oui, dit-elle, après avoir balayé la pensée des cours qui n'avaient plus alors aucune importance. Oui, c'est possible. Où ?

— Connaissez-vous le *Plaza Hotel* ? (Il fallait qu'il se dépêche, à présent. Les gens commençaient à venir vers eux, dans l'espoir de rallier son influence à leur cause. Elle hocha la tête.) Il y a un parking souterrain. Vous pouvez y entrer par Beamish Street. Je vous attendrai au niveau 2. Et pas un mot à personne, c'est bien clair ? Ni à votre mère, ni à votre père, ni à votre meilleure copine, pas même au chien. (Elle gloussa.) Vous en serez capable ?

Il la gratifia du regard curieusement intime du professionnel de la télévision, celui qui convainc les êtres dérangés que le présentateur est amoureux d'eux.

— Niveau 2 ? 9 heures ? interrogea Donna, bien décidée à ne pas gâcher sa seule chance de fuir un morne quotidien.

Elle n'aurait jamais pu se douter qu'avant la fin de la semaine, elle pleurerait, hurlerait et supplierait qu'on le lui rende, ce morne quotidien. Qu'elle serait prête à vendre ce qui resterait de son âme immortelle pour ce morne quotidien. Mais, même si quelqu'un le lui avait dit à cet instant, elle n'aurait pas compris. Pour l'instant, le rêve éblouissant qu'il lui offrait constituait son seul univers. Pouvait-il y avoir perspective plus agréable ?

— Et pas un mot, c'est juré ?

— Juré, dit-elle solennellement. Croix de bois, croix de fer, si je meurs, je vais en enfer.

PREMIÈRE PARTIE

1

Tony Hill était allongé dans son lit et regardait un long filet de nuages glisser dans un ciel coquille d'œuf. Dans cet étroit pavillon si ordinaire, une pièce l'avait séduit, la chambre, mansardée, avec ses recoins bizarres et les deux lucarnes qui lui offraient un spectacle quand le sommeil se faisait attendre. Une nouvelle maison, une nouvelle ville, un nouveau départ, mais il avait quand même du mal à perdre conscience pendant huit heures d'affilée.

Rien d'étonnant à ce qu'il n'ait pas bien dormi. Aujourd'hui, c'était le premier jour du reste de sa vie, se rappela-t-il avec un sourire forcé qui plissa la peau autour de ses yeux bleus enfoncés dans un tel nid de rides. Même son meilleur ami n'aurait pas pu dire qu'elles lui étaient venues à force de rire. Il ne riait jamais suffisamment pour cela. Et avoir fait du meurtre l'objet de sa profession lui en avait ôté la capacité.

Le travail était une excuse parfaite, bien entendu. Pendant deux ans, il s'était échiné pour le ministère de l'Intérieur sur une étude de faisabilité destinée à déterminer s'il serait utile ou possible de créer à l'échelle nationale une cellule de travail constituée de profileurs. Elle regrouperait un commando d'hommes formés à la psychologie et capables de travailler sur des affaires complexes et de collaborer avec les enquêteurs pour améliorer le taux et la vitesse de traitement des dossiers. Cette tâche avait exigé tous les talents cliniques et diplomatiques qu'il avait développés au cours des années où il avait travaillé comme psychologue dans les quartiers de haute surveillance d'hôpitaux psychiatriques.

Il avait ainsi évité de fréquenter les salles où étaient rassemblés les patients, mais cela l'avait exposé à d'autres dangers. Celui de l'ennui, par exemple. Lassé de devoir rester coincé derrière un bureau ou dans des réunions interminables, il s'était laissé séduire et détourner de sa fonction présente pour répondre à une offre alléchante : participer à une enquête sur une affaire qui, même de loin, avait semblé très particulière. Même dans ses cauchemars les plus fous, il aurait été incapable d'imaginer à quel point c'était exceptionnel. Et destructeur.

Il ferma un instant les yeux à ce souvenir qui rôdait toujours aux abords de sa conscience, attendant qu'il baisse sa garde pour s'insinuer en lui. Encore une raison pour laquelle il dormait aussi mal. Imaginer l'impact de ses rêves ne pouvait guère lui donner envie de sombrer dans le sommeil et de se livrer aux mains de son subconscient.

Le nuage glissa hors de sa vue comme un poisson paresseux, et Tony roula hors de son lit pour descendre à la cuisine d'un pas titubant. Il versa de l'eau dans le réservoir de la cafetière, remplit le niveau intermédiaire d'un café odorant sorti du freezer et en vissa le couvercle avant de la poser sur le gaz. il songea à Carol Jordan, comme il le faisait probablement un matin sur trois quand il se préparait du café. C'est elle qui lui avait offert cette lourde cafetière italienne en aluminium, une fois l'affaire close.

— Tu ne vas plus aller au bar pendant un moment, avait-elle dit. Au moins, comme ça, tu pourras te faire un *espresso* convenable chez toi.

Il n'avait pas vu Carol depuis des mois. Ils n'avaient même pas saisi l'occasion de fêter sa promotion au poste d'inspecteur-chef, ce qui montrait bien à quel point leurs chemins s'étaient séparés. Au début, après qu'il était sorti de l'hôpital, elle était venue lui rendre visite dès que le rythme effréné de son travail lui en laissait le temps. Progressivement, ils s'étaient l'un et l'autre rendu compte que chaque fois qu'ils étaient ensemble, le spectre de l'enquête rôdait, jetant une ombre ténébreuse sur tout ce qui aurait pu exister entre eux. Il comprit que Carol était mieux à même que la plupart des gens d'interpréter ce qu'elle voyait en lui. Il ne pouvait tout simplement pas affronter le risque de s'ouvrir à une personne susceptible de le rejeter en réalisant à quel point il avait été contaminé par son travail.

Si cela s'était produit, ses chances de continuer à fonctionner normalement auraient été minces. Et s'il n'avait plus fonctionné, il n'aurait pu poursuivre son travail. Et c'était trop important pour y renoncer. Il contribuait à sauver des vies humaines. Il était doué pour cela, il était probablement l'un des meilleurs de tous les temps, parce qu'il comprenait véritablement le côté ténébreux de sa tâche. Risquer son emploi aurait été la chose la plus irresponsable à faire, surtout maintenant que reposait entre ses mains tout l'avenir du service qu'il venait de créer : la Cellule Nationale de Profilage Criminel.

Ce que certains percevaient comme des sacrifices étaient en réalité des bénéfices, se répéta-t-il fermement en versant son café. Il avait l'autorisation de faire la seule et unique chose qu'il exécutait à la perfection, et on le payait pour cela. Un sourire las glissa sur son visage. Seigneur, il en avait, de la chance !

Shaz Bowman comprenait parfaitement pourquoi les gens commettent un meurtre. Cette révélation n'avait rien à voir avec son emménagement dans une nouvelle ville ou le job qui l'y avait amenée, mais tout avec les plombiers qui avaient installé l'alimentation en eau dans cette ancienne demeure victorienne d'industriel transformée en appartements indépendants. Les entrepreneurs avaient consciencieusement exécuté leur travail en préservant le caractère du bâtiment et en évitant d'édifier des cloisons qui auraient modifié les proportions idéales des spacieuses pièces. À l'œil nu, l'appartement de Shaz était parfait, de bout en bout, jusqu'aux portes-fenêtres qui donnaient sur un petit jardin privatif.

Des années estudiantines de partage d'appartements aux moquettes collantes et aux baignoires crasseuses, suivies de celles où elle avait logé dans un appartement de fonction de la police, puis dans un studio au loyer exorbitant, dans l'ouest de Londres, avaient fait naître chez Shaz le désir irrépressible de trouver l'occasion d'utiliser l'expression « fière de son intérieur ». Mais ce tableau idyllique avait volé en éclats le premier matin où elle avait dû se lever de bonne heure pour aller travailler.

L'œil trouble et à demi consciente, elle avait fait couler la douche suffisamment longtemps pour qu'elle parvienne à la bonne température. Elle s'était glissée sous le puissant jet d'eau en levant les mains dans un geste d'étrange adoration. Son grognement de plaisir s'était brusquement transformé en un hurlement tandis que l'eau passait de sa confortable chaleur de liquide amniotique à la brûlure cuisante d'un millier de seringues hypodermiques. Elle s'était ruée hors de la cabine de douche, se tordant un genou en dérapant sur les dalles, le tout en jurant avec une facilité qu'elle devait à ses trois ans passés dans la police de Londres.

Sans voix, elle avait fixé le jet de vapeur dans le coin de la salle de bains où elle se tenait encore quelques secondes auparavant. Puis, tout aussi soudainement, la vapeur s'était dissipée. Prudemment, elle avait tendu une main sous l'eau. Elle était revenue à la température idéale. Centimètre par centimètre, hésitante, elle s'était remise sous la douche. Laissant échapper un souffle qu'elle avait inconsciemment retenu, elle avait tendu la main vers le shampooing. Elle avait à peine commencé à le faire mousser qu'une averse hivernale et glacée lui criblait les épaules. Cette fois, elle aspira assez de shampooing pour ajouter au concert matinal d'effets sonores le bruit d'une quinte de toux nauséeuse.

Il ne lui avait pas fallu longtemps pour comprendre que son supplice était causé par les ablutions d'un autre. Elle était censée être inspecteur de police, après tout. Mais le comprendre ne l'avait pas rendue plus heureuse pour autant. Le premier jour de son nouveau travail : et voilà qu'au lieu de se sentir calme et équilibrée après une longue douche reposante, elle était furieuse et exaspérée, les nerfs en pelote, les muscles du cou tendus par une promesse de migraine.

— Génial ! grommela-t-elle en ravalant des larmes dues à l'émotion plus qu'au shampooing qui lui piquait les yeux.

Shaz s'avança à nouveau sous la douche et la ferma d'un coup de poignet rageur. La bouche serrée, elle se mit en devoir de se faire couler un bain. La tranquillité n'était plus l'une des options possibles de la journée, mais il fallait encore qu'elle rince la mousse de ses cheveux pour ne pas arriver dans les locaux de la toute nouvelle cellule dans cet état. Aucun chat doté d'un peu de dignité n'aurait osé se présenter ainsi à sa maîtresse. Cela allait être suffisamment éprouvant pour les nerfs sans avoir à se demander en plus de quoi elle avait l'air.

Tandis qu'elle s'accroupissait dans la baignoire et se plongeait la tête dans l'eau, Shaz tenta de recouvrer l'état d'impatience qui l'habitait encore à son lever.

Tu as de la chance d'être là, ma petite, se dit-elle. *Tous ces connards qui ont posé leur candidature et toi qui n'as même pas eu besoin de remplir le dossier pour qu'on te prenne. Choisie personnellement. Tu fais partie de l'élite. Toutes ces années de travail de merde à encaisser les saloperies avec un sourire, ça a fini par payer. Les cow-boys de la cafétéria assis sur leurs fesses, c'est eux qui vont devoir encaisser la merde, maintenant. Pas comme toi, inspecteur Shaz Bowman. Officier de la Cellule Nationale de Profilage Criminel.*

Comme si cela ne suffisait pas, elle allait travailler aux côtés du maître incontesté de ce mystérieux mélange d'instinct et d'expérience. Le Dr Tony Hill, licencié en Sciences (Londres), docteur en philosophie

(Oxford), profileur des profileurs, auteur du manuel de référence britannique sur les serial-killers. Si Shaz avait adoré les héros, Tony Hill aurait trôné tout en haut de son panthéon personnel de divinités. De fait, elle aurait fait de grand cœur tous les sacrifices nécessaires pour avoir l'occasion de se creuser la cervelle et d'apprendre son art. Mais elle n'avait eu à renoncer à rien. Cela lui était tombé tout cuit dans le bec.

Le temps qu'elle ait fini de sécher ses cheveux bruns courts, le fait de réfléchir à la chance de sa vie qui l'attendait avait apaisé sa colère, mais pas son énervement. Shaz se força à se concentrer sur la journée à venir. Elle laissa négligemment tomber la serviette sur le rebord de la baignoire, puis se regarda dans le miroir, ignorant les taches de rousseur de ses pommettes et son petit nez busqué, passant sur la ligne droite de lèvres trop minces pour promettre beaucoup de sensualité, et se concentra sur ce que tout le monde remarquait immédiatement chez elle.

Elle avait des yeux extraordinaires. Leurs iris d'un bleu sombre mêlé de taches intenses et plus claires semblaient capter la lumière comme les facettes d'un saphir. Ce regard bleu incisif paralysait les gens sur place comme de la colle extra-forte. Shaz avait l'impression que cette particularité avait rendu son ancien patron si mal à l'aise qu'il avait été ravi à la perspective de la muter, en dépit d'un dossier professionnel regorgeant d'un nombre d'arrestations et d'inculpations digne d'un inspecteur expérimenté, alors qu'elle était la bleue de l'équipe du CID, la section des enquêtes criminelles.

Elle n'avait rencontré qu'une seule fois son nouveau chef. Sans trop savoir pourquoi, elle ne pensait pas que Tony Hill serait du tout cuit. Et que trouverait-il s'il parvenait à se glisser sous ces défenses bleu glacier ? Avec un frisson d'inquiétude, Shaz se détourna du regard impitoyable du miroir et se mordilla le coin du pouce.

L'inspecteur-chef Carol Jordan reprit l'original sur la photocopieuse, ramassa la copie sur le plateau et traversa le bureau paysagé de la crime pour regagner son coin, sans rien adresser d'autre qu'un aimable « Salut, les gars » aux deux inspecteurs matinaux déjà en poste à leur place. Elle présuma qu'ils n'étaient arrivés si tôt que pour faire bonne impression sur elle. Pauvres garçons !

Elle referma énergiquement la porte derrière elle et s'avança vers son bureau. Le rapport criminel original retourna dans son dossier et fut placé dans le casier « sortie ». La photocopie rejoignit quatre autres notes de service similaires de la veille dans une chemise qui résidait en permanence dans son attaché-case quand il ne traînait pas sur son bureau. Cinq, décida-t-elle, constituait la masse critique. Le moment était venu d'agir – Elle jeta un coup d'œil à sa montre. – mais pas tout de suite.

Le seul autre objet qui occupait sa table était un long mémo du ministère de l'Intérieur. Dans cette langue laconique auprès de laquelle Tarantino paraît monotone, il annonçait le lancement officiel de la Cellule Nationale de Profilage Criminel. « Sous la supervision du commandant Paul Bishop, la cellule sera dirigée par un psychologue clinique du ministère de l'Intérieur, le profileur senior Tony Hill. Au début, la cellule sera constituée de six inspecteurs expérimentés qui seconderont le Dr Hill et le commandant Bishop selon les directives du ministère de l'Intérieur. »

— Ça aurait pu être moi, soupira Carol.

Elle n'avait pas été officiellement invitée. Mais elle savait qu'il lui aurait suffi de demander. Tony Hill avait voulu qu'elle fasse partie de l'équipe. Il l'avait vue travailler de près et il lui avait dit plus d'une fois qu'elle avait une tournure d'esprit idéale pour l'aider à rendre la nouvelle cellule performante. Mais ce n'était pas aussi simple que cela. Le seul cas sur lequel ils avaient travaillé ensemble avait été difficile et s'était révélé catastrophique sur le plan personnel pour l'un comme pour l'autre. Et ses sentiments envers Tony Hill étaient encore trop compliqués pour qu'elle se réjouisse à la perspective de devenir son bras droit dans d'autres affaires qui seraient probablement aussi émotionnellement épuisantes et intellectuellement délicates que la précédente.

Néanmoins, elle avait été tentée. Puis il y avait eu cette nouvelle. Une promotion aussi rapide dans une brigade nouvellement créée, ce n'était pas une occasion qu'elle pouvait se permettre de laisser passer. L'ironie du sort, c'est que cette proposition était survenue grâce à la même chasse au serial-killer. John Brandon était l'adjoint au directeur de la crime de Bradfield qui avait eu le culot de faire venir Tony Hill et de nommer Carol comme officier de liaison. Et quand il avait été promu directeur de la nouvelle brigade, il avait voulu qu'elle le suive. *Il n'aurait pas pu trouver meilleur moment*, songea-t-elle avec une légère pointe de regret malgré elle. Elle se leva et fit trois pas, seul effort à fournir pour traverser son bureau et regarder, plus bas, les quais que des gens arpentaient d'un air occupé à Dieu sait quoi.

Au départ, Carol avait appris son métier dans la police de Londres, puis dans celle de Bradfield, deux dinosaures animés par le flot continu d'adrénaline sécrété par la délinquance urbaine. Mais à présent, elle se trouvait au fin fond de l'Angleterre, dans *l'East-Yorkshire Police* dont, comme l'avait ironiquement fait remarquer son frère Michael, le sigle, EYP, ressemblait à la manière qu'avaient les bouseux du coin de se saluer en faisant « Ey-up ». Ici, les fonctions d'un inspecteur-chef ne le conduisaient pas à jongler avec des affaires de meurtres, de fusillades, de guerres des gangs, d'agressions à main armée ou de trafic de drogue à grande échelle.

Dans les villes et villages de l'East-Yorkshire, la délinquance ne manquait pas. Mais c'étaient toujours des délits mineurs. Ses inspecteurs et sergents étaient plus que capables de s'en occuper, même dans les petites villes de Holm et de Traskham ou dans le port de Seaford où elle était basée. Ses officiers ne voulaient pas d'elle dans leurs pattes. Après tout, qu'est-ce qu'une fille des villes comme elle pouvait connaître au vol de bétail ? Ou à la contrefaçon des bordereaux de chargement de fret ? Par ailleurs, ils savaient tous parfaitement que lorsque la nouvelle inspecteur-chef était arrivée, elle s'était moins intéressée à ce qui se passait qu'à cataloguer ceux qui étaient à la hauteur et ceux qui n'en fichaient pas une rame, ceux qui picolaient et ceux qui s'en abstenaient. Et ils avaient bien raison. Cela lui prenait plus de temps qu'elle n'aurait cru, mais elle était en train de peindre progressivement un portrait de son équipe et de déterminer qui était capable de quoi.

Carol soupira de nouveau en ébouriffant d'une main ses cheveux blonds déjà hirsutes. Ce n'était pas une mince affaire, même si la plupart de ces rustres du Yorkshire avec qui elle travaillait luttaient contre le conditionnement selon lequel une femme ne pouvait pas être prise au sérieux dans le rôle d'un chef. Elle se demanda – et ce n'était pas la première fois – si l'ambition l'avait conduite à commettre une grossière erreur en menant sa carrière prometteuse dans un cul-de-sac.

Elle haussa les épaules et se détourna de la fenêtre, puis elle ressortit le dossier de son attaché-case. Elle avait peut-être décliné la possibilité de rentrer dans la cellule de profilage, mais avoir travaillé avec Tony Hill lui avait déjà appris quelques petits trucs. Elle savait à quoi ressemble la signature d'un serial-killer. Elle espérait simplement qu'elle n'aurait pas besoin d'une équipe de spécialistes pour en traquer un.

L'une des portes battantes s'ouvrit un instant. Une femme, dont le visage était immédiatement reconnaissable par 78 % des foyers anglais (d'après les derniers sondages d'audience) et dont les hauts talons chantaient à tue-tête les louanges de jambes qui auraient pu poser pour une publicité de collants, entra d'un pas décidé dans la salle de maquillage.

— ... et je n'ai rien sur quoi passer mes nerfs, alors dis à Trevor d'inverser deux et quatre sur le planning,

OK ? fit-elle en jetant un coup d'œil par-dessus son épaule.

Betsy Thorne la suivait en hochant calmement la tête. Elle avait l'air beaucoup trop saine pour avoir une place à la télé : des cheveux sombres semés çà et là de fils argentés, maintenus par un bandeau qui dégageait un visage d'un caractère tout britannique. Les yeux intelligents d'un chien de berger, l'ossature d'un cheval de course pur-sang et le teint rose.

— Pas de problème, dit-elle d'une voix en tout point aussi chaleureuse et caressante que celle de sa compagne.

Elle nota quelque chose sur son bloc-notes.

Micky Morgan, présentatrice et seule vedette possible de *Midi Morgan*, émission d'information-débat de deux heures qui servait de locomotive à la mi-journée pour la chaîne privée, fonça droit sur ce qui était manifestement son siège habituel. Elle s'y installa, repoussa ses cheveux d'un blond de miel et examina d'un œil critique son visage dans le miroir tandis que la maquilleuse la revêtait d'une blouse de protection.

— Marla, mais tu es revenue ! s'exclama Micky d'un ton aussi ravi que son regard. Dieu merci. Je priais le ciel que tu sois à l'étranger pour ne pas être obligée de voir à l'écran ce qu'ils font de moi quand tu n'es pas là. Je t'interdis formellement de reprendre des vacances !

— Tu déconnes, Micky, sourit Marla.

— C'est à ça qu'on la paie, dit Betsy en se perchant sur la tablette à côté du miroir.

— Pas moyen de trouver des gens compétents, de nos jours, dit Micky sans desserrer les lèvres, tandis que Marla commençait à étaler du fond de teint sur sa peau. Un bouton est prêt à sortir sur la tempe droite, ajouta-t-elle.

— Prémenstruel ? demanda Marla.

— Et moi qui pensais être la seule à pouvoir repérer ça à des kilomètres, fit Betsy.

— C'est la peau. L'élasticité diminue, dit Marla d'un air absent, totalement absorbée par sa tâche.

— *Le conducteur*, dit Micky. Relis-le-moi encore une fois, Bets.

Elle ferma les yeux pour se concentrer et Marla en profita pour s'occuper des paupières.

Betsy consulta son bloc.

— Suite aux dernières révélations d'un tabloïd sur un secrétaire d'État surpris dans un lit qui n'était pas le sien, nous demandons : « Qu'est-ce qui pousse une femme à devenir une maîtresse ? » (Elle débita la liste des invités tandis que Micky l'écoutait attentivement. Arrivée au dernier, elle sourit.) Tu vas adorer ça : Dorien Simmonds, ta romancière préférée. La maîtresse professionnelle, qui soutient qu'être une maîtresse n'est pas seulement merveilleusement amusant, mais aussi un service social à rendre à toutes les épouses exploitées qui doivent continuer à subir l'épreuve du sexe conjugal alors que cela les fait suer depuis longtemps.

— Brillant, gloussa Micky. Cette bonne vieille Dorien ! À ton avis, qu'est-ce qu'elle ne ferait pas pour vendre un bouquin ?

— Elle est simplement jalouse, dit Marla. Les lèvres, s'il te plaît, Micky.

— Jalouse ? demanda doucement Betsy.

— Si Dorien Simmonds avait un mari comme celui de Micky, elle ne brandirait pas l'étendard des maîtresses, dit Marla d'un ton assuré. Elle est seulement verte de n'avoir jamais réussi à décrocher un numéro comme Jacko. Note bien, qui ne le serait pas ?

— Mmm, ronronna Micky.

— Mmm, renchérit Betsy.

Il avait fallu des années à la machinerie publicitaire pour imprimer dans les consciences de la nation le couple Micky Morgan & Jacko Vance aussi profondément que le *fish & chips* ou Lennon & McCartney. Le mariage des deux célébrités avait atteint des records d'audience et ne pourrait jamais être dissous. Même les journaux qui répandaient les pires ragots avaient renoncé à essayer.

L'ironie du sort, c'est que la terreur de ces mêmes journaux était à l'origine de leur relation. La rencontre de Betsy avait chamboulé la vie de Micky à une époque où sa carrière commençait à grimper vers les sommets. Arriver si rapidement aussi haut que Micky ne pouvait se faire sans réunir une imposante collection d'ennemis allant des envieux venimeux aux rivales écartées de feux de la rampe qu'elles considéraient comme leur dû.

Comme il n'y avait pas grand-chose à reprocher professionnellement à Micky, tous avaient jeté leur dévolu sur sa vie privée. Au début des années 80, le *chic lesbien* n'avait pas encore été inventé. Pour les femmes, plus que pour les hommes, être homosexuel était encore la manière la plus rapide de faire l'expérience du maquis. Dans les quelques mois qui avaient suivi l'abandon de son existence hétérosexuelle pour tomber amoureuse de Betsy, Micky avait compris ce que ressentent les bêtes traquées.

La solution avait été radicale et parfaitement efficace. Micky tenait Jacko sous la main. Elle eut de la chance – comme toujours – de le trouver, se dit-elle en regardant son reflet d'un air approbateur.

Parfaite.

Tony Hill considéra d'un regard circulaire l'équipe qu'il avait lui-même recrutée et éprouva un instant une pointe de compassion. Ils pensaient qu'ils allaient entrer dans ce nouvel univers sérieux les yeux grands ouverts. Les flics ne se voyaient jamais comme des innocents en goguette. Ils avaient trop l'habitude de la vie. Ils avaient tout vu, tout fait, trop bu et gerbé sur leur T-shirt. Tony était là pour enseigner à une demi-douzaine de flics qui croyaient déjà tout savoir qu'il existait des horreurs inimaginables capables de les réveiller en hurlant la nuit. Il était là pour leur apprendre à prier. Pas pour obtenir le pardon, mais la guérison. Quoi qu'ils pensent, aucun d'entre eux n'avait choisi en connaissance de cause de rejoindre la

Cellule Nationale de Profilage Criminel. Et il en était bien conscient.

Aucun d'eux à l'exception, peut-être, de Paul Bishop. Quand le ministère de l'Intérieur avait donné son feu vert au projet, Tony avait tiré toutes les sonnettes possibles – et même quelques-unes impossibles – pour faire en sorte que le chef, côté police, soit quelqu'un informé de la gravité de la fonction qu'il endossait. Il avait agité le nom de Paul Bishop devant les yeux des politiciens comme une carotte devant le museau d'une mule obstinée, en leur rappelant à quel point Paul passait bien à la télévision. Et cela n'avait pas suffi. Il avait fallu qu'il souligne que même les pisse-copies les plus cyniques de Londres montraient un peu de respect pour l'homme qui avait mené avec succès la traque des prédateurs qu'ils avaient surnommés le Violeur d'Interrail et l'Assassin de Métroland. Après de telles enquêtes, Tony ne doutait pas que Paul connût exactement la nature des cauchemars qui les attendaient.

D'un autre côté, la gratification qu'ils en retireraient était extraordinaire. Quand cela marcherait bien, quand, grâce à leur travail, on parviendrait à coffrer quelqu'un, ces officiers de police éprouveraient une extase inconnue jusqu'alors. Savoir que vos efforts avaient permis de mettre un assassin en prison était une sensation puissante. C'était encore plus exaltant que de se rendre compte du nombre de vies que vous avez sauvées, parce que vous projetiez une lumière qui éclairait le chemin à suivre pour vos collègues. C'était merveilleux, mais savoir ce que le criminel avait déjà commis atténuait ce plaisir. Et d'une manière ou d'une autre, il fallait qu'il leur communique également cette satisfaction.

Pour l'instant, la parole était à Paul Bishop, il accueillait les participants et donnait les grandes lignes du programme de formation que Tony et lui avaient esquissé ensemble.

— Nous allons vous faire connaître les différentes étapes du procédé de profilage, vous donner les bases nécessaires pour que vous puissiez développer cette compétence en vous, dit-il.

C'était un cours accéléré de psychologie, inévitablement superficiel, mais qui couvrait l'essentiel. S'ils avaient fait un choix judicieux, leurs apprentis prendraient chacun leur essor dans leur direction préférée, élargiraient l'éventail de leurs lectures, s'intéresseraient à d'autres spécialistes et se bâtiraient une compétence dans les domaines particuliers du profilage qui les intéressaient.

Tony jeta un regard circulaire sur ses nouveaux collègues. Tous passés par la section des enquêtes criminelles, tous diplômés sauf un. Un sergent et cinq agents, dont deux femmes. Regards avides, bloc-notes ouverts, stylos en alerte. Ils étaient très malins, tous. Ils savaient que s'ils réussissaient ici et que la cellule se développait, ils pourraient aller jusqu'au sommet en profitant de leur élan.

Son regard ferme passa au-delà d'eux. Une partie de lui aurait aimé que Carol Jordan soit de l'équipe, qu'elle y contribue par ses justes analyses et ses intuitions perspicaces, tout en balançant de temps à autre une salve d'humour pour dérider une ambiance parfois morose. Mais son bon sens lui disait qu'il y aurait suffisamment de problèmes comme cela pour ne pas y ajouter une complication.

S'il avait dû parier sur n'importe lequel d'entre eux et décider lequel allait devenir le genre de vedette qui lui ferait regretter les talents de Carol, il aurait choisi celle dont les yeux étincelaient d'un feu glacé. Sharon Bowman. Comme les meilleurs chasseurs, elle était capable de tuer si c'était nécessaire.

Tout comme il l'avait déjà fait lui-même.

Tony balaya cette pensée et se concentra sur les paroles de Paul, attendant son signal. Quand Paul hocha la tête, Tony prit sa suite en douceur.

— Il faut deux ans au FBI pour former ses agents au profilage criminel, dit-il en se radossant sur son siège pour donner à l'assistance l'impression qu'il était calme et détendu. Ici, nous procédons différemment. (Il y eut une note acerbe dans sa voix.) Nous allons recevoir nos premières affaires dans six semaines. Dans trois mois, le ministère de l'Intérieur attend de nous que nous travaillions à plein régime.

» Ce que vous allez devoir faire pendant cette période de six semaines, c'est assimiler une montagne de théorie, apprendre une série de protocoles longs comme le bras, acquérir une maîtrise complète du logiciel que nous avons fait élaborer exprès pour notre cellule, et cultiver une compréhension instinctive de certains membres de notre espèce qui sont, comme le disent les médecins, complètement barjots. (Il sourit brusquement devant leurs visages sérieux.) Des questions ?

— Est-ce qu'il est trop tard pour démissionner ?

Les yeux électriques de Bowman étincelaient de l'humour qui était absent de sa voix pince-sans-rire.

— Les seules démissions acceptées sont celles signées par le médecin légiste.

Cette réponse ironique était venue de Simon McNeill. Diplômé en psychologie de Glasgow, quatre ans de service dans la police du Strathclyde, se rappela Tony, rassuré de pouvoir se souvenir des noms et des antécédents de tous sans devoir faire trop d'efforts.

— Exact, dit-il.

— Et la folie ? demanda une autre voix.

— Bien trop utile pour la laisser filer, dit Tony à celui qui avait parlé. Je suis heureux que vous ayez soulevé la question, d'ailleurs, Sharon. Cela me fournit une transition parfaite vers ce dont je veux parler pour commencer aujourd'hui.

Son regard passa d'un visage à l'autre, attendant que son sérieux se reflète dans chacun d'eux. Étant habitué à adapter sa personnalité et son comportement aux circonstances, il n'aurait pas dû être étonné de la facilité à les manipuler, mais il en fut néanmoins surpris. S'il faisait correctement son travail, ce serait nettement plus difficile d'y parvenir d'ici à deux mois.

Une fois qu'ils furent attentifs, il jeta une chemise de notes sur la tablette fixée à son fauteuil et s'en désintéressa.

— L'isolation, commença-t-il. L'aliénation. Les choses les plus difficiles à supporter. Les êtres humains sont grégaires. Nous sommes des animaux qui vivent en troupeaux. Nous chassons en hordes, nous célébrons les événements heureux en groupe. Privez quelqu'un de tout contact humain et son comportement en est altéré. Vous allez apprendre beaucoup de choses sur cette question durant les mois et les années à suivre. (Il avait capté leur attention, désormais. Le moment était venu d'assener le coup de grâce.) Je ne parle pas des serial-killers. Je vous parle de vous.

» Vous avez travaillé à la section des enquêtes criminelles. Vous êtes des flics qui ont réussi, vous vous êtes coulés dans le moule, vous avez utilisé le système. C'est pour cela que vous êtes ici. Vous avez l'habitude de l'ambiance de camaraderie du travail d'équipe. Quand vous obtenez un résultat, vous avez toujours eu une bande de copains pour fêter avec vous la victoire autour d'un pot. Quand tout tourne en eau de boudin, c'est la même bande qui est venue compatir. C'est un peu comme une famille, sauf que c'est une famille sans grand frère pour vous consoler ni tatie qui vous demande quand vous allez vous marier. (Il remarqua les hochements de tête et les tressaillements qui indiquaient l'approbation. Comme il s'y attendait, il y en avait eu moins chez les femmes que chez les hommes. Il fit une brève pause et se pencha en avant.)

» Vous venez de connaître un deuil collectif. Vos parents sont morts et vous ne pourrez jamais, plus jamais retourner chez vous. Votre seul et unique foyer, votre seule et unique famille, c'est ici. (Il les tenait, maintenant, plus captivés qu'aucun roman policier n'avait pu les tenir. Le sourcil droit de Bowman se haussa dans une expression étonnée, mais à part cela, ils restèrent tous impassibles.) Les meilleurs profileurs ont probablement plus de choses en commun avec les serial-killers que le reste de l'humanité. Parce que les serial-killers sont eux aussi d'excellents profileurs.

» Un assassin dresse le profil de sa victime. Il doit apprendre comment regarder une galerie marchande remplie de gens et trouver la seule personne qui fera une bonne victime. S'il choisit la mauvaise, c'est terminé pour lui. Aussi ne peut-il pas plus se permettre de commettre des erreurs que nous. Comme nous, il commence à travailler consciemment en triant les gens par des séries de critères, mais progressivement, s'il est doué, il y parvient d'instinct. Et c'est la compétence que je veux que vous acquériez.

Pendant un moment, sa parfaite maîtrise de soi diminua alors que des images importunes se rassemblaient dans son esprit. Il était le meilleur, il le savait, à présent. Mais il avait payé un prix très élevé pour le découvrir. Il réussissait à rejeter l'idée de devoir renouveler ce paiement tant qu'il était sobre. Ce n'était pas par hasard que Tony n'avait presque pas bu un verre durant la plus grande partie de l'année.

Se ressaisissant, Tony s'éclaircit la voix et se redressa sur son siège.

— Très vite, vos existences vont changer. Vos priorités vont être aussi bouleversées que Los Angeles durant un tremblement de terre. Croyez-moi, quand vous passez vos jours et vos nuits à vous projeter dans l'intérieur d'un esprit programmé pour tuer jusqu'à ce que la mort ou l'incarcération l'en empêchent, vous découvrez brusquement que des choses qui vous semblaient jusque-là importantes sont complètement frivoles. Vous verrez que c'est dur de s'indigner des chiffres du chômage quand vous considérez les activités d'un être qui, au cours des six derniers mois, a rayé plus de gens des listes que le gouvernement. (Son sourire cynique fut pour son auditoire le signal de relâcher des muscles qu'ils avaient gardés bandés pendant les dernières minutes.) Ceux et celles qui n'ont jamais fait ce genre de travail ne savent pas de quoi il s'agit.

» Chaque jour, vous repassez en revue les indices, pour la quarante-septième fois, vous raclez les fonds de tiroirs pour trouver quelque chose que vous avez manqué. Vous regardez, impuissants, une piste qui vous semblait brûlante refroidir comme le cœur d'un junkie. Vous aimeriez bien secouer un peu les témoins qui ont vu l'assassin, mais qui ne se souviennent de rien le concernant, parce que personne ne leur avait dit d'avance que l'une des personnes qui sont venues faire le plein à leur station-service une nuit trois mois auparavant était un serial-killer. Un policier qui considère votre boulot comme un tissu de conneries ne voit pas pourquoi votre vie ne devrait pas être aussi intenable que la sienne, alors il donne votre numéro de téléphone aux maris, épouses, amants, enfants, parents, bref : tous ceux qui espèrent vous soutirer une miette d'espoir.

» Et comme si ça ne suffisait pas, vous avez les médias sur le dos. Et c'est là que l'assassin remet ça.

Leon Jackson, qui avait réussi à sortir du ghetto noir de Liverpool pour rejoindre la police de Londres grâce à une bourse d'Oxford, alluma une cigarette. Au déclic de son briquet, les deux autres fumeurs du groupe s'emparèrent des leurs.

— Ça a l'air un peu froid, dit-il en passant un bras derrière le dossier de sa chaise.

Tony ne put s'empêcher d'éprouver un peu de pitié. Plus ils jouaient les durs, plus ils tombaient de haut.

— Un peu froid ? Glacial, oui, dit Tony. Voilà, c'est comme ça que les gens de l'extérieur vous voient. Et vos anciens collègues ? Quand vous tomberez sur ceux que vous avez laissés derrière vous, croyez-moi, ils commenceront à remarquer que vous êtes devenus un petit peu bizarres. Vous ne faites plus partie de la bande, et ils vont commencer à vous éviter parce que vous avez une drôle d'odeur. Puis, quand vous travaillerez sur une affaire, vous vous retrouverez transplantés dans un environnement étranger et il y aura des gens qui n'ont pas envie de vous avoir à leurs côtés sur le dossier. Ce sera inévitable. (Il se pencha à nouveau en avant, comme courbé pour résister au vent glacé des souvenirs.) Et ils n'auront pas peur de vous le faire savoir.

Tony lut de la supériorité dans la grimace de Leon. En tant que Noir, se dit-il, Leon pensait probablement qu'il avait déjà connu cela : du coup, se sentir rejeté ne lui faisait pas peur. Ce dont il ne se rendait certainement pas compte, c'est que ses chefs avaient tenu à donner un exemple d'intégration réussie. Ils avaient été très clairs à ce sujet auprès des officiers et il y avait donc des chances pour que Leon n'ait jamais subi de rejets aussi pénibles que ce qu'il croyait.

— Et ne pensez pas que les grosses légumes vous soutiendront quand vous serez dans la merde, continua Tony. Ils ne feront rien. Ils vous adoreront pendant, disons, deux jours, puis quand ils verront que vous ne soulagez pas leurs tracas, ils commenceront à vous prendre en grippe. Plus vous mettrez de temps à résoudre une affaire de crime en série, pire ce sera. Et les autres inspecteurs vous éviteront, parce que vous serez affligés d'une maladie contagieuse appelée l'échec. La vérité est peut-être quelque part, mais vous ne l'avez pas découverte, et en attendant, vous êtes un lépreux.

» Oh, et puis aussi, ajouta-t-il, presque comme une arrière-pensée. Quand ils épingleront ce salaud grâce au mal que vous vous serez donné, ils ne vous inviteront même pas au pot pour fêter ça.

Le silence était tellement intense qu'il entendit le sifflement du tabac qui se consumait dans la cigarette de Leon. Tony se leva et rejeta en arrière ses cheveux noirs bouclés qui tombaient sur son front.

— Vous pensez sûrement que j'exagère, reprit-il. Croyez-moi, je n'ai fait qu'effleurer la surface du tableau : c'est encore pire. Si vous ne pensez pas que ce travail est fait pour vous, si vous doutez de votre décision, il est encore temps de partir. Personne ne vous le reprochera. On ne vous en voudra pas, vous n'aurez pas à avoir honte. Vous n'avez qu'à dire un mot au commandant Bishop. (Il regarda sa montre.) Pause-café. Dix minutes.

Il ramassa son dossier et prit bien garde de ne pas les observer pendant qu'ils repoussaient leurs chaises et se dirigeaient en désordre vers la porte pour gagner la machine à café dans la plus grande des trois pièces qu'une administration déjà en manque de place leur avait cédées à contrecœur. Quand il leva enfin les yeux, Shaz Bowman était adossée au mur près de la porte et attendait.

— Vous avez des doutes, Sharon ? demanda-t-il.

— Je déteste qu'on m'appelle Sharon, dit-elle. Les gens qui veulent une réponse optent pour Shaz. Je voulais juste vous dire qu'il n'y a pas que les profileurs qui sont traités comme de la merde. Dans ce que vous avez raconté, il n'y a rien de pire que ce que les femmes doivent affronter toute la journée dans ce travail.

— C'est ce qu'on m'a dit, répondit Tony en pensant inévitablement à Carol Jordan. Si c'est vrai, vous autres, les femmes, aurez un avantage dans cette partie.

Shaz eut un sourire narquois et se détacha du mur, satisfaite.

— Vous n'aurez qu'à me regarder faire, dit-elle en pivotant sur ses talons et en passant la porte d'un pas aussi souple et silencieux que celui d'une panthère.

Jacko Vance se pencha en avant par-dessus la fragile petite table et fronça les sourcils. Il désignait du doigt l'agenda ouvert.

— Tu vois ça, Bill ? Je suis déjà pris pour courir le semi-marathon dimanche. Et après, on tourne lundi et mardi, je fais le lancement d'une boîte à Lincoln mardi soir – tu y viens, au fait, hein ? (Bill acquiesça et Jacko reprit :) J'ai des réunions cul à cul tout le mercredi et il faut que je rentre dans le Northumberland pour mon travail bénévole. Je ne vois vraiment pas comment je pourrais les caser.

Il se laissa aller sur le tissu à rayures de l'inconfortable banquette de la caravane de la production avec un soupir.

— C'est tout le problème, Jacko, dit calmement son producteur en remuant les deux cafés au lait écrémé qu'il préparait dans le coin cuisine. (Bill Ritchie produisait *Vance Chez Vous* depuis assez longtemps pour savoir qu'il ne servait pas à grand-chose d'essayer de faire changer sa vedette d'avis une fois qu'elle avait pris sa décision. Mais cette fois, il subissait assez de pressions de la part de ses chefs pour tenter le coup.) Ce documentaire est *censé* donner l'impression que tu es occupé, le message, c'est : « Voici un type fantastique, qui a une vie professionnelle débordée, et pourtant, il *trouve* le temps de se consacrer aux œuvres de bienfaisance, alors pourquoi pas vous ? »

Il posa les tasses sur la table.

— Je suis désolé, Bill, mais c'est impossible. (Jacko prit sa tasse et frémit : elle était brûlante. Il la reposa précipitamment.) Quand est-ce qu'on va pouvoir obtenir une machine à café convenable, ici ?

— Si ça ne tenait qu'à moi, jamais, répondit Bill avec un air faussement sévère. Un café dégueulasse, c'est la seule chose sûre pour te faire oublier tes idées fixes.

Jacko secoua la tête d'un air dépité, reconnaissant qu'il s'était fait prendre.

— OK. Mais je ne suis quand même pas d'accord. Je ne veux pas d'une équipe de cameramen qui me colle aux basques en plus des tournages habituels. Et d'une. Ensuite, je ne fais pas dans la bienfaisance pour m'en vanter ensuite durant les téléthons en prime-time. Et de deux. Et puis les pauvres gens malades avec qui je passe mes soirées sont au stade terminal et ils n'ont pas besoin qu'on leur fourre une caméra sous le nez. Et de trois.

» Je serai ravi de faire quelque chose pour le téléthon, peut-être avec Micky, mais je ne veux pas que les gens auprès de qui je travaille soient exploités pour qu'on puisse culpabiliser les téléspectateurs et leur extorquer trois-quatre patates de plus.

Bill leva les mains pour reconnaître qu'il était vaincu.

— Comme tu voudras. Tu veux leur dire toi-même ou c'est moi qui dois le faire ?

— Tu veux bien, Bill ? Ça m'épargnera cette peine.

Le sourire de Jacko était aussi éclatant qu'un rayon de soleil qui passe entre deux nuages noirs, aussi prometteur que l'heure précédant un premier rendez-vous amoureux. Il était imprimé dans l'esprit des téléspectateurs comme un souvenir de tiercé gagnant. Les femmes faisaient l'amour à leurs maris avec encore plus d'entrain parce qu'elles avaient sous les paupières les yeux sensuels et la bouche séduisante de Jacko. Les adolescentes trouvaient brusquement un objet à leurs rêveries vaguement érotiques. Les vieilles dames en étaient gâteuses sans se rendre compte que c'était la cause de leur mélancolie inexplicable et inassouvie.

Les hommes l'appréciaient aussi, mais pas parce qu'ils le trouvaient sexy. Les hommes aimaient Jacko Vance parce qu'il était, malgré tout, un type bien de chez eux, un des leurs. Il avait remporté les championnats d'Angleterre, puis les Jeux du Commonwealth et les championnats d'Europe avant de finir avec une médaille d'or et le record du monde de lancer de javelot. L'or olympique semblait alors inévitable pour le chéri des pages sportives. Mais une nuit, alors qu'il rentrait d'une manifestation sportive à Gateshead, Jacko avait rencontré en route une dense nappe de brouillard sur l'A1. Il n'avait pas été le seul.

Les journaux du lendemain avaient chiffré l'accident entre vingt-sept et trente-cinq véhicules dans ce carambolage multiple. La sensation, cependant, ne résidait pas dans les six morts. La sensation, c'était l'héroïsme tragique dont avait témoigné Jacko Vance, *golden boy* du monde sportif britannique. En dépit des multiples contusions et des trois côtes brisées que lui avait causées le choc initial, Jacko avait rampé hors de sa voiture écrabouillée et sauvé deux enfants d'une voiture quelques secondes avant qu'elle ne parte en flammes. Après les avoir déposés sur le talus, il était retourné vers l'amas de ferraille et avait tenté de libérer un routier coincé entre son volant et la portière enfoncée de son camion.

Le grincement du métal s'était transformé en un hurlement suraigu lorsque la pression accumulée avait fait s'affaisser le toit de la cabine. Le chauffeur n'avait aucune chance. Et le bras tendu de Jacko non plus. Il avait fallu trois insoutenables heures aux pompiers pour le désincarcérer du tas de ferraille qui avait écrasé ses chairs et réduit ses os en bouillie. Le pire est qu'il était presque toujours resté conscient. Repousser les limites de la douleur n'avait pas de secret pour les athlètes de haut niveau.

On annonça que la croix de Saint-George lui avait été décernée le lendemain du jour où les médecins lui avaient ajusté sa première prothèse. C'était une piètre consolation pour la destruction du rêve qui avait été au cœur de sa vie pendant une dizaine d'années. Mais l'amertume n'avait pas pris le dessus sur son habileté naturelle. Il savait à quel point les médias sont inconstants. Son esprit s'échauffait encore au souvenir des gros titres qu'il avait endurés lorsqu'il avait échoué à sa première tentative pour gagner le titre européen. JACK S'ÉTALE ! avait été le coup de poignard le moins cruel pour l'homme qui était la veille encore le DIEU DU STADE.

Il savait qu'il devait capitaliser au plus vite sur sa gloire, sans quoi il serait rapidement oublié et deviendrait avant l'heure un sujet pour les rubriques du genre « Que sont-ils devenus ? ». Aussi avait-il fait appel à quelques connaissances bien placées, renoué avec Bill Ritchie et fini par obtenir la place de commentateur pour les Jeux Olympiques, ceux-là mêmes où il aurait dû monter sur la plus haute marche du podium. En même temps, il avait œuvré pour se faire une réputation d'infatigable volontaire pour les organisations de bienfaisance, d'homme qui ne permet jamais à sa célébrité de l'empêcher d'aider des gens moins chanceux que lui.

Désormais, il était arrivé plus haut que tous les crétins si pressés de l'enterrer. À force de charme et de suaves paroles, il était arrivé au premier rang des commentateurs sportifs avec une maestria tellement impitoyable que certaines de ses victimes ne se rendaient toujours pas compte qu'il leur avait coupé les jarrets d'une manière parfaitement calculée. Une fois consolidé son personnage, il avait commencé à présenter une émission de débats qui avait connu des sommets d'audience pendant trois ans ! Et quand, la quatrième année, l'audimat l'avait rétrogradé à la troisième place, il avait abandonné le principe de l'émission et lancé *Vance Chez Vous*.

L'émission prétendait être spontanée. En fait, l'arrivée de Jacko au beau milieu de ce que les attachés de presse appelaient « des gens ordinaires vivant des existences ordinaires » était invariablement orchestrée avec toute la planification méticuleuse d'une visite royale, mais sans la publicité qui va avec. Sinon, il aurait attiré des foules plus nombreuses que n'importe quel membre de la discréditée Maison de Windsor. Surtout s'il était arrivé avec son épouse.

Et malgré cela, ce n'était pas suffisant.

Carol paya les cafés. C'était l'un des privilèges de son rang. Elle pensa refuser de sortir sa contribution pour les biscuits au chocolat sous prétexte que personne n'avait besoin de trois KitKats pour tenir durant une réunion avec leur chef. Mais elle savait que cela aurait été mal interprété, aussi assuma-t-elle la dépense en grimaçant un sourire. Elle conduisit les troupes qu'elle avait choisies avec soin dans un coin tranquille de la cafétéria coupé du reste de la salle par un bosquet de palmiers en plastique.

Le sergent Tommy Taylor, l'agent Lee Whitbread et l'agent Di Earnshaw l'avaient tous impressionnée par leur intelligence et leur détermination. L'avenir lui prouverait peut-être le contraire, mais elle aurait volontiers parié sur ces trois officiers pour la prochaine promotion à la section d'enquêtes criminelles du commissariat central de Seaford.

— Je ne vais pas essayer de prétendre que c'est une petite conversation entre amis destinée à nous connaître mieux les uns les autres, annonça-t-elle en partageant les biscuits entre les trois.

Di Earnshaw la regarda avec des yeux qui ressemblaient à deux cassis émergeant d'un pudding, envieuse de la façon dont sa nouvelle chef réussissait à avoir l'air élégant dans un tailleur en lin encore plus chiffonné que l'attifement d'un clochard, alors qu'elle avait l'air mal fagotée avec sa jupe et son chemisier achetés dans un grand magasin et impeccablement repassés.

— Dieu merci, fit Tommy tandis qu'un sourire apparaissait lentement sur son visage. Je commençais à m'inquiéter d'avoir hérité d'une patronne qui comprendrait pas le rôle crucial de la Tetley Bitter dans le fonctionnement de la crime.

— Je viens de Bradfield, vous avez oublié ? répondit Carol avec un sourire forcé.

— C'est pour ça qu'on était inquiets, madame, répliqua Tommy.

Lee étouffa un ricanement qui se transforma en quinte de toux.

— Je suis désolé, madame, bafouilla-t-il.

— Vous allez l'être, plaisanta Carol. J'ai un boulot pour vous trois. J'ai bien regardé les mains courantes depuis que je suis arrivée et je suis un peu inquiète du nombre élevé de feux inexplicables et d'enquêtes pour incendies criminels que nous avons sur les bras. J'ai repéré cinq enquêtes le mois dernier et quand j'ai vérifié du côté des hommes en tenue, j'ai découvert qu'il y avait une demi-douzaine d'autres feux inexpliqués.

— Il se passe toujours des trucs comme ça sur les quais, dit Tommy en haussant ses grosses épaules sous un blouson en soie trop large qui n'était plus à la mode depuis deux ans.

— Je m'en rends compte, mais je me demandais s'il n'y avait pas autre chose. J'en conviens, un ou deux incendies, ça fait partie de la routine, mais je me demande s'il n'y a pas autre chose là-dessous.

Carol laissa sa réflexion en suspens pour voir si quelqu'un embrayerait dessus.

— Quelqu'un qui joue avec les allumettes, vous voulez dire, madame ? dit Di Earnshaw d'un ton aimable, mais avec une expression qui frôlait l'insolence.

— Un pyromane, oui.

Il y eut un instant de silence. Carol réalisa qu'elle savait ce qu'ils pensaient. La police de l'East-Yorkshire était peut-être une nouvelle entité, mais ces officiers avaient géré leur district selon l'ancien régime. Ils faisaient partie des meubles, tandis qu'elle était la nouvelle venue, brûlant d'envie de se faire mousser à leurs dépens. Et ils ne savaient pas s'ils devaient monter dans le train ou le faire dérailler. D'une manière ou d'une autre, il fallait qu'elle les persuade qu'elle était l'étoile vers laquelle devait se diriger leur convoi.

— On trouve des constantes, dit-elle. Locaux vides, heure matinale. Écoles, petits ensembles industriels, hangars. Rien de trop important, aucun endroit où il pourrait y avoir un veilleur de nuit pour vous mettre des bâtons dans les roues. Mais c'est sérieux quand même. De gros incendies, à chaque fois. Ils ont causé beaucoup de dégâts et les compagnies d'assurances doivent dérouiller plus qu'elles ne le souhaitent.

— Personne n'a parlé d'un pyromane déchaîné, remarqua calmement Tommy. En général, les pompiers nous le disent s'ils pensent qu'il y a quelque chose de pas clair.

— C'est soit ça, soit c'est le torchon du coin qui nous sonne les cloches, renchérit Lee, la bouche pleine de son deuxième KitKat.

Maigre comme un clou malgré tous ces biscuits et trois sucres dans son café, nota Carol. *C'en était un à surveiller pour son hyperactivité nerveuse.*

— Dites que je suis difficile si vous voulez, mais je préfère que ce soit nous qui menions l'enquête, pas les pompiers ni les pisse-copies du coin, dit froidement Carol. L'incendie criminel n'est pas un petit délit. Comme le meurtre, il a des conséquences épouvantables. Et comme pour le meurtre, il y a tout un éventail de mobiles potentiels. Fraude, destruction de preuves, élimination de la concurrence, vengeance, dissimulation d'un autre délit, pour ce qui est du côté "logique" du répertoire. Et à l'autre bout, le côté barge, nous avons ceux qui agissent pour l'excitation que ça leur procure ou pour le plaisir sexuel. Comme les serial-killers, ils possèdent pratiquement toujours leur propre logique interne et ils pensent que le reste de la population la comprend.

» Heureusement pour nous, les meurtres en série sont beaucoup moins courants que les incendies criminels à répétition. Les assureurs affirment qu'un quart des feux qui surviennent en Grande-Bretagne sont allumés volontairement. Imaginez qu'un quart des décès soient des meurtres.

Taylor avait l'air de se faire suer. Lee Whitbread la fixait d'un regard vide, une main à mi-chemin vers son paquet de cigarettes devant lui sur la table. Di Earnshaw fut la seule à sembler voir un intérêt à apporter sa contribution à la conversation.

— J'ai entendu dire que le taux d'incendies criminels est un indice de la prospérité économique d'un pays. Plus il y en a, pire est l'économie. Eh bien, on a beaucoup de chômeurs par ici, dit-elle d'un air détaché.

— Et c'est quelque chose que vous devriez garder en tête, dit Carol en hochant la tête d'un air approbateur. Bon, maintenant, voici ce que je veux. Qu'on passe au peigne fin les mains courantes des six derniers mois pour voir ce qu'on en ressort. Je veux que les victimes soient à nouveau interrogées pour vérifier s'il existe le moindre facteur commun évident, la même assurance, par exemple. Répartissez-vous le travail entre vous. J'irai causer au commandant des pompiers avant qu'on se réunisse à nouveau dans… disons trois jours ? Très bien. Des questions ?

— Je pourrais m'occuper du commandant des pompiers, dit Di Earnshaw d'un air empressé. J'ai déjà eu affaire à lui.

— Merci de vous proposer, Di, mais plus vite j'aurai fait sa connaissance, mieux je me porterai.

Les lèvres de Di Earnshaw semblèrent se rétracter en signe de désapprobation, mais elle se contenta de hocher la tête.

— Ça veut dire que vous voulez qu'on laisse tomber nos autres dossiers ? demanda Tommy.

Carol eut un sourire aussi aiguisé qu'un pic à glace. Elle n'avait jamais été très tendre pour les petits malins.

— Oh, je vous en prie, sergent, soupira-t-elle. Je connais votre charge de travail. Comme je vous l'ai dit au début de cette conversation, c'est de Bradfield que je viens. Seaford n'est peut-être pas une grande ville, mais ce n'est pas non plus une raison pour opérer à l'allure d'un garde-champêtre. (Elle se leva et vit leur expression défaite.) Je ne suis pas venue ici pour me fâcher avec quiconque. Mais je le ferai si je le dois.

» Si vous pensez que je suis une sale conne pénible, regardez-moi faire. Si dur que vous bosserez, j'en ferai exactement autant. Je voudrais qu'on soit une équipe. Mais il faudra qu'on joue selon mes règles.

Sur ce, elle partit. Tommy Taylor se gratta la joue.

— On est prévenus. Tu la trouves toujours baisable, Lee ?

— À condition d'avoir envie de jouer les castrats après, fit Di Earnshaw avec une moue.

— Je crois pas que ça donnerait tellement envie de chanter, dit Lee. Quelqu'un veut le dernier KitKat ?

Shaz se frotta les yeux et se détourna de l'écran de l'ordinateur. Elle était venue de bonne heure pour trouver le temps de réviser en vitesse le premier cours de la veille sur le logiciel. Le fait de trouver Tony au travail sur l'un des autres terminaux avait été un plus. Il avait eu l'air étonné de la voir arriver à 7 heures à peine passées.

— Et moi qui croyais être le seul insomniaque acharné de boulot ! avait-il dit en guise de salut.

— Je suis nulle en informatique, avait-elle répondu d'un ton bourru en essayant de ne pas montrer qu'elle était bien contente de l'avoir à elle toute seule. J'ai toujours eu besoin de bosser deux fois plus pour être au niveau.

Tony avait haussé vivement les sourcils. Les flics n'avouaient généralement pas leurs faiblesses à quelqu'un de l'extérieur. Soit Shaz Bowman était encore plus atypique qu'il ne l'avait pensé, soit il avait lui-même fini par perdre son statut d'intrus.

— Je croyais que tous les gens en dessous de trente ans étaient des virtuoses dans ce domaine, avait-il dit aimablement.

— Désolée de vous décevoir. Je n'étais pas là le jour où les fées ont distribué ce don, avait-elle répliqué. (Elle s'était assise devant son écran en remontant les manches de son pull.) D'abord, rappelle-toi le mot de passe, avait-elle murmuré en se demandant ce qu'il pensait d'elle.

Chez Shaz Bowman, deux forces bouillonnaient sous la surface calme et la gouvernaient chacune à tour de rôle. D'un côté, la peur de l'échec la rongeait, minant tout ce qu'elle était et tout ce qu'elle accomplissait. Quand elle se regardait dans la glace, elle ne voyait jamais les aspects positifs, mais seulement la minceur des lèvres et le manque de dessin de son nez. Quand elle passait en revue ce qu'elle avait fait, elle ne voyait que les occasions où elle avait échoué, les sommets qu'elle n'avait pas réussi à gravir.

La force opposée, c'était l'ambition. D'une certaine manière, depuis qu'elle avait commencé à formuler les buts qui l'animaient, ces objectifs avaient rétabli en elle l'assurance et diminué ses côtés vulnérables avant qu'ils ne deviennent un handicap. Quand son ambition menaçait de basculer vers l'arrogance, la peur intervenait au moment crucial et lui permettait de rester humaine.

La mise en route de la cellule avait si parfaitement coïncidé avec la direction que prenaient ses rêves, qu'elle ne pouvait s'empêcher d'y sentir la main du destin. Ce qui ne voulait pas pour autant dire qu'elle pouvait se laisser aller. Selon ses plans de carrière à long terme, Shaz devrait briller plus que quiconque au sein de la cellule. L'une de ses tactiques pour y parvenir consistait à pénétrer dans le cerveau de Tony Hill comme une cambrioleuse et à en extraire jusqu'au dernier lambeau de savoir qu'elle pourrait y trouver, tout en le forçant insidieusement à baisser sa garde afin qu'il lui fournisse son aide en cas de besoin.

Dans ce but, et aussi parce qu'elle était terrorisée à l'idée que sans cela elle ne pourrait suivre et se ridiculiserait devant un groupe qu'elle croyait fermement meilleur qu'elle, elle enregistrait tous les cours et les réécoutait dès que possible. Et voilà que la chance venait de lui offrir une occasion de plus sur un plateau d'argent.

Shaz avait froncé les sourcils et fixé l'écran, suivant chaque étape du laborieux travail consistant à remplir un procès-verbal, puis elle s'était mise en devoir d'en comparer les caractéristiques à celles de toutes les autres affaires déjà enregistrées dans l'ordinateur. Quand Tony s'était discrètement levé, elle avait vaguement perçu le mouvement, mais elle s'était forcée à continuer de travailler. La dernière chose qu'elle voulait, c'était qu'il pense qu'elle essayait de s'insinuer dans ses bonnes grâces.

L'intensité de la concentration qu'elle s'était imposée était suffisante pour qu'elle ne le remarque pas quand il était revenu par la porte derrière son bureau, jusqu'au moment où son subconscient avait perçu une faible odeur masculine qu'elle avait identifiée comme la sienne. Il lui avait fallu toute sa volonté pour ne pas réagir. Elle avait continué à taper sur son clavier jusqu'à ce que la main de Tony apparaisse dans son champ de vision et pose un gobelet de café et un feuilleté sur son bureau.

— Il est temps de faire une pause, non ?

Elle s'était frotté les yeux et avait abandonné son écran.

— Merci, dit-elle.

— Je vous en prie. Quelque chose n'est pas clair ? Je peux reprendre avec vous, si vous voulez.

Malgré tout, elle se retint. Ne saute pas trop vite dessus, se répéta-t-elle. Elle ne voulait pas utiliser son crédit auprès de Tony Hill tant qu'elle n'en avait pas absolument besoin et, de préférence, pas avant d'être en mesure de lui offrir quelque chose d'utile en échange.

— Ce n'est pas que je ne comprenne pas, dit-elle. C'est juste que je ne fais pas confiance aux ordinateurs.

Tony sourit, ravi de cette réaction butée et défensive.

— Vous faites partie de ceux qui demandent empiriquement la preuve que deux et deux font bien quatre ?

Elle éprouva une pointe de ravissement, rapidement réprimé, en voyant qu'elle l'amusait. Elle prit le feuilleté et ôta le couvercle du café.

— J'ai toujours adoré les preuves. Pourquoi croyez-vous que je suis devenue flic ?

Tony eut un demi-sourire connaisseur.

— Je pourrais me pencher sur le sujet. C'est moins une question de preuves que d'épreuves, le domaine que vous avez choisi.

— Pas vraiment. C'est un domaine qui a déjà été défriché. Les Américains travaillent dessus depuis tellement longtemps qu'ils ont non seulement des manuels, mais aussi des films sur la question. Nous, il nous a simplement fallu une éternité pour nous y mettre, comme d'habitude. Mais vous êtes l'un de ceux qui ont ouvert la voie, alors nous n'avons plus rien à prouver.

Elle prit une énorme bouchée de feuilleté et hocha la tête de contentement en savourant la gelée d'abricot qui glaçait la pâte.

— Ne croyez pas ça, dit Tony en retournant à son terminal. Le retour de manivelle est déjà arrivé. Il a fallu assez longtemps à la police pour reconnaître que nous pouvions être très utiles, mais déjà la presse qui nous traitait, nous autres profileurs, comme des dieux il y a quelques années, est en train de parler de nos défauts. Ils ont fait toute une montagne de nous, alors maintenant, ils nous en veulent de ne pas être à la hauteur de tout un tas d'attentes qu'ils ont eux-mêmes créées.

— Je n'en suis pas si sûre, dit Shaz. Les gens ne se souviennent que des grands succès. L'affaire que vous avez élucidée à Bradfield l'an dernier[1]. Le profil était exact en tous points. La police a su très précisément où chercher quand l'hallali a sonné. (Sans prendre garde à l'expression glaciale qu'avait prise Tony, elle continua avec enthousiasme :) Vous allez nous faire un cours sur ça ? On a déjà entendu toutes les rumeurs, mais il n'y a aucun document sur la question, même si vous avez évidemment rédigé un rapport.

— Nous n'aborderons pas cette affaire, dit-il froidement.

Shaz leva vivement les yeux et se rendit compte que son empressement l'avait compromise. Elle avait tout gâché, cette fois, et en beauté.

— Excusez-moi, dit-elle en baissant la voix. Je me suis laissé emporter, et le tact, comme la diplomatie, je l'ai oublié depuis longtemps.

Crétine, se morigéna-t-elle mentalement. *S'il avait suivi la thérapie dont il avait besoin après ce cauchemar-là, la dernière chose dont il avait envie, c'était de tout étaler devant un auditoire avide de détails croustillants, même s'il prétendait n'être animé que d'un légitime intérêt scientifique.*

— Vous n'avez pas à vous excuser, Shaz, dit Tony d'un ton las. Vous avez raison, c'est une affaire clé. Nous ne l'aborderons pas, parce que je ne peux pas en parler sans avoir l'impression d'être cinglé. Il faudra que vous m'en excusiez. Peut-être qu'un jour, vous tomberez sur une affaire qui vous fera le même effet. Mais pour votre bien, j'espère sincèrement que non, ajouta-t-il.

Il baissa les yeux sur son feuilleté et le considéra comme s'il s'agissait d'un objet extraterrestre avant de le repousser, oubliant son appétit comme aurait dû être oublié le passé.

---

1. Voir *Le Chant des sirènes*, Éditions J'ai lu, n° 8392.

Shaz aurait voulu pouvoir rembobiner le film et reprendre la conversation au moment où il avait posé le café sur son bureau et où il y avait encore une possibilité d'utiliser cet instant pour lancer une passerelle.

— Je suis vraiment désolée, docteur Hill, dit-elle maladroitement.

Il leva les yeux et se força à sourire.

— Vraiment, Shaz, ce n'est pas la peine. Et vous n'êtes pas obligée de me donner du « docteur Hill ». Je voulais vous le dire durant le cours d'hier, mais ça m'est sorti de l'esprit. Je ne veux pas que vous ayez tous l'impression que je suis le professeur et vous les élèves. Pour le moment, si je suis le leader du groupe, c'est simplement parce que je fais ça depuis un moment. Dans peu de temps, nous travaillerons tous sur un pied d'égalité, et ce n'est pas la peine d'instaurer des barrières entre nous. Donc, dites « Tony » à partir de maintenant, OK ?

— OK, Tony.

Shaz fouilla son regard et ses paroles, en quête d'un message et, satisfaite de constater qu'ils exprimaient l'un comme l'autre un pardon sincère, elle engloutit le reste de son feuilleté et retourna à son écran. Elle ne pouvait pas le faire en sa présence, mais la prochaine fois qu'elle serait seule dans la salle informatique, elle avait l'intention d'utiliser l'accès Internet pour récupérer les archives des journaux et lire tous les articles sur l'affaire du serial-killer de Bradfield. Elle les avait déjà lus à l'époque, mais c'était avant de rencontrer Tony et depuis, tout avait changé.

Maintenant, elle avait un intérêt particulier. Et une fois qu'elle en aurait terminé, elle en saurait assez sur l'image publique de Tony Hill pour écrire le livre que, pour des raisons qu'elle ne comprenait pas, personne n'avait encore écrit. Après tout, elle était flic, non ?

Carol Jordan se bagarrait avec la machine à café chromée sophistiquée, cadeau de son frère Michael pour sa crémaillère quand elle avait déménagé à Seaford. Elle avait eu plus de chance que la plupart des gens qui se retrouvent empêtrés dans les méandres de l'immobilier. Elle n'avait pas eu à chercher longtemps un acheteur pour la moitié du loft qu'elle possédait en copropriété avec Michael : l'avocat avec qui celui-ci partageait sa chambre ces derniers temps avait été tellement ravi de payer pour la voir partir que Carol s'était demandé si elle n'avait pas encore plus tenu la chandelle qu'elle ne se l'était imaginé.

À présent, elle possédait un petit cottage en pierre sans étage, bâti sur le flanc de la colline qui s'élevait au-dessus de l'estuaire, quasiment en face de Seaford : un endroit à elle toute seule. Enfin, presque, se corrigea-t-elle en sentant un crâne dur cogner sur sa jambe.

— Allez, Nelson, dit-elle en se baissant pour caresser le chat noir derrière les oreilles. J'ai reçu le message.

Tandis que le café se faisait, elle servit un plein bol de pâtée. Il fut accueilli par un ronronnement de délice suivi du bruit humide de Nelson qui engloutissait son petit déjeuner. Elle traversa le salon pour savourer le panorama sur l'estuaire et l'improbable arc svelte du pont suspendu. Tout en contemplant l'autre côté de la rivière noyée de brume, si bien que le pont semblait flotter sans toucher les rives, elle planifia son entrevue prochaine avec le commandant des pompiers.

Nelson entra, queue dressée, et sauta d'un seul mouvement sur le rebord de la fenêtre, où il s'étira, faisant le gros dos en direction de Carol, en quête d'affection. Carol caressa l'épaisse fourrure.

— Je n'ai qu'une seule possibilité de convaincre ce mec que je connais mon boulot, Nelson. J'ai besoin de l'avoir de mon côté. Dieu sait si j'ai besoin d'un allié !

Nelson joua avec sa main du bout de sa patte, comme s'il répondait précisément à ses paroles. Carol avala le reste de son café et se leva d'un mouvement aussi souple que celui de son chat.

L'un des avantages des horaires de bureau de sa fonction, c'est qu'elle pouvait utiliser sa carte de gym plus d'une fois par mois, et elle en sentait déjà les bienfaits à ses muscles plus toniques et à sa forme générale. Cela aurait été un plus de pouvoir faire partager cela à quelqu'un, mais ce n'était pas la raison pour laquelle elle le faisait. Elle s'exerçait pour elle-même, parce qu'elle s'en sentait bien. Elle était fière de son corps, heureuse de sa force et de sa souplesse.

Une heure plus tard, alors qu'elle subissait la visite guidée de la caserne des pompiers, elle fut heureuse d'être aussi en forme pour pouvoir suivre l'allure à laquelle l'emmenaient les longues jambes du commandant, Jim Pendlebury.

— Vous avez l'air mieux organisés que la section d'enquêtes criminelles, dit Carol, une fois qu'ils furent dans son bureau. Il faut que vous me donniez le secret de votre efficacité.

— Nous avons eu tellement de coupes dans les budgets, que nous sommes obligés de tout faire avec le minimum de frais, lui dit-il. Dans le temps, tous les postes étaient pourvus vingt-quatre heures sur vingt-quatre et nous avions des officiers de réserve à plein temps, mais c'était très coûteux. Je sais qu'un bon nombre des gars ont râlé, mais il y a deux ans, nous avons préféré faire un panachage d'officiers à plein et à mi-temps. Il a fallu quelques mois pour le faire passer, mais c'est un gros avantage pour moi en termes de gestion.

— Ça n'est pas une solution qui fonctionnerait chez nous, dit Carol en faisant la grimace.

— Je ne sais pas, dit Pendlebury en haussant les épaules. Vous pourriez avoir des permanents qui s'occupent du quotidien et une brigade spéciale que vous utiliseriez en cas de besoin.

— C'est presque déjà le cas, ironisa Carol. Les permanents, c'est l'équipe de nuit et la brigade spéciale, c'est l'équipe de jour. Malheureusement, ça n'est jamais assez calme pour qu'ils puissent se reposer.

Tout en parlant, Carol constituait mentalement la fiche signalétique du commandant. Durant la conversation, ses sombres sourcils bien droits se fronçaient et saillaient au-dessus de ses yeux gris-bleu. Si l'on considérait le temps qu'il devait passer derrière son bureau, il avait un teint étonnamment buriné, au point que les rides autour de ses yeux en paraissaient blanches quand il ne souriait pas ou ne plissait pas le front. Il devait être en même temps marin ou pêcher dans l'estuaire, se dit-elle.

Alors qu'il baissait la tête pour acquiescer, elle vit quelques cheveux blancs dans ses boucles brunes. Donc, il devait avoir passé la moitié de la trentaine, songea-t-elle en revoyant à la hausse son estimation initiale. Elle avait l'habitude d'analyser les nouvelles rencontres et d'en faire un signalement dans des termes qui auraient pu paraître dans un bulletin de la police. Elle n'avait jamais eu vraiment besoin de décrire aussi précisément quelqu'un qu'elle avait personnellement croisé, mais elle était certaine que cet entraînement aurait fait d'elle le meilleur témoin oculaire possible pour réaliser un portrait-robot.

— Maintenant que vous avez vu comment nous travaillons, je suppose que vous êtes plus que prête à reconnaître que lorsque nous disons qu'un incendie est probablement criminel, nous ne racontons pas n'importe quoi ? interrogea Pendlebury d'un ton léger, mais avec un regard de défi.

— Je n'ai jamais douté de ce que vous affirmiez, répondit-elle sans s'émouvoir. Je me demandais juste si, de notre côté, nous prenions vos déclarations avec autant de sérieux que nous devrions. (Elle ouvrit d'un geste sec son attaché-case et en sortit son dossier.) Je voudrais examiner les détails de ces accidents avec vous, si vous voulez bien m'accorder un peu de temps.

Il pencha la tête de côté.

— Est-ce que vous êtes en train de me dire ce que je crois ?

— Maintenant que j'ai vu comment vous fonctionnez, je refuse de croire que l'idée d'un pyromane en série ne vous ait pas déjà traversé l'esprit.

Il la toisa en se tripotant le lobe de l'oreille, puis :

— Je me demandais quand quelqu'un de chez vous finirait par le remarquer, dit-il finalement.

Carol souffla bruyamment.

— Il aurait été utile que quelqu'un nous lance sur cette piste. C'est vous les experts, après tout.

— Ce n'est pas ce que pensaient vos prédécesseurs, dit Pendlebury.

Il avait parlé d'un ton aussi neutre que s'il avait émis une opinion sur le prix du poisson. Tout l'enthousiasme qu'il avait témoigné un instant plus tôt pour son travail s'était évanoui derrière un masque impassible, laissant Carol libre de tirer elle-même ses conclusions. Et ça n'était pas du joli.

Elle posa le dossier sur le bureau de Pendlebury et l'ouvrit,

— Eux, c'était avant. Et maintenant, c'est moi. Êtes-vous en train de me dire que vous avez déjà eu des soupçons d'incendies criminels avant celui-ci ?

Il baissa les yeux vers la première page et ricana d'un air désabusé :

— Vous voulez qu'on remonte jusqu'à quelle date dans le passé ?

Seul à son bureau, Tony Hill préparait le séminaire du lendemain avec les membres de la cellule. Mais ses pensées étaient loin de ces questions. Il songeait aux psychopathes qui rôdaient, prêts à causer souffrance et malheur à des gens qu'ils ne connaissaient même pas encore.

Cela faisait longtemps que régnait chez les psychologues une théorie qui ne prenait pas en compte l'existence du mal et selon laquelle les pires excès des assassins, ravisseurs et tortionnaires sociopathes trouvaient leur source dans une suite de circonstances et de faits passés culminant dans un événement chargé de stress qui les avait fait basculer de l'autre côté de ce que la société civilisée peut tolérer. Mais cette théorie n'avait jamais totalement satisfait Tony. Elle posait une question : pourquoi certains individus qui ont connu la même vie de souffrance et de privations, au lieu de devenir des psychopathes, menaient des existences utiles, riches et intégrées dans la société ?

À présent, les scientifiques parlaient de génétique, d'une rupture du code ADN qui aurait pu expliquer cette divergence. Sans savoir pourquoi, Tony jugeait cette réponse un peu trop bien trouvée. Cela semblait aussi facile que l'ancienne opinion selon laquelle certains hommes étaient simplement mauvais, un point c'est tout. Elle évacuait la question de la responsabilité d'une manière qu'il trouvait répugnante.

C'était un problème qui avait toujours eu une résonance particulière chez lui. Il savait pourquoi il était doué pour son travail. Parce que, pour chaque pas que sa proie avait accompli sur la voie du mal, il en avait fait autant. Mais à un certain moment qu'il n'arrivait pas à identifier, leurs chemins s'étaient séparés. Là où ils étaient devenus des chasseurs de victimes, il était devenu un chasseur traquant ces prédateurs dévoyés. Pourtant, sa vie ressemblait à la leur. Les fantasmes qui les animaient avaient trait au sexe et à la mort. Ses fantasmes de sexe et de mort étaient appelés profilage. Et ils en étaient dangereusement proches.

Parfois, pour Tony, cela ressemblait au débat sur l'œuf et la poule. Son impuissance était-elle survenue parce qu'il avait peur que l'expression sans entraves de sa sexualité le conduisît à la violence et à la mort ? Ou bien le fait de savoir que le besoin sexuel mène souvent au meurtre avait-il agi sur son corps pour annihiler sa sexualité ? Il n'aurait sans doute jamais la réponse. Quelle que soit la façon dont causes et effets s'enchaînaient, il était indéniable que son travail avait profondément affecté son existence.

Sans raison apparente, il se rappela l'étincelle d'enthousiasme sincère qu'il avait vue dans les yeux de Shaz Bowman. Il se souvenait d'avoir éprouvé la même chose, avant que cette fascination ait été atténuée par le spectacle des horreurs que des êtres humains peuvent infliger à d'autres. Peut-être pourrait-il utiliser ses connaissances pour forger à son équipe une armure plus solide que la sienne. S'il ne réussissait à rien d'autre avec eux, cela au moins vaudrait la peine.

Ailleurs dans la ville, Shaz cliqua sur le bouton de sa souris et quitta son logiciel. L'esprit dans le vague, elle éteignit son ordinateur et fixa sans le voir l'écran qui devenait noir. Quand elle avait décidé de recourir aux ressources de l'Internet comme première étape de son exploration du passé de Tony Hill, elle avait pensé ne trouver qu'une poignée de références et, si elle avait de la chance, quelques coupures de journaux dans des archives de presse.

Au lieu de quoi, quand elle avait entré les mots clés « Tony, Hill, Bradfield, meurtre » dans son moteur de recherche, elle était tombée sur un trésor obscur et inattendu de références à l'affaire qui avait mis son visage à la une des journaux l'année précédente.

Elle trouva un nombre sinistre de sites entièrement consacrés aux serial-killers qui traitaient de la célèbre affaire. Ailleurs, des journalistes et commentateurs avaient publié sur leurs sites personnels leurs articles sur ce dossier spécifique. Il y avait même une galerie de pervers, un montage de photos des visages des serial-killers les plus célèbres du monde. La cible de Tony, celui qu'on avait appelé le Bricoleur, figurait à plusieurs reprises dans cette étrange exposition.

Shaz avait téléchargé tout ce qu'elle avait pu trouver et passé le reste de la soirée à lire. Ce qui avait commencé comme un exercice universitaire destiné à percer Tony Hill l'avait laissée avec la nausée.

Les faits n'étaient pas en cause. Les corps nus de quatre hommes avaient été abandonnés dans un lieu de drague homosexuel de Bradfield. Les victimes avaient été torturées avant d'être mises à mort avec une cruauté qui défiait l'entendement. Une fois les victimes mortes, les organes sexuels avaient été mutilés, puis les corps avaient été lavés et abandonnés comme des déchets.

En dernier recours, on avait fait appel à Tony comme consultant afin qu'il seconde l'inspecteur Carol Jordan dans l'élaboration d'un profil. Ils approchaient du but lorsque le chasseur était devenu la proie. L'assassin avait voulu Tony comme victime d'un sacrifice humain. Capturé et ligoté, l'appareil de torture en place, le corps hurlant de douleur, il avait été sauvé à la dernière minute non pas par l'arrivée de la cavalerie, mais par ses capacités de persuasion acquises pendant des années de travail auprès de criminels aliénés. Cependant, pour avoir la vie sauve, il avait dû tuer son ravisseur.

À mesure qu'elle lisait, Shaz avait le cœur rempli d'effroi et les yeux de larmes. Affligée d'une imagination assez féconde pour se représenter l'enfer que Tony avait subi, elle s'était retrouvée aspirée dans le cauchemar du brusque renversement de situation, lorsque les rôles d'assassin et de victime avaient été irrévocablement inversés. Le scénario l'avait fait frissonner de peur et d'émoi.

Comment avait-il fait pour vivre avec ça ? se demanda-t-elle, émerveillée. *Comment arrivait-il à dormir ? Comment pouvait-il fermer les yeux et ne pas être assailli d'images défiant l'imagination et la tolérance de la plupart des gens ? Pas étonnant qu'il ne fût guère prêt à se servir de son passé pour leur apprendre à affronter leur avenir ! Le miracle était qu'il veuille encore user d'un savoir-faire qui avait dû lui faire frôler l'abîme de la folie. Et comment s'en serait-elle sortie si elle avait été à sa place ?*

Shaz se cacha le visage dans les mains et, pour la première fois depuis le jour où elle avait entendu parler de la cellule, se demanda si par hasard, elle n'avait pas fait une affreuse erreur.

Betsy préparait un cocktail pour la journaliste. La main lourde pour le gin, légère pour le tonic, un quart de citron pressé pour que l'âpreté du fruit contrebalance la douceur huileuse du gin et en dissimule la puissance. L'une des principales raisons pour lesquelles l'image de Micky était sortie intacte du scandale, c'était l'insistance de Betsy à ne faire confiance à personne en dehors du trio qui détenait leur secret.

Suzy Joseph était peut-être tout charme et sourires, elle remplissait peut-être le vaste salon des éclats argentins de son rire et de la fumée de ses cigarettes menthol, elle n'en restait pas moins une journaliste. Même si Suzy représentait l'un des magazines en couleurs les plus conciliants et les plus admiratifs, Betsy savait qu'il y avait parmi ses copains de boisson plus d'un pisse-copies de la presse à scandales prêt à plonger la main dans une poche pour obtenir le ragot qu'il cherchait. Aussi Suzy aurait-elle droit à force doses de gin, aujourd'hui. Et quand serait venu le moment de déjeuner avec Jacko et Micky, ses petits yeux vifs seraient un peu vagues.

Betsy se posa sur le bras du canapé dont les coussins enveloppants engloutissaient la journaliste d'une maigreur d'anorexique. De là, elle pourrait facilement garder l'œil sur elle, tandis que Suzy serait forcée de changer volontairement et visiblement de position pour avoir Betsy dans sa ligne de mire. Cela permettait également à Betsy de faire des signes à Micky sans se faire voir.

— Que cette pièce est délicieuse, s'attendrit Suzy. Tellement lumineuse, tellement rafraîchissante ! Ce n'est pas si souvent qu'on voit des endroits d'aussi bon goût, aussi élégants, aussi... *à propos*. Et croyez-moi, je suis allée dans plus de résidences d'Holland Park que les agents immobiliers de la ville ! (Elle se tordit maladroitement pour s'adresser à Betsy du ton qu'elle aurait pris pour parler à une serveuse :) Vous vous êtes assurée que le traiteur a tout ce qu'il faut ?

— Tout se passe bien, acquiesça Betsy. Ils sont ravis de la cuisine.

— J'imagine, oui. (Suzy s'intéressait à nouveau à Micky, oubliant déjà Betsy.) C'est vous qui avez conçu la salle à manger vous-même, Micky ? C'est tellement, tellement *vous* ! Tellement parfait pour *Dînette avec Suzette*.

Elle se pencha pour écraser sa cigarette, offrant à Betsy le spectacle inopportun d'une poitrine affaissée que les séances d'U.V. et les soins esthétiques hors de prix ne parvenaient pas à maquiller complètement.

Micky se dit que subir des commentaires sur son bon goût de la part d'une femme qui était capable de porter, apparemment sans vergogne, un tailleur Moschino criard noir et rouge prévu pour quelqu'un de vingt ans de moins – et d'un physique bien différent – était un compliment à double tranchant. Mais elle sourit simplement, et répondit :

— En fait, c'est grâce à l'inspiration de Betsy. C'est elle qui a du goût, ici. Je me contente de lui dire quel genre d'ambiance je voudrais et elle se débrouille.

Le sourire pensif de Suzy n'avait rien de chaleureux. Encore une ouverture ratée, je n'aurai rien à me mettre sous la dent pour mon article, semblait-il signifier.

Avant qu'elle ait eu le temps de revenir à la charge, Jacko entra dans la pièce à grands pas, bombant ses larges épaules dans un costume de coupe parfaite, si bien qu'on aurait dit un triangle en lévitation. Il ignora les gazouillis de Suzy et alla droit sur Micky, plongea vers elle un bras enveloppant et l'étreignit sans véritablement l'embrasser.

— Mon cœur, dit-il de sa voix professionnelle qui résonnait comme un chœur de violoncelles, désolé de mon retard. (Il se tourna à demi et s'appuya sur le canapé pour offrir à Suzy tout le bénéfice d'un sourire parfaitement étudié.) Vous devez être Suzy, dit-il. Nous sommes enthousiasmés de vous avoir avec nous aujourd'hui.

— Je suis ravie d'être là, minauda Suzy en s'éclairant comme un arbre de Noël. (Sa voix haletante perdit son vernis élégant et révéla l'intonation caractéristique des West Midlands qu'elle avait consacré sa vie à éradiquer. L'effet que Jacko avait sur les femmes ne manquait jamais d'étonner Betsy. Il parvenait à transformer la vieille peau la plus aigre en brebis mielleuse. Même le cynisme fatigué de Suzy Joseph, une femme qui avait avec les célébrités le même genre de relation qu'entretiennent les mouches avec la merde de chien, ne suffisait pas à la protéger de son charme.) *Dînette avec Suzette* ne me donne pas souvent l'occasion de passer du temps avec des gens que j'admire sincèrement, ajouta-t-elle.

— Merci, dit Jacko, tout sourires. Betsy, et si nous allions dans la salle à manger ?

Elle regarda la pendule.

— Ce serait une bonne idée, dit-elle. Le traiteur voulait servir maintenant.

Jacko bondit sur ses pieds et attendit galamment que Micky se lève et se dirige vers la porte. Il s'effaça également devant Suzy et se retourna pour lever les yeux au ciel avec une expression d'ennui horrifié à l'adresse de Betsy.

Étouffant un petit rire, celle-ci les suivit dans la salle à manger, attendit qu'ils soient assis et les laissa. Parfois, il y avait des avantages particuliers à ne pas être le compagnon officiel, se rappela-t-elle en s'installant avec un sandwich au fromage et un magazine.

Micky ne jouissait pas de tels répits, elle qui devait faire semblant de ne pas remarquer l'insipide Suzy qui faisait du plat à son mari. Micky se détacha de l'ennuyeuse parade amoureuse qui se déroulait à côté d'elle et entreprit de racler les dernières miettes sur une pince de homard.

Un changement dans le ton de Suzy lui fit comprendre que la conversation avait pris un autre tour. *C'est le moment de se mettre au boulot*, songea-t-elle.

— Bien sûr, j'ai lu dans la presse comment vous vous êtes connus, disait Suzy, la main valide de Jack dans la sienne. (Elle aurait montré moins d'empressement à tripoter l'autre, songea lugubrement Micky.) Mais j'ai besoin de vous l'entendre dire vous-même.

Et c'est reparti, se dit Micky. La première partie du récital lui revenait toujours.

— Nous nous sommes rencontrés à l'hôpital, commença-t-elle.

Dès le milieu de la deuxième semaine, toute l'équipe se considérait déjà chez elle dans les locaux de la cellule. Ce n'était pas par hasard si les six jeunes membres choisis étaient célibataires et sans attaches, d'après leurs dossiers comme d'après les renseignements que le commandant Paul Bishop avait pris dans les cafétérias et les associations de policiers aux quatre coins du pays. Tony désirait un groupe de personnes qui, déracinées de leur précédente existence, seraient balancées ensemble et forcées à construire un esprit d'équipe.

Au moins, c'était une chose qu'il avait obtenue, se dit-il en parcourant du regard la pièce où six têtes se penchaient sur une série de dossiers qu'il leur avait photocopiés.

Déjà, ils avaient commencé à nouer des alliances, et pour le moment, ils avaient réussi à éviter les conflits personnels qui peuvent totalement ravager un groupe. Ce qui était intéressant, c'est que ces associations étaient variables et non pas fixées en couples immuables. Bien que certaines affinités fussent plus fortes que d'autres, personne ne tentait de les rendre exclusives.

Shaz était la seule exception, d'après ce que constatait Tony. Ce n'était pas qu'il y eût un problème entre elle et les autres. C'était plutôt parce qu'elle se gardait de l'intimité et de l'aisance qui se développaient entre ses collègues. Elle participait aux blagues, prenait part aux séances de réflexion communes, mais d'une certaine façon, elle restait toujours à distance de ses pairs.

Il sentait en elle une passion pour la réussite qui manquait chez les autres. Ils étaient ambitieux, c'était incontestable, mais chez Shaz, cela allait plus loin. Elle était mue par quelque chose, un besoin la consumait et réduisait en cendres la dernière trace de frivolité. Elle était toujours la première à arriver le matin et la dernière à partir le soir, saisissant au vol la moindre occasion pour que Tony développe le dernier sujet qu'il avait abordé. Mais ce même besoin de réussite la rendait en retour d'autant plus vulnérable à l'échec.

Ce qu'il identifiait comme un désir désespéré de reconnaissance était une lame qui pouvait se retourner contre elle avec des conséquences dévastatrices. Si elle n'apprenait pas à baisser sa garde pour pouvoir recourir à l'empathie, elle ne parviendrait pas à devenir pleinement une profileuse. C'était le devoir de Tony de trouver un moyen de lui faire comprendre qu'elle pouvait relâcher sa vigilance sans trop de danger pour elle.

Au même moment, Shaz leva les yeux et les plongea dans les siens. Il n'y eut aucune gêne. Elle le fixa simplement un moment et retourna à sa lecture. C'était comme si elle avait pénétré par effraction dans les banques mémorielles de Tony pour y chercher une information et que, l'ayant trouvée, elle s'était déconnectée à nouveau. Légèrement décontenancé, Tony s'éclaircit la voix.

— Quatre agressions sexuelles et viols différents. Des commentaires ?

Cela faisait un moment que le groupe ne s'embarrassait plus de silences empruntés et ne se retenait plus poliment de parler pour laisser les autres intervenir. Comme à l'habitude, Leon Jackson plongea le premier.

— Je crois que le lien le plus fort, c'est les victimes. J'ai lu quelque part que les violeurs en série ont tendance à choisir leurs proies dans la même tranche d'âge, et toutes ces femmes ont entre vingt-cinq et trente ans. Et puis elles ont toutes les cheveux blonds courts et elles entretiennent toutes leur corps. Il y en a deux qui font du jogging, une du hockey, une de l'aviron. Elles faisaient toutes des sports dans lesquels il aurait été difficile à un rôdeur de les observer sans attirer l'attention.

— Merci, Leon. D'autres remarques ?

Simon, qui était déjà l'avocat du diable du groupe, intervint, son accent écossais et son habitude de fixer les autres par-dessous ses épais sourcils noirs décuplant son air agressif.

— On pourrait arguer que c'est parce que les femmes qui pratiquent ce type de sports ont précisément assez d'assurance pour se risquer seules dans des endroits dangereux, convaincues qu'il ne peut rien leur arriver. Il pourrait très bien y avoir deux, trois, ou même quatre agresseurs. Auquel cas, demander la contribution d'un profileur serait une perte de temps.

Shaz secoua la tête.

— Il n'y a pas que les victimes, dit-elle avec conviction. Si on lit les dépositions, dans chaque cas, elles avaient les yeux bandés pendant l'agression. Dans chaque cas, elles précisent que leur agresseur les a continuellement insultées tout en les violant. C'est plus qu'une simple coïncidence.

Simon n'était pas prêt à renoncer.

— Allons, Shaz, protesta-t-il. N'importe quel mec assez minable pour recourir au viol afin de remonter dans sa propre estime a besoin de se stimuler verbalement. Et pour ce qui est des yeux bandés, il n'y a rien en commun, sauf pour la première et la troisième, pour lesquelles il s'est servi de leurs bandeaux à cheveux.

» Regarde, continua-t-il en agitant les papiers, pour la numéro deux, il a tiré son T-shirt par-dessus sa tête et l'a noué. Pour la numéro quatre, le violeur avait un rouleau de scotch d'emballage qu'il lui a enroulé sur les yeux. C'est très différent, conclut-il en se radossant avec un sourire bonhomme qui contredisait la véhémence de ses paroles.

Tony eut un sourire narquois.

— Voilà une transition parfaite pour le sujet suivant. Merci, Simon. Aujourd'hui, je vais vous confier votre première mission, dont le préambule est le guide du débutant pour distinguer signature et MO. Quelqu'un sait de quoi je veux parler ?

Kay Hallam, la deuxième femme de l'équipe, leva la main timidement et regarda Tony d'un air interrogateur. Il hocha la tête. Elle rejeta une mèche de ses cheveux châtains derrière l'oreille, dans un geste qu'il avait appris à reconnaître comme son petit truc pour paraître féminine et vulnérable aux critiques, particulièrement lorsqu'elle s'apprêtait à déclarer quelque chose dont elle était absolument sûre.

— Le MO, c'est dynamique, alors que la signature est statique.

— C'est une manière de présenter les choses, dit Tony. Cependant, c'est probablement un peu trop technique pour les ploucs que nous sommes, ajouta-t-il avec un petit sourire en fixant les cinq autres un par un. (Il repoussa sa chaise et se mit à arpenter nerveusement la pièce tout en parlant.) Le MO signifie *modus operandi*. C'est du latin. Le mode opératoire. Quand nous l'utilisons dans un contexte criminel, cela signifie la série d'actions que l'auteur a accomplies afin de parvenir à son objectif, le crime.

»À l'époque des balbutiements du profilage, les officiers de police, et dans une large mesure les psychologues, prenaient l'expression « criminel en série » au pied de la lettre. Pour eux, c'était quelqu'un qui faisait pratiquement toujours la même chose pour arriver pratiquement toujours aux mêmes résultats. Sauf qu'ils montraient une gradation entre, disons, agresser une prostituée et défoncer le crâne d'une femme avec un marteau.

»À mesure que nous progressions, cependant, nous nous sommes rendu compte que nous n'étions pas les seuls capables d'apprendre de nos erreurs. Nous avions affaire à des criminels suffisamment intelligents et imaginatifs pour en faire exactement autant. Ce qui signifiait que nous devions nous mettre dans le crâne que le MO pouvait changer très radicalement d'un crime à l'autre, parce que le criminel s'apercevait que tel enchaînement d'actions n'était pas très efficace. Aussi s'adaptait-il.

» Son premier meurtre pouvait être par strangulation, mais peut-être que notre assassin se rendait compte que cela prenait trop de temps, que c'était trop bruyant, que cela lui faisait trop peur ou que cela l'éprouvait trop pour lui permettre d'en savourer la conclusion. La fois suivante, il lui fracassait le crâne avec un pied de biche. Trop salissant. Alors la troisième fois, il poignarde. Et les enquêteurs en concluent qu'il s'agit de trois meurtres sans rapport parce que le MO semble beaucoup trop différent.

» Ce qui ne change pas, c'est ce que nous appelons, faute de mieux, la signature. (Tony s'immobilisa et s'appuya contre la fenêtre.) La signature ne change pas parce que c'est la *raison d'être* du crime. C'est ce qui donne à son auteur un sentiment de satisfaction.

» Alors en quoi consiste cette signature ? Eh bien, ce sont tous les menus comportements qui ne sont pas nécessaires pour commettre le meurtre. C'est le rituel. Pour satisfaire l'assassin, les éléments de la signature doivent être accomplis chaque fois qu'il entreprend son crime et ils doivent toujours l'être dans le même style. Voici des exemples de signature à rechercher : est-ce qu'il déshabille la victime ? Est-ce qu'il utilise des cosmétiques sur elle après sa mort ? Est-ce qu'il a un rapport sexuel avec elle après sa mort ? Est-ce qu'il accomplit une sorte de mutilation rituelle telle que l'ablation des seins ou du pénis, ou des oreilles ?

Simon avait l'air légèrement nauséeux. Tony se demanda combien de victimes de meurtres il avait vues jusqu'ici. Il faudrait qu'il se forge une meilleure carapace ou qu'il soit prêt à affronter les mises en boîte de collègues qui seraient ravis de voir un profileur rendre son quatre-heures sur une victime en putréfaction.

— Un criminel en série, reprit-il, doit accomplir les étapes de sa signature pour se satisfaire et donner un sens à son acte. Il s'agit de besoins différents : dominer, infliger la souffrance, provoquer des réactions particulières, parvenir à un soulagement sexuel. Les moyens peuvent varier, mais la fin demeure constante. (Il prit une profonde inspiration et essaya de chasser de son esprit les différentes variations dont il avait été un témoin de première main.) Lorsqu'un assassin trouve son plaisir en infligeant la souffrance et en entendant sa victime crier, il est impossible de discerner si… (Sa voix trembla tandis que des images irrépressibles s'amoncelaient dans sa tête.) S'il… (Tout le monde le regardait, à présent, et il fit un effort pour paraître momentanément distrait et non pas effondré.) S'il… les a attachées et entaillées ou s'il…

— S'il les a fouettés avec du fil de fer, dit Shaz d'un ton neutre et avec une expression rassurante.

— Exactement, dit Tony en se reprenant rapidement. C'est agréable de voir que vous avez une imagination aussi charmante, Shaz.

— Typiquement féminin, hein ? fit Simon avec un rire.

Shaz eut l'air un peu gênée. Avant que la blague ne prenne des proportions démesurées, Tony reprit :

— Aussi pourrez-vous avoir deux cadavres dont l'état physique est très différent. Mais quand vous examinez le scénario, vous voyez qu'il a été procédé à d'autres choses, outre l'acte de tuer, et que la gratification finale a été la même. Dès lors, vous tenez la signature.

Il fit une pause, à nouveau maître de lui-même, et il parcourut son auditoire pour s'assurer qu'ils suivaient tous. L'un des hommes avait l'air dubitatif.

— Dans un registre simpliste, dit-il, pensez aux petits délinquants. Prenons un cambrioleur qui vole les magnétoscopes. C'est la seule chose qui l'intéresse, les magnétoscopes, parce qu'il a un receleur qui les paye bien. Il vole dans les pavillons en passant par l'arrière-cour. Mais un jour, il lit dans les journaux que la police met en garde les gens contre le voleur de magnétoscopes qui passe par l'arrière-cour, et qu'une équipe a été mise sur pied pour surveiller l'arrière des maisons. Du coup, il abandonne les pavillons et choisit les appartements au rez-de-chaussée en passant par une fenêtre ouverte. Il a changé de MO. Mais il continue de voler les magnétoscopes. C'est sa signature.

Le visage du sceptique s'éclaira. À présent, il avait compris. Satisfait, Tony s'empara d'une pile de feuilles séparées en six liasses agrafées.

— Nous devons donc apprendre à ne rien laisser de côté lorsque nous envisageons la possibilité d'un criminel en série. Pensez à « rapprocher les similitudes » plutôt qu'à « ne pas tenir compte des différences ». (Il se leva de nouveau et passa parmi les tables, rassemblant son courage pour la partie cruciale du cours.)

Certains policiers et profileurs d'expérience ont une hypothèse qui est encore plus secrète que les rituels maçonniques, dit-il pour éveiller à nouveau leur attention. Nous pensons qu'il pourrait y avoir jusqu'à une demi-douzaine de serial-killers insoupçonnés opérant en Grande-Bretagne depuis dix ans. Certains peuvent se targuer d'avoir fait jusqu'à dix victimes.

» Grâce au réseau autoroutier et à la réticence légendaire des polices à échanger leurs informations, personne n'a pris la peine d'examiner les dossiers et d'établir les rapprochements indispensables. Une fois que nous serons à plein régime, lorsque nous aurons le temps et le personnel disponibles, nous nous attellerons à cette tâche. (Des sourcils haussés et des murmures remplirent le petit silence qu'il ménagea.) Aussi allons-nous faire maintenant un exercice en blanc, expliqua-t-il.

» Trente ados disparus. Ce sont des cas réels, non élucidés par une douzaine de services de police au cours des sept dernières années. Vous avez une semaine pour examiner les dossiers pendant votre temps libre. Ensuite, vous aurez la possibilité de faire part de vos théories personnelles et de dire si certains d'entre eux présentent suffisamment de facteurs communs pour nous donner matière à penser qu'il s'agit de l'œuvre d'un criminel en série. (Il leur tendit à chacun une liasse de photocopies qu'il leur laissa le temps de feuilleter.) Je me dois de souligner qu'il ne s'agit tout au plus que d'un exercice, les avertit-il en retournant à son siège.

» Il n'y a aucune raison de supposer que ces garçons et filles aient été enlevés ou tués. Certains peuvent très bien être morts à l'heure qu'il est, mais ce sera plus probablement dû aux conditions de vie dans la rue qu'à un crime prémédité. Le facteur commun, c'est qu'aucun d'eux n'était considéré par sa famille comme potentiellement fugueur. Les parents ont tous déclaré que leurs enfants disparus étaient heureux, qu'il n'y avait jamais eu de disputes graves ni aucun problème à l'école.

» Bien qu'un ou deux d'entre eux ait eu affaire à la police ou aux services de l'assistance sociale, ils ne connaissaient aucun problème au moment de leur disparition. Cependant, aucun de ces ados n'a ensuite contacté sa famille. En dépit de cela, il est probable que la plupart soient partis rejoindre les lumières de la capitale. (Il respira un bon coup et se retourna vers eux.) Mais il est possible qu'un autre scénario couve sous la surface. Si c'est le cas, à vous de le découvrir.

L'excitation grandit dans le ventre de Shaz comme une lente brûlure, assez puissante pour atténuer le souvenir de ce qu'elle avait lu sur la dernière rencontre de Tony avec un tueur. C'était la première occasion qui s'offrait à elle. S'il y avait des victimes là-dedans, elle les trouverait. Et plus encore, elle serait leur avocate. Et elle les vengerait.

Les criminels se font souvent prendre par accident. Il le savait : il avait vu des émissions sur le sujet à la télé. Dennis Nilsen, meurtrier de quinze jeunes hommes sans abri, découvert parce que des restes humains bouchaient les conduites. Peter Sutcliffe, le Violeur du Yorkshire, assassin de treize femmes, pincé parce qu'il avait volé des plaques pour maquiller sa voiture. Ted Bundy, assassin nécrophile de près de quarante femmes, finalement arrêté pour avoir dépassé en pleine nuit une voiture de police en excès de vitesse et sans phares. Le savoir ne lui faisait pas peur, mais cela ajoutait un frisson supplémentaire à la giclée d'adrénaline qui accompagnait son entreprise. Ses mobiles étaient peut-être très différents des leurs, mais le risque était presque aussi grand. Ses gants de conduite en cuir, naguère si souples, étaient toujours moites de transpiration.

À environ 1 heure du matin, il gara sa voiture dans un endroit soigneusement choisi. Il ne la laissait jamais dans une rue résidentielle, connaissant l'insomnie des personnes âgées et les excès nocturnes des jeunes. Il choisissait plutôt les parkings des magasins de bricolage, les terrains vagues derrière les usines, les cours de garages fermés pour la nuit. Ceux des magasins de voitures d'occasion étaient les meilleurs : personne ne remarquait une voiture de plus stationnée pendant une heure ou deux au petit matin.

Il ne prenait jamais non plus de fourre-tout, sentant bien que cela aurait paru suspect à cette heure de la nuit. Un policier qui l'aurait repéré n'aurait du coup jamais de raisons de penser qu'il venait de commettre un cambriolage. Et même si un flic qui s'ennuyait en faisant sa ronde avait décidé de se distraire en lui faisant vider ses poches, il n'y aurait rien trouvé pour éveiller ses soupçons. Un bout de ficelle, un vieux briquet dans un étui en laiton, un paquet de cigarettes à peine entamé, une ou deux allumettes dans un étui corné, le journal de la veille, un couteau suisse, un mouchoir chiffonné et taché d'essence, une torche petite, mais puissante. Si cela pouvait constituer un motif d'arrestation, les cellules auraient été pleines tous les soirs.

Il prit le chemin qu'il avait mémorisé, en restant le long des murs et en avançant silencieusement dans les rues désertes grâce à ses chaussures de bowling à semelle de crêpe. Au bout de quelques minutes, il arriva devant une étroite ruelle menant sur le flanc aveugle d'une petite usine qu'il avait repérée depuis un moment.

C'était une ancienne corderie constituée d'un groupe de quatre bâtiments en briques datant du début du siècle et qui avait été reconvertie. Elle abritait un électricien automobile et un atelier de tapissier, faisant face à un magasin de plomberie et une boulangerie qui fabriquait des biscuits selon une recette prétendument aussi ancienne que les Mystères du Yorkshire. Il se dit que quiconque pouvait impunément vendre à un tel prix un foutu paquet de biscuits aussi farineux méritait de voir sa fabrique rasée, mais elle ne contenait pas assez de matières inflammables pour cela.

Ce soir, l'atelier de tapisserie allait partir en fumée comme un rien. Tout à l'heure, il savourerait le spectacle des flammes pourpres et jaunes projetant leurs longues langues dans les volutes grises et brunes de fumée tourbillonnant au-dessus des planchers, des poutres et des rouleaux de tissu de l'antique bâtiment. Mais pour l'instant, il fallait qu'il y entre.

Il avait fait tous ses préparatifs un peu plus tôt dans la journée et avait laissé un gros sac auprès des poubelles, à la porte de l'atelier. Il le récupéra et en sortit une ventouse et un tube de colle extra-forte. Il fit le tour du bâtiment pour atteindre la fenêtre des toilettes, et plaqua la ventouse sur la vitre. Il attendit quelques minutes pour être sûr que la colle avait durci, puis il empoigna la ventouse des deux mains, se ramassa sur lui-même et tira d'un coup sec. Le verre se brisa avec un petit bruit cristallin et les fragments tombèrent devant la fenêtre tout comme si elle avait explosé à cause de la chaleur. Il tapa sa ventouse contre le mur pour casser le morceau de verre, ne laissant qu'un mince cercle encore collé au caoutchouc. Cela n'avait pas d'importance : il n'y avait aucune raison qu'un expert du labo reconstitue la fenêtre et découvre qu'il en manquait un fragment circulaire.

Il fut à l'intérieur en quelques minutes. Il savait qu'il n'y avait pas d'alarme.

Il sortit sa torche et balaya les lieux pour s'orienter, puis il entra dans un couloir qui courait derrière le principal atelier. Au bout, il s'en souvenait, se trouvaient deux gros cartons de déchets de tissu que les amateurs de travaux manuels venaient acheter pour quelques pièces. Les enquêteurs n'auraient aucune raison de douter que c'était l'endroit où les ouvriers venaient griller une cigarette en douce.

La mise en place de son dispositif incendiaire prenait un certain temps. D'abord, il ouvrit le briquet et frotta la ficelle avec le tampon préalablement imbibé d'essence à briquet. Puis il disposa la ficelle au milieu d'une poignée de cinq ou six cigarettes maintenues par un élastique. Il plaça le tout de manière à ce que la ficelle longe le plus gros carton, puis il posa le mouchoir imprégné d'essence à côté avec le journal chiffonné. Et enfin, il alluma les cigarettes. Elles allaient se consumer à moitié avant de mettre le feu à la ficelle. Ensuite, il faudrait un petit moment avant que les cartons de tissus ne prennent feu. Mais le temps que les pompiers soient avertis, il n'y aurait plus moyen d'arrêter le feu. Cela allait faire une belle flambée.

Il avait gardé celle-là en réserve, en sachant que ce serait une splendeur. Une récompense, et à bien des égards.

Betsy consulta sa montre. Encore dix minutes, et elle interromprait la dînette de Suzy Joseph en rappelant à Micky un rendez-vous fictif. Si Jacko avait envie de continuer à lui faire du charme, c'était son affaire. Elle soupçonna qu'il saisirait plutôt l'occasion de s'échapper. Il avait terminé de filmer le dernier épisode en date de *Vance Chez Vous* la veille, et il filerait donc faire son petit numéro de volontaire dans l'un des services hospitaliers spécialisés dans lesquels il faisait de l'accompagnement aux malades et du conseil bénévole. Il serait parti d'ici au milieu de l'après-midi, laissant Betsy et Micky seules dans une maison paisible pendant tout un week-end.

— Entre Jacko et la princesse de Galles, on n'a plus une seconde de répit quand on est au stade terminal, fit-elle à voix haute. C'est moi qui ai de la chance, continua-t-elle, en passant du bureau au classeur à tiroirs afin de débarrasser sa table et préparer un week-end libéré de toute culpabilité.

» Au moins, je n'ai pas à écouter la Version Officielle pour la énième fois. (Elle imita l'intonation théâtrale de Jacko :) "Je gisais dans mon lit et je contemplais mes rêves fracassés, convaincu qu'il ne me restait plus de raison de vivre. Et puis, des profondeurs de ma dépression, j'ai eu une vision." (Betsy fit le geste ample qu'elle avait vu Jacko déployer si souvent de son bras valide.) La vision du charme incarné, en fait. Là, au chevet de mon lit d'hôpital, se tenait la seule chose que j'aie vue depuis mon accident et qui m'ait fait comprendre qu'il y avait des raisons pour lesquelles la vie valait la peine d'être vécue. »

Ce conte de fées n'avait pratiquement aucun rapport avec la réalité que Betsy avait connue. Elle se rappelait la première entrevue de Micky et Jacko, mais pas comme d'une rencontre de deux stars qui reconnaissent mutuellement leur égale. Les souvenirs de Betsy étaient très différents et nettement moins romantiques.

C'était la première fois que Micky présentait le principal reportage du journal du soir. Elle apportait à des millions de téléspectateurs la première interview exclusive de Jacko Vance, héros de l'histoire humaine la plus prenante de la presse. Betsy avait regardé les infos seule chez elle, ravie de savoir que sa compagne était regardée par dix millions de paires d'yeux.

L'extase n'avait pas duré longtemps. Elles fêtaient ensemble l'événement à la lueur tremblotante de la télévision où elles repassaient la bande, lorsque le téléphone les avait interrompues dans leur plaisir. Betsy avait répondu d'une voix débordante de bonheur. Sa joie avait été sapée par la journaliste qui l'avait saluée nommément comme la compagne de Micky. En dépit des dénégations véhémentes et glaciales de Betsy et du mépris de Micky, les deux femmes savaient que leur relation frôlait en permanence l'abîme d'une révélation dans la presse à scandales.

La patiente campagne que Micky avait entreprise pour contrer les stratégies insidieuses des journalistes fut aussi soigneusement planifiée et exécutée avec aussi peu de scrupules que toutes les autres étapes de sa carrière. Chaque soir, deux paires de rideaux se fermaient dans deux chambres séparées et la lumière était coupée dans chacune d'elles. Les lampes s'éteignaient l'une après l'autre, celle de la chambre d'amis étant contrôlée par un interrupteur automatique dont Betsy changeait l'heure chaque soir. Tous les matins, les rideaux étaient ouverts à des moments différents, chacun par les mêmes mains qui les avaient fermés.

Les seuls endroits où les deux femmes s'enlaçaient, c'était derrière des tentures fermées, hors de portée des fenêtres, ou dans le couloir, qui n'était pas visible de l'extérieur. Si elles sortaient ensemble de la maison à la même heure, elles se séparaient au bas des marches avec un petit signe de la main sans jamais se toucher.

Ne rien offrir aux espions à se mettre sous la dent aurait dû suffire à donner à la plupart des gens une impression de sécurité. Mais Micky préférait une approche plus volontaire. Si les tabloïds désiraient écrire un article, elle allait faire en sorte de leur en fournir le sujet. Il fallait simplement qu'il soit plus excitant, plus crédible et plus sexy que celui qu'ils pensaient avoir trouvé. Elle tenait bien trop à Betsy pour prendre des risques avec leur relation ou avec la tranquillité d'esprit de sa compagne.

Le lendemain du sinistre coup de fil, Micky avait une heure de libre. Elle se rendit à l'hôpital où Jacko séjournait et fit du charme aux infirmières pour accéder à lui. Jacko sembla heureux de la voir, et ce n'était pas seulement parce qu'elle était arrivée armée d'un cadeau : une mini-radio avec casque. Bien qu'il continuât à prendre de puissants médicaments pour atténuer la douleur, il guettait la moindre distraction dans le morne quotidien de son service. Elle passa une demi-heure à bavarder gaiement de tout sauf de l'accident et de l'amputation, puis elle partit en lui faisant un petit baiser sur le front.

Cela n'avait pas été pénible : à sa grande surprise, elle l'avait trouvé sympathique. Ce n'était pas le macho arrogant auquel elle s'attendait, suite à d'autres entrevues avec des héros du monde sportif. Et, encore plus étonnant, il n'était pas noyé dans l'auto-apitoiement. Les premières visites de Micky étaient peut-être motivées par un intérêt personnel et cynique, mais en un très court laps de temps, elle s'était laissé prendre au jeu, d'abord par respect pour son stoïcisme, puis en trouvant un plaisir inattendu à sa compagnie. Il s'intéressait peut-être plus à lui-même qu'à elle, mais au moins, il réussissait à le faire avec humour.

Cinq jours et quatre visites plus tard, Jacko avait posé la question qu'elle attendait.

— Pourquoi venez-vous toujours me voir ?

— Je vous aime bien, répondit Micky d'un ton détaché.

Jacko haussa et baissa les sourcils comme pour dire : « Ça ne me suffit pas. »

Elle soupira et fit un effort délibéré pour soutenir son regard pensif.

— J'ai toujours été affligée d'une imagination débordante. Et je comprends le besoin de réussir. J'ai bossé comme une malade pour en arriver où je suis. J'ai fait des sacrifices et j'ai parfois dû traiter les gens d'une manière dont, dans d'autres circonstances, j'aurais eu honte. Mais arriver où je veux être est la chose la plus importante de ma vie. Je peux imaginer ce que j'éprouverais si un enchaînement de circonstances que je ne pourrais maîtriser me privaient de mon objectif. Je crois que ce que je ressens pour vous, c'est de l'empathie.

— Ce qui veut dire ? demanda-t-il, sans rien laisser voir de ses pensées.

— De la sympathie dénuée de pitié ?

Il hocha la tête, comme satisfait.

— D'après l'infirmière, c'était parce que je vous plaisais. Je savais qu'elle se trompait.

Micky haussa les épaules. Voilà que cela se passait beaucoup mieux qu'elle ne l'espérait.

— Ne la détrompez pas. Les gens n'apprécient pas les raisons des autres quand ils ne les comprennent pas.

— C'est tout à fait vrai, dit-il avec dans la voix un rien d'amertume qu'elle entendait pour la première fois, mais dont elle ne pouvait lui tenir rigueur. Cependant, comprendre ne permet pas toujours d'accepter.

Il y avait autre chose dans ses paroles, bien plus. Mais Micky savait quand s'arrêter. Elle aurait bon nombre d'occasions d'aborder à nouveau le sujet. Quand elle le quitta ce jour-là, elle s'arrangea pour que l'infirmière la voie l'embrasser. Si l'histoire devait être crédible, il fallait qu'il y ait des fuites, pas des annonces publiques. Et d'après sa propre expérience de journaliste, les racontars se répandaient dans les hôpitaux bien plus vite que la maladie du légionnaire. Et ensuite, pour contaminer un pays tout entier, il suffisait d'un seul porteur.

Quand elle revint la semaine d'après, Jacko semblait distant. Micky sentit de violentes émotions à peine réprimées, mais elle ne put les identifier. À la fin, fatiguée de faire les frais de la conversation, elle lui dit :

— Est-ce que vous allez finir par me le dire, ou bien allez-vous attendre que votre tension monte au point de vous causer une attaque ?

Pour la première fois de l'après-midi, il la regarda en face. L'espace d'un instant, elle pensa qu'il était en proie à la fièvre, puis elle s'aperçut que c'était à une fureur telle qu'elle ne voyait pas comment il aurait pu la contenir. Il était tellement en colère qu'il pouvait à peine parler, se rendit-elle compte en le voyant chercher ses mots. Enfin, il surmonta sa rage au prix d'un énorme effort de volonté et :

— Ma foutue soi-disant fiancée, grommela-t-il.

— Jillie ?

Micky espéra ne pas s'être trompée de prénom. Elles s'étaient croisées un après-midi alors que Micky partait. Elle avait gardé l'impression d'une beauté aux cheveux noirs qui parvenait à avoir l'air sensuel, mais il s'en fallait d'un cheveu qu'elle ait l'air vulgaire.

— La salope, siffla-t-il, les tendons de son cou se raidissant comme des cordes sous la peau bronzée.

— Que s'est-il passé, Jacko ?

Il ferma les yeux et prit une profonde inspiration. Sa large poitrine se souleva et souligna l'asymétrie d'un corps naguère parfait.

— Elle m'a plaqué, parvint-il enfin à dire d'une voix chargée de colère.

— Non, souffla Micky. Oh, Jacko.

Elle tendit la main et posa les doigts sur le poing serré. Elle sentit son pouls battre sous la chair, tellement sa main était crispée. Sa fureur était phénoménale, se dit Micky, mais cependant, il ne semblait pas prêt à basculer.

— Elle dit qu'elle ne supporte pas. (Il émit un rire cynique qui ressembla à un aboiement rauque.) *Elle ne supporte pas ?* Qu'est-ce qu'elle croit que c'est pour moi ?

— Je suis désolée, dit maladroitement Micky.

— Je l'ai vu sur sa tête, la première fois qu'elle est venue me voir après l'accident. Non, je l'ai su avant ça. Je l'ai compris parce qu'elle ne s'approchait pas de moi le premier jour. Il lui a fallu deux jours pour bouger son cul et rappliquer ici. (Sa voix était dure et rauque et les mots tombaient comme des rocs.) Quand elle est enfin venue, elle n'a pas supporté le spectacle. Ça se lisait sur sa tête. Je lui répugnais. Tout ce qu'elle voyait, c'était ce que je n'étais plus.

Il assena un coup de poing sur le matelas.

— Elle a eu d'autant plus tort.

Il ouvrit les yeux et lui jeta un regard noir.

— Ne vous y mettez pas aussi. J'ai bien besoin d'une autre crétine qui vienne me consoler par-dessus le marché ! J'ai déjà dû subir cette conne d'infirmière qui m'a déversé un plein seau de compassion complètement artificielle. Alors, pas vous !

Micky ne cilla pas. Elle avait remporté trop de conflits avec des rédacteurs en chef pour se laisser émouvoir par cela.

— Vous devriez apprendre à reconnaître le respect quand on vous en gratifie, rétorqua-t-elle sur le même ton. Je suis désolée que Jillie ne soit pas capable de rester avec vous, mais il vaut mieux que vous le sachiez maintenant que plus tard.

Jacko eut l'air étonné. Depuis des années, la seule personne qui lui ait parlé autrement qu'avec une déférence inquiète était son entraîneur.

— Quoi ? croassa-t-il, sa colère remplacée par la stupéfaction.

Micky continua sans y prêter attention.

— Ce que vous devez décider maintenant, c'est comment vous allez jouer la suite de la partie.

— Comment ?

— Ça ne va pas rester un secret entre vous et moi, n'est-ce pas ? D'après ce que vous venez de me dire, l'infirmière est déjà au courant. Donc, d'ici à la fin de l'après-midi, ça va être : « Retenez la une ! » Si vous en avez envie, vous pouvez décider d'être un sujet de pitié – le héros plaqué par sa copine parce qu'il n'est plus un vrai homme. Vous aurez un vote de sympathie, et une bonne partie de l'Angleterre crachera sur Jillie dans la rue. Sinon, vous pouvez lui rendre la monnaie de sa pièce et tirer votre épingle du jeu.

Jacko resta bouche bée, et pendant un moment, il ne sut quoi dire. Enfin, il répondit, d'une voix sourde que ses anciens condisciples de l'équipe olympique auraient reconnue comme le signal de courir tous aux abris :

— Continuez.

— C'est à vous de choisir. Tout dépend comment vous voulez être perçu : le vaincu ou le vainqueur.

Le regard imperturbable de Micky lui sembla autant un défi que ce qu'il avait pu rencontrer sur les stades.

— À quoi vous pensez ? gronda-t-il.

— Je te le dis, mec, c'est vraiment la *cambrousse*, fit Leon en agitant sa cuisse de poulet pakora d'un geste large qui semblait englober non seulement le restaurant, mais une bonne partie du West-Yorkshire.

— On voit bien que tu es jamais allé un samedi soir à Gree-nock, répondit Simon d'un ton goguenard. Crois-moi, Leon, à côté, Leeds est tout à fait cosmopolite.

— *Rien* ne pourrait donner un air cosmopolite à cet endroit, protesta Leon.

— Ça n'est pas si mal, dit Kay. C'est très bien question shopping.

Même en dehors des cours, remarqua Shaz, Kay endossait toujours le rôle de la conciliatrice en lissant ses cheveux comme elle arrondissait les angles dans les conversations.

Simon émit un grognement théâtral.

— Oh, je t'en prie, Kay, ne te crois pas obligée de sombrer sans effort dans les questions féminines insipides. Allez, surprends-moi, dis-moi que Leeds est la capitale du piercing.

Kay lui tira la langue.

— Si vous ne laissez pas Kay tranquille, dit suavement Shaz en brandissant sa Kingfisher, nous autres femmes risquons d'envisager de faire un piercing sur une partie très chère de votre anatomie avec cette bouteille de bière.

Simon leva les mains.

— OK. Je vais me tenir, du moment que tu me promets de ne pas me tabasser avec un *chapati*.

Il y eut un silence durant lequel les quatre policiers attaquèrent les hors-d'œuvre. Le curry du samedi soir semblait devenir une habitude régulière du quatuor, les deux autres préférant retourner dans leurs anciennes pénates plutôt que d'explorer des territoires vierges.

Quand Simon l'avait proposé la première fois, Shaz n'avait pas trop su si elle avait envie de se lier si intimement avec ses collègues. Mais Simon s'était montré persuasif et, par ailleurs, le commandant Bishop ayant surpris la conversation, elle ne voulait pas être mal notée pour son manque de coopération. Aussi avait-elle accepté et, à sa surprise, elle s'était amusée, bien qu'elle se fût excusée et éclipsée avant l'excursion en boîte qui avait suivi. À présent, au bout de trois semaines dans son nouveau travail, elle s'apercevait qu'elle attendait avec impatience leurs sorties, et pas seulement pour la cuisine du restaurant.

Leon fut le premier à terminer, comme d'habitude.

— Ce que je dis, c'est que c'est primitif, ce coin.

— Je ne sais pas, protesta Shaz. Ils ont des tas de bons restaurants indiens, l'immobilier est assez bon marché pour que j'aie pu m'offrir quelque chose de mieux qu'un terrier, et si tu as envie d'aller d'un bout à l'autre de la ville, tu peux le faire à pied au lieu de rester assis dans le métro pendant une heure.

— Et la campagne. N'oublie pas à quel point c'est commode pour aller se promener à la campagne, ajouta Kay.

Leon se radossa en grognant et en roulant des yeux avec exagération, comme une épouvantable caricature de danseur nègre.

— Heathcliff, gloussa-t-il d'une voix de fausset.

— Elle a raison, dit Simon. Mince, tu es un vrai cliché, Leon. Tu devrais sortir un peu de tes rues et aller respirer un peu d'air frais. Qu'est-ce que tu dirais de venir faire une promenade demain ? Je serais vraiment curieux de savoir si la lande d'Ilkley est comme dans la chanson.

— Quoi ? demanda Shaz en riant. Tu veux aller te promener sans casquette et voir si tu attraperas la mort ?

Les autres se mirent à rire à leur tour.

— Tu vois, mec, c'est primitif, je le disais bien. Rien d'autre à foutre que se balader à pied. Et puis merde, Simon, c'est pas moi le cliché. Tu sais que j'ai été arrêté trois fois en rentrant chez moi depuis que j'habite ici ? Même la police de Londres est plus tolérante d'un point de vue racial et a compris que tous les blacks qui conduisent une belle bagnole ne sont pas forcément des dealers, dit amèrement Leon.

— Ils ne t'arrêtent pas parce que tu es noir, rétorqua Shaz alors qu'il allumait une cigarette.

— Ah non ? dit Leon en soufflant la fumée.

— Non, ils t'arrêtent parce que tu détiens une arme dangereuse.

— De quoi tu parles ?

— De ton costume, mon vieux. Les plis sont tellement impeccables qu'un peu plus, tu te couperais en t'habillant. Tu portes une lame tranchante, alors évidemment ils t'arrêtent.

Shaz tendit la main vers Leon et, alors que les deux autres s'esclaffaient, il la frappa de la sienne d'un air penaud.

— Pas aussi tranchante que toi, Shaz, dit Simon.

Elle se demanda si les épices étaient la seule cause de la rougeur qui envahissait ses joues habituellement pâles.

— Puisqu'on parle de tranchant, pépia Kay alors que les plats arrivaient. Il ne laisse jamais rien passer, Tony Hill, hein ?

— Ça, il est vif, convint Simon en rejetant ses cheveux noirs qui lui collaient au front. J'aimerais bien qu'il se lâche un peu. C'est comme d'arriver au pied d'un mur et de ne pas pouvoir regarder par-dessus.

— Je vais vous dire pourquoi, dit Shaz, brusquement sérieuse. Bradfield. Le Bricoleur.

— C'est l'affaire qui s'est passée comme sur des roulettes, hein ? demanda Leon.

— C'est ça.

— Ça a été complètement étouffé, n'est-ce pas ? demanda Kay avec une expression intéressée qui rappela à Shaz un petit animal à fourrure, mignon, mais qui cache ses crocs. Les journaux ont laissé entendre des tas de trucs, mais sans jamais donner de détails.

— Croyez-moi, dit Shaz en regardant son demi-poulet et en regrettant de ne pas avoir pris un plat végétarien, vous n'aimeriez pas connaître les détails. Si vous voulez apprendre toute l'histoire, allez voir sur l'Internet. Seuls le bon goût ou les exigences des autorités les ont retenus. Mais je vous dis, si vous pouvez lire ce qu'a dû subir Tony Hill sans vous poser de questions sur ce que vous êtes en train de faire, c'est que vous êtes nettement plus courageux que moi.

Il y eut un silence. Puis Simon se pencha en avant et dit d'un ton de conspirateur :

— Tu vas nous raconter, hein, Shaz ?

2

Il arrivait toujours un quart d'heure avant l'heure du rendez-vous parce qu'il savait qu'elle serait en avance. Quelle que soit la fille choisie, elle arrivait en avance parce qu'elle était convaincue qu'il ferait jaillir de l'or de son quotidien plombé.

Donna Doyle – qui n'était plus la prochaine, mais plutôt la dernière en date – n'était pas différente des autres. Alors que sa silhouette apparaissait dans la faible lumière du parking, il entendait déjà dans son crâne résonner le fracas du refrain enfantin: *Jack et Jill sont allés sur la colline chercher un seau d'eau...*

Il secoua la tête pour le chasser, comme un plongeur qui émerge d'un récif de corail. Il la regarda approcher, d'un pas prudent entre les coûteuses voitures, jetant des regards d'un côté et de l'autre, une petite ride soucieuse sur le front, comme si elle ne comprenait pas pourquoi ses antennes ne la conduisaient pas directement vers lui.

Il vit qu'elle avait fait de son mieux pour être à son avantage: la jupe de lycéenne avait été remontée à la taille pour montrer les jambes fuselées, le chemisier scolaire ouvert d'un bouton de plus que les parents ou les professeurs ne l'auraient autorisé en public, le blazer juste jeté sur une épaule dissimulait le sac à dos contenant ses affaires. Le maquillage était encore plus lourd que la veille et ce poids excédentaire la propulsait directement vers la quarantaine. Ses cheveux noirs brillaient, captant la lumière terne du parking sur leurs courtes boucles.

Quand Donna fut presque à sa hauteur, il ouvrit la porte côté passager. La brusque lumière du plafonnier la fit sursauter, bien qu'elle eût reconnu son profil extraordinairement séduisant qui se découpait en ombre chinoise sur le rectangle lumineux.

— Montez, que je vous explique de quoi il s'agit, dit-il d'un ton détaché par sa vitre baissée.

Donna hésita une seconde, mais elle était trop habituée à la candide sincérité de ce visage connu pour prendre le temps de réfléchir. Elle se glissa sur le siège voisin et il fit en sorte qu'elle voie bien qu'il ne regardait pas le pan de cuisses révélé par son mouvement. Pour l'heure, la chasteté était la meilleure stratégie.

— Quand je me suis réveillée ce matin, dit-elle avec un sourire coquet, bien qu'innocent, je me suis demandé si ça n'était pas un rêve.

Le sourire qu'il lui rendit était indulgent.

— C'est l'impression que cela me donne tout le temps, dit-il, ajoutant une autre rangée de briques à l'édifice fictif de leur relation. Je me suis demandé si vous ne changeriez pas d'avis. Vous pourriez faire, dans votre vie, tellement de choses bien plus utiles à la société que de la télé. Vous pouvez me croire, je le sais.

— Mais vous conciliez les deux, dit-elle gravement. Toutes ces œuvres de charité. C'est la célébrité qui permet aux vedettes de la télé de recueillir autant d'argent. Les gens paient pour les voir. Ils ne mettraient pas la main au porte-monnaie, sans ça. Je veux avoir la possibilité d'essayer. D'être comme ces vedettes.

Le rêve impossible. Ou plutôt, le cauchemar. Elle n'aurait jamais pu être comme lui, bien qu'elle fût incapable de savoir vraiment pourquoi. Les gens comme lui étaient si rares que cela revenait presque à remettre en question l'existence de Dieu. Il eut un sourire bienveillant, comme celui du pape à son balcon du Vatican. Cela marchait toujours.

— Eh bien, peut-être que je peux vous aider à faire vos débuts, dit-il.

Et Donna le crut.

Il la tenait là, seule, prête à tout, dans sa voiture, dans un parking souterrain. N'y avait-il rien de plus facile que de l'emmener d'un coup d'aile vers sa destination ?

Seul un imbécile aurait réagi ainsi. Il le savait depuis longtemps et lui n'était pas un imbécile. Pour commencer, le parking n'était pas vraiment désert. Des hommes et des femmes d'affaires sortaient de l'hôtel, enfournaient des valises dans de grosses voitures et manœuvraient pour sortir de leurs places étroites. Ces gens-là remarquaient bien plus les détails qu'on n'aurait pu le penser. Et puis il faisait jour dehors, dans le centre-ville semé de feux rouges où les gens restaient assis, occupés à se fourrer les doigts dans le nez en contemplant, béats, les occupants de la voiture voisine.

D'abord, ils observaient la voiture. Une Mercedes gris métallisé, suffisamment élégante pour attirer le regard et susciter l'admiration. Ou, bien entendu, l'envie. Ensuite, ils remarquaient les lettres qui couraient sur l'aile avant et annonçaient : *Morrigan Mercedes du Cheshire, Fournisseur exclusif des véhicules de Vance Chez Vous*. Mis en alerte par la possible proximité d'une célébrité, ils essayaient de voir au travers des vitres fumées, d'identifier chauffeur et passager.

Ils ne risqueraient pas d'oublier rapidement cette apparition, surtout s'ils apercevaient une jolie adolescente sur le siège avant. Et quand la photo paraîtrait dans les journaux, ils s'en souviendraient, sans aucun doute.

Et puis enfin, une dure journée l'attendait. Il n'y avait pas de place dans son emploi du temps pour l'emmener à un endroit où il pourrait exiger son dû. Inutile d'attirer l'attention sur lui en manquant des rendez-vous, en n'apparaissant pas à des manifestations publiques qui étaient soigneusement élaborées pour donner à *Vance Chez Vous* le maximum de retentissement pour le minimum d'efforts. Il faudrait que Donna patiente. Pour elle comme pour lui, ce serait la plus suave des attentes. Enfin, pour lui, tout du moins. Pour elle, il ne faudrait pas bien longtemps avant que la réalité ne transforme ses rêves haletants en une mauvaise plaisanterie.

Aussi la fit-il saliver pour la garder sous la main.

— Je n'arrivais pas à le croire, quand je vous ai vue hier soir. Vous auriez fait une assistante absolument parfaite. Quand une émission est présentée par deux personnes, il faut du contraste. Donna la brune et Jacko le blond. La petite Donna et la grosse brute de Jacko. (Il sourit. Elle gloussa.) Ce sur quoi nous travaillons, c'est un nouveau jeu télévisé avec des équipes composées des parents et de leurs enfants. Mais les équipes ne savent pas qu'elles vont participer jusqu'au moment où nous venons les chercher. Une surprise complète, comme dans *C'est Votre Vie*. C'est en partie la raison pour laquelle nous devons être certains que la personne avec qui je vais finalement travailler est absolument digne de confiance. La discrétion la plus totale, c'est la clé de tout.

— Je suis capable de la fermer, dit très sérieusement Donna. Je le jure. Je n'ai dit à personne que je venais vous retrouver. Ma copine qui était avec moi l'autre soir, quand elle m'a demandé de quoi on avait parlé pendant si longtemps, je lui ai dit que je vous avais demandé si vous pouviez me donner des conseils pour faire mes débuts à la télé.

— Et je vous en ai donné ? demanda-t-il.

Elle sourit, enjôleuse et séductrice.

— Je lui ai dit que vous m'aviez répondu qu'il fallait que j'aie une formation avant de prendre des décisions sur ma carrière. Elle n'en sait pas assez sur vous pour se rendre compte que vous ne seriez jamais allé me sortir les trucs chiants que me débite toujours ma mère.

— Bien vu, la complimenta-t-il. Je peux vous promettre que je ne serai jamais « chiant », c'est certain. Maintenant, j'ai un problème : je suis très occupé pendant les prochains jours. Mais j'ai mon vendredi matin de libre et je peux facilement organiser un bout d'essai pour vous. Nous avons un studio de répétition dans le Nord-Est où nous pourrons aller.

Elle ouvrit la bouche et ses yeux étincelèrent dans la pénombre de la voiture.

— C'est vrai ? Je vais pouvoir faire de la télé ?

— Je ne promets rien, mais vous avez le physique du rôle et une très belle voix. (Il se tourna pour pouvoir la regarder droit dans les yeux.) Tout ce dont je dois être sûr, c'est que vous êtes capable de garder le secret.

— Je vous l'ai déjà dit, répondit Donna, consternée. Je n'ai parlé à personne.

— Mais vous êtes sûre de pouvoir continuer ? Vous pouvez vous taire jusqu'à jeudi soir ? (Il sortit de sa poche un billet de train.) C'est un billet pour Five Walls Halt, dans le Northumberland. Jeudi, vous prenez le train de 15 h 25 pour Newcastle. Une fois là-bas, vous changez et vous prenez le 19 h 50 en direction de Carlisle. Quand vous sortirez de la gare, vous verrez un parking sur votre gauche. Je vous attendrai dans une Land Rover. Je ne peux pas vous retrouver sur le quai pour des raisons de confidentialité commerciale, mais je serai sur le parking, je vous le promets. Nous vous trouverons un logement pour la nuit, puis le lendemain, à la première heure, vous ferez votre bout d'essai.

— Mais ma mère va être affolée si je découche et qu'elle ne sait pas où je suis, protesta-t-elle à contrecœur.

— Vous pourrez l'appeler dès que nous serons arrivés au studio, lui dit-il d'une voix rassurante. Regardons les choses en face, elle ne vous laisserait pas faire ce bout d'essai si elle était au courant, n'est-ce pas ? Je parie qu'elle pense que travailler à la télé, ce n'est pas un vrai métier, hein ?

Comme d'habitude, il avait calculé à la perfection. Donna savait que son ambitieuse mère refuserait de la laisser abandonner des perspectives universitaires pour devenir une potiche dans un jeu télévisé. Son expression inquiète se dissipa et elle leva les yeux vers lui.

— Je ne dirai rien, promit-elle solennellement.

— Bravo. J'espère que vous le pensez. Il suffit d'un mot de travers et tout le projet s'écroule. Cela coûte de l'argent, et cela coûte leur poste à des gens, aussi. Vous pourriez dire quelque chose en toute confiance à votre meilleure amie, et elle le répéterait à sa sœur, et sa sœur à son petit copain, et le petit copain en parle à son meilleur pote en jouant au billard. Seulement voilà, la belle-sœur du pote en question se trouve être journaliste. Ou quelqu'un de haut placé dans une chaîne rivale. Et l'émission est fichue. Et la chance de votre vie avec.

» Je vais vous dire une bonne chose. Au début de votre carrière, vous êtes toute petite. Il suffit que vous fassiez une seule bêtise, et personne ne vous engage plus jamais. Il faut que vous ayez beaucoup de succès derrière vous avant que les grands pontes des télés acceptent de pardonner le moindre faux pas.

Il se pencha en avant et posa une main sur son bras tout en parlant, pénétrant dans son intimité et la laissant goûter à l'excitation sexuelle du danger.

— Je comprends, dit Donna avec toute la passion d'une gamine de quatorze ans qui croyait vraiment être une adulte et ne comprenait pas pourquoi les grands refusaient de la laisser entrer dans leur conspiration.

La promesse d'une ouverture dans ce monde, voilà ce qui la rendait capable d'avaler quelque chose d'aussi tiré par les cheveux que ce piège grossier.

— Je peux vous faire confiance ?

— Je ne vous ferai pas faux bond, dit-elle en hochant la tête. Ni là ni pour quoi que ce soit d'autre.

Le sous-entendu sexuel était clair. Elle était probablement encore vierge, se dit-il. Quelque chose dans son empressement le lui disait. Elle s'offrait à lui, comme une vestale au sacrifice.

Il se pencha et embrassa les douces lèvres avides qui s'ouvrirent immédiatement sous les siennes, qu'il avait gardées closes. Il se recula en souriant pour calmer l'évidente déception de Donna. Il leur faisait toujours désirer davantage. C'était le plus vieux cliché show-biz du monde. Mais il marchait à tous les coups.

3

Carol sauça les dernières traces de poulet jalfrezi avec le dernier morceau de nan et savoura cette ultime bouchée.

— Ça, dit-elle d'un ton révérencieux, c'était bon à crever.

— Il y en a encore, dit Maggie Brandon en poussant vers elle l'énorme plat.

— Il faudrait que je m'en tartine sur la figure, grogna Carol. Je n'ai plus de place à l'intérieur.

— Vous n'avez qu'à en emporter chez vous, dit Maggie. Je sais à quels horaires idiots vous devez travailler. Cuisiner, c'est la dernière chose dont vous avez le temps. Quand John est passé inspecteur-chef, j'ai failli demander à son patron si on pourrait emménager dans les cellules de Scargill Street, puisque c'était apparemment la seule façon dont ses gosses auraient pu le voir.

John Brandon, chef de la police de l'East-Yorkshire, secoua la tête.

— C'est une de ces menteuses, ma femme, dit-il affectueusement. Elle ne dit ça que pour que vous culpabilisiez et vous forcer à bosser tellement dur que je n'aurai plus à me soucier de rien dans toute la division.

— Non, mais vraiment ! ricana Maggie. Comment croyez-vous qu'il a fait pour avoir l'air qu'il a maintenant ?

Carol jeta un regard sagace à Brandon. C'était une bonne question. Si jamais un homme était né avec une tête de croque-mort, c'était bien Brandon. Elle était toute en verticales, longue et étroite : des rides le long de ses joues creuses, des rides entre ses sourcils, un nez aquilin, des cheveux gris acier raides et droits comme le quadrillage d'un plan. Grand et maigre, déjà un peu voûté, il ne lui manquait plus que la faux pour auditionner dans le rôle de la Mort.

Elle réfléchit. C'était peut-être « John » ce soir, mais dès lundi matin, il serait redevenu « Mr Brandon ». Mieux valait ne pas pousser trop loin l'intimité que lui offrait cette soirée avec son chef.

— Et moi qui pensais au mariage ! dit-elle innocemment.

Maggie éclata de rire.

— Aussi diplomate que vive, hein ? dit-elle en tendant la main pour tapoter l'épaule de son mari. Tu as bien fait de convaincre Carol d'abandonner la bonne chère de Bradfield pour le milieu de nulle part, mon chéri.

— Puisqu'on en parle, comment vous vous y faites ? demanda Carol.

— Eh bien, c'est un logement de fonction, dit Maggie en désignant de la main les murs et boiseries d'un blanc immaculé, qui formaient un contraste déprimant par rapport aux peintures imitation marbre de leur salon de Bradfield. Mais il faudra bien qu'il se fasse à nous. Nous avons loué la maison de Bradfield, vous saviez ? John n'a plus que cinq ans avant sa retraite et nous voulons retourner là-bas. C'est là que se trouvent nos racines, nos amis. Et comme les gosses ne seront plus à l'école à ce moment-là, ils n'auront pas l'impression d'être à nouveau déracinés.

— Ce que Maggie ne vous dit pas, c'est qu'elle a un peu l'impression d'être une missionnaire victorienne chez les Hot-tentots, dit Brandon.

— Oui, enfin, tu avoueras quand même que l'East-Yorkshire, c'est un peu différent de Bradfield. Il y a de jolis paysages, d'accord, mais le premier cinéma digne de ce nom est à une demi-heure de route. On dirait qu'il n'y a qu'une seule librairie dans tout ton district qui vende autre chose que des best-sellers. Et question opéra… pas la peine d'y penser ! protesta Maggie en se levant pour débarrasser.

— Vous n'êtes pas plus heureuse que les gosses grandissent loin de l'influence des quartiers dangereux ? Hors de portée des dealers ? demanda Carol.

— Ils sont tellement repliés sur eux-mêmes, par ici, Carol, dit Maggie en secouant la tête. À Bradfield, les gosses avaient des amis de toutes sortes – des Asiatiques, des Chinois, des Antillais. Il y avait même un Vietnamien. Ici, on ne fréquente que ses pairs. Il n'y a rien à faire à part traîner dans les rues. Franchement, quand on voit les possibilités qu'ils avaient à Bradfield, je préférerais prendre le risque de faire confiance à leur bon sens pour rester en dehors de la délinquance. La vie à la campagne, c'est vraiment très en dessous de ce qu'on en dit, conclut-elle avant de filer à grands pas vers la cuisine.

— Désolée, dit Carol. Je ne pensais pas que c'était une question aussi délicate.

— Vous connaissez Maggie, dit Brandon d'un ton négligent. Elle aime bien sortir ce qu'elle a sur le cœur. Donnez-lui encore quelques mois et elle dirigera le village, heureuse comme un coq en pâte. Les gosses apprécient assez. Et vous ? Comment est votre cottage ?

— Je l'adore. Le couple à qui je l'ai acheté l'avait merveilleusement bien restauré.

— Je suis surpris qu'ils l'aient vendu, dans ce cas.

— Divorce, se contenta de dire Carol.

— Ah !

— Je crois qu'ils étaient tous les deux plus bouleversés de devoir quitter le cottage que de l'échec de leur mariage. Il faudra que vous veniez déjeuner un jour, Maggie et vous.

— Si vous trouvez le temps de faire les courses, dit sombrement Maggie en revenant avec une énorme cafetière.

— Eh bien, dans le pire des cas, j'enverrai Nelson nous chasser un lapin.

— Apprécierait-il les occasions de commettre des meurtres qu'offre la campagne ? demanda Maggie d'un ton narquois.

— Il est persuadé qu'il est mort et arrivé au paradis des chats. Vous regrettez peut-être la ville, mais lui, il est devenu un campagnard du jour au lendemain.

Maggie servit le café à John et Carol, puis :

— Je vais vous laisser tous les deux, si ça ne vous ennuie pas. Je sais que vous mourez d'envie de parler boutique et j'ai promis à Karen d'aller la chercher après le cinéma à Seaford. Il y a assez de café pour vous permettre de tenir jusqu'à l'aube, et si vous avez une petite faim, il y a un *cheesecake* maison dans le frigo. Mais comme Andy devrait rentrer vers 10 heures, vous feriez bien de vous servir avant. Je mettrais ma main au feu que ce gosse a le ver solitaire. Sinon, je ne sais pas où il met tout ce qu'il mange. (Elle se baissa pour déposer un baiser affectueux sur la joue de Brandon.) Amusez-vous bien.

Incapable de résister à l'impression d'avoir été piégée par des professionnels, Carol prit une gorgée de café et attendit. Quand vint la question de Brandon, ce fut à peine une surprise.

— Alors, comment vous vous faites à votre nouveau territoire ? demanda-t-il d'un ton détaché que contredisait son regard attentif.

— Il est évident qu'ils se méfient de moi. Pas seulement parce que je suis une femme, c'est-à-dire une chose qui arrive quelque part entre le furet et le whippet sur l'échelle de l'évolution de l'East-Yorkshire, mais aussi parce que je suis le mouchard du chef. Celle qu'on a fait venir de la grande ville pour manier le fouet, ironisa-t-elle.

— C'est ce que je craignais, dit Brandon. Mais vous deviez bien vous y attendre quand vous avez accepté le poste.

— Ça n'a pas été une surprise, répondit Carol avec un haussement d'épaules. Mais j'ai eu moins à subir que je ne m'y attendais. Peut-être qu'ils n'ont pas encore donné toute leur mesure, mais je crois que la section d'enquêtes criminelles du commissariat central de Seaford n'est pas une mauvaise équipe. Comme ils étaient perdus dans leur brousse avant la réorganisation et que personne ne faisait tellement attention à eux, ils sont devenus un peu feignants, un peu relâchés. Je soupçonne que certains dépensent un petit peu plus qu'ils ne gagnent, mais je ne crois pas qu'il y ait aucune corruption profonde qui gangrène le système.

Brandon hocha la tête, satisfait. Apprendre à faire confiance au jugement de Carol avait été une longue et difficile épreuve pour lui, et il avait su instinctivement qu'elle était le seul inspecteur gradé qu'il voulait promouvoir hors de Bradfield. Une fois qu'elle aurait donné le ton à Seaford, le bruit se répandrait dans les autres divisions et la culture de la crime s'y adapterait en conséquence, avec un peu de temps. Du temps et quelques coups de bâton que Brandon ne craignait pas de donner.

— Avez-vous trouvé quoi que ce soit dans les dossiers qui vous pose problème ?

Carol termina son café et s'en servit un autre, tendant la cafetière à Brandon, qui la refusa d'un signe de tête. Elle fronça les sourcils pensivement pour rassembler son arsenal d'informations.

— Il y a quelque chose, dit-elle. Nous discutons officieusement, n'est-ce pas ?

Brandon acquiesça.

— Eh bien, j'ai remarqué en consultant les mains courantes qu'il semblait y avoir une bonne quantité de feux inexpliqués et d'incendies d'origine douteuse. Tous la nuit, tous dans des locaux inoccupés comme des écoles, des usines, des bars, ou des hangars. Aucun d'eux n'est très important en soi, mais mis ensemble, cela fait pas mal de dégâts.

» J'ai constitué une équipe qui devra interroger à nouveau les victimes, voir si on ne peut pas trouver des liens – côté finances ou assurance. Que dalle. Mais je suis allée moi-même parler au commandant des pompiers et il m'a fait part de plusieurs incidents qui remontent aux quatre derniers mois. Aucun des feux n'a pu être absolument ou positivement qualifié de criminel, mais accessoirement, il a déclaré qu'il y avait quelque chose comme six à dix feux par mois qui auraient pu être allumés volontairement sur son district.

— Un pyromane en série ? demanda doucement Brandon.

— On aurait du mal à imaginer une autre interprétation, convint Carol.

— Et vous voulez faire quoi, au juste ?

— Je veux le pincer, dit-elle avec un petit sourire.

— Suis-je bête, plaisanta Brandon. Aviez-vous quelque chose de particulier en tête ?

— Je veux continuer à travailler avec l'équipe qui est sur le dossier, et je veux faire dresser un profil.

— Vous voulez un consultant extérieur ? demanda Brandon d'un air soucieux.

— Non, dit vivement Carol. Il n'y a pas vraiment matière à justifier la dépense. Je pense que je peux m'en sortir pas trop mal par moi-même.

Brandon la considéra d'un regard impassible.

— Vous n'êtes pas psychologue.

— Non, mais j'ai beaucoup appris l'an dernier en travaillant avec Tony Hill. Et depuis, j'ai lu tout ce que j'avais pu trouver sur le profilage.

— Vous auriez dû vous porter candidate pour la Cellule Nationale, dit Brandon en gardant les yeux fixés sur elle.

Carol sentit son visage s'empourprer. Elle espéra que le vin et le café pourraient justifier cette rougeur soudaine.

— Je ne crois pas qu'ils cherchaient des officiers de mon rang, dit-elle. À part le commandant Bishop, il n'y a personne au-dessus du grade de sergent. Par ailleurs, je préfère travailler sur un district précis, apprendre à connaître les gens et le terrain.

— Ils sont censés être prêts et traiter les dossiers à plein régime dans quelques semaines, continua Brandon, implacable. Peut-être accueilleraient-ils volontiers un dossier sur lequel se faire les dents en attendant.

— Peut-être, oui, dit Carol. Mais c'est *mon* affaire. Et je n'ai pas envie de la laisser à d'autres.

— Très bien, dit Brandon, intéressé de voir que Carol était déjà devenue aussi férocement jalouse des prérogatives de ses nouvelles fonctions. Mais tenez-moi au courant, hein ?

— Bien sûr, dit Carol.

Le soulagement qu'elle éprouvait, se dit-elle, était entièrement dû au fait qu'elle allait avoir maintenant l'occasion de se couvrir de gloire, ainsi que son équipe, quand elle éluciderait l'affaire. Mais dans son for intérieur, elle savait qu'elle mentait.

Dormir chez Shaz dans ce que l'agent immobilier avait baptisé la chambre d'amis aurait été au-delà des capacités de la plupart des gens, en particulier pour ceux qui ont besoin de lire quelques pages avant de piquer du nez. Alors que la bibliothèque du salon n'exposait qu'un mélange inoffensif de romans de gare, celle de la pièce que Shaz considérait comme son bureau ne contenait que de l'horreur de l'espèce la plus radicale, dont la plupart se présentaient comme des manuels. Il y avait quelques romans écrits par des pathologistes de la psychopathie et des anatomistes de la souffrance comme Barbara Vine et Thomas Harris, mais la majeure partie de la bibliothèque de travail de Shaz était à la fois plus étrange et plus violente que les romans n'osaient l'être. S'il avait existé un cours professionnel pour les serial-killers, sa bibliothèque aurait contenu tous les livres indispensables.

Les rayonnages les plus bas abritaient les livres qui la gênaient un peu – les biographies sensationnalistes d'assassins à la sinistre réputation et aux surnoms macabres qui, au cours de leur carrière, avaient privé des centaines de gens de leur assurance et de leur vie. Au-dessus étaient rangées les versions plus respectables de ces mêmes biographies, des écrits solennels qui offraient des révélations très pensées, ainsi que des points de vue sociologiques, psychologiques – et parfois illogiques.

Ensuite, à hauteur d'œil lorsqu'on était assis au bureau où trônaient portable et bloc-notes, se trouvaient les journaux de guerre des vétérans de la lutte contre les criminels en série. Comme deux décennies s'étaient écoulées depuis les premiers balbutiements du profilage, les pionniers avaient pris leur retraite depuis quelques années et étaient tous bien décidés à arrondir leurs revenus mensuels avec les récits hauts en couleur de leurs contributions à la dernière science humaine en date, présentant par le menu les succès qu'ils avaient rencontrés et escamotant élégamment leurs échecs. Pour l'instant, c'étaient tous des hommes.

Au-dessus de ces autobiographies, cela devenait du sérieux : des livres avec des titres tels que *Psychopathologie du Crime Sexuel*, *Analyse du Lieu du Crime* ou *Viol en Série : Étude Clinique*. La dernière étagère était la seule à indiquer que Shaz aspirait davantage à devenir un chasseur qu'une proie, avec son choix de textes de loi, dont quelques guides à l'usage des fonctionnaires de police. C'était une collection très complète et Shaz ne s'était pas mise à la constituer au cours des derniers mois durant lesquels elle avait gagné sa place au sein de la Cellule Nationale. Elle représentait des années de travail qui l'avaient préparée pour le jour qu'elle savait inéluctable, celui où elle serait appelée à mettre à son tour son serial-killer à elle sous les verrous. Si une parfaite connaissance des textes avait suffi à arrêter les criminels, Shaz aurait battu les records nationaux.

Elle s'était éclipsée avant la virée en boîte qui suivait le curry, en dépit des supplications des trois autres. Ce n'était pas qu'elle n'avait jamais été très portée sur les sorties. Mais ce soir, sa chambre d'amis était infiniment plus attirante que tout ce qu'un DJ ou un barman aurait pu lui proposer. Le fait est qu'elle n'avait cessé de bouillir toute la soirée, impatiente de revenir à son ordinateur et de terminer les tris croisés qu'elle avait entrepris d'effectuer sur sa base de données dans l'après-midi.

Durant les trois jours suivant celui où Tony leur avait donné cette mission, Shaz avait passé ses moindres moments de liberté à débroussailler les fiches sommaires correspondant aux trente cas. Enfin, l'occasion lui était donnée de mettre en pratique toutes les théories et astuces du métier qu'elle avait recueillies au cours de ses lectures. Elle avait lu les fiches de bout en bout, et pas une seule fois, mais trois. Ce n'est que lorsqu'elle avait été relativement certaine de bien les posséder avec toutes leurs différences qu'elle s'était enfin attablée devant son ordinateur portable.

La base de données qu'utilisait Shaz ne représentait déjà pas l'avant-garde du développement logiciel à l'époque où elle l'avait copiée auprès d'un condisciple, et à présent, elle était pratiquement digne de figurer dans un musée de l'informatique. Mais si ce logiciel n'était pas doté du dernier cri en matière de gadgets, il était plus que capable d'accomplir ce qu'elle lui demandait. Il affichait les données d'une manière claire, lui permettait de créer ses propres catégories et critères pour trier l'information, et Shaz trouvait que son mode de fonctionnement correspondait parfaitement à son instinct et sa logique, ce qui le rendait donc facile à utiliser. Elle avait saisi des données depuis le début de la matinée et elle était tellement absorbée par sa tâche qu'elle n'avait même pas quitté l'écran pour se préparer à déjeuner, se contentant d'une banane et d'un paquet de biscuits qui l'obligea à retourner son portable pour faire tomber les miettes du clavier.

À présent, revenue devant son écran, débarrassée de ses vêtements de sortie et de son maquillage, Shaz était ravie. Le pointeur de la souris allait de part et d'autre de la fenêtre tandis qu'elle cliquait sur les boutons et déroulait des menus qui l'intéressaient bien plus que ceux que pouvait offrir le restaurant. Elle tria les prétendus fugueurs par classes d'âge et imprima les résultats. Elle suivit la même procédure pour les trier selon la zone géographique, le type physique, leur dossier judiciaire, les variations de leur situation familiale, leurs expériences avec la drogue et l'alcool, leurs contacts sexuels connus et leurs passions. Encore que les enquêteurs ne se soient guère intéressés à leurs loisirs favoris.

Shaz se pencha sur les sorties imprimante qu'elle lut l'une après l'autre avant de les étaler sur sa table afin de les comparer plus facilement. À mesure qu'elle regardait les fiches, l'excitation commença à bouillonner lentement au creux de son ventre. Elle les examina une fois de plus en vérifiant les photos de chaque dossier pour s'assurer que ce n'était pas son imagination qui lui faisait trouver des coïncidences là où il n'y en avait pas.

— Oh, petit génie ! s'exclama-t-elle à mi-voix en poussant un long soupir.

Elle ferma les yeux et respira un bon coup. Quand elle les rouvrit, il était toujours là. Un groupe de sept filles. D'abord, les similitudes positives. Elles avaient toutes des cheveux bruns coupés avec une frange et les yeux bleus. Elles avaient toutes quatorze ou quinze ans et mesuraient entre un mètre cinquante-sept et un mètre soixante-deux. Elles vivaient toutes au domicile familial avec l'un de leurs parents, ou les deux.

Dans chaque cas, leurs amis et leurs familles avaient dit à la police qu'ils étaient stupéfaits de la disparition de la jeune fille et convaincus qu'elle n'avait aucune raison de fuguer. Dans chaque cas, les filles n'avaient presque rien emporté, en dehors de vêtements de rechange, principale raison pour laquelle la police n'avait pas sérieusement envisagé un enlèvement ou un meurtre. L'heure de leur disparition écartait d'autant plus cette hypothèse. Toutes étaient parties pour l'école à l'heure habituelle, sauf qu'elles n'y étaient jamais arrivées. Elles avaient également toutes menti en expliquant où elles passeraient la soirée. Et, bien que cela ne pût être qualifié d'une manière qu'un ordinateur pût assimiler, elles étaient toutes d'une allure semblable. Elles avaient l'air sensuel et séducteur et la manière dont elles se livraient à l'objectif indiquait qu'elles étaient sorties de l'innocence de l'enfance. Elles étaient sexy, même si elles n'en étaient pas toujours conscientes.

Ensuite, les similitudes négatives. Aucune des sept n'avait eu affaire à une assistante sociale ni à la police. Leurs amis admettaient qu'il leur arrivait de boire de l'alcool à l'occasion, voire d'accepter un joint ou un peu de speed. Mais aucune n'était toxicomane. Et aucun des sept dossiers n'indiquait qu'elles se seraient prostituées ou auraient été des victimes d'abus sexuels.

Il y avait bien entendu quelques problèmes d'homogénéité dans ce groupe : trois avaient un petit copain, les quatre autres non. Les situations géographiques n'avaient aucun rapport : Sunderland était le point le plus au nord, Exmouth le plus au sud. Et entre les deux se trouvaient Swindon, Grantham, Tamworth, Wigan et Halifax. Les rapports couvraient une période de six ans. Les intervalles entre les disparitions n'étaient pas constants et ne semblaient pas non plus diminuer avec le temps, ce à quoi Shaz se serait attendue si elle avait réellement eu affaire à un serial-killer.

D'un autre côté, elle ne connaissait peut-être pas encore l'existence de toutes les filles.

Lorsque Shaz s'éveilla de bonne heure le dimanche matin, elle essaya de se forcer à se rendormir. Elle savait qu'elle ne pouvait faire qu'une seule chose pour progresser dans ses recherches de relations entre le groupe théorique de victimes et cette unique tâche ne devait pas être effectuée précipitamment. Quand elle était allée se coucher vers minuit, elle s'était promis d'y parvenir avec un coup de fil vers midi. Mais lorsqu'elle se retrouva éveillée à 7 heures moins le quart avec le cerveau tournant à plein régime, elle comprit qu'elle ne pourrait pas attendre aussi longtemps.

Irritée par l'impossibilité d'avancer sans recourir à quelqu'un d'autre, elle rejeta les couvertures. Une demi-heure plus tard, elle fonçait pour monter la longue bretelle qui rejoignait l'autoroute M1.

Prendre sa douche, s'habiller et engloutir un café au son de la radio l'avait distraite de ses pensées. Maintenant que la chaussée noire de la longue route à trois voies s'étendait devant elle, elle ne pouvait plus les dissimuler. La voix du présentateur ne suffisait pas. Même les sages paroles de Tony Hill n'auraient pu la retenir aujourd'hui. D'un geste impatient, Shaz fourra une cassette d'airs d'opéra dans l'autoradio et abandonna toute tentative de concentration. Pendant les deux heures et demie qui allaient suivre, elle n'aurait rien à faire d'autre que de ressasser de vieux souvenirs comme on repasse de vieux films par un dimanche pluvieux.

Il était presque 10 heures quand elle descendit la rampe du parking souterrain du Barbican. Elle fut contente de voir que l'employé du parking se souvenait d'elle, comme elle l'avait espéré, bien qu'il eût l'air étonné de voir son visage souriant passer par l'embrasure de la porte de son bureau.

— Bonjour, la revenante, dit-il aimablement. Cela faisait longtemps qu'on vous avait vue.

— J'ai déménagé à Leeds, dit-elle en évitant soigneusement de préciser à quelle date.

Cela faisait plus d'un an et demi qu'elle était venue ici, mais ses motifs ne regardaient personne d'autre qu'elle.

— Chris ne m'a pas dit que vous viendriez, répondit l'employé en se levant pour l'accueillir.

Shaz sortit du bureau et descendit les marches devant lui.

— Ça s'est un peu décidé à la dernière minute, dit-elle d'un ton dégagé en ouvrant sa portière.

Cette réponse sembla satisfaire le gardien.

— Vous allez rester cette nuit ? demanda-t-il tout en cherchant du regard une place libre.

— Non, je ne vais pas rester longtemps, répondit Shaz d'un ton ferme en démarrant et en descendant lentement l'allée derrière le gardien pour rejoindre l'endroit qu'il lui indiquait.

— Je vais vous ouvrir, dit-il lorsqu'elle le rejoignit. Alors, c'est comment dans les brumes glacées du Nord ?

— Le football est mieux, sourit Shaz.

C'est tout ce qu'elle lui dit alors qu'il ouvrait les énormes portes de verre et d'acier et la laissait entrer.

Heureusement que je ne suis pas une terroriste, songea-t-elle en attendant l'ascenseur.

Au troisième étage, elle s'arrêta à mi-chemin du couloir moquetté. Elle prit une profonde inspiration et appuya sur la sonnette. Dans le silence qui s'ensuivit, elle laissa échapper par ses narines un long soupir en essayant de contenir la nervosité qui transformait son estomac en jacuzzi. Alors qu'elle perdait presque espoir, elle entendit un léger bruit de pas. Puis la lourde porte s'entrebâilla.

Des cheveux châtains ébouriffés, des yeux bruns endormis et soulignés de cernes sombres et de rides, un nez retroussé et un bâillement à peine dissimulé derrière une main carrée aux doigts courts et soigneusement entretenus apparurent dans l'embrasure.

Pour une fois, le mince sourire de Shaz gagna jusqu'à ses yeux. Sa soudaine chaleur fit fondre Chris Devine, et ce n'était pas la première fois. La main tomba de la bouche, mais les lèvres restèrent ouvertes. Ce fut d'abord de l'étonnement, puis du ravissement, et enfin de la consternation.

— Tu n'aurais pas du café, par hasard ? demanda Shaz.

Chris recula d'un pas hésitant en ouvrant la porte toute grande.

— Tu ferais bien d'entrer, dit-elle.

4

On n'obtient jamais facilement ce qui en vaut la peine. Il se le répéta à intervalles réguliers durant deux jours de tourment, bien que ce ne fût pas une leçon qu'il eût des chances d'oublier. Il avait été terrorisé dans son enfance par une discipline oppressante et la moindre rébellion ou frivolité était étouffée par la force. Il avait appris à ne pas montrer les courants qui s'agitaient sous la surface, à présenter un visage neutre et acceptable devant toutes les adversités que les gens lui jetaient à la figure.

D'autres hommes auraient peut-être laissé paraître des traces de l'excitation ardente qui l'animait intérieurement chaque fois qu'il pensait à Donna Doyle, mais pas lui. Il avait trop l'habitude de faire semblant. Personne ne remarquait jamais que son esprit parcourait un territoire totalement différent, détaché de ce qui l'entourait, entièrement ailleurs. C'était un trait de caractère qui lui avait épargné de la souffrance dans le passé. Aujourd'hui, c'était ce qui lui assurait sa sécurité.

Dans sa tête, il était avec elle, il se demandait si elle allait tenir sa promesse, il imaginait l'excitation qui bouillonnait dans ses veines. Il la voyait comme un être changé, dotée de l'arme secrète de la connaissance, convaincue qu'elle damait le pion à tous les horoscopes des journaux parce qu'elle savait avec certitude ce que son avenir lui réservait.

Bien sûr, la vision qu'elle en avait n'était peut-être pas la même que la sienne, il s'en rendait bien compte. Il aurait été difficile de se représenter deux rêves plus dissemblables, si éloignés qu'ils ne partageaient pas un seul point commun. En dehors de l'orgasme.

Penser à elle en train de rêver à un avenir faux suscitait un frisson de délices qui cohabitait et alternait avec la mince crainte qu'elle ne tienne pas sa parole, qu'au moment même où il jouait aux échecs électroniques avec les pensionnaires souffreteux d'un service d'enfants cancéreux, Donna fût blottie dans un coin du vestiaire de son lycée en train de révéler son secret à sa meilleure copine. C'était le pari qu'il prenait à chaque fois. Et chaque fois, il prévoyait le coup de dés à la perfection. À aucun moment, on n'était venu le voir. Enfin, pour enquêter.

Une fois, les parents en détresse d'une adolescente disparue avaient demandé qu'il passe un appel à témoins dans son émission parce que, où qu'elle se trouvât, leur fille n'aurait jamais manqué de prendre sa dose hebdomadaire de *Vance Chez Vous*. Suave ironie du sort, si délicieuse que cela l'avait fait bander pendant des mois rien qu'en y repensant. Il ne pouvait guère leur dire que la seule façon de joindre désormais leur fille aurait été de demander l'aide d'un médium, n'est-ce pas ?

Pendant deux nuits de suite, il alla se coucher très tard et se réveilla à l'aube entortillé dans des draps trempés, son cœur battant la chamade et les yeux grands ouverts. Quel que fût ce rêve enfui, il l'empêchait de se rendormir et il ne lui restait plus qu'à arpenter l'espace confiné de sa chambre d'hôtel, tour à tour inquiet et exultant.

Mais rien ne dure éternellement. Le jeudi soir, il était dans sa retraite du Northumberland. À un quart d'heure seulement de voiture du centre de la ville, c'était néanmoins un endroit aussi isolé qu'une bergerie des Highlands. Cette ancienne minuscule chapelle méthodiste qui n'aurait jamais pu accueillir plus d'une douzaine d'ouailles, il l'avait achetée quand il n'en restait plus que quatre murs bombés sous le poids d'un toit qui s'affaissait. Des entrepreneurs de la région, heureux d'être payés de la main à la main, l'avaient restaurée selon des spécifications précises, sans jamais se douter des raisons pour lesquelles elle en était dotée.

Il savoura les préparatifs pour sa visiteuse. Les draps étaient propres, les vêtements prêts. Le téléphone était débranché, le répondeur au volume le plus bas, le fax enfermé dans un tiroir. Les fibres optiques pouvaient chanter toute la nuit leurs appels pour lui, il ne les entendrait pas jusqu'au lendemain matin. La table était couverte d'une nappe si blanche qu'elle semblait briller dans le noir. Dessus, cristaux, argenterie et porcelaine étaient disposés selon les usages traditionnels. Des roses rouges en boutons dans un vase de cristal taillé, des bougies splendides dans un simple chandelier d'argent de style géorgien. Donna serait fascinée. Bien sûr, elle ne se rendrait pas compte que ce serait la dernière fois qu'elle se servirait de couverts.

Il regarda autour de lui pour s'assurer que tout était bien comme il fallait. Les chaînes et les lanières de cuir étaient invisibles, le bâillon de soie rangé, l'établi de charpentier avait l'air innocent sans ses outils, à l'exception d'un étau qui y était fixé en permanence. Il avait conçu lui-même l'établi et tous les outils étaient rassemblés sur une pièce de bois massif qui pendait au bout comme le battant d'une table pliante.

Un dernier coup d'œil à sa montre. L'heure était venue de prendre la Land Rover et de traverser le chemin campagnard pour rejoindre la départementale déserte qui le conduirait à Five Walls Halt et à sa gare isolée. Il alluma les bougies et sourit d'un plaisir sincère, confiant désormais qu'elle avait gardé autant la foi que le silence.

Veux-tu venir jouer avec moi ? disait l'araignée à la mouche.

5

Enfin, les prières de Tim Coughlan avaient été exaucées. Il avait trouvé l'endroit parfait. Le quai de chargement était légèrement moins large que l'usine en elle-même et il restait à un bout un renfoncement d'environ trois mètres carrés. Au premier abord, on aurait dit que cette alcôve était bloquée par des cartons pliés posés sur la tranche. Si quelqu'un s'était donné la peine d'y regarder de plus près, il aurait remarqué que l'empilement des cartons n'était pas très serré et qu'avec un petit effort, il n'était pas trop difficile de se glisser entre eux.

Quiconque aurait poussé son exploration aurait découvert le refuge de Tim Coughlan, qui contenait un sac de couchage taché et graisseux et deux sacs de voyage. Le premier renfermait un T-shirt, une paire de chaussettes et un caleçon, tous propres. L'autre un T-shirt, une paire de chaussettes et un caleçon sales, ainsi qu'un pantalon en velours qui avait dû être brun mais qui était à présent de la couleur des goélands pris au piège dans une marée noire.

Tim s'affala dans un coin de son refuge, son sac de couchage plié en guise de coussin sous ses maigres fesses. Il mangeait des chips à la sauce au curry dans une boîte en plastique. Il lui restait une bonne partie d'un litre de cidre pour les faire descendre et s'endormir. Il avait besoin de quelque chose durant ces nuits glaciales pour pouvoir trouver l'oubli.

Il lui avait fallu passer de longs mois à la rue avant d'émerger des brumes de l'héroïne qui lui avaient volé sa vie. Il était tombé tellement bas que même les drogues étaient hors de portée de sa bourse. Et, ironie du sort, c'est ce qui l'avait sauvé. Frissonnant, en manque, dans un foyer durant Noël, il avait finalement sauté le pas. Il avait commencé à vendre dans la rue *Big Issue*, un journal de sans-abri. Il était parvenu à mettre de côté assez d'argent pour acheter dans des friperies des vêtements qui lui donnaient l'air d'un pauvre plutôt que d'un SDF sans espoir. Et il avait réussi à trouver du travail sur les quais. C'était un travail ordinaire, mal payé, de la main à la main, l'image de la plus noire récession. Mais c'était un début. Et c'est alors qu'il avait trouvé ce petit coin sur le quai de chargement d'une chaîne de montage qui ne pouvait se payer un veilleur de nuit.

Depuis lors, il avait réussi à économiser presque 300 livres, planquées sur un compte de l'entreprise de bâtiment qui était probablement la seule relation qui lui restait avec son passé. Bientôt, il en aurait assez pour la caution et le mois de loyer d'avance, afin de prendre un logement décent et de quoi vivre en attendant que tombe l'allocation chômage qui traînait à arriver.

Tim avait touché le fond et failli se noyer. Bientôt, il en était convaincu, il serait de nouveau en état de nager et de retrouver la lumière. Il froissa le sachet de chips et le jeta dans un coin. Puis il ouvrit la bouteille de cidre et en engloutit le contenu en quelques goulées rapides. L'idée de le savourer ne lui était jamais venue à l'esprit. Il n'y avait pas de raison pour cela.

Les occasions ne s'étaient jamais présentées d'elles-mêmes à la porte de Jacko Vance. La plupart du temps, c'est lui qui les empoignait à la gorge et les traînait de force tandis qu'elles se débattaient bec et ongles. Il s'était rendu compte enfant que la seule manière d'avoir de la chance, ce serait de la provoquer lui-même. Sa mère, affligée d'une sorte de dépression post-natale qui la dégoûtait de son fils, l'avait ignoré le plus possible. Elle ne s'était pas vraiment montrée cruelle, mais simplement ostensiblement absente. C'était son père qui s'était occupé de lui, le plus souvent d'une manière négative.

À l'école, il n'avait pas fallu longtemps au bel enfant aux boucles blondes, aux joues creuses et aux grands yeux écarquillés pour s'apercevoir que cela ne servait à rien d'avoir des rêves et que l'on pouvait forcer les choses à arriver. Son allure de petit garçon perdu avait sur ses professeurs le même effet qu'un lance-flammes sur une glace. Il avait vite compris qu'il pouvait les manipuler et s'en servir comme marionnettes dans son petit jeu de pouvoir à lui. Cela n'effaçait pas ce qui se passait à la maison, mais ce fut pour lui une arène où il commença à appréhender le plaisir que procure la domination.

Bien qu'il se servît de son apparence physique, Jacko ne comptait pas uniquement sur son charme. C'était comme s'il avait compris de manière innée que, pour faire succomber certaines personnes, il fallait des armes toutes différentes. Comme on lui avait instillé le culte du labeur depuis le moment où il avait été en âge de maîtriser le langage, il ne lui avait jamais été difficile de se donner du mal pour arriver à ses fins. Le terrain de sport était l'endroit évident où concentrer ses efforts, puisqu'il avait une certaine disposition naturelle et que cela lui offrait un domaine plus vaste où briller que la salle de classe. Un endroit où la persévérance était récompensée de manière spectaculaire.

Inévitablement, les composantes de son comportement qui le rendaient cher à ceux qui détenaient le pouvoir le coupèrent de ses condisciples. Personne n'a jamais aimé le chouchou du prof. Il subit les incontournables bagarres, en gagna quelques-unes et en perdit d'autres. Quand il perdait, il n'oubliait jamais. Parfois, cela prenait des années, mais il trouvait le moyen d'obtenir une vengeance satisfaisante d'une manière ou d'une autre. Souvent la victime ignorait que Jacko était derrière cette suprême humiliation, mais parfois, elle le savait.

Tous les habitants de la rue où il avait grandi se rappelaient comment il avait eu sa revanche sur Danny Boy Ferguson. Danny Boy avait empoisonné l'existence de Jacko entre l'âge de dix et douze ans en s'en prenant à lui sans pitié. Finalement, quand Jacko s'était jeté sur lui avec fureur, Danny Boy l'avait envoyé mordre la poussière d'une main en gardant l'autre levée au-dessus de lui bien en évidence. Le nez cassé de Jacko n'en avait pas gardé trace, mais une fureur noire brûlait en lui derrière le charme que voyaient les adultes.

Quand Jacko remporta son premier championnat d'Angleterre catégorie junior, il devint du jour au lendemain le héros du quartier. Personne ici n'avait jamais eu sa photo dans les journaux nationaux, pas même Liam Gascoigne quand il avait laissé tomber une plaque de béton sur Gladstone Sanders depuis le dixième étage. Ce ne fut pas difficile de convaincre Kimberley, la petite copine de Danny Boy, de sortir en ville un soir avec lui.

Il l'invita somptueusement pendant une semaine, puis il la plaqua. Et ce dimanche soir dans le pub du coin, au moment même où Danny Boy vidait sa cinquième bière, Jacko glissa au gérant 50 livres pour qu'il passe sur la sono la cassette qu'il avait enregistrée en secret la fois où Kimberley lui racontait, avec tous les détails croustillants, à quel point Danny Boy était un mauvais coup.

Quand Micky Morgan était venue lui rendre visite à l'hôpital, il avait reconnu en elle une semblable. Il ne voyait pas exactement ce qu'elle cherchait, mais il sentait nettement qu'elle voulait quelque chose. Le jour où Jillie l'avait plaqué et où Micky lui avait offert de l'aider, il en avait acquis la certitude.

Cinq minutes après son départ, il avait loué les services d'un privé. L'homme était bon : les réponses étaient arrivées plus vite qu'il ne l'aurait cru. Lorsqu'il vit les résultats du travail de Micky dans les titres qui éclataient sur les unes des tabloïds, il avait compris ce qu'elle cherchait et avait su comment il pourrait l'utiliser au mieux.

Jack quitté par l'amour ! le héros au cœur brisé ! les peines de cœur de Jack : une tragédie !

Il continua à lire en souriant.

L'homme le plus brave d'Angleterre a révélé qu'il faisait le plus grand sacrifice du monde.

Quelques jours après avoir vu fracasser son rêve olympique en sauvant deux bébés, Jacko Vance a rompu ses fiançailles avec son amie d'enfance, Jillie Woodrow.

Le cœur brisé, Jacko, depuis le lit d'hôpital où il se remet de l'amputation d'un bras qui lançait naguère le javelot, a déclaré : « Je la libère. Je ne suis plus l'homme qu'elle voulait épouser. Ce ne serait pas juste de l'obliger à continuer de vivre comme avant. Je ne peux plus lui offrir la vie que nous avions prévue et le plus important pour moi, c'est son bonheur.

« Je sais qu'elle est bouleversée en ce moment, mais à long terme, elle comprendra que j'ai pris la bonne décision. »

À présent, Jillie ne pourrait jamais réfuter sa version des événements sans passer aux yeux de tous comme la pire des salopes.

Jacko prit son temps et joua au chat et à la souris avec l'offre d'amitié de Micky. Puis, quand il sentit le moment venu, il frappa comme un crotale :

— OK, alors c'est quand le moment de faire le chèque ? demanda-t-il en la fixant droit dans les yeux.

— Faire le chèque ? répéta-t-elle, interloquée.

— L'histoire de mon sacrifice par amour, dit-il en entrelardant ses mots d'une lourde ironie. Est-ce qu'on ne qualifie pas de feu de paille ce genre de contes ?

— Si, dit Micky en continuant d'arranger les fleurs qu'elle avait apportées dans le vase qu'elle avait réussi à soutirer à l'infirmière.

— Eh bien, cela fait dix jours que les médias ont annoncé la nouvelle. Jacko et Jillie ne sont officiellement plus très intéressants pour les unes. Le feu de paille est consumé. Et je me demandais quand il faudrait faire le chèque.

Il avait parlé d'une voix douce, mais quand elle plongea son regard dans le sien, ce fut comme de contempler une flaque d'eau gelée sur une lande.

Micky secoua la tête et s'assit sur le rebord du lit, l'air serein. Mais il savait qu'elle réfléchissait à toute vitesse pour savoir comment le manipuler au mieux.

— Je ne suis pas sûre de comprendre de quoi vous voulez parler, dit-elle.

Jacko eut un sourire plein de condescendance.

— Allons, Micky, je ne suis pas né de la dernière pluie. Dans le monde où vous travaillez, vous êtes obligée d'être un requin. Dans votre sphère, on ne rend pas de services sans savoir qu'il y a un moment où on obtiendra une compensation.

Il la vit songer à mentir et se raviser. Il attendit qu'elle envisage de dire la vérité et se ravise également.

— J'ai suffisamment en banque, hasarda-t-elle.

— C'est comme ça que vous voulez jouer ? OK, dit-il nonchalamment. (Puis, brusquement, il sortit sa main gauche et la plaqua sur son poignet.) Mais j'aurais pensé que vous et votre petite copine, vous étiez plutôt dans le besoin, et pas qu'un peu, en ce moment.

Sa grosse main lui enserrait le poignet. Les muscles sculptés de son avant-bras ressortaient, tendus, comme pour rappeler de façon cruelle ce qu'il avait perdu. Il ne la serrait pas violemment, mais elle sentit que sa main était aussi solide qu'une paire de menottes. Elle leva les yeux de sa main vers son visage implacable et il vit qu'elle avait peur de ce qui se tramait derrière ses yeux impénétrables. Il détendit son expression d'un léger sourire et la crainte s'envola. Il voyait dans ses yeux son reflet, qui n'avait à présent plus du tout l'air sinistre.

— Quelle étrange déclaration, dit-elle.

— Il n'y a pas que les journalistes qui ont des relations, dit Jacko d'un ton méprisant. Quand vous avez commencé à vous intéresser à moi, je vous ai rendu la politesse. Elle s'appelle Betsy Thorne, vous êtes ensemble depuis plus d'un an. Elle joue le rôle de votre attachée de presse, mais c'est aussi votre petite copine. À Noël, vous lui avez offert une montre Bulova achetée chez un joaillier de Bond Street. Il y a deux semaines, vous avez pris une chambre double pour une nuit dans un hôtel de campagne près d'Oxford. Vous lui envoyez des fleurs le 23 de chaque mois. Je peux continuer.

— Anecdotique, dit Micky d'une voix glaciale. (Sous sa main, elle sentait son poignet lui brûler.) Et cela ne vous regarde aucunement.

— Et la presse à scandales non plus, hein ? Mais ils sont en train de fouiner, Micky. Ce n'est qu'une question de temps. Et vous le savez.

— Ils ne peuvent pas trouver ce qui n'existe pas, s'obstina-t-elle.

— Ils trouveront, lui promit Jacko. Et c'est là que je peux vous rendre service.

— Supposons que j'aie besoin d'un service... De quelle manière m'aideriez-vous ?

Il lui lâcha le poignet. Au lieu de retirer son bras et de se le frotter, Micky le laissa là où il était.

— Les économistes disent que l'argent propre chasse le sale. C'est pareil avec les journalistes, vous devriez bien le savoir. Donnez-leur un meilleur sujet d'article et ils abandonneront leurs sordides petites enquêtes.

— Je ne vous contredirai pas. Qu'avez-vous en tête ?

— Que diriez-vous de : « Romance à l'hôpital pour Jacko le héros et la reine des journaux » ?

Il arqua un sourcil. Micky se demanda s'il s'était entraîné devant sa glace quand il était adolescent.

— En quoi cela vous sert ? demanda-t-elle après qu'ils se furent toisés mutuellement comme pour mesurer leurs affinités pour la romance.

— La paix et la discrétion, dit Jacko. Vous n'avez pas idée du nombre de femmes qui attendent de pouvoir me sauver.

— Peut-être que l'une d'elles serait la bonne.

Jacko éclata d'un rire amer.

— C'est le principe de Groucho Marx, hein ? Ne vouloir faire partie d'aucun club qui m'accepte. Une femme qui est assez folle pour penser que, petit *a*, j'ai besoin qu'on me sauve, petit *b*, qu'elle en est capable, est par définition la pire femme qui soit pour moi. Non, Micky, ce dont j'ai besoin, c'est d'un camouflage. Comme ça, quand je sortirai d'ici, ce qui ne devrait pas tarder, je pourrai continuer à vivre sans devoir supporter toutes les potiches crétines d'Angleterre qui croient que je suis la chance de leur vie. Je n'ai pas envie de supporter quelqu'un qui compatit pour moi. En attendant que quelqu'un à mon goût se présente, je peux me contenter de l'équivalent érotique d'un gilet pare-balles. Ça vous dirait, comme boulot ?

À présent, c'était son tour de deviner ce qui se passait vraiment derrière ce regard. Micky avait repris sa maîtrise de soi et gardait cet air d'intérêt distant qui allait en faire la journaliste TV préférée du pays.

— Je ne fais pas le repassage, se contenta-t-elle de dire.

— Je me suis toujours demandé en quoi consistait vraiment le travail d'une assistante personnelle, dit Jacko d'un ton aussi narquois que son sourire.

— Celle-là, je vous conseille de ne jamais la sortir à Betsy.

— Marché conclu ?

Jacko couvrit sa main de la sienne.

— Marché conclu, dit-elle en retournant sa main et en la refermant sur ses doigts.

La puanteur prit Carol à la gorge, à peine eut-elle ouvert la portière. Il n'y avait rien d'aussi répugnant que l'odeur de chair humaine carbonisée, et une fois qu'on l'avait sentie, on ne pouvait plus jamais l'effacer de sa mémoire. Essayant de ne pas trop montrer ses haut-le-cœur, elle parcourut la courte distance qui la séparait de l'endroit où Jim Pendlebury donnait selon toute apparence une conférence de presse improvisée sous les lampes à arc portables des pompiers.

Elle avait repéré le journaliste dès que son chauffeur était entré sur le parking et elle avait demandé à être déposée à côté, bien loin de la phalange de véhicules rouge vif auprès desquels les pompiers continuaient d'arroser d'eau un bâtiment rougeoyant. Perché sur une grande échelle bien au-dessus de ses collègues, l'un d'eux fit jaillir une trombe d'eau par-dessus leurs têtes sur les restes écaillés du toit. Derrière la brigade des pompiers, une demi-douzaine de policiers couraient en tous sens. Quelques-uns s'intéressèrent un instant à l'arrivée de Carol, puis ils retournèrent rapidement au spectacle plus absorbant de la fin de l'incendie.

Carol resta à l'écart pendant que Pendlebury répondait laconiquement et sans trop s'avancer aux représentants de la presse et de la radio locales. Une fois que ceux-ci se furent rendu compte qu'ils ne tireraient pas grand-chose à ce stade du commandant des pompiers, ils se dispersèrent. Si certains d'entre eux avaient fait attention à la blonde en trench-coat, ils s'étaient probablement dit qu'elle était elle aussi reporter.

Pour l'instant, Carol n'avait encore été confrontée qu'aux journalistes de la rubrique criminelle et il était encore trop tôt pour que cette affaire passe du stade de fait divers à celui de crime. À peine les journalistes permanents de nuit les auraient-ils prévenus que l'incendie de l'usine avait non seulement fait une victime, mais qu'en plus il était soupçonné d'être d'origine criminelle, que les requins, toujours à l'affût d'une histoire sanglante, seraient tout de suite mis au courant de l'objet de leur prochaine mission. Un ou deux seraient peut-être même tirés du lit sans ménagement comme cela avait été le cas pour Carol.

Pendlebury l'accueillit d'un triste sourire.

— L'odeur de l'enfer, dit-il.

— Impossible de se méprendre.

— Merci d'être venue.

— Merci de m'avoir donné le tuyau. Sinon je n'aurais rien su avant d'arriver au bureau et de lire la main courante. Et puis je n'aurais pas connu le plaisir d'arriver sur les lieux du crime avant tout le monde, dit-elle d'un ton narquois.

— Eh bien, après notre petite discussion de l'autre jour, je me suis dit que celui-ci était pile dans votre rayon.

— Vous pensez que c'est notre pyromane en série ?

— Je ne vous aurais pas appelée chez vous à 3 heures et demie du matin si je n'avais pas été sûr.

— Alors, qu'avons-nous ?

— Vous voulez jeter un coup d'œil ?

— Dans une minute. Avant, j'aimerais un petit résumé pendant que je suis encore en état de me concentrer sur ce que vous me dites plutôt que sur ce que fait mon estomac.

Pendlebury eut l'air un peu surpris, comme s'il s'était attendu à ce qu'elle supporte pareilles horreurs sans difficultés.

— Bon, dit-il, l'air un peu déconcerté. Nous avons eu un appel un peu après 2 heures, de l'une de nos voitures, en fait. Ils faisaient leur patrouille et ils ont vu les flammes. Nous avons envoyé sur place deux unités qui sont arrivées en sept minutes, mais c'était déjà très avancé. Trois autres véhicules sont arrivés en renfort dans la demi-heure, mais il n'y avait aucun moyen de sauver le bâtiment.

— Et le corps ?

— À peine avaient-ils noyé cette partie du hangar – ce qui a pris une demi-heure – que les hommes ont remarqué l'odeur. C'est là qu'ils m'ont appelé. Je suis d'astreinte permanente pour les accidents mortels. Vos gars ont appelé la crime et moi je vous ai appelée.

— Alors, où est le corps ?

Pendlebury désigna un côté du bâtiment.

— Pour autant qu'on sache, il était dans le coin du quai de chargement. Il semblait y avoir une espèce de renfoncement au bout. D'après les cendres, il devait y avoir beaucoup de cartons empilés devant. Nous n'avons pas pu encore entrer, c'est encore trop chaud et dangereux – les murs peuvent s'effondrer – mais d'après ce qu'on voit et ce qu'on sent, je dirai que le cadavre est derrière ce tas de cendres trempées dans le renfoncement, ou dessous.

— Selon vous, il ne fait aucun doute qu'il y ait un cadavre là-bas ? demanda Carol.

Elle essayait d'éviter l'inévitable, et elle le savait.

— Il n'y a qu'une seule chose qui sent pareil que la chair humaine carbonisée : c'est la chair humaine carbonisée, dit Pendlebury sans plus de façons. D'ailleurs, je crois qu'on distingue la silhouette du corps. Venez, je vais vous montrer.

Deux minutes plus tard, Carol était avec lui à une distance qu'il prétendait sans danger des ruines fumantes. Elle trouvait qu'il faisait une chaleur difficile à supporter, mais elle avait appris à faire confiance aux experts durant ses premières années de métier. Être restée en arrière aurait été insultant. Alors que Pendlebury désignait du doigt les contours de la forme noircie que le feu et l'eau avaient laissée au bout du quai, elle se rendit compte qu'elle parvenait irrésistiblement aux mêmes conclusions que lui.

— Quand est-ce que les gens du labo vont pouvoir commencer à travailler ? demanda-t-elle sourdement.

— Plus tard dans la matinée ? proposa Pendlebury avec une grimace pensive.

Elle hocha la tête.

— Je vais faire en sorte que l'équipe soit prête, dit-elle en se détournant. C'est exactement ce que je ne voulais pas qu'il arrive, dit-elle, moitié pour elle-même.

— Ça ne pouvait qu'arriver tôt ou tard. La loi des probabilités, dit Pendlebury d'un ton détaché en lui emboîtant le pas tandis qu'elle retournait vers sa voiture.

— Nous aurions dû être sur les traces de ce pyromane depuis une éternité, dit Carol, en cherchant rageusement dans ses poches un Kleenex pour essuyer les cendres trempées de ses baskets. C'est du travail de police ni fait ni à faire. Il aurait déjà dû être sous les verrous. C'est notre faute s'il est encore dans la nature et qu'il tue des gens.

— Vous êtes injuste avec vous-même, protesta Pendlebury. Vous n'étiez en poste que depuis très peu de temps et vous avez tout de suite deviné. Vous n'avez aucune raison de vous en vouloir.

Carol s'interrompit dans son nettoyage infructueux et leva les yeux.

— Je ne m'en veux pas, maugréa-t-elle, même si nous aurions pu faire un peu plus d'efforts sur cette affaire. Je dis qu'à un moment donné, la police de ce district a laissé tomber les gens qu'elle était supposée servir. Et peut-être auriez-vous dû vous montrer un peu plus insistant pour convaincre mon prédécesseur lorsque vous pensiez que nous avions affaire à un pyromane.

Pendlebury eut l'air choqué. Il ne se souvenait pas de la dernière fois où un membre des services d'urgence l'avait ainsi critiqué en face.

— Je crois que vous êtes un peu bouleversée, inspecteur-chef, dit-il avec une indignation qui le rendit solennel.

— Je suis désolée que ça vous fasse cette impression, répondit sèchement Carol en se levant et en se secouant. Mais si nous devons avoir une relation de travail productive, il est hors de question de privilégier le confort personnel aux dépens de la franchise. J'attends de vous que vous me préveniez si nous ne faisons pas notre travail. Et si je vois des choses qui ne me plaisent pas, je le dirai. Je n'ai pas l'intention de me fâcher avec vous pour ça. Je veux attraper ce mec. Mais nous n'avancerons pas si nous restons là, bras ballants, à dire que c'est bien dommage qu'un pauvre type soit mort.

Pendant un moment, ils se regardèrent en chiens de faïence. Pendlebury ne savait pas très bien comment réagir face à cette fougueuse détermination. Puis il écarta les mains dans un geste conciliant.

— Excusez-moi. Vous avez raison. Je n'aurais pas dû battre en retraite quand on n'a pas tenu compte de mon avis.

Carol sourit en lui tendant la main.

— Essayons de reprendre un bon départ à partir d'aujourd'hui, OK ?

Ils se serrèrent la main.

— Marché conclu, dit-il. Je vous appellerai quand les gars du labo en auront fini.

En partant, Carol ne pensait qu'à une seule chose. Elle avait sur les bras un pyromane en série qui était maintenant doublé d'un meurtrier. Tout le monde attendait désormais qu'elle l'attrape. Le temps que le labo ait des certitudes à lui donner, elle avait l'intention d'esquisser son profil. Elle pensait mettre un suspect sous les verrous avant même l'ouverture de l'enquête. Si John Brandon avait cru qu'elle se laissait faire quand ils travaillaient ensemble à Bradfield, une surprise l'attendait. Carol Jordan allait prouver des tas de choses à des tas de gens. Et si elle avait des moments de découragement en route, l'odeur épouvantable qui lui collait aux narines serait une motivation suffisante pour lui redonner de l'énergie.

Shaz se retourna et consulta la pendule. Sept heures moins vingt. Seulement dix minutes de plus que la dernière fois qu'elle avait regardé. Elle n'allait pas se rendormir, pas à cette heure. Si elle était honnête, se dit-elle en se levant pour aller dans la salle de bains, elle ne pourrait probablement pas dormir convenablement tant que Chris n'avait pas fait sa livraison comme promis.

Demander ce service avait été moins gênant qu'elle ne le pensait, se dit Shaz en s'asseyant sur les toilettes et en se baissant pour ouvrir les robinets de la baignoire. Le temps semblait avoir arrondi les angles de sa relation avec le sergent Devine et elle paraissait revenue au stade précédant les méprises et les faux pas qui l'avaient douloureusement ébréchée.

Dès le début de la carrière de Shaz dans la police de Londres, Chris Devine avait représenté tout ce à quoi elle aspirait. Il n'y avait que deux femmes à la section d'enquêtes criminelles du commissariat de Londres

Ouest où Shaz était basée, et Chris était la plus gradée. Les raisons en étaient évidentes. C'était une bonne flic efficace avec l'un des meilleurs dossiers du service. Solide comme un roc pendant les crises, dure à la tâche, imaginative et incorruptible, elle faisait également preuve d'intelligence et d'humour. Et – c'était le plus important – elle pouvait s'intégrer à ce milieu d'hommes sans pour autant les laisser oublier qu'elle était une femme.

Shaz l'avait étudiée comme un spécimen sous un microscope. Ce que Chris était, elle voulait le devenir, et elle voulait obtenir le même respect. Elle avait déjà trop vu de femmes officiers ravalées au rang de « fendues » ou de « grognasses » pour être bien décidée à ce que cela ne lui arrive pas. Shaz savait qu'en tant qu'agent en tenue frais émoulu, elle n'était qu'un point quelque part à la périphérie du champ de vision de Chris, mais elle s'insinua petit à petit dans la conscience de son aînée, et chaque fois qu'elles étaient de service en même temps au commissariat, on les trouvait invariablement dans un coin de la cafétéria en train de boire un thé particulièrement fort et parler boutique.

Le jour même où Shaz avait eu le droit de postuler pour une promotion à la crime, elle en avait fait la demande. La recommandation de Chris avait suffi à la faire passer et, quelques semaines plus tard, Shaz s'était retrouvée à faire sa première planque de nuit avec Chris. Il lui fallut un peu plus longtemps pour se rendre compte que Chris était lesbienne, et qu'elle avait pensé que les manœuvres insistantes de Shaz étaient d'ordre sexuel plus que professionnel. La nuit où son sergent l'avait embrassée avait été le pire moment de sa carrière de policière.

L'espace d'un instant, elle avait failli s'en accommoder, tellement l'ambition lui était chevillée au corps. Puis elle avait été rappelée à la réalité. Shaz n'était peut-être pas très douée pour les relations, mais elle en savait suffisamment sur elle-même pour être certaine que c'était sans conteste vers les hommes plus que vers les femmes qu'elle était attirée. Elle avait reculé devant l'étreinte de Chris avec plus de précipitation que devant un fusil à canon scié. Ce qui s'était ensuivi, ni Shaz ni Chris ne pouvaient s'en souvenir sans éprouver un mélange désagréable d'émotions : humiliation, gêne, colère et sentiment de trahison. La solution la plus sensée aurait probablement été que l'une des deux demande sa mutation, mais Chris n'était pas prête à abandonner un district qu'elle connaissait comme sa poche, et Shaz était trop butée pour renoncer à la première occasion qui lui était donnée de faire carrière dans la section des enquêtes criminelles.

Aussi avaient-elles conclu un armistice bancal qui leur permettait de rester dans la même équipe, mais elles évitaient autant qu'elles pouvaient de se retrouver ensemble. Six mois après la mutation de Shaz à Leeds, Chris avait eu une promotion et s'était retrouvée à New Scotland Yard. Elles ne s'étaient pas reparlé depuis ce jour-là, jusqu'au moment où Shaz avait atterri sur le palier de Chris pour lui demander un service.

Shaz coupa des tranches de fruits frais dans son müesli et songea que cela avait été plus facile que prévu de ravaler son amour-propre et de demander de l'aide à Chris, peut-être parce que celle-ci avait été décontenancée par la présence à ce moment-là dans son appartement – et plus précisément, dans son lit – d'une technicienne en empreintes digitales que Shaz se rappelait avoir vue à Notting Hill Gate. Quand Shaz lui avait expliqué ce qu'elle voulait, Chris avait immédiatement accepté, comprenant exactement pourquoi Shaz était si pressée d'aller beaucoup plus loin que ce que leur formateur attendait de ses stagiaires. Et comme si là encore la main du destin était intervenue dans la vie de Shaz, il s'était trouvé que Chris n'était pas de service le lendemain et que rassembler en peu de temps les informations que demandait Shaz lui serait simple.

Tout en enfournant son petit déjeuner d'un air absent, elle imagina Chris passer sa journée dans les archives nationales de presse de Colindale, photocopiant page sur page de journaux régionaux afin de couvrir toute la période des sept disparitions qui avaient accaparé l'esprit de Shaz. Shaz passa le bol vide sous l'eau chaude en sentant grandir son impatience. Elle n'aurait pas pu dire pourquoi elle en était aussi certaine, mais elle était convaincue qu'elle trouverait ses premiers indices dans la presse régionale.

Elle ne s'était encore jamais trompée. Sauf, bien sûr, sur le compte de Chris. Mais ça, se dit-elle, c'était tout à fait différent.

— Nous allons travailler sur des cas devant lesquels la plupart des policiers sont mal à l'aise. C'est parce que les criminels agissent selon des règles différentes des nôtres. (Tony parcourut la pièce d'un regard circulaire pour vérifier que tous l'écoutaient au lieu de feuilleter leurs cours. Leon avait l'air d'être plutôt ailleurs, mais Tony avait appris à reconnaître ses attitudes et ne les prenait plus au pied de la lettre. Satisfait, il continua.) Savoir que l'on a affaire à quelqu'un qui a créé ses propres règles est une sensation très déroutante pour tout le monde, y compris pour les policiers entraînés.

» Étant donné que nous venons de l'extérieur et que nous essayons de trouver une signification à des faits bizarres, la tendance est de nous mettre dans le même sac en considérant que nous faisons plus partie du problème que de sa solution. Aussi, le plus important, c'est de s'efforcer dès le début de construire une relation avec les officiers chargés de l'enquête. Vous avez tous travaillé dans la section des enquêtes criminelles : d'après vous, quel genre de méthodes fonctionnerait ?

Simon démarra au quart de tour :

— Les emmener prendre un godet ? proposa-t-il.

Les autres grognèrent et sifflèrent devant une suggestion aussi prévisible.

Le sourire de Tony ne gagna pas ses yeux.

— Il y a des chances pour qu'ils aient une demi-douzaine de bonnes excuses pour ne pas pouvoir vous accompagner au pub. D'autres idées ?

Shaz leva son stylo.
— Gratter comme un malade. S'ils voient que vous êtes un bosseur, ils vous respecteront un peu.
— Oui, ou alors ils penseront que tu es un lèche-cul, ironisa Leon.
— Ce n'est pas une mauvaise idée, dit Tony, bien que Leon n'ait pas tort. Si vous choisissez cette voie-là, il faudra que vous montriez le mépris le plus total pour quiconque est au-dessus du rang d'inspecteur-chef, ce qui peut être fatigant, pour ne pas dire improductif. (Ils se mirent à rire.) Pour moi, le truc qui marche, c'est incroyablement simple. (Il leur jeta un dernier regard interrogateur.) Non ? Et la flatterie, alors ?
Un ou deux hochèrent la tête sagement. Leon fit une grimace et ricana :
— C'est encore plus lèche-cul.
— Je préfère considérer que c'est une technique parmi les nombreuses autres dont dispose le profileur. Je ne l'utilise pas pour mon avancement personnel : je l'utilise pour le bien de mon travail sur une affaire, le corrigea gentiment Tony. J'ai dans mon répertoire un mantra que je sors à la moindre occasion. (Il changea légèrement de position, mais ce simple mouvement modifia son allure d'autorité confortable en attitude de subordonné. Il arbora un sourire humble.) Bien sûr, dit-il d'un air plein de prévenance, je ne résous pas les affaires de meurtres. Ce sont les flics qui font ça. (Puis, tout aussi rapidement, il reprit sa position précédente.) Ça marche pour moi. Il est possible que ce ne soit pas le cas pour vous. Mais cela ne fera jamais de mal de dire aux enquêteurs à quel point vous respectez leur travail et que vous n'êtes que le tout petit rouage qui peut aider leur machine à mieux fonctionner. (Il marqua une pause.) Il faut que vous leur disiez ça au moins cinq fois par jour. (À présent, ils souriaient tous.)
» Une fois cela fait, il y a de raisonnables chances pour qu'ils vous donnent les informations dont vous aurez besoin pour réaliser votre profil. Si vous ne voulez pas vous donner la peine de faire cet effort, ils vont

probablement garder pour eux tout ce qu'ils pourront parce qu'ils vous percevront comme un rival cherchant à s'approprier la gloire d'avoir résolu une affaire spectaculaire. Alors : vous avez les enquêteurs de votre côté et vous avez vos indices. Il est temps de travailler sur le profil. D'abord, vous évaluez les probabilités.

Il se leva et commença à faire le tour de la pièce comme un gros chat qui inspecte les limites de son domaine.

— La probabilité est le seul dieu du profileur, poursuivit-il. Abandonner une probabilité pour une autre exige d'avoir des preuves indiscutables. L'inconvénient, c'est qu'il y a des fois où vous en aurez tellement que vous ne saurez plus quoi en faire. (Déjà, il sentait les battements de son cœur accélérer alors qu'il n'avait pas dit un mot de l'affaire.) J'en ai fait moi-même l'expérience sur le dernier dossier important que j'ai traité.

» Nous avions affaire à un tueur en série dont les victimes étaient de jeunes hommes. J'avais toute l'information que possédait la police, grâce à un brillant officier de liaison, une femme. Sur la base de ces indices, j'ai ébauché un profil. L'officier de liaison a fait quelques suggestions fondées sur son intuition. L'une d'elles était intéressante et je n'y avais pas pensé, parce que je n'en connaissais pas autant qu'elle sur les technologies de l'information. Mais en même temps, comme c'était quelque chose qu'une faible partie seulement de la population pouvait connaître, je lui ai assigné une probabilité relativement basse. Normalement, cela signifiait que les enquêteurs devaient y accorder une faible priorité, mais ils n'avaient plus aucune piste, et du coup, ils s'y sont intéressés. Il s'est trouvé qu'elle avait eu raison, mais en soi, cela n'a pas fait progresser très loin l'enquête.

Il avait les mains moites, mais à présent qu'il était vraiment devant les fragments des scènes qui déchiraient ses nuits, il n'avait plus l'estomac noué. Il lui en coûta moins d'efforts que prévu pour continuer son analyse.

— L'autre suggestion qu'elle avait faite, reprit-il, je l'ai écartée immédiatement parce qu'elle était complètement insensée. Elle allait à l'encontre de tout ce que je savais des serial-killers. (Tony croisa des regards interrogateurs. La tension qu'il éprouvait s'était transmise à toute l'équipe et ils attendaient, sans un mouvement, ce qui allait suivre.) Avoir négligé sa suggestion a failli me coûter la vie, dit-il simplement en regagnant son siège et en se rasseyant. (Il balaya la pièce du regard, surpris de pouvoir parler avec tant de calme.) Et vous savez quoi ? J'avais eu raison de ne pas en tenir compte. Parce que sur une échelle de cent, sa proposition était si improbable que je refusais de l'envisager.

À peine lui fut-il confirmé la présence d'un cadavre dans l'incendie, que Carol convoqua son équipe. Cette fois, il n'y eut pas de biscuits au chocolat.

— J'imagine que vous avez tous entendu les nouvelles de ce matin, dit-elle froidement alors qu'ils s'installaient dans son bureau.

Tommy Taylor était à califourchon sur la seule autre chaise du bureau, sous prétexte qu'il était sergent. On l'avait peut-être élevé à ne pas s'asseoir quand les femmes restaient debout, mais cela faisait longtemps qu'il avait arrêté de considérer Di Earnshaw comme une femme.

— Oui, dit-il.

— Le pauvre type, pépia Lee Whitbread.

— Le pauvre type mes fesses, protesta Tommy. Il n'avait pas à être là, non ?

Dégoûtée, mais pas étonnée, Carol intervint :

— Qu'il ait eu à être là ou pas, il est mort, et nous sommes censés rechercher l'individu qui l'a tué. (Tommy prit une attitude de défi en croisant les bras sur le dossier de la chaise et en calant bien ses pieds au sol, mais Carol refusa d'y répondre.) Les incendies criminels, c'est comme une bombe à retardement, continua-t-elle. Et cette fois, elle nous a pété en pleine figure. Aujourd'hui, ce n'est pas le jour le plus glorieux de ma carrière. Alors, qu'est-ce que vous avez à m'apprendre ?

Lee, appuyé sur le classeur à tiroirs, haussa les épaules.

— J'ai revu tous les dossiers qui remontent à six mois. En tout cas, tout ce sur quoi j'ai pu mettre la main, se corrigea-t-il. J'ai trouvé pas mal d'incidents du type que vous nous avez demandé de chercher, quelques rapports de l'équipe de nuit de la crime, d'autres des gars en tenue. J'avais l'intention de tout rassembler au propre aujourd'hui.

— Di et moi, on a interrogé à nouveau les victimes, comme vous l'avez demandé. Il n'y a apparemment pas de facteur commun pour l'instant, dit Tommy d'un ton distant, calquant son comportement sur celui de Carol.

— Des assurances différentes, ce genre de trucs, renchérit Di.

— Et le mobile racial ? demanda Carol.

— Des victimes asiatiques, mais pas suffisamment pour que ce soit significatif, dit Di.

— Avons-nous déjà parlé aux assureurs eux-mêmes ?

Di regarda Tommy et Lee fixa la fenêtre. Tommy s'éclaircit la gorge.

— C'était Di qui devait le faire aujourd'hui. Elle pouvait pas avant.

Sans se laisser impressionner, Carol secoua la tête.

— Bon. Alors voici ce qu'on va faire. J'ai une certaine expérience du profilage... (Elle s'interrompit en entendant Tommy murmurer quelque chose.) Excusez-moi, sergent Taylor, vous vouliez dire quelque chose ?

Redevenu confiant, Tommy lui sourit insolemment.

— J'ai dit : « On en a entendu parler, madame. »

Pendant un instant, Carol resta coite et se contenta de le toiser. C'étaient des situations comme celle-ci qui pouvaient faire dégénérer un travail en un calvaire si on ne les gérait pas correctement. Pour le moment, ce n'était qu'un comportement irrespectueux et effronté. Mais si elle laissait passer ça, cela deviendrait rapidement de l'insubordination claire et nette. Quand elle reprit la parole, ce fut calmement, mais froidement :

— Sergent, je ne comprends pas pourquoi vous avez en vous cette ardente ambition de retourner faire la circulation, mais je serai plus qu'heureuse d'exaucer vos vœux si les tâches de notre section continuent de ne pas être à votre goût.

La bouche de Lee se tordit malgré lui. Di Earnshaw plissa ses yeux noirs, attendant une explosion qui ne vint pas. Tommy remonta ses manches de chemise et regarda Carol droit dans les yeux :

— Faut sûrement que je vous montre de quoi je suis capable, chef.

— Il vaudrait mieux, Tommy, acquiesça Carol. Bon, maintenant, je vais aller travailler sur le profil, mais pour que ce ne soit pas qu'un simple exercice théorique, je vais avoir besoin de beaucoup de données brutes. Puisque nous n'avons aucun indice de liens entre les victimes, je vais m'avancer un peu et dire que nous avons affaire à un type qui y trouve son plaisir, plutôt qu'à un incendiaire commandité. Ce qui signifie que nous cherchons quelqu'un de jeune, sexe masculin. Il est probablement sans emploi, a des chances d'être célibataire et de vivre chez ses parents. Je ne vais pas entrer dans le jargon psy et vous parler d'inadaptation sociale pour le moment.

» Ce que nous devons chercher, c'est un individu qui a déjà eu affaire à la police pour de petits délits, vandalisme, nuisance, drogue, ce genre de choses. Peut-être aussi des délits sexuels mineurs. Voyeurisme, exhibitionnisme. Ce n'est pas un casseur, ni un cambrioleur, ni un voleur, ni un voyou des rues. C'est simplement un pauvre con. Qui a déjà eu des ennuis depuis qu'il est adolescent. Il n'a probablement pas de voiture, donc nous devons chercher dans les alentours des feux. Si vous reliez les sites d'incendies par une ligne, il y a des chances qu'il vive à l'intérieur de ces limites. Il a dû regarder le spectacle d'un endroit d'où on les voit bien, alors cherchez où ça peut être et qui aurait pu être là-bas.

» Vous connaissez le terrain. C'est votre travail de m'amener des suspects qui sont conformes à ce profil. Lee, je veux que vous alliez parler à l'archiviste et que vous demandiez aux gars en tenue qui, selon eux, répond à ces critères. Je vais dresser un profil plus complet et Tommy et Di continueront le travail de routine sur le crime, la liaison avec le labo et l'enquête de voisinage. Merde, je n'ai pas à vous dire comment on fait une enquête… (Un coup frappé à la porte coupa Carol dans sa lancée.) Entrez ! dit-elle.

La porte s'ouvrit sur John Brandon. Carol se rendit compte qu'il lui restait du chemin à faire pour être acceptée dans son nouveau poste : personne n'était venu la prévenir que le chef était en route. Elle sauta sur ses pieds, Tommy faillit tomber à la renverse dans sa précipitation à se lever et Lee se cogna le coude sur le classeur en se redressant. Seule Di Earnshaw était déjà en position, appuyée contre le mur du fond, les bras croisés sur la poitrine.

— Désolé de vous interrompre, inspecteur-chef Jordan, dit plaisamment Brandon. Je peux vous dire un mot ?

— Certainement, monsieur. Nous en avions pratiquement terminé. Vous trois, vous savez ce que vous avez à faire, allez-y.

Le sourire de Carol parvint à signifier à la fois qu'elle les congédiait et leur souhaitait bon courage, et les trois officiers filèrent du bureau sans même jeter un regard en arrière.

Brandon fit signe à Carol de se rasseoir alors qu'il pliait sa grande carcasse sur le siège des visiteurs.

— Ce feu tragique à Warlaw, commença-t-il sans plus de façons.

— J'étais sur place tout à l'heure, dit Carol.

— C'est ce qu'on m'a dit. Ça fait partie de ce que vous pensez être votre série, j'imagine ?

— Je crois. Ça en présente toutes les caractéristiques. Je veux entendre ce qu'en pensent les enquêteurs des pompiers, mais Jim Pendlebury, le commandant, pense que cela présente toutes les similitudes avec les autres affaires que nous avons repérées.

Brandon se mordit la lèvre. C'était la première fois que Carol le voyait autrement que parfaitement serein. Il poussa un long soupir, et :

— Je sais que nous en avons déjà parlé, et que vous êtes convaincue que vous pouvez vous en sortir toute seule. Je ne dis pas que vous n'en êtes pas capable, parce que je pense que vous êtes un sacré bon inspecteur, Carol. Mais je veux que Tony Hill jette un coup d'œil à ça.

— Ce n'est vraiment pas nécessaire, dit Carol qui sentait une bouffée de chaleur lui monter aux joues. Sûrement pas à ce stade.

Le sinistre visage de limier de Brandon sembla s'allonger encore davantage.

— Ce n'est nullement une insulte à vos compétences, dit-il.

— Je ne peux pas faire autrement que de vous répondre que vu de mon côté, ça y ressemble, dit Carol en essayant de ne pas avoir l'air aussi révoltée qu'elle l'était intérieurement. (Elle se força à se rappeler la colère qu'elle avait éprouvée un instant plus tôt devant l'impertinence de Tommy Taylor.) Nous avons à peine commencé notre propre enquête, monsieur. Il est très possible que nous ayons expédié le tout en quelques jours. Il ne peut pas y avoir beaucoup de gens à Seaford qui correspondent au profil du pyromane en série.

Brandon changea de position sur sa chaise, comme s'il s'efforçait d'en trouver une qui convienne à ses longues jambes.

— Je me trouve dans une situation un peu embêtante, Carol. Je n'ai jamais tellement aimé les « il n'y a pas de raison que » en réponse aux ordres. J'ai toujours pensé que les choses se passent mieux quand mes officiers comprennent pourquoi je donne telles ou telles directives plutôt que lorsqu'on se repose sur une obéissance aveugle. D'un autre côté, pour des raisons opérationnelles, parfois il faut se contenter de faire confiance. Et quand d'autres unités que je ne contrôle pas sont impliquées, même quand je pense qu'il n'y a aucune raison de faire jouer la confidentialité, je dois respecter ce qu'elles demandent. Vous me suivez ? demanda-t-il, les sourcils haussés dans une interrogation inquiète.

Si un officier de police était capable de lire un tel message, c'était bien Carol. Elle plissa le front en digérant les paroles de Brandon.

— Donc, hypothétiquement, répondit-elle finalement, prenant son temps pour bien réfléchir à ce qu'elle disait, si l'on mettait en place une nouvelle unité spécialisée et si cette unité voulait qu'une autre police les laisse aimablement utiliser l'une de ses affaires en guise de terrain d'essai, même si vous pensiez que l'officier chargé du dossier a le droit de savoir de quoi il retourne, vous seriez obligé de vous plier à leurs exigences de confidentialité concernant les véritables raisons de leur passer l'affaire ? C'est de cela qu'il s'agit, monsieur ?

Brandon eut un sourire de reconnaissance.

— S'il s'agit purement d'une hypothèse, oui.

Elle ne lui rendit pas son sourire.

— À mon sens, ce ne serait pas la meilleure occasion pour tenter une telle expérience. (Elle marqua une pause.) Monsieur.

— Pourquoi ? demanda Brandon, l'air surpris.

Carol réfléchit un instant. Peu de diplômés gravissaient la pente glissante aussi vite qu'elle l'avait fait, surtout les femmes. Le soutien de John Brandon lui avait apporté plus qu'elle n'aurait jamais espéré. Et elle ne pouvait même pas savoir avec certitude si les véritables motifs de sa réticence étaient ceux qu'elle s'apprêtait à formuler. Néanmoins, elle s'était déjà bien avancée et elle n'avait jamais été du genre à renoncer.

— Nous sommes une nouvelle unité, dit-elle en pesant ses mots. Je viens à peine d'arriver pour travailler avec un groupe de gens qui font équipe depuis longtemps. J'essaie de construire une relation de travail qui nous permette de protéger et servir la collectivité. Je ne peux pas le faire si on m'enlève la première affaire importante qui soit arrivée sur mon bureau depuis que je suis là.

— Personne ne prétend vous ôter cette affaire, inspecteur-chef, dit Brandon sur le même ton officiel. Il est question d'utiliser la nouvelle cellule à titre de consultant.

— Pour moi, cela signifie que vous n'avez aucune confiance en moi, insista Carol.

— C'est absurde. Si je n'avais aucune confiance en vos compétences, pourquoi aurais-je fait en sorte que vous ayez cette promotion ?

Carol secoua la tête, incrédule. Il ne comprenait vraiment pas.

— Je suis sûre que les cow-boys de la cafétéria n'auront aucune peine à le penser, eux, dit-elle d'un ton acerbe.

Comprenant ce qu'elle voulait dire, Brandon ouvrit de grands yeux.

— Vous croyez qu'ils… Ce n'est pas… C'est ridicule ! Je n'ai jamais rien entendu d'aussi absurde !

— Si vous le dites, monsieur, dit Carol en grimaçant un sourire et en passant une main dans ses cheveux blonds. Je ne pensais pas que j'avais l'air aussi sotte.

Brandon secoua la tête, incrédule.

— Il ne m'est jamais venu à l'esprit que des gens puissent se méprendre sur votre promotion. Il est tellement évident que vous êtes un bon flic. (Il soupira et se mordit de nouveau la lèvre.) Maintenant, je suis dans une situation encore pire qu'avant de venir vous voir. (Il leva les yeux et prit une décision.) Ce que je vais vous dire reste entre nous.

» Paul Bishop a des problèmes de liaison avec les huiles de Leeds. Ils lui ont clairement fait comprendre qu'ils ne voulaient pas de son équipe chez eux et qu'ils ne le laisseraient pas toucher à leurs dossiers. Il a besoin d'un cas réel pour que ses officiers apprennent le métier et, pour des raisons évidentes, il ne veut pas que ce soit un serial-killer ou un violeur, un crime trop grave. Il m'a appelé parce que nous sommes voisins et il m'a demandé d'ouvrir l'œil et de lui trouver quelque chose qui permettrait à son unité de se faire les dents avant d'être officiellement disponible pour traiter les affaires de tout le monde. Pour être parfaitement franc, j'allais leur proposer votre pyromane en série avant même qu'il n'y ait eu ce décès.

Carol essaya de ne rien laisser voir de sa colère. C'était toujours pareil. Au moment pile où vous pensiez les avoir dressés, ils redevenaient des hommes de Néanderthal.

— C'est un meurtre, maintenant. On ne peut pas rêver plus grave que ça, dit-elle. Pour mon amour-propre, sans parler de celui de mon équipe, j'ai besoin de diriger cette enquête. Je n'ai pas besoin d'être vue en train de traîner aux basques de la Cellule Nationale de Profilage Criminel, continua-t-elle d'un ton glacial. Si j'avais pensé que recourir aux pompiers était le meilleur moyen de traiter la criminalité, j'aurais demandé à en faire partie. Je n'arrive pas à croire que vous puissiez me couper l'herbe sous le pied comme ça, monsieur.

Elle avait prononcé ce dernier mot comme un juron.

La façon dont Brandon réglait l'insubordination était très différente de celle de Carol. Un homme dans sa position n'avait pas besoin de menaces voilées, il pouvait se permettre de se montrer plus créatif.

— Je n'ai nullement l'intention de couper l'herbe sous le pied d'aucun de mes officiers, inspecteur-chef Jordan. C'est pourquoi vous serez la seule à avoir des relations directes avec la cellule. Vous allez partir à Leeds les voir, ils ne viendront pas sur votre terrain. Je préciserai très clairement au commandant Bishop que ses hommes ne doivent discuter de cette affaire avec aucun autre officier de la police de l'East-Yorkshire. Je suppose que vous trouverez cela satisfaisant ?

Carol ne put s'empêcher d'éprouver, de mauvaise grâce, du respect pour la vitesse à laquelle son chef était retombé sur ses pieds.

— Vos ordres sont parfaitement clairs, dit-elle, résignée.

Soulagé d'avoir résolu la crise sans être obligé de raconter quoi que ce fût de gênant à Maggie, Brandon se leva avec un sourire détendu.

— Merci, Carol. J'apprécie. C'est drôle, j'aurais juré que vous sauteriez sur la première occasion de collaborer à nouveau avec Tony Hill. Vous vous êtes tellement bien entendus quand vous étiez son officier de liaison sur l'affaire de l'assassin de Bradfield.

Elle força ses maxillaires à esquisser de mémoire un sourire en espérant qu'il aurait l'air authentique.

— Ma réticence n'a rien à voir avec le Dr Hill, dit-elle en se demandant si Brandon la croirait, alors qu'elle n'arrivait même pas à s'en convaincre elle-même.

— Je vais leur faire savoir que vous allez les contacter, dit Brandon.

Il referma la porte en sortant, un geste courtois dont Carol lui fut profondément reconnaissante.

— J'en meurs d'impatience, dit-elle tristement dans son bureau vide.

Shaz passa comme une trombe la porte du commissariat où était basée la cellule et adressa un sourire plein d'espoir au policier en tenue de service au comptoir.

— Inspecteur Bowman, dit-elle. Cellule Nationale de Profilage Criminel. Vous n'avez pas un paquet pour moi ?

— Ici ? interrogea le policier d'un air dubitatif.

— C'est ça. (Elle regarda sa montre.) Il devait être livré aujourd'hui par coursier à 9 heures. Et comme j'ai 10 heures passées à ma montre…

— Alors il va falloir que vous frottiez les oreilles de quelqu'un, parce qu'il y a rien pour vous, ma petite, dit l'agent, incapable de dissimuler sa satisfaction : ce n'était pas souvent qu'il avait la possibilité de faire d'une pierre deux coups en marquant un point contre un membre de la Cellule *et* en se montrant condescendant avec une femme.

— C'est sûr ? demanda Shaz en essayant de ne pas montrer une consternation qui, elle le savait, ne la ferait paraître que plus arrogante.

— Je sais lire, ma petite. Faites-moi confiance, je suis flic. Et il y a pas de paquet pour vous.

Et, lassé, il lui tourna ostensiblement le dos en faisant mine de s'intéresser à une pile de paperasses.

Bouillonnante d'exaspération, sa bonne humeur envolée, Shaz dépassa les ascenseurs et monta quatre à quatre les cinq volées de marches qui menaient aux locaux de la Cellule. « Ne jamais faire confiance à quelqu'un d'autre, ne jamais faire confiance à quelqu'un d'autre », résonnait dans son crâne au rythme de ses pas et du sang qui lui battait les tempes. Elle alla tout droit vers la salle informatique et se jeta dans son fauteuil, grognant tout juste un salut à Simon, seul autre occupant des lieux. Elle empoigna son téléphone et composa rageusement le numéro de Chris. « Et merde ! » maugréa-t-elle en entendant le répondeur. Elle sortit son organiseur de poche de son sac et tapa le nom de Chris. De l'index, elle pointa le numéro direct à New Scotland Yard. Chris décrocha à la deuxième sonnerie.

— Devine !

— C'est Shaz.

— Quoi que tu cherches, la réponse est non, poupée. Je ne crois pas que je vais jamais pouvoir récurer la poussière et l'encre que j'ai encore sous les ongles après le petit exercice d'hier. À présent, ça vient en première position sur ma liste des « trucs marrants à faire quand on a un jour de libre ».

— J'apprécie le mal que tu t'es donné, tu le sais bien. Mais…

— Mais quoi, Shaz ? grogna Chris.

— Les trucs sont pas arrivés.

— C'est juste ça ? ironisa Chris. Écoute, quand j'ai eu fini – et je peux te dire que pour y parvenir, il a fallu que je sorte ma plaque et que je secoue le personnel – il était trop tard pour avoir un coursier. Je n'ai pu le faire qu'à midi. Alors tu devrais l'avoir dans la matinée. Ça ira ?

— Il faudra bien, dit Shaz en se rendant compte qu'elle se montrait désagréable, mais incapable de se retenir.

— Du calme, poupée. C'est pas la fin du monde. Tu vas te donner un ulcère, dit Chris.

— Il faut que je présente mon travail demain aprèsmidi, lui fit remarquer Shaz.

— Et alors, où est le problème ? demanda Chris en riant. Bordel, Shaz, l'air du Yorkshire, ça t'endort. Je t'ai connue plus dynamique il y a pas si longtemps. Me dis pas que tu te ramollis.

— J'aime bien pouvoir dormir entre le coucher et le lever du soleil, de temps en temps, fit Shaz.

— Heureusement qu'on ne s'est jamais mises ensemble, hein ? Donne-moi un coup de fil si tu n'as pas reçu tes trucs avant le milieu de l'après-midi, d'accord, poupée ? Il y a pas mort d'homme.

— Je l'espère sincèrement, dit Shaz alors que l'autre avait déjà raccroché.

— Des problèmes ? demanda Simon en se plantant à côté d'elle et en lui tendant une tasse de café.

Shaz haussa les épaules et tendit la main vers la tasse.

— Juste des trucs que je voulais vérifier avant qu'on fasse notre rapport sur l'exercice, demain.

L'intérêt soudain de Simon dépassa les possibilités érotiques d'une liaison avec Shaz.

— Tu es sur quelque chose ? demanda-t-il en essayant vainement d'avoir l'air détaché.

— Tu veux dire que tu n'as pas repéré les similitudes ? demanda Shaz avec un sourire mauvais.

— Bien sûr que si. Je l'ai vu tout de suite, sans problème, dit-il en rougissant.

— Bon. Alors tu as aussi trouvé le lien extérieur ? (Shaz savoura l'expression atone qui se peignit sur le visage laiteux de Simon avant qu'il ne se reprenne. Elle ricana.) On ne pourra pas te reprocher de ne pas avoir essayé, Simon.

— Bon, d'accord, Shaz, tu as gagné. Tu me dis ce que tu as trouvé, si je t'invite à dîner ?

— Je te le dirai demain après-midi, en même temps qu'aux autres. Mais si la proposition est sincère et que ce n'est pas une tentative de corruption, j'accepte de prendre un verre avant le curry de samedi soir.

— Marché conclu, inspecteur Bowman, dit Simon en lui tendant une main que Shaz serra avec la même énergie.

La perspective d'un verre avant le dîner avec Simon, bien qu'attrayante, ne pouvait pas distraire Shaz de son impatience à recevoir le paquet. À la pause-café, elle était au comptoir avant que les autres aient eu le temps de sortir. Pendant le reste de la matinée, tandis que Paul Bishop leur expliquait les étapes de la comparaison d'un profil avec une liste de suspects, Shaz, habituellement la plus attentive de tous, bayait aux corneilles comme une gosse de quatre ans à l'opéra. Au signal de la pause-déjeuner, Shaz dévala l'escalier comme un lévrier qu'on libère de sa cage.

Cette fois, ses prières étaient exaucées. Un carton d'archivage scellé avec apparemment tout un rouleau de scotch attendait sur le comptoir.

— Encore un peu et j'appelais la brigade de déminage, dit l'officier de service. C'est un commissariat, ici, pas un bureau de poste.

— Heureusement. Vous pourriez pas en soutenir le rythme.

Shaz rafla le colis et fila sur le parking. Elle ouvrit le coffre de sa voiture et jeta un rapide coup d'œil à sa montre. Elle avait dix minutes devant elle avant que son absence ne suscite des remarques à la table commune. À la hâte, elle réussit à arracher assez de scotch avec les ongles pour forcer le couvercle.

Elle resta effarée devant la boîte qui débordait de photocopies. L'espace d'un instant, elle se demanda s'il ne valait pas mieux laisser tomber. Puis elle songea aux sept adolescentes, à leurs visages qui lui souriaient avec l'espoir d'une existence heureuse malgré les nombreuses déceptions que réserve parfois la vie. Ce n'était pas seulement un exercice. Quelque part, il y avait un assassin qui tuait de sang-froid. Et la seule personne qui semblait en avoir conscience, c'était Shaz Bowman. Même si cela devait lui prendre toute la nuit, elle leur devait bien cet effort, à tout le moins.

Quand elle se retrouva face à face avec Tony Hill, Carol fut frappée en se rendant compte que c'était de la peine qu'elle lisait sur son visage. Pendant tout le temps qu'elle l'avait côtoyé, elle n'avait jamais identifié ce qui se cachait sous l'intensité de son expression. Elle avait toujours pensé qu'il était comme elle, uniquement animé du désir de capturer et de comprendre, dévoré par la passion d'élucider, hanté par les choses qu'il avait vues, entendues ou faites. À présent, la distance lui permettait d'appréhender ce qu'elle n'avait pu voir jusque-là, et elle se surprit à se demander dans quelle mesure son attitude envers lui aurait été différente si elle avait vraiment saisi ce qui se tramait derrière ces yeux sombres et troublés.

Bien sûr, il avait fait en sorte qu'ils ne soient pas seuls pour cette première rencontre depuis des mois. Paul Bishop avait été dépêché pour l'accueillir quand elle était arrivée aux locaux de la cellule à Leeds et lui avait fait le numéro de charme qui lui valait d'être le chéri des médias. Sa galanterie n'était pas allée jusqu'à lui proposer de porter ses deux attaché-cases remplis de dossiers, et Carol avait remarqué avec amusement qu'il ne pouvait pas passer devant une surface réfléchissante sans vérifier que son apparence était impeccable : tantôt, c'était un sourcil qu'il lissait, tantôt ses épaules qu'il rajustait dans un uniforme qu'on aurait cru taillé sur mesure.

— Je ne saurais vous dire la joie que j'ai de vous rencontrer, dit-il. La meilleure et la plus brillante de la bande de John Brandon. Cela veut déjà tout dire, sans compter vos excellents états de service, qui parlent d'eux-mêmes. John vous a-t-il dit que nous avions fait l'école de police ensemble ? Ce type, quel flic. Et quel don pour repérer les bons éléments.

Son enthousiasme était contagieux et Carol se surprit à répondre à ses flatteries malgré elle.

— J'ai toujours apprécié de travailler avec Mr Brandon, dit-elle. Comment ça se passe, avec la Cellule ?

— Oh, vous verrez par vous-même, dit-il négligemment en s'effaçant pour la laisser monter dans l'ascenseur. Bien sûr, Tony ne cesse de chanter vos louanges. Quel plaisir de travailler avec vous, quelle collègue délicieuse vous faites, comme vous êtes brillante, et facile à vivre. (Il lui sourit.) Et tout le reste.

Là, Carol vit qu'il lui racontait n'importe quoi. Elle ne doutait pas du respect professionnel que lui vouait Tony, mais elle le connaissait suffisamment bien pour être certaine qu'il n'aurait jamais parlé d'elle d'un point de vue personnel. Il aurait fallu bien plus d'habileté et de subtilité que n'en possédait manifestement Paul Bishop, pour forcer la réserve innée de Tony.

Il n'aurait jamais parlé de Carol, parce que pour cela, il aurait été obligé d'aborder l'affaire qui les avait réunis. Et cela aurait impliqué d'en révéler beaucoup plus sur tous les deux qu'il n'était possible de le faire à un tiers. Il aurait été forcé de dire qu'elle était tombée amoureuse de lui et que ses problèmes sexuels l'avaient contraint à la repousser et de dévoiler que leur espoir d'être jamais ensemble avait été la dernière victime de l'assassin psychopathe qu'ils traquaient. Elle sentait au plus profond d'elle-même qu'il n'aurait jamais fait part à quiconque de tout cela, et s'il y avait une chose qui élevait Carol au-dessus de ses collègues, c'était bien son intuition.

— Mmm, fit-elle d'un ton vague. J'ai toujours admiré le professionnalisme du Dr Hill.

Bishop lui frôla la hanche en poussant sur le bouton du cinquième. *Si j'avais été un homme*, songea Carol, *il se serait simplement contenté de me dire à quel étage il allait.*

— C'est vraiment un plus pour nous que vous ayez déjà travaillé avec Tony, continua Bishop en vérifiant sa coiffure dans les portes en acier brossé. Nos nouveaux stagiaires pourront apprendre beaucoup de choses rien qu'en regardant comment vous procédez, comment vous communiquez et comment vous utilisez vos compétences mutuelles.

— « Élémentaire, mon cher Watson », plaisanta Carol sans entrain.

Bishop eut l'air un instant interloqué, puis son visage s'éclaira.

— Ah oui, fit-il alors que les portes s'ouvraient. Par ici. Nous allons prendre un café ensemble, rien que nous trois, puis Tony et vous pourrez commencer votre travail sous le regard des stagiaires.

Il enfila le couloir à grands pas et tint la porte ouverte en s'effaçant pour la laisser entrer dans ce qui ressemblait à une crasseuse salle des professeurs en miniature.

À l'autre bout de la pièce, Tony Hill fit volte-face, un filtre à café dans une main, une cuiller dans l'autre. Ses yeux s'agrandirent en voyant Carol et elle sentit un sourire s'agrandir lentement sur son visage.

— Tony, dit-elle en réussissant à garder un ton protocolaire. Comme je suis contente de te revoir.

— Carol, dit-il en laissant tomber bruyamment sa cuiller sur la table. Tu as l'air… en pleine forme. Oui, en pleine forme.

Elle aurait menti en lui renvoyant le compliment. Il était toujours pâle, bien qu'elle l'eût vu plus pâle encore. Les cernes noirs sous ses yeux ressemblaient moins à des coquards que la dernière fois que leurs regards s'étaient croisés, mais ils étaient le signe de quelqu'un pour qui huit heures de sommeil étaient encore un rêve inaccessible. Ses yeux avaient perdu un peu de la tension qu'elle avait l'habitude d'y voir depuis qu'ils avaient résolu leur mémorable affaire, mais il avait toujours l'air tendu. Malgré tout, elle avait envie de l'embrasser.

Au lieu de quoi, elle déposa ses attachés-cases sur la longue table à café et demanda :

— On peut avoir un petit café, alors ?

— Serré, noir et sans sucre ? vérifia Tony avec un léger sourire.

— Vous avez dû lui faire une sacrée impression, dit Bishop en dépassant Carol et en se laissant tomber dans l'un des fauteuils défoncés après avoir relevé son pantalon pour ne pas le déformer aux genoux. Moi, il ne se rappelle jamais comment j'aime le mien.

— Quand nous avons travaillé ensemble, la situation était telle que tous les détails sont restés éternellement gravés dans nos mémoires, corrigea sèchement Carol.

Tony lui lança un rapide regard reconnaissant et se retourna pour faire le café.

— Merci d'avoir envoyé le dossier, dit-il pendant que la vieille bouilloire électrique bourdonnait. Je l'ai fait photocopier et je l'ai passé aux stagiaires pour qu'ils l'étudient hier soir.

— Bien. Comment tu veux qu'on procède ? demanda Carol.

— J'ai pensé qu'on pourrait faire ça comme un jeu de rôles, dit Tony, le dos toujours tourné. On s'assoit l'un en face de l'autre à une table et on travaille sur le dossier exactement comme on ferait en vrai.

Il se tourna légèrement pour lui adresser un timide sourire et l'estomac de Carol se serra.

Reprends-toi, se dit-elle. *Même s'il pouvait, il ne voudrait pas de toi. Tu ne te rappelles pas ?*

— Ça me paraît bien, s'entendit-elle dire. Comment pensais-tu impliquer les stagiaires ?

Tony empoigna les trois tasses brûlantes dans ses grosses mains carrées et réussit à les apporter à la table sans en renverser trop sur la moquette marron.

— Coloris spécialement choisi pour masquer les taches, murmura-t-il, l'air absorbé.

— Ils sont une demi-douzaine, dit Bishop. Donc ce n'est pas possible de les laisser discuter personnellement avec vous, même si vous êtes prête à leur consacrer du temps. Ils vous regarderont travailler avec Tony sur le dossier. Ensuite, s'ils ont des questions sur cette étape de la procédure, ils les poseront.

» Après votre départ, Tony travaillera avec eux sur l'élaboration du profil, qui vous sera transmis dans les jours suivants. Nous espérons qu'au moment où vous aurez un suspect suffisamment conforme au profil pour être arrêté et inculpé, vous serez en liaison avec Tony concernant les stratégies d'interrogatoire et vous nous laisserez accéder aux enregistrements, dit-il avec un sourire qui sous-entendait qu'il n'avait pas l'habitude qu'on lui dise non.

— Ce ne sera peut-être pas possible, dit prudemment Carol, qui n'était pas sûre de sa position. Vous devrez peut-être attendre que le procès ait eu lieu pour accéder aux bandes, et seulement si le criminel accepte. Il faudra que je demande conseil sur ce point.

D'infimes contractions ôtèrent sa bonhomie au visage de Bishop.

— D'après ce que m'a dit Mr Brandon, il me semblait que nous n'étions pas esclaves des formalités sur cette affaire, dit-il d'un ton sec.

— Je suis l'officier chargé de l'enquête, commandant. Ce n'est pas un exercice scolaire. C'est une enquête sur une mort d'origine criminelle et il est dans mon intention de procéder à une inculpation si nécessaire. Je ne prendrai absolument aucun risque qui pourrait me coûter la réussite du procès. Je ne veux pas laisser la porte ouverte aux menées d'avocats futés.

— Elle a raison, dit brusquement Tony. Nous nous sommes laissé emporter, là. C'est du sérieux, Paul. Au bout du compte, Carol doit faire comparaître ce pyromane en justice et nous ne pouvons pas lui demander d'accepter tout ce qui pourrait entraver sa tâche.

— Très bien, dit Bishop d'un ton cassant. (Ignorant délibérément son café, il se leva et se dirigea vers la porte.) Je vous laisse. J'ai quelques coups de fil à passer si je veux avoir le temps d'assister à votre séance de travail. À plus tard, inspecteur-chef Jordan.

— Je mettrais ma main au feu qu'il va avoir John Brandon au bout du fil avant même d'avoir posé ses fesses sur son fauteuil, sourit Carol.

Tony secoua la tête, l'œil pétillant d'amusement.

— Probablement pas, en fait. Paul n'aime pas être contredit, mais il garde ses munitions pour des batailles plus importantes.

— Pas comme moi, qui fonce tête baissée dans le premier guêpier venu, hein ?

Tony croisa son regard et vit que sa réflexion était sans agressivité.

— Personne n'est vraiment comme toi, Carol. Je suis sincèrement désolé que tu n'aies pas voulu intégrer notre équipe.

Elle haussa imperceptiblement une épaule.

— Ce n'est pas le genre de métier que je veux faire, Tony. Oui, évidemment, j'aime les grosses affaires, mais je n'aime pas vivre dans les limbes.

Ces paroles restèrent suspendues entre eux, chargées d'une signification plus lourde que n'importe qui d'autre n'aurait pu déchiffrer. Tony se détourna et s'éclaircit la gorge.

— J'en suis d'autant plus heureux d'avoir la possibilité de travailler avec toi sur cette affaire. Si nous avions déjà atteint notre vitesse de croisière, je ne pense pas que tu aurais accouru avec ce qui semble clairement une série d'incendies criminels qui a mal tourné par accident. Donc, c'est un plus pour l'équipe de rencontrer quelqu'un d'aussi bon dans son boulot.

— Tu sais, depuis qu'on a parlé de la collaboration de la cellule avec moi sur ce dossier, j'ai eu droit à assez de flatteries pour étouffer un politicien, dit Carol, essayant de dissimuler sa satisfaction sous un ton sarcastique.

— Quand est-ce que je t'ai flattée ? demanda simplement Tony.

À nouveau, Carol sentit son estomac se nouer.

— Peut-être que ce n'est pas une si bonne idée que ça, dit-elle. Je veux dire, de faire appel à quelqu'un comme moi. Tu aurais dû les confronter à la réalité et leur amener un type du coin, ajouta-t-elle en s'efforçant de continuer à sourire.

— Tu imagines le tableau ? fit Tony en riant, ravi. (Il baissa la voix et força son accent du Yorkshire :) Une sacrée connerie. Tu me vois demander à mes suspects s'ils pissaient au lit quand ils étaient mômes ?

— J'avais oublié que tu étais d'ici, dit Carol.

— Pas moi, dit Tony. Retour au bercail. Le dernier endroit où j'avais envie d'aller. Mais je voulais monter la cellule, et à l'Intérieur, ils tenaient absolument à ce que nous soyons basés ailleurs qu'à Londres : ça aurait été beaucoup trop sensé de faire collaborer la cellule avec la centrale de renseignements. Comment ça se passe, dans l'air iodé de Seaford ?

— La vie chez les dinosaures ? Repose-moi la question dans six mois. (Elle jeta un coup d'œil à sa montre.) À quelle heure on est censés s'y mettre ?

— Dans deux minutes.

— Ça te dirait qu'on rattrape le temps perdu en déjeunant ensemble ? demanda-t-elle d'un ton dégagé qu'elle avait répété sur l'autoroute qui la menait à Leeds.

— Impossible, dit-il d'un air sincèrement désolé. Nous déjeunons ensemble à la cellule. Mais je voulais te demander...

— Oui ? (Attention, Carol, pas trop d'empressement !)

— Est-ce que tu es pressée de repartir ?

— Non, j'ai le temps. (Alléluia ! Oui, oui, il va m'inviter à dîner.)

— Je voulais seulement te demander si tu voudrais assister à la séance de l'après-midi.

— D'accord. (La voix était enjouée, mais, ses espoirs envolés, l'éclat de ses yeux se ternit.) Il y a une raison particulière ?

— Je leur ai donné un exercice la semaine dernière. Ils sont censés présenter leurs conclusions aujourd'hui et j'ai pensé que ce serait utile que tu réagisses à leurs analyses.

— Très bien.

Tony reprit brièvement son souffle et ajouta :

— Et puis, je me suis dit qu'on pourrait peut-être prendre un verre après ?

L'appréhension et l'impatience avaient mis Shaz à bout de nerfs. Bien qu'elle eût réussi à caser trois heures de sommeil dans sa nuit, l'adrénaline la faisait vibrer comme un *raver* sous amphétamines. Elle avait attaqué les photocopies de journaux à la minute où elle était rentrée, les posant en pile sur la moquette du salon et ne s'interrompant que pour commander une pizza. Elle était tellement absorbée qu'elle n'avait pas remarqué qu'on lui avait livré une Margarita moyenne au prix d'une grande avec tous les suppléments.

Avant 1 heure du matin, elle avait tout lu, sauf les pages de sport et spectacles. Sa conviction que le lien extérieur validant sa théorie était tapi quelque part dans les journaux régionaux, commençait à ressembler moins à un solide pressentiment qu'à un désir désespéré de trouver quelque chose. La nuque raide, elle s'étira en se frottant les yeux, puis elle se leva et tituba jusqu'à la cuisine pour se faire un autre thermos de café.

Requinquée, elle retourna à sa tâche et décida de commencer par lire les pages sportives. Peut-être la même équipe visiteuse accompagnée de ses loyaux supporters ? Ou un joueur passé de club en club et devenu ensuite directeur ? Ou encore un championnat de golf qui attirait les spectateurs de partout, ou une série de trophées de bridge ? L'élimination des possibilités du monde des sports lui prit deux heures de plus et la laissa tremblante d'épuisement, d'overdose de café et de la crainte d'un échec.

Quand la relation lui apparut finalement, sa première réaction fut de penser qu'elle hallucinait. C'était une idée si grotesque qu'elle ne pouvait pas la prendre au sérieux. Elle se surprit à glousser nerveusement, comme une gosse qui n'a pas encore appris comment il convient de réagir devant le chagrin des autres. « C'est dingue », murmura-t-elle en revérifiant dans les sept paquets de journaux pour être sûre de ne pas avoir de visions. Elle se mit péniblement debout en essayant de détendre ses muscles ankylosés, et alla d'un pas incertain jusqu'à sa chambre tout en se déshabillant en chemin. C'était trop dur à encaisser à 3 heures et demie du matin. Shaz régla son réveil à 6 h 30 et s'effondra à plat-ventre sur son lit, où le sommeil lui tomba dessus comme une masse.

Elle rêva de jeux télévisés où le gagnant avait le droit de choisir comment on le tuerait. Quand le réveil sonna, elle songea que c'était le bourdonnement d'une chaise électrique. Elle était encore endormie et elle avait l'impression que le souvenir de ce qu'elle avait déniché dans les journaux était la suite de son cauchemar. Elle repoussa la couette et passa dans le salon sur la pointe des pieds comme si marcher normalement pouvait faire fuir sa découverte.

Les sept piles de photocopies étaient toujours là. Au-dessus de chacune d'elles se trouvait la page spectacles. Toutes annonçaient la venue du même homme dans la région. Par quelque bout qu'elle le prît, il semblait que l'un des chouchous du pays était d'une manière ou d'une autre lié à la disparition et au meurtre présumé d'au moins sept adolescentes.

Et à présent, il allait falloir qu'elle fasse part de cette révélation.

Ce n'était pas difficile de faire courir des bruits : Micky l'avait très vite découvert. Chaque fois qu'elle rendait visite au service de rééducation où Jacko apprenait à se servir de son bras artificiel, ils faisaient tous les deux exprès de fermer la porte de sa chambre et de rester assis l'un contre l'autre, si bien que lorsqu'un médecin ou une infirmière entrait, ils pouvaient sursauter et faire semblant d'être gênés.

Au travail, elle l'appelait quand il y avait du monde autour d'elle et qu'elle était pratiquement certaine que sa conversation serait surprise. Elle passait de l'hilarité animée à la voix basse et discrète que ses collègues attribuaient, sans chercher plus loin, à un conciliabule d'amants.

Finalement, pour faire monter la pression d'un cran, le moment du drame et du scandale arriva. Micky choisit un ami dans un tabloïd. Trois jours après, le gros titre s'étalait à la une du journal : *Un pervers s'acharne sur la nouvelle élue de Jacko.*

La nouvelle petite amie du courageux héros Jacko Vance est devenue la cible d'une terrifiante campagne de vandalisme et de lettres de menaces anonymes.

Depuis le début de cette étourdissante histoire d'amour, voici ce qui arrive à la journaliste de télévision Micky Morgan

— sa voiture est éclaboussée de peinture

— des cadavres de souris et d'oiseaux sont glissés dans sa boîte aux lettres

— elle reçoit une série de lettres venimeuses chez elle.

Le couple s'est connu lorsqu'elle interviewait le champion du monde de javelot sur son lit d'hôpital après le carambolage où le tragique héroïsme de Jacko lui a coûté son avant-bras droit et ses rêves de gloire olympique. Depuis ce jour, les deux amants tentent de dissimuler leur liaison.

Cependant, nous sommes en mesure de révéler que leur secret a filtré auprès de quelqu'un qui en veut à la séduisante et blonde Micky, vingt-cinq ans, journaliste connue du Monde à Six Heures.

La nuit dernière, dans sa résidence de l'ouest de Londres, Micky nous déclarait : « C'est un cauchemar. Nous n'avons pas la moindre idée de la personne qui est derrière tout cela. Je voudrais seulement que cela cesse.

« Nous n'avons pas ébruité notre liaison parce que nous voulions nous connaître un peu mieux loin du battage médiatique. Nous sommes très amoureux. En privé, Jacko est quelqu'un d'encore plus fabuleux que le personnage que connaît le grand public.

» Il est courageux, il est beau. Comment ne pas en être amoureuse ? Tout ce que nous voulons, désormais, c'est que cet acharnement cruel cesse. »

L'attaché de presse de Jacko, qui subit actuellement une rééducation et une physiothérapie intensives dans la très élégante Martingale Clinic de Londres, a pour sa part déclaré : « Jacko est clairement révolté que l'on puisse traiter ainsi Micky. C'est la femme la plus merveilleuse qu'il ait jamais rencontrée. Celui ou celle qui se cache derrière tout cela ferait bien d'espérer que la police l'attrape avant qu'il ne s'en charge lui-même. »

Jacko, qui a mis un terme à son contrat avec *(suite en page 4)*

La couverture médiatique battit son plein pendant quelques semaines, puis elle diminua peu à peu, refaisant surface de temps à autre quand quelque chose arrivait à l'un ou l'autre des prétendus amants. Le retour à la vie de Jacko après sa rééducation. Son nouveau travail comme journaliste sportif. Le nouveau poste de Micky, devenue présentatrice à la télé du matin. Le bénévolat de Jacko auprès de malades au stade terminal. Tout cela, et bien plus encore, renouvelait l'intérêt pour leur prétendue liaison.

Ils apprirent rapidement qu'il était nécessaire qu'on les voie ensemble dans les lieux publics et qu'on leur consacre au moins un article par semaine dans les colonnes mondaines. Souvent, lorsqu'ils se savaient suivis, Jacko dormait sous le même toit que les deux femmes, après avoir passé avec Micky la soirée dans une boîte ou auprès des malades. Au bout de presque un an de ce régime, Micky convoqua Jacko à un dîner de conspirateurs avec Betsy.

Les talents culinaires de celle-ci étaient toujours intacts après les années passées à commander des repas dans les salles de réunions. Alors qu'il avalait sa dernière bouchée, Jacko adressa aux deux femmes son sourire le plus carnassier.

— Ça doit être grave, dit-il, s'il fallait quelque chose d'aussi bon pour m'adoucir.

— Tu n'as pas encore eu droit au pudding gluant avec glace à la noisette maison, dit Betsy avec un sourire modeste.

Jacko fit mine d'être choqué.

— Si j'étais officier de police, je pourrais t'arrêter pour tentative de corruption.

— Nous avons une proposition à te faire, dit Micky.

— Quelque chose me dit qu'il ne s'agit pas d'une partie à trois, dit-il en se balançant doucement sur sa chaise.

— Tu pourrais essayer d'avoir l'air un peu déçu, ironisa Betsy. L'idée qu'on puisse être aussi peu attirantes blesse ce que nous autres Américains nous appelons l'estime de soi.

Le sourire de Jacko rappela désagréablement à Micky celui de Jack Nicholson.

— Betsy, ma chérie, si tu savais ce que j'aime faire avec les femmes, tu me serais profondément reconnaissante de mon peu d'intérêt.

— En fait, notre ignorance de cette question est l'une des raisons qui nous ont fait hésiter à te faire cette proposition jusqu'à maintenant, dit Betsy en débarrassant la table d'un geste vif et en emportant le tout dans la petite cuisine.

— Voilà que ça m'intrigue, maintenant, dit Jacko en laissant retomber en avant sa chaise avec un bruit sourd et en posant son bras artificiel sur la table. (Il fixa Micky d'un œil étincelant.) Allez, crache le morceau, Micky.

Betsy apparut à la porte de la cuisine et s'appuya à l'embrasure.

— Cela prend un temps fou, tout ce cinéma que vous faites toi et Micky pour vous montrer ensemble. Ça ne m'ennuie pas du tout qu'elle sorte avec toi. C'est simplement que nous préférerions l'une comme l'autre passer ensemble le peu de temps que nous avons.

— Vous voulez tout arrêter ? demanda Jacko en fronçant les sourcils.

— Exactement le contraire, dit Betsy en se rasseyant et en posant la main sur celle de Micky. Nous avons pensé que ce serait une meilleure idée si vous vous mariiez tous les deux.

Il eut l'air surpris. Micky pensa qu'elle n'avait encore jamais vu une expression plus sincère se peindre sur les traits de Jacko qui était toujours maître de lui.

— Nous marier, répéta-t-il.

Et ce n'était pas une question.

Shaz parcourut à nouveau la salle pour dévisager son auditoire, espérant qu'elle n'allait pas se ridiculiser. Elle essaya de deviner d'où viendraient les objections et quelle en serait la nature. Simon la contredirait par principe, elle le savait. Leon se renverserait en arrière et fumerait, un léger rictus méprisant sur les lèvres, puis il trouverait le pilier le plus fragile de son argumentation et le démolirait. Kay ergoterait sur les détails sans jamais avoir une vue d'ensemble. Tony, espérait-elle, serait tranquillement impressionné par l'intelligence qu'elle avait montrée en repérant le groupe de similitudes et par sa célérité à creuser la question pour trouver le lien extérieur. Son travail de défrichage serait l'amorce d'une grande enquête et quand tout serait calmé à nouveau, son avenir serait tout tracé. La femme qui avait pincé le serial-killer de la jet-set. Elle serait une légende dans les commissariats de tout le pays. Elle serait désormais en mesure de choisir.

Carol Jordan demeurait l'inconnue. La matinée passée à la regarder travailler avec Tony n'avait pas fourni suffisamment de données pour prévoir avec justesse comment elle réagirait à la théorie de Shaz. Pour se risquer le moins possible, il fallait qu'elle se retienne et qu'elle laisse un ou deux de ses collègues passer avant elle de façon à observer soigneusement comment Carol réagissait pendant qu'ils présentaient leurs conclusions.

Leon fut le premier. Shaz fut surprise de la brièveté de son rapport et il lui sembla qu'elle n'était pas la seule. Il déclara qu'il y avait, certes, des similitudes évidentes entres certains des cas, mais qu'étant donné le nombre d'adolescents fugueurs signalés chaque année, il était difficile de prouver que c'était significatif au point de vue statistique. Il avait choisi, apparemment bon gré, mal gré, quatre filles de la région Ouest, dont une qui faisait partie du groupe repéré par Shaz. Leur dénominateur commun, c'était d'avoir fait part de leur ambition de devenir mannequins. D'après lui, elles avaient peut-être été enlevées par un ou plusieurs proxénètes qui, sous le prétexte de leur ouvrir une carrière de modèles de photographes, les avaient jetées dans le monde des films pornos et du sexe tarifé.

Il y eut un court silence, suivi de quelques commentaires sans passion dans la salle. Puis Carol prit la parole.

— Et combien de temps avez-vous passé à cette analyse, monsieur Jackson? demanda-t-elle d'un ton glacial.

Leon fronça les sourcils.

— Il n'y avait pas grand-chose à analyser, dit-il agressivement. J'ai pris le temps qu'il a fallu.

— Si j'étais l'officier chargé de l'enquête qui vous avait passé ce dossier, je serais atterrée par quelque chose d'aussi superficiel, dit Carol. Je serais déçue, prise au dépourvu, et j'aurais une bien piètre opinion d'une unité spécialisée qui ne produit rien de plus significatif que ce qu'un de mes propres hommes aurait pu trouver en un après-midi de travail.

Leon resta bouche bée d'étonnement. Ni Tony ni Bishop ne s'étaient jamais montrés si ouvertement critiques du travail de quiconque. Avant qu'il ait pu répondre, Tony intervint:

— L'inspecteur-chef Jordan a raison, Leon. Ce n'est pas assez bon. Nous sommes censés être une unité d'élite et nous n'allons pas nous faire des amis si nous ne traitons pas chaque mission comme quelque chose de sérieux qui mérite toute notre attention. Peu importe que nous pensions que tel ou tel cas est du vent. Pour les enquêteurs, ils sont importants. Pour les victimes, ils sont importants.

— C'était juste un exercice, protesta Leon. Il n'y a pas d'officier enquêteur. C'est juste un jeu. On peut pas être motivé par ça !

Le ton geignard de sa voix disait : « C'est pas juste ! » encore plus clairement que ses paroles.

— D'après ce que je sais, chacun de ces cas est réel, dit tranquillement Carol. Chacune de ces filles figure sur une liste de disparus. Certaines sont sans doute mortes. Le fait de ne pas savoir avec certitude est parfois plus douloureux que de connaître la vérité. Si nous ne prêtons pas attention au chagrin des gens, nous méritons leur mépris.

Shaz vit le visage impassible de Tony s'incliner légèrement pour approuver les paroles de Carol, puis elle suivit son regard dirigé vers Leon, qui avait pincé les lèvres et s'était un peu tourné pour ne pas avoir à regarder Carol.

— Bien, dit Tony. Nous savons maintenant que l'inspecteur-chef Jordan ne fait pas de détail. Qui est candidat pour se jeter à l'eau ?

Shaz put à peine contenir son impatience durant le rapport de Kay, une analyse prosaïque, mais péniblement exhaustive qui élaborait plusieurs possibilités de groupes avec tout un assortiment de liens. L'un d'eux était identique à celui de Shaz, mais elle ne lui donna pas plus d'importance qu'aux autres. Quand le récital fut terminé, Tony avait l'air plus heureux.

— Voilà un travail très complet, dit-il.

Le « mais » qu'il n'avait pas prononcé resta suspendu en l'air comme un bâton de relais.

Carol s'en saisit.

— Oui, mais on dirait que vous êtes assise entre deux chaises. Un enquêteur veut que l'information lui soit présentée d'une manière qui souligne des initiatives spécifiques. Il faut donc que vous classiez vos conclusions par ordre de priorité : « Ceci est très probable, moins probable, douteux, franchement improbable. » Cela permet aux hommes de terrain de structurer leur enquête de la manière la plus productive.

— Soyons juste, c'est difficile à faire dans un exercice scolaire, ajouta Tony. Mais nous devrions toujours nous y efforcer. Avez-vous des idées sur l'ordre de priorité qui devrait être adopté ici ?

Shaz contribua très peu à la discussion animée qui s'ensuivit. Elle était trop inquiète de ce qui l'attendait pour se soucier de l'impression qu'elle donnait peut-être. Une ou deux fois, elle surprit le regard interrogateur de Carol Jordan et répondit par un commentaire neutre.

Puis brusquement, ce fut son tour. Shaz s'éclaircit la voix et rassembla ses papiers devant elle.

— Bien qu'il y ait plusieurs similitudes superficielles qui rassemblent un certain nombre de groupes potentiels, une analyse plus approfondie révèle qu'il existe un seul groupe très net lié par un ensemble de facteurs communs, commença-t-elle d'un ton assuré. Ce que j'ai l'intention de démontrer maintenant, c'est que ce groupe est lié par un facteur commun externe supplémentaire. La conclusion inévitable, c'est que les membres de ce groupe sont les victimes d'un seul et unique serial-killer. (Elle leva les yeux en entendant un hoquet de surprise de la part de Kay et un gloussement de Leon. Tony eut l'air surpris, mais Carol Jordan se penchait en avant, menton sur les poings, captivée. Shaz se permit un petit sourire du coin des lèvres.) Je n'invente rien, je le jure, dit-elle en distribuant des photocopies agrafées à tout le monde.

» Voici sept affaires, reprit-elle. La première page est un tableau dressant la liste des traits communs à ces sept disparitions. L'un des liens clés, selon moi, c'est que toutes les sept ont emporté des vêtements de rechange. Mais elles n'ont pas choisi des affaires que l'on prend quand on a l'intention de fuguer et de vivre dans les rues. Dans chaque cas, ce qui manquait dans leur garde-robe, c'étaient leurs « plus beaux vêtements », le genre de tenue qu'elles auraient mise pour se rendre à un rendez-vous amoureux, et non pas un jogging pour pouvoir battre le pavé et un anorak pour avoir chaud la nuit. Je sais que les adolescents ne sont pas toujours très sensés en ce qui concerne les vêtements qu'il faut porter, mais n'oubliez pas que notre *corpus* est composé de filles qui n'étaient ni irresponsables, ni intenables, ni turbulentes. (Elle leva les yeux et vit que Tony était à présent aussi captivé que Carol Jordan.) Dans chaque cas, elles ne sont pas allées en cours et elles avaient menti à leur famille sur ce qu'elles allaient faire après le lycée, de façon à avoir le champ libre pendant douze heures. Une seule d'entre elles avait eu affaire à la police ou à l'assistance sociale, et c'était pour un vol à l'étalage quand elle avait douze ans. Ce n'étaient pas des délinquantes, elles ne buvaient pas et ne se droguaient pas à un degré suffisamment significatif.

» Maintenant, si vous passez à la page deux, vous verrez que j'y ai fait figurer leurs photos, toutes réduites à la même échelle. Ne trouvez-vous pas qu'elles présentent toutes une remarquable similitude physique ?

Elle marqua une pause pour bien ménager ses effets.

— C'est dingue, murmura Simon. J'arrive pas à croire que j'ai rien remarqué.

— C'est plus que physique, dit Carol, l'air fasciné. Elles ont toutes le même look. Quelque chose de... presque sexuel.

— Elles crèvent d'envie d'être des anciennes vierges, dit Leon à la cantonade. C'est ça, ce qu'il y a. C'est reconnaissable entre mille.

— Quoi qu'il en soit, coupa Shaz, elles l'ont toutes. Les affaires sont dispersées géographiquement, la chronologie s'étend sur six ans avec des intervalles irréguliers, mais les victimes ont l'air pratiquement interchangeables. Bien, c'est la preuve la plus forte en soi. Mais Tony nous a appris que nous devions chercher des connections extérieures, des facteurs qui ne sont pas maîtrisés par la victime ou des influences qui sont communes. Ces facteurs mènent à l'assassin, pas à ses proies.

» Je me suis demandé où trouver le lien extérieur pertinent qui pourrait rassembler mon groupe de victimes supposées. (Shaz prit une autre liasse de photocopies agrafées et les fit passer.) La presse régionale. J'ai passé au peigne fin les journaux locaux sur les deux semaines précédant et suivant les disparitions. Et au petit matin, j'ai trouvé ce que je cherchais. Vous l'avez devant vous. Juste avant que chacune de ces filles ne disparaisse, la même personnalité connue était dans sa ville. Et chacune, sans exception, ne l'oublions pas, est partie en emportant le seul et unique vêtement qu'elles avaient choisi dans leurs garde-robes comme si elles avaient l'intention de séduire un homme.

Un murmure incrédule s'élevait déjà autour d'elle à mesure qu'ils percevaient l'énormité de sa suggestion.

— C'est bien ça, dit-elle. Je n'ai pas pu le croire non plus. Qui, d'ailleurs, peut croire que le héros sportif et la personnalité télé préférée du pays soit un serial-killer ? Et qui va permettre une enquête sur Jacko Vance ?

6

Le faible geignement sembla avalé par l'obscurité glaciale. Donna Doyle n'avait jamais eu aussi peur de sa courte vie. Elle n'avait jamais pensé que la peur produise l'effet d'un anesthésique et que l'appréhension réussisse à atténuer une atroce souffrance en douleur sourde. Ce qui lui était arrivé était déjà assez épouvantable. Mais ignorer ce que lui réservait l'avenir était presque pire.

Tout avait pourtant si bien commencé. Elle avait gardé le secret, alors qu'il ne cessait de bouillonner en elle, comme s'il se pressait à ses lèvres et exigeait qu'elle le libère. Mais elle savait ce qu'il voulait dire concernant l'importance de la confidentialité, et l'occasion était trop belle pour la laisser filer. L'excitation suscitée par ces nouvelles perspectives l'avait soutenue, lui permettant de moins s'inquiéter du drame qu'elle causerait chez elle lorsqu'on apprendrait sa fugue. Elle s'était trouvé des raisons justifiant son mensonge à sa mère en se disant qu'une fois que tout se serait passé comme elle le rêvait, l'allégresse régnerait tellement que l'on en oublierait les problèmes. Tout au fond d'elle-même, elle savait que c'était un mensonge, mais elle ne pouvait permettre à ce sentiment d'obscurcir sa joie.

Sécher les cours avait été facile. Elle était partie comme d'habitude, puis, au lieu de prendre la rue qui menait au lycée, elle avait continué vers le centre-ville où elle s'était cachée dans des toilettes publiques pour se changer et mettre les vêtements soigneusement pliés dans son sac à dos à la place de ses affaires de classe.

C'était sa plus belle tenue, elle le savait. Avec, elle avait l'air un peu plus âgée, elle ressemblait à ces jeunes femmes qu'elle voyait sur MTV, super-branchées. À la faible lumière des toilettes, elle s'était maquillée et avait fait la moue devant la glace. Bon sang, ce qu'elle était bien. Mais serait-elle assez bien pour lui ?

Il l'avait choisie alors qu'elle n'était pas sur son trente et un, se souvint-elle. Il avait vu en elle la star potentielle. Vêtue comme elle l'était à présent, elle le ferait tomber à la renverse. N'est-ce pas ?

À présent qu'elle était allongée dans le noir, en proie à la souffrance et à la peur, le souvenir de cette assurance nonchalante était une mauvaise blague pour Donna. Mais sur le moment, cela avait été plus que suffisant pour la motiver pendant toute la journée. Elle avait pris au dernier moment un car pour Manchester pour être sûre de ne rencontrer aucun des voisins ou des amis ennuyeux de sa mère. Puis elle était montée à l'étage et s'était assise au fond pour voir qui montait et descendait.

Rester toute seule quelques heures à Manchester en semaine était en soi une aventure. Elle avait flâné dans les grands magasins, joué aux machines à sous dans les salles de jeux vidéo, acheté deux billets de loterie à un kiosque près de la gare en se disant que gagner dix livres du premier coup n'était pas seulement un résultat, mais un merveilleux présage. Lorsqu'elle était montée dans le train, en proie à une ivresse irrésistible, elle ne prêtait plus attention aux tiraillements qui lui tordaient désagréablement l'estomac lorsqu'elle pensait à ce que sa mère allait dire.

Changer de train ne fut pas aussi amusant. Il commençait à faire nuit, et elle ne comprenait pas un mot de ce qu'elle entendait dans les haut-parleurs de la gare de Newcastle. On aurait dit des voix d'extraterrestres. Finalement, elle réussit tant bien que mal à trouver le bon quai pour la direction de Five Walls Halt et embarqua avec inquiétude, sentant qu'elle était en compagnie d'inconnus avec de drôles de têtes qui lorgnaient avec des airs de prédateurs sa minijupe et son maquillage excessif. L'imagination de Donna marchait à fond la caisse et transformait le moindre voyageur en violeur et en forcené armé d'une hache.

Cela avait été un soulagement de descendre du train et de le trouver sur le parking, exactement comme il l'avait promis. Et cela avait été délicieux. Il lui avait dit les choses qu'il fallait, l'avait rassurée et convaincue qu'elle avait pris la bonne décision. Il était charmant, s'était-elle dit, pas du tout comme elle imaginait une star de la télé.

Alors qu'ils roulaient sur les étroites routes de campagne, il lui avait expliqué qu'ils ne pourraient pas faire le bout d'essai avant le lendemain matin, mais qu'il espérait qu'elle dînerait avec lui. Il lui avait dit qu'il possédait un cottage, qu'elle pouvait rester y dormir, qu'il y avait une chambre d'amis, ce qui lui éviterait de conduire après avoir bu un ou deux verres de vin. À condition que cela ne l'ennuie pas, bien sûr. Sinon, il pouvait l'emmener à un hôtel.

La moitié bien élevée de Donna, à qui l'on avait inculqué la prudence, voulut immédiatement aller dans un hôtel où elle pourrait téléphoner à sa mère et lui expliquer qu'elle était en sécurité. Mais ce n'était pas une perspective alléchante, une nuit dans une chambre toute seule dans un endroit nouveau où elle ne connaissait personne et où sa seule compagnie serait la télé et sa mère râlant à l'autre bout du fil. L'autre voix dans sa tête, la voix tentante de l'aventure, lui soufflait qu'elle n'aurait jamais deux fois une telle chance de se lancer. L'avoir à elle toute seule pendant toute une soirée serait l'occasion rêvée de l'impressionner tellement que le bout d'essai ne serait plus qu'une simple formalité.

La voix qu'elle fit taire avec un mélange d'appréhension et d'impatience lui fit remarquer qu'il n'y aurait peut-être jamais une occasion plus propice de perdre sa virginité.

— Passer la nuit chez vous, ce sera génial, dit-elle.

Il sourit en quittant un instant la route des yeux.

— Je vous promets que ce sera très agréable, dit-il.

Et il n'avait pas menti. En tout cas, pour le début. Le repas avait été merveilleux, surtout les trucs vachement chers de chez *Marks & Spencer* que sa mère disait toujours hors de portée de leur bourse. Et puis les vins. Des tas de vins de toutes sortes. Du champagne pour commencer, puis du vin blanc avec les hors-d'œuvre, puis du rouge avec le plat et un vin doré, liquoreux et parfumé avec le dessert. Elle n'aurait jamais pensé qu'il en existait autant de différents. Il avait été charmant pendant tout le dîner. Il avait été drôle, séducteur, et lui avait raconté plein d'histoires amusantes qui la rassurèrent, parce qu'elle apprenait des tas de secrets sur les gens de la télé.

Et lui aussi avait l'air de trouver ça distrayant. Il lui demandait toujours ce qu'elle pensait, ce qu'elle éprouvait, qui elle aimait et détestait à la télé. Il était intéressé, il la regardait tout au fond des yeux et faisait vraiment attention à elle, comme sont censés le faire les hommes quand ils vous draguent, pas comme les mecs avec qui elle était sortie au lycée dont le seul intérêt, c'était le football et jusqu'où vous les laisseriez aller. Lui, il ne lui faisait pas du plat comme un vieux satyre. Il était attentionné, il la traitait comme un être humain. Et avec toute cette conversation, appeler sa mère était la dernière chose à laquelle elle avait envie de penser.

À la fin du dîner, elle était agréablement gaie. Pas soûle, comme à la fête chez Emma Loma où elle avait descendu cinq bouteilles de cidre brut et avait vomi pendant des heures. Non, juste un peu grise sur les bords, remplie de bonheur et du désir de sentir son corps chaud contre le sien, d'enfouir son visage dans son eau de toilette boisée et citronnée et faire de ses rêves une réalité.

Quand il s'était levé pour préparer le café, elle l'avait suivi, un peu titubante, consciente de l'étourdissement qui faisait tourner la pièce, doucement, mais pas désagréablement. Elle était arrivée derrière lui et avait passé ses bras autour de sa taille.

— Je vous trouve superbeau, avait-elle dit. Fantastique.

Il s'était tourné et l'avait laissée s'appuyer contre lui, enfouissant son visage dans ses cheveux et caressant son oreille du bout de son nez.

— Tu n'es pas comme les autres, avait-il dit. Tu es très spéciale.

Elle avait senti son sexe se durcir contre son ventre. Pendant un instant, un frisson de peur l'avait parcourue, puis ses lèvres s'étaient posées sur les siennes et elle s'était livrée, éperdue, à la sensation de ce qui lui sembla son premier vrai baiser. Ils s'embrassèrent pendant ce qui parut une éternité, et un éblouissement de couleurs tourbillonna dans ses yeux alors que l'excitation faisait battre son sang dans ses veines.

Presque sans qu'elle s'en rende compte, il l'avait fait bouger petit à petit jusqu'à ce que son dos touche l'établi et qu'il soit devant elle, sans cesser de l'embrasser, sa langue entrant et sortant dans sa bouche. Soudain, sans crier gare, sa main se referma sur son poignet et lui plaqua un bras sur le côté. Donna sentit du métal glacé sur sa peau et ouvrit brusquement les yeux. Au même instant, leurs lèvres se séparèrent.

Stupéfaite, elle regarda son bras, sans comprendre pourquoi il était coincé entre les deux côtés d'un énorme étau en acier. Il se recula et tourna rapidement la poignée pour que les mâchoires se referment sur la chair rosie de son bras nu. En vain, elle essaya de se dégager. Mais c'était impossible. Elle était prise au piège par un bras, clouée à l'établi.

— Mais qu'est-ce que vous faites ? piailla-t-elle.

Son visage ne montrait qu'un étonnement vexé. Il était encore trop tôt pour la peur.

Le sien était impassible. Un masque de cire avait remplacé l'intérêt et l'affection qu'elle y avait lus pendant toute la soirée.

— Vous êtes toutes les mêmes, hein ? dit-il d'une voix atone. Prêtes à tout pour avoir ce que vous voulez.

— Mais de quoi vous parlez ? Laissez-moi partir ! l'implora Donna, c'est pas drôle. Ça fait mal.

Elle tendit sa main libre vers la poignée de l'étau. Il leva le bras et la frappa violemment d'un revers qui lui fit tourner la tête.

— Tu feras ce qu'on te dira, petite salope perfide, dit-il de la même voix calme.

Donna sentit le goût du sang dans sa bouche. Un sanglot déchirant lui monta dans la gorge.

— Je comprends pas, bégaya-t-elle. Qu'est-ce que j'ai fait de mal ?

— Tu t'es jetée sur moi parce que tu croyais que je t'apporterais tout ce que tu voulais. Tu me dis que tu m'aimes. Mais si demain tu te réveilles et que je ne te donne pas ce que tu veux, tu iras te jeter sur le prochain bonhomme qui passera à ta portée.

Il s'appuya sur elle en pesant de tout son poids pour l'empêcher d'essayer d'atteindre à nouveau l'étau.

— Je ne comprends pas de quoi vous parlez, gémit Donna. J'ai jamais… Aaah !

Elle poussa un hurlement de douleur lorsqu'il donna un tour de plus à l'étau. La souffrance irradia dans son bras tandis que l'os et les muscles étaient comprimés. Alors que son cri mourait dans un sanglot suppliant, il se tourna un peu pour continuer à lui maintenir l'autre bras et déchira sa robe de haut en bas d'un seul geste.

Maintenant, elle avait vraiment peur. Elle ne comprenait pas pourquoi il faisait ça. Tout ce qu'elle voulait, c'était l'aimer, être choisie par lui pour apparaître à l'écran. Ça ne devait pas se passer comme ça. C'était censé être romantique, tendre, beau, mais ce qui lui arrivait était incompréhensible et idiot et elle n'arrivait pas à croire à quel point son bras lui faisait mal, et puis tout ce qu'elle voulait c'était que ça s'arrête.

Il avait à peine commencé. En quelques instants, sa petite culotte n'était plus qu'un tas de lambeaux à ses pieds, laissant sur son flanc une écorchure lorsque l'étoffe avait frotté avant que les coutures ne cèdent enfin sous sa force. Secouée de sanglots, la voix réduite à un marmonnement suppliant et sans suite, elle n'avait plus la force de résister lorsqu'il baissa sa braguette et enfonça violemment sa queue en elle.

Ce ne fut pas la douleur de sa défloration dont Donna se souvint. Ce fut la souffrance, alors qu'il serrait l'étau en rythme à chaque coup de hanches. La déchirure de son hymen passa inaperçue comparée à ce qu'elle éprouva lorsque la chair et les os de son poignet et de son avant-bras furent réduits en bouillie entre les deux énormes mâchoires d'acier.

Maintenant qu'elle était allongée dans le noir, elle remerciait le Ciel de s'être ensuite évanouie. Elle ne savait pas où elle était ni comment elle y était arrivée. Tout ce qu'elle savait, c'était qu'elle était heureusement seule. Et c'était suffisant. Pour l'instant, c'était bien assez.

7

Tony descendait Briggate, les mains enfoncées dans les poches de son blouson pour se protéger du froid, zigzaguant pour éviter les derniers passants qui rentraient de leurs courses et les vendeurs aux pieds endoloris qui filaient vers les arrêts de bus. Il avait besoin de prendre un verre. L'après-midi avait été dur. Pendant un moment, il avait semblé que l'esprit d'équipe patiemment nourri depuis le premier jour ne serait plus qu'un souvenir à mesure que les divergences d'opinions devenaient des discussions enflammées qui frôlaient la volée d'insultes.

La première réponse à l'hypothèse dramatique de Shaz avait été un silence abasourdi. Puis Leon s'était frappé la cuisse du plat de la main en se balançant sur sa chaise.

— Shazza, mon chou, avait-il crié. Tu as le crâne encore plus farci de merde qu'une fosse à purin, mais tu es la meilleure de la ville ! Allez, chérie, tu rigoles !

— Attends une seconde, Leon, objecta Simon. Tu vas un peu vite en besogne pour la descendre. Et si elle avait raison ?

— C'est ça, grogna Leon avec mépris. Jacko Vance est *évidemment* un serial-killer psychopathe. Il y a qu'à le regarder à la télé. Ou lire ce que racontent les tabloïds. Allez, Super-Jack, le mariage de rêve, la gloire de l'Angleterre, le héros qui a sacrifié son bras et sa médaille olympique pour que d'autres puissent vivre. Très cohérent. Eh bien non.

Tony, qui gardait un œil sur Shaz pendant la sortie de Leon, vit son regard s'assombrir et sa bouche se serrer. Il se rendit compte qu'elle ne supportait pas les moqueries comme elle acceptait les critiques directes. Alors que Leon reprenait son souffle, Tony intervint précipitamment pour détendre l'atmosphère avec un peu d'ironie.

— J'adore la finesse et la passion des débats intellectuels. Donc, Leon, si vous arrêtiez de faire votre cinéma pour nous fournir un argument valable contre la théorie de Shaz ?

Incapable de dissimuler ce qu'il pensait, Leon eut un rire méprisant. Il marmonna quelque chose tout en allumant une cigarette.

— Vous pourriez nous redire ça ? lança suavement Carol.

— J'ai dit que je ne pensais pas que la personnalité de Jacko Vance correspondait à notre cadre de référence pour les serial-killers, répéta-t-il.

— Et comment tu le sais ? intervint Kay. Tout ce qu'on voit de lui c'est une image fabriquée par les médias. Certains serial-killers sont séduisants et manipulateurs. Comme Ted Bundy. Si tu dois devenir un athlète de haut niveau, tu es obligé d'avoir une maîtrise de toi phénoménale. Peut-être que c'est ce que nous voyons chez Jacko Vance. Une façade totalement artificielle qui sert de couverture à une personnalité psychopathe.

— Exactement, appuya Simon.

— Mais il est marié depuis plus de douze ans. Est-ce que sa femme serait restée avec lui s'il était psychopathe ? Je veux dire, il ne pourrait pas garder ce masque en permanence, objecta quelqu'un.

— Sonia Sutcliffe a toujours déclaré n'avoir jamais eu conscience que son mari dégommait des prostituées avec le même entrain qu'ont d'autres hommes à la vue d'un match de football. Et Rosemary West prétend toujours qu'elle ne se doutait absolument pas que son mari Fred utilisait les cadavres comme remblai pour leur patio, fit remarquer Carol.

— Ouais, et puis quand on y pense, renchérit Simon, des couples avec des boulots comme Micky Morgan et Jacko Vance, ils sont pas comme les gens ordinaires. La moitié du temps, Jacko est sur les routes pour tourner son émission, *Vance Chez Vous*. Et puis il fait du bénévolat dans les hôpitaux. Et Micky doit être au studio dès la piquette pour préparer son émission. Ils se voient probablement moins l'un l'autre que les flics voient leurs gosses.

— C'est une question intéressante, dit Tony dans un concert de cris. Qu'en pensez-vous, Shaz ? C'est votre théorie, après tout.

Shaz avait les mâchoires serrées de colère.

— Je n'ai entendu personne élever des arguments sur la pertinence du groupe que j'ai isolé, commença-t-elle.

— Eh bien, commença Kay, je me demande s'il est vraiment pertinent. Je veux dire, j'ai identifié plusieurs groupes qui sont peut-être tout aussi valides, comme les filles que la police pense avoir été victimes de viol.

— Non, répliqua Shaz d'un ton ferme. Ils n'ont pas autant de facteurs communs que ce groupe-ci. Il me paraît utile de répéter que certains des liens sont inhabituels, assez inhabituels pour que des enquêteurs les remarquent particulièrement. Le fait de prendre leur plus belle tenue, par exemple.

Tony fut heureux de voir qu'elle ne s'était pas laissé démonter par les derniers pinaillages de Kay.

Cette réfutation ne lui accorda malgré tout aucun répit.

— Bien sûr qu'on le remarque, dit Leon qui, ne pouvant jamais se taire bien longtemps, revenait à la charge. C'est le seul facteur qui indique qu'on a une fugueuse plutôt que la victime d'un serial-killer. Celui qui le remarquerait pas, ce serait un sacré nul.

— Tout comme celui qui n'a pas remarqué les liens qui identifiaient le groupe ? interrogea Shaz d'un ton agressif.

Leon leva les yeux au ciel et écrasa sa cigarette.

— Vous les filles, quand vous avez une idée dans le crâne…

— Mince, tu dis de ces conneries, des fois, intervint Simon. Si on pouvait simplement revenir à notre sujet… Je me demande dans quelle mesure les visites de Vance dans ces villes sont une coïncidence. Je veux dire, nous ne savons pas combien de déplacements en province il fait en moyenne par semaine. Il est possible qu'il soit constamment sur les routes, auquel cas, ce ne serait pas très significatif.

— Exactement, soutint Kay. As-tu cherché dans les journaux les gosses disparus qui ne sont pas dans ta liste pour voir si Vance était sur place aussi ?

Les lèvres serrées de Shaz donnèrent la réponse avant même qu'elle n'ait ouvert la bouche.

— Je n'ai pas eu le temps, avoua-t-elle à contrecœur. Mais peut-être que tu voudras bien t'en charger, Kay ?

— Si c'était une enquête réelle, fit remarquer Carol, il faudrait que vous suiviez l'idée de Kay. Mais vous auriez les ressources humaines et le temps de le faire, ce qui n'est pas le cas ici. Je dois dire que je suis impressionnée par ce que vous avez réussi à faire avec si peu de temps et de moyens. (Les épaules de Shaz se redressèrent sous les louanges de Carol, mais en l'entendant continuer, elle commença à s'inquiéter.) Cependant, même si cette corrélation est réelle, elle est trop hasardeuse pour qu'on se jette directement sur Jacko Vance.

» Si ces disparitions et ces meurtres présumés sont liés à ses visites en province, il est plus que probable que l'assassin soit un membre de son entourage ou même quelqu'un qui a subi par le passé un événement désagréable lié d'une manière ou d'une autre à Vance. Le plus évident, peut-être, ce serait qu'il ait été repoussé par une femme qui était une fan de Jacko. C'est à cela que je m'intéresserais en premier, avant de penser que c'est Jacko lui-même qui est impliqué.

— C'est un point de vue, dit Shaz, momentanément mortifiée de s'être tellement laissé emporter par cette théorie sensationnaliste qu'elle n'avait même pas envisagé cette possibilité. (Tony ne l'avait jamais vue se plier autant à faire une concession.) Mais vous pensez qu'il vaut la peine de s'intéresser à mon groupe ?

Carol chercha du regard l'aide de Tony :

— Je… euh…

Venant à son secours, il prit la parole.

— Ce n'était qu'un exercice, Shaz. Nous n'avons aucun pouvoir pour approfondir ce dossier.

Elle eut l'air catastrophé.

— Mais il y a un groupe clairement identifié, là. Sept disparitions suspectes. Ces filles, elles ont des familles.

Leon s'en mêla à nouveau, ayant repris du poil de la bête.

— Allez, Shazza. Fais tricoter tes méninges. On est censés faciliter le boulot des gars du terrain, pas leur trouver des trucs en plus à faire. Tu crois vraiment que quelqu'un va nous remercier de les forcer à remuer la mouise à cause d'une théorie qu'il est facile de démolir sous prétexte que c'est le produit des cogitations fiévreuses d'une bande de timbrés dans une unité spéciale dont personne ne veut, d'ailleurs ?

— Très bien, dit Shaz d'un ton sec. Faisons comme si je n'avais rien dit, d'accord ? Alors, c'est le tour de qui de se faire descendre en flammes ? Simon ? Allons-nous pouvoir bénéficier de tes sages paroles, maintenant ?

Tony avait pris l'apparente capitulation de Shaz comme le signal pour aller de l'avant. Les analyses des autres membres de l'équipe étaient nettement moins sujettes à controverse, ce qui lui permit de leur montrer ce qu'il fallait faire et ne pas faire quand on triait des données et qu'on développait des conclusions d'après des informations brutes. À mesure que l'après-midi passait, il remarqua que Shaz se remettait lentement de l'accueil hostile fait à ses idées. Progressivement, elle avait cessé d'avoir l'air désolé et effondré pour prendre un air de détermination butée qu'il trouva légèrement inquiétant. D'ici à quelques jours, il fallait qu'il prenne le temps de discuter avec elle, de lui souligner les qualités de la majeure partie de son analyse et lui expliquer qu'il était important de garder pour soi les conclusions apparemment insensées tant qu'on n'avait pas trouvé quelque chose de plus solide qu'une simple intuition pour les étayer.

Il quitta la rue principale pour prendre l'étroite ruelle qui abritait le pub Whitelocks, une antiquité qui avait survécu aux années où le centre-ville était mort dès 17 h 05. S'il était honnête, la dernière chose dont il avait envie, c'était de prendre un verre avec Carol. L'histoire qu'ils avaient vécue ensemble impliquait que leurs entrevues ne seraient jamais simples, et ce soir, il avait à lui dire une chose qu'elle n'aimerait pas entendre.

Une fois au bar, il commanda une bière et trouva une table calme dans un coin éloigné. Il n'avait jamais reculé devant ses obligations. Mais l'incapacité de Shaz à reconnaître comme possibilité l'un des fans ou des membres de l'entourage de Jacko Vance lui avait rappelé qu'il était important d'attendre de posséder toutes les données avant de livrer ses théories à l'examen impitoyable des autres. Pour une fois, Tony s'était dit qu'il donnerait son avis personnel à Shaz et qu'il ne dirait rien de ses propres idées tant qu'il n'avait pas lui aussi davantage de preuves.

Il avait fallu une demi-heure à Carol pour échapper à l'interrogatoire serré des deux femmes de la cellule. Elle avait la nette impression que si elle n'avait pas fermement décidé de s'en aller, celle qui avait un drôle de regard, Shaz, l'aurait clouée au mur pour lui soutirer jusqu'à la dernière information pertinente – sans compter une raisonnable quantité de renseignements qui l'étaient beaucoup moins. Lorsqu'elle finit par pousser la porte en verre gravé du pub, elle était convaincue que Tony en avait eu assez et était parti.

Elle vit le petit signe qu'il lui adressait en arrivant au bar. Il était assis dans une niche lambrissée tout au bout de la salle, une chope de bière presque terminée devant lui.

— La même chose ? articula-t-elle muettement en mimant le geste universel d'une main qui remplit un verre.

Tony posa un index sur le bout de l'autre pour former un *T.* Carol sourit. Un instant plus tard, elle posait un verre de Tetley devant Tony et s'asseyait en face de lui avec sa bière.

— Embouteillages, dit-elle laconiquement.

— J'ai pris le bus. À la tienne, ajouta-t-il en levant son verre.

— À la tienne. Ça fait plaisir de te revoir.

— Et moi donc !

Carol lui répondit par un sourire forcé.

— Je me demande si on arrivera un jour à s'asseoir l'un en face de l'autre sans avoir l'impression qu'il y a un troisième à la table.

Elle n'avait pu s'en empêcher. C'était comme une plaie qu'elle ne pouvait se retenir de gratter en étant convaincue que cette fois, elle ne saignerait pas.

Il détourna les yeux.

— En fait, dit-il, tu es pratiquement la seule personne avec qui ça ne me le fait pas. Merci d'être venue aujourd'hui. Je sais que ce n'était probablement pas la manière que tu aurais choisie pour renouer notre…

— Relation professionnelle ? dit Carol, incapable d'éviter une note acerbe.

— Amitié ?

À son tour, elle détourna le regard.

— J'espère, dit-elle. J'espère que c'est de l'amitié. (C'était en dessous de la vérité, et ils le savaient l'un et l'autre, mais c'était intentionnel. Carol parvint à esquisser un sourire.) Intéressant comme groupe, tes profileurs en herbe.

— N'est-ce pas ? Je suppose que tu as vu ce qu'ils avaient en commun ?

— Si l'ambition était illégale, ils feraient de la perpète. Dans la cellule voisine de Paul Bishop.

Tony faillit s'étouffer avec sa bière et éclaboussa la table, manquant de peu le tailleur crème de Carol.

— Je vois que tu n'as rien perdu de ton instinct de tueuse.

— Pourquoi ne pas le dire ? Ça se voit tout de suite. Ça empeste l'ambition. Ça remplit la pièce comme la testostérone dans une boîte. Ça ne t'inquiète pas qu'ils considèrent tous la cellule comme un marchepied pour une brillante carrière ?

— Non. Peut-être que la moitié l'utilisera comme tremplin pour satisfaire leurs ambitions grandioses. Les autres pensent faire pareil, mais ils vont tomber amoureux de leur job et il ne voudront plus jamais en changer.

— Des noms !

— Simon, le mec de Glasgow. Il a la tournure d'esprit particulière qui fait qu'il ne prend rien pour argent comptant. Et Dave, le sergent. Il aime le côté méthodique et logique tout en gardant la possibilité d'utiliser le flair. Mais la vraie vedette, ce sera Shaz. Elle ne le sait pas encore, mais elle est tombée dans la marmite. Tu ne crois pas ?

Elle hocha la tête.

— C'est une obsédée du boulot et elle a hâte de se colleter avec les dingues qui traînent les rues. Tu sais quoi ? demanda-t-elle en penchant la tête de côté.

— Non, quoi ?

— Elle m'a fait penser à toi.

Tony eut l'air de quelqu'un qui ne sait pas s'il doit s'en offusquer ou s'en amuser et opta pour une expression interloquée.

— Ça c'est drôle, dit-il. *Moi*, elle m'a fait penser à *toi*.

— Quoi ? s'exclama Carol, surprise.

— La présentation de cet après-midi. Le travail de fond était costaud. Le groupe qu'elle a identifié vaut clairement la peine d'être pris en compte, il est remarquable. (Il écarta les mains et ouvrit de grands yeux.) Mais conclure que Jacko Vance est un serial-killer, c'était un exploit de l'imagination aussi impressionnant que ta performance jusque-là inégalée dans l'affaire de Bradfield !

Carol ne put s'empêcher de rire devant son petit numéro.

— Mais j'avais raison, enfin ! protesta-t-elle.

— Tu avais peut-être raison *dans les faits*, mais tu avais enfreint toutes les règles de la logique et de la probabilité pour y parvenir.

— Peut-être que Shaz a raison. Et peut-être que nous autres femmes nous sommes meilleures dans ce boulot que les hommes, le taquina Carol.

— Je ne récuserais pas la possibilité que les filles soient meilleures, grogna Tony. Mais je n'arrive pas à croire que tu penses que Shaz ait raison.

— D'ici six mois, dit Carol avec une grimace ironique, elle sera morte de honte de l'avoir ne serait-ce que suggéré.

— Connaissant les flics, je parie qu'il y en a un qui appellera *Vance Chez Vous* pour que Jacko vienne lui rendre visite en personne.

— Je vois ça d'ici. Jacko Vance acculé dans sa dernière retraite par ce regard extraordinaire et Shaz lui disant : « Où étiez-vous la nuit du 17 janvier 1993 ? » (Quand ils eurent fini d'en rire, elle ajouta :) Je serais surprise de voir ce qu'elle me dégote pour mon pyromane.

— Mmm, fit Tony.

— À la secte des profileurs ! dit-elle en levant son verre.

— Il risque de se passer un bon moment au paradis avant que le diable remarque qu'on est partis, répondit-il ironiquement en vidant son verre. Un autre ?

Carol regarda sa montre en réfléchissant. Ce n'était pas qu'elle eût rendez-vous ailleurs : elle voulait décider s'il valait mieux partir sur une note agréable ou rester prendre un autre verre, et risquer de conclure cette entrevue en rétablissant la distance entre eux. Préférant l'éviter, elle secoua la tête.

— Non, pas possible. Je dois attraper la permanence de nuit de la crime avant qu'ils disparaissent Dieu sait où. (Elle avala le reste de sa bière et se leva.) Je suis contente qu'on ait eu le temps de causer un peu.

— Moi aussi. Reviens lundi et on aura quelque chose pour toi.

— Génial.

— Fais attention sur la route, dit-il alors qu'elle s'en allait.

— Ne t'inquiète pas, dit-elle en se retournant à demi. À bientôt.

Et elle s'en alla. Tony resta un moment à contempler son verre vide en se demandant à quoi cela servait d'allumer des incendies sans le plaisir sexuel qui peut en découler. Quand la faible lueur d'une idée s'insinua dans son esprit, il se leva et partit seul à pied dans les rues désertes.

Ce n'était pas le rire des collègues de Shaz qui la cuisait comme le shampooing vous pique les yeux. Ce n'était même pas la condescendance de Carol Jordan. C'était la compassion de Tony. Au lieu d'avoir été renversé par la qualité de son travail et de son incisive analyse, Tony avait été gentil. Elle n'était pas venue pour entendre qu'il fallait du courage pour monter au créneau, qu'elle avait fait preuve d'une véritable initiative, mais qu'elle s'était laissé prendre au piège et emporter par les coïncidences. Cela aurait été plus facile s'il s'était montré méprisant, voire condescendant, mais l'écho qu'elle avait trouvé dans sa sympathie était trop manifeste pour qu'elle puisse noyer sa déception dans la colère. Il était même allé jusqu'à raconter des anecdotes de ses débuts dans le profilage, lorsqu'il s'était lui-même trompé en faisant des conclusions hâtives.

C'était une générosité d'esprit pour laquelle Shaz n'était pas faite. Unique enfant, née par accident, d'un couple si amoureux qu'ils remarquaient à peine les besoins affectifs de leur fille, elle avait appris à vivre sans attendre de tendresse ou d'indulgence. On l'avait grondée lorsqu'elle s'était mal conduite, félicitée distraitement pour ses exploits, mais la plupart du temps, on l'avait ignorée. Son ambition démesurée trouvait ses racines dans une enfance où elle s'était échinée pour gagner de ses parents la reconnaissance dont elle avait désespérément besoin. Au lieu de quoi, elle n'avait eu que l'approbation de ses professeurs et leur jugement professionnel et désinvolte avait été la seule forme de générosité à laquelle elle avait appris à faire face. À présent, la gentillesse sincère la laissait ébahie et mal à l'aise. Elle était capable de supporter l'évaluation impersonnelle de son travail que lui donnait Carol, mais la compassion de Tony la désarçonnait et la poussait irrésistiblement à faire quelque chose qui la rendrait inutile.

Le lendemain matin de la déroute, elle avait subi les mises en boîte de ses collègues et avait même réussi à se joindre à leurs plaisanteries au lieu de les clouer sur place de son troublant regard bleu glacier. Mais sous la façade aimable, elle ruminait ses pensées en essayant de trouver un moyen d'avancer et de prouver qu'elle avait raison.

Écumer les archives des personnes disparues dans l'espoir d'en trouver d'autres qui correspondaient au schéma identifié était hors de question. À force de travailler sur le terrain, Shaz savait d'expérience qu'il y avait dans les 250 000 disparitions chaque année, dont près de 100 000 mineurs. Un bon nombre quittaient simplement un métier qu'ils détestaient et des familles qui ne leur apportaient rien. D'autres fuyaient des existences devenues intolérables. Certains étaient séduits par des promesses d'eldorados. Et quelques-uns étaient arrachés brutalement à leur univers familier et plongés dans l'horreur. Mais il était presque impossible de déterminer dans quelle catégorie chacun entrait en examinant rapidement leur dossier. Même si elle avait pu convaincre ses collègues sceptiques de se joindre à ses recherches, dénicher d'autres victimes possibles du serial-killer de Shaz aurait exigé plus de ressources qu'ils n'en avaient à leur disposition.

Lorsque Tony annonça que cet après-midi serait consacré à des recherches personnelles, Shaz sentit s'alléger le poids de son impatience. À présent, elle allait au moins pouvoir *faire* quelque chose. Repoussant la proposition d'un déjeuner avec Simon au pub, elle fila à la principale librairie de la ville. Quelques minutes plus tard, elle était à la caisse avec un exemplaire de *Jack et le Haricot géant : une biographie non autorisée*, par Tosh Barnes, un journaliste de Fleet Street redouté pour sa prose au vitriol, ainsi que *Jack Cœur-de-Lion : l'Histoire vraie d'un héros*, de Micky Morgan, version révisée du récit qu'elle avait rédigé peu de temps après leur mariage. Tony avait avancé que même si Shaz avait raison sur le lien, l'assassin avait de grandes chances d'être plus un membre de son entourage que Jacko Vance lui-même. Les deux livres l'aideraient peut-être soit à l'innocenter, soit à étayer sa théorie.

De retour chez elle après un bref trajet en bus, elle ouvrit une boîte de Coca Light, s'assit à son bureau et se plongea dans le récit de la brillante carrière de Jacko Vance, œuvre de son épouse aimante. Athlète exceptionnel, héros généreux, indomptable combattant, présentateur hors pair, bénévole infatigable et mari sublime. À mesure qu'elle se forçait à avancer dans cette hagiographie, Shaz se disait qu'elle éprouverait effectivement un immense plaisir à démolir un personnage aussi insupportablement parfait. Si son postulat de départ était juste, le colosse avait non seulement des pieds d'argile, mais une façade totalement fabriquée.

Ce fut un soulagement de parvenir à la fin, même si cela signifiait qu'elle se retrouvait confrontée à la question qu'elle avait reléguée dans un coin de son crâne. C'était le doute classique de toute enquête sur un serial-killer : comment la femme pouvait-elle ne pas être au courant ? Même en menant des existences si occupées et si indépendantes, comment Micky Morgan pouvait-elle partager son lit et sa vie avec un kidnappeur et un assassin d'adolescentes sans sentir qu'il y avait en lui quelque chose de tordu ? Et si elle était au courant, ou si elle ne faisait que le soupçonner, comment pouvait-elle s'asseoir jour après jour devant les caméras et interviewer les victimes comme les vainqueurs de la vie sans éprouver autre chose qu'une compassion et un intérêt tout professionnels ?

C'était une question qui restait sans réponse. À moins que Tony n'eût raison et que ce ne fût pas Jacko lui-même, mais un fan ou un membre de l'équipe de tournage. Réprimant ces doutes, Shaz passa à *Jack et le Haricot géant*, qui se révéla être rien moins qu'une version irrévérencieuse du même mythe. Seules les anecdotes étaient différentes, mais elles ne révélaient rien de plus sinistre que ceci : lorsqu'il portait sa casquette professionnelle, Jacko Vance était un perfectionniste avec un don pour la vacherie capable de dépouiller de leur armure les pires requins de la télévision. Ce n'était guère le signe caractéristique du maniaque assassin.

Mais lorsqu'on était comme elle en quête d'éléments qui pouvaient correspondre au profil du serial-killer, le livre recelait des sous-entendus et des indices qui laissaient à penser qu'elle ne se fourvoyait peut-être pas totalement. Jacko présentait en tout cas certainement plus de traits caractéristiques qu'un individu moyen, et, selon l'opinion de Shaz, suffisants pour qu'il reste pour l'instant un suspect de choix. Il était très possible que ce fût quelqu'un de son entourage, mais pour le moment, les recherches qu'elle avait faites ne lui avaient rien apporté qui contredise sa théorie initiale.

Tout en lisant, Shaz avait pris des notes. À la fin de cette première recherche, elle alluma son portable et ouvrit un fichier qu'elle avait constitué au début du cours de profilage. Il était intitulé *Check-list*, et c'était exactement de cela qu'il s'agissait : une liste d'indicateurs potentiels permettant à un enquêteur de déterminer si un suspect est un candidat plus ou moins sérieux. Elle fit une copie du fichier, puis, à l'aide de ses notes et en se référant de temps en temps aux livres, elle procéda à l'inventaire. Quand elle eut terminé, elle ronronnait presque de satisfaction. Finalement, elle n'était pas si folle que ça. Tony Hill ne pourrait l'ignorer quand elle le placerait en première partie du dossier qu'elle avait l'intention de lui présenter. Elle l'imprima et sourit, satisfaite, en le relisant, particulièrement ravie du paragraphe de conclusion. Concis, direct, il disait ce qu'il fallait aux lecteurs qui savaient ce qu'il fallait chercher, jugea-t-elle. Elle regretta de ne pouvoir mettre la main sur les coupures de journaux concernant Jacko Vance et Micky Morgan, en particulier les tabloïds et les chroniques mondaines. Mais faire une demande officielle aux archives des journaux aurait déclenché l'alarme. Pour une affaire aussi importante, elle n'osait même pas faire confiance à des contacts personnels.

Elle se demanda s'il fallait présenter à Tony cette nouvelle analyse. Au fond d'elle-même, elle savait que ce n'était pas suffisant pour le faire changer d'avis. Mais quelqu'un assassinait des jeunes filles et selon les probabilités, étant donné le temps que cela avait duré et le nombre d'indices qu'elle lisait dans son passé, elle était certaine que Jacko Vance était son homme. Quelque part, il y avait un élément qui mettrait en lumière sa faiblesse, et elle allait le trouver.

8

Le sergent de permanence versa la deuxième cuillerée de sucre dans son thé noir et le remua mollement en fixant le tourbillon paresseux comme s'il avait souhaité que le spectacle lui fasse oublier la pile de paperasses empilées à côté de lui sur le bureau. Le tourbillon ralentit puis cessa. Il ne se produisit rien de plus. Avec un soupir qui venait du fond du cœur, il prit le premier dossier et l'ouvrit.

Un sursis lui fut accordé au bout de deux pages. Sa main bondit sur le téléphone qui sonnait, comme si elle avait été montée sur un ressort.

— Police de Glossop, sergent Stone, dit-il d'un ton enjoué.

À l'autre bout du fil, la voix, au bord de la crise de nerfs, se maîtrisait à peine. C'était une femme, ni jeune ni vieille, nota machinalement Peter Stone en tirant un bloc de brouillon vers lui.

— C'est ma fille, dit la femme. Donna. Elle n'est pas rentrée. Elle a seulement quatorze ans. Elle n'est jamais arrivée chez sa copine. Je ne sais pas où elle est. Aidez-moi ! dit-elle d'un ton suraigu et affolé.

— Je comprends que cela vous bouleverse, dit Stone d'une voix impassible. (Ayant lui-même des filles, il refusait de se laisser aller à imaginer les catastrophes possibles qui auraient pu leur arriver, sans quoi il n'aurait jamais pu dormir.) Il me faut quelques renseignements pour que nous puissions vous aider au mieux. (Le ton formel était délibéré, c'était une tentative calculée pour ralentir le débit de son interlocutrice paniquée et la calmer.) Votre nom… ?

— Doyle. Pauline Doyle. Ma fille s'appelle Donna. Donna Theresa Doyle. On habite Corunna Street. Au numéro 15. Juste elle et moi. Son père est décédé, voyez. Il a eu une attaque cérébrale il y a trois ans et il est tombé, raide mort, comme ça. Qu'est-ce qui est arrivé à ma petite Donna ?

Des pleurs la secouèrent. Stone l'entendit sangloter et renifler malgré tous ses efforts pour rester cohérente.

— Voici ce que je vais faire, Mrs Doyle. Je vais envoyer quelqu'un chez vous prendre votre déposition. En attendant, vous pouvez me dire simplement depuis combien de temps Donna a disparu ?

— Je ne sais pas, gémit Pauline Doyle. Elle est partie ce matin pour l'école en disant qu'elle irait manger chez sa copine Dawn. Elles travaillaient toutes les deux sur un exposé. Comme elle n'était pas revenue à 22 heures, j'ai appelé la mère de Dawn et elle m'a dit qu'elle n'était pas là et que sa fille lui avait dit que Donna n'était pas venue à l'école de toute la journée.

Stone jeta un coup d'œil à la pendule. Onze heures moins le quart. Ce qui signifiait que la gamine était ailleurs qu'à l'endroit où elle était censée être depuis une quinzaine d'heures. Ce n'était pas encore officiellement le moment de s'inquiéter, mais une douzaine d'années de métier l'avaient rompu à relever les faits significatifs.

— Vous ne vous êtes pas disputées ? demanda-t-il gentiment.

— Non, pleura Mrs Doyle. (Elle hoqueta et Stone l'entendit respirer profondément pour se calmer.) Elle est tout ce que j'ai, dit-elle d'une petite voix pitoyable.

— Il y a peut-être une explication toute simple. Ce n'est pas rare que des jeunes filles fassent brusquement une fugue. Maintenant, je vais vous demander de mettre votre bouilloire en route pour faire du thé, parce que je vous envoie deux agents qui seront chez vous dans dix minutes, OK ?

— Merci.

Éperdue, Pauline Doyle raccrocha le téléphone et fixa mornement la photo posée sur le dessus de la télé. Donna lui souriait, d'un sourire aguicheur et entendu qui montrait qu'elle frôlait la frontière entre l'enfant et la femme. Sa mère fourra un poing devant sa bouche pour retenir ses sanglots et partit d'un pas incertain vers la lumière crue des néons de la cuisine.

À cette heure-là, Donna Doyle était encore vivante, heureuse et légèrement éméchée.

9

Une fois la décision prise, il n'était plus resté que les détails. D'abord, la demande officielle, planifiée avec soin pour obtenir le maximum de retentissement durant le téléthon annuel qui engrangeait des millions pour des organisations de protection de l'enfance. Jacko avait mis un genou en terre devant huit millions de téléspectateurs et demandé à Micky de l'épouser. Des larmes dans les yeux, elle avait accepté. Comme pour tout le reste de leur mariage, tout fut médiatisé jusqu'au moment décisif.

Le mariage eut lieu à la mairie, bien entendu, mais ce n'était pas une raison pour ne pas se livrer à une soirée qui alimenterait les colonnes des journaux pendant des jours. L'agent de Jacko et Betsy étaient les témoins, tout en veillant discrètement à ce que tous les invités de la noce boivent du champagne jusqu'à en perdre toute retenue. Ensuite, ce fut la lune de miel. Une île privée des Seychelles, avec Betsy et Micky dans un bungalow et Jacko dans l'autre. En maintes occasions, elles le virent à la plage, chaque fois avec une femme différente, mais personne en dehors de Jacko ne dîna jamais avec elles et il ne leur présenta jamais ses conquêtes.

Le dernier soir, ils dînaient tous les trois sous le clair de lune devant l'océan Indien.

— Tes amies sont parties, alors ? avait demandé Betsy, rendue audacieuse par son cinquième verre de champagne.

— Ce n'étaient pas des amies, non, avait précisé Jacko, la bouche tordue par un étrange sourire. Pas même des assistantes personnelles, je le crains. Je ne couche pas avec les amies. Le sexe, c'est quelque chose que je garde dans le domaine des transactions. Après l'accident, après ce qui s'est passé avec Jillie, je me suis juré de ne plus jamais me remettre dans une situation où quelqu'un pourrait me prendre quoi que ce soit qui me soit cher.

— C'est triste, avait dit Micky. Tu perds des tas de trucs en ne voulant pas prendre de risques.

Ses yeux avaient semblé se voiler, comme la vitre fumée d'une limousine qui remonte pour dissimuler son occupant. Ce regard, elle était certaine que le public ne l'avait jamais vu, pas mêmes les malades au stade terminal ou les handicapés qu'il consacrait son temps et son énergie à réconforter. Si des autorités avaient vu ces ténèbres dans ses yeux, elles auraient fait en sorte qu'il ne puisse jamais approcher des malades et des mourants à moins de cent kilomètres.

Tout ce que le monde voyait de lui, c'était le charme. Tout bien réfléchi, d'ailleurs, c'était aussi ce à quoi elle avait droit. Mais soit il faisait en sorte qu'elle puisse en voir davantage, soit il ne se rendait pas compte qu'elle le perçait à jour aussi bien. Même Betsy lui avait répondu qu'elle exagérait quand elle lui avait parlé de cette sombre lueur qui couvait dans les tréfonds de son mari. Il n'y avait que Micky pour savoir qu'elle ne se trompait pas.

Jacko avait regardé sa femme droit dans les yeux sans un sourire:

— Je prends énormément de risques, Micky. Je me contente de minimiser l'éventualité qu'il y ait des dégâts. Prenons ce mariage. C'est un risque, mais je ne l'aurais pas pris si je n'avais pas été certain que c'était plus sûr pour moi, parce que tu as plus à y perdre que moi si jamais on découvre le pot aux roses.

— Peut-être, était convenue Micky avec un petit geste de la main. Mais je trouve que c'est triste que tu te coupes des possibilités d'amour, ce que tu fais depuis que tu es séparé de Jillie et que tu joues cette petite comédie avec moi.

— Ce n'est pas une comédie, avait dit Jacko, le visage fermé mais animé d'un feu intérieur. Si tu t'inquiètes tant que ça que je manque d'affection, ça n'est pas la peine. Je pourvois moi-même à mes besoins. Et je te promets que les solutions que je trouve ne te causeront jamais le moindre embarras. Quand il s'agit de nier, je suis le roi, avait-il conclu en posant solennellement une main sur son cœur.

Ces paroles avaient toujours hanté Micky, bien qu'il ne lui eût jamais donné l'occasion de les lui renvoyer à la figure. Mais parfois, quand elle remarquait dans ses yeux une expression qui lui rappelait la première fois qu'elle avait vu cette fureur contenue, dans la chambre d'hôpital, elle se demandait ce qui était vraiment tapi dans l'univers secret de Jacko qu'il pût être nécessaire de nier. Cependant, l'idée du meurtre ne l'avait jamais effleurée.

Le problème lorsque l'on travaille seul, c'est qu'on ne peut pas avancer très vite. Shaz s'en était rendu compte après une nuit de sommeil agitée. Il n'y avait pas assez d'heures dans la journée, elle n'avait pas l'autorité nécessaire pour procéder à des enquêtes de fond, ni accès au réseau d'information des agents qui travaillaient dans les districts où avait vécu Jacko Vance depuis sa jeunesse. Elle n'avait personne à qui parler. Si elle voulait faire des progrès dignes de ce nom, il n'y avait qu'une seule voie à prendre.

Elle devait faire monter la mayonnaise. Et cela impliquait de demander qu'on lui rende encore quelques services. Elle prit le téléphone et appela Chris Devine. Le répondeur décrocha à la troisième sonnerie. Ce fut un soulagement de ne pas avoir à expliquer directement à Chris une entreprise apparemment insensée. Quand elle entendit le bip, elle parla :

— Chris ? C'est Shaz. Merci de ton aide l'autre jour. Cela m'a été tellement utile que j'en ai encore besoin. Tu aurais le numéro personnel de Jacko Vance ? Je serai chez moi ce soir. Tu es un amour. Merci.

— Je suis là ! coupa la voix de Chris, faisant sursauter Shaz qui faillit lâcher sa tasse de café.

— Allô ? Chris ?

— J'étais sous la douche. Qu'est-ce que tu mijotes, alors ? demanda Chris d'une voix plus affectueuse que Shaz ne pensait le mériter.

— Je voudrais un rendez-vous avec Jacko Vance, et je n'ai pas son numéro.

— Il y a un problème avec les voies officielles, poupée ?

Shaz s'éclaircit la voix.

— Ce n'est pas exactement une enquête officielle.

— Il va falloir que tu trouves mieux que ça comme réponse. Est-ce que ça a un rapport avec la demi-douzaine d'arbres qu'il a fallu que j'assassine pour te rendre le dernier service que tu m'as demandé ?

— En quelque sorte. L'exercice dont je t'ai parlé ? Eh bien, ça a produit ce qui semble être un groupe pertinent. Je pense qu'il y a un vrai serial-killer qui fait dans les adolescentes. Et que ça a un rapport avec Jacko Vance.

— Jacko Vance. *Le* Jacko Vance national ? Celui de *Vance Chez Vous ?* Mais qu'est-ce qu'il a à voir avec un serial-killer ?

— C'est ce que j'essaie de découvrir. Sauf que je ne suis pas censée le faire pour de vrai pour l'instant et que personne n'est prêt à entreprendre quoi que ce soit tant que je n'ai pas quelque chose de plus concret.

— Attends un peu, poupée. Repasse la bande jusqu'au moment où tu m'as parlé de Jacko. Qu'est-ce que ça veut dire « ça a un rapport » ?

Chris commençait à avoir l'air inquiète, se dit Shaz. *Il fallait faire un peu machine arrière, et puis aussi adopter la suggestion moins dramatique que lui avaient faite ses collègues.*

— Ça pourrait être important comme ça pourrait être rien du tout. Sauf que pour le groupe que j'ai repéré, à chaque fois, il était dans la ville des filles deux jours avant leur disparition. C'est une coïncidence bizarre et je pense que c'est peut-être quelqu'un de son entourage ou un timbré fan de lui qui essaie d'éliminer les filles qui l'approchent de trop près ou je ne sais quoi.

— Bon, laisse-moi digérer ça. Tu veux aller voir Jacko Vance pour lui demander s'il a remarqué un fou furieux qui rôderait dans les environs chaque fois qu'il fait ses fameuses visites chez les gens ? Et tu veux que ce soit fait officieusement ? demanda Chris d'une voix où se mêlaient l'incrédulité et l'inquiétude.

— C'est à peu près ça, ouais.

— Tu es tombée sur la tête, Bowman.

— Je croyais que ça faisait mon charme.

— Putain, poupée, tout ton charme te sortira pas de la merde si tu marches dedans, cette fois.

— Tu m'apprends rien. Tu veux bien m'aider ou pas ?

Il y eut un long silence. Shaz le laissa s'éterniser, bien qu'elle eût les nerfs à vif. Finalement, Chris répondit :

— Si je veux pas, tu vas aller t'adresser ailleurs, hein ?

— Je serai bien forcée, Chris. Si j'ai raison, quelqu'un tue des gamines. Je ne peux pas laisser ça passer.

— C'est si tu te trompes qui me fait peur, poupée. Tu veux que je vienne avec toi en renfort, histoire de donner l'impression que c'est un peu plus officiel ?

C'était tentant.

— Je ne crois pas, dit lentement Shaz. Si jamais je me fais descendre en flammes, je préfère ne pas t'emmener avec moi dans ma chute. Mais il y a une chose que tu peux faire.

— Sauf s'il faut retourner dans une bibliothèque, grommela Chris.

— Tu pourrais me couvrir. Je serai probablement obligée de donner un numéro pour qu'on me rappelle. Les gens comme lui, ils ne font pas confiance comme ça. Sauf que je ne peux pas prendre un appel pendant le séminaire, parce que je suis toujours en cours ou en formation ou autre chose. Si je pouvais me servir de ton numéro de bureau, au moins il tombera sur quelqu'un de la police quand il rappellera pour vérifier.

— D'accord, dit Chris. Donne-moi cinq minutes.

Shaz patienta stoïquement. Il y avait des fois où elle enviait les fumeurs, mais pas suffisamment pour s'y mettre aussi. Elle fixa la grande aiguille de sa montre en serrant les lèvres lorsqu'elle toucha la sixième minute. Quand le téléphone sonna, elle l'attrapa avant la fin de la première sonnerie.

— Tu as un stylo ?

— Ouais.

— Alors voilà. (Elle récita le numéro prétendument sur liste rouge qu'elle avait obtenu de l'agent de service du commissariat de Notting Hill.) Si on te demande, c'est pas moi qui te l'ai donné.

— Merci, Chris. Je te revaudrai ça.

— Tu ne pourrais jamais te le permettre, dit Chris d'un ton de regret. Allez, file, poupée. On se rappelle.

— Je te tiens au courant. À plus.

Shaz considéra le morceau de papier avec un tranquille sourire de triomphe. *Allez, j'y vais*, se dit-elle en empoignant à nouveau le téléphone. Huit heures et demie, ce n'était pas trop tôt pour appeler.

Le numéro sonna plusieurs fois, puis une voix synthétique annonça : « Votre appel a été transféré ». Il y eut une série de cliquetis, un silence, puis la sonnerie caractéristique d'un mobile.

— Allô ?

Elle avait reconnu immédiatement la voix. Shaz fut un peu déconcertée d'entendre au téléphone quelqu'un qu'elle avait l'habitude de voir à la télévision, d'autant plus que ce n'était pas la voix qu'elle attendait.

— Madame Morgan ? demanda-t-elle en hésitant.

— Elle-même. Qui est à l'appareil ?

— Je suis l'inspecteur Sharon Bowman de la police de Londres. Pardonnez-moi de vous déranger, mais j'ai besoin de parler à votre mari.

— J'ai peur qu'il ne soit pas à la maison pour l'instant. Je n'y suis pas non plus, d'ailleurs. Vous avez fait un mauvais numéro. Vous êtes sur ma ligne personnelle. La sienne a un autre numéro.

Shaz se sentit rougir.

— Excusez-moi de vous avoir dérangée.

— Pas du tout. Est-ce que je peux vous aider, inspecteur ?

— Je ne crois pas, madame Morgan. À moins que vous ne me donniez un numéro où je puisse le joindre ?

— Je ne préfère pas, si ça ne vous ennuie pas, dit Micky après une hésitation. Mais je peux lui transmettre le message, si cela vous va ?

Il faudra bien, songea tristement Shaz. *Les riches ne faisaient vraiment pas comme les autres. Elle avait bien fait de s'arranger avec Chris.*

— Je pense qu'il peut nous donner des renseignements pour une enquête que nous effectuons. Je suis consciente qu'il est très occupé, mais je peux le voir à n'importe quel moment demain, où et quand cela lui conviendra. Seulement, je vais devoir m'absenter du bureau pour la journée, aussi, s'il pouvait appeler ce numéro... (Elle dicta la ligne directe de Chris.) Et demander à parler au sergent Devine. Il peut convenir du rendez-vous avec elle.

Micky lui relut le numéro.

— C'est bien ça ? Demain ? Très bien, inspecteur Bowman. Je lui passerai le message.

— Désolée de vous avoir dérangée, dit Shaz d'un ton maussade.

Le gloussement familier retentit à l'autre bout du fil.

— N'y pensez plus. Je suis toujours heureuse d'aider la police. Mais vous devez le savoir, si vous regardez mon émission.

C'était une perche tendue tellement grossière que Shaz ne put résister :

— C'est sensationnel. Je vous regarde chaque fois que je peux.

— Avec un peu de flatterie, les messages vont toujours plus vite, dit Micky d'une voix aussi séductrice qu'elle parvenait à la rendre dans son émission.

— J'attends l'appel de Mr Vance avec impatience, dit Shaz.

Elle n'avait jamais été aussi sincère de sa vie.

10

Pauline Doyle fixa le cadre vide sur le dessus de la télé. Les agents qui étaient venus la voir le soir de la disparition de Donna avaient emporté la photo pour en faire des tirages. Ils avaient eu l'air préoccupés par Donna, avaient posé des tas de questions sur ses fréquentations et son lycée, demandé si elle avait un petit copain, ce qu'elle aimait faire le week-end. Quand ils étaient finalement partis avec la photo et un signalement de Donna, elle avait senti qu'ils l'avaient aidée à ne pas sombrer dans l'hystérie. Son instinct lui criait de courir les rues en hurlant le nom de sa fille, mais les réponses mesurées des deux officiers en uniforme qui avaient envahi sa cuisine l'avaient apaisée et lui avaient fait comprendre que le moment n'était pas bien choisi pour agir d'une manière irrationnelle.

— Mieux vaut rester ici, avait dit le plus âgé. Si elle essaie de vous appeler, il faut que vous soyez là. Laissez-nous nous occuper des recherches. C'est nous les experts, nous savons de quoi il retourne.

La femme qui était venue le lendemain matin avait sapé son moral. Elle avait convaincu Pauline de faire un inventaire détaillé des affaires de Donna. Quand elles avaient vu qu'il manquait la tenue préférée de Donna, celle qu'elle mettait pour sortir en boîte – une minijupe ultracourte en lycra noir, un T-shirt moulant à rayures noires et blanches décolleté et des Doc Martens noires – l'inspecteur s'était visiblement détendue. Pauline avait compris pourquoi. Aux yeux de la police, les vêtements manquants impliquaient simplement une fugue comme il y en a tant. Maintenant, ils pouvaient se calmer, arrêter de s'inquiéter en pensant qu'ils devaient peut-être chercher un cadavre.

Comment pouvait-elle leur expliquer d'une manière qui leur serait compréhensible ? Comment pouvait-elle leur faire voir que Donna n'avait jamais eu ni besoin ni raison de faire une fugue ? Elle ne s'était pas fâchée avec sa mère. C'était tout le contraire, même. Elles étaient très proches, plus proches que la plupart des femmes ne parviennent à l'être avec leurs filles adolescentes. La mort de Bernard les avait amenées à se soutenir mutuellement et elles continuaient à se faire des confidences. Pauline ferma les yeux et envoya une muette prière à la Vierge Marie en qui elle avait perdu foi depuis des années. La police ne voulait pas écouter : quel mal cela faisait-il de prier ?

11

L'aube se leva sur la gauche au son de la circulation et de sa propre voix. Pendant tout le trajet sur le M1, Shaz avait répété son entretien. Elle avait toujours envié aux hommes de loi la tâche facile qui consiste à ne poser que des questions dont ils connaissaient les réponses. Affronter un professionnel sans répéter et explorer toutes les réactions possibles aurait été une folie, aussi conduisait-elle au radar tout en repassant ses questions et les réponses qu'elle imaginait. Le temps d'arriver à Londres, elle était plus prête que jamais.

Soit il laisserait échapper quelque chose, et elle doutait qu'il soit aussi amateur, soit elle le déstabiliserait et l'obligerait à se trahir. Ou bien elle se trompait et les autres avaient raison et il lui indiquerait tout simplement tel ou tel fanatique dévoué qu'il avait repéré avec des victimes potentielles. Ce serait un non-événement, mais elle pourrait le supporter du moment que cela sauvait des vies et mettait un assassin derrière les barreaux.

Qu'elle pût courir un risque ne lui traversait pas vraiment sérieusement l'esprit en dépit des mises en garde de Chris. À vingt-quatre ans, Shaz n'avait pas le sentiment d'être mortelle. Même trois ans dans la police, avec les agressions occasionnelles et les dangers routiniers, n'avaient pas entamé son impression d'être invincible. D'ailleurs, les gens qui vivaient dans les demeures cossues d'Holland Park n'agressaient pas les policiers. Surtout quand c'était leur femme qui avait pris le rendez-vous.

En avance comme d'habitude, Shaz dédaigna la recommandation qu'on lui avait faite de garer sa voiture dans l'allée. Elle trouva une place payante à Notting Hill et descendit vers Holland Park, le long de la rue où ils habitaient. Ayant soigneusement compté les numéros, elle repéra la maison qui appartenait à Jacko et Micky. C'était difficile de croire qu'une surface aussi vaste en plein cœur du centre de Londres abritait seulement un couple, mais Shaz savait d'après ses renseignements que le bâtiment n'était pas divisé en appartements. Tout était occupé uniquement par Jacko et Micky, leur personnel et l'assistante de Micky depuis une éternité, Betsy Thorne. Impressionnant, songea Shaz en passant le long de cette pièce montée toute blanche à la façade immaculée.

Elle ne voyait pas grand-chose du jardin, abrité du reste du monde par une haute haie de lauriers taillés, mais la partie qui apparaissait derrière les grilles électroniques était aussi impeccable qu'une exposition florale. Shaz sentit un doute lui nouer l'estomac. Comment pouvait-elle soupçonner l'occupant d'un tel bijou des crimes immondes que son imagination avait conçus ? Les gens de cette sorte ne font pas des choses pareilles, n'est-ce pas ?

Elle se mordit les lèvres, furieuse de son manque de confiance, puis tourna les talons et repartit vers sa voiture, de plus en plus assurée à chaque pas. C'était un criminel et quand elle en aurait fini avec lui, le monde entier le saurait. Il lui fallut moins de cinq minutes pour revenir à la maison en voiture et monter dans l'allée. Elle baissa sa vitre et appuya sur l'interphone.

— Inspecteur Bowman pour Mr Vance, dit-elle d'une voix ferme.

Les grilles s'ouvrirent avec un léger bourdonnement et Shaz entra dans ce qu'elle ne put s'empêcher de considérer comme un territoire ennemi. Ne sachant où se garer, elle préféra éviter de bloquer le passage du double garage et suivit l'allée jusqu'à l'autre côté de la maison, dépassa une Range Rover garée devant l'entrée, et s'arrêta à côté d'une Mercedes décapotable gris métallisé. Elle éteignit son moteur et attendit un moment, rassemblant son énergie et se concentrant sur son objectif.

— Jette-toi à l'eau, dit-elle finalement à voix basse, résolue.

Elle monta quatre à quatre les marches du perron et appuya sur la sonnette. Presque immédiatement, la porte s'ouvrit et le visage de Micky Morgan lui sourit, il lui sembla familier.

— Inspecteur Bowman, dit-elle en s'effaçant. Entrez. J'allais partir. (Elle tendit la main pour désigner une femme entre deux âges, aux cheveux bruns semés de fils d'argent tirés en arrière en queue-de-cheval.) Je vous présente Betsy Thorne, mon assistante. Nous filons attraper la Navette.

— Pour un petit séjour au Touquet, expliqua Betsy.

— Ingurgiter des tas de fruits de mer et faire un tour au casino, ajouta Micky en tendant la main pour prendre un fourre-tout en cuir des mains de Betsy. Jacko vous attend. Il est au téléphone, mais il n'en a pas pour longtemps. Prenez la première porte à gauche et il sera à vous dans une minute.

— Merci, dit Shaz, parvenant enfin à placer un mot.

Micky et Betsy s'attardaient sur le seuil et Shaz se rendit compte qu'elles n'avaient pas l'intention de partir tant qu'elles n'étaient pas certaines qu'elle entrait dans la bonne pièce. Avec un sourire embarrassé, Shaz hocha la tête et poussa la porte que Micky lui avait indiquée. C'est seulement une fois dedans qu'elle entendit la porte d'entrée se refermer. Elle alla à la fenêtre et vit les deux femmes monter dans la Range Rover.

— Inspecteur Bowman ?

Shaz fit volte-face. Elle n'avait entendu personne entrer. À l'autre bout de la pièce, plus petit qu'il ne paraissait à la télé, Jacko Vance lui sourit. L'imagination de Shaz y vit le rictus de la panthère qui précède le moment où elle va dépouiller sa proie. Elle se demanda si elle était en train de voir en face son premier serial-killer. Si tel était le cas, elle espéra qu'il ne se rendait pas compte qu'elle était là pour le combattre.

Elle avait des yeux extraordinaires. De dos, elle avait l'air quelconque. Des cheveux bruns frôlant le col d'un blazer bleu marine de confection assorti à un blue-jean et à des chaussures de pont brunes. Rien sur quoi on se serait retourné dans un bar bondé. Mais quand il l'avait fait sursauter et qu'elle lui avait fait face, le flamboiement de ses yeux bleus l'avait transformée en une créature totalement différente. Vance éprouva un pincement d'appréhension mêlé d'une étrange sensation de satisfaction. Quelle que fût la piste sur laquelle elle était lancée, cette femme n'était pas n'importe qui. C'était un adversaire.

— Désolé de vous avoir fait attendre, dit-il en prenant sa voix caressante de la télévision.

— J'étais en avance, dit-elle d'un ton neutre.

Vance s'avança vers elle et s'arrêta à deux mètres.

— Prenez un siège, inspecteur, dit-il en lui indiquant le canapé derrière elle.

— Merci, dit Shaz en ignorant l'invitation et en préférant s'installer dans le fauteuil qu'il avait prévu d'occuper.

Il l'avait choisi parce qu'il était plus haut et tournait le dos à la lumière. Il avait voulu la mettre dans une position inconfortable, mais elle avait changé la donne. L'irritation le piqua comme un insecte et, au lieu de s'asseoir à son tour, il alla à la cheminée et s'accouda au manteau sculpté. Il la fixa, sans rien dire, attendant qu'elle ouvre le feu.

— Je suis consciente que vous m'accordez un peu de votre temps, dit-elle au bout d'un long moment. Je sais que vous êtes très occupé.

— Vous ne m'avez pas beaucoup laissé le choix. D'ailleurs, je suis toujours heureux d'aider la police. Vos supérieurs pourraient vous dresser la liste des nombreuses occasions où j'ai contribué à vos œuvres de bienfaisance.

Sa voix était tout sourires, mais son regard restait glacial. Les yeux bleus ne cillèrent pas.

— Je suis sûre qu'ils le feraient, monsieur.

— Ce qui me rappelle… Votre carte ? (Vance ne bougea pas, forçant Shaz à se lever et à traverser la pièce une fois qu'elle eut sorti le portefeuille qui contenait ses papiers.) Je n'aurais pas cru qu'on puisse être si inconséquent, dit Vance d'un ton désinvolte tandis qu'elle approchait. Laisser entrer quelqu'un sans vérifier que c'est bien la personne qu'elle prétend être. (Il jeta un regard de pure forme sur la carte.) Il y en a une autre, non ?

— Pardon ? C'est la seule carte dont sont munis les officiers de la police de Londres. C'est notre carte, dit Shaz, sans rien laisser paraître de l'inquiétude qui montait en elle en voyant qu'il en savait beaucoup trop et qu'elle pouvait se tirer d'affaire pendant qu'il en était encore temps.

Les lèvres de Vance semblèrent s'amincir alors que son sourire se faisait carnassier. Il était temps de lui montrer qui détenait les cartes, décida-t-il.

— Mais vous n'êtes plus dans la police de Londres, inspecteur Bowman, n'est-ce pas ? Voyez-vous, vous n'êtes pas la seule qui prend ses renseignements. Car c'est ce que vous avez fait, n'est-ce pas ?

— Je suis toujours officier de la police de Londres, répondit Shaz sans se démonter. Quiconque vous a dit le contraire s'est trompé, monsieur.

Il porta le coup de grâce.

— Mais vous n'êtes pas basée à Londres, n'est-ce pas ? Vous êtes détachée dans une unité spéciale. Pourquoi ne me montrez-vous pas votre carte actuelle pour que je sache que vous êtes bien celle que vous prétendez être et que nous puissions nous mettre au travail ? (Prudence, se dit-il. Ne te laisse pas emporter sous prétexte que tu es bien plus malin qu'elle. Il haussa les épaules d'un air vainqueur et leva un sourcil.) Je ne veux pas me montrer tatillon, mais un homme dans ma situation n'est jamais trop prudent.

Shaz le toisa, impassible.

— C'est tout à fait exact, dit-elle en sortant sa carte de la Cellule Nationale de Profilage Criminel portant sa photo.

Il tendit la main pour la prendre, mais elle la retira prestement.

— Je n'en ai encore jamais vu de pareille, dit-il d'un ton badin en dissimulant son dépit de n'avoir pu voir davantage qu'un logo et le mot « profilage » qui lui avait sauté aux yeux comme une marque au fer rouge. C'est la Cellule Nationale de Profilage dont tout le monde parle, hein ? Une fois que vous aurez atteint votre plein régime, vous devriez envoyer l'un de vos membres dans l'émission de ma femme, pour expliquer aux gens le mal que se donne l'État pour les protéger.

Avec ça, elle allait comprendre qu'il savait qu'elle était une complète débutante.

— Ce n'est pas à moi d'en décider, monsieur, dit Shaz en lui tournant le dos et en retournant à son fauteuil. Et si nous parlions de ce qui m'amène ?

— Bien sûr, dit-il en écartant son bras gauche dans un geste bienveillant sans s'avancer vers un siège. Je suis à votre disposition, inspecteur Bowman. Peut-être pourriez-vous commencer par me dire ce dont il s'agit exactement ?

— Nous avons rouvert les dossiers des disparitions de plusieurs adolescentes, dit Shaz en prenant le dossier qu'elle avait apporté. Au départ, nous avons identifié sept affaires présentant de fortes similitudes. Ces affaires couvrent une période de six ans et nous étendons notre enquête pour voir s'il y a d'autres cas avec des traits communs que nous n'aurions pas encore identifiés.

— Je ne vois pas très bien ce que je… dit Vance avec un froncement de sourcils convaincant. Des adolescentes ?

— Entre quatorze et quinze ans, poursuivit Shaz du même ton ferme. Je ne peux pas entrer dans les détails, mais nous avons de bonnes raisons de penser que ces affaires sont liées.

— Vous voulez dire que ce ne sont pas des fugueuses comme il y en a tant ? demanda-t-il d'un ton perplexe.

— Nous avons des raisons de croire que leurs disparitions ont été organisées par un tiers, dit prudemment Shaz sans le quitter des yeux.

L'intensité de son regard le mettait mal à l'aise. Il voulait s'en écarter, se trouver hors de sa ligne de mire. Mais il se força à garder une attitude détachée.

— Kidnappées, c'est ce que vous voulez dire ?

Elle leva les sourcils et eut un léger mouvement de la tête, comme un haussement d'épaules à peine esquissé.

— Je ne suis pas en mesure de donner plus d'informations, dit-elle avec un brusque sourire.

— Très bien, mais cela n'a toujours pas de sens. Quel rapport ces gamines disparues ont-elles avec moi ?

Il avait pris sciemment un ton légèrement inquiet. Ce n'était pas difficile : il suffisait de puiser dans l'énorme quantité de tension nerveuse qui courait dans ses veines.

Shaz ouvrit son dossier et sortit la page sur laquelle figuraient toutes les photos des jeunes filles.

— Dans chaque cas, quelques jours avant la disparition des filles, vous vous êtes rendu pour votre émission ou pour une œuvre de charité dans les villes où elles habitaient. Nous avons des raisons de penser que chacune de ces jeunes filles y a assisté.

Il sentit une rougeur monter le long de son cou. Il était impuissant à arrêter le flot de colère qui allait envahir son visage. C'est au prix d'un grand effort qu'il parvint à garder son calme et répondre d'une voix ferme :

— Des centaines de personnes viennent me voir, dit-il d'un ton égal, qu'il trouva malgré tout un peu rauque. D'après les lois de la statistique, certaines disparaissent forcément. Tout le temps.

Shaz pencha la tête de côté, comme si elle aussi avait remarqué le changement dans sa voix. On aurait dit un chien de chasse qui vient de flairer la trace imperceptible de ce qui pourrait très bien être un lièvre.

— Je sais. Je suis désolée de devoir vous ennuyer avec cela. C'est simplement que mon chef pense qu'il est possible que soit quelqu'un de votre entourage, soit quelqu'un qui a un intérêt malsain pour vous, puisse être impliqué dans la disparition de ces jeunes filles.

— Vous pensez que j'ai un criminel qui me suit partout et qui enlève mes fans ?

Cette fois, il se rendit compte qu'il n'avait pas de mal à paraître incrédule. Comme prétexte, c'était ridicule. Même un imbécile aurait bien vu que celui qui l'intéressait n'était pas un cinglé, ni un membre de son entourage. C'était lui. Il le voyait dans ses yeux, ce regard obsédant fixé sur lui, qui enregistrait chaque mouvement, remarquait la moindre gouttelette de sueur perler sur son front. Et ses histoires de chef, c'était clairement du bluff. C'était un loup solitaire, comme lui. Il en sentait l'odeur sur elle.

Elle hocha la tête.

— C'est bien possible. Un processus de transfert, c'est ainsi que disent les psychologues. Comme John Hinckley. Vous vous souvenez de lui ? Le type qui a tiré sur Ronald Reagan parce qu'il voulait que Jodie Foster fasse attention à lui.

Sa voix était aimable, amicale, soigneusement mesurée pour qu'il ne se sente pas menacé. Il lui en voulut de penser qu'il n'aurait pas remarqué une technique aussi simple.

— C'est bizarre, dit-il en s'écartant de la cheminée et en commençant à faire les cent pas sur le tapis, un bokhara en soie tissé à la main qu'il avait choisi lui-même. (Fixer les entrelacs gris et crème à ses pieds le calma assez pour qu'il puisse croiser à nouveau le regard intense de cette femme.) C'est absurde. Si ce n'était pas une idée aussi consternante, ce serait drôle. Et je ne vois toujours pas le rapport avec moi.

— C'est simple, monsieur, dit Shaz d'un ton apaisant.

Sentant la condescendance, Vance s'arrêta net et ricana.

— Quoi ? demanda-t-il, perdant subitement son air charmeur.

— Tout ce que je vous demande, c'est de regarder quelques photos et de me dire si vous avez remarqué ces filles pour une raison ou pour une autre. Peut-être qu'elles se sont montrées particulièrement insistantes avec vous et qu'on a voulu les punir. Peut-être aurez-vous remarqué quelqu'un de votre équipe en train de les draguer. Ou peut-être que vous ne les aurez pas du tout remarquées. Cela ne prendra que quelques minutes et ensuite, je vous laisse, minauda Shaz.

Elle se pencha et étala les photocopies sur le tabouret tapissé de kilim qui était de la taille d'un table basse.

Il s'avança vers elle, comme hypnotisé par les photographies qu'elle avait disposées face à lui. Une toute petite portion de son œuvre, c'est tout ce qu'elle avait rassemblé. Mais chacun de ces regards souriants faisait partie de ceux qu'il avait détruits.

Il eut un rire forcé.

— Sept visages parmi des milliers ? Excusez-moi, inspecteur Bowman, mais vous perdez votre temps. Je ne les ai jamais vues.

— Regardez encore, dit-elle. En êtes-vous absolument certain ?

Il y avait dans sa voix une nervosité nouvelle, un côté tranchant et excité. Il arracha son regard des pâles reflets de la chair vivante qu'il avait punie et croisa les yeux implacables de Shaz. Elle était au courant. Elle n'avait peut-être pas encore de preuve, mais il était sûr qu'elle savait, à présent. Il était aussi convaincu qu'elle ne s'arrêterait pas tant qu'elle ne l'aurait pas réduit à néant. Ils allaient en venir à un duel à mort et elle n'avait aucune chance. Impossible, avec le handicap que représentait la loi.

Il secoua la tête, un sourire désolé aux lèvres.

— Je suis formel. C'est la première fois que je pose les yeux sur elles.

Sans même le regarder, Shaz poussa la photo du milieu un peu plus près de lui.

— Vous avez fait un appel dans un journal national pour convaincre Tiffany Thompson d'appeler ses parents, dit-elle d'une voix égale.

— Mon Dieu, s'exclama-t-il en se forçant à prendre une expression de surprise ravie. Figurez-vous que j'avais complètement oublié ! Vous avez raison, bien sûr, je m'en rends bien compte, maintenant.

Elle suivait attentivement son visage tandis qu'il parlait. D'un rapide mouvement, il balança sa prothèse et la frappa violemment à la tempe. Il vit dans son regard un instant de surprise, puis la panique. En tombant du fauteuil, elle cogna le tabouret du front. Quand elle toucha le sol, elle avait perdu connaissance.

Vance ne perdit pas une seconde. Il courut à la cave où il s'empara d'un rouleau de câble électrique et d'un paquet de gants en latex. En quelques minutes, Shaz se retrouva ficelée comme une génisse sur le parquet ciré. Puis il courut au dernier étage et ouvrit son armoire, la mettant sens dessus dessous pour trouver ce qu'il cherchait. Revenu en bas, il recouvrit la tête de Shaz avec le sac en flanelle dans lequel on lui avait livré son nouvel attaché-case. Puis il enroula encore un peu de câble autour de son cou, assez serré pour que ce soit inconfortable, mais pas suffisamment pour l'empêcher de respirer. Il voulait la tuer, mais pas encore. Pas ici, et pas accidentellement.

Dès qu'il fut certain qu'elle ne pourrait pas se libérer, il s'empara de son sac et s'assit avec sur le sofa, rassembla les photocopies et le dossier qu'elle avait apportés. Il passa tout en revue, méticuleusement, en commençant par le dossier. Il survola les rapports de police, sachant qu'il aurait la possibilité de les regarder en détail plus tard. Quand il arriva à l'analyse que Shaz avait présentée à ses collègues, il prit son temps, jaugeant et calculant le danger que cela pouvait représenter pour lui. Pas grand-chose, jugea-t-il. Les photocopies des coupures de journaux relatant ses visites dans les endroits en question ne signifiaient rien : pour chaque visite en rapport avec une disparition, il pouvait en présenter vingt qui n'en avaient aucun. Il posa le tout de côté et prit la check-list. Lire sa conclusion l'enragea tellement qu'il bondit et donna à l'inspecteur sans connaissance des coups de pied dans le ventre.

— Qu'est-ce que tu crois savoir, salope ? hurla-t-il avec fureur.

Il aurait bien aimé voir ses yeux, là. Ils auraient cessé de le juger, ils seraient en train de le supplier d'avoir pitié d'elle.

Furieux, il fourra les papiers dans le dossier avec les photocopies. Il faudrait qu'il les examine plus soigneusement, mais il n'avait pas le temps pour l'instant. Il avait eu raison d'étouffer cela dans l'œuf avant que quelqu'un ne s'intéresse aux allégations de cette salope. Il se tourna vers le sac et en sortit un calepin à spirale. Il le feuilleta rapidement et n'y trouva rien d'intéressant, en dehors du numéro de téléphone de Micky et de leur adresse. Étant donné qu'il n'allait pas pouvoir nier qu'elle était venue, mieux valait le laisser. Mais il déchira de manière visible une poignée des pages suivantes, pour laisser croire que quelqu'un avait arraché celle qui concernait un autre rendez-vous après celui-ci, puis il le replaça dans le sac.

Ensuite, il sortit un dictaphone, dont la bande tournait encore. Il arrêta l'appareil et ôta la cassette avant de le poser à part avec le bloc-notes vierge. Il laissa de côté un Ian Rankin en édition de poche et sortit le filofax. À la date du jour, il n'y avait qu'une seule indication : « JV – 9 h 30 ». Il songea à ajouter une phrase obscure et préféra inscrire la simple lettre *T* sous la mention de son rendez-vous avec lui. Qu'ils se cassent la tête avec ça. Dans les pages de garde, il trouva ce qu'il cherchait : *Si vous trouvez cet agenda, prière de le rapporter à S. Bowman, Appartement 1, 17 Hyde Park Hill, Headingley, Leeds, RÉCOMPENSE* ». Il fouilla le fond du sac. Pas de clés.

Vance remit le tout dans le sac, prit le dossier et s'approcha de Shaz. Il la palpa et trouva un trousseau de clés dans la poche de son jean. En souriant, il remonta dans son bureau et mit le dossier dans une grande enveloppe renforcée qu'il adressa à son pied-à-terre dans le Northumberland avant de la timbrer.

Un rapide coup d'œil à sa montre lui indiqua qu'il était à peine 10 heures et demie. Il alla dans sa chambre, passa un jean, l'un des rares T-shirts qu'il possédait, et un blouson en jean. Il prit un fourre-tout dans le fond de l'un des placards encastrés qui couvraient le mur. Il en sortit une casquette de base-ball Nike pourvue d'une perruque professionnelle aux cheveux poivre et sel mi-longs et l'enfila. L'effet était remarquable. Quand il y ajouta des lunettes de pilote à verres blancs et des rembourrages en mousse dans ses joues, la transformation fut complète. Le seul détail qui pouvait le trahir, c'était sa prothèse. Et Jacko avait la réponse parfaite pour cela.

Il sortit de la maison, prenant bien soin de refermer derrière lui, et ouvrit la voiture de Shaz. Il nota soigneusement la position du siège, puis il monta et l'ajusta à la longueur de ses jambes. Il passa quelques minutes à se familiariser avec les commandes pour être sûr de pouvoir actionner volant et levier de vitesses en même temps. Puis il partit, s'arrêtant seulement pour jeter l'enveloppe renforcée dans une boîte aux lettres de Ladbroke Grove. En arrivant à la bretelle d'accès du M1 juste après 11 heures, il s'autorisa un petit sourire pour lui-même. Shaz Bowman allait se mordre les doigts de l'avoir mis en boule. Mais pas pour longtemps.

La première douleur qu'elle éprouva fut une crampe lancinante dans la jambe gauche qui pénétra les brumes de son inconscient comme un couteau-scie dans une articulation. La tentative instinctive de tendre et détendre le muscle déclencha une douleur aiguë autour de ses poignets. C'était incompréhensible pour un esprit désorienté qui avait commencé à battre sourdement comme un pouce après un coup de marteau. Shaz se força à ouvrir les yeux, mais l'obscurité ne se dissipa pas. C'était une espèce de capuchon, fait dans un tissu épais et soyeux. Il lui couvrait toute la tête et était noué si serré autour de sa gorge qu'elle avait du mal à avaler.

Progressivement, elle comprit dans quelle position elle était. Elle était allongée sur une surface dure, les mains liées dans le dos avec une sorte de corde qui lui entaillait cruellement les poignets. Elle avait aussi les chevilles attachées, et les deux étaient reliés ensemble pour ne permettre qu'un minimum de mouvement. Toute tentative pour étendre les jambes ou se tourner faisait beaucoup trop mal. Elle n'avait aucune idée de la taille de l'endroit où elle se trouvait, et elle n'avait aucun désir de l'explorer maintenant qu'elle avait éprouvé la douleur que cela lui causait en essayant simplement de se tourner.

Elle ne savait absolument pas combien de temps elle était restée sans connaissance. La dernière chose dont elle se souvenait, c'était le rire de Jacko Vance penché sur elle, comme s'il ne s'était inquiété de rien, comme s'il avait été certain que personne ne prendrait au sérieux ce petit flic de rien du tout. Non, ce n'était pas tout à fait ça. Quelque chose d'autre tentait de percer sa mémoire. Shaz essaya la respiration profonde et les techniques de relaxation pour se remémorer ce qu'elle avait vu. Le souvenir prit forme petit à petit. Sur le bord de son champ de vision, son bras droit qui se levait, puis qui s'abattait sur elle avec la violence d'une massue. C'était la dernière chose qu'elle se rappelait.

Avec ce souvenir arriva la terreur, une terreur plus aiguë que toutes ses souffrances physiques. Personne ne savait qu'elle était là en dehors de Chris, qui n'attendait aucune nouvelle d'elle de toute façon. Elle n'en avait parlé à personne d'autre, pas même à Simon. Elle n'avait pas pu se résigner à affronter leurs moqueries, même amicales. Maintenant, la peur qu'on se moque d'elle allait lui coûter la vie. Shaz ne se faisait aucune illusion.

Elle avait posé à Jacko Vance des questions qui lui avaient fait comprendre qu'elle savait qu'il était un serial-killer et il n'avait pas paniqué comme elle avait cru. Au lieu de cela, il avait déduit qu'elle n'était qu'une petite débutante. Que même si ses déductions représentaient une menace pour lui, il allait gagner une nouvelle victime en se débarrassant d'elle, de la petite flic qui n'en faisait qu'à sa tête, toute à sa poursuite d'un criminel. Au pire, la disparition de Shaz lui accorderait un sursis pour brouiller les pistes ou même quitter le pays.

Shaz sentit une vague de sueur l'inonder. Il n'y avait aucun doute. Elle allait mourir. La seule question était : comment ?

Elle avait eu raison. Et c'est ce qui allait la tuer.

12

Pauline Doyle était au désespoir. La police refusait de considérer la disparition de Donna comme autre chose qu'une fugue adolescente classique. « Elle sera probablement partie à Londres. Ça ne sert à rien qu'on aille la chercher là-bas », lui avait dit un soir d'un ton exaspéré l'un des officiers en tenue à l'accueil du commissariat.

Pauline pouvait bien crier sur les toits que quelqu'un lui avait volé sa fille, la preuve que constituait la disparition de sa tenue de sortie était plus que suffisante pour convaincre les flics débordés que Donna Doyle était une adolescente de plus qui s'ennuyait chez elle et était persuadée que quelque part, les rues étaient pavées d'or. Il suffisait de regarder la photo, de voir ce sourire entendu, pour comprendre qu'elle était loin d'être aussi innocente que sa pauvre mère privée de jugement voulait le croire.

La police ne montrant aucun intérêt hormis ajouter Donna à la liste des disparitions, Pauline était dans une impasse. Ce n'était pas pour elle, les appels passionnés que l'on fait à la télé pour retrouver sa fille: pour cela, il fallait un soutien officiel. Même le journal local ne s'y intéressait pas, bien que la rédactrice en chef ait caressé un instant l'idée de faire un dossier sur les fugues d'adolescents. Mais comme la police, lorsqu'elle vit la photo de Donna, elle y réfléchit à deux fois. Il y avait quelque chose chez la jeune fille qui défiait toute tentative de la dépeindre comme une innocente en vadrouille, séduite par de chastes rêves. Quelque chose dans le dessin de sa bouche et le port de son menton disait qu'elle avait sauté le pas. La rédactrice en chef se dit que Donna Doyle était le genre de Lolita devant laquelle les femmes mettaient des bandeaux à leurs maris.

Impuissante et passant ses nuits à pleurer des torrents de larmes, Pauline décida que le moment était venu de prendre le taureau par les cornes. Son travail dans une agence immobilière n'était pas particulièrement bien payé. C'était suffisant pour les nourrir et les habiller toutes les deux et pour leur fournir un toit, mais guère plus. Pauline avait encore quelques milliers de livres sur son compte-épargne. Elle les avait économisées pour le moment où Donna irait à l'université, sachant à quel point ce serait financièrement difficile.

Mais si Donna ne revenait pas, cela ne servait à rien d'économiser pour l'université, raisonna Pauline. Mieux valait dépenser cet argent à essayer de la ramener à la maison et laisser les études de côté. Aussi Pauline apporta-t-elle la photographie de Donna chez l'imprimeur du coin et lui fit faire plusieurs milliers de prospectus avec le portrait de sa fille en grand au recto. Au verso, le texte disait : « Avez-vous vu cette jeune fille ? Donna Doyle a disparu le jeudi 11 octobre. Elle a été vue pour la dernière fois le matin à 8 heures et quart sur le chemin du Lycée de Filles de Glossop. Elle portait l'uniforme de l'établissement, une jupe et un cardigan bordeaux et un chemisier blanc, ainsi que des Kickers noires, un anorak noir et un sac à dos noir. Si vous l'avez aperçue à n'importe quel moment après l'heure indiquée, contactez sa mère, Pauline Doyle. » Suivaient l'adresse de Corunna Street et les numéros de téléphone de la maison et du bureau.

Pauline prit une semaine de congé et alla distribuer les prospectus du matin au soir. Elle commença par le centre-ville en brandissant les portraits de Donna aux visages de tous ceux qui voulaient bien les prendre, puis elle gagna progressivement les rues des banlieues, sans prêter attention aux pentes abruptes qu'elle gravissait ni aux ampoules que lui causaient ses chaussures.

Personne n'appela.

13

Pendant que Shaz Bowman gisait sur le parquet à Londres, consciente seulement de la peur et de la douleur, Jacko Vance explorait son domaine. Il était rapidement arrivé à Leeds en ne s'arrêtant qu'une seule fois pour faire le plein et rendre une petite visite aux toilettes pour handicapés de la station. Il voulait utiliser le système d'évacuation des déchets pour se débarrasser de la cassette qu'il avait prise dans le dictaphone. Sur le parking, il l'avait écrasée d'un coup de talon et les fragments de plastique avaient été dispersés sous les bourrasques de vent qui balayaient les Midlands.

Trouver la maison de Shaz avait été facile, car elle avait récemment acheté un plan de la ville et entouré son adresse au stylo-bille bleu. Il gara la voiture au carrefour et se força à lutter contre sa nervosité en descendant d'un pas léger la rue déserte, à l'exception de deux gamins qui jouaient au cricket sur le trottoir d'en face. Il passa la grille du numéro 17 et essaya l'une des deux clés de sûreté sur la lourde porte d'entrée victorienne. Le fait d'avoir réussi du premier coup le convainquit que les dieux étaient de son côté.

Il se retrouva dans une entrée lugubre, seulement éclairée par deux étroites fenêtres verticales de chaque côté de la porte. Il scruta l'obscurité et vit un large et élégant escalier qui s'élevait devant lui. Il semblait y avoir un appartement de part et d'autre du rez-de-chaussée. Il choisit le gauche et encore une fois, le destin lui donna raison. Respirant plus calmement, persuadé que tout se passait comme il voulait, Vance pénétra dans l'appartement. Comme il n'avait pas l'intention de rester longtemps, juste assez pour repérer la disposition des lieux, il passa rapidement de pièce en pièce. Dès qu'il vit le salon, il se rendit compte que Shaz n'aurait jamais pu choisir un appartement plus adapté à ce qu'il avait en tête. Les portes-fenêtres donnaient sur un jardin entouré de hauts murs et planté d'arbres fruitiers. Au bout, il distingua une porte en bois dans le mur de briques.

Il ne restait qu'une seule chose à faire. Il ôta son blouson et défit sa prothèse. Dans le fourre-tout, il prit un objet qu'il avait persuadé le service d'accessoires de lui fabriquer deux ans plus tôt en prétextant que c'était pour faire une blague. En utilisant l'armature de l'une de ses précédentes prothèses, un ancien modèle dont il ne se servait plus, ils avaient fabriqué un moulage en plâtre du bout duquel sortaient des doigts étrangement réalistes. Une fois en place, surtout avec un blouson par-dessus et une écharpe qui le maintenait, on aurait vraiment dit un plâtre protégeant un bras cassé. Satisfait de la façon dont il l'avait arrangé, Vance referma le fourre-tout, prit une profonde inspiration et jugea que le moment de partir était venu.

Il se glissa par les portes-fenêtres, les repoussa derrière lui, puis il prit d'un pas assuré l'allée de gravier qui menait à la porte. Il sentait ses cheveux se dresser sur sa nuque sous la perruque, et il se demanda si derrière lui, des yeux l'observaient depuis une fenêtre, des yeux qui se souviendraient de ce qu'ils avaient vu une fois que son méfait aurait été accompli et découvert. Pour se rassurer, il se rappela que le signalement que l'on donnerait n'aurait rien à voir avec Jacko Vance.

Il ouvrit le loquet de la porte, convaincu que personne ne le refermerait avant son retour. Il se retrouva dans une étroite ruelle qui courait entre deux séries parallèles de jardins et donnait sur l'une des rues principales menant au centre-ville. La descente jusqu'à la gare lui prit une bonne heure, mais il n'eut que dix minutes à attendre pour le train de Londres. À 19h30, il était de retour à Holland Park et redevenu Jacko Vance.

Avant de faire les derniers préparatifs, il balança une pizza géante dans le four. Ce n'était pas sa conception habituelle d'un dîner un samedi, mais les hydrates de carbone empêcheraient son estomac de faire des galipettes. La tension le prenait toujours là. Chaque fois que la fièvre de l'impatience s'emparait de lui, il était contraint d'endurer des crampes, des nausées et un estomac noué. Il avait appris depuis longtemps à ses débuts dans le journalisme sportif que la seule manière d'arrêter les gargouillis et les crampes était de se bourrer de nourriture à l'avance. Ce qui fonctionnait pour la télévision était tout aussi efficace pour le meurtre, et il l'avait rapidement découvert. À présent, il mangeait toujours avant de choisir ses proies. Et bien sûr, il mangeait toujours avec elles avant de passer aux actes.

Pendant que la pizza cuisait, il chargea sa Mercedes. L'exercice était plus facile l'estomac vide. Maintenant, tout était prêt pour le dernier numéro de Shaz Bowman. Il ne restait qu'à la faire monter sur scène.

14

Donna Doyle était elle aussi toute seule. Mais, troublée par la souffrance, elle ne pouvait s'offrir le luxe de l'introspection. La première fois qu'elle s'était éveillée de son sommeil agité, elle s'était sentie assez forte pour explorer sa prison. La terreur la submergeait toujours, mais elle ne la paralysait plus. En tout cas, quel que fût cet endroit, il y faisait noir comme dans une tombe et cela sentait comme la minuscule cave à charbon chez sa mère. De son bras valide, elle essaya de palper autour d'elle. Elle se rendit compte qu'elle était sur un matelas recouvert de plastique. Elle tendit la main sur le rebord et sentit des dalles froides. Pas aussi lisses que la céramique de la salle de bains de chez elle, plutôt comme les tomettes vernies qu'il y avait sur l'escalier de la véranda de la mère de Sarah Dyson.

Le mur derrière elle était en pierre brute. Elle se mit péniblement debout et se rendit compte qu'elle avait les jambes attachées. Elle se pencha et ses doigts suivirent le contour d'une entrave en acier qui entourait chaque cheville. Les deux étaient attachées à une lourde chaîne. D'une seule main, il était impossible de juger de sa longueur. Quatre pas hésitants la menèrent le long de la paroi jusqu'au coin. Elle tourna à angle droit et continua. Deux pas plus loin, elle se cogna violemment la cuisse contre quelque chose de dur. Il ne lui fallut pas longtemps au toucher et à l'odeur pour deviner que c'étaient des toilettes chimiques. Éprouvant une reconnaissance désespérée, Donna s'assit dessus et se soulagea la vessie.

Ce qui ne fit que lui rappeler à quel point elle avait soif. La faim, elle ne savait pas trop, mais la soif, c'était sans conteste un problème. Elle se leva et continua le long du mur sur quelques mètres avant d'être brusquement arrêtée par la chaîne qui emprisonnait ses chevilles. La brutale secousse fit jaillir une douleur fulgurante de son bras jusqu'à sa nuque et à sa tête, et elle étouffa un cri. Lentement, courbée comme une vieille femme, elle refit le chemin en sens inverse et atteignit l'autre bout du matelas en suivant le mur d'une main.

En quelques pas, les questions de nourriture et de boisson trouvèrent leur réponse. Un robinet de métal coriace libéra un filet d'eau glacée qu'elle but avidement, tombant à genoux pour avoir la tête juste au-dessous de l'eau. Ce faisant, elle renversa quelque chose derrière elle. Ayant étanché sa soif, elle tâtonna à l'aveuglette pour identifier ce qu'elle avait cogné. Des boîtes, assez grandes et très légères. Elle les secoua et entendit le crissement familier de corn-flakes.

Après une heure d'exploration, elle fut bien forcée de se rendre compte que c'était tout. Quatre boîtes de corn-flakes – elle avait goûté à chacune – et autant d'eau glacée qu'elle pouvait en boire. Elle essaya de faire couler un peu d'eau sur son bras brisé, mais la douleur lui fit tourner la tête. C'était tout. Le salaud l'avait laissée enchaînée comme un chien. Il l'avait laissée mourir.

Elle s'accroupit et se mit à geindre comme une mère qui a perdu son enfant.

Mais cela, c'était quelques interminables jours plus tôt. À présent, rendue folle par la souffrance, elle gémissait et marmonnait des paroles sans suite, tantôt à demi inconsciente, tantôt sombrant d'épuisement dans un sommeil agité. Si elle avait été capable de comprendre dans quel état elle se trouvait, Donna n'aurait pas voulu vivre.

15

La voiture s'arrêta. Shaz glissa irrémédiablement vers la paroi séparant l'étroite cavité du coffre de la banquette arrière et se meurtrit à nouveau les poignets et les épaules. Elle essaya de se redresser pour cogner de la tête le capot dans l'espoir ultime d'attirer l'attention de quelqu'un, mais tout ce qu'elle réussit à récolter, ce fut une autre vague de douleur. Elle essayait de ne pas sangloter, craignant, si le mucus lui bouchait le nez, de s'étouffer, car elle ne pouvait même pas respirer au travers du bâillon que Vance avait noué par-dessus le capuchon avant de la traîner douloureusement sur le parquet, puis sur des tapis et dans un petit escalier et de la hisser dans le coffre de la voiture. Elle avait été horriblement fascinée par la force et la dextérité de cet homme privé d'un bras.

Shaz respirait le plus calmement possible : si elle respirait trop profondément, sa poitrine qui se gonflait faisait protester ses muscles ankylosés. Ce n'est que grâce à un effort de volonté qu'elle parvint à ne pas vomir à cause de l'odeur de son urine. Voyons voir comment tu vas te débarrasser de ça sur le tapis de sol de ton coffre, pensa-t-elle, triomphante. Elle ne pouvait rien faire pour sauver sa vie, mais elle était tout de même bien décidée à saisir la moindre occasion d'empêcher Jacko Vance de rester impuni. Si les enquêteurs du labo arrivaient jusque-là, ils seraient comblés devant ce tapis taché d'urine.

Brusquement, la musique qui lui parvenait étouffée cessa. Depuis qu'ils étaient partis, il avait écouté des chansons des années soixante. Shaz s'était forcée à faire attention et les avait comptées. Avec une moyenne de trois minutes par chanson, elle se dit qu'ils avaient dû rouler pendant environ trois heures sur ce qui semblait être une autoroute au bout de vingt minutes de trajet. Ce qui impliquait probablement une direction nord. Prendre à l'ouest les aurait conduits sur l'autoroute plus rapidement. Bien sûr, il était encore possible qu'il l'ait désorientée en tournant sur le M25 tout autour de Londres pour brouiller les pistes. Mais Shaz en doutait : d'après elle, il n'éprouvait aucunement la nécessité de l'égarer. Après tout, elle n'était pas censée s'en tirer et en parler.

Il devait probablement faire nuit, à présent. Elle était restée attachée dans la maison pendant apparemment plusieurs heures avant que Vance ne revienne s'occuper d'elle. S'ils étaient en pleine campagne, personne ne pourrait la voir ni l'entendre. Ce devait être ainsi que procédait Vance, se dit-elle. Il devait emmener ses victimes dans un endroit isolé pour passer inaperçu. Elle ne voyait pas de raison pour qu'il agît autrement.

Une portière se referma avec un bruit sourd et un léger déclic. Puis il y eut un bruit métallique plus près et le soupir hydraulique d'un coffre qui s'ouvre.

— Seigneur, ce que tu pues, dit Vance avec mépris en la tirant sans ménagement vers lui. Écoute, continua sa voix, plus proche encore. Je vais te libérer les pieds. Je vais couper le câble. Le couteau est très, très tranchant. En général, je l'utilise pour désosser la viande. Si tu vois ce que je veux dire. (Sa voix était presque un chuchotement et son haleine chaude pénétrait à travers l'étoffe juste à côté de l'oreille de Shaz qui sentit à nouveau monter en elle la nausée.) Si tu essaies de courir, je t'étripe comme un cochon chez le boucher. Et il n'y a aucun endroit où fuir, tu vois ? On est au milieu de nulle part.

Les oreilles de Shaz lui indiquèrent le contraire. À sa grande surprise, elle entendait le murmure de la circulation pas très loin, et dans le fond, la rumeur d'une ville. Si elle avait ne serait-ce que la moitié d'une chance, elle était prête à la saisir.

Elle sentit brièvement la lame glacée d'un couteau frôler sa cheville, puis ses pieds furent miraculeusement libres. L'espace d'une seconde, elle pensa qu'elle pourrait piquer des deux et filer. Puis sa circulation se rétablit et elle sentit monter dans sa jambe un insoutenable fourmillement. Elle étouffa un grognement de sa bouche desséchée derrière le solide bâillon. Avant que sa crampe ne passe, elle se sentit hissée sur le côté de la voiture. Elle s'effondra comme une masse informe, puis il claqua le coffre et la mit brutalement debout. Ensuite, il l'emmena, la portant et la tirant par une ouverture ou une grille, car elle s'érafla contre un pilier, puis sur une allée et un petit escalier. Après quoi, il la poussa brusquement et elle s'écrasa sur de la moquette, ses jambes en coton inutiles, la handicapant plus qu'autre chose.

Bien qu'elle fût désorientée et aveuglée par la douleur, le bruit de la porte qui se refermait et des rideaux qu'on tirait sembla étrangement familier à Shaz. Une terreur nouvelle s'empara d'elle : elle se mit à trembler malgré elle et perdit le contrôle de sa vessie pour la deuxième fois en une heure.

— Bon Dieu, tu es vraiment une dégueulasse, grinça Vance.

Elle sentit qu'on la soulevait à nouveau. Cette fois, on la laissa tomber sans cérémonie sur une chaise droite et dure. Avant qu'elle ait eu le temps de s'habituer à la nouvelle douleur qui gagnait ses épaules et ses bras, elle sentit qu'il lui entravait à nouveau la jambe en l'attachant au pied de la chaise comme un membre cassé à une attelle. Dans une tentative désespérée pour se libérer, elle força l'autre jambe à lui décocher un coup de pied, fut ravie de l'atteindre et exulta en entendant son cri de douleur et de surprise.

Le coup qu'elle prit à la mâchoire lui retourna la tête avec un craquement et une douleur fulgurante lui parcourut l'échine.

— Espèce de connasse.

Ce fut tout ce qu'il lui dit avant de lui empoigner l'autre jambe et de la coincer contre le pied de chaise pour l'attacher solidement.

Elle sentit ses jambes entre ses genoux. La chaleur de son corps était presque pire que toutes les souffrances qu'elle avait dû endurer pour l'instant. Il lui leva douloureusement les bras et les passa par-dessus le dossier de la chaise pour l'obliger à se tenir droite. Puis il tira sur le capuchon et elle entendit le crissement d'une lame tranchante comme un rasoir qui coupait l'étoffe. Clignant des yeux devant la brusque lumière, elle sentit son estomac se nouer en découvrant que sa pire crainte était devenue réalité. Elle était assise dans son propre salon, attachée à l'une des quatre chaises qu'elle avait achetées dix jours plus tôt chez Ikea.

Vance se colla contre elle pendant qu'il découpait le capuchon juste au-dessus du bâillon, pour lui permettre de voir et d'entendre sans problème, mais en l'empêchant toujours de proférer autre chose qu'un grognement étouffé. Il recula d'un pas en lui pinçant cruellement le sein de sa main artificielle.

Il resta à la fixer en caressant le rebord de la table de la pointe de son couteau de boucher. Shaz se dit qu'elle n'avait jamais vu individu plus arrogant. Son attitude, son expression, tout chez lui empestait une vanité sûre de son bon droit.

— Tu m'as vraiment gâché mon week-end, dit-il d'un ton souverainement méprisant. Crois-moi, ça n'est pas comme ça que je comptais passer ma soirée de samedi. Mettre une saloperie de blouse verte et des gants de chirurgien dans un appartement de merde en plein Leeds, ça n'est pas mon idée d'une bonne soirée, salope. (Il secoua la tête avec pitié.) Tu vas devoir payer, inspecteur Bowman. Tu vas payer d'avoir joué à la conne.

Il posa son couteau et fouilla sous sa ceinture. Shaz aperçut une banane dont il tira la fermeture éclair pour en sortir un CD-Rom. Sans un mot, il quitta la pièce. Shaz entendit le bourdonnement familier et le cliquetis de son ordinateur et de son imprimante que l'on mettait en marche. Elle tendit l'oreille et il lui sembla entendre le déclic d'une souris et des touches du clavier. Puis, reconnaissable, le murmure du papier glissant dans l'imprimante.

Il revint avec une unique feuille qu'il lui brandit sous le nez. Elle reconnut la sortie imprimante d'un article d'une encyclopédie illustrée. Elle n'eut pas besoin de lire le texte pour comprendre le symbolisme du dessin au trait en haut de la page.

— Tu sais ce que c'est ? interrogea-t-il.

Shaz se contenta de le fixer, les yeux injectés de sang, mais d'un regard toujours inflexible. Elle était bien décidée à ne lui céder sur rien.

— C'est un aide-mémoire, stagiaire Bowman. Ce sont les trois singes. Ne voir aucun mal, n'entendre aucun mal, ne dire aucun mal. Tu aurais dû prendre ça comme devise pour ton cours. Tu aurais dû rester à bonne distance. Tu aurais dû éviter de fourrer ton nez dans mes affaires. Tu ne pourras plus recommencer.

Il laissa le papier tomber en voletant sur le sol. Brusquement, il plongea vers elle, lui rejetant la tête en arrière. Puis son pouce artificiel appuya sur son œil, poussa vers le bas et l'extérieur, faisant céder les muscles pour arracher le globe oculaire de son orbite. Le hurlement ne franchit pas les lèvres de Shaz. Mais il fut suffisant pour la plonger dans une bienheureuse inconscience.

Jacko Vance examina son œuvre et trouva que c'était satisfaisant. Étant donné que ses meurtres habituels étaient motivés par une série de besoins tout à fait différents, il ne les avait jamais considérés sous l'angle purement esthétique. Mais cela, c'était une œuvre d'art, chargée de symbolisme. Il se demanda s'il se trouverait quelqu'un d'assez futé pour lire le sens du message qu'il laissait et, l'ayant lu, en tenir compte. Il en doutait.

Il se pencha et modifia légèrement l'angle de la feuille de papier posée sur les genoux de Shaz. Puis, satisfait, il se permit le luxe d'un sourire. Maintenant, tout ce qu'il lui restait à faire, c'était vérifier qu'il ne laissait aucun indice derrière lui. Il entreprit de fouiller méthodiquement l'appartement, pouce par pouce, y compris les poubelles. Il avait l'habitude de se trouver en compagnie de cadavres, aussi la présence des restes de Shaz ne le gênait aucunement. Il était si détendu en fouillant méticuleusement la cuisine qu'il se surprit même à fredonner doucement tout en vaquant à sa tâche.

Dans la pièce dont elle avait fait son bureau, il trouva bien plus de choses qu'il ne s'y attendait. Une boîte de photocopies de journaux, un bloc couvert de notes de travail, des fichiers sur le disque dur de son portable et des sauvegardes sur disquettes, des sorties des divers brouillons de son analyse qu'il avait découverte un peu plus tôt dans le dossier qu'elle avait apporté chez lui. Ce qui était encore pire, c'est que la plupart des sorties ne semblaient pas correspondre à des fichiers du portable. Il y avait des copies sur disquettes, mais pas sur le disque dur. C'était un cauchemar. Quand il repéra le modem, il faillit paniquer. Si les fichiers n'étaient pas sur le disque dur, c'est parce qu'ils étaient ailleurs, selon toute probabilité sur quelque ordinateur central de la Cellule Nationale. Et il n'avait aucun moyen d'y accéder. Son seul espoir était que Shaz Bowman ait été aussi paranoïaque qu'elle en avait l'air concernant ses fichiers informatiques pour ne pas partager ses découvertes avec ses collègues. Dans un cas comme dans l'autre, il ne pouvait rien y faire à présent. Il allait faire disparaître toutes traces de ce qu'il y avait ici et il n'aurait plus qu'à espérer qu'il ne viendrait à l'idée de personne de fouiner dans ses fichiers informatiques à son bureau. S'il fallait en juger par la méfiance à l'égard des ordinateurs qu'éprouvaient les flics bornés qu'il connaissait, il ne leur viendrait jamais à l'esprit que celle-là était une virtuose de l'informatique. D'autant plus qu'elle n'était pas censée travailler sur des dossiers. En tout cas, pas d'après les sources qu'il avait si prudemment et très naturellement contactées pour se renseigner sur elle avant leur rendez-vous. Il n'y avait aucune raison pour que quelqu'un fasse la liaison entre une mort aussi bizarre et son séminaire de profilage.

Mais comment allait-il se débrouiller de tous ces *trucs* ? Il ne pouvait pas emporter le tout au cas où il tomberait sur un flic qui fouillerait sa voiture. De la même manière, il ne pouvait pas davantage laisser tout cela, qui le désignait d'un doigt accusateur. Là, il ne chantonnait plus.

Il s'accroupit dans un coin du bureau en se forçant à réfléchir. Impossible de le brûler. Cela prendrait trop longtemps et l'odeur ne pouvait qu'attirer l'attention des voisins. Il n'aurait plus manqué que les pompiers. Il ne pouvait pas tout jeter dans les toilettes : cela boucherait les conduits en un rien de temps à moins de tout déchirer en menus morceaux, ce qui lui prendrait jusqu'au petit matin – et encore. Il ne pouvait pas creuser un trou dans le jardin pour l'enterrer, puisque la découverte du cadavre de l'autre salope ne serait que le début d'une enquête méticuleuse qui commencerait avec l'exploration du voisinage immédiat.

Au bout du compte, la seule solution qu'il put trouver ne lui laissa pas d'autre choix que d'emporter avec lui toutes les preuves qui l'incriminaient. C'était une perspective angoissante, mais il ne cessa de se répéter que la chance et les dieux étaient avec lui, qu'il était resté intouchable jusqu'à présent parce qu'il prenait toutes les précautions humainement possibles, ne laissant qu'un faible risque à un hasard toujours bienveillant.

Vance remplit deux sacs-poubelle avec les dossiers et retourna en titubant les charger dans sa voiture, ployant à chaque pas sous l'effort. Il avait fallu quelque chose comme une quinzaine d'heures pour achever l'inspecteur Shaz Bowman et il ne lui restait plus la moindre énergie mentale ou physique. Il ne prenait jamais de drogues quand il travaillait : la sensation fictive de puissance et d'adresse qu'elles produisaient était le moyen le plus sûr de commettre de stupides erreurs. Mais là, il aurait bien aimé avoir un petit paquet de cocaïne soigneusement plié dans sa poche. Deux lignes de Corinne et il aurait accompli ces dernières tâches en un rien de temps au lieu de traîner sa carcasse épuisée sur cette foutue allée de gravier dans le trou du cul du monde.

Avec un grognement de soulagement, il laissa tomber le deuxième sac dans le coffre. Il s'arrêta un instant et fronça le nez de dégoût. Il se pencha et renifla : ses soupçons étaient confirmés. Cette salope avait pissé dans sa voiture et trempé le tapis. Encore un truc dont il faudrait se débarrasser, songea-t-il, heureux d'avoir une solution toute prête. Il ôta sa blouse verte et ses gants de chirurgien, les fourra dans le creux de la roue de secours et referma le coffre avec un discret petit déclic métallique.

— Adieu, inspecteur Bowman, murmura-t-il en se laissant tomber avec lassitude sur le siège.

La pendule du tableau de bord lui indiqua qu'il était presque 2 heures et demie. S'il ne se faisait pas arrêter par les flics sous le prétexte qu'il était au volant d'une belle voiture au petit matin, il serait rendu à sa destination à 4 heures et demie. La seule difficulté consistait à se retenir de conduire pied au plancher pour mettre le plus rapidement possible de la distance entre lui et son œuvre. Une main moite et l'autre aussi glacée que l'air nocturne, il sortit de la ville et prit vers le nord.

Il arriva dix minutes avant l'heure prévue. Les bâtiments des services d'entretien de l'Hôpital Royal de Newcastle étaient déserts, comme prévu, jusqu'au dimanche matin 6 heures, moment où arriverait l'équipe de jour.

Vance gara sa voiture devant l'entrée de service près des doubles portes qui menaient aux incinérateurs où l'on se débarrassait des déchets médicaux. Souvent, lorsqu'il avait terminé son bénévolat auprès des patients, il descendait là prendre un café et discuter avec le personnel d'entretien. Ils étaient fiers de compter parmi leurs amis une célébrité comme Jacko Vance et ils avaient été plus qu'honorés de lui fournir une petite carte magnétique personnelle qui lui permettait d'accéder à leur service à son gré. Il leur était même arrivé de le voir débarquer seul au beau milieu de la nuit quand il n'y avait personne et les aider en s'attelant à la tâche et en déversant dans les fours les sacs scellés qui provenaient des cliniques, services médicaux et blocs opératoires.

Il ne leur était jamais venu à l'esprit qu'il y ajoutait un peu de combustible de son cru.

C'était l'une des nombreuses raisons pour lesquelles Jacko Vance ne craignait pas d'être découvert. Il n'était pas comme Fred West qui enterrait les cadavres dans les fondations de sa maison. Quand il avait terminé de se distraire avec ses victimes, elles disparaissaient pour toujours dans la fournaise impitoyable de l'incinérateur. Pour un engin qui engloutissait quotidiennement les déchets de tout un hôpital urbain, deux sacs remplis des affaires de Shaz Bowman ne constitueraient tout au plus qu'un *amuse-gueule*. Il en aurait fini de cette tâche en vingt minutes. Après quoi, ce serait presque terminé. Il pourrait retourner dans son lit préféré, celui qui se trouvait au milieu de sa boucherie, ignorer tout ce qui pourrait le distraire et sombrer dans le sommeil du juste.

DEUXIÈME PARTIE

1

— Quelqu'un sait où est Bowman ? s'impatienta Paul Bishop en regardant sa montre pour la cinquième fois en deux minutes.

Cinq visages sans expression le fixèrent.

— Elle peut être que morte, ironisa Leon. Jamais en retard, la petite Shazza.

— Très drôle, Jackson, répondit Bishop d'un ton sarcastique. Soyez gentil et allez voir à l'accueil s'ils ont un message d'elle.

Leon cessa de se balancer et fila vers la porte. Les larges épaules rembourrées de sa veste taillée en *V* réussissaient à rendre intimidant son mètre quatre-vingt-trois tout en os. Bishop commença à pianoter sur le rebord de la télécommande. Si cette séance ne commençait pas plus vite, il serait en retard. Il avait une série de vidéos de lieux du crime à visionner, puis un déjeuner de travail avec un fonctionnaire de l'Intérieur. Fichue Bowman. Pourquoi est-ce qu'il avait fallu qu'elle soit en retard, justement aujourd'hui ? Il lui donnait encore le temps que Jackson revienne, puis il commencerait le cours. Tant pis si elle manquait quelque chose de crucial.

— Tu as parlé à Shaz depuis vendredi ? demanda Simon à voix basse à Kay.

Elle secoua la tête. Ses cheveux châtain clair retombèrent sur sa joue, donnant l'impression qu'elle était une petite musaraigne qui regarde entre des herbes brûlées par l'hiver.

— J'ai laissé un message quand elle n'est pas venue au curry de samedi, mais elle ne m'a pas rappelée. Je pensais plus ou moins la voir à la piscine hier soir, mais elle n'est pas venue non plus. Cela dit, ce n'était pas un rendez-vous sûr ni rien.

Avant que Simon ait pu répondre, Leon était revenu.

— Pas le moindre signe d'elle, annonça-t-il. Elle n'a pas appelé pour dire si elle était malade ou autre chose.

— Eh bien, nous nous débrouillerons sans elle, dit Bishop avec un claquement de langue agacé.

Il leur résuma le programme de la matinée, puis il appuya sur le bouton « lecture ».

Simon ne fit guère attention aux déchaînements de violence et de cruauté qui défilèrent devant eux. Il ne contribua pas davantage à la discussion qui suivit. Il n'arrivait pas à s'ôter de l'esprit l'absence de Shaz. Il était passé à son appartement la chercher comme convenu pour aller prendre un verre avant le curry du samedi soir. Mais personne n'avait répondu à son coup de sonnette. Il était arrivé en avance, c'est vrai, et du coup, il avait pensé qu'elle n'entendait peut-être pas à cause du bruit de la douche ou d'un sèche-cheveux et il était parti téléphoner depuis une cabine. Il avait laissé sonner jusqu'à ce que la ligne soit automatiquement déconnectée, puis il avait réessayé à deux reprises. Incapable de croire qu'elle lui aurait posé un lapin sans un mot, il était retourné à l'appartement et avait à nouveau sonné.

Il savait quel appartement du rez-de-chaussée était celui de Shaz : il l'avait raccompagnée un soir après un verre et, espérant déjà pouvoir rassembler son courage pour l'inviter à sortir avec lui, il s'était assez attardé pour voir à quelles fenêtres les lumières s'allumaient. Aussi n'eut-il qu'à jeter un coup d'œil pour voir que les rideaux étaient tirés derrière la grande fenêtre de la chambre qui donnait sur la rue, alors qu'il ne faisait pas encore nuit. D'après lui, cela signifiait qu'elle s'était préparée à sortir. Mais pas avec lui, apparemment.

Il s'apprêtait à renoncer et à aller seul au pub noyer son humiliation dans de la Tetley quand il avait remarqué l'étroite allée qui longeait la maison. Sans prendre le temps de se demander si son geste était justifié ou sage, il s'y était glissé en passant la grille et avait pénétré dans le jardin plongé dans l'obscurité.

Il avait fait le tour de la maison et failli s'étaler sur les quelques marches qui menaient aux portes-fenêtres. « Nom de Dieu », avait-il grommelé en se rattrapant à la dernière minute. Il avait regardé par les vitres en abritant des deux mains ses yeux de la lumière qui provenait de la maison voisine. Il avait distingué les vagues silhouettes de meubles dans la faible clarté qui semblait provenir d'une autre pièce s'ouvrant dans le couloir. Mais il n'y avait pas signe de vie. Brusquement, une lampe s'était allumée à l'étage, projetant un rectangle de lumière oblique juste à côté de Simon.

Se rendant immédiatement compte qu'il risquait d'avoir plus l'air d'un cambrioleur que d'un policier aux yeux des voisins, il était prestement retourné dans la rue en restant à l'abri dans l'ombre du mur, espérant n'avoir attiré l'attention de personne. Il n'aurait plus manqué que les flics en tenue du commissariat se mettent à faire des blagues sur le voyeur de la cellule de profilage. Consterné par ce qui semblait être une rebuffade de la part de Shaz, il avait descendu la rue comme une âme en peine jusqu'au Sheesh Mahal pour retrouver Leon et Kay. Il n'était pas d'humeur à penser comme eux que Shaz avait trouvé mieux à faire et avait préféré se consacrer à absorber le plus possible de bière.

À présent, en ce lundi matin, il était sérieusement inquiet. C'était une chose de lui poser un lapin. Soyons clair : elle pouvait probablement trouver nettement mieux que lui sans se donner trop de mal. Mais manquer une séance de formation, cela ne lui ressemblait absolument pas. Oubliant les sages conseils de Paul Bishop, Simon resta assis en se rongeant d'impatience, un pli soucieux lui barrant le front. À peine le grincement des chaises annonça-t-il la fin du cours qu'il courut à la recherche de Tony Hill.

Il trouva le psychologue dans la cafétéria, assis à la table que l'équipe de la cellule avait élue comme la sienne.

— Vous pouvez m'accorder une minute, Tony ? demanda-t-il d'un air aussi sombre et inquiet que son professeur.

— Bien sûr. Allez chercher un café et joignez-vous à moi.

Simon regarda d'un air hésitant par-dessus son épaule.

— C'est que… Les autres vont arriver dans une seconde et… eh bien, c'est un peu… vous voyez, du genre personnel.

Tony prit son café et le dossier qu'il lisait.

— Nous allons prendre une salle d'interrogatoire une minute.

Simon le suivit dans le couloir jusqu'à la première salle d'interrogatoire dont la lampe rouge n'était pas allumée. L'air sentait la sueur, le tabac froid et, bizarrement, le sucre brûlé. Tony s'assit à califourchon sur l'une des chaises et regarda Simon faire un moment les cent pas avant de s'adosser à l'un des coins.

— C'est Shaz, dit Simon. Je suis inquiet à son sujet. Elle n'est pas venue ce matin et elle n'a pas appelé.

Tony savait sans qu'on ait besoin de lui dire que ce n'était pas que cela. C'était son travail de découvrir de quoi il s'agissait.

— Je suis bien d'accord, ce n'est pas son genre. Elle est très consciencieuse. Mais quelque chose d'inattendu aurait pu arriver. Un problème familial, peut-être ?

Un rictus tordit le coin de la bouche de Simon.

— C'est possible, concéda-t-il à contrecœur. Mais elle aurait appelé quelqu'un si c'était le cas. Elle n'est pas seulement consciencieuse, elle est obsédée. Vous le savez bien.

— Peut-être qu'elle a eu un accident.

Simon profita de l'ouverture.

— Exactement. C'est exactement ce que je pense. Nous devrions nous inquiéter, n'est-ce pas ?

— Si elle a eu un accident, dit Tony en haussant les épaules, nous en serons informés bien assez tôt. Soit elle appellera, soit elle fera appeler quelqu'un.

Simon serra les dents. Il allait devoir expliquer pourquoi c'était plus urgent que cela.

— Si elle a eu un accident, je ne pense pas que c'était ce matin. Nous avions une sorte de rendez-vous samedi soir. Leon, Kay, Shaz et moi, nous avons pris l'habitude de sortir dîner au restaurant indien le samedi et de prendre quelques verres. Mais nous avions décidé de nous retrouver en tête à tête avant, juste elle et moi. J'étais censé la retrouver chez elle. (Maintenant qu'il était lancé, tout venait tout seul.) Quand j'y suis allé, il n'y avait aucun signe de vie. J'ai pensé qu'elle avait changé d'avis. Fait marche arrière, je ne sais pas.

» Mais là, on est lundi, et elle n'est toujours pas là. Je pense que quelque chose lui est arrivé et que ce n'est pas anodin. Elle a peut-être eu un accident chez elle. Elle a pu glisser dans la douche et se fracasser le crâne. Ou dehors. Elle est peut-être quelque part dans un hôpital où personne ne sait qui elle est. Vous ne croyez pas que nous devrions faire quelque chose ? Nous formons une équipe, non ?

Une affreuse prémonition se mit à poindre dans l'esprit de Tony. Simon avait raison. Deux jours, cela faisait trop longtemps pour qu'une femme comme Shaz disparaisse sans donner signe de vie alors que cela impliquait de laisser tomber un collègue et de manquer un cours.

— Avez-vous essayé de l'appeler ? demanda-t-il en se levant.

— Des tas de fois. Son répondeur est débranché, aussi. C'est pour ça que je pense qu'elle a dû avoir un accident chez elle. Vous voyez ce que je veux dire ? J'ai pensé, elle a dû éteindre le répondeur en arrivant, et puis il s'est produit quelque chose et… je ne sais pas, ajouta-t-il avec impatience. C'est vraiment gênant, vous savez. J'ai l'impression de me conduire comme un ado. De faire un drame pour rien, conclut-il en se détachant du mur d'un coup d'épaule et en se dirigeant vers la porte.

Tony posa la main sur son bras.

— Je crois que vous avez raison. Vous avez l'instinct du policier quand quelque chose ne tourne pas rond. C'est l'une des raisons pour lesquelles vous avez été recruté. Venez, allons voir chez Shaz si on peut trouver quelque chose.

Dans la voiture, Simon était penché en avant sur son siège comme s'il avait voulu la faire avancer plus vite. Se rendant compte que la moindre tentative de conversation serait inutile, Tony se contenta de suivre les indications que lui donnait le jeune policier. Ils s'arrêtèrent devant l'appartement de Shaz et Tony n'avait pas encore éteint le moteur que Simon était déjà sur le trottoir.

— Les rideaux sont toujours tirés, dit Simon d'une voix inquiète alors que Tony le rejoignait devant la porte. Sa chambre est là, à gauche. Les rideaux étaient déjà tirés samedi soir quand je suis venu.

Il appuya sur la sonnette qui indiquait « Apt. 1 – Bowman ». Ils entendirent le grésillement irritant résonner à l'intérieur.

— En tout cas, la sonnette marche, dit Tony.

Il recula et leva les yeux vers l'imposante bâtisse dont la pierre de York était noircie par un siècle de fumées d'échappement.

— On peut faire le tour par l'arrière, dit Simon en arrêtant de sonner.

Sans attendre de réponse, il s'engouffra dans le passage. Tony le suivit, mais pas assez vite. Alors qu'il atteignait le coin de la maison, il entendit un gémissement comme un chat agonisant dans la nuit. Il arriva juste au moment où Simon reculait devant des portes-fenêtres comme quelqu'un qui vient d'être frappé en pleine figure. Le jeune policier tomba à genoux et se mit à vomir sur la pelouse en grognant d'une façon incohérente.

Sous le choc, Tony avança prudemment de quelques pas. En arrivant au niveau des marches qui menaient aux fenêtres, le spectacle qui avait fait perdre tout son sang-froid à Simon McNeill lui glaça l'estomac. Vidé de toute pensée et de toute émotion, Tony vit au travers des vitres quelque chose qui évoquait moins un être humain que le pastiche d'une peinture de Francis Bacon exécuté par un psychopathe. Ce fut plus qu'il n'en put supporter au premier coup d'œil.

Quand il s'en rendit compte un instant plus tard, il aurait vendu son âme pour avoir compris plus tôt.

Ce n'était pas le premier cadavre mutilé que voyait Tony. Mais c'était le premier qu'il connaissait personnellement. Pendant un moment, il resta à se masser les yeux du pouce et de l'index. Ce n'était pas le moment de commencer le deuil. Il y avait des choses qu'il pouvait faire pour Shaz Bowman dont personne d'autre n'était capable, et se rouler dans l'herbe comme un chiot blessé n'en faisait pas partie.

Il prit une profonde inspiration et se tourna vers Simon :

— Appelez le central. Ensuite, retournez devant et empêchez toute personne d'entrer.

Simon leva vers lui un regard implorant où il était impossible de ne pas voir la stupéfaction et le chagrin.

— C'est Shaz ?

— C'est Shaz. Simon, faites ce que je dis. Appelez le central et retournez devant la maison. C'est important. Nous avons besoin de renforts tout de suite. Allez-y.

Il attendit que Simon se relève en titubant et retourne dans le passage comme un homme ivre. Puis il se retourna et regarda par la vitre ce qui restait de Shaz Bowman. Il aurait voulu être plus près, pouvoir faire le tour du corps et faire l'inventaire détaillé des horreurs qu'on lui avait faites. Mais il savait trop bien qu'il est indispensable de laisser intact le lieu du crime pour l'envisager.

Aussi se contenta-t-il de ce qu'il voyait. Cela aurait été plus que suffisant pour bien des gens, mais pour Tony, c'était seulement une image partielle. Il aurait voulu en voir bien davantage. La première chose à faire, c'était cesser de penser à cette coquille vide comme à Shaz Bowman. Il fallait qu'il soit détaché, analytique, l'esprit clair, s'il voulait être de quelque utilité pour les enquêteurs. En regardant de nouveau le corps sur la chaise, il s'aperçut que ce n'était pas si difficile de prendre ses distances vis-à-vis du souvenir qu'il avait d'elle. La tête monstrueusement mutilée n'avait plus guère de ressemblance avec quoi que ce fût d'humain.

Il distingua les trous sombres d'où ses yeux fascinants l'avaient regardé. Arrachés, devina-t-il, à en juger par les tendons et les lambeaux de muscles qui dégoulinaient des blessures. Le sang avait coulé et séché autour des orbites noires, rendant encore plus grotesque le masque hideux de son visage. Sa bouche ressemblait à une masse de plastique de toutes les nuances de rose et de violet.

Il n'y avait plus d'oreilles. Ses cheveux étaient hérissés au-dessus et derrière l'endroit où elles auraient dû se trouver, maintenus en place par le sang séché qui les avait éclaboussés et trempés.

Il baissa les yeux vers ses genoux. Une feuille de papier était posée contre sa poitrine. Tony était trop loin pour distinguer le texte, mais il discerna aisément le dessin au trait. Les trois singes. Un frisson le secoua de la tête aux pieds. Il était trop tôt pour le dire, mais d'après ce qu'il voyait, il n'y avait aucun signe d'agression sexuelle. S'il ajoutait cela au symbole macabre des trois singes, Tony pouvait déchiffrer le sens de la scène. Ce n'était pas un meurtre sexuel. Shaz n'avait pas attiré l'attention de quelque psychopathe inconnu qui passait par là. C'était une exécution.

— Tu n'as pas fait ça par plaisir, se murmura-t-il à voix basse. Tu voulais lui donner une leçon. Tu as voulu nous donner à tous une leçon. Nous dire à quel point tu es meilleur que nous. Tu fais de l'esbroufe, tu nous ris au nez parce que tu es convaincu que nous ne trouverons jamais rien pour t'inculper. Et tu nous invites à ne pas fourrer notre nez dans tes affaires. Tu es un salopard arrogant, hein ?

La scène qu'il avait sous les yeux apprit à Tony plus qu'elle n'en aurait jamais révélé à un officier de police formé à ne considérer que les indices physiques. Au psychologue, elle révélait un esprit aussi incisif que décidé. C'était un meurtre de sang-froid, pas une agression sexuelle désordonnée. Pour Tony, cela signifiait que l'assassin avait identifié Shaz Bowman comme une menace. Après quoi, il avait pris des mesures. Brutales, froides, méthodiques. Même avant l'arrivée de l'équipe du labo, Tony aurait pu leur dire qu'ils ne trouveraient rien de significatif révélant l'identité du meurtrier. La solution de ce crime était dans l'esprit, pas sous le microscope.

— Tu es un bon, murmura Tony. Mais je vais être encore meilleur.

Quand les sirènes déchirèrent le silence et que les pas des policiers retentirent dans le passage, Tony était toujours devant les fenêtres, mémorisant la scène, absorbant le moindre détail pour pouvoir le retrouver quand il en aurait besoin. Cela fait, et seulement à ce moment-là, il refit le tour de la maison pour consoler Simon comme il pouvait.

— C'est pas trop urgent, grommela le légiste en ouvrant sa trousse et en sortant une paire de gants en latex. Dans l'état où elle est, une heure de plus ou de moins. C'est pas comme de soigner les vivants, hein ? Foutu bipeur, c'est la plaie de mon existence.

Tony résista à la tentation de frapper le petit docteur rondouillard.

— C'était un officier de police, dit-il sèchement.

— On se connaît pas, dites donc ? fit le médecin avec un regard finaud. Vous êtes nouveau par ici ?

— Le Dr Hill travaille pour l'Intérieur, dit l'inspecteur local dont Tony avait déjà oublié le nom. C'est lui qui dirige la nouvelle cellule de profilage dont vous avez sûrement entendu parler. La fille était dans sa classe.

— Ah oui, eh bien, je vais pas la soigner différemment d'une fille du Yorkshire, hein, dit le docteur d'un ton goguenard en retournant à sa macabre tâche.

Tony était dehors devant les portes-fenêtres ouvertes et regardait le salon où un photographe et une équipe de techniciens du labo s'activaient. Il n'arrivait pas à détacher son regard de la boucherie qui restait de Shaz Bowman. Il avait beau s'y efforcer, il ne parvenait pas à réprimer le souvenir fugace de ce qu'elle avait été. Cela renforçait sa résolution, mais c'était une provocation dont il se serait bien passé.

C'était encore pire pour Simon, songea-t-il tristement. Il avait été emmené, livide et tremblant, au commissariat pour faire une déposition sur la soirée du samedi. Tony en savait assez sur la façon de penser des policiers pour se rendre compte que les enquêteurs de la criminelle étaient probablement en train de le traiter comme le suspect numéro un. Il faudrait qu'il se dépêche d'intervenir.

L'inspecteur dont il ne se rappelait pas le nom descendit les marches et s'approcha de lui.

— Un sacré chantier, dit-il.

— C'était un bon élément, répondit Tony.

— On l'attrapera, ce salaud, affirma l'inspecteur, confiant. Ne vous inquiétez pas pour ça.

— Je veux y participer.

— Pas à moi de décider, fit l'inspecteur en haussant un sourcil. Ce n'est pas un serial-killer, vous savez. On n'a jamais rien vu comme ça dans notre coin.

Tony lutta contre sa colère.

— Inspecteur, ce n'est pas un meurtre isolé. Celui qui a fait cela est un expert. Il n'a peut-être pas tué dans votre coin ou utilisé précisément cette méthode avant, mais ceci n'est pas le résultat de la virée d'un amateur.

Avant que l'inspecteur eût pu répondre, ils furent interrompus. Le médecin avait terminé son morbide travail.

— Eh bien, Colin, dit-il en les rejoignant. Elle est morte, ça ne fait pas de doute.

— Épargnez-nous votre humour macabre, pour une fois, toubib, dit l'inspecteur avec un long regard oblique. Vous avez une idée depuis quand ?

— Demandez au pathologiste, inspecteur Wharton, répliqua le docteur, hautain.

— C'est ce que je vais faire. En attendant, vous pouvez nous donner un ordre de grandeur ?

Le docteur retira ses gants avec un claquement sec.

— Lundi midi… voyons voir… Quelque part entre samedi soir 7 heures et dimanche matin 4 heures, selon que le chauffage était éteint ou allumé et depuis combien de temps.

L'inspecteur Wharton soupira.

— C'est une fourchette sacrément large. Vous ne pouvez pas être plus précis que ça ?

— Je suis médecin, pas voyante extralucide, répondit l'autre d'un ton sarcastique. Et je vais retourner à ma partie de golf, si ça ne vous fait rien. Vous aurez mon rapport dans la matinée.

Tony posa brusquement la main sur son bras :

— Docteur, j'ai besoin d'un peu d'aide. Je sais que ce n'est pas votre rôle de le dire, mais vous êtes manifestement expert dans ce genre de choses. (Mieux valait flatter, on ne sait jamais.) Les blessures… Savez-vous si elle était encore en vie, ou bien ont-elles été causées après le décès ?

Le docteur fit une moue de ses grosses lèvres rouges et se retourna pensivement vers le cadavre de Shaz. On aurait dit un gamin qui minaude devant sa tante vieille fille en se demandant combien cela allait lui rapporter.

— Un mélange des deux, dit-il enfin. Je pense qu'elle a été énucléée alors qu'elle était encore vivante. Elle devait être bâillonnée, sinon elle aurait ameuté tout l'immeuble. Elle a dû perdre connaissance sous l'effet du choc et de la douleur. Ce qu'on lui a versé dans la gorge était très caustique et c'est ce qui l'a tuée. Les voies respiratoires sont totalement dissoutes, ils le verront à l'autopsie, je parierais ma retraite là-dessus.

» D'après la quantité de sang, je pense que les oreilles ont été tranchées quand elle était en train de mourir. La coupure est bien nette, cela dit. Il n'y a pas eu plusieurs essais comme c'est généralement le cas dans ce genre de mutilation. Il devait avoir un couteau sacrément tranchant et du cœur au ventre. S'il a essayé de faire en sorte qu'elle finisse comme les trois singes, il n'y est pas allé par quatre chemins. Sur ce, je vous laisse, conclut-il avec un signe de tête à l'adresse des deux hommes. Bon courage pour le retrouver. Vous avez un fichu dingue sur les bras, là.

Et il s'en alla en trottinant pour disparaître au coin de la maison.

— Ce sagouin a les pires manières de toute la région, dit Colin Wharton d'un ton dégoûté. Désolé.

Tony secoua la tête.

— À quoi ça sert de déguiser des faits aussi brutaux par des périphrases ? Cela ne changera rien au fait que quelqu'un a voulu se débarrasser de Shaz Bowman en faisant en sorte qu'on sache pourquoi.

— Quoi ? interrogea Wharton. J'ai manqué une étape, là ? Comment ça, on sait pourquoi ? Moi je ne sais pas pourquoi !

— Vous avez vu le dessin, non ? Les trois singes. Ne voir aucun mal, n'entendre aucun mal, ne dire aucun mal. L'assassin a détruit les yeux, les oreilles et la bouche. Ça ne vous dit rien ?

Wharton haussa les épaules.

— Soit c'est le petit copain l'assassin, auquel cas, c'est un malade mental de première et peu importent les conneries qui lui trottaient dans le crâne. Soit c'est un autre dingue qui en veut aux flics parce qu'il trouve qu'on fourre notre nez dans des trucs dans lesquels il vaut mieux ne pas fouiner.

— Vous ne pensez pas que cela pourrait être un assassin qui en voulait spécifiquement à Shaz parce qu'elle mettait son nez là où ça ne la regardait pas ? avança Tony.

— Je vois pas comment ça se pourrait, dit Wharton d'un ton désinvolte. Elle a jamais traité d'affaire chez vous, non ? Vous en êtes pas encore à travailler sur des cas réels, alors elle risquait pas de tomber sur un des cinglés du coin.

— Bien que nous ne traitions pas de nouvelles affaires, nous étions en train de travailler sur des dossiers anciens, mais réels. Shaz nous a présenté une théorie l'autre jour concernant un serial-killer qui n'avait pas encore été identifié…

— Son histoire sur Jacko Vance ? fit Wharton d'un ton qu'il ne put s'empêcher de rendre méprisant. Ça, qu'est-ce qu'on s'est marrés en l'entendant.

— Vous n'étiez pas censés l'entendre. Qui a lâché le morceau ? demanda Tony en serrant les dents.

— Nan, toubib, comptez pas sur moi pour mouiller quelqu'un. Et puis vous savez bien qu'il y a pas de secrets chez les flics. C'était trop marrant comme blague pour la garder secrète. Jacko Vance, serial-killer ! La prochaine fois, ça sera la Reine Mère ! (Il s'étrangla de rire en donnant une tape condescendante sur l'épaule de Tony.) Regardez les choses en face, toubib, il y a des chances que vous ayez tiré le mauvais numéro en prenant avec vous celui qui était son mec. C'est pas moi qui vais vous apprendre que neuf fois sur dix, on n'a pas besoin d'aller chercher plus loin : c'est celui qui tirait la morte le coupable. Sans compter que c'est lui qui a découvert le corps, ajouta-t-il en levant un sourcil pensif.

Tony eut un rire méprisant.

— Vous allez perdre votre temps si vous essayez de tout coller sur le dos de Simon McNeill. Ce n'est pas lui qui a fait ça.

Wharton se retourna pour regarder Tony et sortit du bout des dents une cigarette de son paquet. Il la coinça entre ses lèvres et l'alluma avec un briquet jetable.

— J'ai entendu une de vos conférences, toubib. Un jour à Manchester. Les deux faces de la même médaille, vous disiez. Je crois que vous aviez raison. Sauf que pour l'un de vos apprentis chasseurs, c'est pas tombé dans l'oreille d'un sourd.

Jacko congédia son secrétaire d'un geste et appuya sur la télécommande. Le visage de sa femme remplissait tout l'écran de l'immense télévision alors qu'elle était en train de rendre l'antenne aux studios pour les informations du midi. Toujours rien. Plus ça prendra de temps, mieux ce sera, ne put-il s'empêcher de penser. Moins le pathologiste pourrait déterminer avec certitude la date du décès, plus il pourrait être éloigné de l'heure à laquelle cette conne était venue chez lui. Tout en éteignant la télévision et en revenant au script posé devant lui, il se demanda un instant ce que cela pouvait être de vivre le genre d'existence où personne ne s'aperçoit que vous êtes morte depuis deux jours. *Cela ne risquait pas de lui arriver*, songea-t-il avec sa satisfaction habituelle. *Cela faisait très longtemps qu'il n'était plus un individu insignifiant pour personne.*

Même sa mère se serait rendu compte de sa disparition. Elle aurait peut-être été ravie à cette perspective, mais au moins, elle aurait remarqué. Il se demanda comment la mère de Donna Doyle réagissait à celle de sa fille. Il n'avait rien vu aux nouvelles, mais ce n'était pas une raison pour qu'elle fasse plus de vagues que les autres.

Il les avait fait payer, toutes, pour ce qu'on lui avait fait. Il savait qu'il ne pouvait pas se venger sur la seule qui le méritait: ce serait trop évident, cela reviendrait à le désigner immédiatement comme coupable. Mais il pouvait trouver des substituts de Jillie dans tout le pays, aussi mûres et succulentes qu'elle l'avait été lorsqu'il l'avait clouée la première fois au sol et avait senti sa virginité céder à sa puissance. Il pouvait leur faire comprendre à toutes ce qu'il avait subi, leur faire sentir ce qu'il avait éprouvé d'une manière que cette salope infidèle n'avait jamais comprise. Ces filles-là ne l'abandonneraient jamais: c'était lui qui avait sur elles pouvoir de vie et de mort. Et il pouvait leur faire payer leur dette indéfiniment.

Autrefois, il avait cru qu'un jour viendrait où l'une de ces exécutions de substitution le purgerait une fois pour toutes. Mais la catharsis ne durait jamais longtemps. Chaque fois, le besoin revenait insidieusement.

Vraiment, il avait de la chance d'en avoir fait un art aussi raffiné. Toutes ces années, toutes ces morts, et il n'y avait eu qu'une petite flic débutante pour le soupçonner.

Jacko se fit un sourire rien que pour lui, de l'espèce que ne voyaient jamais ses fans. Les modalités de paiement avaient été différentes pour Shaz Bowman. Mais elles avaient été malgré tout satisfaisantes. Du coup, il se demanda si le moment n'était pas venu de changer un peu ses méthodes.

Ce n'était jamais exaltant d'être l'esclave de la routine.

Sa colère rentrée faisait monter les marches quatre à quatre à Tony. Personne ne voulait le laisser approcher de Simon. Colin Wharton était inébranlable et prétendait qu'il n'avait pas l'autorité pour permettre à Tony de collaborer à l'enquête. Paul Bishop était à l'extérieur, parti à l'une de ses interminables et très stratégiques réunions, et le superintendant était, paraît-il, trop occupé pour voir Tony.

Il ouvrit d'un coup la porte de la salle du séminaire, s'attendant à trouver les quatre membres restants de la cellule occupés à une tâche importante. En fait, il n'y avait que Carol Jordan qui leva les yeux de la pile de dossiers posée devant elle.

— Je commençais à me dire que j'avais mal compris la date, dit-elle.

— Ah, Carol, soupira Tony en se laissant tomber sur la première chaise venue. J'avais complètement oublié que tu venais cet après-midi.

— On dirait que tu n'es pas le seul, dit-elle d'un ton narquois en désignant les autres sièges vides. Où sont les autres ? Ils font l'école buissonnière ?

— Personne ne t'a rien dit, alors ? fit Tony en levant vers elle un visage douloureux et un regard furieux.

— Qu'est-ce qui s'est passé ? demanda-t-elle en sentant son cœur se serrer.

Qu'avait-il pu arriver qui pût produire un tel effet sur lui ?

— Tu te souviens de Shaz Bowman ?

Carol hocha la tête avec un faible sourire.

— L'ambition faite femme. Des yeux bleus flamboyants, le genre qui use de ses oreilles et de sa bouche à bon escient.

— Plus maintenant, frémit Tony.

— Qu'est-ce qui lui est arrivé ?

Carol était malgré tout plus inquiète pour Tony que pour Shaz.

Il déglutit et ferma les yeux en revoyant l'image du cadavre et en se forçant à garder une voix calme.

— Un psychopathe, voilà ce qui lui est arrivé. Quelqu'un qui a pensé qu'il serait amusant d'arracher ces deux yeux flamboyants, de couper ces oreilles trop ouvertes et de verser quelque chose de corrosif dans cette bouche trop leste qu'elle finisse par ressembler à un chewing-gum de toutes les couleurs. Elle est morte, Carol. Shaz Bowman est morte.

Une expression d'horreur incrédule se peignit sur le visage de Carol.

— Non, souffla-t-elle. (Elle resta sans rien dire un moment, puis :) C'est affreux, dit-elle finalement. Elle qui était si pleine de vie.

— C'était la meilleure du groupe. Elle voulait tellement être la meilleure. Et elle n'était pas arrogante pour autant. Elle pouvait travailler avec les autres sans leur montrer qu'elle était un cheval de course parmi des ânes. Ce qu'il lui a fait, ça a tué tout ce qu'elle était.

— Pourquoi ?

Tout comme pour leur affaire précédente, Carol avait trouvé la bonne question.

— Il a laissé une sortie imprimante posée sur elle. Un texte et un dessin illustrant un article d'encyclopédie sur les trois singes.

Un éclair jaillit dans le regard de Carol qui comprenait, rapidement suivi d'un froncement de sourcils interrogateur.

— Tu ne crois pas sérieusement... La théorie qu'elle a présentée l'autre jour ? Ça ne peut pas avoir un rapport avec ça, tout de même ?

Tony se frotta le front du bout des doigts.

— Je n'arrête pas d'y repenser. Qu'est-ce qu'on a d'autre ? Le seul autre cas réel que nous traitions, c'était ton pyromane, et personne dans le groupe n'a trouvé de solution qui aurait pu menacer le coupable.

— Mais Jacko Vance ? dit Carol en secouant la tête. Tu ne vas quand même pas croire ça ? Toutes les mamies du pays sont folles de lui. La moitié des femmes que je connais le trouvent aussi sexy que Sean Connery.

— Et toi ? Qu'est-ce que tu en penses ? demanda Tony.

Il n'y avait aucun sous-entendu dans la question.

Carol la retourna dans son esprit pour être sûre de bien en percevoir le sens avant de répondre.

— Je ne lui fais pas confiance, dit-elle enfin. La façade est trop bien polie. Lisse. Rien qui laisse une impression durable. Il est charmant, attentionné, chaleureux, compréhensif. Mais dès qu'il passe à son invité suivant, c'est comme si le précédent n'avait pas existé. Cela dit...

— Tu ne l'aurais jamais vu comme un serial-killer, dit Tony d'une voix atone. Moi non plus. Il y a des gens connus qu'on ne serait pas très surpris de voir inculpés d'une ribambelle de meurtres. Jacko Vance n'est pas de ceux-là.

Ils restèrent sans rien dire en se regardant d'un bout à l'autre de la salle.

— Ce n'est peut-être pas lui, dit enfin Carol. Pourquoi pas quelqu'un de son entourage ? Un chauffeur, un garde du corps, un membre de la production ? Une de ces personnes qui sont toujours avec les célébrités, comment on dit ?

— Des assistants personnels.

— Oui, c'est ça.

— Mais ça ne répond toujours pas à ta question : pourquoi ? (Tony se dressa et commença à arpenter la pièce.) Je ne vois pas comment ce qu'elle a dit dans cette salle aurait pu parvenir jusqu'à l'entourage de Jacko Vance. Donc, comment notre assassin théorique a-t-il pu savoir qu'elle était sur sa piste ?

Carol se retourna maladroitement sur son siège pour le suivre.

— Elle voulait être une vedette, Tony. Je ne pense pas qu'elle ait eu l'intention de laisser tomber. Je crois qu'elle avait décidé de suivre son idée. Et que d'une manière ou d'une autre, elle a mis la puce à l'oreille de l'assassin.

Tony arriva à un coin et s'immobilisa.

— Sais-tu... ?

C'est tout ce qu'il eut le temps de dire lorsque la porte s'ouvrit sur le superintendant Dougal McCormick dont les larges épaules bloquaient presque l'embrasure.

Natif d'Aberdeen, il ressemblait au fameux bœuf Angus qui faisait la renommée de sa région : des boucles noires tombant sur un large front, des yeux sombres et humides guettant perpétuellement la cape rouge, de grosses pommettes qui donnaient l'impression de tirer sur un mufle charnu et des lèvres pleines et perpétuellement humides. Le seul détail incongru était sa voix. Alors qu'un rugissement profond aurait dû retentir dans sa poitrine, c'est une mélodieuse voix de ténor qui en sortait.

— Docteur Hill, dit-il en refermant la porte et en regardant Carol d'un air interrogateur.

— Superintendant McCormick, je vous présente l'inspecteur-chef Carol Jordan de la police de l'East-Yorkshire. Nous l'aidons dans une affaire de pyromane, dit Tony.

— Heureuse de faire votre connaissance, dit Carol en se levant.

Le signe de tête de McCormick fut presque imperceptible.

— Si vous voulez bien m'excuser, j'ai besoin que le Dr Hill m'accorde un instant.

Carol savait quand on la congédiait.

— Je vais attendre dans la cafétéria.

— Le Dr Hill ne va pas rester dans les locaux, dit McCormick. Vous feriez mieux de l'attendre sur le parking.

Carol ouvrit de grands yeux, mais elle se contenta de répondre :

— Très bien, monsieur. Je te retrouve dehors, Tony.

À peine Carol eut-elle refermé la porte que Tony fondit sur McCormick.

— Et qu'est-ce que c'était censé signifier exactement, monsieur McCormick ?

— Ce que j'ai dit. Nous sommes dans ma division et j'enquête sur un meurtre. Un officier de police a été… éliminé, et c'est mon devoir de trouver le coupable. Il n'y a aucun signe d'effraction dans l'appartement de Sharon Bowman et, selon l'opinion de tous, elle n'était pas du genre imprudent. Donc il y a de fortes raisons de penser qu'elle connaissait celui qui l'a tuée. Et pour autant que je sache, les seules personnes que Sharon Bowman connaissait à Leeds étaient ses collègues de la cellule ainsi que vous-même, docteur Hill.

— Shaz, corrigea Tony. Elle détestait qu'on l'appelle Sharon. Shaz, c'est comme ça qu'on l'appelait.

— Shaz, Sharon, peu importe, cela ne change plus grand-chose aujourd'hui, balaya McCormick avec l'élégance d'un taureau qui chasse une mouche d'un coup de queue. Le fait est que vous êtes les seules personnes qu'elle aurait laissées entrer. Donc je ne veux pas que vous vous parliez tant que mes enquêteurs ne vous auront pas interrogés l'un après l'autre. Jusqu'à nouvel ordre, l'activité de la cellule est suspendue. Vous ne serez pas autorisés à occuper les locaux ni à communiquer entre vous. J'ai déjà discuté de cela avec le commandant Bishop et le ministère et nous sommes tous convenus que c'est la meilleure manière de procéder. Est-ce bien clair ?

Tony secoua la tête. C'en était trop. Shaz était morte, d'une mort affreuse. Et maintenant, McCormick voulait arrêter l'un des membres du groupe qui aurait vraiment pu fournir une piste menant au tueur.

— Vous avez peut-être, on peut se donner la peine de l'imaginer, une autorité sur les officiers de mon équipe. Mais je ne suis pas policier, McCormick. Je ne dépends pas de vous. Vous devriez utiliser notre savoir-faire, pas nous cracher dessus. Nous pouvons vous aider, mon vieux, est-ce que vous comprenez ça ?

— Nous aider ? répéta McCormick avec mépris. Nous aider ! Qu'est-ce que vous aviez l'intention de faire ? L'une de vos brillantes idées est arrivée à mes oreilles. Mes hommes suivent des pistes, pas des blagues. Jacko Vance, nom d'un chien. Après ça, vous allez nous demander d'arrêter qui, hein ?

— Nous sommes du même côté, dit Tony qui devenait écarlate.

— Peut-être bien, mais certaines formes d'aide se révèlent plutôt encombrantes. Je veux que vous déguerpissiez d'ici sur-le-champ et que vous n'alliez pas casser les pieds de mes hommes. Vous reviendrez vous présenter ici demain matin à 10 heures pour être interrogé officiellement sur Sharon Bowman. Est-ce que je me suis bien fait comprendre, docteur Hill ?

— Écoutez, je peux vous aider. Je comprends les meurtriers : je sais pourquoi ils agissent comme ils le font.

— Ça n'est pas compliqué à deviner. Ils sont tarés, voilà pourquoi.

— Nous sommes bien d'accord, mais ils sont tous tarés d'une manière qui n'appartient qu'à eux. Celui-ci, par exemple. Je vous parie qu'il ne l'a pas violée, n'est-ce pas ?

— Comment le savez-vous ? demanda McCormick en fronçant les sourcils.

Tony se passa une main dans les cheveux.

— Je ne le sais pas parce qu'on me l'aurait dit, expliqua Tony en s'animant. Je le sais parce que je sais déchiffrer sur les lieux du crime des choses que ne voient pas vos hommes. Il ne s'agissait pas d'un meurtre sexuel habituel, superintendant. C'était un message qu'on nous envoyait sciemment nous disant que cet assassin se croit tellement loin en tête qu'il pense ne jamais pouvoir être rattrapé. Moi, je peux vous aider à le capturer.

— On dirait plutôt que vous cherchez à couvrir vos protégés, dit McCormick en secouant la tête. Vous avez surpris deux trois trucs dans une conversation sur le lieu du crime et vous avez échafaudé une théorie loufoque. Il en faut plus pour me convaincre. Et je n'ai pas le temps d'attendre que vous entendiez d'autres bruits. En ce qui concerne ce commissariat, pour vous, c'est terminé. Et vos chefs du ministère sont d'accord avec moi.

La rage fit oublier à Tony l'usage de la flatterie et de l'apaisement auxquels il avait habituellement recours.

— Vous êtes en train de faire une sacrée connerie, McCormick, dit-il d'une voix hérissée de colère.

L'autre ricana.

— J'en prends le risque, mon petit gars (Il désigna la porte du pouce.) Maintenant, filez.

Se rendant compte qu'il ne pourrait gagner sur ce terrain, Tony se mordit les lèvres. L'humiliation avait le goût métallique du sang frais. D'un air de défi, il alla à son casier et y prit son attaché-case, qu'il remplit des dossiers de disparus et des analyses de son équipe. Il le referma d'un geste sec, tourna les talons et sortit. Sur son passage, les policiers restèrent sans rien dire. Il remercia le Ciel que Carol n'ait pas assisté à la scène. Elle n'aurait jamais pu garder le silence qui n'était plus désormais que sa seule arme.

Alors que la porte se refermait derrière lui, il entendit une voix anonyme s'écrier :

— Bon débarras !

2

Dans ses rares moments de lucidité au milieu de son océan de souffrances, Donna Doyle repensait à sa courte existence et à la confiance imprudente qui l'avait amenée ici. Le regret enflait en elle comme une étrange tumeur qui dévorait tout sur son chemin. Une erreur, une seule tentative pour suivre la route qui menait à l'eldorado, un simple acte de foi qui n'était pas plus ridicule que ce dont le prêtre parlait tous les dimanches, et voilà où elle se retrouvait. Dans le temps, elle disait qu'elle aurait fait n'importe quoi pour être une star. À présent, elle savait que ce n'était pas vrai.

C'était injuste. Ce n'était pas comme si elle avait voulu être célèbre par égoïsme. Avec la célébrité serait venu l'argent, et comme ça, sa mère n'aurait plus eu à trimer, économiser et regarder au moindre sou comme elle le faisait depuis la mort de papa. Donna voulait que ce soit une surprise, une merveilleuse, malicieuse et fantastique surprise. Désormais, cela ne pourrait plus arriver. Même si elle sortait d'ici, elle savait qu'elle ne serait pas une star, jamais. Elle serait peut-être célèbre pendant cinq minutes, comme le disait la chanson, mais pas parce qu'elle serait une star de télé avec un bras en moins, comme Jacko Vance. Même si on la retrouvait, elle n'avait plus d'avenir.

On pouvait encore la retrouver, se répétait-elle. Elle ne se racontait pas d'histoires, se rassura-t-elle. On la cherchait, à présent, c'était sûr. Sa mère avait dû aller à la police, sa photo était dans les journaux, peut-être même à la télé. Dans tout le pays, les gens la voyaient et fouillaient leurs souvenirs. Quelqu'un se souviendrait d'elle. Elle avait croisé des tas de gens dans le train. Une demi-douzaine de voyageurs étaient descendus en même temps qu'elle à Five Walls Halt. Il y en avait bien au moins *un* qui l'avait remarquée. Toute pomponnée avec sa plus belle tenue, elle savait bien qu'elle était mignonne. La police poserait des questions, déduirait dans quelle Land Rover elle était montée. Mais oui, n'est-ce pas ?

Elle gémit. Au fond de son cœur, elle savait que cet endroit serait le dernier qu'elle verrait. Et seule dans sa tombe, Donna Doyle se mit à pleurer.

3

Tony était penché en avant dans le fauteuil, les yeux fixés sur les flammes du gaz de la fausse cheminée. Il réchauffait toujours dans ses mains le même verre de Theakston que Carol lui avait servi depuis qu'il était arrivé dans son cottage. Elle ne s'était pas laissé démonter par son refus. Il avait subi un choc, il avait besoin de quelqu'un avec qui discuter de l'affaire et elle avait besoin de son savoir-faire pour son pyromane. Elle avait un chat à nourrir, lui pas, donc en toute logique, leur destination ne pouvait être qu'à une heure d'autoroute dans les environs de Seaford.

Depuis qu'ils étaient arrivés, il avait à peine prononcé un mot. Il était resté assis les yeux sur le feu et se repassait mentalement le film de la mort de Shaz Bowman. Carol l'avait laissé seul, profitant de l'occasion pour jeter dans un plat deux escalopes de poulet, deux oignons émincés et un pot de sauce au cidre toute prête. Elle avait mis le tout au four avec des pommes de terre et laissé à mijoter à feu doux le temps de préparer la chambre d'amis. Elle savait qu'il ne servait pas à grand-chose d'attendre quoi que ce soit de Tony.

Elle se servit un grand gin-tonic, ajouta deux morceaux de citron congelé et retourna dans le salon. Sans rien dire, elle se laissa engloutir dans le fauteuil en face du sien en ramenant ses jambes sous elle. Entre eux, Nelson était vautré comme une descente de lit noire.

Tony leva le nez et parvint à sourire.

— Merci de m'avoir laissé au calme, dit-il. C'est très agréable comme endroit, ton cottage.

— C'est l'une des raisons pour lesquelles je l'ai acheté. Ça et la vue. Je suis contente que tu aimes.

— Je… Je n'arrête pas d'y penser, dit-il. La manière dont il a procédé. Pour l'attacher, la bâillonner. La torturer alors qu'elle avait conscience qu'elle n'en sortirait pas vivante avec ce qu'elle savait.

— Quoi que ce fût.

— Quoi que ce fût, acquiesça-t-il.

— J'imagine que ça te rappelle tout, dit doucement Carol.

Il laissa échapper un long soupir.

— C'est inévitable, dit-il entre ses dents. (Il leva la tête et ses yeux calmes brillèrent sous l'arcade de ses sourcils froncés. Quand il reprit la parole, ce fut d'une voix différente qui indiquait qu'il voulait fuir les souvenirs parfois pires que l'événement lui-même.) Carol, tu es inspecteur. Tu as entendu la présentation de Shaz, tu étais l'une des personnes qui ont formulé une opinion. Imagine que tu aies été celle qui recevait les critiques. Imagine que tu es au début de ta carrière, avec tout à prouver. N'y pense pas trop consciemment, donne-moi juste ta réaction instinctive. Qu'aurais-tu fait ?

— J'aurais voulu prouver que vous aviez tort et moi raison.

— Oui, oui, acquiesça Tony avec impatience. C'est évident. Mais qu'est-ce que tu aurais *fait* ? Comment tu aurais procédé ?

Carol prit une gorgée de gin-tonic et réfléchit.

— Je sais ce que je ferais, là. Je mettrais sur pied une petite équipe – juste un sergent et deux agents – et je passerais tous ces cas en revue. Je retournerais parler aux amis et aux familles. Je vérifierais si les filles disparues étaient des fans de Jacko Vance, si elles étaient allées le voir quand il était dans leur ville. Et si c'est le cas, avec qui, pour savoir si ceux qui les accompagnaient ont remarqué quelque chose.

— Shaz n'avait ni le temps ni l'équipe pour le faire. Retourne à l'époque où tu étais jeune et assoiffée de gloire, la pressa Tony.

— À ce que j'aurais fait à l'époque… Sans ressources extérieures, tu es obligé de ne compter que sur toi-même.

— C'est-à-dire ? l'encouragea Tony.

— Un bon bagout et de bonnes chaussures de marche. Tu sais que tu as raison, point final. Tu sais que la vérité attend une preuve pour être découverte. Moi ? J'aurais secoué le prunier pour voir ce qui en tombe.

— Donc, dans la pratique, tu aurais fait quoi ?

— Dans le temps, j'aurais été fichue de verser du poison dans l'oreille d'un ami journaliste pour qu'il raconte une histoire inventée qui aurait signifié davantage pour l'assassin que pour le lecteur moyen. Mais je n'ai pas l'impression que Shaz avait ce genre de contacts, ou, si c'est le cas, qu'elle les ait utilisés. Ce que j'aurais probablement fait à sa place, si j'avais eu les tripes, ça aurait été de me ménager une entrevue avec le type.

Tony s'enfonça dans son fauteuil et prit une longue gorgée de bière.

— Je suis content que tu aies dit ça. C'est le genre d'idée que je rechigne toujours à sortir au cas où vous autres flics vous mettiez à rire parce qu'aucun policier qui se respecte ne songerait à faire quelque chose d'aussi risqué pour sa vie ou sa carrière.

— Tu penses qu'elle a contacté Jacko Vance ?

Il hocha la tête.

— Et tu penses que ce qu'elle lui aurait dit…

— À lui ou à quelqu'un de son entourage, coupa Tony. Ce n'est peut-être pas Vance. C'est peut-être son manager, son garde du corps, voire sa femme. Mais oui, je pense qu'elle a dit à l'un d'entre eux quelque chose qui a fait peur à l'assassin.

— Qui que ce soit, il n'a pas perdu de temps.

— Il n'a pas perdu de temps et il a manifestement un sacré culot pour l'avoir exécutée chez elle. Risquer un cri, un bruit de meuble qu'on renverse, n'importe quoi d'inhabituel dans une maison divisée en appartements.

Carol prit une gorgée de gin-tonic en savourant le goût âpre du citron qui avait presque totalement fondu.
— Surtout qu'il a fallu qu'il l'y amène, déjà.
Tony eut l'air surpris.
— Qu'est-ce qui te fait dire ça ?
— Elle n'aurait jamais accepté de recevoir chez elle quelqu'un qu'elle soupçonnait d'être un meurtrier. Même avec l'imprudence de la jeunesse. Ça aurait été comme d'inviter le loup dans la bergerie. Et s'il est venu chez elle ensuite, après le rendez-vous officiel, ça aurait tiré sur sa sonnette d'alarme et elle aurait refusé de le laisser entrer. Non, Tony, elle était déjà sa prisonnière quand elle est arrivée chez elle.
C'était ce genre d'étincelles d'intelligence étayées par une logique sans faille qui avait fait naguère de Carol Jordan une collaboratrice si agréable, se remémora Tony.
— Mais tu as raison, bien sûr. Merci, la félicita-t-il en levant son verre. (Maintenant il savait par où commencer. Il termina sa bière et demanda :) Je peux en avoir une autre ? Ensuite, je crois qu'il faudra que nous parlions de notre petit problème.
Carol s'extirpa de son fauteuil et s'étira comme Nelson.
— Tu es sûr que tu ne veux pas continuer à parler de Shaz ?
L'expression dégoûtée de Tony voulait tout dire. Elle alla à la cuisine chercher une autre bière.
— Je vais réserver ça pour tes collègues du West-Yorkshire demain matin ! cria-t-il vers la cuisine. Si tu n'as pas de mes nouvelles d'ici à la fin de l'après-midi, arrange-toi pour que j'aie un bon avocat. (Quand elle fut à nouveau installée dans son fauteuil, il arracha son regard pensif de la cheminée et sortit quelques feuilles de papier quadrillé de son attaché-case.) À la fin de la semaine, j'ai demandé à l'équipe de travailler sur leur idée d'un profil pour ton affaire. Ils ont eu une journée pour élaborer chacun leur profil, et le vendredi, ils ont travaillé ensemble. J'ai apporté un exemplaire, je te le montrerai tout à l'heure.

— Génial ! Je ne voulais rien dire, mais j'ai travaillé de mon côté sur un profil. Ce serait intéressant de voir leurs points communs.

Elle essayait de parler d'un ton léger, mais Tony perçut néanmoins le désir d'être félicitée. Du coup, ce qu'il avait à dire en était d'autant plus malaisé. Parfois, il regrettait de ne pas être fumeur. Cela lui aurait donné quelque chose à faire de ses mains et de sa bouche dans des moments comme celui-ci. En désespoir de cause, il se passa une main sur le visage.

— Carol, il faut que je te dise que je pense que vous perdez tous votre temps.

Inconsciemment, elle haussa le menton.

— Ce qui veut dire ? demanda-t-elle d'un ton moins agressif que les mots eux-mêmes.

— Ce qui veut dire que je ne pense pas que tes incendies entrent dans aucune catégorie connue.

— Tu veux dire que ce ne sont pas des incendies criminels ?

Avant qu'il ait pu répondre, un coup frappé à la porte résonna dans le cottage. Carol sursauta et renversa un peu de son gin.

— Tu attends une visite ? demanda Tony en se tournant vers la fenêtre noire pour voir s'il y avait quelque chose dans l'obscurité.

— Non, dit-elle en sautant sur ses pieds et en traversant la pièce pour se rendre à la lourde porte qui donnait sur le petit porche de pierre.

Quand elle l'ouvrit, une bourrasque de vent glacial emplit la pièce en apportant une bouffée de l'air froid et chargé d'odeurs de vase de l'estuaire. Carol eut l'air surprise. Derrière elle, Tony aperçut l'imposante silhouette d'un homme.

— Jim ! s'exclama-t-elle. Je ne vous attendais pas du tout.

— J'ai essayé de vous appeler cet après-midi et je n'ai eu droit qu'aux réponses évasives du sergent Taylor. Alors je me suis dit que je ferais aussi bien de venir ici voir si je pouvais vous dénicher. (Carol recula et Pendlebury la suivit.) Oh, excusez-moi, je ne savais pas que vous aviez du monde.

— Non, vous n'auriez pas pu choisir un meilleur moment, dit-elle en désignant les environs de la cheminée. Voici le Dr Tony Hill du ministère de l'Intérieur. Nous parlions justement de notre affaire de pyromane. Tony, je te présente Jim Pendlebury, le commandant des pompiers de Seaford.

— Heureux de faire votre connaissance, dit Tony en tendant la main, mais en refusant de se prêter au petit jeu qui consiste à évaluer son interlocuteur en lui broyant les os.

— Tony est le responsable de la Cellule Nationale de Profilage Criminel nouvellement créée à Leeds, expliqua Carol.

— Sacré boulot.

Pendlebury enfonça ses mains dans les profondes poches de son imperméable élégamment trop grand. Il les ressortit avec une bouteille de shiraz australien dans chacune.

— Un cadeau pour pendre la crémaillère. Avec ça, nous allons pouvoir parler de notre pyromane plus facilement.

Carol alla chercher des verres et un tire-bouchon et servit Pendlebury et elle-même, Tony ayant indiqué qu'il s'en tiendrait à la bière.

— Alors, Tony, qu'est-ce que vos petits prodiges ont à nous apprendre ? demanda Pendlebury en étendant devant lui ses longues jambes qui forcèrent Nelson à se déplacer.

Le chat lui décocha un regard malveillant et alla se pelotonner dans le fauteuil de Carol.

— Rien à quoi Carol ne puisse parvenir toute seule, je pense. Le problème, c'est que je crois que ce qu'ils ont fait est inutile.

Le rire de Pendlebury résonna dans le petit cottage.

— J'ai bien entendu ? dit-il. Un profileur qui avoue que tout ça, c'est des conneries ? Carol, vous avez enregistré, j'espère ?

Se demandant combien de fois encore il faudrait qu'il sourie poliment en entendant les gens dénigrer l'œuvre de sa vie, Tony attendit que Pendlebury se calme avant de répondre.

— Utiliseriez-vous un tournevis pour fixer un poteau dans le sol ?

Pendlebury pencha la tête de côté.

— Vous voulez dire que le profilage n'est pas l'outil qu'il nous faut ?

— C'est précisément ça. Le profilage fonctionne sur certains crimes lorsque la motivation du criminel est dans une certaine mesure d'ordre psychopathologique.

— Ce qui signifie ? demanda Pendlebury en ramenant ses jambes vers lui et en se penchant en avant, très intéressé, mais le visage sceptique.

— Vous voulez la version abrégée ou l'explication intégrale ?

— Mieux vaut la version pour les crétins, je ne suis qu'un pompier.

Tony passa une main dans ses épais cheveux bruns, réflexe qui lui donnait toujours l'air du savant fou des bandes dessinées.

— OK. Dans ce pays, la plupart des crimes sont commis soit par appât du gain, soit dans le feu de l'action, soit sous l'influence de la boisson ou de la drogue. Ou mélange des trois. Le crime est un moyen de parvenir à des fins : se procurer de l'argent, de la drogue, se venger, mettre un terme à un comportement inacceptable.

» Une poignée de crimes trouvent leurs racines dans un terrain plus étrange. Ils se nourrissent d'une compulsion psychologique chez le criminel. Quelque chose le force – car c'est presque toujours un homme – à accomplir certains actes qui sont une fin en eux-mêmes. L'acte criminel peut être mineur, comme voler des sous-vêtements féminins sur une corde à linge. Mais cela peut aussi être aussi grave que le meurtre en série. Les incendies criminels en série font partie de tels crimes.

» Et si nous avions affaire ici à un pyromane en série, je serais le premier à défendre l'utilité d'un profil psychologique. Mais comme je le disais à Carol juste avant votre arrivée, je ne pense pas que vous ayez ici à Seaford le classique pyromane que la vue d'un feu excite. Ce n'est pas non plus quelqu'un qu'on paie pour le faire. Ce que nous avons, c'est un animal totalement différent. Plutôt le genre hybride.

— Vous pourriez nous expliquer ce que vous entendez par là ? dit Pendlebury qui ne semblait guère convaincu.

— J'en serais heureux, dit Tony en se radossant et en serrant son verre dans ses mains croisées. Éliminons pour commencer l'incendiaire à la solde de quelqu'un. Alors qu'il est vrai qu'une partie des incendies ont probablement exaucé les vœux des propriétaires des bâtiments, dans la vaste majorité des cas, il ne semble pas qu'il y ait eu de gain financier. Pour la plupart, le résultat s'est borné à des dégâts matériels sans conséquences et, dans de rares cas précis, des dommages qui ont affecté des entreprises ou la collectivité.

» Ce ne sont pas non plus des escroqueries à l'assurance : les compagnies sont différentes et il n'y a aucune raison de penser que quelqu'un s'en prendrait à tout un éventail de bâtiments si dissemblables. Il n'y a pas de point commun entre toutes ces affaires, hormis le fait que les incendies ont tous commencé la nuit et, sauf le dernier, ont détruit des bâtiments où il n'y avait personne. Donc, nous n'avons aucune raison de croire qu'il y a un professionnel derrière eux. Nous sommes d'accord ?

Carol se pencha pour remplir son verre.

— Ce n'est pas moi qui vais te contredire.

— Et s'il y avait un mélange de mobiles derrière l'embauche d'un incendiaire ? S'il était par exemple engagé parfois pour gagner de l'argent, d'autres pour escroquer une assurance ? insista Pendlebury.

— Il resterait tout de même trop de cas qui n'entrent pas dans la catégorie, dit Carol. Mon équipe a éliminé l'incendiaire commandité, depuis le début. Donc, Tony, pourquoi ce ne serait pas un attardé mental qui le fait pour le plaisir ?

— Je peux me tromper, dit Tony.

— C'est ça. L'histoire de ta carrière est jonchée d'erreurs, ironisa Carol.

— Merci. Voilà pourquoi je ne pense pas que c'est un malade mental. Tous ces feux ont été soigneusement préparés. Dans la plupart des cas, il n'y a eu aucune trace analysable en dehors de l'identification du départ de feu et l'indice d'un combustible et d'une amorce. Il n'y a pas eu trace d'effraction non plus. S'il n'y avait pas eu un tel nombre de ces incendies sur une période relativement courte, il y aurait des chances pour qu'ils aient été placés dans la catégorie des accidents ou de la négligence. Et cela désignerait un incendiaire commandité, sauf que nous avons déjà éliminé cette possibilité pour d'autres raisons. (Il s'empara des papiers qu'il avait posés à côté de son siège et jeta un rapide coup d'œil à ses notes.) Donc, nous avons quelqu'un qui se maîtrise et qui est organisé, ce que ne sont jamais les pyromanes. Il apporte du matériel et il utilise également ce qu'il trouve sur place. Il sait ce qu'il fait, et pourtant, rien n'indique qu'il est passé à ça après avoir fait des petits feux dans des déchetteries, des jardins ou des chantiers.

» Ensuite, il faut tenir compte du fait que la plupart des pyromanes ont une motivation sexuelle. Quand ils mettent le feu, très souvent ils se masturbent, ils urinent ou ils défèquent sur le site. Nous n'en avons trouvé aucune trace, pas plus que de matériel pornographique. S'il ne se branle pas devant le feu, il le fait probablement depuis un point d'où il assiste au spectacle. Là encore, nous n'avons aucune plainte de gens qui auraient vu quelqu'un s'exhiber dans le voisinage des incendies. Donc, encore un point négatif.

— Et la question de la régularité ? coupa Carol. Il le fait de plus en plus souvent par rapport au début. C'est typique du criminel en série, non ?

— Oui, c'est dans tous les livres sur les serial-killers, ajouta Pendlebury.

— C'est moins vrai des pyromanes, dit Tony. Surtout ceux qui se livrent à des incendies plus sérieux comme ceux-ci. Les intervalles sont imprévisibles. Il peut se passer des semaines, des mois, voire des années sans incendie. Mais dans nos séries, il y a des périodes de grande activité, donc, oui, la régularité de ces incendies pourrait étayer l'idée qu'il s'agit d'un criminel en série. Mais je ne suis pas en train de dire que ces feux sont l'œuvre de plusieurs individus. Je pense que c'est une seule personne. Mais je ne crois tout simplement pas que c'est quelqu'un qui y trouve du plaisir.

— Alors tu veux dire quoi ? demanda Carol.

— Celui qui allume ces feux n'est pas un psychopathe. Je crois qu'il a un mobile très classique pour faire ça.

— Alors, ce serait quoi, ce prétendu mobile ?

— C'est ce que nous ne savons pas encore.

— Détail mineur, ricana Pendlebury.

— En fait, dans un sens, c'est vrai, Jim, intervint Carol. Parce qu'une fois que nous sommes sûrs que ce n'est pas un psychopathe qui opère selon une logique qui lui est propre, nous devrions pouvoir utiliser ce raisonnement pour découvrir ce qui est derrière les incendies. Et une fois cela fait... Eh bien, c'est juste une question de bon travail de policier.

Une expression de contrariété ennuyée s'était peinte sur le visage de Jim Pendlebury, comme un front froid sur une carte météo.

— Mais je ne vois pas d'autre raison d'allumer ces feux que d'y trouver du plaisir.

— Oh, je n'en suis pas si sûr, dit d'un ton léger Tony qui commençait presque à s'amuser.

— Parle, alors, Sherlock Holmes, le supplia Carol.

— C'est peut-être une entreprise de sécurité qui utilise le prétexte des feux pour proposer des veilleurs de nuit. Ou une entreprise d'alarmes-incendie ou d'extincteurs automatiques qui a du mal à joindre les deux bouts. Ou encore...

Il laissa sa phrase en suspens et considéra le commandant des pompiers d'un air pensif.

— Quoi ?

— Jim, vous employez des pompiers à mi-temps ?

Pendlebury eut l'air horrifié. Puis il vit le demi-sourire qui tordait le coin de la bouche de Tony et se méprit totalement sur sa signification. Il se détendit visiblement et sourit.

— Vous êtes à court d'idées, dit-il en lui faisant les gros yeux.

— Si vous le dites, répondit Tony. Mais vous en employez ? Juste par curiosité.

Pendlebury eut un regard hésitant et dubitatif.

— Oui, en effet.

— Peut-être que vous pourriez me donner leurs noms demain ? demanda Carol.

Pendlebury se pencha brusquement en avant et il fixa le visage fermé de Carol. Ses larges épaules semblèrent enfler alors qu'il serrait les poings.

— Mon Dieu, dit-il avec inquiétude. Vous le pensez vraiment, n'est-ce pas, Carol ?

— Nous ne pouvons nous permettre de laisser de côté certaines hypothèses, dit-elle calmement. Ce n'est pas personnel, Jim. Mais Tony a ouvert une piste valide. Je manquerais à mon devoir si je ne la suivais pas.

— Manquer à votre devoir ? dit Pendlebury en se levant. Si mes hommes manquaient au leur, il n'y aurait plus un bâtiment debout dans la ville. Mes gars jouent leur vie chaque fois que ce timbré se paie du bon temps. Et vous êtes là à me dire que ça pourrait être l'un d'eux qui est derrière tout ça ?

Carol se leva à son tour pour le regarder en face.

— J'éprouverais la même chose s'il était question d'un policier ripou. Personne n'accuse personne pour l'instant. J'ai déjà travaillé avec Tony et je jouerais ma carrière que ses suggestions ne sont pas malveillantes. Allez, asseyez-vous et reprenez un verre de vin, dit-elle en lui posant la main sur le bras en souriant. Voyons, ce serait idiot de nous fâcher pour ça.

Lentement, Pendlebury se détendit et se rassit gauchement. Il laissa Carol remplir son verre et parvint même à offrir un demi-sourire à Tony.

— Je suis très protecteur vis-à-vis de mes gars, dit-il.

Tony, impressionné de la manière dont Carol avait si diplomatiquement réglé une situation potentiellement explosive, avait haussé les épaules.

— Ils ont de la chance de vous avoir, se contenta-t-il de dire.

Tant bien que mal, ils parvinrent tous les trois à trouver un sujet de conversation neutre : l'installation de Carol dans la région. Le commandant des pompiers endossa le rôle de l'homme du Yorkshire et entreprit de faire rire tout le monde avec des anecdotes. Ce fut pour Tony une distraction bienvenue qui lui fit momentanément oublier ce qui était arrivé à Shaz Bowman.

Ensuite, au petit matin et dans la solitude de la chambre d'amis de Carol, il n'eut d'autre recours que de tenter d'éteindre les flammes de son imagination. Alors qu'il repoussait la vision cauchemardesque de son visage tordu et mutilé, il promit à Shaz Bowman qu'il exposerait aux yeux du monde l'homme qui lui avait fait cela. Peu importait le prix à payer.

Et Tony Hill était un homme qui en savait long, question paiement.

Jacko Vance était assis dans la salle de projection dotée d'une isolation phonique et de protections électroniques hors pair tout en haut de la maison, toutes portes fermées. Inlassablement, il repassait la bande qu'il avait montée à partir de ses enregistrements des nouvelles de la nuit précédente sur diverses chaînes du câble et du satellite. Toutes avaient en commun la nouvelle de la mort de Shaz Bowman. Ses yeux bleus flamboyaient devant lui, sans cesse, et formaient un contraste excitant avec le souvenir qu'il gardait d'elle.

Ils ne risquaient pas de montrer de telles images. Même tard le soir. Même avec le rectangle blanc.

Il se demandait comment se sentait Donna Doyle. Les informations télévisées n'en avaient pas parlé. Toutes ces filles étaient persuadées d'avoir tout pour devenir des stars, mais le fait est que personne en dehors de lui n'avait éprouvé le moindre intérêt pour elles. Lui, il les trouvait parfaites, elles étaient la représentation suprême de son idéal féminin. Il aimait leur complaisance, leur bonne volonté à croire exactement ce qu'il voulait qu'elles croient. Et la perfection du moment où elles se rendaient compte que cette rencontre n'avait rien à voir avec le sexe et la célébrité, mais tout avec la souffrance et la mort. Il aimait leur regard à ce moment-là.

Quand il voyait ce passage de l'idolâtrie à la terreur, leurs visages semblaient perdre toute individualité. Elles ne ressemblaient plus simplement à Jillie, elles devenaient Jillie. C'est ce qui rendait leur châtiment si facile et si juste.

Et ce qui le rendait également approprié, c'était leur mauvaise foi. Presque toutes ces filles parlaient de leurs familles avec affection. C'était peut-être voilé par le dépit et l'exaspération de l'adolescence, mais à les entendre, il ne faisait aucun doute que leurs mères, leurs pères ou leurs frères et sœurs tenaient à elles, même si leur empressement de salopes à faire tout ce qu'il voulait montrait bien qu'elles ne méritaient pas cette affection. Lui, il avait mérité leur genre de vie – et qu'est-ce qu'il avait eu à la place ?

La colère monta en lui, mais comme un thermostat, son sang-froid la coupa immédiatement. Ce n'était pas le moment ni le lieu de dépenser cette énergie, se rappela-t-il. Sa colère pouvait être canalisée dans un grand nombre de directions variées : radoter inutilement sur ce dont il avait été privé n'en faisait pas partie.

Il se força à respirer calmement et à changer d'état d'esprit. La satisfaction. Voilà ce qu'il devait éprouver. La satisfaction du travail bien fait, d'avoir neutralisé un danger.

Gentil Petit Jack
Sous le clair de lune
Mange une jolie tarte
Enfonce son pouce
Et en sort une prune.

Vance gloussa silencieusement. Il avait enfoncé son pouce, sorti les prunelles scintillantes de Shaz Bowman et entendu vibrer au plus profond de lui son hurlement muet. Cela avait été plus facile que prévu. Il fallait bizarrement très peu forcer pour faire jaillir un œil de son orbite.

Le seul regret, c'était de n'avoir pas pu voir son expression quand il avait versé l'acide dans sa bouche et coupé ses oreilles. Il ne pensait pas éprouver le besoin de recommencer avant un certain temps, mais s'il y avait une prochaine fois, il ferait plus attention à l'ordre dans lequel il procéderait.

Avec un soupir de satisfaction, il rembobina la bande.

Si Micky n'avait pas été si à cheval sur ses habitudes matinales, elles auraient peut-être appris la nouvelle de la mort de Shaz à la radio ou à la télévision. Mais Micky tenait à ne pas écouter les nouvelles du jour tant qu'elle n'était pas dans son bureau fermé, au studio. Aussi les deux femmes avalèrent-elles leur petit déjeuner en écoutant Mozart et reprirent-elles la voiture au son d'un opéra de Wagner. Au studio, personne n'était assez fou pour brandir un journal au nez de Micky quand elle allait de sa voiture à son bureau. En tout cas, celui qui l'avait fait une fois ne recommençait pas une deuxième.

C'est pourquoi, à cause de leur départ matinal qui les avait forcées à se mettre au lit la veille bien avant les nouvelles de la nuit qui avaient alerté Jacko, ce fut Betsy qui éprouva la première le choc en reconnaissant la photo de Shaz. Bien qu'atténués par les procédés d'impression, ses yeux bleus étaient tout de même la première chose qui accrochait le regard.

— Mon Dieu, souffla Betsy en contournant le bureau de Micky pour mieux voir la une du journal.

— Qu'est-ce qu'il y a ? demanda Micky sans s'interrompre dans son petit rituel consistant à ôter sa veste, l'accrocher au portemanteau et vérifier les faux plis.

— Regarde, Micky, dit Betsy en lui tendant le *Daily Mail*. Ça n'est pas la policière qui est venue à la maison samedi ? Juste au moment où on partait ?

Micky lut inconsciemment le titre énorme avant de voir la photo : assassinée. Son regard passa ensuite sur le visage souriant de Shaz Bowman coiffée de la casquette de la police de Londres.

— Il ne peut pas y en avoir deux comme elle, dit-elle.

Elle s'assit lourdement sur l'un des sièges visiteurs en face de son bureau et lut l'article mélodramatique qui tenait lieu d'épitaphe. Les mots « cauchemar », « sanguinolent », « boucherie », « souffrances » et « cruauté » lui sautèrent à la gorge. Elle se sentit étrangement nauséeuse.

Au cours d'une carrière télévisuelle qui avait couvert des guerres, des massacres et des drames individuels, Micky n'avait jamais eu à traiter le cas de quelqu'un qu'elle connaissait personnellement. Bien qu'elle ne connût que très vaguement Shaz Bowman, l'événement était d'autant plus choquant qu'il était sans précédent.

— Seigneur, dit-elle en s'attardant sur les syllabes. (Elle leva les yeux vers Betsy qui vit son visage bouleversé.) Elle était chez nous samedi matin. D'après l'article, elle aurait été assassinée samedi soir ou dimanche matin. On lui a parlé. Et quelques heures après, elle était morte. Mais qu'est-ce qu'on va faire, Betsy ?

Betsy vint s'accroupir auprès de Micky et posa les mains sur ses cuisses en levant les yeux vers elle.

— Nous n'allons rien faire du tout, dit-elle. Ce n'est pas à nous d'agir. Elle est venue voir Jacko, pas nous. Elle n'a rien à voir avec nous.

— On ne peut pas *ne rien faire*, protesta Micky d'un air consterné. Celui qui l'a tuée a dû la guetter quand elle quittait la maison. Cela permet au moins à la police de savoir qu'elle était en vie et qu'elle circulait librement dans Londres le samedi matin. On ne peut pas laisser passer ça, Betsy.

— Ma chérie, respire un bon coup et réfléchis à ce que tu racontes. Ce n'est pas une victime ordinaire. Elle était officier de police. Ce qui signifie que ses collègues ne se contenteront pas d'une déposition sur un feuillet disant qu'elle est venue chez nous et repartie. Ils vont passer notre vie au peigne fin et on ne sait jamais, ils peuvent trouver quelque chose qui ne les regarde pas. Tu sais comme moi que nous ne pourrons pas supporter qu'on fouille à ce point notre existence. Moi je dis qu'il faut laisser ça à Jacko. Je vais l'appeler et lui dire de déclarer que nous étions parties quand elle est arrivée. C'est ce qu'il y a de plus simple.

Micky la repoussa violemment. Le fauteuil glissa sur la moquette et Betsy faillit tomber à la renverse. Micky bondit sur ses pieds et se mit à arpenter nerveusement la pièce.

— Et qu'est-ce qui se passe s'ils commencent à interroger les voisins et qu'une vieille peau fouineuse leur dit qu'elle a vu l'inspecteur Bowman arriver quand nous partions ? D'ailleurs, c'est à moi qu'elle a téléphoné en premier. J'ai pris le rendez-vous. Et si elle a griffonné ça sur son agenda ? Et si elle a enregistré la conversation téléphonique, bon Dieu ? Je n'arrive pas à croire que tu puisses penser qu'il vaut mieux ne rien dire.

Betsy se remit péniblement debout, rentrant le menton, les mâchoires serrées.

— Si tu arrêtais de faire des drames pour un rien, tu verrais que je suis sensée, grinça-t-elle. (Elle avait passé trop de temps à donner à Micky des conseils qu'elle observait scrupuleusement pour abandonner ce rôle maintenant qu'il était devenu crucial.) Il n'en sortira rien de bon, ajouta-t-elle d'une voix de mauvais augure.

Micky s'immobilisa à son bureau et s'empara du téléphone.

— J'appelle Jacko, dit-elle en regardant sa montre. Il ne sera pas encore levé. Au moins, je pourrai lui annoncer la nouvelle moins brutalement que les journaux.

— Très bien. Peut-être qu'il réussira à te faire entendre raison, ironisa Betsy.

— Je n'appelle pas pour lui demander la permission, Betsy. J'appelle pour lui dire que je vais téléphoner à la police. (Tout en composant rageusement le numéro personnel de son mari, Micky regardait tristement sa compagne.) Seigneur, je n'arrive pas à croire que tu aies à ce point la trouille pour te persuader de ne pas agir comme il convient.

— Ça s'appelle l'amour, dit tristement Betsy en se tournant pour dissimuler les larmes de colère et d'humiliation qui lui montaient brusquement aux yeux.

— Non, Betsy, ça s'appelle la peur... Allô, Jacko? C'est moi. Écoute, j'ai une nouvelle horrible à t'annoncer.

Betsy se retourna et contempla le visage expressif de Micky encadré de ses cheveux blonds et soyeux. C'était un spectacle qui l'avait comblée pendant des années. Et à présent, tout ce qu'elle éprouvait, c'était la prémonition déraisonnable et incompréhensible d'une catastrophe imminente.

Jacko s'adossa à ses oreillers et réfléchit à ce qu'il venait d'entendre. Lui-même avait envisagé d'appeler la police. D'un côté, cela plaidait pour son innocence, puisque, pour autant qu'on sache, personne en dehors de la maisonnée ne savait que l'inspecteur Bowman était venue. D'un autre côté, cela donnait l'impression qu'il était un peu trop pressé de se retrouver impliqué dans une enquête sur un meurtre spectaculaire. Et quiconque avait lu des ouvrages sur les assassins psychopathes, savait notamment que le meurtrier essayait souvent de participer à l'enquête.

Laisser ce soin à Micky était d'une certaine manière nettement plus sûr. Cela prouvait implicitement son innocence: c'était son épouse dévouée, dégoulinante d'une probité reconnue de tous, et on ferait donc pleinement confiance à sa version des événements. Il savait qu'il valait mieux la laisser aller à la police dès qu'elle avait appris la nouvelle, et comme c'était bien avant l'heure à laquelle il se levait, personne ne mettrait en doute qu'il n'était pas au courant et n'avait donc rien dit. Parce que vous voyez, monsieur l'agent, il était trop occupé pour regarder les nouvelles hier soir. Vous savez, parfois il a à peine le temps de regarder sa propre émission, sans parler de celle de sa femme !

Ce qu'il fallait faire, maintenant, c'était mettre sur pied sa stratégie. Il était évident qu'il n'aurait pas à se trimballer jusqu'à Leeds pour parler aux bouseux chargés de l'enquête : ils viendraient jusqu'à lui, c'était certain. S'il se trompait, il ne ferait pas intercéder tout de suite ses connaissances pour obtenir un traitement de faveur. Il jouerait le jeu, en homme magnanime qui n'a rien à cacher. Mais oui, je vais signer un autographe pour votre femme, inspecteur.

L'important, pour l'instant, c'était de planifier. D'imaginer toutes les possibilités et de se figurer à l'avance comment les affronter. La planification était le secret de sa réussite. C'était une leçon qu'il avait pratiquement dû apprendre à ses dépens. La première fois, il n'avait pas vraiment envisagé toutes les éventualités à l'avance. Il s'était laissé étourdir par les possibilités qui s'offraient à lui et il ne s'était pas rendu compte à quel point il était nécessaire de faire des projections de toutes les issues possibles de la situation et de la manière de les gérer. À l'époque, il n'avait pas encore le cottage dans le Northumberland et il comptait imprudemment sur une cabane de randonneurs qu'il avait repérée sur la lande durant les promenades de sa jeunesse.

Il avait pensé que personne n'utiliserait l'endroit au cœur de l'hiver et il savait qu'on pouvait le rejoindre en voiture par une ancienne piste. Comme il n'osait pas laisser sa victime en vie, il avait dû l'achever la nuit même où il l'y avait amenée. Mais il avait presque atteint l'aube le temps qu'elle rende son dernier soupir. Il avait fallu la retenir prisonnière, transporter le lourd étau destiné à lui broyer le bras, puis la tuer en l'étranglant avec un collet fait d'une corde de guitare – symbolique, il y avait songé sur le moment, de l'une des autres carrières qu'il n'avait pu réussir – : il avait été trop épuisé par ses efforts pour l'enterrer. Il avait décidé de la laisser où elle était et de revenir la nuit suivante s'occuper de sa carcasse.

Jacko retint son souffle à ce souvenir. Il était sur la route principale, à quelques kilomètres seulement de la piste, lorsque la radio avait annoncé que le corps d'une jeune femme avait été découvert une heure plus tôt par un groupe de randonneurs. Sous le choc, il avait failli perdre le contrôle de la Land Rover.

Il avait réussi tant bien que mal à se reprendre et à rentrer, trempé de sueur. Curieusement, il n'avait pas laissé assez d'indices pour qu'on remonte la piste jusqu'à lui. On ne l'avait pas interrogé. Pour autant qu'il sût, on n'avait même pas pensé à lui. Le lien entre la fille et lui était si mince qu'il était insignifiant.

Cette expérience lui avait appris trois choses capitales. Premièrement, il fallait qu'il trouve une manière de faire durer les choses pour pouvoir savourer ses souffrances tandis qu'elle subissait le même supplice qu'il avait enduré.

Deuxièmement, l'acte de tuer ne lui plaisait pas vraiment. Il aimait ce qui y conduisait, la souffrance et la terreur, et puis la sensation de pouvoir qu'il éprouvait devant cette vie à sa merci, mais se débarrasser d'une jeune femme robuste et en bonne santé n'était pas amusant. C'était une vraie corvée, avait-il jugé. Peu lui importait qu'elles meurent de septicémie ou de désespoir, il préférait ne pas avoir à le faire lui-même.

Enfin, troisièmement, il lui fallait un endroit sûr, au propre comme au figuré. Micky, le Northumberland et le bénévolat auprès des malades au stade terminal avaient fourni une triple réponse. Pendant les six mois qu'il lui avait fallu pour tout mettre en place, il avait simplement dû patienter. Cela n'avait pas été facile, mais cela n'avait rendu la suivante que plus délicieuse.

Et il n'allait pas abandonner ces délices secrètes simplement parce que Shaz Bowman s'était crue plus maligne que lui. Tout ce qu'il fallait, c'était bien planifier.

Jacko ferma les yeux et réfléchit.

Carol prit une profonde inspiration et frappa à la porte. Une voix familière l'invita à entrer et elle pénétra dans le bureau de Jim Pendlebury comme s'il n'y avait jamais eu la moindre friction entre eux.

— Bonjour, Jim, dit-elle d'un ton enjoué.

— Carol, dit-il. Vous m'apportez des nouvelles ?

Elle s'assit en face de lui en secouant la tête.

— Je suis venue pour la liste des pompiers à mi-temps dont nous avons parlé hier soir.

Il écarquilla les yeux.

— Vous ne poursuivez pas encore cette idée idiote après une nuit de sommeil ? dit-il d'un ton méprisant. Je croyais que vous disiez ça pour faire plaisir à votre invité.

— Quand il s'agit d'enquêtes criminelles, je soutiens les idées de Tony Hill contre les vôtres.

— Vous pensez que je vais rester à vous regarder transformer mes gars en boucs émissaires ? dit-il en baissant la voix. Alors que c'est eux qui risquent leur vie chaque fois qu'on les appelle ?

Carol soupira, vexée.

— J'essaie de mettre un terme à ces risques. Pas seulement pour vos hommes, mais pour les pauvres types comme Tim Coughlan qui, lui, ne savait pas qu'il en prenait un. Vous ne comprenez donc pas ? Ce n'est pas une chasse aux sorcières. Je ne suis pas là pour piéger un innocent. Si vous pensez que c'est mon intention, alors vous ne me connaissez sûrement pas assez bien pour avoir le droit de vous pointer chez moi sans prévenir ni y être invité et penser pouvoir recommencer.

De longues secondes s'égrenèrent pendant lesquelles ils restèrent à se toiser. Puis Pendlebury secoua la tête avec résignation en serrant les lèvres.

— Je vais vous donner la liste, dit-il à contrecœur. Mais vous n'y trouverez pas votre pyromane.

— J'espère que non, dit-elle calmement. Je sais que vous ne me croyez pas, mais je ne tiens pas à ce que ce soit l'un de vos hommes, pas plus que cela me ferait plaisir de découvrir un cas de corruption dans les miens. C'est quelque chose qui nous déconsidère tous. Mais je ne peux pas ignorer cette possibilité maintenant qu'on me l'a indiquée d'une façon aussi convaincante.

Il fit pivoter son fauteuil pour atteindre le classeur à tiroirs. Il ouvrit celui du bas et en sortit une feuille de papier. D'un petit mouvement du poignet, il la fit voler sur le bureau jusqu'à elle. Y figuraient simplement les noms et coordonnées des douze pompiers à mi-temps de Seaford.

— Merci, dit Carol. J'apprécie votre geste. (Elle s'apprêta à partir, puis elle se retourna comme s'il lui venait une arrière-pensée.) Autre chose, Jim. Ces incendies. Dépendent-ils d'une seule division ou bien d'autres peuvent-elles s'en occuper ?

Il fit une moue.

— Ils sont tous sur le territoire de la caserne centrale. Si ça n'avait pas été le cas, vous ne repartiriez pas avec cette feuille.

Cela confirma ce qu'elle pensait déjà.

— Je me disais bien que ce serait quelque chose comme ça, dit-elle d'un ton conciliant. Croyez-moi, Jim, personne ne sera plus heureux que moi si tous vos gars se révèlent innocents.

Il se détourna.

— Ils le sont. Je les connais. Je leur ai confié ma vie. Votre psychologue… Il ne connaît rien à tout ça.

Carol gagna la porte. Elle l'ouvrit et se retourna. Il la fixait.

— Nous verrons bien, Jim.

Les talons garnis d'acier de ses bottes marron cliquetèrent dans l'escalier tandis qu'elle courait vers la sécurité anonyme de sa voiture. Elle était profondément peinée que Jim Pendlebury soit si convaincu qu'elle cherchait à faire porter le bonnet à l'un de ses hommes.

— Et merde ! fit-elle en claquant la porte et en enfonçant rageusement la clé de contact. Et merde !

Se fondant sur le principe que tout psychologue digne de ce nom décèlerait immédiatement toute tentative de manipulation, ils avaient manifestement décidé de s'épargner les finesses. Malgré tout, ils avaient tenu compte du rang de Tony. C'étaient le superintendant McCormick et l'inspecteur Colin Wharton qui lui faisaient face côte à côte à l'autre bout de l'étroite table de la salle d'interrogatoire. Le magnétophone était en marche. Ils ne s'étaient pas donné la peine de lui faire croire que c'était pour son bien.

Ils avaient d'abord évoqué la découverte du corps. Leurs questions étaient directement destinées à lui faire contredire sa déclaration selon laquelle il n'était encore jamais allé chez Shaz et ignorait quelles fenêtres étaient les siennes. À présent, ils passaient à des sujets pour lesquels il était moins évident de se justifier. Mais Tony n'était pas pris au dépourvu. Il s'attendait à ce que ce soit très pénible. Pour commencer, il n'était pas vraiment flic, donc, s'ils cherchaient un bouc émissaire, il constituerait un choix plus acceptable que l'un des membres de son équipe. Ajoutez à cela le mécontentement des policiers d'avoir été obligés de fournir des locaux et des ressources à une bande de nouveaux venus menés par un scientifique de l'Intérieur qu'ils considéraient comme à peine moins suspect que le chef d'une secte satanique, et le résultat était simple : il ne pouvait que cacher quelque chose. Gardant cela à l'esprit, il s'était mentalement passé les différents scénarios possibles avant d'ouvrir les yeux. Son inquiétude concernant l'interrogatoire l'avait préoccupé pendant tout le petit déjeuner, malgré tous les efforts que faisait Carol pour le rassurer et lui affirmer qu'il ne s'agissait que d'une routine.

Dans le train de Leeds, il avait fixé le paysage par la fenêtre sans rien voir, pensant seulement à trouver un moyen de convaincre ses interlocuteurs de chercher en dehors du cercle d'amis et de collègues de Shaz pour pincer leur coupable. Maintenant qu'il affrontait la réalité, il regrettait de ne pas avoir plutôt pris le train de Londres. Les muscles de ses épaules étaient déjà noués. Il sentait même la raideur monter le long de sa nuque jusqu'à son crâne. Il allait avoir un fichu mal de crâne.

— Reprenez depuis le début, dit brutalement McCormick.

— Quand avez-vous connu l'inspecteur Bowman ? demanda Wharton.

Au moins, ils ne jouaient pas au bon et au méchant flic. Ils montraient l'un comme l'autre leur véritable nature sans aucune gêne : celle d'interlocuteurs hostiles.

— Le commandant Bishop et moi l'avons reçue à Londres il y a environ huit semaines. La date exacte figure dans l'agenda du bureau.

Il parlait d'une voix neutre et calme, grâce à un effort de volonté. Seul un analyseur de stress vocal aurait pu détecter les infimes tremblements sous la surface. Heureusement pour Tony, la technologie n'avait pas pénétré jusqu'ici.

— Vous l'avez reçue ensemble ? questionna McCormick.

— Oui. Suite à l'entretien, le commandant Bishop s'est retiré et je lui ai fait passer des tests psychologiques. Ensuite, elle est partie et je ne l'ai pas revue avant le début du séminaire.

— Combien de temps êtes-vous resté seul avec Bowman ? continua McCormick.

Wharton était adossé à sa chaise et fixait Tony avec un mélange très professionnel de mépris, de soupçon et de perplexité.

— Il faut environ une heure pour passer ces tests.
— Suffisamment pour connaître quelqu'un, alors.
— Cela ne laisse pas le temps d'avoir des conversations. En fait, ce serait improductif. Nous essayons d'avoir le processus de sélection le plus objectif possible.
— La décision de la prendre dans l'équipe a été unanime ?
Tony hésita un instant. S'ils n'avaient pas déjà parlé à Paul Bishop, ce n'était qu'une question de temps. Ce n'était pas la peine d'éluder la vérité.
— Paul émettait des réserves. Il pensait qu'elle était trop passionnée. J'ai avancé que nous avions besoin de diversité dans l'équipe. Aussi a-t-il donné son accord et moi j'ai accepté l'un de ses candidats pour lesquels j'étais moins enthousiaste.
— Et c'était lequel ? demanda McCormick.
Tony était trop malin pour tomber dans ce piège.
— Vous feriez mieux de poser la question à Paul.
Wharton se pencha brusquement en avant, son visage aux traits grossiers sous le nez de Tony.
— Vous la trouviez attirante, hein ?
— Qu'est-ce que c'est que cette question ?
— Une question la plus directe possible. Oui ou non. Vous la trouviez attirante ? Elle vous plaisait ?
Tony marqua une pause pour choisir prudemment les termes de sa réponse.
— J'ai noté que son physique la rendait séduisante pour beaucoup d'hommes, oui. Personnellement, elle ne m'attirait pas sexuellement.
Wharton ricana.
— Qu'est-ce que vous en savez ? D'après ce qu'on m'a dit, vous réagissez pas comme la plupart des mecs, hein ?
Tony frémit comme si on l'avait frappé. Un tremblement parcourut ses muscles tendus et il sentit son estomac se nouer. L'enquête qui avait inévitablement suivi l'affaire sur laquelle il avait travaillé avec Carol Jordan l'année précédente avait forcément mis en lumière ses

problèmes sexuels. On lui avait promis une confidentialité absolue, et s'il pouvait en juger d'après les réactions des officiers de police qu'il avait rencontrés ensuite, c'était vrai. Et brusquement, du jour au lendemain, la mort de Shaz Bowman semblait l'avoir dépouillé de ce droit à la confidentialité. Il se demanda un instant comment il avait obtenu cette information, espérant que cela ne signifiait pas que son impuissance deviendrait le prochain sujet de conversation dans le commissariat.

— Ma relation avec Shaz Bowman était purement professionnelle, dit-il en se forçant à rester calme. Ma vie privée n'a rien à faire avec cette enquête.

— Ça, c'est nous qui en décidons, lâcha McCormick.

Sans attendre, Wharton continua :

— Vous dites que votre relation était purement professionnelle. Mais nous avons des dépositions selon lesquelles vous passiez plus de temps avec Bowman qu'avec les autres membres de l'équipe. Des policiers qui arrivaient le matin vous trouvaient tous les deux en pleine conversation. Elle restait après les séminaires pour vous parler en particulier. Une relation très intime semble s'être développée entre vous.

— Il n'y avait rien d'indécent entre Shaz et moi. J'ai toujours été très matinal. Vérifiez auprès de quiconque a travaillé avec moi. Shaz avait des problèmes de compréhension de notre logiciel et elle est venue avant les cours pour me demander conseil. Et en effet, elle restait après les cours pour me poser des questions, mais c'est parce qu'elle était passionnée par son travail, et non pas pour des raisons sordides. Si votre enquête vous avait appris quoi que ce soit sur Shaz Bowman, vous sauriez que la seule chose dont elle était amoureuse, c'était de son travail.

Il respira un bon coup. Il y eut un long silence. Puis McCormick reprit :

— Où étiez-vous samedi ?

Tony secoua la tête, stupéfait.

— Vous perdez votre temps avec ça. Vous devriez l'employer à attraper l'assassin, pas à essayer de donner à l'un de nous l'apparence d'un coupable. Nous devrions parler de la signification de ce que l'assassin a fait à Shaz, de la raison pour laquelle il a laissé le dessin des trois singes sur son cadavre, du fait qu'il n'y avait pas eu d'agression sexuelle ni de traces analysables.

McCormick plissa les paupières.

— C'est intéressant que vous soyez si certain qu'il n'y avait pas de traces analysables. Dites-moi, comment se fait-il que vous le sachiez ?

— Je ne le *sais* pas, grogna Tony. Mais j'ai vu le corps et le lieu du crime. D'après mon expérience des assassins psychopathes, c'est le scénario le plus plausible.

— Un officier de police ou quelqu'un qui travaille étroitement avec la police connaît la signification des traces, dit McCormick d'un ton étrange.

— Tous les gens qui regardent la télé ou qui savent lire le savent aussi, rétorqua Tony.

— Mais ils ne savent pas tous comment faire disparaître les traces de leur présence, comme les gens qui ont l'habitude de voir les techniciens du labo faire en sorte de ne pas contaminer le lieu du crime, n'est-ce pas ?

— Alors, vous êtes en train de me dire qu'il n'y a pas de traces ? lança Tony en s'accrochant à la seule information qui semblait significative.

— Non, je n'ai pas dit ça, rétorqua McCormick d'un ton triomphant. Celui qui a tué Sharon Bowman pense probablement qu'il n'a pas laissé de trace. Mais il se trompe.

L'esprit de Tony fonctionnait à toute allure. Ce ne pouvait être des empreintes digitales ou des traces de pas : cela aurait été totalement incohérent avec la précision maniaque de ce tueur. Peut-être des cheveux ou des fibres. Des cheveux ne seraient utiles que s'ils trouvaient un suspect sérieux auquel les comparer. La piste des fibres, en revanche, ne pourrait être suivie que par un expert. Il espéra que la police du West-Yorkshire utilisait les meilleurs.

— Tant mieux, se contenta-t-il de dire.

McCormick s'étrangla.

Wharton ouvrit une chemise et posa une feuille devant Tony.

— Pour l'enregistrement, dit-il à l'adresse du magnétophone, je suis en train de montrer au Dr Hill une photocopie de l'agenda de l'inspecteur Bowman à la page de la semaine de son décès. Le jour de sa mort, sont inscrits deux rendez-vous : JV, 9 h 30. Et la lettre *T*. J'affirme, docteur Hill, que vous étiez convenu de retrouver Shaz Bowman le samedi. Que vous l'avez en fait vue ce samedi.

Tony se passa une main dans les cheveux. La confirmation de l'idée de Carol, selon laquelle Shaz avait soumis à Vance ce qu'elle savait, ne lui donna aucune satisfaction.

— Inspecteur, je ne suis convenu d'aucun rendez-vous. La dernière fois que j'ai vu Shaz en vie, c'était à la fin de notre séance de travail le vendredi. Ce que je faisais ce samedi n'a aucun rapport avec cette enquête.

— Je n'en suis pas si sûr, dit McCormick à voix basse en se penchant en avant. Ce *T* signifie Tony. Elle aurait pu vous donner rendez-vous. Elle aurait pu vous voir en dehors des heures de travail, loin des locaux de la cellule, et son petit copain aurait pu le découvrir et se laisser emporter. Peut-être qu'il l'a mise au pied du mur et qu'elle a avoué que vous lui plaisiez plus que lui ?

Tony eut une grimace méprisante.

— C'est tout ce que vous avez trouvé ? C'est lamentable, McCormick. J'ai reçu des patients qui avaient des fantasmes plus crédibles. Vous reconnaissez tout de même que ce qui importe dans cet agenda, c'est « JV. 9 h 30 » ? Shaz avait peut-être *l'intention* de me contacter après ce rendez-vous, mais elle n'est jamais arrivée jusqu'à moi. Si vous vous intéressez à ce qu'a fait l'assassin le samedi après-midi, vous devriez vérifier l'emploi du temps de Jacko Vance et de son entourage.

À peine le nom eut-il franchi ses lèvres que Tony comprit qu'il avait tout gâché. McCormick secoua la tête avec pitié et Wharton bondit sur ses pieds, faisant grincer sa chaise sur le lino bon marché.

— Jacko Vance s'efforce de *sauver* des vies, pas de les prendre. C'est vous qui avez un meurtre sur la conscience, hurla Wharton. Vous avez déjà tué quelqu'un, n'est-ce pas, docteur Hill ? Et comme le répètent toujours les psychologues, une fois que le tabou du meurtre est brisé, c'est pour de bon. Qui a tué… remplissez vous-même le blanc, docteur. Remplissez-le, ce foutu blanc.

Tony ferma les yeux. Sa poitrine lui faisait mal, comme s'il avait reçu un coup sur le diaphragme qui l'avait suffoqué. Tous les progrès qu'il avait faits l'an passé étaient effacés et il respirait à nouveau l'odeur de sueur et de sang, il les sentait qui lui poissaient les mains, il entendait les cris qui s'arrachaient de sa propre gorge, il sentait encore le baiser de Judas. Il rouvrit brusquement les yeux et considéra Wharton et McCormick avec une haine dont il avait oublié qu'il était capable.

— Ça suffit, dit-il en se levant. La prochaine fois que vous voulez me parler, vous devrez me mettre en état d'arrestation. Et je vous conseille gentiment de vous assurer que mon avocat sera là quand vous le ferez.

Seul son désir de ne pas leur donner satisfaction lui permit de tenir le coup alors qu'il sortait de la salle et traversait le commissariat pour regagner l'air pur. Personne ne fit un geste pour l'arrêter. Il traversa le parking, pressé d'atteindre la rue avant que son estomac ne perde la bataille contre son petit déjeuner. Au moment où il atteignait le trottoir, une voiture s'arrêta à sa hauteur et la vitre côté passager se baissa. Les boucles sombres de Simon McNeill se penchèrent vers lui.

— Je vous dépose ?

Tony se recroquevilla comme s'il avait pris un coup.

— Non… Je… Non, merci.

— Allez, insista Simon. Je vous attendais. Ils m'ont gardé la moitié de la nuit. Ils essaient de me coller ça sur le dos s'ils le peuvent. Il faut qu'on trouve qui a tué Shaz avant qu'ils décident que le moment est venu d'arrêter quelqu'un.

Tony se pencha à la portière.

— Simon, écoutez-moi avec attention. Vous avez raison, ils veulent que ce soit l'un de nous. Je ne suis pas certain qu'ils aillent jusqu'à fabriquer des preuves contre quelqu'un. Mais je n'ai pas l'intention d'attendre de voir ce qui va se passer. J'ai l'intention de trouver qui est derrière tout ça et je ne peux pas vous y associer. C'est assez dangereux de se retrouver face à un homme capable de faire ce qu'il a fait à Shaz. Ce sera assez difficile comme ça pour moi de surveiller mes arrières sans avoir à assurer les vôtres. Vous êtes peut-être un bon inspecteur, mais quand il s'agit d'affronter un psychopathe, vous êtes un débutant complet. Alors rendez-nous service à tous les deux. Je vous en prie. Rentrez chez vous. Digérez votre chagrin. N'essayez pas de jouer les héros, Simon. Je n'ai pas envie d'en enterrer un autre.

Simon eut l'air prêt à fondre en larmes et à le frapper.

— Je ne suis pas un gosse. Je suis un policier expérimenté. J'ai travaillé à la criminelle. J'avais de l'affection pour elle. Vous ne pouvez pas m'écarter comme ça. Vous ne pouvez pas m'empêcher de coincer ce salaud.

Un long soupir.

— Non, je ne peux pas. Mais Shaz aussi était un policier expérimenté. Elle avait aussi travaillé sur des meurtres. Elle savait qu'elle était en train de secouer la cage d'un tueur. Et elle a quand même été éliminée. Pas simplement tuée, mais réduite à néant. Ce ne sont pas les méthodes habituelles de la police qui vont permettre de résoudre cette affaire, Simon. Ce n'est pas la première fois que je fais cela. Croyez-moi, je sais ce que c'est et je ne le souhaite à personne. Rentrez chez vous, Simon.

Dans un crissement de pneus sur le goudron, la voiture de Simon s'arracha du trottoir. Tony le vit braquer dans la première à gauche trop vite, puis l'aile arrière disparut. Il espéra que ce serait le plus gros risque que Simon prendrait tant que l'assassin de Shaz ne serait pas sous les verrous. Il savait qu'un accident de la route serait le moindre de ses soucis.

4

Il y a quelque chose de bien, dans le délire. Quand une sueur fébrile commença à couler sur son visage et ajouta une couche supplémentaire à la crasse aigre qui couvrait sa peau poisseuse, cela voulut dire qu'elle pouvait s'échapper dans des hallucinations infiniment préférables à la réalité.

Donna Doyle gisait recroquevillée contre le mur et s'accrochait aux chimères des souvenirs d'enfance comme s'ils avaient pu en quelque sorte la sauver. Une année, son père et sa mère l'avaient emmenée à la foire à Leeds. La barbe à papa, les hot dogs à l'oignon frit, le kaléidoscope de couleurs des manèges, la ville qui, vue du haut de la grande roue tournant doucement dans l'air froid de la nuit, ressemblait à une vitrine scintillante de bijoutier, avec les néons de la foire comme un tapis à ses pieds.

Son père lui avait gagné un gros ours en peluche, à la fourrure rose fluo, avec un grand sourire lunaire sur sa tête toute blanche. C'était le dernier cadeau qu'il lui avait donné avant de mourir. Tout ça, c'était sa faute, se dit Donna en larmoyant. S'il n'était pas mort, rien de tout ça ne serait arrivé. Ils n'auraient pas été pauvres et elle n'aurait pas eu à rêver de devenir une star de la télé, elle aurait pu écouter sa mère, rester à l'école et aller à l'université ensuite.

Des larmes coulèrent de ses yeux tandis qu'elle cognait le mur de son poing gauche.

— Je te déteste! cria-t-elle à l'adresse de l'image vacillante d'un homme au visage mince qui adorait sa fille. Je te déteste, salaud!

Ces sanglots incohérents l'épuisèrent et lui permirent heureusement de sombrer dans l'inconscience.

5

Léon avait perdu le côté flambeur qui le distinguait de ses collègues. À présent, il se murait derrière le visage vide et insolent qu'il avait vu sur trop de jeunes Noirs, dans les cellules des commissariats comme dans la rue. Sa rue. Il portait peut-être la carte qui disait qu'il était de la maison comme eux, mais les deux hommes assis en face de lui à la table de la salle d'interrogatoire étaient quand même l'ennemi.

— Alors, Leon, disait Wharton d'un ton apparemment plein de bonne humeur, ce que tu nous dis concorde avec ce que nous avons déjà entendu de la bouche de l'agent Hallam. Tous les deux, vous vous êtes retrouvés à 16 heures et vous êtes allés au bowling. Ensuite, vous vous êtes retrouvés au pub, le Cardigan Arms, après quoi vous avez rejoint Simon pour un curry, conclut-il avec un sourire encourageant.

— Donc, ni l'un ni l'autre n'avez tué Shaz Bowman, dit McCormick.

Léon l'avait pris pour un raciste, avec sa trogne rose impersonnelle, ses yeux durs et froids et sa bouche humide perpétuellement au bord du ricanement méprisant.

— Aucun de nous n'a tué Shaz, les *mecs*, dit Leon en insistant exprès sur le dernier mot. Elle était des nôtres. Peut-être qu'on ne faisait pas équipe depuis longtemps, mais on savait comment se serrer les coudes. Vous perdez votre temps avec nous.

— Il faut qu'on suive la procédure, mon gars, tu le sais bien, dit Wharton. Tu vas devenir profileur, tu sais que 90 % des meurtres sont commis par un membre de la famille ou un partenaire sexuel. Bon, quand Simon est arrivé, il avait l'air de quoi ?

— Je vois pas ce que vous voulez dire.

— OK. Il avait l'air agité, énervé, dans tous ses états ?

— Rien de tout ça. Non, il était un peu taciturne, mais j'attribue ça au fait que Shaz était pas là. Je crois bien qu'elle lui plaisait et qu'il était déçu qu'elle vienne pas.

— Qu'est-ce qui te fait dire qu'elle lui plaisait ?

— Des trucs, dit évasivement Leon en écartant les bras. Sa manière de vouloir l'impressionner, de la regarder, de toujours lui demander son avis dans les conversations. C'est ce que fait un mec intéressé, vous voyez ce que je veux dire ?

— Penses-tu qu'elle s'intéressait à lui ?

— Je crois pas que Shaz s'intéressait à quiconque. Pas au point de vue baise. Elle était trop obsédée par le boulot, si vous voulez mon avis. Je crois pas que Simon aurait pu avoir la chance de conclure avec elle. Il aurait fallu qu'il lui offre un truc qu'elle voulait à tout prix, comme la piste d'un serial-killer.

— Est-ce qu'il a dit qu'il était passé chez elle ? coupa McCormick.

— Non, il l'a pas dit. Mais qui l'aurait dit ? Je veux dire, quand on a l'impression qu'une nana vous a posé un lapin, on s'en vante pas à tout le monde. Rien dire, ça a rien d'étrange. Dire quelque chose et s'exposer à ce que tous les autres vous chambrent avec ça, ça c'est étrange.

Leon alluma une cigarette et regarda McCormick d'un œil atone.

— Qu'est-ce qu'il portait ? demanda Wharton.

Leon plissa le front pour se souvenir.

— Un blouson en cuir, un polo vert bouteille, un jean noir et des Docs noires.

— Pas de chemise en flanelle ?

— Pas quand il est arrivé. Pourquoi ? Vous avez trouvé des fibres de flanelle sur les vêtements de Shaz ?

— Pas sur ceux de Shaz, dit Wharton. Nous pensons qu'elle a été...

— Je ne crois pas que nous allons dévoiler les détails des conclusions du laboratoire pour l'instant, coupa McCormick d'un ton ferme. Ça ne vous a pas inquiétés que l'inspecteur Bowman ne vienne pas à cette soirée ?

Leon haussa les épaules en soufflant la fumée.

— Inquiétés, non. Kay a conclu qu'elle avait dû trouver mieux à faire. Moi, je me suis dit qu'elle avait le nez sur son écran et qu'elle bossait chez elle.

— Un peu le genre chouchou du prof ? demanda Wharton en faisant semblant d'être compréhensif.

— Nan. C'était juste une bosseuse, c'est tout. Écoutez, vous devriez pas plutôt courir après le salaud qui a fait ça au lieu de perdre votre temps avec nous ? Vous allez pas trouver son assassin dans la cellule. On a signé pour résoudre des affaires comme celle-là, pas pour les commettre, les mecs.

— Oui, dit Wharton. Donc plus vite ce sera réglé, mieux ce sera. Nous avons besoin de ton aide, Leon. Tu es inspecteur, tu as de l'expérience, mais tu as aussi de l'instinct, sinon tu ne serais pas membre de la cellule. Fais-nous bénéficier de tes intuitions. Comment tu le sens, Tony Hill ? Je veux dire, tu sais qu'il ne voulait pas de toi dans son équipe, n'est-ce pas ?

Tony fixait l'écran bleu foncé. McCormick et Wharton lui avaient peut-être interdit l'accès des locaux de la cellule, mais soit ils ignoraient l'existence du réseau informatique du groupe, soit ils ne savaient pas comment l'empêcher de s'en servir. La configuration était simple. C'était nécessaire : les gens qui l'utilisaient étaient moins doués en informatique qu'un gosse de sept ans. Tous les PC du bureau étaient reliés à un serveur. Une connexion par modem permettait à n'importe quel membre de l'équipe qui travaillait hors des locaux de sauvegarder ses données et d'accéder à tous les documents disponibles. Pour des raisons de sécurité, chacun avait un mot de passe et un log personnels.

Les étudiants avaient reçu l'instruction de changer leur mot de passe chaque semaine pour éviter les fuites possibles. S'en étaient-ils donné la peine, toute la question était là.

Ce qu'aucun des membres de l'équipe ne savait, c'est que Tony disposait de la liste des logs individuels. En pratique, il pouvait appeler l'ordinateur du bureau en se faisant passer pour l'un d'eux sans que personne, pas même la machine, n'en sache rien. Bien sûr, sans mot de passe, il n'irait pas très loin dans les dossiers personnels, mais il serait dans le réseau.

À peine était-il rentré chez lui après l'interrogatoire qu'il avait allumé son ordinateur et s'était connecté sous sa propre identité. D'abord, il avait consulté le dossier de candidature et les résultats des tests de Shaz qui avaient été saisis et archivés dès qu'elle avait été acceptée. Il les imprima avec les feuilles d'évaluation qu'il remplissait chaque jour avec Paul Bishop.

Ensuite, il décrocha et se reconnecta avec l'identité de Shaz. Au bout de deux heures et d'une cafetière entière, il n'avait toujours pas progressé. Il avait essayé tout ce qui lui venait à l'esprit : Shaz, Sharon, Bowman, puis par association d'idées, le nom de famille signifiant « archer », il avait continué avec Robin, Robin des Bois, Guillaume, Tell, Archer, et jusqu'aux personnages de l'opéra de Verdi dont il se souvenait. Il avait essayé les noms de ses parents, de toutes les villes, villages, institutions et rues mentionnés dans son CV. Il avait aussi tenté les évidents Jacko, Vance, et les moins évidents Micky et Morgan. Et il était toujours coincé devant un écran qui disait : « Bienvenue au réseau de la Cellule Nationale de Profilage Criminel. Veuillez entrer votre mot de passe... » Le curseur clignotait depuis si longtemps que la seule chose que Tony pouvait conclure, c'est qu'il n'avait pas de tendances à l'épilepsie.

Il se leva et arpenta la pièce. Pas moyen de trouver une idée lumineuse.

— Ça suffit, murmura-t-il, exaspéré. (Il prit son blouson sur la chaise où il l'avait jeté et l'enfila d'un coup d'épaules. Un petit tour au kiosque pour acheter le journal du soir lui éclaircirait peut-être les idées.) Ne te fais pas d'illusions, continua-t-il en ouvrant la porte d'entrée. Tu veux juste voir ce que ces crétins ont raconté à leur dernière conférence de presse.

Il prit l'allée qui séparait deux plates-bandes où des rosiers en berne luttaient de leur mieux contre des ennemis urbains tant humains qu'industriels. En débouchant dans la rue, il remarqua en face deux hommes dans une grosse voiture banale. L'un d'eux sortait précipitamment côté passager pendant que l'autre démarrait ostensiblement. Surpris, Tony reconnut toutes les caractéristiques d'une planque d'amateurs. Enfin, ils ne gâchaient pas leurs ressources humaines en le faisant surveiller, tout de même ?

Au coin, il s'arrêta pour regarder la vitrine prétentieuse de Bric-à-Brac, un pitoyable magasin de brocante qui voulait se donner de grands airs. Son propriétaire se faisait un point d'honneur à toujours la nettoyer, ce qui permit à Tony de voir le trottoir opposé. L'homme qui était descendu était déjà là-bas et traînait à l'arrêt de bus en faisant semblant de lire les horaires. C'était un geste qui le dénonçait comme un étranger au quartier plus que tout autre comportement : les habitants du coin connaissaient trop bien les pratiques anarchiques des compagnies de transports rivales pour considérer les horaires comme quoi que ce soit de plus qu'une mauvaise blague.

Tony remonta jusqu'au coin de la rue. Sous le prétexte de traverser, il jeta un coup d'œil par-dessus son épaule. La voiture avait suivi et remontait lentement la rue à cinquante mètres derrière lui. Cela ne faisait aucun doute. Si ces deux-là étaient les meilleurs de la police locale, l'assassin de Shaz Bowman n'avait pas de souci à se faire.

Désespérant de ses prétendus collègues, Tony acheta le journal du soir chez le marchand de journaux et rentra lentement chez lui tout en lisant. En tout cas, la police ne disait rien qui puisse la ridiculiser. D'ailleurs, elle ne disait rien du tout. Soit ils restaient discrets, soit ils n'avaient rien à se mettre sous la dent. Il savait quelle option retenir.

Une fois rentré, sous prétexte de tirer les rideaux pour protéger son écran du vif soleil, il vérifia où en étaient ses guetteurs. Ils étaient tous les deux revenus dans la voiture, garée au même endroit. Mais qu'est-ce qu'ils attendaient ? Qu'est-ce qu'ils croyaient qu'il allait faire ?

Si les conséquences potentielles n'avaient pas été si consternantes, cela aurait été drôle, songea-t-il en décrochant pour appeler le mobile de Paul Bishop. Quand celui-ci répondit, Tony se jeta à l'eau.

— Paul ? Vous n'allez pas le croire. McCormick et Wharton se sont fourré dans le crâne que c'est quelqu'un de l'équipe qui a tué Shaz, puisque nous sommes les seules personnes qu'elle connaissait ici.

— Je sais, dit Bishop d'un ton navré. Mais qu'est-ce que je peux faire ? C'est leur enquête. Si ça peut vous consoler, je sais qu'ils se sont mis en rapport avec son ancienne division pour savoir s'il n'y avait pas d'anciens criminels libérés qui auraient pu lui en vouloir assez pour la suivre jusqu'ici. Pour l'instant, rien. Mais son ancien sergent à la section d'enquêtes criminelles a apparemment appelé pour leur dire qu'elle avait servi d'intermédiaire entre Jacko Vance et Bowman le samedi matin. On dirait qu'elle était bien décidée à suivre son idée fantasque concernant les disparitions d'adolescentes.

Tony laissa échapper un soupir de soulagement.

— Eh bien, tant mieux. Maintenant, peut-être qu'ils vont nous prendre au sérieux. Je veux dire, il faut au moins qu'ils se demandent pourquoi Vance ne les a pas contactés, étant donné que sa photo est dans tous les journaux.

— Ça n'est pas aussi simple, dit Bishop. En fait, la femme de Vance a appelé quelques minutes après pour dire que Bowman était venue chez eux le samedi matin. Elle a expliqué que son mari n'avait pas encore vu les journaux. Donc, personne ne dissimule rien, finalement.

— Mais ils vont quand même lui parler ?

— J'en suis sûr.

— Donc il va falloir qu'ils le traitent comme un suspect.

Tony entendit Bishop pousser un soupir.

— Qui sait ? Le problème, Tony, c'est que je peux faire des suggestions discrètes, mais que je n'ai aucune autorité pour les empêcher de suivre leur idée.

— On m'a dit que vous étiez d'accord avec eux pour suspendre l'équipe, fit remarquer Tony. Vous n'étiez pas obligé d'accepter.

— Allons, Tony, vous savez à quel point la situation de la cellule est difficile. Le ministère est inflexible et tient à ce que nous ne posions aucun problème sur le terrain. C'était une petite concession. La cellule n'a pas été démantelée. Personne n'a été renvoyé à son ancienne affectation. Nous sommes juste écartés du circuit des opérations tant que l'affaire n'est pas résolue ou disparue des médias. Essayez de considérer ça comme un congé sabbatique.

Exaspéré, Tony aborda le sujet de son appel.

— C'est un drôle de congé sabbatique quand on bénéficie d'une surveillance. J'ai des flics de guignol juste devant ma porte.

— Vous rigolez ?

— J'aimerais bien. Je suis parti de l'interrogatoire ce matin après qu'on m'a accusé d'être le suspect numéro un parce que j'ai déjà tué un homme. Et maintenant, j'ai Beavis et Butthead sur le dos. C'est intolérable, Paul.

Il entendit Bishop prendre une profonde inspiration.

— Je suis bien d'accord, mais il va falloir faire avec jusqu'à ce qu'ils se lassent et commencent à mener une enquête digne de ce nom.

— Je ne crois pas, Paul, dit Tony d'une voix sèche et autoritaire. L'un des membres de mon équipe est mort et ils ne vont pas nous laisser trouver son assassin. Ils se sont empressés de me dire que je ne suis pas de la maison, que je suis un extérieur. Eh bien, c'est un argument à double tranchant. Si vous ne pouvez pas les convaincre de se casser de devant chez moi, je tiens une conférence de presse dès demain. Et je vous promets que ça ne vous plaira pas plus à vous qu'à Wharton et McCormick. Il est temps de se remuer un peu, Paul.

— J'ai compris, Tony, soupira Bishop. Je prends ça sur moi.

Tony raccrocha et tira de nouveau le rideau. Il alluma sa lampe de bureau et resta devant la fenêtre en fixant ses deux guetteurs d'un air de défi. Il se remémora les informations que lui avait données Paul et les rapprocha de ce qu'il avait appris sur le lieu du crime. Cet assassin était en colère parce que Shaz avait mis son nez dans ses affaires. Ce qui indiquait qu'elle avait eu raison de supposer qu'il y avait un tueur de jeunes filles en liberté. Elle avait fait quelque chose qui avait paniqué l'assassin et l'avait conduit à faire d'elle sa prochaine cible. La seule chose qu'elle avait apparemment faite et qui avait un rapport avec sa théorie, cela avait été de rendre visite à Jacko Vance quelques heures avant sa mort.

Il savait maintenant que l'assassin de Shaz ne pouvait pas être un malade mental fan de Jacko Vance. Il était rigoureusement impossible à quiconque, même au plus industrieux chasseur, de découvrir, entre le rendez-vous et le meurtre, l'identité de Shaz et le but de sa visite chez Vance.

Il fallait qu'il en apprenne davantage sur la rencontre entre Shaz et Vance. Si l'assassin était quelqu'un de son entourage, il était possible qu'il ait été sur place. Mais si Vance était seul lorsque Shaz l'avait mis au pied du mur, cela le désignait immédiatement. Même s'il avait décroché son téléphone à peine Shaz partie et fait part de ses soupçons à quelqu'un d'autre, il était absolument impossible en si peu de temps à ce tiers d'avoir suivi la trace de Shaz, découvert où elle habitait, et encore moins de la convaincre de lui ouvrir sa porte.

Alors qu'il parvenait à cette conclusion, les planqueurs s'en allèrent. Tony jeta son blouson et s'effondra lourdement sur son siège devant l'écran. C'était une petite victoire, mais elle ranimait son envie de se bagarrer. Maintenant, il fallait qu'il trouve la preuve qui démontrait que Shaz avait eu raison et que c'était ce qui l'avait tuée. Qu'est-ce que Shaz Bowman aurait pris comme mot de passe ? Une héroïne de roman ? Warshawski et Scarpetta étaient trop longs. Kinsey, Millhone, Morse, Wexford, Dalziel, Holmes, Marple, Poirot firent chou blanc. Un criminel de fiction ? Moriarty, Hannibal, Lecter. Toujours rien.

Normalement, le bruit d'une voiture s'arrêtant devant chez lui n'aurait pas troublé sa concentration. Mais après la journée qu'il avait subie, le moteur qui tournait au ralenti lui parut plus bruyant qu'une sonnerie de réveil. Il regarda au-dehors et il eut à nouveau un pincement de cœur. Les dernières personnes qu'il avait envie de voir sortaient une par une d'une Ford rouge familière. Comme une bande de conspirateurs, Leon Jackson, Kay Hallam et Simon McNeill remontèrent l'allée en répondant d'un air penaud à sa grimace. En grognant, il alla ouvrir la porte et tourna les talons pour revenir dans son bureau.

Ils le suivirent, s'assemblèrent dans la petite pièce et, sans attendre d'invitation, trouvèrent chacun un endroit où s'installer. Simon sur le rebord de la fenêtre, Leon élégamment adossé à un classeur, Kay dans le fauteuil dans le coin opposé. Tony fit pivoter son fauteuil et leur lança un regard noir en essayant de refuser la résignation qu'il sentait monter en lui.

— Maintenant, je comprends pourquoi des gens avouent des crimes qu'ils n'ont pas commis, dit-il en plaisantant à moitié.

Malgré leur air hésitant et leur jeunesse, ils étaient impressionnants.

— Vous ne m'auriez pas pris au sérieux, alors j'ai amené les renforts, dit Simon.

Il était trop pâle pour être sobre, se dit Tony en remarquant pour la première fois une poussière de taches de rousseur sur son nez.

— Ces deux-là, McCormick et Wharton, ils nous collent au cul, éclata Leon. J'y ai passé tout l'après-midi à supporter leurs simagrées. « Allez, Leon, tu peux nous dire tout ce que tu penses vraiment de Tony Hill et Simon McNeill. » Mec, c'est deux sacrés enculés, je vais te dire. « McNeill était amoureux de Bowman, mais elle était amoureuse de Tony Hill, alors il l'a tuée par jalousie, qu'en penses-tu ? Ou alors c'était Hill qui voulait sauter Bowman, mais elle préférait McNeill et c'est lui qui l'a tuée par jalousie. » Ils ont plus de merde dans la tête que dans une fosse septique, écœurants. (Il sortit un paquet de cigarettes et se ravisa :) Je peux ?

Tony hocha la tête en désignant un cactus moribond qu'on lui avait offert pour Noël.

— Utilisez la soucoupe.

Kay se pencha en avant, les coudes sur les genoux.

— C'est comme s'ils ne voyaient pas plus loin que le bout de leur nez. Et pendant qu'ils essaient de trouver de quoi vous inculper, ils ne regardent pas ailleurs. Encore moins du côté où Shaz fouinait. Ils pensent que sa théorie d'un serial-killer qui tuait des adolescentes, c'est le genre de sottises que nous autres les filles on échafaude parce qu'on a des problèmes d'hormones. Eh bien, on s'est dit que s'ils ne font pas ce qui doit être fait, c'est nous qui allions le faire.

— Je peux en placer une ? demanda Tony.

— Mais faites donc, dit Leon avec un geste solennel.

— Je vous remercie de votre soutien. Cela en dit long sur vous. Mais ce n'est pas un exercice théorique. Ce n'est pas non plus « Le Club des Cinq et le Psychopathe ». C'est le jeu le plus dangereux qui soit. La dernière fois que j'ai eu affaire à un serial-killer, cela a failli me coûter la vie. Et avec tout le respect que je dois à vos capacités de policiers, j'en sais sacrément plus sur la question que vous trois ensemble. Je ne suis pas prêt à prendre la responsabilité de vous laisser travailler avec moi, dit-il en se passant une main dans les cheveux.

— Mais on sait que c'est pour de vrai, Tony, protesta Kay. Et on sait que vous êtes le meilleur. C'est pour ça qu'on est venus vous voir. Nous, on peut faire des trucs qui vous sont impossibles. On a des cartes de flics. Pas vous. C'est drôle, mais les flics ne font confiance qu'aux flics. Ils ne vous feront pas confiance à vous.

— Alors si vous ne nous aidez pas, nous serons obligés de faire de notre mieux en nous passant de vous, dit Simon avec entêtement.

La sonnerie perçante du téléphone arriva à point nommé. Tony s'empara du récepteur.

— Allô ? demanda-t-il prudemment en regardant les trois autres comme s'il s'était agi d'une bombe prête à exploser.

— C'est moi, dit Carol. J'appelais pour voir comment ça allait.

— Je préférerais te le dire de visu, dit-il vivement.

— Tu ne peux pas parler pour l'instant ?

— Je suis occupé. On peut se retrouver après ?

— Chez moi ? 6 heures et demie ?

— Disons plutôt 7, dit-il. J'ai des tas de trucs à faire ici avant de partir.

— Je t'attendrai. Bonne route.

— Merci.

Il raccrocha doucement, puis ferma un instant les yeux. Il ne s'était pas aperçu à quel point il se sentait seul. C'était l'existence de policiers comme Carol, et la certitude entêtée qu'un jour ils composeraient la majorité, qui rendaient son travail supportable. Il rouvrit les yeux et vit que les trois jeunes équipiers le dévisageaient avec attention. Une idée commençait vaguement à germer dans son esprit.

— Et les deux autres ? demanda-t-il. Ils ont été raisonnables, hein ?

— Pas de couilles, dit Leon dans un nuage de fumée. Ils avaient peur de faire des vagues et de compromettre leurs espoirs de promotion.

— Qu'est-ce qu'on a à foutre de la promotion quand quelqu'un comme Shaz se fait tuer et que personne ne se soucie de trouver l'assassin ? Qui a envie d'être flic, avec une police pareille ? cracha Simon.

— Je suis navré, dit Tony. La réponse est toujours non.

— Bon, dit Kay avec un sourire mauvais. Dans ce cas, on passe au plan de rechange. Le siège. On vous lâche plus tant que vous ne vous joignez pas à nous. Où vous irez, on ira. Vingt-quatre heures sur vingt-quatre. On est trois, vous êtes tout seul.

— Ça sera pas facile, dit Leon en allumant une nouvelle cigarette sur le mégot de la précédente.

— OK, soupira Tony. Vous ne voulez pas m'écouter ? Peut-être que vous écouterez quelqu'un qui connaît vraiment la chanson.

La pendule du tableau de bord indiquait 19 heures à peine passées. La radio jouait le générique du feuilleton *Les Archers*, ce qui signifiait que la pendule avait trois minutes de retard. La voiture de Tony s'engagea sur le chemin de terre dont les cahots trahirent le grand âge des amortisseurs. Après le dernier tournant, il vit avec satisfaction que la lumière était allumée chez Carol.

Elle était sur le seuil quand il referma la portière. Il ne se rappelait pas la dernière fois qu'il avait eu autant de plaisir à se trouver en compagnie de quelqu'un d'autre, sur le territoire de quelqu'un d'autre. Elle se contenta d'un léger haussement de sourcils devant l'arrivée de ses compagnons de voyage inattendus.

— La bouilloire est en marche, la bière est fraîche, dit-elle en guise de salut en pinçant le bras de Tony. Ce sont tes gardes du corps ?

— Pas vraiment : en fait, je suis pris en otage, dit-il d'un ton narquois en la suivant. (La bande n'attendit pas d'y être priée pour le suivre. Ils lui collaient littéralement aux basques.) Tu te souviens de Kay, Leon et Simon ? Ils ont décidé de ne plus me lâcher jusqu'à ce que j'accepte de travailler avec eux pour découvrir qui a tué Shaz. (Arrivé dans le salon, il désigna du pouce le canapé et les fauteuils. Le trio s'assit.) J'espérais que tu m'aiderais à les convaincre du contraire.

Carol secoua la tête, faisant mine d'être stupéfaite.

— Ils *veulent* travailler avec toi sur un cas réel? Mince, je ne sais pas ce qu'on leur a raconté, mais ils ne savent pas ce qui les attend.

— Commençons par le café, dit Tony en posant une main sur son épaule pour la pousser vers la cuisine.

— On arrive.

Il referma la porte derrière eux.

— Je suis désolé de te faire subir ça. Mais ils refusent d'entendre raison. Le problème, c'est que la police du West-Yorkshire agit comme si Simon était le suspect numéro un et que j'étais le suivant sur la liste. Et ces trois-là refusent de se calmer et de l'accepter. Mais toi, tu sais ce que c'est de travailler sur une affaire de serial-killer lorsque tu es impliquée personnellement. Ils n'ont pas l'expérience pour faire face. Vance ou quelqu'un qui lui est proche a déjà tué la meilleure et la plus brillante d'entre eux. Je n'ai pas envie d'avoir d'autres morts sur la conscience.

Carol versa du café dans le filtre et alluma la machine à café tout en parlant.

— Tu as tout à fait raison, dit-elle. Cependant... À moins que je me trompe complètement sur leur compte, ils ne vont pas en démordre. La meilleure manière d'être sûr de ne pas en perdre un autre, c'est de les diriger. Et pour faire ça, il faut travailler avec eux. Leur donner des petits trucs à faire, comme les recherches de fond sur lesquelles les inspecteurs en herbe se font les dents. Tout ce qui est risqué, tout ce qu'on juge dangereux ou qui nécessite des techniques d'interrogatoire avancées, nous le prendrons.

— Nous?

Carol se frappa le front et fit une grimace.

— Mais pourquoi j'ai l'impression que je viens de me faire avoir? (Elle lui donna un coup de coude.) Mets le sucre, le lait et les tasses sur un plateau et emmène le tout avant que je me fâche sérieusement.

Il obtempéra en se sentant étrangement reconnaissant d'avoir quitté le rôle du Vengeur solitaire pour celui du chef d'équipe en l'espace de quelques heures. Le temps que Carol apporte le café, il avait pu exposer la situation à un trio tout content.

Il ouvrit son portable et le posa sur la table en pin, brancha le modem dans la prise du téléphone et le transfo à la prise la plus proche. Pendant que les autres s'installaient pour bien voir l'écran, Carol demanda :

— Et l'interrogatoire ?

— J'ai fini par claquer la porte, dit-il laconiquement en regardant la machine démarrer. C'était ce qu'on aurait pu appeler hostile. Quand il est question de la maison, ils ne me voient pas vraiment de leur côté, tu sais. Mais ils réservent le rôle du suspect numéro un à Simon. Il a eu la malchance de convenir d'un rendez-vous avec Shaz le soir précis où elle a été tuée. Mais je suis probablement le favori suivant dans la liste qu'un de ces crétins de la criminelle a dû dresser.

Il leva les yeux vers Carol et elle vit qu'il était blessé malgré son expression assurée.

— Quels cons, dit Carol en posant sa tasse à côté de l'ordinateur. Mais il faut dire aussi que ce sont des gars du Yorkshire. Je n'arrive pas à croire qu'ils ne vous utilisent pas.

Léon eut un petit rire sans joie.

— M'en parlez pas. On peut fumer, ici ?

Carol le regarda et le vit pianoter nerveusement sur sa cuisse. Mieux valait que ce soit le tabac qui brûle que lui qui fulmine.

— Vous trouverez une soucoupe dans le placard au-dessus de la bouilloire, dit-elle. Mais seulement dans le salon, s'il vous plaît.

Elle profita de son départ pour lui prendre sa chaise et s'asseoir auprès de Tony pour regarder l'écran changer à mesure qu'il tapait sur le clavier.

Tony entra dans le réseau de la cellule avec le log de Shaz. Il désigna le curseur qui clignotait.

— Voilà sur quoi j'ai passé mon après-midi à me creuser les méninges. J'arrive à entrer dans le réseau sous l'identité de Shaz, mais je ne parviens pas à deviner son mot de passe.

Il leur dressa la liste de ses différents essais en déclinant les catégories sur ses doigts. Leon, Kay et Simon commencèrent à balancer leurs suggestions fondées sur ce qu'ils connaissaient de leur ancienne collègue.

Carol les écouta avec attention, en tripotant des mèches de cheveux sur sa nuque. Une fois que Tony et les trois autres furent à court d'idées, elle intervint :

— Vous avez manqué le plus évident, hein ? Qui Shaz admirait-elle ? Qu'est-ce qu'elle voulait être ?

— Le chef de Scotland Yard ? Tu crois que je devrais essayer les noms des directeurs célèbres ?

Carol tendit la main et tira l'ordinateur à sa portée.

— Des profileurs connus.

Elle tapa Ressler, Douglas, Leyton. Rien ne changea. Puis, un sourire sur les lèvres, elle tapa Tonyhill. L'écran resta un instant noir, puis un menu apparut.

— Merde, j'aurais dû en profiter pour parier, plaisanta-t-elle.

Les trois profileurs en herbe applaudirent et Leon siffla. Tony secoua la tête, stupéfait.

— Mais qu'est-ce qu'il faut que je fasse pour que tu aies une promotion ? demanda-t-il. C'est du gâchis de rester à bosser à la crime avec ton niveau. Toutes ces tâches administratives, alors que tu devrais utiliser ton intuition à attraper des psychopathes !

— C'est ça, dit Carol, sarcastique, en repoussant l'ordinateur vers lui. Si je suis si bonne, comment ça se fait que je n'ai pas été fichue de déduire que mon pyromane était un escroc et pas un dingue ?

— Parce que tu travaillais toute seule. Ce n'est jamais la meilleure façon de procéder quand il s'agit de faire une analyse psychologique. D'après moi, les profileurs devraient travailler à deux, un inspecteur et un psychologue : savoir-faire complémentaires.

Il fit glisser le curseur sur le catalogue du disque et frappa la touche « enter ».

Leur communion spirituelle n'était pas un sujet de conversation que Carol avait envie de creuser, surtout devant un auditoire aussi perspicace. Elle passa adroitement à autre chose et Leon, Kay et Simon embrayèrent sur la théorie de Tony, selon laquelle le pyromane était un pompier à mi-temps qui avait des mobiles criminels classiques.

— Mais *quels* mobiles ? demanda Kay. C'est quand même le truc capital, non ?

— Si c'est criminel, il faut que tu cherches qui en bénéficie, fit remarquer Leon. Et comme les propriétaires et les assurances sont différents, peut-être que c'est quelqu'un de la hiérarchie des pompiers qui cherche à ne pas subir de coupes budgétaires.

Tony leva le nez des fichiers qu'il parcourait.

— Intéressante idée, dit-il. Mais tordue. Et en tant que partisan de la simplicité, je pencherais plutôt vers la théorie la plus directe. L'endettement, dit-il en retournant à ses fichiers.

— L'endettement ? répéta Carol d'un ton dubitatif.

— C'est ça. (Il fit volte-face.) Quelqu'un qui doit de l'argent partout, quelqu'un qui est jusqu'au cou dans le rouge. Ses biens ont été saisis ou ça ne va pas tarder, il a les huissiers aux fesses et il déshabille Pierre pour habiller Paul.

— Mais une alerte en pleine nuit, ça rapporte quoi ? Cinquante, cent livres tout au plus, selon la durée de l'intervention ? Vous ne pensez quand même pas que ce type met sa liberté et la vie de ses copains en jeu pour si peu d'argent, protesta Simon.

Tony haussa les épaules.

— Quand on est le dos au mur, qu'on jongle perpétuellement avec ses créanciers, une certaine de livres par semaine fait parfois toute la différence et évite de se faire casser la gueule, saisir sa voiture, couper l'électricité et bloquer son compte en banque. Vous payez vingt livres sur une dette, cinquante sur une autre, dix livres par-ci, cinq par-là. Vous montrez de la bonne volonté. Ça vous permet de souffler. Les tribunaux rechignent à prendre des mesures radicales quand vous donnez la preuve que vous faites de vrais efforts.

» N'importe qui de sensé sait que ça ne fait que retarder le moment fatidique, mais quand on est dans les dettes jusqu'au cou, on ne réfléchit plus normalement. On se berce de l'illusion qu'en se tirant de cette mauvaise passe, on va pouvoir reprendre comme avant. Personne ne se leurre autant qu'un mauvais payeur. J'ai vu de lamentables crétins, qui devaient dans les 20 000 livres, continuer à employer une femme de ménage et un jardinier sous le prétexte que s'en défaire aurait été admettre qu'ils étaient en plein naufrage. Cherche quelqu'un qui n'est pas loin d'être insolvable, Carol. (Puis, déjà revenu à son écran, il murmura :) Voyons voir... disp.001. Ce doit être le rapport qu'elle a fait devant l'équipe, qu'en penses-tu ?

— Vraisemblablement. Et dispjv.001 sont probablement ses notes sur Jacko Vance.

— Jetons-y un coup d'œil. (Tony ouvrit le fichier. Le texte de Shaz emplit l'écran et donna l'étrange impression de communiquer avec la morte. C'était comme si ses extraordinaires yeux bleus lui fixaient la nuque de leur regard inexorable.) Mon Dieu, chuchota-t-il. Elle ne rigolait pas.

Leon jeta un coup d'œil par-dessus son épaule.

— Merde, souffla-t-il. Shazza, tu étais une vraie sorcière.

La phrase résuma parfaitement ce que tout le monde éprouva en contemplant les notes d'outre-tombe de Shaz.

Check-list
Jacko Vance

Réf. : groupe disp.

Rang de naissance

Fils unique

Profession du père
Ingénieur des travaux publics – souvent en déplacement pour des projets à long terme.

Père absent
Voir ci-dessus

Discipline parentale perçue comme incohérente
Voir ci-dessus. En outre, la mère semble avoir souffert de dépression postnatale, a rejeté JV et l'a ensuite traité avec sévérité.

QI supérieur à la moyenne
Considéré comme brillant par ses professeurs, mais n'a jamais répondu à leurs attentes. Résultats médiocres aux examens.

Profession exigeant un don particulier, carrière inégale
D'abord champion de javelot, puis présentateur TV. Perfectionniste, sujet à des colères, a viré des membres plus jeunes de son équipe. S'il n'avait pas gagné des médailles et été apprécié des téléspectateurs, aurait perdu plusieurs contrats au cours des années à cause d'un comportement arrogant et autoritaire.

Bonne adaptation sociale – tempérament sociable et beau parleur, mais incapable d'empathie
Voir ci-dessus. Très bonnes relations superficielles avec les gens. Cependant, l'une des raisons pour lesquelles son mariage est une telle réussite proviendrait du fait qu'il n'ait aucune relation intime avec personne en dehors de son couple.

Vit avec son épouse
Sa femme, Micky. Ensemble depuis douze ans. Mariage très médiatique, couple chéri de la télé anglaise.

Cependant, souvent en déplacement pour son travail ou des œuvres charitables (bénévolat).

Maîtrise de soi lors des crimes
Inconnu : mais a la réputation de rester calme dans les périodes de pression au travail.

Utilisation d'alcool ou de drogues lors des crimes
Inconnu. Aucun problème d'alcoolisme. Rumeur d'accoutumance aux analgésiques à la suite de l'accident ayant causé la perte de son bras.

Mobilité. Voiture en excellent état
Possède une Mercedes décapotable et une Land Rover. Les deux sont automatiques et ont été modifiées en fonction de son infirmité.

Suit les crimes dans les médias
Parfaitement placé pour cela – a un accès direct à tous les domaines des médias. Compte de nombreux journalistes parmi ses connaissances.

Victimes partageant des caractéristiques communes
Oui – voir Appendice A : groupe original de sept victimes.

Comportement insoupçonnable
Des millions de gens lui confieraient leurs vies ou leurs filles. Un sondage effectué quatre ans plus tôt le place en troisième position comme la personne la plus digne de confiance du pays après la Reine et l'évêque de Liverpool.

Aspect ordinaire
Impossible à déterminer objectivement. Le vernis de la célébrité, les soins cosmétiques et une garde-robe hors de prix rendent difficile de juger au-delà de la façade.

Désordres mentaux dans la famille immédiate
Rien de connu – mère morte il y a huit ans, cancer.

Alcoolisme et problèmes de drogue dans la famille immédiate
Rien de connu.

Casier judiciaire des parents
Rien de connu.

Problèmes affectifs
De notoriété publique, la mère lui disait qu'il était laid et gauche, « tout comme son père ». Semblait lui reprocher les absences du père.

Problèmes sexuels – incapacité à avoir des relations matures et consensuelles avec un autre adulte
Rien qui étaie cela : mariage très public. Aucun indice d'insatisfaction de MM ou de la présence d'un amant/d'une maîtresse ? ? ? Voir chroniques mondaines ? ? ? Voir police locale – indices ? ? ?

Mère distante et peu aimante. Très peu de contacts ou de chaleur dans l'enfance
Implicite dans les deux livres.

Vision égocentrique du monde
Tous les témoignages – y compris celui de sa bien-aimée MM – le confirment.

Maltraitance
MM se souvient de l'avoir entendu parler de son père revenant de voyage et le battant pour avoir manqué son passage dans la classe supérieure. Sinon, rien de connu.

A assisté à des situations sexuelles stressantes (viol conjugal, prostitution de la mère)
Rien de connu

Parents séparés dans l'enfance ou l'adolescence
Parents divorcés à ses 12 ans. Selon le livre de MM, son obsession du sport devait lui gagner la reconnaissance de son père.

Auto-érotisme adolescent
Rien de connu.

Fantasme de viol
Rien de connu.

Obsession pour la pornographie
Rien de connu.

Tendances au voyeurisme
Rien de spécifique de connu. Mais cf. *Vance Chez Vous*, l'exemple suprême de voyeurisme télévisuel.

Conscience d'anormalité dans ses relations sexuelles ou affectives
Rien de connu.

Obsessionnel
Attesté par collègues et rivaux.

Phobies irrationnelles
Rien de connu.

Mythomanie
Plusieurs exemples de « réinvention » de son passé. Comparer les deux livres.

Facteur déclencheur de stress ?
La première petite amie de Jacko Vance était Jillie Woodrow. Il n'avait aucun succès avec les filles avant elle, et lorsqu'ils se sont mis ensemble, il avait presque seize ans et elle juste quatorze. En dehors de son obsession pour l'entraînement sportif, elle était son seul centre d'intérêt. Ils ont eu une relation exclusive, com-

pulsive et passionnée. Il apparaît qu'il a eu une influence dominatrice sur elle. Ils se sont fiancés dès qu'elle a eu seize ans, contre l'avis des parents de JW et celui de sa mère – il n'était plus en relation avec son père à l'époque. Après l'accident qui lui a coûté son bras, selon MM, il a libéré Jillie de sa promesse puisqu'il n'était plus l'homme qu'elle devait épouser. La version de TB dit qu'elle cherchait à sortir de cette relation étouffante depuis un certain temps et a choisi l'accident comme prétexte pour le quitter en prétendant éprouver de la répulsion vis-à-vis d'un homme avec une prothèse. MM et Vance se sont mis ensemble peu de temps après. Juste avant le mariage, Jillie a décoché sa flèche du Parthe en révélant à *News of the World* que Vance l'avait forcée à accomplir des rituels sadomasochistes, alors qu'elle refusait parce que cela lui faisait peur. Vance a essayé d'empêcher la publication de l'article en niant catégoriquement. Il n'a pu obtenir la saisie, mais il ne l'a jamais poursuivie pour diffamation en disant qu'il ne pouvait se permettre les frais d'un procès (probablement vrai à ce stade de sa carrière). La fin de sa relation avec Jillie dans des circonstances aussi difficiles ou les révélations qui ont suivi auraient pu être un facteur de stress suffisant pour déclencher le premier des crimes en série de Vance.

— Oh, merde, dit Carol en parvenant à la fin de l'analyse de Shaz. Il y a de quoi se poser des questions, non ?

— Vous pensez que Jacko Vance pourrait être le serial-killer ? demanda Kay.

— C'est ce que pensait Shaz. Et je crois qu'elle avait des chances d'avoir raison, dit Tony d'une voix blanche.

— Il y a quelque chose qui me tracasse là-dedans, dit Simon. (Encouragé par le regard interrogateur de Tony, il continua :) Si Vance est un sociopathe, comment se fait-il qu'il ait sauvé ces gosses et essayé de désincarcérer un routier dans l'accident où il a perdu le bras ? Pourquoi il ne les a pas laissés sans rien faire ?

— Bien vu, dit Tony. Vous savez que je déteste échafauder des théories avant d'avoir en main des données, mais d'après ce que nous savons pour l'instant, je dirais que Jacko a passé la plupart de ses années de formation à essayer désespérément d'être reconnu et aimé. Quand l'accident s'est produit, il a sur-le-champ suivi la voie qui lui permettrait d'avoir le beau rôle aux yeux des autres. Ce n'est pas rare que ce qui apparaît comme de l'héroïsme soit en réalité un besoin désespéré de gloire. Je crois que c'est ce dont il s'agit ici. Si vous pensez qu'on est en train de se fourvoyer, laissez-moi vous raconter la conversation que j'ai eue avec le commandant Bishop cet après-midi.

Il leur raconta le rendez-vous de Shaz chez Vance et les conclusions qu'il en avait tirées.

— Il va falloir que tu informes McCormick et Wharton de l'existence de ce document, dit Carol.

— Je n'en ai pas trop envie, vu la façon dont ils m'ont traité.

— Tu veux qu'on pince l'assassin de Shaz, non ?

— Bien sûr, je le veux, dit Tony d'un ton ferme. Mais je crois que ces deux-là n'ont pas assez d'imagination pour tirer parti de cette information. Réfléchis, Carol. Si je leur dis ce que j'ai trouvé, pour commencer, ils ne vont pas vouloir le croire. Ils penseront que nous avons falsifié le document. Je vois d'ici l'interrogatoire de Vance. (Il reprit sans peine les intonations du Yorkshire de son enfance :) Bon, Mr Vance, on est bien embêtés de vous causer du souci, mais on croit que la fille qu'est venue l'autre fois chez vous, elle croyait que vous étiez un serial-killer. Oui, c'est bête, on sait bien, mais vu comment qu'elle a été assassinée le soir, on s'est dit qu'il valait mieux venir vous causer. Si ça se trouve, vous avez peut-être vu quelque chose, un type qui l'aurait suivie, hein, des fois ?

— Ils ne sont pas si caricaturaux que ça, protesta Carol en bafouillant de rire malgré elle.

— Si vous voulez mon avis, il a pas forcé le trait, murmura Leon.

— Ils ne vont pas aller *interroger* Vance, dit Simon. Ils vont avoir trop la trouille et ils se rangeront de son côté. Tout ce qu'ils feront, ce sera acquiescer à tout ce qu'il leur dira.

— Et le petit Jack est un sacré malin, continua Tony. Maintenant qu'il sait que nous sommes au courant du rendez-vous avec Shaz, il va jouer les vertueux. Donc, je penche pour ne pas leur en parler.

Il y eut un long silence, puis :

— Alors on fait quoi ? demanda Simon.

Tony avait sorti un bloc du sac de son portable et s'était mis à griffonner.

— Si on doit se lancer, il faut le faire bien. Ce qui veut dire que je jouerai le rôle du chef d'équipe et du coordinateur. Carol, est-ce qu'il y a un traiteur qui livre à domicile, par ici ?

— Dans ce trou ? dit-elle avec un ricanement méprisant. Je t'en prie. Il y a du pain, du fromage, du salami, du thon, des trucs pour faire une salade. Vous autres, donnez-moi un coup de main, on va mettre tout ça dans des bouts de pain pendant que notre chef cogite.

Quand ils revinrent un quart d'heure plus tard avec une montagne de sandwichs et un saladier de chips, Tony était prêt. Vautrés dans tout le salon avec des bières et des assiettes, ils écoutèrent pendant qu'il expliquait ce qu'il attendait d'eux.

— Je pense que nous sommes tous d'avis que, selon toutes probabilités, Shaz a été tuée à cause du travail qu'elle a fait depuis son arrivée à Leeds. Rien n'indique qu'elle ait pu connaître avant cela aucune sorte d'événement dangereux. Donc, nous allons partir du principe que Shaz Bowman avait correctement repéré l'existence d'un serial-killer encore non identifié. (Il haussa les sourcils d'un air interrogateur et reçut quatre hochements de tête en réponse.) Le lien extérieur de toutes ces affaires touchait à Jacko Vance. Shaz en a déduit qu'il était l'assassin, mais nous ne devons pas oublier d'envisager que notre cible puisse être un membre de son entourage. Je penche personnellement pour Vance.

— Toujours les méthodes simples, murmura Simon.

— Non pas parce que c'est le moins compliqué, dit Tony. Mon opinion est fondée sur le fait que ces meurtres couvrent une période de temps apparemment longue. Je ne sais pas si quelqu'un a pu rester aussi longtemps dans l'entourage professionnel de Vance. Et quand bien même, je ne suis pas convaincu que ce quelqu'un aurait été doté du charme nécessaire pour attirer des jeunes filles dans ce qui semble être une escapade.

» Donc nous avons le profil de Vance dressé par Shaz. Il est évidemment superficiel. Elle ne pouvait accéder qu'à ce qui était du domaine public et qu'elle pouvait se procurer rapidement. Il semble qu'il se soit agi de deux biographies, l'une écrite par sa femme, l'autre par un journaliste spécialisé dans le show-biz. Nous allons devoir fouiller nettement plus profond avant de pouvoir déduire si cet homme constitue un candidat sérieux pour la série de meurtres que nous considérons. C'est une tâche inhabituelle pour les profileurs. Généralement, nous faisons nos déductions depuis un crime avéré pour remonter jusqu'à son auteur. Cette fois, nous allons aller de l'auteur présumé à des meurtres hypothétiques. Je ne me sens pas très à l'aise avec ça, je dois vous l'avouer. C'est un domaine très nouveau pour moi. Donc nous devons être très prudents avant de nous approcher trop près.

Encore des hochements de tête. Leon se leva et s'approcha de la porte pour pouvoir fumer sans gêner le repas des autres.

— On a pigé le message, dit-il. Notre mission, si nous l'acceptons, est… ?

— Nous devons retrouver son ancienne fiancée, Jillie Woodrow. La personne qui sera chargée de l'interroger devra également enquêter sur son passé : famille, voisins, camarades d'école, profs, flics locaux encore en service ou partis récemment en retraite. Simon, vous pouvez le faire ?

— Qu'est-ce que je fais exactement ? demanda Simon avec appréhension.

Du regard, Tony passa la parole à Carol.

— Trouvez tout ce que vous pouvez sur Jacko, dit-elle. Des détails fouillés. Si vous avez besoin d'une couverture pour tout le monde sauf Jillie, dites que nous enquêtons sur des menaces dont il aurait été l'objet et que nous pensons que la cause remonte dans son lointain passé. Les gens adorent le mélodrame. Avec Jillie, ça ne passera pas. Vous pourriez peut-être prétendre que vous enquêtez sur des allégations portées contre Jack par une prostituée, en sous-entendant éventuellement que vous soupçonnez que ce ne sont que des malveillances.

— OK. Quelqu'un a une idée de la manière dont je peux la retrouver, puisque je n'ai pas accès aux archives de la police ?

— J'y viens dans une minute, dit Tony. Leon, je veux que vous commenciez à fouiner dans sa vie pour savoir ce qui se passait aux alentours de l'époque de l'accident. Ça et ses débuts à la télé. Voyez si vous ne pouvez pas retrouver son ancien entraîneur, les premières personnes avec qui il a travaillé quand il a débuté aux infos sportives, les autres athlètes de l'équipe anglaise, ce genre de choses, OK ?

— Vous allez voir, dit Leon, pour une fois sérieux. Vous serez pas déçu de ce que je vais faire, mec.

— Kay, votre travail consistera à aller voir les parents des filles du groupe identifié par Shaz et à les interroger à nouveau. Le truc habituel pour les disparitions, plus tout ce que vous pourrez dénicher concernant Jacko Vance.

— Les gars des commissariats locaux seront plus qu'heureux de vous confier les dossiers, intervint Carol. Ils seront tellement contents que quelqu'un se charge d'un truc sans espoir qu'ils vous laisseront sûrement faire tout ce que vous voulez.

— C'est pourquoi l'inspecteur Jordan aura préparé le terrain pour vous, continua Tony. Elle sera votre intermédiaire, contactera les officiers des autres commissariats du pays et vous donnera l'information qui permettra de débuter rapidement les enquêtes. L'endroit où se trouve Jillie Woodrow, ce qu'est devenu l'entraîneur de Vance, si les parents des victimes ont déménagé, etc.

Carol resta le regard fixe et la bouche ouverte pendant un moment. Leon, Simon et Kay les regardaient avec l'expression ravie d'adolescents qui voient des adultes sur le point de mal se tenir.

— Bon, dit-elle finalement d'une voix sarcastique. J'ai tellement peu de choses à faire au bureau, ce sera un plaisir. Alors, Tony, qu'est-ce que tu vas faire, pendant que le reste de l'équipe se coltinera tout le boulot ?

Il tendit la main vers un sandwich, vérifia ce qu'il contenait, puis leva les yeux avec un sourire qui semblait absolument sans malice.

— Je vais aller secouer le prunier, dit-il.

L'inspecteur Colin Wharton avait l'air d'un échappé de l'un de ces sinistres feuilletons policiers effroyablement prévisibles que les chaînes vomissaient pour combler le vide entre les dernières nouvelles du soir et l'heure du coucher, se dit Micky. Autrefois séduisant dans le genre anguleux, les excès de boisson et de mauvaise bouffe avaient alourdi ses traits et voilé son regard bleu. Elle se l'imagina dans un second mariage tournant en eau de boudin : les gosses du précédent étaient des ados intenables et il devait avoir une douleur vague, mais récurrente et inquiétante dans quelque organe interne.

Elle croisa modestement les jambes et lui fit le sourire qui rassurait le millier de spectateurs invités à l'enregistrement. Elle savait qu'il tomberait dans le panneau. Lui et l'inspecteur Machin qui lui servait d'acolyte et avait l'air sur le point de lui demander un autographe. Elle regarda sa montre.

— Jacko devrait être là d'une minute à l'autre. Ce doit être la circulation. Pareil pour Betsy. C'est mon assistante personnelle.

— Vous nous l'avez dit, fit Wharton. Si ça revient au même pour vous, on ferait aussi bien de s'y mettre. On parlera à Mme Thorne et à M. Vance quand ils seront là. (Il consulta un dossier ouvert sur ses cuisses qui menaçaient de faire éclater son pantalon.) Je lis ici que vous avez parlé à l'inspecteur Bowman la veille de sa mort. Comment se fait-il ?

— Nous avons deux lignes de téléphone, une pour moi et une pour Jacko. Elles sont sur liste rouge, très privées. Seules quelques personnes ont les numéros. Je renvoie la mienne sur mon portable quand je sors et c'est là qu'a abouti l'appel de l'inspecteur Bowman. Il devait être 8 heures et demie le vendredi matin – j'étais en ligne avec l'une de mes assistantes de production qui pourra probablement le confirmer.

Se rendant compte qu'elle se justifiait sans raison, d'une manière qui la faisait paraître impliquée, Micky se tut.

— Mais ce n'était pas une autre assistante qui vous appelait ? souffla Wharton.

— Non. C'était une voix que je ne connaissais pas. Elle m'a dit s'appeler l'inspecteur Sharon Bowman de la police de Londres et elle voulait un rendez-vous avec Jacko. Mon mari.

— Et vous avez répondu… ? l'encouragea Wharton.

— Je lui ai dit qu'elle était sur ma ligne personnelle, elle s'est excusée, et elle a dit qu'on le lui avait donné comme le numéro privé de Jacko. Elle m'a demandé s'il était là et quand j'ai dit qu'il était sorti, elle m'a demandé si elle pouvait me laisser un message. Je ne fais généralement pas la secrétaire pour Jacko, mais comme elle était de la police et que je ne savais pas de quoi il s'agissait, j'ai pensé qu'il valait mieux noter ce qu'elle voulait que je lui transmette.

Elle sourit, dans le but de prendre l'air modeste d'une femme qui ne sait pas comment se conduire devant l'autorité. C'était un numéro gros comme une maison, mais Wharton n'eut pas l'air de relever.

— Comportement sensé, madame Morgan, dit-il. Quel était le message ?

— Elle m'a dit que c'était une simple formalité, une enquête de routine, mais qu'elle souhaitait lui parler d'un fait en rapport avec une de ses affaires. Comme elle était très occupée, elle m'a dit qu'elle préférait le samedi, mais qu'elle se plierait à sa convenance. Il avait tout loisir de choisir le lieu et l'heure. Et elle a laissé un numéro où la rappeler.

— Vous l'avez encore, ce numéro ? demanda Wharton, pour la forme.

Micky sortit un bloc et le lui tendit.

— Comme vous le voyez, nous utilisons une page pour chaque jour. Ça sert à tout, les messages téléphoniques, les idées d'émission, les questions domestiques, n'importe quoi, précisa-t-elle en désignant quelques lignes en haut de la page.

Wharton lut : « Insp. Sharon Bowman. Jacko. rdv ? ? ? Samedi ? ? ? Donner lieu + heure. 307 4676 Sgt. Devine. » Ce qui confirmait la déclaration de Chris Devine, mais Wharton voulait vérifier.

— Ce numéro... C'est à Londres ?

— Oui. 0171. Même indicatif de zone que le nôtre, c'est pour ça que je n'ai pas pris la peine de le noter. Après tout, c'était logique, non ? Elle était de la police de Londres.

— Elle était détachée dans une unité basée à Leeds, dit-il gravement. C'est pour ça qu'elle y habitait, madame Morgan.

— Oh, mon Dieu, mais bien sûr, dit-elle d'une voix atone. Figurez-vous, je ne sais pas pourquoi, mais je n'y ai pas pensé. Comme c'est étrange.

— Effectivement, dit Wharton. Donc, vous avez passé le message à votre mari et c'est tout ?

— Je l'ai laissé sur sa boîte vocale. Il m'a dit plus tard qu'il avait pris le rendez-vous à la maison pour le samedi matin. Il savait que cela ne me gênait pas, puisque Betsy et moi nous partions par la navette pour le week-end. Les avantages du métier, dit-elle avec son grand sourire.

Wharton se demanda avec aigreur pourquoi les autres femmes qu'il connaissait ne réussissaient jamais à avoir l'air aussi heureuses quand elles lui parlaient.

Avant qu'il n'ait pu poser la question suivante, il entendit des pas dans le couloir. Il se retourna au moment où la porte s'ouvrait derrière lui. La première impression que lui fit Jacko Vance fut celle d'une extraordinaire énergie retenue dans un costume coûteux. Il y avait chez lui quelque chose qui attirait irrésistiblement le regard, même quand il accomplissait un acte aussi banal que de traverser une pièce et de tendre la main gauche dans un geste bienveillant.

— Inspecteur Wharton, je présume, dit Vance avec chaleur en faisant semblant de ne pas remarquer le rosissement du policier qui se levait à demi, tendait la mauvaise main et s'empressait de farfouiller dans ses papiers tout en serrant maladroitement la main tendue. Jacko Vance, dit-il en prétendant une humilité que Micky reconnut comme aussi fausse que la sienne. Une affreuse affaire. (Vance se détourna de l'inspecteur, fit un petit signe de tête aimable à l'agent et se laissa tomber dans le canapé à côté de sa femme en lui tapotant la cuisse.) Tout va bien, Micky? demanda-t-il d'une voix dégoulinante de la sollicitude qu'il témoignait lors de ses visites aux malades.

— Nous en étions à l'appel de l'inspecteur Bowman, dit-elle.

— Bon. Désolé de mon retard. J'ai été coincé dans un embouteillage dans le West End, dit-il en esquissant un sourire humble et familier. Alors, que puis-je vous dire de plus, inspecteur?

— Mme Morgan vous a transmis un message de l'inspecteur Bowman, c'est bien cela?

— Absolument, dit Vance d'un ton assuré. J'ai appelé le numéro qu'elle avait laissé et j'ai eu une dame, un sergent dont j'ai complètement oublié le nom. J'ai dit que j'attendrais l'inspecteur Bowman chez moi samedi matin entre 9 h 30 et midi.

— C'est très généreux de la part d'un homme occupé comme vous, dit Wharton.

— J'essaie toujours d'aider les autorités quand je le peux, dit Vance en haussant les sourcils. Cela ne m'a pas du tout gêné. Tout ce que j'avais prévu de faire ce jour-là, c'était régler quelques paperasseries personnelles et monter à ma maison de campagne dans le Northumberland pour me coucher de bonne heure. J'avais un semi-marathon à courir le dimanche à Sunderland au profit d'une œuvre, voyez-vous.

Il se laissa aller en arrière d'un air négligent, s'attendant à ce que l'on note bien la dernière phrase, qu'on la croie et qu'on l'enregistre comme preuve de son innocence.

— À quelle heure est arrivée l'inspecteur Bowman ? demanda Wharton.

Vance fit une grimace d'ignorance et se tourna vers sa femme.

— Quelle heure il était ? Tu partais, n'est-ce pas ?

— Oui, confirma-t-elle. Il devait être dans les 9 heures et demie. Betsy pourra probablement vous dire l'heure exacte. C'est la seule personne de la maison à avoir la notion du temps. (Elle eut un sourire forcé, stupéfaite qu'un policier soit si prêt à croire que deux stars de la télé qui présentaient des émissions phares soient incapables de mesurer le temps à trente secondes près.) Nous étions sur le pas de la porte. Jacko était au téléphone à l'étage, alors je l'ai fait entrer dans cette pièce et nous sommes parties.

— Je ne l'ai pas fait attendre plus de deux minutes, enchaîna Vance. Elle s'est excusée de me déranger pendant un week-end, mais j'ai expliqué que dans mon métier, nous n'avons pas vraiment de week-ends. Nous prenons le temps quand nous pouvons, n'est-ce pas, chérie ? demanda-t-il avec un regard transi en la prenant par l'épaule.

— Pas assez souvent, hélas, soupira Micky.

Wharton s'éclaircit la voix et continua :

— Pouvez-vous me dire de quoi l'inspecteur Bowman voulait vous entretenir ?

— Vous voulez dire que vous ne le savez pas ? demanda Micky (La journaliste qui sommeillait toujours en elle s'était brusquement réveillée.) Un policier fait tout le chemin depuis le Yorkshire pour s'entretenir avec quelqu'un d'aussi connu que Jacko et vous ne savez pas à quoi cela avait trait ?

L'air étonné, elle s'était penchée en avant, les coudes sur les cuisses, les mains grandes ouvertes.

Wharton se tortilla sur son siège et fixa un point du mur entre les deux fenêtres.

— L'inspecteur Bowman était postée dans une unité nouvelle. À proprement parler, elle n'aurait pas dû s'occuper de la moindre affaire pour le moment. Nous pensons savoir sur quoi elle travaillait, mais actuellement, nous n'avons aucun élément extérieur qui le corrobore. Cela nous aiderait beaucoup si Mr Vance pouvait juste nous dire ce qui a transpiré entre eux ce samedi matin.

Il poussa un soupir et leur décocha un regard à la fois gêné et suppliant.

— Aucun problème, dit Vance avec aisance. L'inspecteur Bowman était désolée de me poser des questions d'ordre aussi privé, mais elle travaillait sur une série de disparitions de jeunes filles. Elle pensait qu'elles avaient été attirées hors de chez elles par le même individu. Il se trouvait que, peu de temps avant de disparaître, certaines de ces filles avaient assisté à des manifestations où j'étais moi-même présent et elle se demandait si un malade mental ne s'en prenait pas à mes fans. Elle m'a dit vouloir me montrer des photos de ces jeunes filles au cas où j'aurais remarqué qu'elles parlaient à quelqu'un en particulier.

— Un membre de votre cercle, vous voulez dire ? souffla Wharton, heureux de montrer qu'il avait du vocabulaire.

Vance éclata d'un rire profond de baryton.

— Je suis navré de vous décevoir, inspecteur, mais je n'ai pas vraiment de « cercle ». Quand je fais une émission, j'ai une équipe qui collabore étroitement avec moi. Parfois, quand je fais des AP, c'est-à-dire des apparitions publiques, mon producteur ou mon assistant viennent avec moi pour me tenir compagnie ou me soutenir. Mais en dehors de cela, si je voulais des gardes du corps ou quoi que ce soit de ce genre, ce serait de ma poche. Et comme une grande partie de mon travail consiste à recueillir des fonds pour des organismes de bienfaisance, il serait ridicule de dépenser plus que nécessaire. Aussi ai-je expliqué à l'inspecteur Bowman que je n'ai pas de cercle de fidèles. En revanche, j'ai un noyau dur de fans. Ce sont une vingtaine de personnes qui me suivent pratiquement partout où je vais. Des gens étranges, mais je les ai toujours considérés comme inoffensifs.

— C'est une preuve de célébrité, dit Micky d'un ton très naturel. Si vous n'avez pas votre cour de fans un peu maniaques, vous n'êtes personne. Ce sont tous des types en anorak et des femmes en pantalon de Tergal et en pull acrylique. Avec des coiffures effrayantes. Pas le genre avec qui une adolescente irait s'enfuir, vous pouvez me croire.

— Et c'est à peu près ce que j'ai dit à l'inspecteur Bowman, continua Vance. (Ils sont tellement lisses, tellement naturels, songea-t-il. Peut-être qu'il serait temps de faire des émissions avec eux. Il se promit d'explorer l'idée avec son producteur.) Elle m'a montré quelques photos des filles dont elle s'occupait, mais aucune ne m'a rien évoqué. (Son haussement d'épaules était désarmant.) Cela n'a rien d'étonnant, je signe jusqu'à trois cents autographes dans ce genre de manifestation. Enfin, signer… griffonner, serait plus exact, dit-il en regardant tristement sa main artificielle. Écrire fait partie des choses que je ne peux plus faire convenablement.

Il y eut un silence. Wharton eut l'impression qu'il était aussi long que la Journée du Souvenir. Il se creusa la tête pour trouver une question pertinente.

— Comment l'inspecteur Bowman a-t-elle réagi, monsieur ? Je veux dire, au fait que vous n'en reconnaissiez aucune.

— Elle a eu l'air déçue, dit Vance. Mais elle a avoué qu'elle s'en était un peu doutée. J'ai dit que j'étais navré de n'avoir pu l'aider davantage et elle est partie. Ce devait être vers... Oh, 10 heures et demie, par là ?

— Donc elle est restée pendant une heure ? Cela me semble un peu long pour quelques questions, dit Wharton, plus pointilleux que soupçonneux.

— N'est-ce pas ? convint Vance. Mais je l'ai fait attendre quelques minutes, puis je nous ai préparé du café et nous avons bavardé un peu. Les gens veulent toujours connaître des détails croustillants sur les coulisses de *Vance Chez Vous*. Ensuite, il a fallu que je regarde toutes les photos. J'ai pris mon temps. Des jeunes filles qui disparaissent, c'est une question trop grave pour qu'on la prenne à la légère. Je veux dire, aucun contact avec leur famille après tout ce temps, des années, dans certains cas, d'après ce que m'a dit l'inspecteur Bowman... Elles auraient pu être tuées. Cela méritait mon attention.

— Tout à fait, monsieur, dit gravement Wharton en regrettant d'avoir posé la question. J'imagine qu'elle ne vous a pas dit ce qu'elle comptait faire du reste de la journée ?

— Non, désolé, inspecteur. J'ai eu l'impression qu'elle avait un autre rendez-vous, mais elle ne m'a dit ni où ni avec qui.

— Qu'est-ce qui vous a donné cette impression ? demanda Wharton en levant le nez, sentant que pour la première fois, il allait peut-être pouvoir faire autre chose que poser des questions de routine.

Vance plissa un instant le front, comme s'il réfléchissait.

— Après que j'ai terminé avec les photos, j'ai proposé de refaire du café. Mais elle a regardé sa montre et a eu l'air surprise. Comme si elle n'avait pas vu le temps passer. Elle m'a dit qu'elle devait partir, qu'elle ne s'était pas rendu compte que nous avions parlé aussi longtemps. Elle est partie très vite après.

— Je pense que c'est également ce que je vais faire, monsieur, dit Wharton en refermant son calepin. Je vous remercie beaucoup d'avoir pris sur votre temps pour nous parler. S'il y a autre chose, ce dont je doute beaucoup, je reprendrai contact avec vous.

Il se leva et fit un signe de tête à son agent.

— Vous ne voulez pas parler à Betsy ? demanda Micky. Elle ne devrait pas tarder.

— Je ne crois pas que ce soit nécessaire, dit Wharton. Sincèrement, je pense que la visite que l'inspecteur Bowman vous a faite n'a rien à voir avec sa mort. Nous n'avons plus qu'à chercher ailleurs.

Vance les raccompagna à la porte.

— C'est dommage que vous ayez dû vous traîner jusqu'ici alors que le vrai boulot vous attend dans le Yorkshire, dit-il avec un sourire compatissant qui s'ajouta à son ton de commisération.

Micky les salua et regarda par la fenêtre Vance qui sortait avec les policiers. Elle ne savait pas très bien ce que cachait son mari. Mais elle le connaissait assez pour savoir que ce qu'elle avait entendu n'avait qu'un lointain rapport avec la vérité, toute la vérité et rien que la vérité.

Quand il revint, elle était accoudée à la cheminée.

— Est-ce que tu comptes me dire ce que tu ne leur as pas dit ? demanda-t-elle en le lorgnant de l'air finaud qui parvenait toujours à percer le vernis de sa façade.

— Tu es une vraie sorcière, Micky. Oui, je vais te le dire. J'ai en fait reconnu l'une des filles dont Bowman m'a montré la photo.

Micky écarquilla les yeux.

— Tu l'as reconnue ? Comment ça se fait ? Et d'où ?

— Pas la peine de t'affoler, dit-il d'un ton méprisant. C'est tout à fait innocent. Quand elle a disparu, ses parents nous ont contactés, en disant qu'elle était ma plus grande fan, bla-bla-bla, qu'elle ne manquait jamais mon émission, bla-bla-bla. Et qu'ils souhaitaient que je fasse un appel public pour l'inciter à les contacter.

— Et tu l'as fait ?

— Tu penses bien que non. Ça n'entrait pas du tout dans le format de l'émission. Quelqu'un du bureau a envoyé une lettre aimable et nous avons demandé à un tabloïd de faire un article qui disait : « Jacko supplie une fugueuse d'appeler ses parents. »

— Alors pourquoi tu ne l'as pas dit à Wharton ? Si tu as fait quelque chose dans la presse, il va y avoir des traces ! Ils peuvent les retrouver et tu seras dans une sacrée merde.

— Comment ? Ils ne savent même pas ce que faisait Bowman, ce qui laisse bien à penser qu'ils n'ont même pas ses dossiers, non ? Écoute, Micky, je n'ai jamais croisé cette fille, je ne lui ai jamais parlé. Mais si je dis à l'inspecteur Plouc que je l'ai reconnue... merde, Micky, tu sais que c'est chez les flics qu'il y a le plus de fuites. En un rien de temps, ce sera des titres genre « Jacko au cœur d'une enquête sur un meurtre » à toutes les unes. Merci bien. Je peux m'en passer. Ils ne peuvent faire le moindre rapprochement avec les fugueuses de Bowman. Le roi de la dénégation, tu te souviens ?

Micky secoua la tête, admirant son sang-froid malgré elle.

— Plutôt Monsieur Téflon, dit-elle. Je suis obligée de te tirer mon chapeau, Jacko. Quand il s'agit de jouer avec le public comme avec un violon, je ne suis vraiment rien à côté de toi.

Il s'approcha d'elle et l'embrassa sur la joue.

— Il ne faut jamais essayer d'apprendre à un vieux singe à faire des grimaces.

Carol arriva le lendemain matin à son bureau et fut prise au dépourvu en voyant que son équipe l'avait précédée. Tommy Taylor était vautré dans le fauteuil en face du sien, les jambes bien écartées pour souligner qu'il était un vrai homme. Lee avait entrebâillé la fenêtre et soufflait sa fumée dans les vapeurs d'échappement du dehors. Di était dans sa position habituelle, adossée au mur, les bras croisés sur son tailleur mal fagoté. Carol brûlait d'envie de la traîner par les cheveux aux soldes de janvier pour que cette bonne femme porte enfin des vêtements qui lui allaient et la flattaient plutôt que les trucs moches et chers qu'elle se choisissait d'habitude.

Carol fonça sur son bastion derrière son bureau et ouvrit son attaché-case tout en s'asseyant.

— Bien, dit-elle. Notre pyromane en série.

— Complètement frappé, dit Lee.

— En fait, non, dit Carol. Apparemment, il serait aussi sain d'esprit que vous et moi. Du moins, que moi, puisque je ne peux pas parler pour vous. Selon un psychologue dont j'estime le jugement, nous n'avons pas affaire à un psychopathe. L'homme qui déclenche ces incendies a un motif criminel direct. Ce qui désigne les pompiers à mi-temps de Jim Pendlebury.

Tous les trois la regardèrent fixement comme si elle venait brusquement de parler suédois.

— Quoi ? parvint à articuler Lee.

Carol distribua des photocopies de la liste que lui avait donnée le commandant.

— Je veux qu'on fouille en détail la vie de ces types. Attention particulière à accorder aux questions financières. Et je ne veux surtout pas qu'ils se doutent que nous nous intéressons à eux.

— Vous accusez des *pompiers* ? dit Tommy Taylor, qui avait enfin retrouvé sa voix.

— Je pense que vous découvrirez que nous sommes censés dire « soldats du feu », depuis quelque temps, dit Carol. Je n'accuse encore personne, sergent. J'essaie de rassembler le plus d'informations possible pour que nous puissions fonder une décision.

— Les pompiers *meurent* dans les incendies, lança Di Earnshaw d'un ton de défi. Ils sont blessés, ils inhalent des vapeurs toxiques. Pourquoi un pompier irait-il déclencher des feux ? Il faudrait que ce soit un barjot complet, et vous venez de dire l'inverse. Vous ne trouvez pas que c'est contradictoire ?

— Il n'est pas dérangé, dit Carol sans se laisser démonter. Désespéré, peut-être, mais il ne souffre d'aucun désordre mental. Nous cherchons quelqu'un de tellement plongé dans les dettes, qu'il ne voit plus rien sauf la façon de s'en sortir. Ce n'est pas qu'il cherche à mettre ses copains en danger : il refuse simplement de les inclure dans son équation.

Taylor secoua la tête avec scepticisme.

— C'est une putain de honte pour les autres pompiers, protesta-t-il.

— Pas davantage qu'une enquête extérieure sur la corruption dans la police. Et nous savons tous que cela existe, dit-elle d'un ton narquois. (Elle rangea ses papiers dans son attaché-case et leva le nez.) Vous êtes encore là ?

Lee jeta sa cigarette par la fenêtre dans un geste éloquent et s'en alla vers la porte en traînant les pieds.

— Je m'en occupe, dit-il.

Taylor se leva et rajusta ostensiblement la preuve de sa virilité.

— Ouais, dit-il en suivant Lee et en faisant signe à Di Earnshaw d'emboîter le pas.

— N'allez pas trop vite, surtout, dit Carol à leurs dos tournés.

Si les colonnes vertébrales pouvaient parler, celle de Di aurait probablement lancé un vibrant « va te faire foutre ». La porte se referma sur eux et Carol s'adossa à son fauteuil en se massant d'une main les muscles noués de sa nuque. Ce serait une très longue journée.

Tony décrocha le téléphone en marmonnant machinalement : « Tony Hill. Ne quittez pas », avant de terminer la phrase qu'il tapait. Il regarda le récepteur comme quelqu'un qui se demande comment il est arrivé là.

— Oui, excusez-moi. Tony Hill, j'écoute.

— Inspecteur Wharton, dit une voix neutre.

— C'est à quel sujet ? demanda Tony.

— Quoi ? bafouilla Wharton, décontenancé.

— Je vous demande à quel sujet vous appelez. Qu'est-ce que ça a d'étrange ?

— Oui, bon. Eh bien, j'appelle par politesse, dit Wharton d'un ton bourru qui contredisait ses paroles.

— Tiens, c'est nouveau.

— Pas la peine de faire le malin. Mon chef aurait aucun problème à vous convoquer chez nous pour un autre entretien.

— Il faudrait qu'il voie ça avec mon avocat. Vous avez déjà eu droit à votre coup franc. Alors, de quelle politesse s'agit-il ?

— On a eu un coup de téléphone de Micky Morgan, la présentatrice télé qui, comme vous le savez ou comme vous ne le savez pas, est Mrs Jacko Vance. Elle nous a informés que Bowman était venue chez eux à Londres le samedi matin s'entretenir avec son mari. On est descendus là-bas et on a parlé à Vance nous-mêmes. Et il est innocent.

» Bowman s'est peut-être ridiculisée devant votre petite bande, mais elle était pas assez idiote pour répéter ses élucubrations à Vance en personne. Il se trouve qu'elle voulait lui demander simplement s'il avait vu l'un de ses proches tourner autour des gamines disparues. Et il a rien remarqué. Rien d'étonnant, quand on sait le nombre de têtes qu'il croise toutes les semaines. Alors vous voyez, docteur Hill, il est innocent. C'est eux qui sont venus nous parler, pas le contraire.

— Et c'est tout ? Jacko Vance vous raconte qu'il a raccompagné Shaz Bowman à sa porte et ça vous suffit ?

— On a pas de raison de penser le contraire, dit sèchement Wharton.

— La dernière personne à l'avoir vue en vie ? Vous ne vous intéressez pas à ces gens-là, d'habitude ?

— Pas quand ils ont aucun lien connu avec la victime, une réputation d'honnêteté qui n'a jamais souffert et qu'ils ont quitté la victime douze heures avant que le crime ait été commis, dit Wharton d'une voix acide. Surtout quand il s'agit d'un handicapé, d'un type qui a perdu son bras et qui ne risque pas, du fait, de terrasser une policière expérimentée et en parfaite condition physique.

— Je peux vous poser une question ?

— Vous pouvez.

— Y avait-il un témoin à l'entretien ou bien est-ce que Vance a vu Shaz en tête à tête ?

— Sa femme l'a fait entrer, mais elle les a laissés. Bowman l'a vue seule. Mais ça ne signifie pas automatiquement qu'il ment, vous savez. Je suis dans le métier depuis un bout de temps. Je vois bien quand on me raconte des histoires. Allez, regardez les choses en face, docteur. Vous avez manqué la cible de très loin. Je vais pas dire qu'on vous en veut d'avoir essayé de nous détourner, mais on va rester sur les gens qu'elle connaissait.

— Merci de m'en informer.

Préférant ne pas en dire davantage, Tony raccrocha. L'aveuglement de l'être humain ne laissait jamais de le surprendre. Wharton n'était pas spécialement un imbécile : il était simplement, malgré ses années dans la police, conditionné à croire quc dcs gens comme Jacko Vance ne pouvaient pas être des criminels violents.

D'une certaine manière, il s'attendait à ce genre d'appel de la part de Wharton. La police ne pouvait pas à la fois venger Shaz Bowman et soutenir le travail de Tony. C'était à lui de jouer, maintenant, et il y trouvait une satisfaction mordante. Par ailleurs, la réponse de Wharton à sa question avait confirmé Vance comme principal suspect aux yeux de Tony. Ce ne pouvait être que lui. Tony avait déjà éliminé le fan psychotique, maintenant il pouvait éliminer les membres de l'entourage de Vance. Si personne n'avait assisté à l'entrevue, personne ne pouvait suivre Shaz une fois qu'elle avait quitté la maison.

Tony reprit le téléphone et appela le numéro qu'il avait demandé aux renseignements en prévision de cet instant. Quand le standard répondit, il demanda :

— Pouvez-vous me passer le bureau de la production de *Midi Morgan* ?

Puis il s'enfonça dans son fauteuil et attendit, un sourire mauvais aux lèvres.

John Brandon tripotait l'anse de sa tasse.

— Je n'aime pas ça, Carol, avoua-t-il. (Elle ouvrit la bouche pour répondre, mais il leva un doigt pour la faire taire.) Oh, je sais que vous n'appréciez pas plus l'idée que moi. C'est quand même quelque chose, de montrer du doigt les pompiers. J'espère seulement que nous ne faisons pas une grave erreur.

— Ce n'est pas la première fois que Tony Hill voit juste, lui rappela-t-elle. Et quand vous regardez son analyse, elle est plus logique qu'aucune autre.

Brandon secoua la tête d'un air désespéré. Il avait plus que jamais l'air d'un croque-mort dépassé par les événements.

— Je sais. C'est tellement déprimant, comme idée, malgré tout. Mettre tant de vies en jeu pour si peu. Au moins, quand les flics sont ripoux, généralement, personne ne meurt. (Il prit une gorgée de café dont l'arôme vint flotter jusqu'à Carol qui en eut l'eau à la bouche. Normalement, il lui en proposait une tasse. C'est dire à quel point il était bouleversé par son rapport pour ne pas le partager avec elle.) Et puis, tant pis, dit-il. Gardez-moi informé de ce que votre équipe aura trouvé. J'aimerais mieux être prévenu d'une éventuelle arrestation.

— Aucun problème. Il y a autre chose, monsieur.

— C'est la bonne ou la mauvaise nouvelle, que vous allez m'annoncer maintenant ?

— Je pense qu'elle est plutôt mauvaise. Tout dépend de la façon dont vous avez pris la première, monsieur, dit Carol avec un sourire sans chaleur.

Le directeur de la crime soupira et fit tourner légèrement son fauteuil pour contempler la rive opposée de l'estuaire. *Comme d'habitude, c'était le chef qui avait la plus belle vue*, songea Carol distraitement alors qu'un chalutier qui gagnait l'océan passait d'une fenêtre à l'autre.

— Allons-y, alors, dit-il.

— C'est également en rapport avec Tony Hill, dit-elle. Vous êtes au courant du meurtre de l'une de ses équipières ?

— Sale affaire, dit Brandon avec un heureux choix de vocabulaire. Le pire qui puisse arriver dans ce métier, c'est de perdre un homme. Mais en perdre un de cette manière... C'est le pire cauchemar.

— Surtout quand vous avez des souvenirs comme ceux que Tony Hill ressasse.

— Vous n'avez pas tort, dit-il en la regardant d'un air malin. Et en dehors de votre compassion bien naturelle, en quoi cela nous concerne-t-il, nous ?

— Officiellement, en rien du tout.

— Mais officieusement ?

— Tony a des problèmes avec la police du West-Yorkshire. Ils ont l'air de les traiter, lui et ses stagiaires, comme leurs principaux suspects, plutôt que comme une ressource utile. Tony a l'impression qu'ils ont arbitrairement écarté les autres possibilités et il est décidé à ne pas laisser échapper l'assassin de Shaz Bowman simplement parce que les enquêteurs ont des œillères.

Un sourire involontaire passa sur le visage de Brandon.

— Ce sont ses propres termes ?

— Pas mot à mot, monsieur, dit Carol avec un sourire complice. Je n'ai pas utilisé le langage d'aujourd'hui.

— Je vois pourquoi il éprouve le besoin d'agir, dit prudemment Brandon. N'importe quel flic aurait la même réaction. Mais nous avons dans la police des règles qui empêchent les agents d'enquêter sur des crimes où ils sont personnellement concernés. Ces règles sont là pour la très bonne raison que des crimes qui touchent un homme de près déforment son jugement. Êtes-vous sûre qu'il ne vaudrait pas mieux laisser le West-Yorkshire s'en occuper à sa manière ?

— Non, si cela implique de laisser un psychopathe en liberté, dit fermement Carol. Il n'y a rien de déformé dans la manière dont fonctionne l'esprit de Tony, à ce que j'ai pu voir.

— Vous n'avez toujours pas expliqué en quoi cela nous concernait.

— Il a besoin d'aide. Il travaille avec certains de ses stagiaires, mais ils sont tous actuellement suspendus, donc ils n'ont pas accès aux canaux officiels. En outre, il a besoin du point de vue d'un officier de police expérimenté pour contre-balancer le sien. Il ne peut pas en bénéficier là-bas. Tout ce qu'ils cherchent, c'est une raison de le mettre sous les verrous, lui ou quelqu'un de son équipe.

— Depuis le début, ils ne voulaient pas héberger cette unité, observa Brandon. Ça n'a rien d'étonnant qu'ils prennent ça comme prétexte pour la descendre en flammes. Cependant, c'est une affaire qui leur appartient et ils ne nous ont pas demandé de les aider.

— Eux, non, mais Tony, si. Et je pense que je lui dois cela, monsieur. Tout ce que je voudrais faire, c'est un peu de recherche de fond pour lui fournir des données brutes comme des noms et des coordonnées. J'ai l'intention de l'aider le plus possible. Je préfère le faire avec votre assentiment.

— Quand vous dites « aider »... ?

— Je ne marcherai pas sur les plates-bandes du West-Yorkshire. L'angle qui intéresse Tony est à des lieues de leur enquête. Ils ne sauront rien de mon travail. Je ne vais pas vous mettre une affaire de conflit de juridiction sur les bras.

Brandon avala le reste de son café et repoussa sa tasse.

— Alors là, ça non, Carol. Faites ce que vous voulez, mais discrètement. Cette conversation n'a jamais eu lieu et si jamais on découvre le pot aux roses, je ne vous ai jamais vue de ma vie.

— Merci, monsieur, dit-elle en se levant avec un sourire.

— Et ne vous attirez pas d'ennuis, inspecteur-chef, dit-il d'un ton bourru en la congédiant d'un mouvement de la main. (Puis alors qu'elle sortait, il ajouta :) Si vous avez besoin de moi, vous connaissez mon numéro.

C'était une promesse que Carol espéra ne jamais avoir à lui rappeler.

Sunderland était le point le plus au nord, Exmouth le plus au sud. Entre les deux se trouvaient Swindon, Grantham, Tamworth, Wigan et Halifax. Dans chacun de ces endroits, la disparition d'une adolescente avait attiré l'attention de Shaz Bowman. Kay Hallam savait qu'elle allait d'une manière ou d'une autre devoir extraire du nouveau de ces enquêtes pour étayer l'édifice des preuves que Tony construisait contre Vance. Ce n'était pas une mission facile. Des années avaient passé et avec elles, la précision des souvenirs. S'en acquitter toute seule n'était pas non plus la meilleure manière. Dans un monde idéal, ils auraient été deux, ils auraient eu une quinzaine de jours pour le faire et ils auraient mené les entretiens avec un esprit qui n'était pas épuisé à force de parcourir le pays de long en large.

Mais ils ne bénéficiaient pas de ce luxe. Elle n'avait pourtant pas envie de traîner. Celui qui avait tué Shaz ne méritait pas une minute de plus de liberté. C'était déjà assez pénible d'attendre sans rien faire que l'inspecteur-chef Jordan fournisse le résultat de ses innombrables coups de fil. Elle, c'était un modèle, se dit Kay en arpentant de pièce en pièce son cottage victorien. Quoi qu'ait fait Carol jusque-là, elle l'avait manifestement bien fait. « Si tu as envie de réussir, fréquente ceux qui ont réussi et agis comme eux », se récita Kay. C'était l'une des mantras familières qu'elle avait trouvées dans l'une de ses cassettes américaines de développement personnel.

L'appel arriva à midi. Carol avait parlé à toutes les divisions de la crime qui avaient traité les dossiers des disparues. Dans trois cas, elle avait pu arranger un rendez-vous avec l'officier investigateur, bien que le mot « investigateur » fut probablement excessif pour les enquêtes de pure forme menées sur des adolescentes qui ne semblaient pas vouloir qu'on les retrouve. Elle avait fait en sorte que Kay puisse accéder aux maigres dossiers, et elle avait extorqué les coordonnées des parents affligés.

Kay raccrocha et étudia une carte routière. Elle calcula qu'elle pouvait faire Halifax dans l'après-midi et Wigan dans la soirée. Ensuite, autoroute jusqu'aux Midlands et une nuit de motel. Petit déjeuner à Tamworth, puis Exmouth en fin d'après-midi. Retour par autoroute pour une nuit à Swindon, puis traversée jusqu'à Grantham. Un arrêt le lendemain à Leeds pour faire son rapport à Tony, et elle pouvait terminer par Sunderland. On aurait dit un road-movie de cauchemar. Même Thelma et Louise avaient réussi à avoir plus de glamour, se dit-elle.

Seulement, contrairement à certains de ses collègues, elle ne s'était jamais attendue à trouver dans son job le moindre romantisme. Une tonne de boulot, la sécurité d'emploi et un salaire convenable, c'était tout ce que Kay pensait recevoir dans la police. La gratification du travail d'enquête avait été une surprise. Et elle était douée pour ça, elle avait pour remarquer les détails un don que ses collègues les moins charitables qualifiaient de névrose anale. Le profilage semblait le domaine idéal pour utiliser pleinement ses dons d'observation. Elle n'avait jamais imaginé que sa première affaire la toucherait d'aussi près. Personne ne méritait ce qui était arrivé à Shaz Bowman, et personne n'ayant fait ça, de rester impuni.

Telles étaient les pensées de Kay tandis qu'elle conduisait sur le réseau d'autoroutes qui sillonne l'Angleterre. Elle remarqua que toutes les destinations étaient soit desservies par l'autoroute soit par des nationales jalonnées de fast-foods et de stations-service. Elle se demanda si c'était significatif. Vance s'arrangeait-il pour trouver ses victimes dans des stations-service où elles pouvaient facilement arriver en stop ? C'était presque la seule nouvelle donnée qu'elle avait découverte en deux jours de travail, songea-t-elle mornement. Ça et la faible lueur fantomatique d'un schéma de concordances. Mais les déclarations des parents étaient d'une déprimante similarité, désespérément minces en détails pertinents, du moins en ce qui concernait Vance. Elle avait réussi à parler à des amis de quelques filles, dont le témoignage se révéla à peine plus utile. Ce n'est pas qu'ils ne voulaient pas l'aider : Kay était le genre d'interlocutrice à qui tout le monde a envie de se confier. Son allure de musaraigne insignifiante dissimulait parfaitement son intelligence : elle ne représentait pas une rivale pour les femmes et donnait envie aux hommes de se conduire en protecteurs. Non, ils ne cachaient rien. Ils n'avaient simplement pas grand-chose à dire. Oui, les disparues étaient folles de Jacko, oui, elles étaient allées le voir quand il était en ville et oui, elles étaient toutes excitées à cette perspective. Mais elle n'avait rien glané de plus.

Après Grantham, elle s'était mise à fonctionner au radar. Deux nuits dans des motels avec des lits trop mous et la rumeur incessante de la circulation, assourdie, mais guère plus, par des doubles vitrages, ce n'était pas l'idéal pour des entretiens productifs, mais c'était mieux que ne pas dormir du tout, se morigéna-t-elle en bâillant à s'en décrocher la mâchoire avant d'appuyer sur une sonnette.

Kenny et Denis Burton ne semblèrent pas remarquer son épuisement. Il s'était écoulé deux ans, sept mois et trois jours depuis que Stacey avait franchi leur porte et n'était jamais revenue, et les cernes sous leurs yeux indiquaient qu'ils n'avaient plus très bien dormi depuis. On aurait dit des jumeaux : tous les deux petits, trapus, avec la peau blême des gens qui ne sortent jamais, et des doigts potelés. En voyant le mur couvert des photos de leur fille, mince aux yeux bleus, on avait du mal à considérer la génétique comme une science exacte. Ils s'assirent dans un salon qui était un monument à l'expression « une place pour chaque chose, chaque chose à sa place ». Et il y avait des tas de places dans cette pièce exiguë : des vitrines d'encoignure, des alcôves remplies d'étagères qui abritaient des bimbeloteries sans nombre, une fausse cheminée avec des niches. C'était une pièce timidement conventionnelle qui vous flanquait des accès de claustrophobie. Avec les deux radiateurs électriques qui soufflaient une chaleur chargée de poussière, Kay avait de la peine à respirer. Pas étonnant qu'il n'ait pas fallu grand-chose pour convaincre Stacey de fuguer.

— C'était une enfant adorable, dit Denis d'un ton chargé de regret.

C'était un refrain que Kay avait fini par haïr, étant donné qu'il occultait jusqu'au dernier détail utile de la personnalité d'une adolescente. Et cela lui rappelait de manière décourageante sa propre mère qui effaçait définitivement la réalité de l'identité de Kay derrière cette phrase insipide.

— Pas comme certaines, dit sombrement Kenny en rajustant des mèches de cheveux grisonnants sur un crâne chauve. On lui disait de rentrer avant 22 heures, elle rentrait avant 22 heures.

— Elle ne serait jamais partie de son plein gré, dit Denise, prononçant là à point nommé le vers suivant de cette litanie désormais familière. Elle n'avait aucune raison. Elle a dû être enlevée. Il n'y a pas d'autre explication.

Kay évita de lui en donner une trop péniblement évidente.

— Je voudrais vous poser quelques questions sur les jours précédant sa disparition, dit-elle. À part pour aller à l'école, est-ce qu'elle est sortie durant la semaine ?

Kenny et Denis ne prirent pas la peine de réfléchir. L'un après l'autre, comme en contrepoint, ils enchaînèrent :

— Elle est allée au cinéma.

— Avec Kerry.

— La semaine avant son enlèvement.

— Tom Cruise.

— Elle adore Tom Cruise. (Un présent prononcé comme un défi.)

— Elle est aussi sortie le lundi.

— On ne l'aurait pas autorisée, une veille de classe, d'ordinaire.

— Mais c'était spécial.

— Jacko Vance.

— Son héros, ça oui.

— Il présidait l'inauguration d'un pub en ville.

— On ne l'aurait pas autorisée à aller dans un pub, d'ordinaire.

— Pensez, à quatorze ans.

— Mais la mère de Kerry les emmenait, alors on s'est dit que ça se passerait bien.

— Et ça s'est bien passé.

— Elle est rentrée pile à l'heure, pile quand la mère de Kerry l'avait promis.

— Elle en avait plein les yeux, notre Stacey, ça oui. Elle a eu une photo dédicacée.

— Dédicacée personnellement. Personnellement pour elle.

— Elle l'avait avec elle. Quand elle est partie.

Il y eut un silence pendant lequel Kenny et Denise ravalèrent leur chagrin.

Kay en profita.

— Comment elle se comportait, après cette sortie ?

— Elle était très excitée, hein, Kenny ? C'était comme un rêve devenu réalité, d'avoir parlé à Jacko Vance.

— Parce qu'elle a vraiment pu lui parler ? demanda Kay en se forçant à garder un ton détaché.

Le vague schéma de concordances qu'elle discernait était de plus en plus précis à chaque entretien.

— Comme si elle avait été frappée par la foudre, qu'elle était, après, confirma le père.

— Elle avait toujours voulu faire de la télévision, renchérit l'épouse en reprenant le contrepoint.

— Les gens de chez vous ont dit qu'elle était partie à Londres pour essayer de se faire un nom dans le showbiz, dit Kenny avec mépris. Sûrement pas. Pas Stacey. Elle était bien trop sensée. Elle était d'accord avec nous. Reste à l'école, passe tes examens et on verra après.

— Elle aurait pu faire de la télé, fit Denise d'un ton de regret.

— Elle avait le physique.

Kay intervint avant qu'ils ne recommencent.

— Vous a-t-elle dit de quoi elle avait parlé avec Jacko Vance ?

— Oh, juste qu'il était très gentil, dit Denise. Je ne crois pas qu'il lui a dit quoi que ce soit de spécial, hein, Kenny ?

— Il a pas le temps de s'intéresser aux gens personnellement. C'est un homme occupé. Des dizaines d'admirateurs, non, des centaines, veulent lui faire signer un autographe, échanger quelques mots, poser pour une photo.

Les paroles restèrent suspendues en l'air comme les dernières étincelles d'une fusée de feu d'artifice.

— Poser pour une photo ? demanda doucement Kay. Est-ce qu'elle aurait posé avec lui ?

Ils hochèrent la tête en chœur.

— C'est la mère de Kerry qui l'a prise.

— Je pourrais la voir ? demanda Kay en sentant son cœur se mettre à battre et ses mains devenir moites dans la pièce étouffante.

Kenny sortit un album de photos gravé de dessous une table basse qui portait des taches d'une couleur inconnue dans la nature. D'une main qui avait l'habitude, il l'ouvrit rapidement à la dernière page. Et là, agrandi en format 18 x 24, était collé le cliché flou d'un groupe de gens qui entouraient Jacko Vance. Le cadrage était de travers, les visages étaient flous, comme vus à travers une brume de chaleur. Mais la fille juste à côté de Jacko Vance, celle à qui il parlait très visiblement, une main sur son épaule, la tête penchée vers elle, la fille qui levait vers lui les yeux d'un chiot éperdu d'amour, cette fille était sans l'ombre d'un doute Stacey Burton.

Cela avait été plus difficile que prévu pour Wharton de parler au sergent Chris Devine. Quand il avait appelé son bureau, il avait appris qu'elle avait pris deux jours de congé de deuil après son coup de téléphone pour faire sa déposition. C'était la première fois que Wharton tombait sur quelqu'un qui semblait sincèrement chagriné par la mort de Shaz Bowman : ce n'était pas lui qui était allé annoncer la nouvelle aux parents catastrophés.

Le temps que Chris le rappelle à la suite du message qu'il avait laissé sur son répondeur, Wharton était déjà à Londres chez Vance et sa femme. Cela avait été facile de la retrouver ensuite chez elle.

Le flic dur de dur qui sommeillait en lui avait été immédiatement conquis par Chris Devine lorsqu'elle l'avait accueilli en disant : « J'espère sincèrement que vous allez pincer le salaud qui a fait ça. » Il ne se laissa pas troubler par l'attirail de photographies artistiques de belles femmes qui couvrait les murs de l'appartement. Il avait déjà travaillé avec des lesbiennes et en fin de compte, il les trouvait sacrément moins encombrantes que la plupart des policières hétéro. Son compagnon fut moins bien disposé et préféra s'asseoir face à la baie vitrée qui donnait sur la vieille église épargnée parmi les bâtiments modernes du Barbican.

— J'espère bien aussi, dit-il en s'asseyant du bout des fesses sur le canapé-futon en se demandant distraitement comment les gens pouvaient dormir sur des trucs pareils.

— Vous êtes allé voir Jacko Vance ? dit Chris à peine installée dans le grand fauteuil en face de lui.

— On leur a parlé à lui et sa femme hier. Il a confirmé ce que vous nous aviez déjà dit sur le rendez-vous que Shaz Bowman avait pris avec lui le jour de sa mort.

Elle hocha la tête et repoussa ses boucles châtains de son visage.

— Je vois Vance comme le genre de type qui remarque tout.

— Alors qu'est-ce que c'était que tout ça ? demanda Wharton. Pourquoi vous aidiez l'inspecteur Bowman à se faire passer pour quelqu'un de la police de Londres ?

Le pli entre ses sourcils s'accentua.

— Pardon ?

— Elle a donné votre ligne directe à la brigade criminelle comme contact pour Shaz Bowman. Pour donner l'impression qu'elle était encore de la police de Londres.

— Elle *était* encore de notre service, fit remarquer Chris. Mais il n'y avait rien de mal à donner mon numéro comme contact. Durant leur période de formation, les membres de la cellule n'avaient pas l'autorisation de recevoir des appels pendant les cours. Shaz m'a demandé si je pouvais l'aider, c'est tout.

— Pourquoi vous, sergent ? Pourquoi pas l'accueil du commissariat où elle était en poste ? Pourquoi pas son numéro personnel en précisant à Vance d'appeler le soir ?

Il n'y avait rien d'hostile dans l'attitude de Wharton : la réponse l'intéressait vraiment sincèrement.

— Je pense que c'est parce que nous étions déjà en contact sur cette affaire, dit Chris qui sentait l'irritation la gagner mais qui n'en montrait rien : ses années dans la police lui avaient donné l'habitude de voir des sous-entendus partout et le don de ne rien laisser voir de sa réaction.

— Vous étiez en contact ? C'est-à-dire ?

Chris tourna la tête et ses yeux noirs contemplèrent le ciel par-dessus l'épaule de Wharton.

— Elle m'avait déjà demandé mon aide. Elle avait besoin de photocopies de journaux et j'étais allée à Colindale pour les faire.

— C'était vous, le paquet ?

— Oui, c'était moi.

— J'en ai entendu parler. Ça devait faire des centaines de pages, vu la taille et le poids de la boîte. Ça fait beaucoup de boulot pour quelqu'un d'aussi occupé que vous, dit Wharton en se penchant en avant, maintenant qu'il sentait qu'il y avait peut-être autre chose.

— Je l'ai fait sur mon temps libre. OK, inspecteur ?

— Ça fait beaucoup de temps à consacrer à un policier qui n'est pas votre chef, hasarda Wharton.

Chris serra un instant les lèvres. Avec son nez à la retrousse, elle avait plus qu'une légère ressemblance avec Grincheux, dans les Sept Nains.

— Shaz et moi avons été équipières la nuit pendant très longtemps. Nous étions autant amies que collègues. C'était probablement l'une des jeunes policières les plus douées avec qui j'aie jamais travaillé et sincèrement, monsieur Wharton, je ne vois pas en quoi me demander pourquoi j'étais heureuse de prendre une journée pour l'aider va vous aider à pincer son assassin.

— Question de fond. On ne sait jamais, dit Wharton en haussant les épaules.

— Moi je sais, croyez-moi. Vous devriez me poser des questions sur Jacko Vance.

Malgré lui, Wharton ne put s'empêcher d'avoir un sourire ironique.

— Me dites pas que vous êtes tombée vous aussi dans ce panneau ?

— Si vous voulez me demander si j'ai suivi la théorie de Shaz selon laquelle Jacko Vance tuait des adolescentes, la réponse est : « je ne sais pas ». Je n'ai pas eu la possibilité d'examiner son dossier. Mais ce que je sais c'est que Vance est convenu avec moi qu'elle vienne chez lui samedi matin et qu'elle était morte le lendemain matin. Bon, voilà la façon dont on travaille ici : on s'intéresse de très près à la dernière personne qui a vu la victime en vie, et d'après la mère de Shaz, vous ne semblez avoir identifié personne qui l'ait vue après qu'elle a quitté la maison de Vance. Moi, ça me conduirait à m'intéresser à Jacko Vance au plus haut point. Qu'en dit l'équipe de profilage ?

— Tant que nous ne pourrons pas écarter de manière concluante les collègues de Shaz comme suspects, nous ne les utiliserons pas pour enquêter sur l'affaire.

— Quoi ? Vous n'allez pas recourir aux services de Tony Hill ?

— Nous pensons qu'elle connaissait peut-être son assassin et les seules personnes qu'elle fréquentait à Leeds étaient celles avec qui elle travaillait. Vous êtes un policier expérimenté. Vous devez bien voir que nous ne pouvons pas risquer de biaiser l'enquête en faisant confiance à aucun d'eux.

— Vous avez le profileur le plus doué du pays à portée de main, quelqu'un qui connaissait la victime et qui savait sur quoi elle travaillait et vous n'en tenez pas compte ? Est-ce que vous auriez une raison quelconque de ne pas vouloir attraper l'assassin de Shaz ? Je parie que Tony Hill ne pense pas que vous devriez laisser tomber la piste Jacko Vance.

— Je comprends que vous soyez un peu émue par cette affaire, sourit aimablement Wharton. (Il vit que Chris fulminait intérieurement, mais comme elle ne disait rien, il poursuivit :) Mais je peux vous assurer que j'ai parlé à M. Vance et que rien ne suggère qu'il ait quoi que ce soit à faire avec le meurtre. D'après lui, tout ce que l'inspecteur Bowman voulait savoir, c'est s'il avait remarqué une ou plusieurs des filles de son prétendu groupe en compagnie de quelqu'un qui assistait régulièrement à ses apparitions publiques. Il lui a dit que non et ça a été tout.

— Et vous l'avez cru sur parole ? Comme ça ?

Wharton haussa les épaules.

— Je vous l'ai dit : pourquoi pas ? Qu'est-ce qui indiquerait quoi que ce soit de suspect ?

Chris se leva brusquement et prit un paquet de cigarettes sur une petite table. Elle en alluma une et se retourna pour regarder Wharton droit dans les yeux.

— C'est la dernière personne à notre connaissance qui l'ait vue, dit-elle d'une voix rauque.

Le sourire de Wharton se voulait apaisant, mais il ne fit que l'agacer de plus belle.

— Nous n'en savons rien, si vous permettez. Elle a écrit la lettre *T* dans son agenda juste au-dessous de son rendez-vous avec Vance. Comme si elle devait aller ailleurs. Vous ne sauriez pas ce que signifie ce *T*, par hasard, sergent ?

Chris inspira profondément la fumée, la souffla, puis :

— Je ne vois pas du tout. Désolée.

— Vous ne pensez pas que ce pourrait être Tony Hill ?

— J'imagine que c'est possible, dit-elle en haussant les épaules. Ça pourrait vouloir dire presque tout ce qu'on veut. Elle aurait pu vouloir aller au *Trocadéro* jouer aux jeux vidéo, tiens. À moi, elle n'a parlé d'absolument rien d'autre.

— Elle n'est pas venue ici ?

— Pourquoi elle serait venue ? demanda Chris en fronçant les sourcils.

— Vous dites que vous étiez amies. Elle était à Londres. J'aurais pensé qu'elle passerait, surtout que vous l'avez tellement aidée, et tout ça.

Wharton avait durci le ton et pointé le menton en avant.

— Elle n'est pas venue chez moi.

Chris serra les dents.

Sentant là une faiblesse, Wharton insista.

— Comment se fait-il, sergent ? Est-ce qu'elle préférait garder ses distances vis-à-vis de vous ? Surtout maintenant qu'elle avait un petit copain ?

Chris alla d'un pas vif à la porte et l'ouvrit.

— Au revoir, inspecteur Wharton.

— C'est une réponse très intéressante, sergent Devine, dit Wharton en prenant son temps pour se lever et en vérifiant que son acolyte prenait toujours des notes.

— Si vous souhaitez insulter la mémoire de Shaz et mon intelligence, vous êtes prié de le faire ailleurs que chez moi. La prochaine fois, prenez la voie officielle. Monsieur. (Elle s'appuya contre la porte et les regarda aller vers l'ascenseur.) Pauvre con, murmura-t-elle à mi-voix. (Puis elle laissa la porte claquer et alla appeler une ancienne amourette au ministère de l'Intérieur.)

Dee ? C'est Chris. Dis, poupée, j'ai besoin de te demander un petit service. Vous avez un psychologue chez vous, un mec qui s'appelle Tony Hill. J'ai besoin de son numéro perso.

Jimmy Linden avait remarqué le jeune Noir avant même d'avoir atteint son siège au sixième rang de la tribune vide. Des années de travail avec de jeunes athlètes prometteurs avaient développé son instinct pour remarquer les inconnus. Il n'y avait pas que les pervers sexuels qu'il fallait repérer. Les dealers étaient tout aussi dangereux avec leurs promesses de miracles à base de stéroïdes. Et les jeunes de Jimmy étaient précisément enclins à se laisser convaincre par ces mirages. Quiconque voulait devenir le meilleur au javelot, au marteau ou au disque avait besoin du genre de muscles que les stéroïdes anabolisants pouvaient vous procurer plus facilement que l'entraînement. Non, cela ne faisait jamais de mal de garder un œil sur ces inconnus, surtout ici, au Meadowbank Stadium, où il entraînait l'équipe écossaise junior, la crème de la crème, tous avides d'obtenir le petit plus qui ferait d'eux un champion.

Jimmy leva le nez vers l'homme. Il avait l'air en plutôt bonne forme, sauf que s'il avait envie de devenir quelqu'un dans le sport, il aurait mieux fait d'arrêter la clope depuis longtemps.

Alors que la séance touchait à sa fin et que les jeunes athlètes enfilaient leurs survêtements, Jimmy vit l'inconnu se lever et disparaître dans l'escalier. Quand il apparut sur la piste quelques minutes plus tard, montrant clairement qu'il avait des raisons officielles de se trouver là, Jimmy sentit les muscles de son cou se relaxer légèrement. Décidément, il ne s'était pas rendu compte à quel point il était tendu. Dans le temps, il était tellement à l'écoute de son corps que pas un nerf ne pouvait frémir sans qu'il s'en aperçoive.

Avant qu'il ait pu suivre les sportifs en sueur dans les vestiaires, l'inconnu se planta devant lui et brandit sa carte de police. Ce fut trop rapide pour que Jimmy ait le temps de savoir d'où il dépendait, mais il reconnut la carte.

— Inspecteur Jackson, dit l'homme. Excusez-moi de vous déranger dans votre travail, mais j'aurais besoin que vous m'accordiez une petite demi-heure.

Jimmy eut un claquement de langue agacé et fit une grimace de mécontentement.

— Vous trouverez pas de drogue chez nous, dit-il. Je tiens à avoir une équipe clean, et ils le savent tous.

Leon secoua la tête en souriant.

— Ça n'a rien à voir avec vos gars. Je viens juste vous demander de vous rappeler de vieux souvenirs, c'est tout.

Il avait abandonné l'argot branché qu'il utilisait avec ses collègues.

— Quel genre de vieux souvenirs ?

Leon remarqua que Jimmy jetait de temps à autre un coup d'œil vers ses élèves et il se rendit compte que l'entraîneur avait encore des choses à leur dire.

— Vous n'avez aucune raison de vous inquiéter, je vous assure, dit-il précipitamment. Écoutez, j'ai remarqué un café pas trop mal plus bas sur la rue. Vous pouvez me retrouver là-bas pour discuter ?

— Bon, d'accord, dit Jimmy à contrecœur.

Une demi-heure plus tard, il était en face de Leon avec une tasse de thé et une assiette où s'empilaient le genre de pâtisseries qui ont valu à l'Écosse son surnom de Pays des Gâteaux. Ce devait être un foutu entraîneur, songea Leon en voyant le petit homme engloutir une boule à la noix de coco. Tous les lanceurs pro que Leon avait connus étaient des types costauds, avec des épaules larges et des cuisses énormes. Mais Jimmy Linden évoquait l'ascète médiéval, le coureur de fond typique, l'une de ces créatures toutes en nerfs et en os qui coupent avec aisance la ligne d'arrivée des marathons, les yeux dans le lointain, comme si la seule chose qu'ils voulaient, c'était courir quarante-deux kilomètres de plus.

— Alors, c'est à quel sujet ? demanda Jimmy en s'essuyant la bouche avec une surprenante délicatesse à l'aide d'un mouchoir en coton monogrammé qu'il avait tiré de la manche de son sweat-shirt.

— Pour des raisons que vous comprendrez facilement, je ne peux pas trop entrer dans les détails. Nous enquêtons sur une affaire qui a peut-être ses racines très loin dans le passé. J'ai pensé que vous pourriez me donner quelques directions.

— Vers quoi ? Tout ce que je connais, c'est l'athlétisme, mon gars.

Leon hocha la tête et regarda une meringue disparaître.

— Nous allons devoir remonter une douzaine d'années en arrière au moins.

— Quand j'étais dans le Sud ? Avant que je vienne ici ?

— Exactement. Vous étiez l'entraîneur de Jacko Vance, dit Leon.

Une ombre passa sur le visage de Jimmy. Puis il pencha la tête de côté :

— Me dites pas que quelqu'un fait chanter Jacko et s'imagine s'en tirer à bon compte ? demanda-t-il avec une lueur amusée dans ses yeux bleus.

— C'est pas moi qui vous l'ai dit, Mr Linden, dit Leon avec un clin d'œil.

— Appelez-moi Jimmy, mon gars, tout le monde m'appelle Jimmy. Bon, alors, Jacko Vance, hein ? Qu'est-ce que je peux vous dire sur le petit prodige ?

— Tout ce que vous vous rappelez.

— Vous avez combien de temps ?

Leon sourit tristement. Il n'avait pas oublié pourquoi il était à Édimbourg.

— Tout le temps qu'il faudra, Jimmy.

— Voyons voir. Il a remporté le titre des moins de quinze ans quand il avait seulement treize ans. J'étais entraîneur de l'équipe nationale à l'époque et dès que je l'ai vu lancer, j'ai dit qu'il représentait la meilleure chance de décrocher l'or aux JO de sa génération. (Il secoua la tête.) Je me suis trompé. Pauvre gars ! Personne ne mérite de regarder quelque chose qu'on aurait pu gagner pendant qu'on apprend à se servir d'un membre artificiel.

Leon comprit l'implication muette : « pas même Jacko Vance ».

— Il n'a jamais envisagé de participer aux jeux paraolympiques ? demanda-t-il.

— Jacko ? fit Jimmy avec un ricanement. Mais ça aurait voulu dire qu'il reconnaissait être un infirme.

— Donc, vous êtes devenu son entraîneur quand il avait treize ans ?

— C'est ça. C'était un bosseur, ça je dois le dire. Il avait de la chance d'habiter à Londres, parce qu'il pouvait accéder facilement aux équipements sportifs et me voir souvent, et nom d'un chien, il en a tiré parti. Je lui demandais toujours s'il avait donc pas de maison.

— Et qu'est-ce qu'il répondait ?

— Oh, il haussait juste les épaules. J'avais dans l'idée que sa mère se fichait de ce qu'il faisait du moment qu'il était pas dans ses jambes. Elle était déjà séparée de son père, bien sûr. Enfin, séparée, divorcée, peu importe.

— Ses parents ne venaient jamais le voir, alors ?

— J'ai jamais vu la mère. Pas une fois. Son père est venu à un championnat. Quand il a essayé de battre le record national junior, je crois, mais il l'a pas eu. Je peux vous dire que son père l'a enguirlandé, quelque chose de soigné. Je l'ai pris à part et je lui ai dit que s'il était pas fichu de soutenir son fils, c'était pas la peine de venir.

— Comment il l'a pris ?

Jimmy but une gorgée de thé.

— Oh, ce sale con m'a traité de pédé. Je lui ai dit d'aller se faire foutre et je l'ai plus revu.

Leon nota. Il savait que cela intéresserait Tony. D'après ce qu'il voyait, le jeune Jacko était avide de reconnaissance. Sa mère était indifférente, son père absent, et tout son être était tendu vers l'exploit sportif dans l'espoir de gagner d'une manière ou d'une autre leur approbation.

— Alors, c'était un solitaire, Jacko ?

Il alluma une cigarette sans prêter attention au regard désapprobateur de l'entraîneur.

Jimmy réfléchit à la question.

— Il voulait bien fréquenter un peu les meilleurs, mais c'était pas vraiment un déconneur, vous voyez ce que je veux dire ? Il était trop concentré sur le sport. Il pouvait pas se détendre. C'est pas que c'était un solitaire. Non, il avait toujours Jillie à sa remorque qui lui disait à quel point il était fantastique.

— Donc ils étaient fous l'un de l'autre ?

— Elle, oui. Lui, il était fou de lui-même, mais il aimait qu'on l'adore. D'un amour inconditionnel, comme celui d'un chien. Notez, des fois, Jillie avait du mal. J'ai remué ciel et terre pour qu'ils restent ensemble. Quand elle en avait marre d'être assise à attendre pendant les entraînements ou les compétitions, je lui remontais le moral en lui disant qu'elle serait folle de joie quand il serait sur le podium pour recevoir sa médaille d'or. Je lui disais que la plupart des filles, tout l'or qu'elles reçoivent, c'est celui de l'anneau de mariage, alors qu'elle, elle allait avoir la médaille.

— Et ça suffisait ?

Jimmy haussa les épaules et chassa d'une main la fumée de Leon.

— Pour être franc, ça a fini par être la seule chose qui les faisait tenir ensemble. Quand il a commencé la compétition senior, et que Jillie était un peu plus âgée, elle a commencé à remarquer comment les autres mecs traitaient les filles. Et Jacko avait un peu de mal à soutenir la comparaison. S'il avait pas perdu son bras, elle aurait peut-être tenu le coup pour la célébrité et le fric qui l'accompagne, parce que les sportifs commençaient déjà à gagner des fortunes à l'époque et qu'il était question que ça s'arrête pas là. Mais dès qu'elle a jugé qu'il pourrait plus être son compte en banque ni une célébrité, elle l'a plaqué.

Leon dressa l'oreille.

— Je croyais que c'était lui qui l'avait plaquée ? Il me semblait avoir lu à l'époque qu'il avait rompu les fiançailles parce qu'il n'était plus l'homme qu'elle avait promis d'épouser et que ce n'était pas juste de la garder prisonnière. Quelque chose comme ça…

Jimmy eut un sourire méprisant.

— Ah, parce que vous avez gobé toutes ces âneries ? C'était juste la version que Jacko a laissé entendre à la presse pour avoir l'air de l'homme généreux au lieu du pauvre con qui s'était fait plaquer.

Donc, Shaz avait très bien pu voir juste, songea Leon. *Les circonstances avaient ajouté deux facteurs de stress l'un sur l'autre. D'abord Vance avait perdu son bras et son avenir. Ensuite, il avait perdu la seule personne qui avait cru en lui plus en tant qu'être humain qu'en tant que machine à lancer. Il fallait être costaud pour sortir de cela indemne. Un tordu aurait besoin de se venger du monde qui lui avait fait cela.*

— C'est lui qui vous a dit la vérité ? demanda Leon en écrasant sa cigarette.

— Non, c'est Jillie. C'est moi qui l'ai conduite à l'hôpital ce jour-là, et j'ai vu Jacko après.

— Comment il réagissait ?

— Oh, comme tout le monde en pareil cas, dit Jimmy avec mépris. Il m'a dit que c'était une salope sans cœur qui ne voulait qu'une seule chose. Je lui ai dit de ne pas céder à son infirmité, de s'entraîner pour les jeux paraolympiques et que c'était aussi bien que Jillie se soit montrée sous son vrai jour. Puis il m'a dit d'aller me faire foutre et de ne plus jamais revenir. C'est la dernière fois que je l'ai vu.

— Vous n'êtes pas retourné à l'hôpital ?

— J'y suis allé tous les jours pendant une semaine, dit tristement l'entraîneur. Il refusait de me voir. Carrément. Il avait pas l'air de comprendre que moi aussi, mon rêve s'était brisé. Enfin, quoi qu'il en soit, j'ai eu cette proposition de boulot en Écosse à la même époque et je suis donc revenu ici pour tout recommencer.

— Vous avez été surpris qu'il devienne une star de la télé ?

— Je peux pas dire que oui. Il a besoin qu'on lui dise qu'il est merveilleux, celui-là. Je me suis toujours demandé si des millions de téléspectateurs lui suffiraient, s'il est toujours aussi avide d'adoration qu'à l'époque. Il voyait jamais aucune valeur en lui tant qu'il la lisait pas dans les yeux des autres. (Jimmy secoua la tête et fit signe qu'on lui resserve une autre tasse de thé.) Je suppose que vous voulez savoir s'il avait des ennemis et quels étaient ses petits secrets ?

Une heure plus tard, Leon savait que ce que Jimmy Linden lui avait dit au début de leur conversation était le plus important. Tant mieux, constata-t-il en s'asseyant ensuite dans sa voiture : pour Dieu sait quelle raison, son dictaphone s'était arrêté et n'avait enregistré que la première moitié de la discussion. Très content de lui malgré tout, Leon entreprit de reprendre la longue route vers le sud en se demandant qui avait le mieux réussi sa mission pour l'instant. Il savait que ce n'était pas un concours. Il appréciait assez Shaz pour le faire pour elle. Mais il était aussi suffisamment humain pour savoir que s'il donnait de bons résultats, cela ne lui ferait pas de mal. Surtout maintenant qu'il savait que vis-à-vis de Tony Hill, il devait faire plus que ses preuves.

Ce n'était pas difficile de repérer le complexe sportif. Noyé sous le flot de projecteurs au pied des sombres collines des Malvern, il était visible à des kilomètres depuis l'autoroute. Une fois qu'il se fut embarqué dans un dédale de ronds-points et de petites routes, Tony fut tout de même content d'avoir appelé pour qu'on lui indique l'itinéraire. Comme le centre était construit depuis trop peu de temps pour que les gens du coin sachent exactement où il était, la voix anonyme au téléphone qui lui avait fourni les explications lui avait donné la nette impression d'avoir l'habitude de renseigner les visiteurs.

Au bout du compte, il serait arrivé à bon port s'il s'était contenté de suivre n'importe quelle autre voiture allant dans la même direction. Le parking était déjà bondé quand il y arriva et il dut se garer à quelques centaines de mètres de l'entrée principale surmontée d'un calicot qui annonçait : « Grand Gala d'Inauguration – avec Jacko Vance et les stars de l'équipe d'Angleterre. » Des footballeurs pour les mecs, Jacko pour les dames, se dit-il en traversant d'un pas vif, remerciant la masse imposante du stade de couper le vent nocturne glacé.

Il rejoignit une foule de gens empressés qui se précipitaient par les tourniquets et jeta un coup d'œil expert aux vendeurs de billets. Il repéra une femme d'âge mûr d'allure compétente et maternelle, et il se faufila dans la foule pour se présenter à son guichet. Il sortit sa carte du ministère de l'Intérieur et la lui montra en prenant un air malheureux et dépassé.

— Docteur Hill, de l'Intérieur, groupe de recherche sur les sports. J'étais censé recevoir mon laissez-passer *VIP* mais il n'est jamais arrivé. Peut-être que… ?

La femme fronça un instant les sourcils. Elle le toisa rapidement, se demandant s'il ne préparait pas un mauvais coup, puis, voyant que la queue derrière lui s'allongeait, elle décida que s'il y avait un problème, ce ne serait pas à elle de le régler et appuya sur le bouton pour le laisser passer.

— Vous devez aller au salon *VIP*. À droite, deuxième étage.

Tony laissa le mouvement naturel de la foule le porter dans la vaste zone bruyante sous la tribune principale, puis il obliqua pour regarder un plan géant du stade habilement reproduit sous la paroi des gradins. Celui qui l'avait conçu devait savoir que la surface sur laquelle il était reproduit était en trois dimensions. Il avait réussi à le rendre clair quel que soit l'angle sous lequel on le regardait. D'après le programme que Tony venait d'acheter, il y aurait un concert sur le terrain principal, suivi d'une démonstration de football à cinq avec des membres de l'équipe d'Angleterre, puis un spectacle de danses irlandaises. Pour ceux qui avaient sorti 50 livres de plus ou remporté l'un des concours organisés par la presse, la station de radio ou la télé locales, il y avait la possibilité de rencontrer les stars. Et c'est là qu'il devait aller.

Il se faufila dans la foule en mesurant ses mouvements pour ne se faire mal voir de personne alors qu'il gagnait l'ascenseur réservé aux officiels. Le carré *VIP* était délimité par des cordons rouges. Un vigile qui portait une ceinture chargée de suffisamment d'équipement pour ouvrir un magasin le dévisagea de sous sa casquette qu'il portait façon commando. Tony sut que ce n'était que de l'esbroufe. Il brandit sa carte sous le nez du garde en continuant son chemin comme si la dernière chose à laquelle il s'attendait était qu'on lui pose des questions. L'homme recula d'un pas.

— Attendez un peu, dit-il.

Tony était déjà à l'ascenseur et appuyait sur le bouton.

— Pas de problème, dit-il. Ministère de l'Intérieur. Nous aimons bien venir là où on ne nous attend pas. Il faut qu'on surveille un peu, hein, dit-il avec un clin d'œil, avant de disparaître dans la cabine et d'ajouter: On n'a pas envie de se retrouver avec une catastrophe sur les bras, n'est-ce pas?

Et les portes se refermèrent sur le visage médusé du garde.

À partir de là, aucun problème. Il sortit de l'ascenseur, prit le couloir, passa des doubles portes ouvertes, attrapa un verre d'un truc jaune et pétillant sur le plateau du premier serveur croisé et le tour était joué: il était dans la place. Tony embrassa du regard les longues baies qui couraient tout le long de la paroi d'en face et baissa les yeux sur le terrain. Tout ce qu'il distingua fut une troupe de majorettes qui s'agitaient en dessous.

À l'autre bout de la pièce, près de la baie, Jacko Vance était le centre d'un groupe de femmes entre deux âges accompagnées de quelques hommes. Ses cheveux luisaient sous le reflet des projecteurs du stade et ses yeux étincelaient dans l'éclairage tamisé du carré *VIP*. Bien qu'il se fût déjà acquitté de deux apparitions publiques ce jour-là, son comportement était toujours chaleureux, avenant, avec un sourire bienveillant pour tout le monde. On aurait dit un dieu qui accueillait ses adorateurs sans condescendance. Tony eut un petit sourire. C'était la troisième manifestation depuis qu'il était sur les traces de Jacko et à chaque fois, il avait vu juste. C'était comme s'il y avait une connexion, un mince câble de fibre optique qui reliait le chasseur et sa proie. Cette fois, en revanche, il s'assurerait que les rôles ne se renverseraient pas. Une erreur lui avait suffi.

Tony s'avança dans la pièce en utilisant les invités comme couverture. En quelques minutes, il avait parcouru toute la longueur de la salle et occupait un coin opposé à Vance, mais légèrement en retrait derrière lui. Ses yeux allaient régulièrement de droite et de gauche pour balayer l'environnement immédiat de la star télé, sans jamais trop s'attarder, mais sans jamais laisser Vance sans surveillance plus d'un bref instant.

Il n'eut pas longtemps à attendre. Une jeune fille aux cheveux blonds coiffés en arrière avec du gel, des lunettes à la John Lennon et une ceinture rouge bondit dans la salle, agrippée à un sac frappé du logo de Shout ! FM en vérifiant d'un regard par-dessus son épaule que ses ouailles la suivaient toujours. Derrière elle apparurent trois adolescentes sur leur trente et un et maquillées comme des voitures volées, deux jeunes avec plus de boutons que de charme et une femme âgée dont les boucles étaient tellement rigides qu'elle semblait porter encore ses rouleaux. À trois pas derrière, à la traîne, suivait un type portant un gilet pourvu d'une douzaine de poches bombées et deux appareils photo usés pendouillant à son cou. Les gagnants d'un concours crétin par téléphone, devina Tony. Il songea à une question qu'on n'avait sûrement pas dû poser : combien de filles Jacko Vance avait-il tuées ? Il allait falloir un an ou deux après la conclusion de l'affaire pour que la réponse parvienne dans les éditions du Quid.

La blonde sautillante s'approcha de l'endroit où Vance tenait sa cour. Tony vit Vance lever les yeux vers elle et s'en désintéresser pour revenir à la dame entre deux âges et en sari turquoise à qui il faisait du charme. La blonde se faufila dans le cercle et ne réussit qu'à se faire attraper par la femme chargée de gérer les contacts de Vance, que Tony avait repérée dès la première fois qu'il avait suivi Jacko. Elles restèrent un instant en tête à tête, puis l'assistante personnelle acquiesça et toucha le coude de Vance. En se tournant, il balaya la pièce de son regard professionnel et aperçut Tony. Ses yeux s'arrêtèrent une fraction de seconde, puis continuèrent sans que rien transparaisse sur son visage.

Les gagnants amenés par la blonde furent présentés à leur idole. Il leur fit un sourire : le charme personnifié. Il bavarda, signa des autographes, serra des mains, fit des bisous sur les joues et posa pour les photos. Toutes les trente secondes, ses yeux se détachaient et venaient se poser sans hésiter à l'endroit où Tony attendait, adossé au mur en buvant du mauvais mousseux, l'air très sûr de lui.

Alors que la fin de l'audience approchait pour les lauréats du concours, Tony quitta son poste d'observation et se dirigea vers le petit groupe toujours autour de Vance. Ils arboraient des expressions allant de l'extase à la nonchalance affectée, selon l'impression qu'ils voulaient donner. La bonhomie incarnée, Tony s'insinua dans leurs rangs avec une expression parfaitement réussie d'amabilité et de gentillesse.

— Excusez-moi de vous interrompre, dit-il. Mais je crois que vous allez peut-être pouvoir m'aider. Je m'appelle Tony Hill et je suis psychologue profileur. Vous savez combien les stars comme Jacko sont toujours suivies par des gens pas toujours bien intentionnés. Eh bien, je travaille actuellement avec une équipe de superpoliciers sur des manières de repérer ces gens avant qu'ils ne causent de véritables problèmes. Ce que nous essayons de faire, c'est de réaliser un profil psychologique du fan parfait que n'importe quelle star aimerait avoir auprès d'elle. Quelqu'un comme vous. Une démarche nécessaire pour obtenir ce que nous appelons un profil de contrôle. Tout ce dont nous avons besoin, c'est d'un petit entretien, une demi-heure maximum. Nous venons chez vous ou vous chez nous, nous vous payons vingt-cinq livres et vous aurez la satisfaction de savoir que vous avez peut-être croisé le prochain Mark Chapman, vous savez, l'assassin de John Lennon ?

Il adorait voir leur expression s'éclairer dès qu'il mentionnait l'argent.

Il sortit les formulaires de noms et d'adresses préimprimés de sa poche intérieure.

— Qu'est-ce que vous en dites ? Questionnaire facile, anonyme, vous nous aidez à sauver une vie et vous empochez vingt-cinq livres. Inscrivez votre nom et votre adresse sur une de ces fiches et un de mes assistants vous contactera. (Il sortit les très jolies cartes imprimées en relief de la Cellule Nationale de Profilage Criminel.) Voilà qui je suis, dit-il en les tendant à la ronde. (Tous les ados sauf un avaient tendu la main pour prendre un formulaire.) Et tenez, dit-il en leur donnant des stylos.

Il regarda Vance. Il continuait à sourire, à formuler des mots aimables, à donner une petite tape sur un coude par-ci, tapoter une épaule par-là. Mais il avait les yeux fixés sur Tony. Un regard sombre, interrogateur, hostile.

La maison n'avait rien de spécial, se dit Simon en se garant. Un bungalow mansardé à trois chambres dans une résidence vieille de trente ans qui était bien partie pour contredire l'adage selon lequel la vie commence à quarante ans. Elle aurait eu une vie meilleure si elle était restée avec Jacko. Elle n'aurait sûrement pas atterri dans une ville comme Wellingborough, un endroit où une virée aux nocturnes du magasin de bricolage du coin était l'idée que se faisaient les gens d'une super-soirée.

Il avait été stupéfait de la vitesse à laquelle Carol Jordan avait retrouvé la trace de Jillie Woodrow, d'autant plus qu'elle s'était remariée une seconde fois en trois ans.

— Posez pas de questions, avait dit Carol alors qu'il la félicitait en admettant qu'il lui aurait fallu des jours pour y parvenir.

Il se souvint que Tony Hill avait dit une fois que le frère de Carol travaillait dans les ordinateurs et il se demanda si leur cellule de fortune n'avait pas ajouté à ses irrégularités le pillage de données.

Il resta assis dans la voiture et regarda de l'autre côté de la rue étroite la maison qui appartenait à Jillie et Jeff Lewis. Elle avait une allure proprette et effroyablement banlieusarde, avec sa pelouse impeccablement entretenue et ses plates-bandes soigneusement plantées de bruyères et de véroniques disposées en alternance. Il y avait une Austin Metro de l'année dans l'allée et des rideaux au point de crochet à la fenêtre. Si Jillie Lewis avait été alertée par le bruit de son moteur, elle pouvait très bien l'observer sans qu'il n'en sût rien.

Cela allait certainement être l'entretien le plus capital de toute sa carrière, se dit Simon en se préparant à sa tâche. Il n'avait pas d'idée bien précise de ce qu'il allait lui demander, mais si Jillie Lewis détenait des informations qui permettraient d'inculper Jacko Vance pour le meurtre de Shaz Bowman, il était bien décidé à les lui extorquer, d'une manière ou d'une autre. Il n'avait pas pu avoir l'occasion de découvrir s'il aurait été autorisé à devoir à Shaz davantage qu'à une simple collègue. Mais quand bien même, la dette était déjà bien suffisante. Simon descendit de sa voiture et enfila la veste de son costume Marks & Spencer. Il rajusta sa cravate, redressa les épaules, respira un bon coup et remonta l'allée.

La porte s'ouvrit quelques secondes après son coup de sonnette, bloquée par une petite chaîne ridicule qu'il aurait pu briser d'un coup d'épaules s'il en avait eu envie. Pendant un moment, aussi bref qu'insensé, il se demanda s'il avait affaire à la femme de ménage ou à la nourrice. La femme qui lui faisait face n'avait pas la moindre ressemblance avec les vieilles photos de journaux de Jillie Woodrow, ni avec les gamines disparues. Elle avait les cheveux blonds hérissés et non pas bruns courts comme il s'y attendait, et elle avait perdu son air d'adolescente grassouillette pour devenir maigre à un point tel que Simon, s'il avait été son mari, y aurait vu de l'anorexie. Il allait s'excuser lorsqu'il reconnut les yeux. Leur expression s'était durcie, il y avait des rides aux coins, mais c'étaient bien les yeux bleu profond de Jillie Woodrow.

— Madame Lewis ? demanda-t-il.

La femme acquiesça.

— Qui vous êtes ? (Simon lui présenta sa carte et elle hoqueta :) Jeff ?

— Cela n'a rien à voir avec votre mari, la rassura vivement Simon. Je suis actuellement détaché auprès d'une unité d'enquête spéciale à Leeds, mais mon poste habituel est dans le Strathclyde. Je n'ai rien à voir avec la police locale.

— Leeds ? Mais j'ai jamais été là-bas.

Elle plissa le front et le mécontentement barra son visage comme un panneau publicitaire.

— Je ne vous le souhaite pas, sourit Simon. Dernièrement, j'ai eu l'occasion de me dire que j'aurais eu de la chance de ne jamais y aller. Madame Lewis, c'est un peu délicat et il me serait plus facile de vous expliquer la situation à l'intérieur devant un café plutôt que sur le pas de la porte. Puis-je entrer ?

Elle eut l'air d'hésiter et fit celle qui était occupée en regardant sa montre.

— Je devrais être à mon travail, dit-elle en prenant bien garde de ne pas préciser quand.

— Je ne serais pas venu vous voir si ce n'était pas important, dit Simon avec un sourire navré déployant tout le charme qui, entre autres choses, lui avait permis d'avancer dans sa carrière.

— Alors il vaut mieux que je vous fasse entrer, dit-elle en défaisant la chaîne et en s'effaçant. (Il pénétra dans un couloir qui avait l'air de faire partie d'un appartement témoin. Impeccable, vide, immaculé, il menait à une cuisine qui donnait l'impression de n'avoir jamais servi. Jillie le précéda et désigna une table ronde à l'écart.) Asseyez-vous, alors, murmura-t-elle en prenant la bouilloire dont le vert était assorti à celui des carreaux de faïence au-dessus de l'évier. Du café, alors ?

— Je vous remercie, dit Simon en se glissant sur un siège. Du lait, sans sucre.

— Sûrement parce que vous vous trouvez assez suave comme ça, dit-elle d'un ton acerbe en sortant une boîte de café instantané dont elle versa une cuillerée dans deux tasses. Ça a sûrement un rapport avec Jacko Vance, n'est-ce pas ?

Simon essaya de ne pas montrer sa stupéfaction.

— Qu'est-ce qui vous fait dire ça ?

Jillie se tourna et s'adossa au plan de travail en croisant ses jambes moulées dans un jean et ses bras sur sa poitrine, sur la défensive.

— Qu'est-ce que ça pourrait être d'autre ? Jeff est un vendeur qui travaille dur, moi une secrétaire à mi-temps. On ne connaît pas de criminels. La seule chose que j'aie jamais faite qui pourrait intéresser quiconque hors de ces quatre murs, ça a été de sortir avec Jacko Vance. La seule personne qui pourrait intéresser une unité d'enquête spéciale, c'est ce foutu Jacko Vance, qui revient me hanter.

Sur cet éclat, elle lui tourna le dos en réussissant à verser l'eau bouillante dans les tasses comme si c'était un acte de vengeance.

Incertain de la voie à prendre, Simon répondit :

— Je suis désolé. C'est manifestement un sujet sensible.

Jillie posa sans ménagement la tasse devant lui. Étant donné la propreté clinique de la cuisine, il fut surpris de ne pas la voir se précipiter sur un torchon pour essuyer la tache. Au lieu de cela, elle battit à nouveau en retraite vers le plan de travail en s'agrippant à sa tasse comme un enfant à une bouillotte.

— Je n'ai rien à dire sur Jacko Vance. Vous avez perdu votre temps en vous déplaçant depuis Leeds. Cela dit, je suppose que vous devez voyager en première, puisque ce sont les contribuables qui paient et pas une entreprise privée près de ses sous.

Son amertume semblait avoir contaminé le café, songea Simon en buvant une gorgée pour trouver quoi répondre.

— C'est une enquête sérieuse, dit-il. Votre aide nous serait utile.

Elle posa violemment sa tasse sur le plan de travail.

— Écoutez, je m'en tape de ce qu'il raconte. Ce n'est pas moi qui le harcèle. J'en ai eu plus que ma dose depuis que j'ai épousé Jeff. Les flics sont venus me voir une dizaine de fois. Est-ce que c'était moi qui envoyais des lettres anonymes à Jacko ? Est-ce que c'était moi qui téléphonais à sa femme pour l'insulter ? Et est-ce que c'était moi qui postais des paquets remplis de merdes de chiens à son bureau ? Eh bien la réponse a pas changé. Si vous pensez que je suis la seule personne que Jacko Vance a meurtrie pour parvenir égoïstement jusqu'en haut de l'échelle, vous manquez sérieusement d'imagination. (Elle se tut brusquement et lui lança un regard furibard.) Je ne le fais pas chanter non plus. Vous pouvez vérifier. Le moindre centime qui entre ou sort de cette maison peut être justifié. J'ai déjà eu à répondre de cette accusation et c'était aussi farfelu que le reste. Je n'arrive pas à croire ce *salaud*, dit-elle en secouant la tête.

Simon leva les mains dans un geste apaisant.

— Holà, attendez une seconde. Je crois que vous avez mal compris. Je ne suis pas venu vous voir à cause d'une plainte de Jacko. Bien sûr, je veux vous parler de lui, mais je m'intéresse seulement à ce qu'il a fait, pas à ce qu'il dit que vous avez fait. Je vous jure!

Elle lui lança un regard aigu.

— Quoi?

Mal à l'aise d'être allé aussi loin, Simon reprit:

— Je vous l'ai dit, c'est très délicat. Le nom de Jacko Vance a été mentionné dans une enquête et mon travail consiste à vérifier des détails de son passé. Sans qu'il soit au courant, si vous voyez ce que je veux dire.

Il espéra qu'il n'avait pas l'air aussi nerveux qu'il l'était en réalité. Il s'attendait à tout, sauf à cette réaction.

— Vous enquêtez sur Jacko? demanda Jillie, incrédule, mais l'air presque ravie.

— Oui, son nom a été mentionné en rapport avec une affaire sérieuse...

— Mais oui! fit Jillie en se frappant la cuisse. Et il était plus que temps. Ne me dites rien, je vais deviner. Il a un peu trop malmené une pauvre bonne femme et il n'a pas réussi à lui faire assez peur pour qu'elle ferme son clapet, c'est ça?

Simon sentit que l'entretien lui échappait. Tout ce qu'il espérait, c'est qu'il réussirait à s'accrocher suffisamment pour ne pas rester perdu en route.

— Qu'est-ce qui vous fait dire ça? demanda-t-il.

— Ça devait forcément arriver un jour, dit-elle, toute contente. Alors, qu'est-ce que vous voulez savoir?

Une fois rentré chez lui, Tony avait les yeux rouges à force d'avoir fixé la route, de nuit, pendant une éternité. Il n'avait pas l'intention de consulter ses messages, mais la lumière clignotante attira son regard alors qu'il passait devant la porte de son bureau. D'une main lasse, il appuya sur le bouton.

— Salut. Je m'appelle Chris Devine, inspecteur Chris Devine. J'étais l'équipière de Shaz Bowman à la section des enquêtes criminelles de Londres. C'est moi qu'elle a contactée pour convenir du rendez-vous avec Jacko

Vance. Rappelez-moi quand vous rentrez, peu importe l'heure.

Il s'empara d'un stylo et griffonna le numéro, puis il empoigna le téléphone à peine le message achevé. Au bout d'une demi-douzaine de sonneries, quelqu'un répondit.

— Chris Devine ? demanda-t-il dans le vide.

— Tony Hill ? répondit une voix à l'accent 100 % londonien.

— Vous avez laissé un message chez moi. À propos de Shaz ?

— Ouais. Écoutez, j'ai eu droit à la visite des bouseux de la West-Yorkshire et ils m'ont dit qu'ils ne voulaient pas travailler avec vous. C'est vrai ?

Il aimait les gens qui ne perdaient pas de temps.

— D'après eux, faire appel à moi ou aux collègues immédiats de Shaz compromettrait l'intégrité de l'enquête, ironisa-t-il.

— Mon cul, c'est surtout qu'ils y connaissent que dalle, passez-moi l'expression, cracha-t-elle. Donc vous faites votre propre enquête, ou quoi ?

C'était comme se retrouver acculé par un poids lourd, se dit Tony.

— Je suis bien entendu très désireux de voir épingler l'assassin de Shaz, hasarda-t-il.

— Bon, alors vous faites quoi pour ça ?

— Pourquoi cette question ? contra-t-il.

— Pour savoir si vous avez besoin d'un coup de main, évidemment, dit-elle, exaspérée. Shaz était une môme super et elle allait devenir une super-flic. Maintenant, soit Jacko Vance l'a descendue pour des raisons qu'on ne connaît pas encore entièrement, soit c'est quelqu'un d'autre. Dans un cas comme dans l'autre, la piste commence sur le pas de sa porte, non ?

— C'est exact, dit Tony, éprouvant la sensation de se faire passer dessus par un rouleau compresseur.

— Et vous vous en occupez ?

— C'est une façon de parler.

Elle poussa un soupir qui ressembla au bruit d'une presse hydraulique.

— Eh bien, façon de parler, je peux vous aider. De quoi vous auriez besoin ?

Tony réfléchit à toute vitesse.

— Je suis un peu à court de moyens de pression vis-à-vis de Vance et de sa femme. Quelque chose qui pourrait m'aider à m'insinuer entre eux, ce serait bien.

— Du genre : est-ce que Micky Morgan est vraiment une gouine ?

— Ce genre-là, oui.

— Vous voulez dire que ça ne suffit pas ? demanda Chris.

— Parce que c'est vrai ?

— Bien sûr que c'est vrai, ricana-t-elle. Elles sont toutes les deux tellement dans le placard qu'elles puent la naphtaline, mais je peux vous dire que c'est pas de la blague.

— Ah bon ?

— Elle est avec Betsy depuis des années. Depuis bien avant d'épouser Jacko.

— Betsy Thorne ? Son assistante personnelle ?

— Assistante personnelle mon cul, oui. Sa copine, plutôt. Betsy avait une entreprise de traiteur avec son ex, puis elle a rencontré Micky Morgan et ça a été salut, je me casse. Au début, elles allaient dans des endroits très discrets. Et puis elles ont disparu du milieu, et du jour au lendemain, la voilà qui réapparaît comme la poule de Jacko Vance. Mais Betsy est toujours là. Vous voyez, la carrière de Micky arrêtait pas de grimper et le bruit courait que les tabloïds allaient l'épingler en publiant que c'était une gouine.

— Mais comment vous savez tout ça ? demanda Tony d'une voix faible.

— À votre avis ? Bon sang, il y a douze, quinze ans, vous ne pouviez pas être flic *et* ouvertement lesbienne. Elles et moi, on allait dans les mêmes endroits. Des lieux où tout le monde était dans le même bateau, alors personne ne balançait personne. Vous pouvez me croire, si

Jacko Vance baise avec quelqu'un, c'est sûrement pas avec sa femme. Pour vous dire la vérité, c'est ce qui m'a fait penser que Shaz était peut-être sur une piste.

— Vous en avez parlé à Shaz ?

— Je passe pas mon temps à penser à Micky Morgan. Ça ne m'est venu qu'après avoir arrangé le rendez-vous. J'allais le dire à Shaz quand elle m'appellerait pour me rendre compte de son entretien avec Jacko. Et vu les événements, je n'ai jamais pu lui en parler. Ça peut vous servir ?

— Chris, c'est fabuleux. Vous êtes fabuleuse.

— Ils disent tous ça, ma poule. Alors, vous voulez que je vous aide ou quoi ?

— Je crois que vous venez de le faire.

Quand Carol entra dans son domaine, le trio était déjà là à sa place habituelle et un filet de fumée s'échappait au coin de la fenêtre de la cigarette de Lee. Elle sentit que la cigarette était un défi qu'on lui lançait. Mais bien que non fumeuse – ou peut-être pour cela même – la faible odeur des cigarettes était quelque chose qui la gênait rarement.

Carol trouva la force de sourire et de rester droite quand elle posa les fesses sur sa chaise.

— Alors, qu'est-ce que nous avons ?

Tommy Taylor posa son coude gauche sur son genou droit et s'enfonça encore plus sur son siège. Carol ne lui envia pas les maux de reins qu'il se préparait pour les prochaines années. Il jeta négligemment un dossier sur son bureau. En glissant vers elle, les bords des feuilles qu'il contenait sortirent en désordre.

— On en sait plus sur les finances de ces mecs que leurs femmes.

— D'après ce que j'ai entendu dire du Yorkshire, ça ne signifie pas grand-chose, dit Carol.

Tommy et Lee Whitbread grimacèrent un sourire. Di Earnshaw resta figée dans son expression pincée.

— Dites donc, madame, il me semble que c'est une remarque sexiste, dit Lee.

— Alors faites-moi un procès. Qu'est-ce qu'on a ?

— Tout est là-dedans, dit Tommy en désignant le dossier du pouce.

— Résumez.

— Di ? fit Tommy. C'est toi, celle qui parle bien.

Di décroisa les bras et fourra les mains dans les poches d'un tailleur vert olive qui donnait l'impression qu'elle allait vomir.

— M. Pendlebury n'était pas très chaud, mais il nous a autorisés à accéder aux fiches de salaires, ce qui nous a fourni les coordonnées bancaires, adresses et dates de naissance de nos suspects. Avec ces informations, nous avons pu vérifier les décisions de justice…

— Et une petite mignonne nous a aidés à en apprendre plus long sur leurs crédits, fit Lee.

— Mais c'est pas de ça qu'on parle, dit Tommy.

— Est-ce que vous pouvez m'épargner la mise en scène et en arriver aux faits ? demanda Carol.

Les lèvres de Di formèrent la moue réprobatrice qui lui était désormais familière.

— Deux candidats se détachent du lot. Alan Brinkley et Raymond Watson. Ils sont tous les deux criblés de dettes, comme vous le verrez. Tous les deux de la ville. Watson est célibataire, Brinkley est marié depuis un an. Ils sont tous les deux sur le point de se faire saisir, tous les deux avec les huissiers aux fesses et tous les deux occupés à déshabiller Pierre pour habiller Paul. Ces incendies ont constitué une sorte de bénédiction pour l'un comme pour l'autre.

— Ça sent pas très bon, ajouta Taylor.

Carol ouvrit la chemise et sortit les feuillets concernant les deux hommes.

— Beau travail. Vous vous êtes bien débrouillés pour obtenir autant d'informations.

— En fin de compte, dit Lee en haussant les épaules, Seaford est un gros bourg. Ça paie, de rendre des services.

— Du moment qu'on ne franchit pas la ligne quand il s'agit de faire les comptes, dit Carol.

— Vous nous faites pas confiance, madame ? fit Tommy.

— Donnez-moi cinq bonnes raisons de le faire.

— Bon, est-ce que vous voulez qu'on les interroge ? demanda Lee.

Carol réfléchit un moment. Ce qu'elle voulait, en fait, c'était demander conseil à Tony, mais elle ne voulait pas qu'ils croient que leur chef n'était pas capable de prendre des décisions toute seule.

— Je vous tiendrai au courant dès que j'aurai pu examiner ce dossier en détail. Il y a peut-être une autre possibilité que d'essayer de tout leur faire cracher.

— On pourrait perquisitionner, reprit Lee, qui était le plus empressé des trois.

— Nous en reparlerons dans la matinée, promit Carol.

Elle les regarda sortir, puis elle fourra la chemise dans son attaché-case déjà bien rempli. Il était temps de rejoindre l'équipe, en s'assurant que le reste de la brigade faisait le nécessaire pour les dossiers qui trônaient sur leurs bureaux. Elle espérait que personne ne lui demanderait un peu d'inspiration. De la transpiration : c'était tout ce qu'elle aurait pu leur offrir. Elle s'apprêtait à sortir lorsque le téléphone sonna.

— Inspecteur Jordan, dit-elle.

— Brandon.

— Monsieur ?

— Je viens de parler à un collègue du West-Yorkshire. Au cours de la discussion, on a évoqué le meurtre de leur collègue. Il m'a dit que leur principal suspect semble s'être enfui. Un type du nom de Simon McNeill. Il m'a confié qu'ils allaient probablement faire un communiqué interne demain matin demandant aux autres unités d'ouvrir l'œil et de le placer en détention si elles le trouvent.

— Ah !

— Je me suis dit que ça pourrait vous intéresser, dit Brandon d'un ton désinvolte. Comme notre district est le voisin du leur…

— Absolument, monsieur. Dès que je reçois le mémo officiel, je n'oublierai pas d'en parler à mes hommes.

— Je vous dis ça, mais je ne pense pas qu'il viendrait se réfugier ici.

— Mmm. Merci, monsieur, dit Carol en raccrochant, mal à l'aise. Oh, merde, souffla-t-elle.

Tony s'humecta l'index et lissa quelques poils rebelles sur son sourcil gauche. Il s'examina d'un œil critique dans le miroir qui, en dehors d'une paire de fauteuils en plastique orange, constituait le seul mobilier de la pièce à peine plus grande qu'un placard où on lui avait demandé d'attendre. Il trouva qu'il avait l'air suffisamment sérieux dans son costume, le seul convenable qu'il possédait, même si Carol lui avait dit qu'avec, il avait l'air d'un footballeur professionnel qui débarque d'un voyage à travers le temps. Mais même elle n'avait pu l'empêcher d'enfiler sa chemise gris perle et sa cravate magenta.

La porte s'ouvrit sur le visage calme de la femme qui s'était présentée comme l'assistante personnelle de Micky.

— Tout va bien ? demanda-t-elle.

— Très bien.

— Bon. (La voix était chaleureuse et encourageante, comme celle des meilleures maîtresses d'école. Son sourire, en revanche, était de pure convenance, s'aperçut Tony, car elle avait manifestement l'esprit ailleurs.) Cette fois, c'est un peu inhabituel pour nous, parce que normalement, Micky aime bien ne rien connaître de ses invités. Mais comme... eh bien, comme elle se sent *impliquée*, même très indirectement, à cause de ce tragique décès que vous avez subi, elle veut vous parler un petit peu avant. Je pense que vous n'y verrez aucune objection ?

Il y avait quelque chose dans cette voix patricienne et inflexible qui ne vous donnait d'autre choix que d'obtempérer. *Elle en a de la chance, Micky, d'avoir une telle lionne qui garde ses grilles*, songea-t-il.

— J'en serai ravi, déclara-t-il, et c'était plutôt vrai.

— Bien. Elle va arriver dans quelques minutes. Avez-vous besoin de quelque chose ? Du café ? De l'eau minérale ?

— C'est un café de distributeur ? demanda-t-il.

Cette fois, le sourire fut sincère.

— Hélas oui. Impossible à distinguer du thé, du chocolat ou du potage.

— Je m'en passerai, alors.

La tête disparut et la porte se referma. Il sentit l'appréhension lui tirailler l'estomac. Les événements publics l'avaient toujours stressé. Mais aujourd'hui, s'y ajoutait une tension supplémentaire : cela faisait partie de sa campagne de déstabilisation de Jacko Vance destinée à l'amener à faire un faux pas. Rôder dans les manifestations où figurait Vance n'avait été que le prélude. S'insinuer au cœur de l'émission de sa femme était une surenchère qui augmentait les risques. Et ce n'était pas la peine d'essayer de se convaincre du contraire.

Il s'éclaircit nerveusement la voix et se regarda à nouveau dans la glace. La porte s'ouvrit brusquement et soudain, Micky Morgan se retrouva dans la pièce. Tony se força à se retourner lentement.

— Bonjour, madame Morgan, dit-il en tendant la main.

— Docteur Hill, dit Micky en la lui serrant d'une poignée de main vive, calme et ferme. Merci d'être venue à mon émission.

— Tout le plaisir est pour moi. Les gens se méprennent tellement sur notre travail que je saisis toujours l'occasion de mettre les points sur les *i*. Surtout que nous sommes de nouveau d'actualité pour de mauvaises raisons.

Il baissa ostensiblement les yeux.

— Tout à fait. J'ai vraiment eu de la peine d'apprendre ce qui était arrivé à l'inspecteur Bowman. Je n'ai fait que la croiser, mais j'ai été frappée par son intelligence et sa ténacité. Comme par sa grande beauté, bien entendu.

— Elle nous manquera, dit Tony. C'était l'une des meilleures flics avec qui j'ai eu le privilège de travailler.

— J'imagine. C'est quelque chose de terrible, pour les policiers, de perdre l'un d'entre eux.

— Oui, il y a toujours un climat de colère, qui masque le fait qu'ils ont tendance à penser qu'un « décès dans la famille » trahit leur manque de compétence, qu'ils auraient pu l'empêcher s'ils avaient bien fait leur travail. Et dans le cas présent, je partage cette culpabilité.

— Je suis sûre que vous n'auriez rien pu faire pour l'empêcher, dit Micky qui ne put se retenir de poser une main sur son bras. Quand j'ai dit à mon mari que vous veniez dans mon émission, il m'a répété la même chose, et il a encore moins de raisons de se sentir responsable.

— Pas la moindre, dit Tony en s'étonnant de pouvoir aussi bien feindre la sincérité. Même si nous en sommes venus à penser que son assassin a dû entrer en contact avec elle à Londres plutôt qu'à Leeds. En fait, nous espérions que vous me donneriez peut-être l'occasion de faire un appel public à témoins ?

Micky porta vivement la main à sa gorge dans un geste curieusement défensif.

— Vous ne pensez pas qu'elle a été suivie depuis chez nous, si ?

— Nous n'avons aucune raison de le penser, s'empressa-t-il de répondre.

— Non ?

— Non.

— Merci de m'avoir rassurée. (Elle prit une profonde inspiration et repoussa ses mèches blondes de son front.) Alors, maintenant, l'interview. Je vais vous demander comment votre unité a été constituée, le genre de crimes que vous traitez et quand vous serez prêts à commencer. Ensuite, je passerai à Sharon…

— Shaz, coupa Tony. Dites Shaz. Elle détestait qu'on l'appelle Sharon.

— Shaz. Je passerai à Shaz, ce qui vous donnera la possibilité de faire votre appel. Ça vous va ? Souhaiteriez-vous dire autre chose en particulier ?

— Je suis sûr que je réussirai à faire passer le message, dit-il.

— Betsy, mon assistante – vous lui avez parlé tout à l'heure, dit-elle en posant la main sur la clenche —, viendra vous chercher juste avant que nous passions à l'antenne. Vous serez le dernier sujet avant la pause pour les infos.

— Merci, dit-il.

Il voulait dire quelque chose qui aurait lancé une passerelle entre eux, mais il ne voyait pas quoi. Elle serait pour lui la meilleure voie pour passer sous les défenses de Jacko Vance s'il trouvait un moyen de la manipuler et de l'amener inconsciemment à l'aider.

— Je vous en prie, dit Micky.

Et elle disparut, ne laissant derrière elle qu'une vague odeur de cosmétiques. Il n'aurait qu'une seule autre occasion de lui parler. Il espérait en tirer le meilleur parti.

Espérons que ça en vaudra la peine, songeait Vance. Il avait annulé pour ça un déjeuner préparé personnellement par Marco Pierre White, et le chef, connu pour ses sautes d'humeur, le lui ferait payer. Il ferma la porte de son bureau et tira les stores. Sa secrétaire avait pour consigne de ne pas lui passer le moindre appel, et ni son producteur ni son assistant personnel ne savaient qu'il était dans les locaux. Quelles que soient les révélations qui seraient faites à *Midi Morgan*, personne ne verrait sa réaction.

Il se laissa tomber sur le long canapé de cuir qui occupait tout un côté de la pièce et posa les pieds sur la table basse. L'air maussade, il alluma l'écran géant en appuyant sur la télécommande au moment où le générique familier commençait à défiler. Il n'avait rien à craindre, il en était sûr. Quoi que Shaz Bowman ait pu s'imaginer savoir, elle n'avait pas pu convaincre ses collègues. Il avait déjà parlé à la police. Ils lui avaient mangé dans la main, comme de juste. Un fichu psychologue d'université ânonnant ses théories creuses ne pouvait guère le menacer sans le soutien des flics. Néanmoins, la prudence lui avait permis de rester en sécurité jusqu'à présent, et il n'allait pas céder à la tentation d'arrogance qu'une carrière aussi réussie pouvait nourrir.

Il avait réussi à glaner quelques renseignements sur Tony Hill grâce à ses contacts, mais pas autant qu'il l'aurait souhaité. Là aussi, il avait bien pris garde de poser des questions neutres de manière à ce qu'elles ne soulèvent aucune curiosité. Ce qu'il avait appris avait titillé son intérêt. Hill était derrière l'étude très controversée du ministère de l'Intérieur qui avait conduit à la création de la cellule où Shaz Bowman espérait faire carrière. Il avait participé à la traque d'un serial-killer à Bradford et il avait fini avec du sang sur les mains parce qu'il n'avait pas été assez malin. Et on racontait que sa sexualité frôlait la perversion. Et c'était vraiment ce détail qui avait fait dresser l'oreille à Vance, mais c'était aussi le seul qu'il n'avait pu creuser, sinon sa source se serait demandé pour quelle raison il s'intéressait à ce point au psychologue.

Si absorbé qu'il fût par ces spéculations sur Tony, Vance ne laissait pas pour autant ses pensées le distraire de l'écran. Son attirance pour le prestige de la télévision n'avait jamais faibli avec les années passées devant les caméras. Il adorait ce média, mais plus que tout, il adorait le direct, avec tous les risques qu'il impliquait. Même s'il fallait qu'il réfléchisse à la manière de neutraliser Tony Hill si cela se révélait nécessaire, il ne pouvait résister à Micky. Leur relation quotidienne avait fait naître chez lui le respect plus que le mépris pour son savoir-faire et son talent. C'était vraiment l'une des meilleures. Il l'avait vu dès le début, persuadé qu'il fallait qu'elle soit de son côté. Et qu'il ait été capable de l'y faire rester avait été un énorme plus.

Elle était déjà bonne à l'époque, mais elle était

encore meilleure, cela ne faisait aucun doute. Grâce à son assurance, et grâce à Betsy. Sa maîtresse lui avait appris à dissimuler ses questions agressives sous des dehors calmes, attentionnés et discrètement intéressés. La plupart des victimes de Micky Morgan ne se rendaient même pas compte qu'elles s'étaient fait piéger jusqu'au moment où on leur repassait la vidéo. Si quelque chose pouvait égratigner la façade de Tony Hill, ce serait une interview en direct avec elle. Il lui avait laissé entendre qu'il y avait peut-être des choses troubles qui couvaient sous la surface de son invité. Maintenant, c'était à elle de jouer.

Il regarda les cinquante premières minutes de l'émission avec l'œil du connaisseur, évaluant la performance de sa femme et de ses collègues. Ce journaliste des Midlands, il fallait le virer, jugea-t-il. Il faudrait qu'il le dise à Micky. Vance détestait les journalistes qui annonçaient toujours du même ton dramatique des guerres à l'autre bout du monde, des remaniements ministériels ou les intrigues d'un feuilleton débile. Cela révélait un manque d'empathie que les pisse-copies les plus roués avaient appris à dissimuler dès le début de leur carrière.

C'était curieux, songea-t-il, *de ne jamais avoir éprouvé le moindre désir pour sa femme. C'est vrai, ce n'était pas son genre, mais malgré tout, il lui arrivait régulièrement de trouver attirantes des femmes qui ne correspondaient pas à son idéal. Mais Micky, jamais. Pas même lors des rares fois où il l'avait aperçue nue. Cela valait probablement mieux, étant donné le contrat qui les liait. Si jamais Micky découvrait ne fût-ce qu'un dixième de ce qu'il faisait à la femelle de l'espèce, elle s'envolerait. Et il n'en avait pas du tout envie. Surtout en ce moment.*

— Et après la pause, dit Micky avec cette chaleur moite que Vance soupçonnait de déclencher des érections chez les jeunes chômeurs de tout le pays, nous allons parler à un homme qui passe ses journées dans le crâne des criminels en série. Psychologue et profileur, le Dr Tony Hill nous révélera les secrets de la toute nouvelle unité spéciale de la police. Et nous rendrons hommage à l'officier de police qui a tragiquement perdu la vie dans cette bataille. Tout cela, et les informations de midi, après la pause.

Alors que les publicités commençaient, Vance appuya sur le bouton « enregistrement ». Il reposa les pieds à terre et se pencha en avant pour fixer attentivement l'écran. Le dernier spot disparut, remplacé par le logo de *Midi Morgan* et par l'image de sa femme qui lui souriait comme s'il était la seule lumière de sa vie.

— Bienvenue de retour parmi nous, dit Micky. Mon invité est le célèbre psychologue clinicien, le Dr Tony Hill. Ravie de vous recevoir, Tony.

Le réalisateur fit un contrechamp qui permit à Vance de voir pour la première fois à quoi ressemblait le chef de Shaz Bowman. Ses joues perdirent leurs couleurs avant de devenir écarlates. Il croyait que Tony Hill serait un inconnu. Mais il avait déjà vu cet homme. Il l'avait repéré pour la première fois à un concours de danse où il était invité. Rôdant dans les parages, parlant avec des habitués. Il l'avait tout d'abord rangé avec mépris dans la triste catégorie de ses fans. Mais la veille, au complexe sportif, quand il l'avait vu distribuer des cartes de visite, il s'était interrogé. Il avait prévu d'envoyer quelqu'un lui poser quelques questions, mais cela lui était sorti de l'esprit. Et à présent, il était là, cet inconnu, assis sur un canapé à parler à la femme de Vance devant des millions de téléspectateurs.

Ce n'était pas le pauvre type habituel. Ce n'était pas un plouc abruti. C'était le chef de Shaz Bowman. Il y avait des chances qu'il devienne lui aussi un adversaire.

— Comment votre équipe a-t-elle réagi à la mort tragique de l'un de vos stagiaires ? demanda Micky pleine de sollicitude, avec un regard suffisamment humide pour communiquer une très sincère compassion.

Tony se détourna légèrement, manifestement peiné.

— Nous avons été bouleversés, dit-il. Shaz Bowman était l'un des éléments les plus brillants avec qui j'aie eu le privilège de travailler. Elle avait un véritable flair pour ce travail de profilage et elle sera irremplaçable. Mais nous sommes déterminés à capturer son assassin.

— Travaillez-vous en étroite collaboration avec les enquêteurs sur l'affaire ? demanda Micky.

Sa réaction à ce qu'elle considérait comme une question banale fut intéressante. Il haussa momentanément les sourcils et écarquilla les yeux.

— Tous les membres de l'unité font leur maximum pour y contribuer, se hâta-t-il de dire. Et il est possible que les téléspectateurs puissent aussi nous aider.

Elle fut impressionnée par sa rapidité à se ressaisir. Pas un téléspectateur sur mille n'avait dû remarquer le très bref blanc.

— Comment le peuvent-ils, Tony ?

— Comme vous le savez, Shaz Bowman a été assassinée dans son appartement de Leeds. Cependant, nous avons des raisons de penser qu'elle n'a pas été une victime choisie par hasard. En fait, son assassin n'est peut-être même pas de la région. Shaz était à Londres le samedi matin, douze heures environ avant d'être tuée. Nous ne savons pas où elle est allée ni qui elle a vu après 10 heures et demie ce samedi matin. Il est possible que son assassin soit entré en contact avec elle vers cette heure-là.

— Vous voulez dire que quelqu'un l'aurait guettée ?

— Je pense qu'il est possible qu'elle ait été suivie jusqu'à Leeds. Depuis Londres.

Ce n'était pas tout à fait la même chose, mais Micky savait qu'elle n'avait pas le temps de pinailler.

— Et vous espérez que quelqu'un en ait été témoin ?

Tony hocha la tête et fixa la caméra dont la lampe rouge était allumée. Elle vit qu'il était sincère dans le moniteur de contrôle placé devant elle. Seigneur, comme il était naturel, sans la moindre trace d'inquiétude, tandis qu'il faisait son appel d'une voix calme.

— Nous recherchons toute personne qui a vu Shaz Bowman après 10 heures et demie ce samedi matin.

Elle était très reconnaissable. Elle avait des yeux d'un bleu particulièrement brillant, très facile à remarquer. Vous l'avez peut-être vue seule ou avec son assassin, peut-être en train de faire le plein : elle conduisait une Golf noire. Ou bien sur une aire d'autoroute entre Londres et Leeds. Vous avez peut-être remarqué quelqu'un qui l'observait d'une manière inhabituelle. Si tel est le cas, appelez-nous.

— Voici le numéro du commissariat de Leeds, intervint Micky tandis que le numéro apparaissait dans un défilant au bas de l'écran. (Tony et elle disparurent, remplacés par le portrait de Shaz souriante.) Si vous avez vu Shaz Bowman samedi, même très peu de temps, appelez la police.

— Nous voulons le capturer avant qu'il ne tue à nouveau, ajouta Tony.

— Donc, ne craignez pas d'appeler la police du West-Yorkshire ou même votre commissariat si vous avez des informations à fournir. Tony, merci d'être venu nous parler. (Elle sourit à nouveau à la caméra tandis que le réalisateur hurlait dans son oreillette.) Et maintenant, nous rendons l'antenne pour les informations de midi.

Micky se radossa au canapé et poussa un bruyant soupir.

— Merci Tony, dit-elle en dégrafant son micro et en se penchant vers lui si bien que leurs genoux se touchèrent à l'angle du canapé.

— C'est moi qui vous remercie, dit-il précipitamment alors que Betsy fondait sur eux et passait un bras pardessus son épaule pour défaire son micro.

— Je vous raccompagne, dit-elle.

— C'était fascinant, dit Micky en se levant. J'aurais aimé que nous puissions prendre plus de temps.

— Nous pourrions dîner ensemble, si vous voulez, dit Tony en saisissant la balle au bond.

— Oui, cela me ferait plaisir, dit Micky surprise de s'entendre dire cela. Vous êtes libre ce soir ?

— Oui, tout à fait.

— Eh bien, retrouvons-nous ce soir. 6 heures et demie, ça vous va ? Il faut que je dîne de bonne heure, à cause de l'émission.

— Je réserverai.

— Pas la peine, Betsy s'en chargera, n'est-ce pas, Bets ? Une expression amusée passa fugitivement sur le visage de la femme, presque immédiatement remplacée par le masque professionnel.

— Pas de problème. Mais il faut que je fasse sortir le Dr Hill du plateau, Micky, dit-elle en lui souriant d'un air d'excuse.

— OK. À plus tard, Tony. (Elle regarda Betsy l'emmener d'un pas vif, impatiente de converser avec quelqu'un de vraiment intéressant, pour changer. Les beuglements dans son oreillette la ramenèrent à la réalité et à la nécessité de préparer la suite de l'émission.) On passe direct au sujet sur la violence à l'école, hein ? demanda-t-elle en regardant la fenêtre de la réalisation, à nouveau préoccupée de sa tâche ct Shaz Bowman n'étant déjà plus qu'un souvenir.

Carol contempla le port par la fenêtre de son bureau. Il faisait assez froid pour chasser les promeneurs. Tous les gens qui étaient dehors marchaient d'un pas vif, même ceux qui sortaient leur chien. Elle espéra que les inspecteurs suivaient leur exemple. Elle appela le numéro de l'hôtel que Tony lui avait laissé. Elle était aussi impatiente d'en savoir plus sur son passage à la télévision que de lui transmettre les nouvelles de son côté. Elle n'eut pas à supporter longtemps la musiquette destinée à la faire patienter.

— Allô ? l'entendit-elle dire.

— *Midi Morgan* était génial, Tony. Qu'est-ce que tu en as pensé ? Est-ce que tu as vu le petit Jack ?

— Non, mais elle m'a plu davantage que je pensais. C'est une bonne intervieweuse. Elle te fait croire que tu es en sécurité et puis elle glisse une ou deux questions vachardes. Mais j'ai quand même réussi à dire ce que j'avais à dire.

— Alors Vance n'était pas dans les parages ?

— Pas aux studios. Mais elle m'a dit qu'elle lui avait parlé de ma venue, donc, je serais prêt à parier que le petit Jack n'aurait manqué l'émission pour rien au monde.

— Tu penses qu'elle se doute de quelque chose ?

— Qu'on soupçonne son mari ? demanda-t-il, apparemment surpris de la question.

— Que son mari est un serial-killer. (Il était un peu lent, ce soir, se dit Carol. D'habitude, il suivait n'importe quelle conversation comme s'il avait lu le script d'avance.)

— Je ne crois pas qu'ellc en ait la moindre idée. Elle ne serait pas avec lui si elle s'en doutait.

Il semblait bizarrement bien sûr de lui. Ce n'était pas le genre de Tony de voir les choses tout blanc ou tout noir.

— C'est vraiment un petit malin.

— Un vrai renard. Maintenant, nous n'avons plus qu'à attendre et voir ce qu'il faut de plus pour le déstabiliser. Et on commence ce soir : j'emmène sa femme dîner.

Carol ne put s'empêcher d'éprouver un pincement de jalousie, mais elle n'en laissa rien paraître. Elle avait l'habitude, avec Tony.

— Ah bon ? Comment tu as réussi ?

— Je crois que le profilage l'intéresse sincèrement, dit-il. Espérons que je pourrai lui soutirer quelques informations utiles.

— S'il y a bien quelqu'un qui en est capable, c'est toi. Tony, je crois que nous avons un problème. Avec Simon. (Elle lui résuma la conversation qu'elle avait eue avec John Brandon.) Qu'est-ce que tu en penses ? Est-ce qu'on devrait lui dire de se rendre ?

— Je crois que c'est à lui de voir. Si tu es à l'aise avec ça. Étant donné qu'il a des chances de revenir encore chez toi avant la fin de cette affaire.

— Je ne pense pas que ce sera un problème, dit lentement Carol. Il ne s'agit que d'un mémo interne. Ce n'est pas comme si on lançait une chasse à l'homme dans tout le pays avec des avis à la une des journaux. En tout cas, pas pour l'instant. Si ça dure jusqu'à la semaine prochaine sans qu'il rentre ou qu'il donne signe de vie à sa famille ou ses amis, cela pourrait devenir plus sérieux, auquel cas, il faudra le convaincre d'aller se mettre au chaud.

— D'après toi, il ne va pas humblement se rendre à la police de Leeds ?

— Qu'est-ce que tu crois ? ricana Carol.

— Je crois qu'il s'investit beaucoup trop dans ce qu'il fait. Et à ce sujet, où en est notre équipe ?

Elle lui raconta la grande tournée de Kay chez les parents. Quand elle en arriva à la photo qu'elle avait soutirée contre leur gré à Kenny et Denis Burton, elle entendit un soupir.

— Les zélotes, dit-il.

— Pardon ?

— Les zélotes. Les fanatiques. Les disciples de Jacko Vance. Je suis allé à trois de ses apparitions publiques, et il y a quelques obsédés qui se pointent à chaque fois. Juste trois ou quatre. Je les ai remarqués tout de suite.

— Si jamais tu finis au chômage, tu pourras toujours faire physio, dit-elle.

Il éclata de rire.

— Le fait est que deux d'entre eux prenaient des photos.

— Il t'a vu ?

— Possible. Très possible. C'est très, très bien. Ça pourrait nous donner un avantage. Il est malin, Carol. C'est le meilleur parmi tous ceux que j'ai vus, dont j'ai entendu parler ou sur qui j'ai lu des articles. Et d'une façon ou d'une autre, il faut qu'on soit plus forts.

Il avait parlé d'une voix douce, mais ferme, chargée de détermination.

— Nous le sommes. Nous sommes cinq. Et il ne voit les choses que sous un seul angle.

— Tu as tout à fait raison. On se rappelle demain, OK ?

Elle sentait qu'il était pressé de partir, d'agir. Elle ne pouvait pas lui en vouloir. Micky Morgan allait constituer un véritable défi pour ses capacités et Tony adorait les défis. Qu'il obtienne des nouvelles informations ou qu'il utilise ce dîner tout au plus comme une manière de semer l'inquiétude chez Jacko Vance, il serait plus efficace que n'importe qui d'autre. Mais elle ne pouvait pas le laisser filer comme ça.

— Il y a autre chose… le pyromane…

— Oh, mon Dieu, oui. Excuse-moi. Ça avance ?

Elle lui récapitula les découvertes de son équipe avec une description sommaire des deux suspects.

— À ce stade, je ne sais pas si je dois les convoquer pour un interrogatoire et essayer d'obtenir un mandat pour perquisitionner chez eux ou les faire surveiller. J'avais pensé te demander ton avis.

— À quoi ils dépensent leur argent ?

— Brinkley et sa femme font dans la consommation ostentatoire. Voitures neuves, biens de consommation, cartes de crédit dans les magasins. Watson a l'air de jouer. Il trouve de l'argent comme il peut et le flambe.

Tony resta un moment sans rien dire. Elle se l'imagina fronçant les sourcils, passant une main dans ses épais cheveux noirs, ses yeux profondément enfoncés dans leurs orbites contemplant le vide tandis qu'il réfléchissait à la question.

— Si j'étais Watson, je parierais sur Brinkley, dit-il finalement.

— Comment ça ?

— Si Watson est vraiment un joueur compulsif, il est convaincu que c'est son prochain pari, son prochain billet de loterie qui résoudra tous ses problèmes. Il a la foi. Brinkley n'a pas cette conviction. Il croit que s'il réussit à rester en course, à diminuer ses dépenses, trouver de l'argent liquide, il sortira du pétrin d'une manière normale. C'est comme ça que je les vois. Mais que je me trompe ou pas, les convoquer pour un interrogatoire ne t'apportera pas les meilleurs résultats. Ça mettra peut-être un terme aux incendies, mais personne n'en sera jamais accusé. Une perquisition ne servira pas à grand-chose non plus, d'après ce que tu m'as dit des indices laissés sur les lieux. Je sais que ce n'est pas ce que tu aurais souhaité entendre, mais une surveillance, c'est la meilleure chance que tu aies de les inculper. Et il faut que tu surveilles les deux au cas où tu te serais trompée.

— Je savais que tu allais dire ça, grogna Carol. Planquer. Le boulot préféré des flics. Le cauchemar budgétaire.

— Au moins, tu n'as à les surveiller que la nuit. Et comme il opère fréquemment, ça ne devrait pas durer longtemps.

— C'est censé me faire une belle jambe ?

— C'est tout ce que j'ai réussi à trouver.

— OK. C'est pas ta faute. Merci de ton aide, Tony. File à ton dîner. Je rentre chez moi retrouver une pizza congelée et, j'espère, des nouvelles de Simon et Leon. Et, Dieu merci, je vais me coucher tôt. Dormir…

Le dernier mot résonna comme une caresse.

— Bonne nuit ! dit Tony en riant.

— Oh, elle le sera, promit-elle. Et toi… bonne chance.

— Faute de miracles, je m'en contenterai.

Le déclic du récepteur raccroché l'empêcha de l'informer de l'autre chose qu'elle avait mise en route ce jour-là. Elle ne savait pas exactement ce qui l'y avait poussée, mais son instinct lui disait que c'était important. Et l'expérience passée lui avait douloureusement appris que parfois, il valait mieux qu'elle fasse confiance à son instinct qu'à la logique.

Quelque chose avait germé dans le fond de son esprit jusqu'au moment où, entre les diverses tâches de la journée, elle avait trouvé le temps d'envoyer une demande aux autres unités du pays. L'inspecteur-chef Carol Jordan de la police de l'East-Yorkshire voulait qu'on l'informe d'éventuelles disparitions inexpliquées d'adolescentes.

— Mike McGowan ? C'est lui, là-bas, dans le coin, mon chou, dit la barmaid en lui désignant l'endroit du pouce.

— Qu'est-ce qu'il boit ? demanda Leon.

Mais la barmaid était déjà passée à un autre client. Le pub était modérément rempli, et presque uniquement d'hommes. Dans une petite ville des East-Midlands comme celle-ci, on distinguait clairement les pubs où les hommes passaient leur temps avec des femmes et ceux où ils allaient pour éviter cette nécessité. Ici, le détail qui le trahissait était un énorme panneau à l'extérieur qui annonçait : « Retransmission quotidienne des sports sur écrans géants. »

Leon sirota son panaché en prenant le temps d'observer Mike McGowan. Jimmy Linden lui avait donné ce nom comme celui d'un expert des médias sur Jacko Vance. « Comme moi, Mike l'a remarqué dès le début et il a beaucoup écrit sur lui pendant des années », avait-il dit. Quand Leon avait contacté l'ancien journal de McGowan à Londres, il avait découvert que le journaliste avait été licencié trois ans auparavant. Divorcé, ses enfants dispersés dans tout le pays, rien ne retenait plus McGowan dans une capitale où la vie était chère, et il était retourné à Nottingham, ville de son enfance.

L'ancien journaliste ressemblait davantage à la caricature d'un doyen d'Oxford qu'à n'importe quel rédacteur qu'ait jamais vu Leon. Même assis, il paraissait très grand. Une touffe de cheveux gris-blond coupés en frange retombait sur ses yeux, de grosses lunettes d'écaille et sa peau rosée lui donnaient l'air gamin qu'Alan Bennett et David Hockney avaient popularisé. Sa veste était de l'espèce de tweed qui a besoin de quinze ans pour avoir l'air portable et qui dure encore vingt ans de plus sans le moindre signe d'usure. Au-dessous, il portait une chemise de flanelle grise et une cravate club au nœud très serré. Il était assis dans un coin et fixait studieusement l'écran d'un mètre cinquante où se déroulait un match de basket. Sans quitter la scène des yeux, il cogna une pipe sur le cendrier pour la nettoyer et la remplir machinalement.

Quand Leon apparut à côté de lui, il ne cilla même pas.

— Mike McGowan ?

— C'est moi. Et vous, vous êtes qui ? demanda-t-il avec un accent régional aussi prononcé que celui de la barmaid et qui démentait son allure d'universitaire hautain.

— Leon Jackson.

McGowan le toisa d'un regard.

— Vous êtes parent de Billy Boy Jackson ?

Stupéfait, Leon faillit presque se signer.

— C'était mon oncle, balbutia-t-il.

— Vous avez la même forme de tête. Je suis bien placé pour savoir. J'étais là quand Marty Pyeman a fracturé le crâne de votre oncle. Mais ce n'est pas pour ça que vous venez me voir, n'est-ce pas ?

Cette fois, le rapide regard s'était fait rusé.

— Je peux vous offrir un verre, monsieur McGowan ?

— Non, je ne viens pas là pour boire. Je viens regarder les matchs. Ma retraite est trop merdique. Pas moyen de m'offrir le satellite ou un écran comme ça. J'étais à l'école avec le père du propriétaire, alors il se fiche que je fasse durer ma bière toute la journée. Asseyez-vous et dites-moi ce que vous voulez.

Leon obéit et sortit sa carte. Il essaya de la rempocher rapidement, mais McGowan fut plus rapide.

— Police de Londres, dit-il pensivement. Allons, qu'est-ce qu'un flic de Londres avec l'accent de Liverpool viendrait faire avec un vieux pisse-copie à la retraite en plein cœur du Nottinghamshire ?

— Jimmy Linden m'a dit que vous pourriez peut-être m'aider, dit Leon.

— Jimmy Linden ? Ça, c'est un nom du passé. (Il referma la carte et la rendit à Leon.) Alors, qu'est-ce qui vous intéresse chez Jacko Vance ?

Leon secoua la tête avec admiration.

— Je n'ai jamais dit que je m'intéressais à lui. Mais si vous voulez m'en parler, faites donc.

— Dites donc, on vous enseigne la subtilité, de nos jours, ironisa McGowan en craquant une allumette et en la portant à sa pipe. (Il tira dessus et expira un nuage de fumée bleue qui engloutit le mince ruban de la cigarette de Leon.) Qu'est-ce que Jacko est censé avoir fait ? Quoi que ce soit, je parie que vous n'arriverez jamais à le pincer pour ça.

Leon resta sans rien dire. Cela le faisait enrager, mais il y parvint. Ce vieux connard malin n'allait pas le faire marcher comme ça, songea-t-il, réussissant presque à s'en convaincre.

— Cela fait des années que je n'ai pas vu Jacko, dit enfin McGowan. Il n'aime pas trop les visages qui lui rappellent ce qu'il était quand il était encore entier. Il déteste qu'on lui remémore ce qu'il a perdu.

— On pourrait croire que ce qu'il a eu à la place a été une bonne compensation, dit Leon. Un beau boulot, plus d'argent que n'importe qui de raisonnable ne pourrait dépenser, une femme splendide, une maison de la taille d'un manoir. Je veux dire, combien de médaillés d'or réussissent comme ça ?

McGowan secoua lentement la tête.

— Rien ne peut compenser la découverte de sa vulnérabilité, pour un homme qui pense qu'il est un dieu. Sa môme a eu de la chance de pouvoir filer. Elle aurait été la première sur la liste s'il s'était agi de faire payer à quelqu'un ce que les dieux avaient fait à Jacko Vance.

— Jimmy dit que vous connaissiez Jacko mieux que personne.

— Superficiellement, seulement. J'ai suivi sa carrière, je l'ai interviewé. J'ai probablement pu apercevoir certaines choses sous le masque, mais je ne peux pas dire que je le connaissais. Je ne vois personne qui pourrait dire ça. Vraiment, il n'y a rien que je puisse vous apprendre sur Jacko Vance que je n'aie déjà écrit.

McGowan souffla un autre nuage de fumée. Leon trouva qu'elle avait l'odeur d'une Forêt Noire, avec un parfum de cerise et de chocolat. Il ne voyait pas comment on pouvait fumer du gâteau.

— Jimmy a également dit que vous continuiez à faire des dossiers sur les sportifs qui vous intéressaient vraiment.

— Eh bien, vous lui en avez extorqué, des choses, à Jimmy. Vous avez dû sacrément lui plaire. Notez, il a toujours eu beaucoup de respect pour les athlètes noirs. Il disait qu'ils doivent bosser deux fois plus que les autres pour percer. J'imagine qu'il a dû se dire que c'était probablement pareil dans la police.

— À moins que je ne sois doué pour les conversations, dit narquoisement Leon. Serait-il possible que vous me laissiez consulter vos dossiers ?

— Vous voulez en voir un en particulier, inspecteur ? le taquina McGowan.

— Je vous laisserai volontiers le choisir pour moi, monsieur.

— Dans une carrière aussi longue que la mienne, il est difficile de faire un tri, dit McGowan, fixant toujours l'écran.

— Je suis sûr que vous réussirez très bien.

— Ce sera fini dans dix minutes. Peut-être que vous voudrez rentrer avec moi pour les regarder ?

Une demi-heure plus tard, Leon était assis dans le salon du trois pièces de McGowan qui parvenait à avoir l'air à la fois spartiate et encombré. Le seul mobilier était un fauteuil en cuir pivotant élimé qui donnait l'impression d'avoir servi durant la Guerre d'Espagne, ainsi qu'un bureau en ferraille grise couvert de rayures. Les quatre murs étaient couverts d'étagères industrielles en acier chargées de boîtes à chaussures, chacune pourvue d'une étiquette.

— C'est incroyable, dit-il.

— Je me suis toujours promis d'écrire un livre une fois à la retraite, dit McGowan. C'est incroyable les illusions qu'on peut se faire. J'ai parcouru le monde entier pour couvrir les grands événements sportifs. Et maintenant, mon univers s'est réduit aux écrans satellite du

Dog & Gun. On pourrait penser que ça me déprime. Mais le plus drôle, c'est que non. Je n'ai jamais été aussi content de toute ma vie. Ça m'a rappelé que ce que j'ai toujours préféré dans le sport, c'était y assister. La liberté, sans la responsabilité, voilà ce dont je bénéficie à présent.

— Un mélange dangereux, dit Leon.

— Un mélange libérateur. Il y a trois ans, votre venue m'aurait fait flairer une piste pour un article. Je n'aurais pas tenu en place tant que je n'aurais pas trouvé ce qui se passait. Aujourd'hui, c'est difficile d'imaginer à quel point je m'en fiche. Je suis plus passionné par la finale à Las Vegas samedi prochain que par les dires ou les actes de Jacko Vance. Amusez-vous bien, mon gars, dit-il en désignant une étagère. Jacko Vance. Quinze boîtes pleines à ras bord. J'ai rendez-vous pour un match de tennis au *Dog & Gun*. Si vous partez avant que je revienne, tirez juste la porte derrière vous en sortant.

Quand McGowan revint peu de temps avant minuit, Leon en était toujours à lire méthodiquement les coupures de journaux. Le journaliste lui apporta une tasse de café instantané.

— J'espère qu'on vous paie les heures sup', mon gars.

— Disons que c'est plus par amour que je le fais, dit Leon avec une ironie forcée.

— Pour vous ou votre chef?

— Pour une de mes collègues, dit Leon après réflexion. Disons que c'est une dette d'honneur.

— La seule chose qui vaille la peine d'être remboursée. Je vous laisse. Essayez de ne pas claquer la porte en partant.

Leon entendit à peine les bruits de quelqu'un qui va se coucher: craquements de parquet, gargouillis de plomberie, chasse d'eau. Puis ce fut le silence, seulement troublé du froissement des feuilles jaunies.

Il était presque 2 heures quand il trouva ce qu'il cherchait. Ce n'était qu'une simple coupure, une phrase très vague. Mais c'était un début. Quand il sortit dans le noir pour rejoindre la rue déserte, Leon sifflotait.

Elle avait des yeux plus candides que tous ceux qu'il avait vus jusque-là. Elle poussa le dernier morceau de magret de canard fumé sur sa fourchette, y piqua un dernier haricot et reprit :

— Mais cela a forcément un effet sur vous, de passer autant de temps et d'énergie à pénétrer une logique aussi tordue ?

Tony prit plus de temps que nécessaire pour avaler sa bouchée de *polenta*.

— On apprend à se bâtir des murailles, dit-il enfin. Vous savez, mais sans savoir. Vous ressentez, mais sans ressentir. J'imagine que c'est la même chose pour les journalistes. Comment pouvez-vous dormir après avoir raconté le massacre de Dunblane ou l'attentat de Lockerbie ?

— Oui, mais nous sommes extérieurs à l'événement. Vous, vous devez y pénétrer, sinon vous échouez, n'est-ce pas ?

— Vous n'êtes pas toujours en dehors des événements, malgré tout, non ? Quand vous avez rencontré Jacko, ce que racontaient les médias a envahi votre vie. Vous avez dû construire des murs pour séparer ce que vous saviez de l'homme personnellement et ce que vous racontiez aux journaux. Quand son ancienne petite amie a fait des révélations aux tabloïds, vous n'avez pas pu les considérer comme n'importe quel autre article. Est-ce que ça n'a pas affecté la façon dont vous envisagiez votre univers ? demanda-t-il, saisissant la première occasion qui lui était offerte de la faire parler de son mari.

Micky repoussa les cheveux de son visage. Douze ans plus tard, il vit que son mépris pour Jillie Woodrow n'avait pas diminué.

— Quelle salope, murmura-t-elle. Mais Jacko m'a dit que c'était totalement inventé, et je le crois. Donc, ça n'a pas vraiment pénétré mes défenses.

L'arrivée du serveur l'interrompit et il débarrassa dans le silence. Puis, lorsqu'ils furent de nouveau seuls, Tony répéta sa question.

— C'est le psychologue, contra-t-elle en prenant un paquet de cigarettes dans son sac. Cela vous ennuie, si… ?

— Je ne savais pas que vous fumiez, dit-il en secouant la tête.

— Juste après le dîner. Cinq par jour au maximum, dit-elle avec une grimace. Une folle de contrôle qui contrôle une folle de contrôle : voilà ce que je suis.

L'expression le fit sursauter. La seule et unique fois qu'il l'avait employée lui-même, c'était pour parler d'un assassin compulsif qui avait failli le tuer. L'entendre dans la bouche de Micky était déplacé et étrange.

— On dirait que vous avez vu le diable, dit-elle en inspirant la fumée avec un air sensuel.

— Juste un souvenir, dit-il. Il y a des tas de résonances bizarres qui se bousculent dans ma tête.

— Je parie. Je me suis toujours demandé comment vous *savez* que vous voyez juste dans un profil.

Elle inspira profondément et souffla un nuage de fumée pâle par les narines, l'air intéressé.

Il la jaugea. C'était maintenant ou jamais.

— Exactement comme quiconque dont le sujet de travail est les êtres humains. Un mélange de connaissances et d'expérience. Et le fait de savoir quelles sont les bonnes questions à poser.

— Du genre ?

Son intérêt était si sincère qu'il se sentit presque coupable de ce qu'il allait faire de cette agréable soirée.

— Cela n'ennuie pas Jacko que Betsy soit amoureuse de vous ?

Son visage se figea et ses pupilles se dilatèrent dans un réflexe de panique. Au bout d'un long moment, elle déglutit et parvint à rire faiblement.

— Si vous essayiez de me désarçonner, vous avez sûrement réussi.

C'était l'une des plus habiles manières de se ressaisir qui soit, mais il ne s'était pas trompé en lisant l'aveu dans son regard.

— Je ne suis pas un danger pour vous, dit-il doucement. La confidentialité est une seconde nature chez moi. Mais je ne suis pas non plus un imbécile. Vous et Jacko, c'est aussi franc qu'une pièce de trois sous. Betsy était avec vous avant le mariage. Oh, il y a eu des bruits. Mais vous et Jacko avez eu les fiançailles les plus publiques depuis Charles et Diana. C'est ce qui a tué les rumeurs dans l'œuf.

— Pourquoi en parlez-vous ? demanda-t-elle.

— Nous sommes tous les deux ici ce soir parce que nous sommes curieux. J'ai répondu à toutes vos questions. Vous pourriez me retourner le compliment, ou ne pas le faire, dit-il avec un sourire qu'il espérait chaleureux.

— Mon Dieu, dit-elle d'un air dubitatif. Vous avez un sacré culot.

— Comment pensez-vous que je sois devenu l'un des meilleurs ?

Micky le considéra pensivement, puis elle fit signe de s'éloigner au serveur qui approchait avec la carte des desserts.

— Oh, et puis apportez-nous une autre bouteille de zinfandel, dit-elle en changeant d'avis. (Elle se pencha en avant et demanda à voix basse :) Que voulez-vous me demander ?

— À quoi ce mariage sert-il, pour Jacko ? Il n'est pas homosexuel, n'est-ce pas ?

Micky secoua énergiquement la tête.

— Jillie a plaqué Jacko après l'accident parce qu'elle ne voulait pas vivre avec un homme qui n'était plus parfait. Il a juré qu'il n'aurait plus jamais aucune relation sexuelle qui l'engagerait affectivement. Il avait besoin d'une couverture pour que les femmes ne l'approchent pas et moi d'un homme pour cacher l'existence de Betsy.

— Bénéfice mutuel, donc.

— Oh, oui, bénéfice mutuel. Et au crédit de Jacko, je dois dire qu'il n'a jamais essayé de renier le pacte. Je ne sais pas quelle est sa vie sexuelle, bien que je soupçonne qu'elle consiste en filles très bien payées. Franchement, je m'en fiche, du moment que cela ne me gêne pas.

Elle écrasa sa cigarette et lui offrit le regard étudié qu'elle destinait normalement à la caméra.

— Je suis fasciné : pour quelqu'un de payé à être curieux sur les autres, vous l'êtes peu vis-à-vis de votre propre mari.

— S'il y a une chose que Jacko m'a apprise en douze ans de mariage, dit-elle avec un sourire ironique, c'est que personne n'arrive à le connaître. Ce n'est pas que je croie qu'il mente, le défendit-elle. C'est juste que je ne pense pas qu'il dévoile beaucoup de la vérité. Chacun reçoit des petits bouts de la vérité de Jacko, mais je ne crois pas que personne l'entende jamais tout entière.

— Que voulez-vous dire ? demanda Tony en prenant discrètement la nouvelle bouteille et en leur servant du vin à tous les deux.

— Je vois Jacko se comporter en public comme un mari parfait et plein de sollicitude, mais je sais qu'il joue un rôle. Quand nous ne sommes que tous les trois, il est tellement distant qu'il est difficile de croire que nous vivons sous le même toit depuis presque douze ans. Quand il travaille, il a le comportement parfait d'une célébrité télé : perfectionniste, un peu excessif, gueulant sur son personnel et ses assistants quand les choses ne tournent pas comme il l'entend. Mais avec le public, c'est M. Charme incarné. Puis, quand il s'agit de récolter des fonds, il devient un homme d'affaires à la tête froide. Savez-vous que pour chaque livre qu'il rapporte à ses œuvres, il en gagne deux ?

— Je suppose qu'il se justifierait en disant que s'il n'était pas là, les œuvres n'auraient jamais cet argent.

— Et qu'il n'a aucune raison de travailler à l'œil ? Absolument. Moi, quand je participe à des œuvres, je ne paie même pas mes frais. Mais il y a aussi autre chose, le bénévolat qu'il accomplit auprès des malades au stade terminal ou des accidentés. Il passe des heures à leur chevet à les écouter, à parler, et personne ne sait ce qui se passe entre eux. Une fois, un journaliste a essayé de glisser un magnétophone pour pouvoir révéler « le cœur secret de Jacko Vance ». Jacko s'en est aperçu et il a pulvérisé l'appareil. Il l'a littéralement piétiné. Tout le monde a cru qu'il allait en faire autant du journaliste, mais le type a eu la bonne idée de prendre ses jambes à son cou.

— C'est quelqu'un qui protège sa vie privée, dit Tony.

— Oh, et il en à revendre, de la vie privée. Il a une maison dans le Northumberland, au beau milieu de nulle part. Je l'ai vue une fois en douze ans et c'était seulement parce que Bets et moi nous rendions en Écosse et que nous avions décidé de lui faire une visite. J'ai pratiquement dû le forcer à nous offrir une tasse de thé. Je ne m'étais jamais sentie aussi peu bienvenue de toute ma vie, dit-elle avec un sourire indulgent. Oui, on pourrait dire que Jacko protège sa vie privée. Mais ça m'est égal. Mieux vaut ça que d'avoir à le traîner dans mes jambes tout le temps.

— Il n'a pas dû être très content quand la police est venue y fourrer son nez, dit Tony. Après la visite de Shaz Bowman, je veux dire.

— Vous pensez ! En fait, c'est moi qui ai appelé la police. À voir la façon dont Betsy et Jacko ont réagi, on aurait cru que je les balançais pour meurtre. Ça a été un cauchemar de leur faire comprendre à tous les deux que nous ne pouvions pas laisser passer le fait que la pauvre femme était venue chez nous peu de temps avant de se faire assassiner.

— Heureusement que l'un de vous avait le sens du devoir, dit Tony, goguenard.

— Mais oui. D'ailleurs, il y avait au moins une autre personne qui savait qu'elle venait chez nous : l'autre policier à qui Jacko avait parlé. On ne risquait pas de pouvoir garder cette visite pour nous.

— Je me sens tellement coupable pour Shaz, dit Tony en se détournant un peu. Je savais qu'elle ruminait une théorie de son cru, mais je ne pensais pas qu'elle agirait sans m'avertir.

— Vous voulez dire que vous ne saviez pas non plus sur quoi elle travaillait ? demanda Micky, incrédule. Les flics qui sont venus chez nous n'avaient pas non plus l'air d'en savoir très long, mais j'étais sûre que vous, vous étiez au courant.

— Pas vraiment. Je sais qu'elle avait dans l'idée qu'un serial-killer s'en prenait à des adolescentes et qu'il rôdait peut-être autour des célébrités. Mais je ne connaissais pas les détails. C'était censé être simplement un exercice scolaire, pas un cas réel.

Micky frissonna en finissant son verre.

— Pouvons-nous changer de sujet ? C'est très mauvais pour la digestion, de parler de meurtres.

Pour une fois, il n'allait pas discuter. Son petit jeu avait largement payé. Et il n'avait jamais été du genre avide.

— OK. Dites-moi comment vous avez réussi à faire avouer au ministre de l'Agriculture qu'il était financièrement impliqué dans une entreprise de biotechnologie.

Carol fixa d'un regard noir les trois visages rebelles qui lui faisaient face.

— Je sais que personne n'aime faire des planques. Mais c'est comme cela que nous allons pincer notre homme. Au moins, les intervalles entre ses actes sont relativement courts, donc on peut compter pouvoir le coincer en quelques jours. Maintenant, voilà comment je veux que ça se passe. Nous allons le faire avec les moyens du bord. Je suis consciente que c'est encore plus pénible, mais vous savez où en sont les budgets. J'ai parlé aux gars en tenue et ils sont d'accord pour nous prêter des hommes pour la journée. Chaque soir à 10 heures, deux d'entre vous prendront leur relève, chacun à un poste. Vous travaillerez deux nuits de suite, puis un jour de repos. Votre partenaire vous prêtera main-forte s'il se passe quelque chose. Nous commençons aujourd'hui. Il y a déjà des hommes en poste. Des questions ?

— Et si on se fait repérer ? demanda Lee.

— On ne se fait pas repérer, dit Carol. Mais si l'impensable se produit, vous filez, vous appelez votre partenaire et vous échangez vos postes dès que vous pouvez. Je sais que c'est une opération pénible avec si peu de ressources. Mais j'ai toute confiance en vous, je sais que vous y arriverez. Ne me décevez pas, s'il vous plaît.

— Madame ? demanda Di.

— Oui ?

— Si on a si peu de personnel, pourquoi on ne cherche pas lequel des deux suspects est le plus probable pour se concentrer sur lui ?

C'était une question maladroite, mais aussi une question intelligente. Carol l'avait débattue avec Nelson durant son petit déjeuner. Cela lui avait permis d'évacuer la crainte croissante d'être obsédée par l'affaire.

— Bonne question, dit-elle. Je l'ai moi-même envisagée. Puis j'ai pensé : « Et si nous choisissons le mauvais et que c'est seulement au prochain incendie fatal que nous nous en apercevons ? » (Elle laissa la question en suspens.) Aussi ai-je décidé qu'il était probablement mieux pour la collectivité d'opter pour une surveillance légère des deux suspects.

— Assez logique, dit Di. Je me posais simplement la question.

— Bien. Débrouillez-vous pour assigner les quarts entre vous, et attendez 22 heures. Tenez-moi au courant. Si quoi que ce soit arrive, je suis joignable par téléphone. Ne me laissez pas sans nouvelles.

— Quand vous dites que vous êtes joignable par téléphone, madame… commença Tommy d'un air entendu.

— Je veux être là quand vous arrêterez le gars.

— Ah ! C'est bien ce que j'avais compris.

Sa déception feinte était destinée à l'agacer, elle le savait. Déterminée à ne pas lui laisser voir s'il avait réussi, Carol eut un sourire suave :

— Croyez-moi, Tommy, vous devriez m'en être reconnaissant. Maintenant, fichez le camp et laissez-moi travailler. (Elle avait déjà la main sur le téléphone avant d'achever sa phrase. Elle composa le premier numéro de la liste placée devant elle en pianotant sur son bloc pendant que la crème des policiers de Seaford sortait de son bureau avec l'énergie d'un escargot sous valium.) Et fermez la porte en sortant, s'il vous plaît. Allô ? Contrôle ? Inspecteur-chef Jordan de l'East-Yorkshire. Je voudrais parler à quelqu'un qui s'occupe des disparitions... J'ai envoyé une demande concernant des adolescentes disparues...

Tony engagea la voiture sur la voie d'accès en se demandant s'il éprouverait plus de plaisir à conduire s'il possédait l'un de ces engins de luxe que l'on voit dans les publicités au lieu d'une vieille Vauxhall déglinguée. Quelque chose lui disait que non. Mais ce n'était pas à cela qu'il était censé penser tandis que les essuie-glaces balayaient la pluie oblique du Yorkshire pour révéler la forme lointaine de Bradford. Sur le périphérique, il suivit les indications laborieusement précises qu'on lui avait données et finit par s'arrêter devant un pavillon dont la propreté obsessionnelle n'avait d'égale que la précision militaire de son unique massif de fleurs. Même les rideaux semblaient avoir été ouverts de façon à ce que la même quantité de tissu apparaisse de chaque côté de la fenêtre.

La sonnette émit un bourdonnement insistant et déplaisant. La porte s'ouvrit pour révéler un homme que Tony avait repéré à toutes les apparitions publiques de Jacko Vance auxquelles il avait assisté. Il l'avait convaincu, lui et deux autres cinglés à appareils photo, à céder leurs coordonnées sous le prétexte qu'il faisait une étude sur le phénomène de la célébrité vue sous l'angle des fans plutôt que celui des vedettes. C'était n'importe quoi, mais cela leur avait suffisamment donné l'impression d'être importants pour qu'ils coopèrent.

Philip Hawsley était le premier, pour la simple raison qu'il habitait le plus près. Tandis qu'il le suivait dans un salon d'une propreté surnaturelle qui sentait la cire et le désodorisant et ressemblait à une reconstitution du cadre de vie de la petite bourgeoisie de 1962, Tony décela tous les signes de l'obsessionnel compulsif. Hawsley, qui pouvait avoir aussi bien trente que cinquante ans, ne cessait de passer les doigts sur les boutons de son cardigan beige pour vérifier qu'ils étaient tous en place. Il examinait ses ongles au moins une fois par minute pour s'assurer qu'ils ne s'étaient pas salis depuis la dernière fois. Ses cheveux gris avaient une coupe courte et militaire et ses chaussures cirées brillaient comme des miroirs. Il invita Tony à s'asseoir en lui désignant le siège qu'il désirait le voir occuper, puis lui offrit à boire avant de s'asseoir sur le siège exactement en face du psychologue, genoux et chevilles bien serrés.

— Vous avez une sacrée collection, dit Tony en jetant un regard circulaire dans la pièce.

Un mur entier était occupé par des rayonnages de vidéos, toutes étiquetées et portant la date et le titre d'une émission. Même de là où il était assis, il voyait qu'une grande partie était composée de *Vance Chez Vous*. Une vitrine surmontée d'une demi-douzaine de livres contenait une série d'albums. La place d'honneur revenait à une grande photographie en couleurs posée sur un radiateur à gaz fixé dans le mur. On y voyait Hawsley serrant la main de Jacko Vance.

— C'est un petit hommage, mais c'est moi qui l'ai fait, dit Hawsley d'une voix maniérée. (Tony imagina trop bien les quolibets dont il avait dû être victime étant adolescent.) Nous avons le même âge, vous savez. Au jour près. Je sens que nos destins sont intimement liés. Comme deux faces de la même pièce. Jacko est la face publique, moi la face intime.

— Il a dû vous falloir des années pour amasser tout cela, dit Tony.

— Je me suis consacré à la constitution de ces archives, dit Hawsley, très collet monté. J'aime à penser que j'ai une vision plus complète de la vie de Jacko que lui-même. Quand on est si occupé à la vivre, on n'a pas le temps de s'arrêter et de réfléchir comme je le fais. Son courage, son aisance, sa chaleur, sa compassion. C'est l'homme complet de notre époque. C'est l'un des petits paradoxes de l'existence qui fait qu'il ait dû perdre une partie de lui-même pour gagner cette importance.

— Je ne pourrais pas être plus d'accord, dit Tony en recourant sans effort aux techniques de conversation que des années de travail avec les malades mentaux avaient ajoutées à son répertoire. C'est un exemple, ce Jacko. (Il s'enfonça dans le fauteuil et laissa Hawsley débiter son adulation en faisant semblant d'être fasciné alors que tout ce qu'il éprouvait, c'était du dégoût pour un assassin qui se cachait si bien que les innocents et les malades fondaient devant lui. Finalement, après qu'Hawsley se fut assez détendu pour reculer plus confortablement de quelques centimètres sur son siège, Tony reprit :) Je serais ravi de voir vos albums de photos. (Les dates étaient gravées dans sa mémoire.) Pour notre étude, nous nous attachons à des moments précis de la carrière des gens, dit Tony à Hawsley qui ouvrait la vitrine et commençait à sortir des albums.

Chaque fois que Tony mentionnait une date, Hawsley choisissait un volume précis et le posait sur la table basse devant Tony, ouvert à la page correspondante. Jacko Vance était manifestement un homme très occupé, qui faisait entre cinq et vingt apparitions publiques par mois, dont une grande partie était liée à des collectes de fonds, souvent pour l'hôpital de Newcastle où il faisait du bénévolat.

La mémoire d'Hawsley pour les détails était phénoménale quand il s'agissait de son idole, et c'était à la fois un avantage et un inconvénient pour Tony. Côté positif, cela lui donnait tout le temps qu'il voulait pour examiner les images qu'on lui soumettait. Côté négatif, ces radotages monotones plongeaient presque Tony dans une transe hypnotique.

Cependant, rapidement, Tony sentit un pincement d'excitation qui lui rendit toute son attention. Là, deux jours avant que la première des filles identifiées par Shaz Bowman eût disparu pour de bon, Jacko Vance inaugurait un hospice à Swindon. Sur la deuxième des quatre photos qu'Hawsley avait prises de l'événement, Tony vit un visage qu'il avait mémorisé, juste à côté du visage étincelant de Jacko Vance. Debra Cressey. Quatorze ans à l'époque. Deux jours auparavant, le visage rempli d'adoration et levé vers Jacko Vance qui signait un autographe, elle avait l'air d'une gamine au paradis.

Deux heures plus tard, Tony avait identifié une autre disparue près de Vance, cette fois apparemment en pleine conversation avec lui. Une troisième s'efforçait de se hausser sur la pointe des pieds pour dérober un baiser à un Vance qui riait. Mais sa tête était à moitié détournée de l'objectif, ce qui rendait son identification incertaine. Maintenant, tout ce qu'il lui restait à faire, c'était à extorquer les photos à Hawsley.

— Je me demandais si je pourrais vous emprunter certaines de ces photos ? demanda-t-il.

Hawsley secoua énergiquement la tête, l'air profondément choqué.

— Bien sûr que non, dit-il. Il est vital que ces archives restent intactes. Et si j'avais une visite et qu'il manque des éléments à mon stock ? Non, docteur Hill, j'ai bien peur que ce soit absolument hors de question.

— Et les négatifs ? Vous les avez encore ?

— Bien évidemment que oui, répondit Hawsley, visiblement offensé. Pensez-vous que je fais les choses n'importe comment ?

Il se leva et ouvrit le placard sous la vitrine. Des boîtes de négatifs étaient empilées sur les étagères, étiquetées avec autant de minutie que les vidéos. Tony frémit intérieurement, en imaginant à quel point cela avait dû être laborieux de dresser la liste de tous les négatifs. C'était moins de la rétention anale que de la rétention banale.

— Eh bien, je pourrais vous emprunter les négatifs pour faire de nouveaux tirages ? demanda-t-il en s'efforçant de ne rien laisser voir de son exaspération dans sa voix.

— Je ne peux pas m'en séparer, dit Hawsley avec obstination. Ils sont très importants.

Il fallut un bon quart d'heure avant de trouver un compromis acceptable. Il emmena Philip Hawsley et ses précieux négatifs jusqu'au labo-minute le plus proche, où Tony s'acquitta d'une fortune pour avoir des tirages au bout d'une heure d'attente. Une fois cela fait, il reconduisit Philip Hawsley chez lui pour qu'il puisse replacer les négatifs à leur place avant que leurs compagnons ne s'aperçoivent de leur disparition.

En prenant l'autoroute pour aller chez le suivant, Tony s'autorisa un petit moment de triomphe.

— On va te coincer, mon petit Jack. On va te coincer.

Tout ce que Simon savait de Tottenham, c'est que la ville avait une équipe de football de deuxième ordre et qu'un flic y avait été tué durant une émeute quelque part dans les années quatre-vingt quand il était encore à l'école. Il ne s'attendait pas à trouver des gens très accueillants et ne fut donc pas surpris quand son apparition au bureau des listes électorales ne souleva pas un enthousiasme délirant. Quand il eut expliqué ce qu'il voulait, l'insecte desséché en costume derrière le comptoir leva les yeux au ciel et soupira.

— Il faudra que vous le fassiez vous-même, dit-il de mauvaise grâce. Je n'ai pas de personnel pour ça, surtout si on ne me prévient même pas.

Il conduisit Simon dans les archives poussiéreuses, lui expliqua en dix secondes comment elles étaient organisées et l'abandonna.

Les résultats de ses recherches ne furent guère encourageants. La rue où Vance avait vécu son enfance comprenait une quarantaine de maisons dans les années soixante. En 1975, vingt-deux avaient disparu, apparemment remplacées par un immeuble baptisé Shirley Williams House. Les dix-huit maisons restantes révélaient de fréquents déménagements dans les listes d'électeurs : peu de gens semblaient rester plus de deux ans, en particulier durant la sinistre époque de la poll-tax du milieu de la décennie. Un seul nom avait tenu pendant tout ce temps.

Simon se frotta le front pour calmer un mal de crâne qui menaçait. Il espérait que Tony Hill avait raison, que tout cela allait leur permettre de coincer l'assassin de Shaz. L'image de son visage se dressa douloureusement devant lui avec ses yeux bleus étincelants de rire. C'était presque plus qu'il n'en pouvait supporter. Pas le moment de sombrer, se dit-il en enfilant son blouson de cuir et en se mettant en route pour rencontrer Harold Adams.

Le numéro 9 de Jimson Street était un minuscule pavillon en brique jaune sale. Le jardinet oblong qui le séparait de la rue était encombré de boîtes de bière vides, de paquets de chips et d'emballages de pizzas. Un chat noir famélique le fixa méchamment alors qu'il poussait la grille, puis disparut d'un bond en emportant un os de poulet. La rue sentait la pourriture. Après d'interminables tours de verrous et de clés dans des serrures, la carcasse desséchée qui lui ouvrit la porte avait l'air d'avoir déjà été un vieillard quand Jacko Vance était enfant.

— Monsieur Adams ? demanda-t-il sans grand espoir d'obtenir une réponse intelligente.

Le vieil homme pencha la tête de côté pour lorgner Simon en face tant il était voûté.

— Vous êtes de la mairie ? J'ai déjà dit à cette bonne femme que j'avais pas besoin d'aide ménagère et que je voulais pas de repas tout prêts, grinça-t-il comme une vieille porte qui a bien besoin qu'on graisse ses gonds.

— Je suis de la police.

— J'ai rien vu, répondit vivement Adams en s'apprêtant à fermer la porte.

— Non, attendez. Ça n'a aucun rapport. Je veux vous parler de quelqu'un qui vivait ici il y a longtemps : Jacko Vance. Je veux vous parler de Jacko Vance.

Adams marqua un temps d'arrêt.

— Vous êtes encore un journaliste, hein ? Vous essayez de berner un vieillard. Je vais appeler la police.

— Je *suis* de la police, dit Simon en brandissant sa carte devant les yeux gris fatigués. Regardez.

— D'accord, d'accord, je suis pas aveugle. Vous autres flics, vous nous dites toujours qu'on n'est jamais trop prudents. Qu'est-ce que vous voulez me demander sur Jacko Vance ? Il habite plus ici depuis… attendez voir, ça doit faire dix-sept, dix-huit ans.

— Je peux entrer pour en parler, peut-être ? demanda Simon, espérant malgré tout que l'autre l'enverrait promener.

— Il faut bien, dit Adams en s'effaçant pour le laisser entrer.

Simon fut pris à la gorge par une odeur d'urine et de biscuits rances avant d'arriver dans le salon. À sa grande surprise, l'endroit était impeccable. Il n'y avait pas un grain de poussière sur l'énorme télé, pas une marque sur les bras des fauteuils recouverts de napperons en dentelle, pas une trace sur le verre des photos encadrées qui s'alignaient sur la cheminée. Harold Adams avait raison : il n'avait pas besoin d'aide ménagère. Simon attendit que le vieillard se soit assis avant d'en faire autant.

— Je suis le dernier survivant, dit fièrement Adams. Quand on est arrivés ici en 1947, c'était comme une grande famille, cette rue. Tout le monde connaissait tout de tout le monde, et comme dans une famille, tout le monde s'engueulait. Maintenant, plus personne ne connaît plus personne, mais ça s'engueule toujours autant.

Quand il souriait, songea Simon, on aurait dit le crâne d'un rapace dont seuls les yeux sont restés.

— Ça ne m'étonne pas. Alors, vous connaissiez bien la famille Vance ?

— Si on peut appeler ça une famille, ricana Adams. Son père, il se disait ingénieur, mais d'après ce que je voyais, c'était juste un prétexte pour ficher le camp pendant des semaines. Notez, ça m'étonnerait pas d'apprendre qu'il gagnait beaucoup d'argent. Il était toujours tiré à quatre épingles, voyez. Mais il dépensait pas un sou pour sa maison, sa femme ou son gosse s'il était pas obligé.

— Et elle, comment elle était ?

— Timbrée. Elle avait pas un instant pour son môme, même quand il était tout bébé. Elle le flanquait dans son landau et elle le laissait pendant des heures. Des fois, elle oubliait même de le rentrer quand il pleuvait et c'était ma Joan ou une autre dame qui devait aller sonner chez elle pour lui dire. Ma Joan disait toujours que des fois, elle était encore en robe de chambre à l'heure du dîner.

— Elle buvait, alors ?

— J'ai jamais entendu dire ça, non. C'est juste qu'elle aimait pas le gosse. Ça l'encombrait, sûrement. Quand il a grandi, elle l'a laissé livré à lui-même faire des sottises, et quand les gens venaient se plaindre, elle lui tombait dessus à bras raccourcis. Je sais pas ce qui se passait derrière ces quatre murs, mais des fois, on entendait le môme chialer. Il a jamais rien fait de propre, notez.

— Que voulez-vous dire ?

— Il avait le diable au corps, ce Jacko Vance. Je me fiche bien de ce qu'ils disent, que c'est un héros et un sportif, mais c'était un sale individu. Oh, il savait être tout sourires quand il pensait que ça lui servait. Toutes les dames de la rue lui mangeaient dans la main. Elles lui donnaient des friandises, le laissaient regarder la télé chez elles quand sa mère le flanquait dehors.

Adams était aux anges. Simon songea qu'il ne devait pas avoir souvent l'occasion de donner libre cours à sa méchanceté. Et il était bien décidé à en profiter.

— Mais vous, vous ne vous en laissiez pas compter ?

— Je savais tout ce qui se passait dans cette petite rue, ricana de nouveau Adams. Une fois, j'ai surpris ce petit saligaud de Vance derrière les garages de Boulmer Street. Il avait attrapé un chat par la peau du cou pour qu'il puisse pas se débattre. Il était en train de lui tremper la queue dans un bidon d'essence quand j'ai tourné le coin de la rue. Et il avait une boîte d'allumettes près de lui par terre. (Le silence qui suivit était éloquent.) Je lui ai fait lâcher le chat, puis je lui ai botté le cul, quelque chose de soigné. Mais c'est pas ça qui pouvait l'arrêter, malgré tout. Il y avait toujours des chats qui disparaissaient dans le coin. Les gens en parlaient tout le temps sans savoir. Moi, je savais.

— Comme vous dites, un sale individu.

C'était presque trop beau pour être vrai. Simon avait passé trop de temps à préparer sa future carrière à Leeds pour ne pas reconnaître les signes précurseurs de la psychopathie. Torturer des animaux était un classique. Et cet homme en avait été le témoin direct. Il n'aurait pas pu trouver meilleure source s'il avait cherché pendant des semaines.

— C'était un dur et tout. Il s'en prenait aux petits, il leur faisait faire des choses dangereuses, ils se blessaient, mais il ne posait jamais un doigt sur eux. C'était comme s'il organisait tout exprès puis qu'il attendait et regardait ce qui se passait. Joan et moi, on était contents que nos deux enfants soient déjà grands et partis. Et le temps que les petits-enfants viennent chez nous, Vance avait découvert qu'il pouvait lancer ses fichus javelots plus loin que tout le monde. On l'a plus beaucoup revu après ça et vous pouvez me croire, c'était un bon débarras.

— Il n'y a pas beaucoup de gens qui disent du mal de lui, dit aimablement Simon. Il a sauvé des vies, on ne peut pas le nier. Il fait du bénévolat auprès des malades et il recueille de l'argent pour des œuvres de bienfaisance.

Une grimace méprisante tordit le visage d'Adams.

— Je vous dis qu'il adore regarder. Il doit probablement trouver du plaisir à savoir qu'ils vont bientôt crever et que lui continuera à se pavaner à la télé. Je vous le dis, mon gars, Jacko Vance est un sale individu. Alors, vous voulez le pincer pour quoi ?

— Je n'ai jamais dit que nous voulions le pincer, sourit Simon.

— Alors qu'est-ce que vous faites à poser des questions sur lui ?

— Allons, vous savez qu'on ne peut pas révéler les détails d'une enquête, monsieur, dit Simon avec un petit clin d'œil. Si j'étais vous, je garderais un œil sur la télévision pendant les prochains jours. Avec un peu de chance, vous apprendrez pourquoi je suis venu vous voir. (Il se leva.) Et maintenant, je crois qu'il vaut mieux que je reprenne ma route. Mon chef sera très intéressé par ce que vous venez de me dire, monsieur Adams.

— Ça faisait des années que j'attendais de pouvoir le raconter, mon gars. Des années que j'attendais.

Barbara Fenwick avait été tuée six jours avant son quinzième anniversaire. Si elle avait vécu, elle aurait eu presque vingt-sept ans. Son corps mutilé avait été découvert dans une cabane de randonneurs, sur la lande au-dessus de la ville, étranglé. On avait trouvé des marques indiquant qu'elle avait subi un viol, mais il n'y avait aucune trace de sperme, ni dans son corps ni ailleurs. Ce qui rendait ce crime inhabituel, c'était la nature des blessures. Alors que la plupart des psychopathes mutilent les organes de leurs victimes, celui-ci avait broyé le bras droit de la fille, écrasant les muscles et les os si bien qu'il était impossible de le reconstituer. Ce qui était plus intéressant, c'est que le pathologiste avait indiqué que la blessure correspondait à une pression progressive et non pas à un seul impact puissant.

Pour les enquêteurs, cela n'avait aucun sens.

Les personnes qui avaient découvert Barbara avaient été innocentées : elles campaient et randonnaient ensemble depuis six jours. Ses parents, qui étaient désespérés depuis sa disparition cinq jours auparavant, étaient également insoupçonnables. La jeune fille était encore vivante quelques jours après qu'ils avaient signalé sa disparition et son beau-père et sa mère avaient été surveillés par au moins un policier pendant tout ce temps. Les parents n'avaient cessé de répéter que leur fille était heureuse avec eux, qu'elle ne se serait jamais enfuie et qu'elle avait dû être enlevée. La police, sceptique, avait souligné que Barbara avait emporté sa plus belle tenue, qu'elle avait menti à ses parents sur ce qu'elle comptait faire après l'école le jour de sa disparition. En outre, elle avait séché les cours, et ce n'était pas la première fois.

Pour les enquêteurs, cela n'avait aucun sens.

Barbara Fenwick n'était pas une adolescente difficile et turbulente. Elle n'était pas connue de la police, ses amis certifiaient qu'elle ne buvait rien de plus qu'un peu de cidre de temps en temps et selon tout le monde, elle n'avait jamais expérimenté le sexe ou les drogues. Son ex-petit-copain, qui l'avait plaquée le mois précédent pour une autre, disait qu'elle n'avait jamais voulu aller jusqu'au bout et que malgré son allure sexy, elle était probablement vierge, comme lui. Elle avait des résultats raisonnablement bons à l'école et l'ambition de devenir puéricultrice. La dernière fois qu'on l'avait vue de source sûre, c'était dans le car de Manchester le matin de sa disparition. Elle avait dit à la voisine qui l'avait vue qu'elle allait chez le dentiste se faire enlever une dent de sagesse. Sa mère avait dit que Barbara n'avait pas encore de dents de sagesse, fait qu'avait confirmé le pathologiste.

Pour les enquêteurs, cela n'avait aucun sens.

Dans son comportement, rien n'indiquait l'adolescente qui déraille. Elle était sortie en boîte avec une bande de copains le samedi précédant sa disparition. Jacko Vance était là et signait des autographes. Ses amies avaient dit qu'elle avait passé une bonne soirée.

Pour les enquêteurs, tout cela n'avait aucun sens.

Mais pour Leon Jackson, cela en avait beaucoup.

6

La dalle de pierre était si bien agencée qu'elle ne faisait même pas le sinistre bruit de frottement des films d'horreur. Un infime courant électrique faisait pression à un point précis et elle pivotait silencieusement de cent quatre-vingts degrés pour découvrir l'escalier menant à la petite crypte dont personne ne soupçonnait plus l'existence dans l'ancienne chapelle restaurée. Jacko Vance actionna l'interrupteur qui inonda la crypte de la lumière crue des néons et descendit.

La première chose qu'il remarqua, ce fut l'odeur, bien avant d'être descendu assez bas pour voir la créature qui avait naguère été Donna Doyle. La chair broyée en putréfaction s'ajoutait à l'odeur rance d'un corps sale et enfiévré et à celle, âcre, des toilettes chimiques. Il sentit son estomac se soulever, mais il se dit qu'il avait senti bien pire dans les hôpitaux lorsque la gangrène dévorait le corps de gens qui avaient déjà été amputés de tout ce que l'on pouvait raisonnablement leur ôter. C'était un mensonge, mais au moins, cela donnait du courage à ses sinus.

Au bas des marches, il s'arrêta et fixa la pauvre chose blottie contre le mur de pierre glacé comme si elle avait pensé pouvoir le pousser et lui échapper.

— Mon Dieu, ce que tu es répugnante, dit-il d'un ton méprisant en voyant ses cheveux collés par la sueur, ses blessures infectées et les saletés qu'elle avait faites en renversant des choses dans l'obscurité.

Il lui avait laissé des paquets de céréales et elle avait un robinet d'eau. Elle n'avait aucune excuse pour être dans cet état : elle aurait pu faire l'effort de se nettoyer au lieu de rester assise sur le matelas dans sa crasse, se dit-il. Les entraves lui permettaient assez de liberté de mouvement pour cela, et la douleur de son bras ne l'avait pas empêchée de manger, à en juger par les boîtes ouvertes tout autour d'elle. Il fut heureux d'avoir choisi un matelas recouvert d'une housse en plastique : il pourrait passer le jet d'eau pour faire disparaître toute trace de sa présence dégoûtante une fois qu'il en aurait fini avec elle.

— Regarde-toi donc, grinça-t-il en lui faisant les gros yeux, tout en déboutonnant sa veste et en la jetant sur une chaise hors de sa portée. Pourquoi est-ce que je voudrais avoir quoi que ce soit à faire avec une saleté comme toi ?

Un gémissement inarticulé s'échappa des lèvres boursouflées de Donna. De sa main intacte, elle saisit la couverture, dans une pitoyable tentative pour couvrir sa nudité. D'un pas vif, Jacko fut sur elle et lui arracha la couverture de laine rêche. De son bras artificiel, il la gifla à la volée et elle tomba sur le matelas, le visage inondé d'un mélange de larmes, de sang et de morve.

Vance recula et lui cracha dessus. Puis froidement, il se déshabilla, plia ses vêtements et les empila soigneusement sur la chaise. Il était excité, il bandait, il était prêt pour ce qu'il était venu chercher. Il avait dû attendre plus longtemps que d'habitude, plus longtemps qu'il ne le souhaitait à cause du retard causé par cette salope de Bowman. Après la découverte de son corps, il n'avait pas osé venir ici avant d'avoir vu la police, soucieux de ne pas attirer l'attention. Et même si Tony Hill croyait avoir quoi que ce soit contre lui, il n'y avait aucune preuve et personne ne s'intéressait plus à lui. Le moment était arrivé de venir chercher une autre dose de ce qui rendait la vie si agréable, une portion de vengeance froide au parfum de souffrance.

Il se laissa tomber à genoux sur le matelas, força brutalement d'une main la jeune fille à écarter les cuisses, savourant ses protestations, ses grotesques tentatives de l'en empêcher, ses petits cris de refus. Et lorsqu'il s'enfonça en elle, il se laissa tomber de tout son poids sur son bras blessé.

Donna Doyle finit par émettre un bruit cohérent. Le hurlement qui résonna dans la minuscule et sinistre crypte signifiait sans équivoque : Non !

7

Carol entrebâilla la porte et tira pratiquement Tony dans le cottage.

— On commençait à se demander si tu t'étais perdu, dit-elle en le précédant jusqu'à la table de la salle à manger où un thermos de soupe chaude attendait avec des miches de pain aux olives et un plateau de fromages.

— Un accident sur l'autoroute, dit-il en laissant tomber une chemise sur la table et en s'affalant sur sa chaise.

Il avait l'air désorienté et préoccupé.

Carol servit deux bols de soupe et en tendit un à Tony.

— Il faut que je te parle avant l'arrivée des autres. Tony, je crois que ce n'est plus simplement un exercice théorique. Il me semble qu'il en a capturé une autre juste avant de tuer Shaz.

Brusquement, elle avait capté toute son attention. Il avait balayé ce qui lui occupait l'esprit en arrivant et ses yeux bleu sombre la fixèrent, ardents.

— Des preuves ? demanda-t-il.

— J'ai eu une intuition et j'ai fait passer une demande d'information nationale au cas où il y aurait eu des disparus. J'ai eu un appel cet après-midi du Derbyshire. Donna Doyle. Quatorze ans. De Glossop. À environ huit kilomètres après le bout du M57, dit Carol en lui tendant une photocopie du fax que la section d'enquêtes criminelles locale lui avait envoyé. La mère a fait imprimer ce prospectus parce que la police n'avait pas l'air de se remuer beaucoup. Le schéma habituel, tu vois. Elle est partie pour aller à l'école, elle a emporté sa plus belle tenue, et avait un prétexte pour ne pas rentrer de bonne heure. Fugue préméditée, affaire moins classée que discrètement ignorée. Mais j'ai discuté avec l'inspectrice qui a interrogé la mère avant qu'ils cessent de s'y intéresser. Je n'ai pas été directive : c'est elle-même qui m'a dit que deux jours avant de disparaître, Donna était allée à une manifestation où Jacko Vance était l'invité d'honneur.

— Merde, souffla Tony. Carol, selon ce qu'il leur fait subir, elle est peut-être encore en vie.

— Je ne veux même pas y penser.

— C'est possible. S'il les garde un peu avant de les tuer – et on connaît beaucoup de serial-killers qui le font parce que cela leur donne une impression de pouvoir – il y a des chances qu'il ne se soit pas risqué à la rejoindre depuis qu'il a tué Shaz. Seigneur, il faut trouver le moyen de localiser l'endroit où il les tue. Et vite. (Ils se regardèrent en se rendant compte avec angoisse qu'une autre vie dépendait de la vitesse à laquelle ils feraient leur travail.) Il a une maison de campagne dans le Northumberland, dit Tony.

— Il ne va quand même pas faire ça chez lui, objecta Carol.

— Probablement pas, mais je serais prêt à parier que son abattoir est situé à peu de distance de là. Qu'est-ce que l'équipe a comme informations ? demanda-t-il tristement.

Carol jeta un coup d'œil à la pendule.

— Je ne sais pas. Ils doivent arriver d'une minute à l'autre. Ils devaient se retrouver à Leeds pour venir ensemble. Ils ont tous appelé et on dirait que notre boulot a donné de bons résultats.

— Bien. (Avant qu'il ait pu en dire plus, ils entendirent le bruit d'un moteur qui peinait sur la côte menant au cottage.) Voilà la cavalerie, apparemment.

Carol ouvrit la porte et le trio entra en file indienne, l'air particulièrement content de lui. Ils se laissèrent tomber sur les chaises autour de la table en ôtant blousons et vestes sur le sol, impatients de commencer. Tony se passa une main dans les cheveux.

— Nous pensons qu'il a enlevé une fille juste avant de tuer Shaz. Elle est peut-être encore en vie. (Il n'éprouva aucun plaisir à voir se ternir l'éclat de leur regard et leurs visages passer de la satisfaction à la pâleur de l'inquiétude.) Carol ?

Carol répéta ce qu'elle avait déjà dit à Tony, pendant qu'il allait dans la cuisine servir le café qu'il avait senti se préparer.

— Nous n'allons pas avoir le luxe de prendre notre temps de dresser un profil détaillé et de faire du brainstorming avec tous les éléments, dit-il en revenant. Nous allons devoir galoper ventre à terre pour rassembler nos preuves et faire ce que nous pouvons pour sauver une autre vie. Bon. Dites-nous ce que vous avez fait. Kay ? Et si vous commenciez ?

Succinctement, Kay relata ses entretiens avec les parents des disparues.

— Ce qui en ressort, c'est qu'ils racontent tous la même histoire. Il n'y a pas de différences significatives, que ce soit avec ce qu'ils avaient déjà déclaré à la police ou dans leurs versions des événements. J'ai réussi à emporter une photo de l'une des filles en compagnie de Jacko Vance, et j'ai eu la preuve que toutes s'étaient rendues à des manifestations où il était quelques jours avant leur disparition. Mais je n'ai rien de plus probant que cela, désolée.

— Vous n'avez pas à vous excuser, dit Tony. C'est un excellent travail. Ça n'a pas dû être facile, de faire dire tout cela à des gens qui souffrent encore de la disparition de leur fille. La photo nous sera utile, parce que nous pourrons nous en servir comme preuve. Bon travail, Kay. Simon ?

— Grâce à Carol, j'ai pu retrouver la fiancée qui a plaqué Jacko après l'accident. Si vous vous rappelez, Shaz avait avancé que c'était l'événement, ajouté au choc de l'accident, qui l'avait fait basculer dans le meurtre. Eh bien, d'après ce que j'ai entendu, peut-être qu'il n'a pas eu beaucoup à se forcer.

» D'après Jillie Woodrow, les pratiques sexuelles de Jacko n'avaient rien de normal. Dès le début de leur vie sexuelle, il avait fallu qu'il la domine. Elle était censée être passive et se comporter en adoratrice. Il détestait avoir des contacts sexuels avec elle et il lui arrivait de la gifler si elle le touchait. Il s'est de plus en plus intéressé à la pornographie SM et il voulait mettre en pratique les fantasmes représentés dans les magazines, les livres, et ceux issus de son imagination.

» Elle a déclaré que cela lui était encore égal qu'on l'attache, qu'elle pouvait accepter les fessées et les coups de martinet, mais que lorsqu'il a commencé avec la cire chaude, les pinces à seins et des godemichés énormes, elle a refusé. (Il baissa un instant les yeux vers ses notes pour s'assurer qu'il n'oubliait rien d'important.) D'après elle, lorsque sa carrière sportive a commencé à prendre son essor et qu'il a touché beaucoup d'argent, il s'est mis à payer des prostituées. Pas le genre sordide qui se fait au coin de la rue. D'après ce qu'il lui avait confié, elle pense qu'il utilisait deux call-girls très chères qui acceptaient de faire les trucs les plus extrêmes qu'il exigeait, ou qui lui amenaient le genre de filles qui n'avaient aucune importance s'il dérapait. Des droguées, par exemple.

» Jillie dit qu'elle mourait d'envie de le quitter, mais qu'elle avait peur des représailles. Il était plein de sollicitude, généreux, aimable, mais incroyablement possessif. Et c'est pour ça qu'après l'accident, elle a saisi sa chance. Elle s'est dit que si elle le lui annonçait alors qu'il était encore à l'hôpital, il serait incapable de réagir. Et qu'il y serait coincé suffisamment longtemps pour se calmer et l'oublier.

Simon leva les yeux et fut surpris de l'expression sinistre de Tony.

— Et nous savons tous ce qui s'est passé ensuite, n'est-ce pas ? dit-il. Micky Morgan et le mariage de convenance.

Les visages qui lui faisaient face passèrent de l'incompréhension à la stupéfaction à mesure qu'il leur apprenait ce qu'il avait d'abord entendu de la bouche de Chris Devine, puis de celle de Micky Morgan en personne.

— Nous avons donc là un comportement extraordinairement aberrant, dit-il. Mais c'est encore un peu difficile de présenter ça à un supérieur hiérarchique pour qu'il mette en branle une arrestation. Cependant, maintenant, nous sommes au courant, n'est-ce pas ?

Ils n'eurent pas à répondre. La réponse se lisait dans leurs regards.

— Il n'y a pas que ça, dit Simon avant de leur raconter l'épisode d'Harold Adams.

— Les mecs, plus on avance, plus c'est incroyable que le petit Jack soit encore en liberté, soupira Leon en allumant sa troisième cigarette depuis leur arrivée. Attendez que je vous raconte ce que j'ai dégoté. (Il leur résuma rapidement les maigres renseignements que lui avait fournis son entrevue avec Jimmy Linden.) Mais il m'a parlé d'un journaliste à la retraite, Mike McGowan. Ce mec en sait plus long sur l'histoire du sport que nous tous réunis. Il a des archives pour lesquelles la Bibliothèque nationale serait prête à tuer.

» Je vous dis, il m'a fallu la moitié de la nuit pour lire tout ce qu'il avait sur le petit Jack. Et c'est là que j'ai trouvé ça : (D'un geste théâtral, il sortit une coupure de journal toute desséchée et cinq photocopies. Elle provenait du *Manchester Evening News* et il était question du meurtre de Barbara Fenwick. Un paragraphe était surligné en jaune fluo : "Barbara n'était pas une fille qui sortait beaucoup, d'après ses amis. Son dernier samedi soir s'était déroulé comme en bien d'autres occasions. Elle faisait partie d'un groupe de jeunes qui étaient allés dans une discothèque où Jacko Vance était l'invité d'honneur.") C'était juste quatorze semaines après l'accident, précisa Leon.

— Il a pas perdu de temps, hein ? Il s'est lancé tout de suite dans la bienfaisance, dit Simon.

— Eh bien, nous n'avons jamais douté un instant qu'il était motivé, commenta Tony. Donc, y a-t-il la moindre preuve que Vance ait vraiment rencontré cette fille ?

— Le grand moment de sa soirée a été celui où il a signé un autographe, dit Leon en leur faisant passer des copies du rapport qu'il avait rédigé à partir du dossier de la police. Ils ont pas voulu me laisser faire des photocopies, alors j'ai du recopier. D'après moi, c'est la première victime.

— Et je crois que vous avez raison, souffla Tony. Oh, c'est parfait, Leon, vraiment parfait. Il s'est amélioré après la première. Seigneur, ces randonneurs ont failli lui tomber dessus. Regardez, ils disent avoir vu ce qu'ils ont pris pour une Land Rover qui descendait sur la piste juste au moment où ils passaient la crête. Le petit Jack a dû avoir des sueurs froides. Il s'est rendu compte qu'il lui fallait un abattoir digne de ce nom, un endroit où on n'allait pas le déranger. Nous pensons que c'est dans le Northumberland, d'ailleurs. Près de sa maison de campagne. Mais sans plus d'informations… (Il se passa une main sur le visage.) Une affaire vieille de douze ans, cela dit. Où sont les preuves ?

Leon se rembrunit.

— Ils ne savent pas. Ils ont déménagé tous les dossiers classés sans solution dans un autre endroit il y a cinq ans, et tous les indices recueillis sur place ont été perdus ou mal rangés. Et encore, il n'y avait pas grand-chose, d'après le rapport. Pas d'empreintes, pas de fluides corporels. Des traces de pneus, mais c'est sans utilité, après douze ans.

— Les enquêteurs. C'est à eux qu'il faut s'adresser. Mais avant de discuter de la suite, je ferais mieux de vous dire ce que j'ai trouvé de mon côté. C'est plutôt mince par rapport aux grands pas que vous nous avez fait faire tous les trois, mais cela nous donne un bon paquet de preuves indirectes. (Il ouvrit la chemise et en sortit une série de photos.) J'ai fait la tournée des fans. Je dois dire que c'était un peu comme de retourner à l'époque où je travaillais dans le service des agités.

» Pour ne pas vous fatiguer avec des termes techniques, disons qu'ils sont tous complètement ravagés. Cependant, après avoir subi l'historique de leurs diverses obsessions pour Jacko Vance, j'ai pu avoir un choix de photos de Jacko prises durant les manifestations où nous savons que nos victimes présumées étaient présentes. Sur quatre, il est avec l'une de nos disparues ou à côté d'elle. Dans cinq ou six autres, il est possible que la fille qui y figure soit l'une des nôtres, mais c'est impossible à savoir sans examen par ordinateur.

Il se pencha pour se couper une tranche de pain.

— Avec ce qu'a trouvé Kay, ça fait cinq. Les découvertes se recoupent, dit Carol.

— Mais je ne pense pas que ce soit suffisant pour démarrer une enquête officielle ? demanda Tony sans grand espoir en se servant du fromage.

Carol fit la grimace.

— Le problème, c'est qu'il n'y a aucun lien avec mon district. Si l'une de ces filles avait disparu dans l'East-Yorkshire, je serais prête à tenter de faire bouger les choses, mais il n'y en a pas. Et quand bien même, je ne sais pas si nous pourrions entreprendre une enquête. Tout ce que nous avons est très indirect : ça ne suffit pas pour le convoquer à un interrogatoire, et ne parlons pas de perquisition.

— Donc, vous ne pensez pas qu'on pourrait convaincre le West-Yorkshire de s'intéresser une fois de plus à Vance, même avec tout ça ?

— Tu rigoles ? ricana Simon. Étant donné ce qu'ils pensent de moi ? Chaque fois que je vois un flic sur la route, j'ai des sueurs froides. Tout ce qu'on trouve est biaisé parce qu'ils sont convaincus que je suis l'assassin et que vous me protégez tous. Je ne pense pas qu'ils croiront le moindre mot qu'on dira.

— J'ai compris, dit Kay.

— Ce qu'il nous faut, c'est un témoin qui ait croisé Shaz après son départ supposé de chez Vance. Idéalement, quelqu'un qui l'aurait vue à Leeds, suggéra Leon.

— Idéalement, un évêque de l'Église d'Angleterre, ironisa Carol. N'oubliez pas qu'il faut que ce soit quelqu'un dont la parole peut rivaliser avec celle du chouchou du pays.

La main qui coupait le fromage glissa et Tony s'entailla l'index. Il bondit sur ses pieds alors que le sang jaillissait de la blessure.

— Merde, foutu bordel de merde, explosa-t-il en se fourrant le doigt dans la bouche.

Carol s'empara de la serviette en papier qui enveloppait le thermos pour lui bander le doigt solidement.

— Andouille, dit-elle gentiment.

— C'était ta faute, dit-il en se rasseyant.

— Comment ça, ma faute ?

— Ce que tu as dit. Sur les témoins irréfutables.

— Oui ?

— Les caméras, ça ne ment pas, n'est-ce pas ?

— Ça dépend si elles sont numériques ou non, ironisa Carol.

— Ne joue pas sur les mots. Je parle de caméras qui ont déjà été utilisées pour inculper des criminels.

— Quoi ?

— Les caméras des autoroutes, Carol. Les caméras des autoroutes.

— Nous dites pas que vous y croyez, ricana Leon.

— Quoi ? demanda Tony, interloqué.

— Grands mythes de notre temps, numéro quarante-sept. Les caméras des autoroutes permettent de pincer les méchants. Eh bien non, dit Leon en s'enfonçant sur son siège, avec une grimace cynique.

— Comment ça ? J'ai déjà vu des émissions à la télé, des vidéos de poursuites de voitures par la police. Et qu'est-ce que vous faites de l'inculpation d'excès de vitesse grâce aux photos prises sur l'autoroute ? demanda Tony, indigné.

— Les caméras fonctionnent parfaitement, soupira Carol. Mais seulement dans certaines situations. C'est ce que Leon veut dire. Les appareils photo prennent uniquement les véhicules qui dépassent la vitesse autorisée. Ils ne vont pas se déclencher au-dessous de 130 km/h. Et les caméras vidéo ne sont mises en route que s'il y a un accident ou un embouteillage. Le reste du temps, elles ne fonctionnent pas. Et quand bien même, il faut des logiciels d'avant-garde pour pouvoir en sortir quoi que ce soit d'incriminant.

— Votre frère ne saurait pas le faire, des fois ? demanda Simon. Il me semblait que c'était une sorte de prodige de l'informatique.

— Oui, mais nous n'avons rien à lui soumettre encore, et nous n'avons pas grand espoir d'avoir quoi que ce soit, objecta Carol.

— Mais je croyais que lorsqu'il y avait eu une bombe posée par l'IRA dans le centre-ville de Manchester, la police avait pu remonter la piste de la camionnette des terroristes grâce aux caméras de l'autoroute ? insista Tony qui ne voulait pas en démordre.

— Ils pensaient qu'ils pourraient la repérer sur les clichés des excès de vitesse, dit Kay, mais ils n'étaient pas assez nets...

Elle laissa sa phrase en suspens et son visage s'éclaira.

— Qu'est-ce qu'il y a ? demanda Carol.

— Les caméras des entreprises de surveillance privée, s'écria-t-elle. Vous vous rappelez ? La police de Manchester a demandé aux parkings et magasins dotés de circuits vidéo de surveillance situés sur les différents itinéraires possibles de lui apporter leurs bandes. On ne trouvera pas Vance ou Shaz sur les caméras des autoroutes, mais on les aura là où ils se sont arrêtés pour prendre de l'essence. Logiquement, Shaz a dû faire le plein avant de quitter Leeds. Elle avait assez pour faire l'aller, mais elle ne pouvait pas rentrer avec un seul plein. Et il y a des chances qu'elle ait utilisé une station-service de l'autoroute.

— Et vous pouvez avoir accès à ces bandes ?

— Ce n'est pas y accéder qui va poser un problème, grogna Carol. La plupart des entreprises sont heureuses de nous aider. Généralement, elles ne demandent même pas pourquoi. C'est la perspective de devoir regarder des heures de vidéos floues. J'en ai la migraine rien que d'y penser.

Tony s'éclaicit la voix.

— En fait, Carol, j'allais te proposer de venir avec moi parler aux officiers de police qui ont mené l'enquête sur le meurtre de Barbara Fenwick. (Il fit un sourire d'excuse aux trois autres. Simon et Kay eurent l'air un peu déçus, mais Leon était clairement mécontent.) Excusez-nous, mais pour que ça passe, il faut un officier de police gradé. Et il faut être le moins nombreux possible. Il ne faut pas éveiller les soupçons de ces types.

» Il faut éviter de donner l'impression qu'on pense qu'ils ont bâclé leur boulot et que nous autres experts allons réparer les dégâts. C'est du ressort de Carol et moi. Ce que je voudrais que vous fassiez, c'est diviser l'autoroute en portions et aller voir toutes les vidéos de ces stations. (À présent, tous les trois avaient l'air dépassés.) Je le ferais moi-même si je pouvais, compatit Tony. Mais ce travail exige une carte de police.

Des grognements inarticulés jaillirent autour de la table.

— On sait, ironisa Simon.

— Et Donna Doyle est peut-être encore en vie, souligna Carol.

Le trio se regarda, l'œil sombre et grave.

— Et même si elle est morte, la prochaine est encore vivante, dit Leon en hochant lentement la tête.

L'une des premières leçons qu'avait apprises Tony Hill en tant que profileur, c'est que préparer le terrain n'était jamais une perte de temps. Carol et lui eurent du mal à s'enthousiasmer devant les piles d'archives de la police, mais ils savaient tous les deux combien il était important de passer les dossiers au peigne fin sans rien oublier. Ce laborieux et minutieux examen de la moindre information était aussi vital pour parvenir à un portrait juste du tueur que le flair naturel auquel certaines personnes recouraient. Trimer tout seul ne faisait jamais un bon profileur, mais la poudre aux yeux non plus.

Il avait été heureux de constater qu'il s'était trompé sur le compte de Leon. Son approche superficielle des exercices de formation avait confirmé tous les préjugés de Tony sur ses vantardises. Mais soit son humiliation devant les autres lui avait appris quelque chose, soit il faisait partie de ces gens qui ne peuvent travailler que sur des faits réels. Dans un cas comme dans l'autre, songea Tony le lendemain, alors qu'il fouillait avec Carol dans les archives, le travail qu'il avait accompli était un sans-faute.

Au bout de deux heures, ils se radossèrent sur leur fauteuil presque au même moment.

— On dirait que Leon n'a rien oublié, dit Tony.

— Apparemment. Mais si nous devons parler au type qui a suivi l'affaire, il fallait qu'on soit sûrs.

— Je te remercie vraiment de ton aide pour tout ça, Carol, dit-il tranquillement en rangeant les papiers. Tu n'étais pas obligée de monter au créneau.

Sa bouche se tordit en une grimace qui aurait pu aussi bien exprimer un sourire qu'un regret.

— Si, j'étais obligée, tu le sais, se contenta-t-elle de répondre.

Ce qu'elle ne disait pas, c'est qu'ils savaient tous les deux qu'elle n'aurait jamais été capable de lui refuser son aide, personnellement ou professionnellement. Et qu'elle savait aussi qu'il éprouvait la même chose, du moment qu'ils restaient tous les deux dans les limites qu'ils avaient semblé adopter pour garder leur intégrité.

— Tu es sûre que tu peux prendre du temps sur l'enquête sur ton pyromane ? demanda-t-il, voyant qu'elle n'abordait pas le sujet.

— S'il doit arriver quoi que ce soit, dit-elle en rangeant les papiers dans une boîte, ça se passera la nuit. Ce sera peut-être le prix que tu auras à payer pour occuper ma chambre d'amis.

— Je crois que je pourrai tout juste le supporter, dit-il, narquois.

Il la suivit jusqu'au comptoir où ils rendirent les dossiers à un agent en tenue qui donnait l'impression que la trentaine approchait, mais pas assez vite pour lui.

Carol lui fit son plus beau sourire.

— L'officier chargé de cette enquête – le superintendant Scott ? Je crois qu'il est à la retraite, maintenant ?

— Parti il y a dix ans, dit l'homme en soulevant les lourdes boîtes et en s'éloignant vers les étagères lointaines d'où il les avait sorties.

— J'imagine que vous ne saurez pas où je peux le joindre ? cria Carol à son dos qui disparaissait dans l'allée.

— Il habite en dehors de Buxton, répondit sa voix, étouffée par les étagères. Un endroit qui s'appelle Countess Sterndale. Il y a que trois maisons.

Il leur fallut quelques minutes pour qu'on leur indique le chemin de Countess Sterndale, qui n'était pas sur leur carte, et trente-cinq de plus pour y arriver.

— Il ne mentait pas, alors, dit Tony au bout de l'étroite route qui se terminait par un rond-point bordé d'arbres. (Un vieux manoir délabré de style Reine Anne se dressait en face d'eux et sur la gauche se blottissaient deux maisons basses en pierre, à toit de lauzes.) Laquelle c'est, d'après toi ?

— Pas le manoir, dit Carol, sauf s'il en croquait. Pouf, pouf, ça sera toi qui y seras…

Elle désigna la maison la plus à droite.

— C'est toi qui mènes les débats, dit Tony alors qu'ils traversaient dans l'herbe. Il sera mieux disposé envers un flic qu'envers un type qui brasse de l'air.

— Même si je suis une femme ? ironisa Carol.

— Bien vu. Alors faisons confiance à l'inspiration.

Il poussa une petite barrière peinte avec soin qui s'ouvrit sans un bruit. Le chemin était pavé de briques rouges, sans le moindre brin d'herbe entre elles. Tony souleva le heurtoir en fer forgé et le laissa retomber. Le bruit résonna derrière la porte. Puis des pas lourds approchèrent et la porte s'ouvrit sur un homme costaud aux cheveux gris brillantinés, la raie sur le côté, avec une moustache en forme de brosse à dents. On aurait dit une vedette des années quarante, songea Carol en réprimant un sourire.

— Pardonnez-nous de vous déranger, mais nous cherchons l'ex-superintendant Scott, dit-elle.

— Je suis Gordon Scott, dit-il. Et vous êtes ?

C'est là que cela allait se corser.

— L'inspecteur-chef Carol Jordan, monsieur. Police de l'East-Yorkshire. Et voici le Dr Tony Hill, de la Cellule Nationale de Profilage Criminel.

À sa grande surprise, le visage de Scott s'illumina de plaisir.

— Est-ce que ça a un rapport avec Barbara Fenwick ? demanda-t-il avec empressement.

Décontenancée, Carol se tourna vers Tony.

— Qu'est-ce qui vous fait dire cela ? demanda-t-elle.

Il éclata d'un gros rire.

— Je ne suis peut-être plus dans le circuit depuis dix ans, mais quand trois personnes en deux jours viennent jeter un coup d'œil au dossier d'un meurtre non résolu, quelqu'un finit par décrocher le téléphone. Entrez, entrez. (Il les fit passer dans un salon confortable en se baissant pour éviter de se cogner la tête au linteau de la porte. La pièce avait l'air d'un endroit fréquemment utilisé, avec des magazines et des livres empilés près d'une paire de fauteuils qui se faisaient face de chaque côté d'une cheminée. Scott leur fit signe de s'asseoir.) Vous voulez boire quelque chose ? Ma femme est partie aux courses à Buxton, mais je suis à peu près capable de faire du thé. Ou de la bière ?

— Une bière, ce sera parfait, dit Tony, qui ne tenait pas à attendre que Scott prépare du thé.

Carol hocha la tête également et, un instant plus tard, il revint avec trois canettes de Boddington's.

Scott déplaça un énorme chat roux et installa sa grande carcasse dans un fauteuil auprès de la fenêtre, ce qui diminua la clarté de la pièce d'une bonne moitié. Il ouvrit sa bière, mais avant de boire, il se lança dans son discours.

— J'ai été content d'apprendre que vous enquêtiez sur le meurtre de Barbara Fenwick, vous ne pouvez pas savoir. Je me suis cassé la tête sur ce dossier pendant presque deux ans. Je n'en dormais pas la nuit. Je n'oublierai jamais la tête de sa mère quand je suis arrivé pour lui annoncer qu'on avait retrouvé le corps. Ça me hante encore. J'ai toujours pensé qu'il y avait une réponse quelque part, mais que je n'avais pas la capacité de la trouver. Alors quand j'ai eu le coup de fil et que j'ai appris que c'était la cellule... Eh bien, je dois dire que l'espoir m'est revenu. Qu'est-ce qui vous a conduit à elle ?

Tony décida de profiter de l'intérêt de Scott pour être franc.

— C'est une enquête qui n'est pas tout à fait orthodoxe, commença-t-il. Vous avez peut-être lu les nouvelles du meurtre de l'une de mes équipières.

— Oui, j'ai lu, acquiesça tristement Scott. Toutes mes condoléances.

— Ce que vous n'avez pas lu, c'est qu'elle travaillait sur la théorie selon laquelle un serial-killer insoupçonné s'en prenait à des adolescentes, et cela depuis longtemps. Au départ, c'était un exercice théorique, mais Shaz n'a pas pu s'en contenter. Mon équipe et moi pensons savoir pourquoi elle a été tuée. Malheureusement, la police du West-Yorkshire n'est pas d'accord. La principale raison, c'est le suspect qu'avait identifié Shaz.

Il jeta un coup d'œil à Carol qui se tenait prête pour apporter un semblant de soutien officiel.

— Un certain nombre de preuves indirectes conduisent à Jacko Vance, dit-elle sans détour.

— Le gars de la télé ? demanda Scott en haussant vivement les sourcils. (Il poussa un petit sifflement et posa machinalement la main sur le chat, dont il caressa la tête.) Ça ne m'étonne pas qu'ils aient refusé. En quoi cela est-il lié à Barbara Fenwick ?

Carol lui résuma les découvertes de Leon et la coupure de journal qui les avait conduits jusqu'aux dossiers de Gordon Scott.

— Ce que nous espérions, poursuivit Tony lorsqu'elle eut terminé, c'était qu'il y avait des détails qui n'avaient jamais été consignés dans le rapport. Je sais, à force d'avoir travaillé avec Carol, comment ça se passe dans la criminelle. Vous avez des intuitions, des pressentiments que vous ne confiez qu'à votre équipier et que vous ne rédigez jamais. Nous nous demandions quelles avaient été les impressions des officiers qui avaient traité ce dossier.

Scott prit une longue gorgée de bière.

— Évidemment qu'on a des impressions. Et pas fausses. Le problème, c'est que j'ai pas grand-chose à vous raconter. Une ou deux fois, j'ai flairé quelque chose chez les gars qu'on interrogeait, mais c'était pour autre chose qu'ils avaient la trouille. Pour tout vous dire, la sensation qu'on avait dans l'équipe, c'était d'être impuissants. On n'arrivait pas à mettre la main sur ce salaud. Il avait l'air d'être surgi de nulle part et d'avoir disparu de la même façon. On a fini par se convaincre que la fille avait été agressée par un rôdeur de passage alors qu'elle faisait l'école buissonnière. Et c'est un peu l'idée que vous en avez, non ?

— En gros, sauf que nous pensons qu'il s'organise bien plus soigneusement que ça, dit Tony. Oh, tant pis, nous aurons essayé.

— Dites-moi, monsieur, il n'y avait pas beaucoup de preuves matérielles, intervint Carol.

— Non. Ça nous a un peu surpris. À la vérité, je n'avais jamais vu un violeur qui prend autant de précautions pour ne pas laisser de traces. En général, ils sont tellement excités, pris dans le feu de l'action, qu'ils laissent des tas d'indices, ils rentrent même chez eux couverts de sang et de boue. Mais il n'y avait pratiquement rien. La seule chose évidente, c'était le bras broyé, d'après la pathologiste. Elle a refusé de le certifier par écrit, mais elle avait l'impression que le bras avait été broyé par un étau.

La pensée d'un tel supplice perpétré de sang-froid souleva chez Tony des souvenirs déplaisants et un frisson le parcourut.

— Ah, dit-il.

Scott se frappa le front du plat de la main.

— Mais bien sûr ! Vance a perdu un bras, n'est-ce pas ? Il allait concourir aux Jeux Olympiques et il a perdu un bras. C'est parfaitement logique, pourquoi est-ce qu'on n'y a pas pensé sur le moment ? Mais quel idiot !

— Vous n'aviez aucune raison de l'envisager, dit Tony qui regrettait de ne pas en penser un mot, considérant le nombre de vies qui auraient été sauvées si on avait fait appel à un psychologue des années plus tôt.

— Est-ce que la pathologiste travaille toujours ? demanda Carol, toujours directe.

— Maintenant, elle est professeur dans un hôpital de Londres. J'ai sa carte quelque part, dit Scott en se levant et en sortant de la pièce d'un pas lourd. Seigneur, pourquoi je n'ai pas réfléchi à cette histoire de bras ?

— Ce n'est pas sa faute, Tony, dit Carol.

— Je sais. Parfois, je me demande combien de gens doivent mourir avant que tout le monde reconnaisse que les psychologues ne sont pas des gens qui brassent du vent. Écoute, Carol, pour ne pas perdre de temps, je crois que nous devrions demander à Chris Devine de s'occuper de la pathologiste. Elle a énormément envie de nous aider et elle a l'expérience pour savoir le genre de choses qu'elle doit chercher. Qu'en dis-tu ?

— Je crois que c'est une bonne idée. Pour tout te dire, j'avais peur de t'annoncer que je ne pouvais pas me rendre à Londres pour l'instant. Il faut que je sois là ce soir au cas où le pyromane se déciderait à recommencer.

— Je n'avais pas oublié, sourit-il. (C'était la première fois de sa carrière de profileur que quelque chose d'extérieur empiétait sur une enquête qui l'obsédait. C'était le problème, quand on travaillait avec Carol Jordan. Elle l'affectait comme personne. Quand il ne la voyait pas, il l'oubliait sans difficulté. Mais quand il travaillait étroitement avec elle, c'était impossible à ignorer. Il lui sourit gravement.) J'ai trop peur d'agacer John Brandon pour te laisser compromettre tes chances de pincer ton coupable, mentit-il.

— Je sais.

Elle avait décelé le mensonge, mais elle n'en laissa rien paraître. Ce n'était ni le lieu ni le moment de s'intéresser à ce genre de vérités.

Kay ne comptait plus. Elle ne se souvenait plus si c'était le septième ou le huitième lot de vidéos qu'elle visionnait. Ayant tiré la courte paille, c'était elle qui avait écopé du M1 et elle était partie avant l'aube jusqu'à Londres. Ensuite, elle avait fait demi-tour pour rebrousser chemin et s'arrêter à toutes les stations. À présent, c'était la fin de l'après-midi et elle était assise dans un énième bureau crasseux, rempli d'odeurs de tabac, et regardait des images tressauter devant elle alors qu'elle visionnait les bandes en avance rapide. Elle en avait assez du café dégueulasse, elle avait encore la bouche pâteuse et grasse de son petit déjeuner dans sa première station, tôt dans la matinée. Ses yeux lui faisaient mal et elle aurait voulu être n'importe où sauf ici.

Au moins, ils avaient réussi à rétrécir la fourchette horaire. Ils avaient calculé que Vance ou Shaz n'avaient pu atteindre au plus tôt la première station qu'à 11 heures du matin, au plus tard à 7 heures du soir. Calculer ensuite les horaires selon la distance des stations n'avait pas été trop difficile.

Les vidéos étaient plus rapides à visionner qu'en temps réel, puisque au lieu d'enregistrer en continu, les caméras se contentaient de prendre un certain nombre d'images par seconde. Malgré tout, elle avait passé des heures à visionner des bandes en avance rapide en espérant tomber sur une Golf noire ou l'une des voitures enregistrées au nom de Jacko – un coupé Mercedes gris métallisé ou une Land Rover. Les Golf étaient assez répandues pour qu'elle soit obligée de s'arrêter fréquemment, les autres étaient moins courantes.

Il lui sembla qu'elle allait plus vite qu'au début de sa tournée. Ses yeux étaient habitués à ce qu'elle cherchait, mais elle craignait tout de même un manque d'attention qui lui aurait fait manquer quelque chose d'important. Elle se força à se concentrer et accéléra la bande jusqu'à ce qu'apparaisse la forme familière d'une Golf noire. Puis elle revint à la vitesse normale et presque immédiatement, elle repéra que le conducteur était un homme dont les cheveux gris dépassaient d'une casquette de base-ball, au lieu de l'image qu'elle attendait. Du coup, elle s'apprêtait à accélérer à nouveau lorsqu'elle remarqua chez l'homme quelque chose de curieux.

Pourtant, la première chose qui la frappa lorsqu'elle examina l'image de plus près n'avait rien à voir avec la personne qui était descendue pour se diriger vers la pompe. Ce que Kay avait vu était tout à fait différent. Bien que la voiture fût placée par rapport à l'objectif à un angle qui masquait une partie de la plaque, elle put distinguer les deux dernières lettres. C'étaient les mêmes que celles du numéro de la voiture de Shaz.

— Oh, merde, souffla-t-elle.

Elle rembobina la bande et la visionna de nouveau. Cette fois, elle comprit ce qui l'avait frappée chez le conducteur. Il était gaucher, mais maladroit, et n'utilisait jamais son bras droit. Exactement comme l'aurait été Jacko Vance s'il avait eu une prothèse qui n'était pas étudiée spécialement pour remplacer son bras manquant.

Kay examina encore plusieurs fois la bande. Ce n'était pas facile de distinguer les traits de l'homme, mais elle était prête à parier que Carol Jordan connaissait quelqu'un qui pourrait les tirer d'affaire. Avant la fin de la nuit, ils allaient avoir sur Jacko Vance quelque chose que même une équipe entière d'avocats grassement payés ne pourrait jamais réfuter. Et ce serait grâce à elle : l'hommage le mieux choisi qu'elle pouvait rendre à une femme qui avait été sur le point de devenir une amie.

Elle sortit son mobile et appela Carol.

— Carol ? C'est Kay. Je crois que j'ai peut-être quelque chose que votre frère aimerait voir…

Ce n'était pas que Chris Devine fût contre le fait que les pathologistes prennent des jours de congé. Ce qui la faisait royalement chier, c'était que cette pathologiste-là les passe assise sous la flotte au milieu de nulle part en attendant d'apercevoir un foutu volatile qui était censé être en Norvège mais qui avait réussi à se perdre. Ça n'était pas très malin de se perdre, murmura Chris en sentant la pluie continuer à s'insinuer dans son cou. Foutu Essex, songea-t-elle, furibarde.

Elle s'abrita des bourrasques du vent d'est pour pouvoir jeter un coup d'œil au plan que lui avait dessiné le gardien du parc. Mais pourquoi ces foutues cabanes d'affût étaient-elles aussi impossibles à repérer ? Pourquoi est-ce qu'ils ne les faisaient pas comme la petite maison de sa grand-mère ? Elle avait plus d'oiseaux dans son jardin que Chris n'en avait vu de tout l'après-midi dans les marais. Les oiseaux étaient bien trop raisonnables pour sortir par un temps pareil, grommela-t-elle en fourrant le plan dans sa poche et en se mettant en route pour contourner le bosquet.

Elle faillit manquer l'affût, tellement il était bien camouflé. Chris poussa la porte en bois et se força à prendre une expression aimable.

— Désolée de vous interrompre, dit-elle aux trois personnes accroupies à l'intérieur, heureuse d'être enfin à l'abri de la pluie. Est-ce que l'une de vous est le professeur Stewart ?

Elle espérait ne pas s'être trompée d'endroit : il était impossible de distinguer les sexes sous les cirés, les cache-nez et les bonnets.

— C'est moi, Liz Stewart, dit une silhouette en levant une main gantée. Qu'est-ce qu'il y a ?

Chris poussa un soupir de soulagement.

— Inspecteur Devine, de la police de Londres. Est-ce que je pourrais vous dire un mot ?

— Je ne suis pas de service, dit la femme, avec un accent écossais rendu plus prononcé encore par l'indignation.

— J'avais compris. Mais c'est très urgent, dit Chris en ouvrant un peu plus la porte pour que le vent vienne s'engouffrer dans la cabane branlante.

— Oh, nom de Dieu, Liz, va voir ce que veut cette bonne femme, gronda une voix d'homme agacée. On ne va rien observer d'intéressant si vous restez toutes les deux à piailler comme des poissonnières.

À contrecœur, la pathologiste se glissa entre les deux autres et suivit Chris dehors.

— Il y a un abri sous les arbres, dit-elle en la dépassant et en se faufilant dans les buissons pour atteindre un endroit à peu près abrité.

Quand elle l'eut rejointe, Chris vit que c'était une femme d'une quarantaine d'années, vive, avec des yeux couleur d'ambre comme ceux d'un faucon.

— Bon, alors qu'est-ce que c'est que tout ça ? demanda-t-elle.

— Vous avez travaillé sur une affaire il y a douze ans. Un meurtre d'adolescente qui n'a pas été élucidé. Barbara Fenwick, à Manchester. Vous vous en souvenez ?

— La gosse au bras broyé ?

— C'est ça. L'affaire a été ressortie à cause d'un lien avec une autre enquête. Nous pensons que nous sommes devant un serial-killer, et il est possible que Barbara Fenwick soit la seule des victimes dont on ait retrouvé le corps. Ce qui rend votre autopsie particulièrement précieuse.

— Et elle le restera jusqu'à lundi matin, répondit sèchement la pathologiste.

— Oui, mais la fille que, d'après nous, il détient en ce moment risque de ne pas tenir jusque-là, dit Chris.

— Ah ! Bon, alors allez-y, sergent.

— Le superintendant Scott a dit à mes collègues que vous aviez pensé, sans l'écrire dans votre rapport, que le bras avait été délibérément broyé par quelque chose comme un étau, et non pas accidentellement, c'est bien ça ?

— C'était mon opinion, mais ce n'était qu'une hypothèse. Le genre de note fantaisiste que je ne mettrais jamais dans un rapport officiel, sauf si j'avais des preuves suffisantes pour l'étayer, dit-elle.

— Mais si on vous posait la question, vous le diriez ?

— Si on me demandait directement si c'est possible, oui, je serais forcée d'en convenir.

— Y avait-il autre chose que vous n'avez pas écrit parce que c'était « fantaisiste » ? demanda Chris.

— Pas à mon souvenir.

— Je sais que vous avez dit que vous ne l'avez pas inscrit dans votre rapport, mais l'avez-vous conservé dans vos notes ?

— Oh, oui, dit-elle comme si c'était la chose la plus naturelle du monde. Comme ça, si jamais ça devenait important, le procureur pourrait l'invoquer sans difficulté.

Chris ferma un instant les yeux en formulant une brève prière.

— Et vous avez toujours ces notes ?

— Bien sûr. D'ailleurs, j'ai même mieux que ça.

La cafétéria de la station-service d'Ahrstead Moor sur le M62 n'avait jamais été l'idée que l'on peut se faire d'une sortie un samedi soir, donc un endroit parfait en l'occurrence. L'équipe d'enquêteurs improvisée s'était à présent augmentée de Chris Devine, qui y avait pris ses marques comme si elle en avait toujours fait partie. Carol et elle avaient déjà l'air prêtes à devenir sœurs de sang, à la fois à cause de leur connaissance commune du métier et parce qu'elles étaient ce que l'équipe possédait de plus approchant question officiers expérimentés.

Le groupe avait colonisé un coin à l'écart leur permettant de n'être ni écouté ni dérangé, puisqu'il était juste au bord de la zone fumeurs. Leon, découragé d'avoir fait chou blanc, fut ragaillardi par les résultats de Kay. Mais Simon montrait des signes de lassitude, inévitables chez quelqu'un dont le nom était sur la liste des personnes recherchées, trahi par le groupe même auquel il avait appartenu. Tony se demanda combien de temps le jeune homme pourrait le supporter sans vaciller dangereusement.

Carol l'interrompit dans ses pensées.

— J'ai arrangé un rendez-vous entre Kay et un ami de mon frère qui peut travailler les images pour nous, afin de réduire les doutes au maximum.

— Vous ne venez pas avec moi ? demanda Kay, l'air un peu inquiète.

— Carol a des responsabilités ce soir dans l'East-Yorkshire, expliqua Tony. C'est un problème, Kay ?

— Non, pas en tant que tel, dit Kay, l'air gêné. C'est juste… eh bien, je ne connais pas ce mec, et il nous rend un service, c'est bien ça ?

— C'est exact, dit Carol. Michael dit qu'il lui doit une faveur.

— C'est juste que… Eh bien, si je veux qu'il creuse un peu plus, vous voyez, si je me dis qu'il ne fait pas le maximum parce qu'il s'en fiche ou parce que ça va coûter trop cher, je ne peux pas insister comme Carol pourrait le faire.

— Elle n'a pas tort, affirma Chris de la table fumeur où elle était assise avec Leon. Ce n'est même pas elle qui a demandé qu'on lui rende ce service. Et c'est samedi soir. Même les maniaques d'ordinateurs doivent avoir mieux à faire que de rendre service à quelqu'un qui ne se donne même pas la peine de venir en personne. C'est ce qu'il va penser. Je crois que Carol devrait y aller.

Carol remua la lavasse qui tenait lieu de café.

— C'est juste. Je ne peux pas prendre en défaut cette logique. Mais je ne peux pas me permettre de ne pas être à mon poste ce soir.

Elle jeta un coup d'œil à sa montre et fit un calcul rapide.

— Non, Carol, dit Tony, sans espoir, sachant déjà qu'il perdait son temps.

— Si on partait maintenant... On pourrait y être à l'heure... Et je pourrais être rentrée à Seaford pour 1 heure du matin au plus tard. Et rien ne peut arriver avant... (Sa décision prise, Carol s'empara de son blouson et de son sac.) D'accord. Allez, Kat, on y va. (Alors qu'elles arrivaient à la porte, Kay courant pour la suivre, Carol se retourna.) Chris... Bonne chasse.

— Alors, on fait quoi, maintenant ? demanda Leon, énervé, en allumant une cigarette au mégot de la précédente. J'ai l'impression d'avoir perdu ma journée à me faire chier avec ces vidéos d'autoroute. Je veux faire quelque chose qui vaille la peine, vous voyez ?

Tony fut reconnaissant à Chris Devine de s'être jointe à eux. Il avait l'impression qu'il allait falloir qu'il s'appuie sur son expérience maintenant que les autres commençaient à faiblir.

— Personne n'a perdu son temps, Leon. Nous avons fait d'énormes progrès, aujourd'hui, dit-il calmement. Il faut que nous en tirions parti. L'information que Chris a obtenue de la pathologiste est un gros plus. Mais en tant que telle, elle ne vaut toujours pas grand-chose. Le profil se dessine. Tout ce que nous apprenons de plus sur lui permet de cocher les cases une à une. Mais nous sommes toujours dans le domaine des suppositions.

— Même avec une victime au bras broyé ? demanda Simon, incrédule. Allez, c'est forcément un indice. De quoi d'autre on a besoin, bon Dieu ?

— Étant donné le genre d'avocats que le petit Jack va pouvoir s'offrir, on nous rira au nez au tribunal – en supposant qu'on y arrive, dit Tony. Je suis désolé, mais c'est comme ça que ça se passe.

— Le bras broyé, c'est une bonne preuve, dit Chris. Mais ce n'est pas très utile en tant que cas isolé. Ce qu'il faut, c'est quelque chose à quoi le comparer. Sauf que pour l'instant, on n'a jamais retrouvé d'autres cadavres, n'est-ce pas ? (Les autres hochèrent la tête.) Mais d'après vous, il en a eu une autre juste avant que Shaz ne le mette au pied du mur ? Eh bien, dans ce cas, il y a des chances qu'il ait commencé avec elle, mais qu'il n'ait pas fini. Donc, trouvons-la, faisons le lien avec lui, et nous le tiendrons. C'est pas faux, non ?

— Non, sauf que nous ne savons pas où il les garde prisonnières avant de les tuer, dit Tony.

— Évidemment qu'on le sait pas. À moins que ?

S'ils avaient été des chiens, ils auraient dressé l'oreille.

— Continuez, l'encouragea Tony.

— Ce qu'il y a de bien quand on est une lesbienne de mon âge, c'est que quand j'ai commencé à sortir, toutes celles qui avaient un boulot se cachaient. Maintenant, la moitié des femmes avec qui je prenais des verres dans le temps sont devenues des cadres. L'une d'elles se trouve justement être l'une des associées de l'agence de relations publiques qui s'occupe de Jacko. (Elle sortit une feuille de papier de son blouson.) Voilà l'emploi du temps de Jacko des six dernières semaines. Maintenant, à moins qu'il soit Superman ou que sa femme lui donne un coup de main, il n'y a qu'un seul endroit où il peut détenir la gosse.

Elle se radossa et les regarda essayer de comprendre ce qui lui avait sauté aux yeux.

Tony se passa une main dans les cheveux.

— Je sais qu'il a une maison de campagne dans le Nord. Mais c'est vaste, comme région. Comment peut-on réduire le champ des recherches ?

— Il utilise peut-être sa propre maison, dit Leon.

— Ouais, intervint Simon avec emphase. Allons là-haut jeter un coup d'œil à sa retraite.

— Je ne sais pas trop, dit Chris. Il a tellement fait attention à tout le reste que je n'arrive pas à croire qu'il aurait pris un tel risque.

— Où est le risque ? demanda Tony. Il emmène les filles là-bas à la nuit tombée, on n'a plus jamais entendu parler d'elles. Il n'y a jamais eu trace de cadavre. Mais le petit Jack fait du bénévolat à l'hôpital de Newcastle.

Ils doivent avoir un incinérateur. Il fait toujours en sorte de projeter l'image d'un homme qui se mêle au peuple. Je parierais qu'il descend régulièrement à la chaudière faire un brin de causette avec les gars. Et s'il les aide à charger le four de temps en temps, qui remarquerait un sac en plus ?

Un silence glacial tomba sur le groupe. Tony caressa sa barbe de deux jours.

— J'aurais dû y penser plus tôt. C'est un maniaque du contrôle. Le seul endroit où tuer auquel il ferait entièrement confiance, c'est forcément un endroit qu'il contrôle totalement.

— Alors allons-y, dit Simon en repoussant sa tasse et en s'emparant de son blouson.

— Non, s'interposa Tony. Simon, ce n'est pas le moment de jouer les GI Joe. Il faut planifier très soigneusement. Nous ne pouvons pas aller là-bas et le prendre d'assaut en espérant découvrir quelque chose qui justifie notre geste. Ses avocats nous réduiraient en pièces. Nous devons avoir une stratégie.

— C'est facile à dire de votre part, dit Leon. C'est pas vous que les flics veulent arrêter. Vous pouvez dormir sur vos deux oreilles. Simon, lui, il a besoin que ça soit réglé.

— OK, OK, les apaisa Chris. Ça ne fera pas de mal d'aller traîner dans le coin avec une photo de Donna Doyle. D'après son emploi du temps, elle doit être allée là-bas toute seule. Je parie qu'il les envoie en train ou en car. Il faut qu'on fasse une descente au terminal de cars et à la gare et qu'on parle au personnel et aux habitants du coin. S'il y a une petite gare pas loin de chez l'ami Jack, quelqu'un l'aura vue descendre du train.

— Alors qu'est-ce qu'on attend ? demanda Simon en se levant, le regard flamboyant.

— Pas la peine de s'y mettre avant demain matin, dit Chris.

— C'est à deux heures et demie de route. On n'a rien d'autre à faire, non ? Allons-y maintenant, prenons une chambre dans un hôtel pas cher et mettons-nous au boulot à la première heure le lendemain. Tu es partant, Leon ?

— Du moment que j'ai pas à monter avec toi, dit Leon en écrasant sa cigarette. Vous conduisez quoi, comme voiture, Chris ?

— La musique que j'écoute vous plairait pas. On va prendre toutes les voitures. OK, Tony ?

— OK. À condition que vous ne vous approchiez pas de la maison. J'ai votre parole, Chris ?

— Vous l'avez.

— Ça vaut aussi pour vous. N'oubliez pas que Chris est l'équivalent de votre chef.

Leon grogna, mais il acquiesça de mauvaise grâce. Simon aussi hocha la tête.

— OK. Ce n'est sûrement pas moi qui prendrais les décisions, de toute façon.

— Qu'est-ce que vous avez prévu, Tony ? demanda Chris.

— Je rentre dresser un profil complet basé sur tout ce que nous savons à présent. Je ne peux pas dire que je vous en veux de vouloir prendre l'A1, mais si Carol et Kay reviennent avec ce qu'il nous faut, je propose que nous montions dans le West-Yorkshire à la première heure demain matin pour les convaincre de faire une enquête officielle. Donc, rien d'autre que des enquêtes locales tant que nous ne nous serons pas concertés, OK ?

Chris hocha la tête d'un air sombre.

— Vous pouvez me croire, Tony, Shaz représentait trop pour moi pour que je fasse capoter ce truc.

Si elle avait voulu calmer ses deux inspecteurs, elle avait réussi. Même Leon arrêta de trépigner.

— Je n'avais pas oublié, dit Tony. Ni à quel point elle voulait capturer le petit Jack.

— Je sais, dit Chris. Cette foutue dingue, elle aurait adoré être avec nous.

Naguère, elle comprenait à peu près tout ce qu'il y avait à comprendre en informatique, songea Carol avec regret. Vers 1989, elle était presque aussi virtuose avec CP/M et DOS que son frère. Mais elle était entrée dans la police et cela avait absorbé toute son existence. Tandis qu'elle se frottait aux arcanes du Code Pénal, Michael assimilait les progrès, souvent quotidiens, des logiciels et matériels nouveaux. Maintenant, elle était borgne au pays des gens qui ont dix dixièmes. Elle en savait assez pour faire parler les chiffres avec un tableur ou les lettres avec un traitement de texte, récupérer des fichiers perdus dans le néant et réinitialiser une machine pour la convaincre de communiquer avec son utilisateur. Mais dix minutes avec son frère et son copain Donny avaient suffi à lui faire comprendre qu'aujourd'hui, ce savoir était l'équivalent dans le monde culinaire de la capacité à faire bouillir de l'eau. D'après l'expression de Kay, celle-ci n'était pas mieux lotie. Carol se dit qu'elle avait bien fait de l'accompagner. Au moins, elle en savait assez pour voir quand les deux autres s'égaraient et pour les ramener à leur tâche présente.

Les deux jeunes hommes assis devant un écran de la taille d'une télé murmuraient des phrases incompréhensibles où il était question de drivers vidéo, de bus mémoire et de cache niveau 2. Carol savait ce que signifiaient les termes, mais elle ne voyait pas leur rapport avec ce qu'ils exécutaient avec clavier et souris. Donny, lui avait dit Michael, était le meilleur de la région quand il s'agissait de nettoyer une photo ou une vidéo. Et il se trouvait justement travailler dans le même bâtiment que celui où l'entreprise de logiciels de Michael avait son bureau. Et en dépit des convictions de Chris, il avait une vie si vide qu'il avait été ravi de délaisser les *X-Files* et un plat réchauffé au micro-ondes pour faire la démonstration de ses jouets.

Carol et Kay regardaient l'écran par-dessus leurs épaules. Donny avait déjà fait tout ce qu'il était possible sur la plaque minéralogique, confirmant les deux dernières lettres et dégageant une forte probabilité de correspondance de la troisième. Maintenant, il s'occupait du conducteur. Il avait déjà tripoté quelques images de l'homme et, se déclarant enfin satisfait de l'une, l'avait imprimée en couleurs en deux exemplaires pour qu'elles l'examinent. Plus Carol regardait et plus elle était convaincue que sous la casquette Nike et les lunettes de pilote, c'était Jacko Vance qui la regardait.

— Qu'en pensez-vous ? demanda-t-elle à Kay.

— Je ne sais pas si on le repérerait dans une séance d'identification, mais en sachant qui on cherche, je crois qu'on pourrait dire que c'est lui.

À présent, sans même leur demander leur avis, Donny s'était attaqué à la tête et aux épaules de l'homme qui faisait le plein d'essence à midi le samedi de la mort de Shaz Bowman. Il était difficile d'isoler une image convenable pour travailler, parce que la visière de la casquette projetait une ombre sur son visage quand il ne se penchait pas sur le réservoir. C'est seulement en avançant image par image que Donny finit par tomber sur un plan où l'homme à la casquette jetait un coup d'œil à la pompe pour vérifier combien d'essence il avait prise.

Regarder Donny améliorer laborieusement la qualité de l'image était insupportable. Carol ne pouvait s'empêcher de fixer sa montre, sachant pertinemment qu'elle aurait dû être ailleurs et que s'il arrivait quoi que ce fût à Seaford, elle serait dans une sacrée merde. Les minutes s'égrenèrent tandis que le puissant processeur fouillait la mémoire de l'ordinateur pour trouver le meilleur pixel approchant. Bien qu'il fît plus de calcul par seconde qu'un cerveau humain ne pouvait entreprendre, il semblait à Carol qu'il mettait des heures. Enfin, Donny se détourna de l'écran et repoussa sa casquette en arrière.

— C'est le mieux que je puisse faire, dit-il. C'est drôle, il a l'air familier. C'est logique ?

— Tu peux m'en imprimer une demi-douzaine d'exemplaires ? demanda Carol.

Elle se sentit coupable de ne pas prêter attention à sa question pourtant sans malice, mais ce n'était ni l'heure ni le lieu pour expliquer à Donny que, malgré des joues indéniablement trop joufflues, le visage qu'il avait recréé était celui de la star de télé préférée du pays.

Michael fut plus rapide, ou bien il était plus habitué de l'émission.

— On dirait Jacko Vance, c'est pour ça que tu as cette impression, Donny, dit-il innocemment.

— Ouais, c'est ça, connard, dit Donny en faisant pivoter sa chaise et en regardant les deux femmes de ses yeux fatigués. Foutu bordel, c'est con que ça soit pas lui que vous arrêtiez. Vous rendriez service à tout le monde en faisant disparaître cette merde de la télé. Désolé de pas avoir pu faire mieux, mais j'avais pas grand-chose sur quoi bosser. Où vous dites que vous avez eu la bande ?

— Dans une station-service du M1. À Watford Gap, dit Kay.

— Ouais, je vois. Dommage que vous cherchiez pas ce mec à Leeds.

— À Leeds ? dit Carol, bondissant sur le nom. Pourquoi à Leeds ?

— Parce que c'est là qu'il y a la société de développement des meilleures caméras de surveillance qui soient. Seesee Visions. Fichue entreprise. Ils croient que la liberté, c'est juste le nom d'une statue à New York. (Il rit de sa mauvaise plaisanterie.) Des sacrés salauds, je vais vous dire. On peut pas les manquer. C'est le gros machin en verre fumé juste au bout de l'autoroute. Si vous voulez quelqu'un qui arrivait à Leeds par le M1, ils l'ont forcément sur bande.

— Qu'est-ce que tu me racontes, quelqu'un qui arrivait à Leeds par le M1 ? demanda Carol en réprimant le désir impérieux d'empoigner Donny par son T-shirt et de lui faire cracher rapidement ce qu'il avait à dire.

Donny leva les yeux au ciel comme s'il en avait assez de parler avec des débiles mentaux.

— Bon. Leçon d'histoire. Angleterre, XIXe siècle. De petits distributeurs d'eau, de gaz, des compagnies de chemin de fer. Petit à petit, elles ont fusionné pour devenir des compagnies nationales. Vous me suivez toujours ?

— Et moi qui me disais que les dingues d'informatique ne connaissaient rien sur l'époque victorienne, lâcha Carol. OK, Donny, nous avons tous étudié la Révolution industrielle à l'école. On peut en arriver aux caméras de surveillance ?

— OK, OK, du calme. Les réseaux de surveillance sont actuellement comme les petites entreprises de l'époque victorienne. Mais ça ne va pas durer. Bientôt, tous ces différents systèmes de surveillance municipaux vont se connecter entre eux et avec les entreprises privées et les autoroutes pour former un réseau national. Et ces systèmes seront tellement raffinés qu'ils pourront vous reconnaître, vous ou votre bagnole, et si vous n'êtes pas censé être là où vous êtes, les gros bras viendront vous chercher. Par exemple, si vous êtes un voleur à l'étalage et que Marks & Spencer ne veut plus de vous dans ses rayons alimentation, ou si vous êtes un pervers connu et que votre laverie ne veut plus que vous veniez lorgner les petites culottes…

Il fit mine de se trancher la gorge.

— Bon, et quel est le rapport avec l'autoroute M1 ?

— Seesee Vision, ce sont les maîtres de l'univers question technologie d'avant-garde. Et ils testent leur nouveau matos sur les voitures qui passent sur le M1. Leurs trucs sont tellement à la pointe qu'ils peuvent vous donner une image haute-résolution des conducteurs et des passagers assis devant, sans parler de trucs fastoches comme le numéro. (Donny secoua la tête avec effarement.) Je suis allé pour un job là-bas, mais ça m'a pas plu. Ça puait Mouette-land à cent mètres.

— Mouette-land ? répéta Carol d'une voix faible.

— Les chefs arrivent à tire-d'aile, gueulent tout ce qu'ils savent, piquent tout ce qu'ils trouvent, chient sur tout le monde et filent après. Pas mon genre.

— Tu penses qu'ils coopéreraient avec moi ?

— Ils en mouilleraient leurs culottes. Ils meurent d'envie de vous impressionner, vous les flics. Quand leur réseau national finira par voir le jour, ils veulent être à la place du chauffeur. Vous voyez le genre d'entreprise.

Carol regarda sa montre. Il était 22 heures passées. Elle aurait dû filer vers Seaford, rejoindre l'endroit où son équipe devait entrer en action. Par ailleurs, aucun dirigeant de Seesee Vision ne serait à son bureau à cette heure-là.

Donny surprit son regard et lut dans ses pensées.

— Il y a quelqu'un là-bas même à cette heure-ci, si c'est à ça que vous pensez. Appelez-les, vous avez rien à perdre.

Mais Donna Doyle si, songea Carol en voyant le regard suppliant de Kay. Son équipe était adulte. Ce ne serait pas la première fois qu'ils auraient à décider tout seuls.

D'abord, les victimes. C'était toujours par là qu'il fallait commencer. En l'occurrence, le problème, c'était de convaincre les gens qu'il y avait des victimes. Il était encore possible qu'ils se fussent trompés, songea Tony. *Ils voulaient tellement que Shaz ait eu raison, ils avaient tellement besoin d'être ceux qui arrêteraient la personne qui l'avait tuée qu'ils s'illusionnaient peut-être sur la valeur de ce qu'ils avaient découvert. Il était presque concevable que les preuves indirectes recueillies contre Jacko Vance se limitent à cela et à rien de plus.*

Mais choisir cette voie menait à la folie. À la folie et à la perspective de voir ce pauvre Simon arrêté à peine franchi le seuil de sa propre maison. « Les victimes », répéta Tony. Il fixa l'écran du portable et commença à taper.

DOSSIER DE CRIME EN SÉRIE

La première victime de ce groupe présumé est Barbara Fenwick, dont le meurtre a eu lieu il y a douze ans (voir les détails du crime dans le résumé ci-joint préparé par l'inspecteur Leon Jackson). Nous pouvons affirmer avec une raisonnable certitude qu'il s'agissait du premier meurtre commis par ce criminel, puisque nous n'avons aucune trace antérieure de cette signature, nommément le broyage d'un avant-bras droit. Il s'agit là clairement d'une signature comportementale : il n'est pas nécessaire d'infliger une telle blessure pour commettre une agression sexuelle et un meurtre. Il s'agit d'un élément extérieur et d'ordre rituel. En conséquence, il est possible d'en déduire que ce geste porte une signification particulière pour le criminel. Étant donné la nature cérémonielle de cette signature comportementale, il est probable qu'il ait utilisé le même instrument pour infliger ces blessures dans ses autres crimes : d'autres victimes pourraient donc présenter une mutilation très similaire.

Un autre fait concourt à indiquer qu'il s'agit d'un premier meurtre. L'assassin a choisi ce qu'il considérait comme un lieu suffisamment sûr et isolé pour perpétrer son crime sans être inquiété, mais en fait il a failli être pris en flagrant délit. Cela a donc dû l'effrayer considérablement et il aura pris des mesures immédiates pour sécuriser l'endroit où il accomplirait ses prochains crimes. Le fait que les cadavres des autres victimes n'ont jamais été retrouvés nous prouve qu'il y est parvenu.

En l'absence de corps, quelles sont les raisons qui étaient l'hypothèse d'un serial-killer ?

Il marqua une pause et consulta la liste de traits communs que Shaz avait présentée à l'équipe à une époque qui lui semblait maintenant infiniment lointaine. Le moins qu'il pût faire était de s'assurer que le travail qu'elle avait laissé n'avait pas servi à rien. Après quelques corrections et ajouts, il tapa la liste, puis il poursuivit :

Alors qu'il convient de s'attendre à deux ou trois traits communs dans un tel groupe, le nombre des correspondances que nous pouvons identifier ici est beaucoup trop élevé pour n'être qu'une coïncidence. Un facteur particulièrement important est la ressemblance physique entre les victimes. Elles pourraient être sœurs.

Plus significatif, peut-être, elles pourraient être les sœurs d'une femme nommée Jillie Woodrow telle qu'elle était quinze ou seize ans plus tôt, lorsqu'elle est devenue la première petite amie connue de Jacko Vance, notre suspect numéro un. Ce n'est pas une coïncidence, d'après moi, si Vance a été privé d'une brillante carrière sportive lorsqu'il a perdu son avant-bras droit dans un accident qui l'a broyé au-delà de tout espoir de réparation.

Plus encore, la date du meurtre de Barbara Fenwick est de quatorze semaines à peine après l'accident de Jacko Vance. Durant la majeure partie de cette période, il était à l'hôpital, puis il subissait une physiothérapie intensive. C'est durant cette hospitalisation que Jillie Woodrow a saisi l'occasion de mettre un terme à ce qui était devenu une relation de plus en plus oppressante et désagréable. (Voir l'appendice de l'entretien avec JW, mené par l'inspecteur Simon McNeill.) Le stress combiné de ces deux événements aurait été suffisant pour déclencher une pulsion homicidaire chez un individu prédisposé à mettre en pratique, dans un comportement violent, ses tendances sociopathes.

Il n'a jamais assouvi ses pulsions sexuelles d'une manière normale depuis. Son mariage très médiatisé est une escroquerie : sa femme est une lesbienne dont « l'assistante personnelle » est en fait sa maîtresse et cela depuis bien avant le mariage. Vance et sa femme n'ont jamais eu de rapport sexuel et sa femme pense qu'il utilise des « call-girls de haut vol » en guise de dérivatif sexuel. Rien ne vient suggérer qu'elle ait le moindre soupçon de ses activités criminelles.

Lorsque la jeunesse de Vance est passée au filtre des critères que l'expérience a démontrés être les traits communs des sociopathes passant à l'acte, nous constatons un remarquable degré de correspondance. Nous détenons des entretiens avec des témoins qui attestent d'une relation difficile avec une mère qui l'avait rejeté et un père souvent absent que le sujet tentait d'impressionner à tout prix, des violences à l'égard d'enfants plus jeunes, des actes de cruauté sadiques envers des animaux, un comportement sexuel dominateur et la preuve de puissants fantasmes sexuels pervers. Ses exploits sportifs peuvent être lus comme une surcompensation massive du vide qu'il éprouvait dans tous les autres domaines de son existence, et la perte de son talent comme un coup particulièrement éprouvant pour une estime de soi extrêmement fragile.

Dans ces circonstances, les victimes ne pouvaient être que des femmes. Pour lui, sa mère, puis sa fiancée, l'avaient émasculé. Mais il est beaucoup trop intelligent pour se venger sur des cibles évidentes, aussi a-t-il conçu une série de substituts. Il s'agit des filles qui ont une ressemblance frappante avec Jillie Woodrow à l'âge où il l'avait séduite.

Il convient de ne pas oublier que les serial-killers capturés jusqu'ici sont en général d'une intelligence supérieure à la moyenne, et dans certains cas très supérieure. Nous ne devrions donc pas être surpris qu'il existe des serial-killers insoupçonnés encore en liberté qui usent de cette intelligence supérieure encore plus efficacement. Selon moi, Jacko Vance constitue un exemple de la réalisation pratique de cette théorie.

Il se renversa en arrière. Voilà pour la psychologie. Il devait dresser un tableau plus détaillé des facteurs de correspondance, mais cela ne prendrait guère de temps. Cela ajouté aux preuves irréfutables que Carol et Kay allaient peut-être rapporter cette nuit, il pensait avoir assez pour faire en sorte que dans douze heures, la police du West-Yorkshire commence à prendre Jacko Vance au sérieux.

Le sergent Tommy Taylor savait reconnaître les conneries. Et surveiller des pompiers à mi-temps, c'était la pire connerie qu'il ait dû faire depuis longtemps. Il avait passé la veille à surveiller Raymond Watson, ce qui dans les faits signifiait qu'il avait surveillé la maison de Raymond Watson. Ce n'était pas comme si elle avait regorgé de détails architecturaux propres à vous distraire l'esprit. C'était un pavillon quelconque avec un jardin grand comme un mouchoir de poche qui s'enorgueillissait d'un rosier fatigué tordu par les vents du nord-est en une forme que bien des sculpteurs modernes auraient voulu réussir à tout prix. Peintures écaillées, vernis de la porte d'entrée en lambeaux.

Watson était rentré à 23 heures la veille, après la dernière course de lévriers. Comme il n'y en avait pas ce soir, il était rentré juste après 19 heures, d'après les agents en civil qui avaient gardé un œil sur lui. Depuis lors, rien. À moins de compter le fait de sortir les bouteilles de lait vide comme un événement capital.

Les lumières s'éteignirent dix minutes plus tard. Une heure après, il n'y avait plus le moindre signe de vie. Les petites rues de Seaford n'étaient pas renommées pour leur activité passé minuit. La seule chose qui pourrait faire sortir Raymond Watson de son terrier, à présent, c'était un incendie, se dit Taylor. Il grogna et changea de position sur le siège de la voiture, puis il se gratta les couilles et se renifla les doigts. Se faisant chier comme jamais, il alluma son talkie-walkie et appela Di Earnshaw.

— Quelque chose par chez toi ? demanda-t-il.

— Négatif.

— Si le central t'appelle pour te dire qu'il y a un incendie qui va faire sortir nos gars, tu m'appelles, OK ?

— Pourquoi ? Tu quittes ta voiture pour une filature à pied ?

Elle semblait tout intéressée. Probablement qu'elle s'emmerdait autant que lui et que l'idée d'un peu d'action, même par procuration, l'excitait.

— Négatif, dit Taylor. J'ai besoin de me dégourdir les jambes. Ces saloperies de boîtes à sardines ont pas été conçues pour les gens comme moi. Bon, je te dis, si jamais il y a quelque chose, tu m'appelles. Terminé.

Il tourna la clé de contact. Le moteur s'éveilla à la vie en toussant, étrangement bruyant dans la petite rue. Qu'elle aille se faire foutre avec ses conneries, Carol Jordan. À moins d'un kilomètre, il y avait une boîte qui restait ouverte tard pour les marins des bateaux étrangers. À moins qu'il se trompe, là-bas, il y avait une bière qui attendait Tommy Taylor. Autant aller vérifier.

Carol et Kay suivirent le garde dans des couloirs d'un blanc aveuglant. Il ouvrit une porte et s'effaça en leur faisant signe d'entrer dans une vaste pièce faiblement éclairée. Des écrans d'ordinateurs occupaient presque toutes les surfaces horizontales. Une jeune femme en jean et polo, les cheveux décolorés blond platine et coupés très court, jeta un coup d'œil pardessus son épaule, vit les nouveaux arrivants et se retourna vers l'écran qui l'absorbait. Des doigts tapèrent sur un clavier et l'image changea. Du coin de l'œil, Carol surprit un mouvement et tourna la tête. Un homme de haute taille, vêtu d'un costume qui puait le fric, était assis sur le rebord d'un bureau. Elle le vit décroiser les bras et les baisser alors qu'il se préparait à se lever pour les accueillir.

Il fit un pas vers elles en repoussant une boucle de cheveux bruns rebelles qui lui tombait dans les yeux. S'il essayait d'avoir un look jeune, se dit Carol, il s'en fallait d'au moins une génération.

— Inspecteur-chef Jordan, dit-il, visiblement content de sa voix profonde. Et l'inspecteur Hallam. Bienvenue dans l'avenir.

Dieu nous vienne en aide, se dit Carol.

— Vous devez être Philip Jarvis, dit-elle en se forçant à sourire. Je suis très impressionnée et très reconnaissante que vous soyez disposé à nous aider à une heure pareille.

— Ne jamais remettre au lendemain ce qu'on peut faire le jour même, dit-il, aussi satisfait que s'il avait trouvé l'expression tout seul. Ou la nuit même, pour le coup. Nous reconnaissons l'importance de votre travail et, comme vous, nous travaillons vingt-quatre heures sur vingt-quatre. Nous sommes, après tout, dans le même domaine, la prévention du crime et, faute d'avoir pu le prévenir, la capture des criminels.

— Mmm, fit Carol sans s'engager.

C'était manifestement un petit discours tout préparé qui ne s'intéressait pas à la réponse.

Jarvis eut un sourire bienveillant qui révéla une dentition du genre de blanc éclatant qu'on trouve plus facilement à New York que dans le Yorkshire.

— Nous sommes dans la salle de visionnage, dit-il avec un grand geste du bras, sans s'embarrasser de formuler une évidence. Les images proviennent soit de notre vidéothèque totalement automatisée, soit des nombreuses caméras qui sont testées en site sur les routes. L'opérateur choisit la source et commande les images qu'il ou elle désire voir.

Il fit avancer Carol et Kay jusqu'à l'endroit où travaillait la femme. De près, Carol vit qu'elle avait une peau plus âgée que son visage, et qu'elle avait pris un aspect malsain à force de subir les radiations des moniteurs sans beaucoup voir la lumière du jour.

— Je vous présente Gina, annonça Jarvis en prononçant le nom comme s'il s'était agi d'une altesse royale. Quand vous m'avez donné la date et l'heure qui vous intéressent et les numéros d'immatriculation des véhicules sur lesquels vous enquêtiez, je lui ai immédiatement demandé de venir.

— Comme je vous le disais, j'apprécie vraiment votre sollicitude. Vous avez trouvé quelque chose, par hasard ?

— Le hasard n'y est pour rien, inspecteur-chef, dit Jarvis avec une arrogance désinvolte. Pas lorsqu'on bénéficie comme nous d'un système d'avant-garde. Gina ?

Gina s'arracha de l'écran et, repoussant son fauteuil des pieds, recula en se tournant vers eux, une feuille de papier à la main.

— À 14 h 17 l'après-midi en question, dit-elle d'une voix sèche et efficace. La Golf noire a quitté le M1 pour le centre-ville. Ensuite, à 23 h 32, le coupé Mercedes gris métallisé a fait exactement la même chose. Nous pouvons vous fournir des bandes vidéo avec date et heure et des photographies des deux événements.

— Est-il possible d'identifier les conducteurs de l'un ou l'autre véhicule ? demanda Kay, essayant vainement de dissimuler l'excitation qui la gagnait.

Gina haussa un sourcil intéressé et la fixa.

— Évidemment, les clichés de jour posent moins de problèmes pour cela, intervint Jarvis. Mais à présent, nous utilisons un système expérimental de vision nocturne haute-définition, et avec notre technologie de retouche d'image assistée par ordinateur, il serait possible d'obtenir des clichés d'une qualité étonnante.

— Si vous savez qui vous cherchez, vous pourrez les reconnaître. Mais si vous avez l'intention de faire un appel à la télé, genre « reconnaissez-vous cet homme ? », vous risquez d'avoir un ou deux problèmes, expliqua Gina.

— Vous dites que ce système est expérimental. Selon vous, de telles preuves seraient recevables au tribunal ? demanda Carol.

— À 100 % concernant les véhicules. Plutôt 75 % pour les conducteurs, dit Gina.

— Allons, Gina, ne soyons pas aussi pessimistes. Cela dépend, comme pour n'importe quelle preuve, de la manière dont elles sont présentées à un jury, protesta Jarvis. Je serai heureux de certifier que je jouerais ma réputation sur la fiabilité de notre système.

— Et vous êtes un expert, n'est-ce pas, monsieur ? demanda Carol.

Elle n'essayait pas de le prendre en défaut, mais elle disposait de peu de temps et elle avait besoin de savoir où elle mettait les pieds.

— Moi, non, mais certains de mes collègues, oui.

— Moi, par exemple, dit Gina. Écoutez, madame Jordan, regardez ce que nous avons et vous verrez si ça ne vous suffit pas pour obtenir une confirmation de ce que vous cherchez. Ainsi, vous ne dépendrez pas de ce que le jury pense de notre technologie.

Quand elles partirent une heure plus tard, Kay transportait une série de vidéos et d'impressions laser qui, les deux femmes en étaient convaincues, permettraient de confondre Jacko Vance. Si Donna Doyle était encore en vie, elles représentaient son seul espoir. Carol était impatiente d'en informer Tony. Elle regarda sa montre en arrivant à la voiture. Minuit et quart. Elle savait qu'il voudrait voir ce qu'elle avait obtenu, mais il fallait qu'elle retourne à Seaford. Et Kay pouvait toujours lui apporter leurs trouvailles. Carol resta près de la voiture, indécise.

Oh, et puis merde, songea-t-elle. Elle voulait vraiment parler de ces preuves avec Tony. Il n'aurait droit qu'à un seul coup d'essai avec McCormick et Wharton, et il fallait qu'elle s'assure qu'il avait préparé un dossier qui soit convaincant pour des flics qui ont une idée bien à eux de ce qu'est une preuve.

Et puis elle avait emporté son portable, s'ils avaient besoin d'elle, après tout.

L'agent Di Earnshaw se repoussa contre le dossier de son siège en soulevant les hanches pour essayer vainement de détendre sa colonne vertébrale ankylosée et trouver une position confortable dans la voiture banalisée de la brigade criminelle. Elle aurait aimé pouvoir utiliser sa propre Citroën, dont les sièges semblaient plus adaptés à son physique. Celui qui avait conçu la Vauxhall de la police avait manifestement les hanches plus étroites et les jambes plus longues qu'elle ne les aurait jamais.

Au moins, l'inconfort la maintenait éveillée. Il y avait dans la détermination de Di à rester dans ce métier une sorte d'orgueil malveillant. Elle était aussi convaincue que Tommy Taylor que ces planques représentaient une perte totale d'argent et d'énergie, mais elle se disait qu'il y avait des moyens plus subtils et plus efficaces de le démontrer à qui de droit que d'abandonner son poste. Elle connaissait son sergent suffisamment bien désormais pour savoir comment il passait son temps pendant que les heures s'acheminaient inexorablement vers l'aube. Si Carol Jordan s'en apercevait, il retournerait à la circulation sans avoir eu le temps de dire ouf. La section d'enquêtes criminelles était un tel panier de crabes qu'elle l'apprendrait tôt ou tard. Et si ce n'était pas sur cette mission, ce serait sur une autre, peut-être une vraiment importante.

Di n'aurait jamais songé à quelque chose d'aussi évident pour saper l'autorité de Jordan. Elle était plus portée sur les sournoiseries que les colères. Les sourires apitoyés derrière le dos de Jordan, les coups de poignard en douce, les « Je ne devrais pas dire ça, mais… » à la moindre occasion. Pour donner l'impression que tous les échecs étaient dus aux ordres de Jordan et tous les succès aux initiatives des troupes. Il n'y avait presque rien d'aussi destructeur que la sape continuelle. Elle était bien placée pour le savoir. Elle l'avait subie pendant des années dans la police de l'East-Yorkshire.

Elle bâilla. Il n'allait rien se passer. Alan Brinkley était pelotonné bien au chaud dans son lit avec sa femme dans leur maison moderne au sein de cette prétentieuse résidence soi-disant haut de gamme. C'était peut-être plus facile à entretenir, mais Di préférait son petit pavillon de pêcheur en bas sur l'ancien quai, même si ce quartier historique était devenu un piège à touristes. Elle aimait les rues pavées et l'air salé, l'impression que des générations de femmes du Yorkshire s'étaient tenues sur ces pas de portes pour scruter l'horizon en attendant leurs maris. *Si au moins elle avait eu cette chance-là*, songea-t-elle dans un moment de dépit.

Elle compara sa montre à la pendule du tableau de bord. Pendant les dix minutes qui s'étaient écoulées depuis la dernière fois qu'elle l'avait regardée, les deux avaient réussi à rester précisément à cinq secondes d'écart. En bâillant, elle alluma son petit poste de radio portable. Avec un peu de chance, l'émission où appelaient les auditeurs – qu'elle appelait radio-prolo – serait terminée et le DJ passerait des disques intéressants. Au moment précis où Gloria Gaynor hurlait d'une voix stridente qu'aussi longtemps qu'elle saurait aimer, elle savait qu'elle survivrait, une petite lumière apparut brusquement derrière les quatre panneaux de verre dépoli de l'imposte en faux style géorgien au-dessus de la porte des Brinkley. Di empoigna précipitamment le volant et se redressa. Est-ce que c'était ça ? Ou bien était-ce l'insomnie qui conduisait quelqu'un à se faire une tasse de thé ?

La lumière s'éteignit aussi brusquement qu'elle était apparue. Di retombait sur son siège en poussant un soupir, lorsqu'un mince rai de lumière passant sous la porte du garage vint inonder l'allée. Mise en alerte, elle éteignit sa radio et baissa la vitre, laissant entrer l'air froid de la nuit qui la réveilla pour de bon. Oui, c'était bien ça. Le bruit très reconnaissable d'un moteur qui démarre.

Un instant plus tard, la porte du garage se soulevait et la voiture descendait l'allée. C'était bien celle de Brinkley, pas d'erreur. Ou plutôt, c'était la voiture dont Brinkley n'avait payé que les trois premières mensualités et qui allait être saisie dès que les huissiers en auraient l'occasion. Sous ses yeux, Brinkley en personne sortit de la voiture et remonta vers le garage, sans doute pour appuyer sur l'interrupteur qui en commandait la fermeture.

— Oh, mince, murmura Di Earnshaw en remontant sa glace. (Elle appuya sur le bouton enregistrement de son dictaphone et commença d'une voix émue :) Alan Brinkley quitte actuellement son domicile en voiture. Il est 1 h 27. (Puis elle lâcha son dictaphone sur le siège voisin, empoigna le talkie-walkie censé lui permettre de garder le contact avec Tommy Taylor.) Allô, Tango Charlie appelle Tango Alpha. Tu me reçois ? Terminé.

Elle démarra en réprimant le réflexe d'allumer ses phares. Brinkley était sorti de l'allée et quittait la rue, son clignotant droit allumé. Elle relâcha son embrayage, conduisant toujours tous feux éteints, et le repéra sur la rue sinueuse qui desservait la résidence et conduisait à la rue principale.

Elle ralluma son talkie tout en conduisant et répéta son message à son sergent.

— Tango Charlie à Tango Alpha. Sujet en route, tu me reçois ? Tango Alpha, tu me reçois ? Terminé. (Arrivé sur la rue principale, Brinkley prit à gauche. Elle compta jusqu'à cinq, puis elle alluma ses phares et le suivit. Il se dirigeait vers le centre-ville situé à cinq kilomètres, à une allure régulière, juste au-dessus de la limite de vitesse. Pas trop lentement pour ne pas laisser penser qu'il était un ivrogne prudent, pas trop vite non plus pour ne pas attirer l'attention par un excès de vitesse.) Tango Charlie à Tango Alpha. (Elle maudit son chef disparu à mi-voix. Elle avait besoin de renforts et il n'était pas là. Elle pensa appeler le central, mais ils enverraient une troupe de véhicules de patrouille qui aurait fait fuir n'importe quel pyromane.) Oh, merde, gémit-elle alors que Brinkley quittait la rue principale pour prendre les rues faiblement éclairées de la zone industrielle. (Cela avait tout l'air d'être ça. Elle éteignit à nouveau ses phares et le suivit prudemment. Alors que les hautes murailles des usines se refermaient sur elle, elle décida qu'il fallait demander des renforts en tenue. Elle alluma la radio et prit le micro.) Delta Trois au central. Terminé.

Il y eut un grésillement d'électricité statique, puis plus rien. Son cœur cessa de battre lorsqu'elle se rendit compte qu'elle était dans l'une des rares zones d'ombre du centre-ville. Question renforts, c'était à peu près aussi réussi que si elle avait été dans un trou noir. Il n'y avait rien à faire. Elle était toute seule.

8

Donna Doyle ne sentait plus la douleur. Elle dérivait dans une mer brûlante de délires, revoyant des souvenirs au travers d'une lentille déformante. Son père était encore en vie, en vie, et il la faisait sauter dans ses bras dans un parc où les arbres lui faisaient de grands signes. Leurs branches se transformaient en bras et Donna se retrouvait au centre d'un cercle d'amis qui jouaient. Tout était plus grand que d'habitude, parce qu'elle n'avait que six ans et que les choses vous paraissent toujours énormes quand vous êtes petite. Les couleurs se mélangèrent et ce fut le carnaval avec les chars qui envahissaient les rues comme des bonbons qu'on éparpille au soleil.

Et elle était au milieu du défilé, sous un dais, sur une camionnette recouverte de roses en crépon qui lui semblaient aussi grosses que des choux-fleurs dans son délire enfiévré. Elle était la Reine des Roses, rayonnante dans sa robe en tulle tout raide, et la gloire de cet événement lui faisait oublier l'inconfort du tissu qui la grattait sous le soleil brûlant de l'après-midi et la tiare en plastique qui lui mordait les chairs derrière les oreilles. Dans les brumes qui nimbent les frontières entre rêve et réalité, Donna se demanda pourquoi le soleil la brûlait de cette chaleur tropicale qui la faisait transpirer et frissonner.

Elle n'en avait plus conscience, mais la chair décolorée et enflée qui pendait, inutile, à son côté, continuait de pourrir, de distiller son poison dans son corps, faisant chaque jour pencher la balance entre toxicité et survie. La puanteur de la chair pourrie et corrompue était le seul signe extérieur d'une putréfaction encore plus profonde.

Son corps impatient n'en pouvait plus d'attendre que la mort commence son œuvre de décomposition.

9

En descendant de sa voiture pour fermer la porte du garage, Alan Brinkley avait remarqué son haleine qui se condensait dans l'air nocturne. C'était une de ces nuits glaciales, ça oui. Il avait bien fait d'en repérer une qui ne l'obligerait pas à marcher bien loin. Il n'aurait plus manqué que d'avoir les doigts engourdis par le froid pour s'acquitter de sa tâche. Mais rien ne valait un bon feu pour vous réchauffer un homme, s'était-il dit avec un sourire ironique en faisant tourner le moteur pour encourager le chauffage à tenir sa promesse de chaleur.

Sa cible était une usine de peintures industrielles au bout d'une petite zone industrielle aux abords de la ville. Pour une fois, il pourrait éviter le trajet à pied depuis l'endroit où il laisserait sa voiture, parce que le commerce voisin était un carrossier. Il y avait toujours une demi-douzaine de voitures garées devant, à divers stades de réparation ou de peinture. Une de plus, personne ne remarquerait. Encore eût-il fallu, d'ailleurs, qu'il y ait quelqu'un pour remarquer. Il se trouvait qu'il savait avec certitude que le garde employé pour surveiller la zone n'était jamais là entre 2 et 3 heures et demie. Brinkley l'avait surveillé assez souvent pour savoir que le type était victime de l'avarice de ses patrons. Il avait trop de sites à surveiller et pas assez de temps pour le faire convenablement.

Il enfila l'étroit canyon entre les hauts murs des hangars qui menait à l'usine et descendit lentement la rampe qui donnait devant chez le carrossier. Il éteignit le moteur et les phares, puis il vérifia qu'aucun de ses accessoires n'était tombé de sa poche. Tout était là : la ficelle, le briquet en laiton qui empestait l'essence, le paquet de dix-sept cigarettes, la vieille pochette d'allumettes, le journal de la veille, son couteau suisse à sept lames et un mouchoir chiffonné et taché d'essence. Il se baissa pour prendre la torche dans la boîte à gants. Trois profondes inspirations les yeux fermés et il fut prêt.

Il descendit de voiture et jeta un rapide coup d'œil alentour. Son regard passa sur les voitures devant le garage. Il vit sans le voir le capot d'une Vauxhall garée dans l'ombre d'un hangar juste dans le virage de la rampe d'accès. Il ne remarqua pas qu'il n'était pas passé devant quand il était descendu, car aucun bruit de moteur au ralenti et aucune lumière n'éveillèrent son attention. Certain qu'il n'y avait pas âme qui vive, il traversa le terre-plein goudronné qui menait à l'usine de peinture. *Bon Dieu*, se dit-il avec satisfaction, *ça allait être un sacré feu d'artifice*. Il était prêt à parier que quand celui-là partirait en fumée, il emporterait bien un ou deux autres bâtiments du même coup.

Encore deux désastres comme celui-là et Jim Pendlebury serait bien forcé de dire qu'il n'en avait plus rien à foutre du budget et de le prendre à plein temps. Et même ça, ça ne suffirait pas à payer les intérêts sur les dettes qui leur tombaient dessus, à Maureen et lui, comme la vérole sur le bas clergé, mais ça suffirait pour tenir les créanciers à distance le temps qu'il trouve un moyen de leur faire sortir la tête hors de l'eau une bonne fois pour toutes.

Brinkley secoua la tête pour balayer les inquiétudes et les craintes qui l'accablaient chaque fois qu'il laissait la pensée de cette montagne de dettes l'assombrir. Il ne pouvait pas s'acquitter de sa tâche s'il n'avait pas la tête sur les épaules et quand il pensait aux sommes qu'il devait, son esprit tourbillonnait et il était incapable d'imaginer comment il allait voir la fin du tunnel. Il ne cessait de se répéter que ce qu'il faisait, c'était la seule manière de survivre. Le clodo qui était mort avait cessé de lutter longtemps avant que Brinkley n'en arrive là. Lui, ce serait différent. Il s'en sortirait. Aussi, à présent, devait-il réprimer toute autre pensée et se concentrer pour parvenir à ses fins sans se faire piquer.

Se faire prendre ficherait tout en l'air. Il ne pourrait plus payer ses dettes. Et Maureen ne lui pardonnerait jamais de s'être laissé capturer.

Brinkley passa la main entre les poubelles industrielles et le mur de l'usine, et ses doigts se refermèrent sur le sac caché un peu plus tôt dans la journée. Cette fois, c'était la fenêtre du bureau qui lui fournirait la meilleure entrée. Le fait qu'elle fût grande ouverte et visible aux yeux de quiconque passait par là à pied ou en voiture ne l'inquiétait pas. Aucune de ces usines n'employait d'équipe de nuit, le vigile ne devait pas arriver avant une heure et l'usine de peintures était le dernier bâtiment avant le cul-de-sac fermé par une clôture de sécurité de deux mètres cinquante de haut. Personne ne pouvait prendre un raccourci de ce côté-là.

Il lui fallut moins de cinq minutes pour s'introduire dans l'usine, et sept de plus pour installer son amorce de ses mains qui en avaient maintenant l'habitude. La fumée de la cigarette s'éleva, portant à ses narines un délicieux parfum dont la suavité se mêlait aux odeurs chimiques des peintures qui imprégnaient l'air dans l'usine. *La peinture allait flamber comme un puits de pétrole dans le désert*, songea Brinkley avec satisfaction en partant à reculons dans le couloir obscur, sans quitter des yeux l'amorce incandescente.

Il chercha à tâtons la porte ouverte du bureau par lequel il était entré. Au lieu de rencontrer le vide, ses doigts frôlèrent un tissu tiède. Il sursauta, fit volte-face et reçut dans les yeux le faisceau d'une torche comme un verre de vin qu'on vous jette en pleine figure. Aveuglé, il essaya de détourner les yeux. Il battit en retraite dans le couloir, mais, désorienté, il se cogna au mur. La lumière le suivit et il entendit la porte se refermer avec un déclic.

— Vous êtes pris, dit une voix de femme. Alan Brinkley, je vous arrête pour incendie criminel…

— Non ! rugit-il comme un animal acculé en se jetant en avant vers la lumière.

Ils se heurtèrent de plein fouet et s'effondrèrent sur le sol dans une masse indistincte et un fracas de meubles renversés. Sous lui, la femme se débattait et se contorsionnait comme un chat en furie, mais il était plus lourd et plus fort, après toutes ces années d'entraînement.

Elle essaya de le frapper avec la torche, mais il dévia sans peine le coup de l'épaule en l'envoyant rouler sur le sol. Elle alla heurter un classeur et resta à osciller en éclairant la scène d'une lumière tremblotante. Maintenant, il voyait son visage, sa bouche tordue par une grimace inflexible tandis qu'elle essayait de se libérer. S'il pouvait la voir, elle pouvait le voir, lui souffla son esprit paniqué.

Se faire prendre ficherait tout en l'air. Il ne pourrait plus payer ses dettes. Et Maureen ne lui pardonnerait jamais de s'être laissé capturer.

Il posa un genou sur son ventre et appuya sur la poitrine pour expulser l'air de ses poumons. Puis il pressa son avant-bras sur sa gorge et la cloua au sol. La bouche ouverte, langue dehors, elle essayait désespérément d'inspirer un peu d'air. Il l'empoigna par les cheveux de sa main libre et tira d'un coup sec sa tête contre son bras. Il entendit moins qu'il ne sentit quelque chose craquer. Et brusquement elle retomba, inerte. La bataille était terminée.

Il se laissa rouler à côté d'elle, recroquevillé dans une position fœtale. Un sanglot monta dans sa gorge. Qu'est-ce qu'il avait fait ? Il connaissait suffisamment bien la réponse, mais il fallait qu'il se répète la question continuellement dans son crâne. Il roula sur ses genoux, la tête baissée comme un chien battu. Il ne pouvait pas la laisser là. Ils la trouveraient trop vite. Il fallait l'emmener ailleurs.

Un grognement s'échappa de ses lèvres. Il se força à toucher une chair qu'il imaginait déjà morte et glacée. Tant bien que mal, il hissa le corps de la femme sur ses épaules comme le font les pompiers. Vacillant, il prit le couloir et revint près du départ de feu. Il la transporta derrière l'amorce qui commençait à sentir nettement le brûlé et atteignit l'endroit où les pots de peinture étaient entreposés sur des palettes attendant d'être chargées sur les camions. Le feu serait intense, à cet endroit, et les gars du labo ne trouveraient pas grand-chose comme traces exploitables. Il ne resterait sûrement rien qui puisse l'identifier. Il laissa tomber le corps sur le sol.

En essuyant ses larmes, Brinkley tourna les talons et partit en courant rejoindre le froid bienveillant de la nuit. Comment en était-il arrivé là ? Comment quelques instants de bon temps, l'envie de mener la belle vie, avaient-ils pu le conduire à ça ? Il voulait s'effondrer et hurler comme un loup. Mais il fallait qu'il continue, qu'il arrive à la voiture, qu'il réponde à son bipeur quand on le convoquerait à la caserne. Il fallait qu'il y parvienne. Pas pour lui, mais pour Maureen.

Parce que se faire prendre ficherait tout en l'air. Il ne pourrait plus payer ses dettes. Et Maureen ne lui pardonnerait jamais de s'être laissé capturer.

— Tu ne devrais pas être à Seaford ? demanda-t-il.

— J'ai pris mon portable. Ce n'est qu'à une demi-heure de plus d'autoroute que si j'y allais depuis chez moi. Et il faut qu'on discute de ce qu'on a et de la suite des événements.

— Tu ferais mieux de venir voir, alors.

Il fallut plus longtemps à Carol pour lire le rapport de Tony qu'à lui pour regarder les photos et vidéos qu'elle avait apportées, mais cela ne l'ennuya pas. Il repassa plusieurs fois la bande et feuilleta les photos datées, un mince sourire aux lèvres et le regard flamboyant. Finalement, Carol acheva sa lecture. Le regard complice qu'ils échangèrent leur fit comprendre qu'ils avaient eu raison et qu'ils allaient pouvoir soulever une affaire qui ne pouvait plus rester ignorée.

— Bon boulot, docteur, dit Carol.

— Bon boulot, inspecteur-chef, répondit-il en écho.

— Je tiens ma vengeance. Ainsi parla le profileur.

Il inclina la tête.

— Je regrette de ne pas y avoir accordé plus d'attention quand Shaz en a parlé la première fois. Peut-être que nous aurions pu parvenir à nos fins sans payer un tel prix.

Carol tendit instinctivement la main et la posa sur la sienne.

— C'est ridicule, Tony. Personne n'aurait pu déclencher une enquête en se fondant uniquement sur ce qu'elle avait présenté en guise d'exercice.

— Ce n'est pas exactement ce que je voulais dire. (Il se passa la main dans les cheveux.) Je voulais dire que je suis censé être psychologue. J'aurais dû voir qu'elle n'allait pas lâcher. J'aurais dû en discuter avec elle, lui faire voir qu'on ne balayait pas son travail, chercher une manière de pousser plus loin sans lui faire courir de danger.

— Tu pourrais tout aussi bien dire que c'est la faute de Chris Devine, dit vivement Carol. Elle savait que Shaz allait le rencontrer et elle l'a laissée y aller toute seule.

— Et pourquoi tu crois que Chris consacre tout son temps à arpenter le Northumberland avec Simon et Leon ? Ce n'est pas par devoir. C'est parce qu'elle se sent coupable.

— Tu ne peux pas être responsable de tout le monde. Shaz était flic. Elle aurait dû mesurer le risque. Elle n'avait pas besoin de continuer, et même si tu avais essayé de l'empêcher, elle n'en aurait probablement pas tenu compte. Ne te crispe pas là-dessus, Tony.

Il leva la tête et vit dans ses yeux la compassion. Il hocha tristement la tête.

— Il faut un appui officiel, maintenant, si on veut éviter qu'on nous accuse d'avoir agi personnellement comme Shaz.

Carol lui lâcha la main.

— Je suis contente que tu le dises, parce que je commençais à me sentir vraiment mal à l'aise de produire des preuves aussi convaincantes sans entrer en relation avec les enquêteurs. Je préfère confier nos éléments à quelqu'un plutôt que de sortir: "C'était dans mon sac, chef."

» Je n'arrête pas de penser à la défense en train de me réduire en pièces à la barre. "Alors comme ça, inspecteur-chef Jordan, vous vous imaginez que le jury va gober cette quête de justice menée par des rebelles, que vous seule, face à toute la police du West-Yorkshire, étiez capable de conduire ? Et que vous êtes tombée comme par hasard sur la seule preuve qui relie mon client au meurtre de l'inspecteur Bowman, une femme qu'il n'a vue qu'une fois et pendant moins d'une heure ? Et qu'est-ce que fait votre frère, au fait, madame Jordan ? Vous pouvez nous le dire encore une fois ? Le terme 'virtuose informatique' serait-il une description appropriée ? Le genre de petit prodige capable de faire dire à une image numérique à peu près ce qu'il veut ?"

» Il faut qu'on mette notre enquête sous le parapluie du West-Yorkshire pour qu'ils puissent élaborer le dossier convenablement.

— Je sais. Il arrive un moment où il faut arrêter de jouer le Vengeur Solitaire et nous y sommes. On doit aussi se couvrir. Demain matin, je vais aller tout droit à la criminelle. Qu'est-ce que tu en dis ?

— Ce n'est pas que je veuille m'en laver les mains, Tony, se plaignit-elle. C'est juste qu'on va tout perdre si on ne passe pas le dossier aux autorités.

Il éprouva un accès de tendresse pour elle.

— Je n'aurais pas pu réussir tout seul. Quand Jacko Vance sera face au jury, ce sera bien parce que tu es montée à bord.

Avant qu'elle ait pu répondre, la sonnerie de son portable brisa cette complicité.

— Oh, merde, dit-elle en empoignant l'appareil et en appuyant sur un bouton.

» Inspecteur-chef Jordan.

— On en a apparemment un autre, Carol, dit la voix familière de Jim Pendlebury. Une usine de peintures. Elle a flambé comme un feu de paille.

— J'arrive le plus vite possible, Jim. Vous pouvez me dire où c'est ? (Sans qu'elle le lui demande, Tony lui glissa un crayon et du papier pour qu'elle griffonne les indications.) Merci, dit-elle. (Elle termina sa conversation et ferma un instant les yeux. Puis elle appuya sur un numéro en mémoire et appela le central.) Inspecteur-chef Jordan. Vous avez eu des appels du sergent Taylor ou de l'agent Earnshaw ?

— Négatif, madame, dit une voix anonyme. Ils étaient censés garder le silence radio tant qu'ils n'avaient rien de particulier à signaler.

— Essayez de voir si vous pouvez les contacter pour qu'ils me rejoignent à l'usine de peintures de la zone industrielle d'Holt. Merci. Bonne nuit. (Elle leva vers Tony un regard perplexe.) Apparemment, on s'est trompés, dit-elle.

— Le pyromane ?

— Il a encore frappé. Mais ni Tommy Taylor ni Di Earnshaw n'ont appelé, donc il semble bien que ce ne soit pas l'un de nos suspects. (Elle secoua la tête.) Retour à la case départ, alors. Je ferais mieux d'aller là-bas et de voir ce qui se passe.

— Bon courage, dit Tony tandis qu'elle enfilait son imper.

— C'est toi qui vas en avoir besoin, quand tu devras persuader Wharton et McCormick, dit-elle alors qu'il la suivait dans le couloir. (Sur le seuil, elle se retourna et posa une main sur son bras.) Ne te sens pas coupable pour Shaz, dit-elle en l'embrassant sur la joue. Le vrai coupable, c'est le petit Jack. Concentre-toi sur lui.

Et elle partit, ne laissant derrière elle qu'un souffle de son parfum dans l'air nocturne.

Au-dessus de la clarté floue des néons et des lampes au sodium, le ciel était rempli d'étoiles. De son nid d'aigle tout en haut de sa maison de Holland Park, Jacko Vance fixait la nuit sur Londres en imaginant les étoiles du Northumberland. Il restait une trace, le seul fil possible que l'on puisse suivre et remonter jusqu'à lui. Le moment était venu pour Donna Doyle de mourir.

Cela faisait longtemps qu'il n'avait pas été forcé de tuer quelqu'un. Ce n'était pas tuer qui lui plaisait. C'était le processus. La désintégration d'un être humain au travers de la dégradation des souffrances et de l'infection. L'une d'elles s'était rebellée. Elle avait refusé de boire, de manger, et même d'utiliser les toilettes chimiques. Elle avait constitué un défi, mais cela n'avait pas duré longtemps. Elle avait oublié de penser aux infections causées par la pisse et la merde partout. Tout ce qu'elle avait cherché, c'était à être suffisamment répugnante pour qu'il refuse de la toucher – et elle n'y était pas non plus parvenue.

Mais il allait devoir se débarrasser de cette Jillie-là bientôt. Son existence lui avait causé des soucis, comme une démangeaison incessante, celle d'une piqûre de puce juste sous l'élastique d'un caleçon. Mais tant que la police avait fouiné autour de lui après la mort de Shaz Bowman, il n'avait pas voulu faire de geste inconsidéré. Un voyage imprévu dans le Northumberland aurait été suspect. La visite en coup de vent qu'il y avait faite n'avait pas duré assez longtemps pour qu'il s'occupe convenablement de cette petite salope. Ensuite, il avait fallu qu'il tienne compte de l'irruption de Tony Hill. Cet homme savait-il quelque chose ou bien essayait-il simplement de l'agacer pour qu'il fasse précisément la seule chose qui le mettrait à découvert ?

D'un côté comme de l'autre, il fallait qu'elle disparaisse. Le fait qu'elle fût encore en vie était une possibilité qui le mettait dans un danger mortel. Il aurait dû s'en débarrasser la nuit où il avait tué Bowman, mais il avait eu peur qu'on commence à le surveiller de trop près pour pouvoir agir à sa guise. D'ailleurs, cela l'avait tellement fatigué qu'il n'aurait peut-être pas pu faire les choses comme il fallait.

Il n'avait plus qu'à se reposer sur la discrétion de sa prison, murée comme elle l'était sous les dalles. Les seules personnes qui connaissaient l'existence de la crypte étaient les deux maçons qu'il avait engagés pour installer le système d'ouverture. Douze ans plus tôt, les gens croyaient encore à la menace nucléaire. Quand il avait prétendu que c'était un abri anti-atomique, les habitants du coin en avaient parlé comme d'une excentricité, sans plus. Et cela devait être oublié depuis longtemps.

Malgré tout, elle devait disparaître. Pas ce soir. Il tournait de bonne heure le lendemain matin et il avait besoin du peu de sommeil que son inquiétude lui accorderait. Mais dans un jour ou deux, il pourrait aller y faire un tour un soir et lui régler son compte.

Il faudrait qu'il en profite. Il s'écoulerait un bon moment avant qu'il puisse à nouveau se faire ce petit plaisir. Une pensée l'effleura. Si jamais il voulait être à nouveau en sécurité, peut-être qu'il fallait donner à Tony Hill une leçon plus personnelle que Shaz Bowman. Jacko Vance contempla la ville en se demandant s'il avait une femme dans sa vie. Il faudrait qu'il pense à demander à sa femme demain matin si Hill avait parlé de quelqu'un durant le dîner.

Cela n'avait pas été difficile de tuer Shaz Bowman. Renouveler l'expérience avec la copine de Tony Hill n'en serait que plus aisé.

Les mains enfoncées dans les poches de son imper, le col relevé pour se protéger du vent âpre qui soufflait de l'estuaire, Carol Jordan fixait d'un regard atone les décombres encore fumants de l'usine de peintures. Cela faisait trois heures qu'elle était là, mais elle n'était pas encore prête à partir. Des pompiers, leurs casques jaunes caractéristiques couverts de résidus de suie, entraient et sortaient de ce qui restait du bâtiment. Quelque part à l'intérieur de cette coquille effondrée, certains essayaient de parvenir au départ de feu. Carol commençait à accepter de ne pas avoir besoin d'une preuve visuelle pour savoir pourquoi Di Earnshaw n'avait pas répondu aux messages du central lui demandant de se rendre sur les lieux du sinistre.

Di Earnshaw y était déjà.

Carol entendit une voiture s'arrêter derrière elle, mais elle ne tourna pas la tête. Quelqu'un souleva les bandes de protection de la police, puis Lee Whitbread apparut en lui tendant un café acheté dans un fast-food.

— Je me suis dit que vous auriez bien besoin de ça, dit-il. (Elle hocha la tête et prit le gobelet de carton sans un mot.) Pas de nouvelles, alors ? demanda-t-il avec appréhension.

— Rien, dit-elle.

Elle souleva le couvercle et porta le gobelet à ses lèvres. Le café était fort et chaud, étonnamment bon.

— Il n'y a rien de neuf non plus au commissariat, dit Lee, en allumant une cigarette, les mains en coupe pour la protéger du vent. Je suis passé par chez elle, juste pour voir, au cas où elle en aurait eu marre et qu'elle serait rentrée, mais rien. Les rideaux de la chambre sont toujours fermés, alors peut-être qu'elle est couchée et qu'elle met des boules Quiès ?

Comme pour tous les flics, son pessimisme professionnel était toujours contrebalancé par l'espoir quand il commençait à se rendre compte qu'une collègue allait avoir droit à des obsèques officielles.

Carol ne put se résoudre à partager ne fût-ce que le fragile espoir des boules Quiès. Et si elle savait que Di Earnshaw n'était pas du genre à tirer au flanc, Lee devait être doublement sûr que sa collègue était hors service pour toujours.

— Vous avez vu le sergent Taylor ? demanda-t-elle.

Lee dissimula son visage derrière sa main en tirant furieusement sur sa cigarette.

— Il dit qu'elle ne l'a pas appelé. Il est reparti au commissariat voir si on a du nouveau là-bas.

— J'espère qu'il va se trouver une excuse un petit peu plus imaginative, dit Carol d'un ton sinistre.

Trois silhouettes émergèrent de la masse sombre de l'usine et retirèrent leurs masques protecteurs. L'une d'elles se détacha du groupe et marcha vers eux. À quelques mètres, Jim Pendlebury s'arrêta et retira son casque.

— Je ne peux pas vous dire à quel point je suis désolé, Carol.

Carol rejeta la tête en arrière, puis la baissa à nouveau dans un hochement las.

— Il reste toujours un doute tant qu'ils n'ont pas fini les examens au labo. Mais il nous semble bien que c'est une femme et il y a quelque chose qui ressemble à un talkie fondu à côté du corps, dit-il d'une voix navrée.

Elle leva les yeux vers son visage empreint de compassion. Il savait ce que cela faisait de perdre des gens dont on était responsable. Elle aurait aimé qu'il lui dise combien de temps il lui faudrait pour pouvoir se regarder en face dans une glace.

— Je peux la voir ?

— Il fait trop chaud à l'intérieur, dit-il.

Carol poussa un petit soupir.

— Je serai à mon bureau si quelqu'un me cherche.

Elle laissa tomber le gobelet, tourna les talons et passa sous les rubans en se dépêchant de rejoindre sa voiture. Derrière elle, le café s'écoulait sur le goudron. Lee Whitbread y jeta sa cigarette et la regarda s'éteindre avec un grésillement déprimant. Il se tourna vers Jim Pendlebury.

— Moi aussi. Maintenant, c'est un tueur de flics qu'on doit pincer.

Colin Wharton remit bien droit la pile de vidéos, puis il se pencha et éjecta la cassette du magnétoscope de la salle de formation que l'équipe de Tony avait abandonnée depuis ce qui lui semblait une éternité.

— Ça ne prouve rien, dit-il en évitant de regarder Tony en face. OK, quelqu'un d'autre conduisait la voiture de Shaz Bowman en direction de Leeds. Ça pourrait être n'importe qui, sous ce déguisement. On voit à peine la tête du type, et puis ces retouches par ordinateur… *Moi*, je ne m'y fie pas, et les jurés sont encore pires. Le temps que l'avocat de la défense ait terminé, ils partiront du principe que tout ce qui vient d'un ordinateur a été tripatouillé par nos soins pour montrer ce qu'on veut montrer.

— Et le bras ? Vous ne pouvez pas le modifier, ça. Jacko Vance a une prothèse au bras droit. L'homme qui fait le plein n'utilise jamais ce bras-là, c'est très visible, insista Tony.

— Il peut y avoir des tas de raisons pour ça, dit Wharton en haussant les épaules. Il est possible que l'homme sur la photo soit gaucher. Il est possible qu'il se soit blessé le bras en luttant contre Shaz Bowman. Il est même possible qu'il ait été au courant de l'idée fixe idiote concernant Jacko Vance qui avait piqué Shaz Bowman et qu'il ait décidé d'en jouer. Les gens savent qu'il y a des caméras vidéo, de nos jours, docteur Hill. Vance *travaille* dans ce domaine – vous pensez vraiment qu'il n'ait pas pensé à la présence des caméras ?

Tony se passa une main dans les cheveux en s'agrippant à l'extrémité des boucles comme s'il voulait garder son calme.

— Vous avez Vance qui sort de l'autoroute à Leeds dans sa propre bagnole à une heure significative. Ne me dites quand même pas que vous pensez que c'est une coïncidence ?

— Je ne crois pas, dit Wharton. Le gars a une maison de campagne dans le Northumberland. C'est là-haut qu'il fait du bénévolat. OK, l'A1 est peut-être une routc plus directe, mais le M1 est plus rapide et il est plus facile à prendre que l'A1 quand on sort de Londres. Il peut même avoir décidé qu'il avait envie de prendre un *fish & chips* chez *Bryan's* avant de reprendre la route, ajouta-t-il dans une piètre tentative pour détendre l'atmosphère.

Tony croisa les bras comme si cela allait l'aider à contenir la fureur noire qui couvait en lui.

— Pourquoi vous refusez de prendre ça au sérieux ? demanda-t-il.

— Si Simon McNeill était pas en fuite, on partirait pas du principe que tout ce que vous nous amenez est suspect, rétorqua agressivement Wharton.

— Simon n'a rien à voir avec tout ça. Il n'a pas tué Shaz Bowman. Jacko Vance, oui. C'est un tueur de sang-froid. Tout ce que je connais en psychologie me dit qu'il a tué Shaz Bowman parce qu'elle menaçait de casser ses joujoux sous son nez. Nous avons des photos de lui au volant de la voiture de Shaz et elle n'est pas avec lui. Ensuite, lui dans sa propre voiture au même endroit. Qu'est-ce qu'il vous faut de plus pour vous convaincre de jeter au moins sérieusement un coup d'œil au bonhomme ?

La porte derrière lui s'ouvrit. Le superintendant Dougal McCormick passa son imposante poitrine dans la pièce. Il avait le visage cramoisi de celui qui a un peu trop bu au déjeuner, et ses grosses joues luisaient de transpiration. L'alcool avait fait descendre sa voix de ténor d'une octave.

— Je croyais que vous étiez interdit d'accès ici tant qu'on ne vous avait pas demandé ? dit-il en pointant un index accusateur sur Tony.

— Je vous ai apporté les preuves nécessaires pour constituer un dossier sur l'assassin de Shaz Bowman, dit Tony, las de devoir encore répéter la même chose. Sauf que M. Wharton ne semble pas en saisir l'importance.

McCormick entra dans la pièce.

— C'est vrai ? Qu'est-ce que vous répondez à ça, Colin ?

— Il y a des bandes très intéressantes qui proviennent du circuit de surveillance vidéo d'une station-service, sur lesquelles on voit quelqu'un d'autre conduire la voiture de Shaz l'après-midi de sa mort, dit-il en étalant les photos pour que McCormick les regarde.

Le superintendant plissa les yeux pour les examiner attentivement.

— C'est Jacko Vance, insista Tony. Il a ramené la voiture à Leeds, puis il est revenu à Londres avant de repartir au nord avec sa propre voiture, sans doute avec Shaz dans le coffre.

— Laissez tomber Jacko Vance, dit McCormick d'un ton négligent. On a un témoin.

— Un témoin ?

— Oui, un témoin.

— Un témoin de quoi, exactement ?

— Un voisin qui a vu votre Simon McNeill passer par l'arrière de la maison de Sharon Bowman la nuit où elle a été tuée et qui ne l'a pas vu ressortir. J'ai une équipe qui est en train de fouiller son appartement en ce moment même. Nous le cherchions déjà, mais maintenant, il va y avoir un avis de recherche. Peut-être savez-vous où nous pourrions le trouver, hein, docteur Hill ?

— C'est vous qui avez démantelé mon équipe. Comment voulez-vous que je sache où est Simon, maintenant ? dit Tony d'une voix glaciale qui déguisait son bouillonnement intérieur.

— Ah, eh bien tant pis. Nous réussirons à lui mettre la main dessus tôt ou tard. Je ne doute pas que mes gars finissent par dégoter quelque chose qui tiendra un peu plus la route au tribunal que des vidéos que le frère de votre petite copine a truquées. (Voyant l'expression surprise de Tony, il hocha la tête d'un air sinistre.) Eh oui, on sait tout sur vous et l'inspecteur-chef Jordan. Vous croyez peut-être que dans ce métier, on décroche pas le téléphone ?

— Vous passez votre temps à me répéter que ce qui vous intéresse, ce sont les preuves, pas les suppositions, dit Tony qui ne se maîtrisait qu'à grand-peine. Pour votre information, l'inspecteur-chef Jordan n'est pas et n'a jamais été ma petite copine. Quant à mes affirmations selon lesquelles Jacko Vance est l'assassin, elles ne reposent pas uniquement sur des preuves vidéo. Je ne veux pas vous apprendre votre métier, mais au moins regardez le rapport que j'ai rédigé. Il contient des preuves solides.

McCormick prit la chemise sur la table et en feuilleta le contenu.

— Un profil psychologique, c'est pas ce que j'appelle des preuves. Rumeurs, sous-entendus, racontars de gens envieux. C'est sur ça que vous vous êtes appuyé.

— Sa propre femme déclare qu'il n'a jamais couché avec elle. Ne me dites pas que c'est ce que l'on considère comme un comportement normal dans le West-Yorkshire ?

— Elle peut très bien avoir des tas de raisons pour vous mentir, balaya McCormick en laissant tomber la chemise.

— Il a rencontré Barbara Fenwick deux jours avant qu'elle ait été enlevée et assassinée. C'est là, dans le rapport de la police de Manchester. L'une de ses premières participations à une œuvre de bienfaisance après l'accident qui lui a coûté son bras. Nous avons des photos de lui lors d'autres apparitions avec les filles qui ont disparu sans laisser de traces.

La voix de Tony était découragée, à présent. Il n'avait pas réussi à avoir avec eux un rapport qui aurait permis aux deux policiers de réfléchir à ce qu'il avait à dire. Pire encore, il semblait qu'il s'était aliéné McCormick à un point tel que s'il avait dit « noir », McCormick aurait répondu « blanc ».

— Un type comme ça rencontre des centaines de nanas par semaine et il leur arrive rien du tout, dit McCormick en se laissant tomber sur une chaise. Écoutez, docteur Hill, je sais que c'est dur à accepter quand on s'est fait mener en bateau, surtout quand on est un psychologue expérimenté du ministère de l'Intérieur. Mais regardez McNeill. Il était amoureux de cette fille, et elle n'éprouvait apparemment pas la même chose pour lui. On a seulement sa parole pour cette histoire de rendez-vous pour un verre avant le dîner avec les deux autres. On l'a vu derrière sa maison à peu près à l'heure supposée du crime. On a ses empreintes sur les vitres. Et maintenant, il disparaît. Vous devez bien admettre que c'est sacrément plus convaincant que tout un tas de preuves indirectes contre un homme qui est un héros national. Ce que vous essayez de faire est compréhensible, docteur Hill. J'éprouverais probablement la même chose si un de mes officiers était impliqué. Mais regardez les choses en face, vous vous êtes trompé. Vous avez choisi une pomme pourrie.

— Je suis désolé que nous ne voyions pas les choses du même œil, dit Tony en se levant. Et d'autant plus désolé que je pense que Jacko Vance détient une autre adolescente prisonnière et qu'elle est peut-être encore en vie. Messieurs, il n'y a pas plus sourd que celui qui ne veut pas entendre. J'espère simplement que votre surdité ne coûtera pas la vie à Donna Doyle. Maintenant, si vous voulez bien m'excuser, j'ai des choses à faire.

Wharton et McCormick ne firent aucune tentative pour l'empêcher de partir.

— Ça serait mieux pour McNeill s'il attendait pas qu'on l'arrête, dit Wharton alors que Tony atteignait la porte.

— Je ne sais pas pourquoi, mais je ne pense pas, dit Tony.

Arrivé sur le parking, il s'appuya contre sa portière et croisa les bras. Bon sang, mais qu'est-ce qu'il leur restait comme solution ? Le seul officier de rang qui croyait à ces preuves incertaines était Carol, et elle n'avait aucun pouvoir sur le West-Yorkshire, c'était clair. Les preuves dont ils avaient besoin étaient le genre que l'on obtient en faisant des appels à témoins : pas le genre de choses que pouvaient obtenir un psychologue en disgrâce, une paire de femmes flics rebelles venant chacune d'un bout du pays et une poignée de policiers sans expérience.

Les moyens conventionnels n'étaient plus à leur portée. Il était temps de jouer selon ses propres règles. Ce n'était pas la première fois qu'il le faisait et cela lui avait sauvé la vie. Cette fois, cela pourrait sauver celle de quelqu'un d'autre.

Carol se planta sur le seuil du bureau, les poings sur les hanches, et parcourut la pièce d'un regard furibard. La nouvelle l'avait précédée et les deux seuls inspecteurs présents sur les lieux étaient manifestement abattus. L'un tapait un rapport, l'autre s'acquittait mécaniquement de tâches administratives. Ils se contentèrent de jeter un regard oblique à son arrivée.

— Où il est ? interrogea Carol.

Les deux policiers se regardèrent, comprenant et décidant immédiatement de la conduite à tenir.

— Le sergent Taylor, madame ? demanda celui qui tapait, sans lever les yeux.

— Qui d'autre ? Où il est ? Je sais qu'il était là tout à l'heure, mais je veux savoir où il est passé.

— Il est parti juste après avoir appris la nouvelle concernant Di, dit l'autre.

— Et où il est allé ? demanda Carol sans céder. (Elle ne pouvait pas se le permettre. Ni vis-à-vis de son autorité future, ni vis-à-vis d'elle-même. C'est elle qui était responsable, et elle n'avait aucune envie de se dérober. Mais il fallait qu'elle comprenne comment cette opération avait pu se terminer d'une manière aussi catastrophique. Seul un homme pourrait peut-être le lui dire et elle avait bien l'intention de le trouver.) Alors, reprit-elle. Où ?

Les deux inspecteurs échangèrent un autre regard. Cette fois, l'expression était résignée.

— À l'*Harbourmaster's Club*, dit celui qui tapait.

— Il est en train de picoler à cette heure de la matinée ? interrogea-t-elle avec colère.

— C'est pas seulement un bar, c'est un club, madame. Au départ, c'était pour les officiers de la marine marchande. On peut y manger ou lire le journal en prenant une tasse de café. (Carol s'apprêtait à partir, mais il continua.) Madame, vous pouvez pas y aller, dit-il d'un ton insistant. (Le regard qu'elle lui jeta avait forcé des violeurs à avouer.) C'est réservé aux hommes, bafouilla le jeune policier. Ils vous laisseront pas entrer.

— Bon Dieu ! explosa Carol. Il manquerait plus que ça qu'on fasse une entorse aux coutumes locales. Très bien, Beckham, lâchez ce que vous êtes en train de faire et filez au *Harbourmaster's Club*. Je veux vous voir revenir avec le sergent Taylor dans une demi-heure ou je vous suspends tous les deux. C'est clair ?

Beckham laissa tomber son dossier et bondit sur ses pieds en s'excusant lorsqu'il la frôla pour sortir précipitamment.

— Je suis dans mon bureau, gronda Carol au policier qui restait.

Elle essaya de claquer la porte en sortant, mais les charnières étaient trop dures.

Carol se laissa tomber dans son fauteuil, sans même ôter son imper. Une morne culpabilité l'envahissait et la paralysait. Elle fixa d'un regard vide le mur du fond où Di Earnshaw se tenait durant les briefings, se souvenant de son regard de veau mort-né, de son tailleur qui lui allait si mal, de son nez à la retrousse. Elles n'avaient jamais été amies, se rappela instinctivement Carol, et d'une manière qui rendait encore plus pénible ce qui était arrivé. Outre la culpabilité qu'elle éprouvait pour la mort de Di Earnshaw dans une opération qui avait complètement capoté, Carol se sentait coupable de reconnaître qu'elle n'aimait pas tellement la jeune femme et que si elle avait été sommée sous la contrainte de choisir elle-même une victime, Di n'aurait pas été la dernière sur sa liste.

Carol examina de nouveau toute l'affaire en se demandant ce qu'elle aurait pu, ou dû, faire différemment. Quelle décision avait causé la mort de Di ? Quelle que fût la manière dont elle prenait les choses, elle revenait à la même conclusion à chaque fois. Elle n'avait pas suivi d'assez près l'enquête, et elle avait omis de serrer la vis à des officiers subalternes qui ne se souciaient pas de la discréditer par leur travail bâclé. Elle avait été trop occupée à jouer les chevaliers blancs avec Tony Hill. Ce n'était pas la première fois qu'elle laissait ses émotions empiéter sur sa raison. Cette fois, les conséquences avaient été fatales.

Le téléphone interrompit cette séance d'autoflagellation et elle décrocha au milieu de la deuxième sonnerie. Même un accès de culpabilité aussi grave que celui-ci ne pouvait l'affecter au point qu'elle ne tienne pas compte d'un téléphone qui sonnait sur son bureau.

— Inspecteur-chef Jordan, dit-elle d'une voix morne.

— Chef, c'est Lee.

La voix semblait plus enjouée qu'elle n'aurait légitimement dû. Même une personnalité aussi négative que Di Earnshaw avait le droit à un petit peu plus de peine de la part de ses collègues immédiats.

— Qu'est-ce que vous avez ? demanda Carol avec brusquerie en faisant pivoter son fauteuil pour regarder les quais déserts et balayés par le vent.

— J'ai trouvé sa voiture. Bien cachée le long d'un hangar. Chef, elle avait emporté un petit dictaphone. Il était sur le siège passager, alors j'ai demandé à un gars de la circulation de m'ouvrir la portière. Tout y est, nom, heure, itinéraire, destination, tout. Il y a plus que ce qu'il faut pour pincer Brinkley !

— Bon travail, dit-elle sans entrain. (C'était mieux que rien, mais ce n'était toujours pas suffisant pour apaiser sa culpabilité. Elle savait que lorsqu'elle dirait à Tony qu'il avait finalement eu raison, il ne considérerait pas cela non plus comme un compromis acceptable.) Apportez-le, Lee.

Elle se tourna pour raccrocher et vit John Brandon sur le seuil. Avec lassitude, elle s'apprêtait à se lever lorsqu'il lui fit signe de rester assise et plia sa grande carcasse dans l'un des inconfortables sièges visiteurs.

— Sale affaire, dit-il.

— Je suis la seule coupable, dit Carol. Je n'ai pas suivi. J'ai laissé mes officiers livrés à eux-mêmes dans une opération qu'ils considéraient tous comme une perte de temps. Ils ne la prenaient pas au sérieux, et maintenant Di Earnshaw est morte. Je n'aurais pas dû les quitter des yeux.

— Je suis étonné qu'elle y soit allée sans renforts, dit Brandon.

Ses paroles étaient déjà assez dures sans son expression réprobatrice.

— Ce n'était pas mon intention, dit platement Carol.

— Pour notre bien commun, j'espère que vous aurez une meilleure explication.

Ce n'était pas une menace, s'aperçut Carol en voyant dans son regard unc expression de regret.

Carol resta à fixer sans le voir le dessus de son bureau.

— Je n'y peux rien, mais je n'arriverai pas à m'y mettre tout de suite, monsieur.

— Eh bien, je vous suggère de vous y mettre quand même, inspecteur-chef, dit Brandon, dont le ton avait durci. Di Earnshaw n'a pas le luxe de pouvoir s'apitoyer sur elle-même. Tout ce que nous pouvons faire pour elle maintenant, c'est pincer son assassin. Quand puis-je m'attendre à une arrestation ?

Piquée au vif, Carol releva brusquement la tête et lui lança un regard noir.

— Dès que l'agent Whitbread sera revenu avec les preuves, monsieur.

— Bien, dit Brandon en se levant. Une fois que vous aurez une idée plus précise de ce qui s'est produit là-bas hier soir, nous en parlerons. (Un faible sourire passa dans son regard.) Vous n'avez pas à vous en vouloir, Carol. Vous ne pouvez pas être sur le pied de guerre vingt-quatre heures sur vingt-quatre.

Carol fixa la porte après son départ, se demandant combien d'années il avait fallu à John Brandon pour apprendre à se détendre. Puis, songeant à ce qu'elle savait de l'homme, elle se demanda s'il s'était jamais détendu ou s'il avait simplement appris à moins le laisser voir.

Leon regarda autour de lui, sidéré.

— Je croyais que Newcastle était le dernier endroit sur terre où les hommes étaient des hommes et où les moutons se tenaient à carreau ?

— Tu as un problème avec les pubs végétariens ? demanda gentiment Chris.

— Il fait seulement semblant de préférer la viande crue, sourit Simon avant de s'essayer à goûter sa bière. Rien de suspect dans la boisson, en revanche. Comment vous avez su qu'il y avait un endroit comme ça ?

— Demande pas et tu seras pas gêné par la réponse, mon petit. Contente-toi de faire confiance à ton chef, surtout si c'est une femme. Bon, alors, où on en est ? demanda Chris. Je suis arrivée à rien en montrant la photo à tout le monde à la gare. Personne au buffet, au guichet ou à la librairie n'a eu l'air de se souvenir d'elle.

— Pareil à la gare routière, dit Simon. Pas ça. Sauf qu'un des conducteurs a demandé si c'était pas la fille qui avait disparu à Sunderland il y a quelques années.

Ils songèrent tristement à cette ironie du sort.

— J'ai fait mouche, dit Leon. J'ai parlé à un des gars de la gare, et il m'a indiqué un café où tous les chauffeurs vont prendre un café et un sandwich à la pause. Je me suis assis avec eux et j'ai montré les photos. L'un d'eux a déclaré qu'il était pratiquement sûr de l'avoir vue sur le train de Carlisle. Il s'en souvenait parce qu'elle lui a demandé si le train s'arrêtait bien à Five Walls Halt et s'il était à l'heure.

— C'était quand ? demanda Chris en lui proposant une cigarette pour l'encourager.

— Il était pas trop sûr. Mais il lui semblait que c'était il y a quinze jours.

Leon n'eut pas besoin de leur rappeler que la date correspondait parfaitement avec celle de la disparition de Donna Doyle.

— Où c'est, Five Walls Halt ? demanda Simon.

— Quelque part au milieu de nulle part du côté d'Hexham, dit Chris. Près du Mur d'Hadrien. Et probablement de quatre autres. Et ne me demande pas comment je sais ça non plus, OK ?

— Alors, qu'est-ce qu'il pouvait y avoir à Five Walls Halt qui faisait qu'elle voulait y descendre ?

Leon regarda Chris. Elle haussa les épaules.

— Je fais seulement une supposition, mais je dirais que ça doit pas être loin de la maison de campagne de Jacko Vance. Dont, inutile de vous le dire, nous ne sommes pas censés nous approcher.

— Pas avant d'avoir fini cette bière, se hasarda Simon.

— Laisse la bière, lui ordonna Chris. Elle est sûrement pas la seule à être descendue du train là-bas. Et si on doit aller tirer des sonnettes, on ne va pas y aller en empestant l'alcool. (Elle se leva.) Allons découvrir les beautés de la campagne du Northumberland. Vous avez pensé à apporter vos bottes ?

Leon et Simon échangèrent un regard effrayé.

— Merci, Chris, murmura Leon, sarcastique, alors qu'ils la suivaient sous la pluie.

Alan Brinkley était sous sa douche, une cascade d'eau presque bouillante. Le chef avait finalement décrété que ceux qui avaient vaillamment combattu l'incendie de l'usine de peintures allaient être relevés par une équipe restreinte qui inonderait les endroits encore chauds et chercherait d'un œil neuf s'il restait quoi que ce soit de significatif dans les décombres. Maintenant qu'un corps avait été découvert, plus personne ne prenait de risques.

À la pensée du cadavre, un frisson parcourut Brinkley de la tête aux pieds. Malgré la chaleur de l'eau, ses dents claquaient involontairement. Il ne fallait pas qu'il pense au corps. Normal, il fallait qu'il reste normal. Mais qu'est-ce qui était normal ? Comment se comportait-il habituellement quand il y avait un incendie mortel ? Qu'est-ce qu'il disait à Maureen ? Combien de bières buvait-il le soir d'après ? Qu'est-ce que ses copains lisaient sur son visage ?

Il se laissa glisser le long des carreaux de céramique ruisselants, des larmes invisibles coulant sur son visage. Heureusement que la nouvelle caserne préservait votre intimité, ce n'était pas comme les anciennes douches communes de ses débuts dans le métier. À présent, sous l'eau, personne ne pouvait le voir pleurer.

Il ne pouvait pas s'ôter cette odeur de ses narines, ce goût de sa bouche. Il savait qu'il se l'imaginait. Les produits chimiques de la peinture couvraient la moindre odeur de chair calcinée. Mais c'était aussi réel que s'il l'avait vraiment sentie. Il ne connaissait même pas son nom, mais il savait ce qu'elle sentait, le goût qu'elle avait, maintenant.

Sa bouche s'ouvrit dans un cri muet et il frappa l'épaisse paroi de ses poings, sans en tirer le moindre bruit. Derrière lui, les anneaux de métal du rideau de douche cliquetèrent. Il se tourna lentement en se réfugiant dans un coin de la cabine. Il avait déjà vu l'homme et la femme, à l'intérieur du périmètre des rubans de police. Il vit les lèvres de la femme bouger, il entendit sa voix, mais il ne parvint pas à comprendre ce qu'elle disait.

Cela n'avait plus d'importance. Il sut brusquement que c'était la seule manière d'en sortir. Il glissa le long du mur et se replia dans une position fœtale. Il retrouva sa voix et se mit à sangloter comme un enfant blessé.

Chris Devine venait à peine de sortir de Newcastle lorsque son portable sonna.

— C'est moi, Tony. Vous avez eu du bol ?

Elle l'informa des minces succès de la matinée et en retour, il lui apprit qu'il n'avait pas réussi à convaincre Wharton et McCormick de le prendre au sérieux.

— C'est un cauchemar, dit-il. On ne peut pas se permettre de traîner indéfiniment là-dessus. Si Donna Doyle est encore en vie, chaque heure compte. Chris, je crois que la seule chose qui me reste à faire, c'est de lui mettre les preuves sous le nez et d'espérer qu'il va paniquer suffisamment pour avouer ou faire un geste imprudent qui le trahira.

— C'est comme ça que Shaz est morte, dit Chris.

La mention de son nom réveilla le chagrin comme une douleur physique. Si d'habitude elle pouvait oublier la présence rayonnante qu'avait été Shaz dans sa vie et l'obscurité que laissait son absence, elle réussissait à s'en sortir en jouant son personnage de Chris Devine enjouée. Mais chaque fois qu'on prononçait le nom de Shaz, cela lui coupait le souffle. Elle avait l'impression qu'elle n'était pas la seule à qui cela faisait de l'effet. Cela aurait expliqué pourquoi ils mentionnaient si rarement son nom directement.

— Je n'avais pas l'intention d'y aller tout seul. Il me faut des renforts.

— Et Carol ?

— Carol a perdu un agent cette nuit, dit-il après un long silence.

— Ah, merde. Le pyromane ?

— Le pyromane. Elle s'en veut parce qu'elle pense que c'est à cause de son travail sur notre affaire qu'elle a manqué à son devoir. Elle se trompe, en l'occurrence, mais il n'y a pas moyen de lui faire quitter ses responsabilités à Seaford aujourd'hui.

— On dirait qu'elle est encore plus emmerdée que nous. Bon, oublions Carol.

— Je vais avoir besoin de vous ici, Chris. Est-ce que vous pouvez rebrousser chemin et rentrer à Londres ? Maintenant ?

Elle n'hésita pas une seconde. Dès qu'il s'agissait d'attraper l'homme qui avait mutilé le beau visage de Shaz avant de briser son âme, il y avait peu de choses que Chris aurait refusé.

— Aucun problème. Je vais faire signe aux gars et leur dire.

— Vous pouvez leur dire aussi que Kay est en route. Elle m'attendait quand je suis rentré du commissariat de Leeds ce matin. Je vais l'appeler et lui dire de monter à la gare de Five Walls Halt. Elle pourra retrouver Leon et Simon là-bas.

— Dieu merci, il va enfin y avoir quelqu'un qui a un peu de sens commun, ironisa-t-elle. Elle pourra réfréner Rambo I et Rambo II.

— Ils sont un peu excités, c'est ça ?

— Ils n'aimeraient rien tant que de démolir la tronche de Jacko Vance. À défaut, sa porte suffirait.

Elle repéra une aire de stationnement sur la deux-voies et indiqua qu'elle allait s'arrêter, vérifiant dans son rétroviseur que Simon et Leon la suivaient.

— Je pensais me réserver ce plaisir, dit Tony.

— Faites la queue comme tout le monde, dit Chris en riant. Je vous rappelle dès que je suis sur le M25.

Dans la cafétéria, les policiers se mirent à applaudir en ordre dispersé lorsque Carol et Lee Whitbread entrèrent. Carol inclina la tête discrètement et Lee eut un faible sourire. Deux cafés, deux beignets, offerts par Carol, puis ils retournèrent dans les bureaux de la section d'enquêtes criminelles. Une heure au moins allait s'écouler avant que l'avocat d'Alan Brinkley n'arrive, et en attendant, il était impossible de lui parler.

À mi-chemin dans l'escalier, elle se tourna et lui barra le chemin.

— Où il était ?

— Je sais pas, marmonna Lee d'un air mal à l'aise. Il devait être dans une zone d'ombre.

— Mon cul, dit Carol. Allez, Lee. C'est pas le moment d'avoir des loyautés mal placées. Di Earnshaw serait probablement encore en vie si Taylor l'avait couverte comme il était censé le faire. Ça aurait pu être vous. La prochaine fois, ce sera peut-être vous. Alors, où il était ? Barré ?

— Les nuits où on planquait en même temps, il restait avec moi jusqu'à minuit, dit Lee en se grattant le sourcil. Après, il m'appelait pour me dire qu'il allait prendre un verre chez *Corcoran's*.

— S'il a fait ça avec Di, pourquoi est-ce qu'elle aurait essayé de l'appeler par talkie ?

Lee se tortilla en se mordant les lèvres.

— Il lui a pas dit. Parce que Di était pas un mec, vous voyez.

Carol ferma un instant les yeux.

— Vous êtes en train de me dire que si j'ai perdu un de mes officiers, c'est à cause du sexisme traditionnel du Yorkshire ? demanda-t-elle, incrédule.

Lee baissa les yeux et contempla la marche.

— On pensait pas qu'il pourrait arriver quelque chose.

Carol tourna les talons et remonta l'escalier à grands pas en laissant Lee la suivre comme il pouvait. Cette fois, quand elle ouvrit la porte du bureau d'un coup d'épaules, Tommy Taylor sauta sur ses pieds.

— Chef, commença-t-il.

— Inspecteur-chef, je vous prie. Dans mon bureau. Immédiatement. (Elle attendit qu'il passe devant elle.) Vous voulez que je vous dise, Taylor ? J'ai honte de travailler dans la même équipe que vous.

Les autres policiers présents éprouvèrent une brusque fascination pour leurs corvées de routine.

Carol referma la porte d'un coup de pied.

— Pas la peine de vous asseoir, dit-elle en passant derrière son bureau et en se laissant tomber dans son fauteuil. (Pour cet entretien, elle n'aurait pas besoin de petits trucs comme rester debout pour parler à son subalterne assis.) L'agent Earnshaw est à la morgue, carbonisée, parce que vous êtes allé vous saouler la gueule alors que vous deviez travailler.

— J'ai jamais... commença-t-il.

Carol se contenta de hausser le ton et continua :

— Il va y avoir une enquête officielle où vous pourrez raconter ce que vous voulez sur les zones d'ombre radio. Entre-temps, j'aurai pris les dépositions de tous les poivrots de chez *Corcoran's*. Je vais vous rétamer, Taylor. En attendant que vous soyez expulsé officiellement, vous êtes suspendu. Maintenant, foutez le camp de mon bureau et restez à bonne distance de mes hommes.

— J'ai jamais pensé qu'elle courait un risque, dit-il d'un ton pitoyable.

— La raison pour laquelle on nous paie, c'est que nous courons toujours des risques, aboya Carol. Maintenant, disparaissez de ma vie et priez qu'on ne vous réintègre pas, parce qu'il n'y a pas un flic dans tout l'East-Yorkshire qui vous pisserait dessus, même si vous étiez en feu.

Taylor battit en retraite en refermant précautionneusement la porte derrière lui.

— Tu te sens mieux, maintenant ? dit Carol à mi-voix. Et c'est toi la fille qui disait qu'elle ne rejetterait jamais ses responsabilités sur le dos d'un autre ?

Elle se cacha le visage dans les mains. Elle savait qu'aucune enquête ne conclurait à la moindre responsabilité de sa part. Cela ne l'empêchait pas de se dire qu'elle avait autant que Taylor le sang de Di Earnshaw sur les mains. Et une fois que l'identification aurait été officiellement confirmée, ce serait elle qui devrait annoncer la nouvelle aux parents.

Au moins, elle n'aurait plus à penser à Jacko Vance et à Donna Doyle. Dieu merci, cela allait être le problème de quelqu'un d'autre, maintenant.

Quand Chris Devine avait parlé de tirer des sonnettes, Simon et Leon s'étaient imaginé un joli petit village avec deux ou trois rues. Ni l'un ni l'autre n'avait envisagé toute la région, seulement desservie par une petite gare entre Carliste et Hexham. En dehors des quelques maisons qui composaient Five Walls Halt en soi, il y avait des fermes, des petites exploitations, des maisons isolées maintenant colonisées par des citadins, des maisons de campagne et des résidences municipales miteuses coincées au fin fond de vallons encaissés. Ils finirent par s'adresser au syndicat d'initiative pour acheter une carte.

Une fois Kay arrivée, ils s'étaient réparti la région en convenant de se retrouver à la gare à la fin de l'après-midi. C'était une tâche ingrate, mais pour laquelle Kay était plus douée que les autres. Les gens parlaient toujours plus facilement à la femme qui se présentait sur leur seuil qu'à un homme. À la fin de l'après-midi, elle avait recueilli deux témoignages de gens qui pensaient avoir vu Donna Doyle. Les deux disaient l'avoir aperçue dans le train qui les ramenait chez eux le soir, mais ils n'étaient pas sûrs du jour.

Elle avait également découvert l'endroit où était située la retraite de Jacko Vance. L'une des sonnettes qu'elle avait tirées appartenait au couvreur qui avait remplacé des ardoises sur le toit de l'ancienne chapelle à peine cinq ans auparavant. Il ne s'était douté de rien lorsqu'elle avait nonchalamment abordé le sujet et posé des tas de questions sur Vance. Il dirait tout au plus au pub ce soir-là que les femmes flics étaient comme toutes les femmes et qu'elles tombaient dans le panneau dès qu'un bonhomme a un joli sourire et un gros compte en banque.

Avant qu'ils ne se retrouvent, elle avait recueilli quelques éléments d'information supplémentaires. Vance avait acheté l'endroit douze ans plus tôt, peut-être six mois après son accident. Il n'en restait plus que les quatre murs et le toit et il avait dépensé une belle somme à le restaurer. Quand il avait épousé Micky, les gens du coin avaient pensé qu'ils s'en serviraient comme résidence pour le week-end, mais Vance l'utilisait plutôt comme une retraite. Un pied-à-terre utile pour le bénévolat qu'il effectuait à l'hôpital de Newcastle. Personne ne savait pourquoi il avait choisi la région. Il n'avait aucune racine ni relation ici, pour autant qu'on sût.

Leon et Simon furent ravis de ces informations. Ils n'avaient pour leur part pas grand-chose à offrir en dehors de deux témoignages douteux. L'un des témoins affirmait avoir aperçu Donna sur le parking en train de monter dans un véhicule, mais il ne se rappelait plus le jour, l'heure ou la marque de la voiture.

— On n'aboutit nulle part avec ces conneries, dit Leon. Allons directo chez Vance.

— Tony a dit de ne pas y aller, objecta Simon.

— Je ne pense pas que ce soit une bonne idée, renchérit Kay.

— Quel mal ça peut faire ? Écoutez, s'il a pris la môme ici et qu'il l'a emmenée là-bas, il y a des chances que quelqu'un du coin l'ait vu. On ne va pas retourner à Leeds, maintenant qu'on en sait autant.

— On devrait appeler Tony d'abord, s'obstina Simon.

Leon leva les yeux au ciel.

— OK, soupira-t-il. (Il fit tout un cinéma pour sortir son téléphone et composer le numéro. Ni Kay ni Simon ne songèrent à vérifier que c'était bien celui de Tony. Comme il continuait à sonner dans le vide, Leon dit triomphalement :) Il répond pas, OK ? Alors quel mal ça peut faire qu'on aille jeter un coup d'œil ? Merde, la gosse est peut-être encore vivante et on est là assis sur notre cul jusqu'à Noël ? Allez, il faut qu'on *fasse* quelque chose.

Kay et Simon échangèrent un regard. Ni l'un ni l'autre ne voulait contrevenir aux ordres de Tony. Mais ils étaient aussi tellement gagnés par la fièvre de la gloire que rapporterait cette traque qu'ils pouvaient à peine supporter de rester sans rien faire alors que la vie d'une jeune fille était peut-être en jeu.

— Bon, d'accord, dit Kay. Mais on jette juste un coup d'œil, OK ?

— OK, opina Leon, enthousiaste.

— J'espère, dit Simon d'une voix lasse. J'espère vraiment.

Chris Devine but un double *espresso* et tira longuement sur une autre cigarette pour essayer de tromper sa fatigue. En fin d'après-midi, le dimanche, le restaurant de *Shepherd's Bush* était aussi animé qu'un salon funéraire.

— Redites-le-moi, demanda-t-elle à Tony.

— Je vais à la maison. D'après son emploi du temps, Vance était censé présenter un défilé de mode au profit d'une œuvre, à Kensington, cet après-midi. Donc il ne sera pas allé dans le Northumberland.

— Vous êtes sûr qu'on ne devrait pas aller là-haut d'abord ? coupa Chris. Si Donna Doyle est encore vivante…

— Et si elle n'y est pas ? On ne va pas se mettre à fouiner partout sans éveiller l'attention des gens qui vont probablement se précipiter sur leur téléphone pour alerter Vance. Et là, on sera complètement grillés. Pour le moment, il ne sait pas avec certitude qu'on est tout près. Tout ce qu'il sait, c'est que je me suis intéressé à lui. C'est notre seul avantage. Il faut choisir la voie directe, la confrontation.

— Et si sa femme est là ? Il ne va pas prendre le risque qu'elle entende quoi que ce soit que vous ayez à dire sur Shaz.

— Si Micky et Betsy sont là, il fera en sorte que je ne tombe pas dessus pour que je ne puisse pas leur dire un mot. D'une certaine façon, c'est plus sûr pour moi qu'elles soient là, comme ça j'ai plus de chances de ressortir entier.

— Probablement. Vous feriez mieux de me briefer, dans ce cas, dit-elle en soufflant un nuage de fumée.

— Je dis à Jacko que je travaille indépendamment de la police, que j'ai découvert des preuves vidéo capitales concernant la mort de Shaz Bowman et que je pense qu'il pourrait nous aider. Il me laisse entrer parce que je suis seul et qu'il se dit qu'il pourra se débarrasser de moi de la même manière que Shaz s'il se trouve que je suis vraiment un type qui agit seul. Je lui montre la vidéo et les photos retouchées et je l'accuse. Vous, vous êtes dehors dans votre voiture avec un récepteur radio et un magnétophone qui enregistre tout ce qui se dit, transmis par le micro dans ce joli petit stylo que j'ai acheté à Tottenham Court Road en venant, dit Tony en agitant l'objet sous le nez de Chris.

— Vous ne croyez quand même pas sérieusement qu'il va tomber dans le panneau ?

— Je pense que s'il est seul, il va essayer de me tuer. Et c'est là que vous accourez comme la cavalerie en investissant la place d'un seul bond.

Il avait beau plaisanter, le ton était sombre. Ils se regardèrent mornement.

— Alors allons-y, dit Chris. On va clouer cet enculé à un arbre.

Il leur avait fallu moins de dix minutes pour découvrir qu'il était impossible d'approcher la chapelle restaurée de Jacko Vance sans être aussi repérables qu'un chien-loup dans un troupeau de moutons.

— Et merde, dit Leon.

— Je ne crois pas qu'il ait choisi un endroit pareil par hasard, dit Simon en regardant la sinistre colline qui faisait face à la maison. Autour du cercle de graviers menant au haut bâtiment étroit, s'étendaient des prés où paissaient des moutons, clôturés de fil de fer. Même dans le crépuscule, on voyait bien qu'il n'y avait pas la moindre habitation ou présence humaine dans les environs.

— C'est drôle, dit pensivement Kay. D'habitude, les célébrités cherchent la discrétion. Il y a des grilles, des murs, des haies très hautes. Mais cet endroit, on doit le voir depuis des kilomètres quand on se promène sur la lande.

— C'est à double tranchant, les mecs, dit Leon. Ils te voient, mais tu as largement le temps de te retourner si quelqu'un s'approche. Regarde cette route. Ces enfoirés de Romains prenaient pas de risques, hein ? S'il y avait des Pictes qui voulaient s'amener, ils étaient visibles dès qu'ils se pointaient à l'horizon.

— Il aime le genre de discrétion qu'on ne peut pas espionner, dit Simon. D'après moi, ça veut dire qu'il a beaucoup plus à cacher qu'une starlette qui viendrait lui faire des petits câlins.

— Et d'après moi, on ferait bien d'aller voir ce que c'est, dit Leon.

Ils se regardèrent un long moment. Kay secoua la tête.

— Il est hors de question que je fasse partie des gens qui défonceraient la porte de chez Jacko Vance.

— Qui parle de défoncer la porte ? dit Leon. Kay, tu as parlé au couvreur. Est-ce qu'il a mentionné des gens qui travailleraient chez lui ? Un jardinier, une femme de ménage, une cuisinière ? Quoi que ce soit de ce genre ?

— Oh, oui, c'est le genre à avoir une femme de ménage chez lui pendant qu'il égorge les gens, ricana Simon.

— Ce mec adore jouer, dit Leon. Ça lui plaît sûrement de se foutre des pauvres péquenots. Rien ne l'amuserait autant que d'avoir une vieille bonne femme qui cire la porte du passage secret derrière laquelle il y a une pauvre gosse enchaînée. Qu'est-ce qu'il t'a dit, le mec, Kay ?

— Il n'a rien dit. Mais s'il y a quelqu'un qui est au courant, c'est probablement le plus proche voisin.

— Bon, alors qui est-ce qui imite le mieux l'accent du coin ? demanda Leon en regardant Simon.

— Ce n'est pas une bonne idée, protesta-t-il.

Dix minutes plus tard, il frappait à la porte de la première habitation qu'ils avaient trouvée, une grosse ferme qui donnait sur les landes en direction du Mur d'Hadrien, moins de deux kilomètres plus loin. Il se dandinait en attendant qu'on vienne répondre.

— Calme-toi, dit Kay. Contente-toi de sortir ta carte et de la rentrer à toute vitesse. Ils viendront jamais la regarder de près.

— On va bousiller notre carrière avec ça, murmura Simon entre ses dents.

— Je préfère prendre ce risque que de laisser l'assassin de Shaz en liberté.

Elle échangea son air soucieux pour un sourire rayonnant alors que la porte s'ouvrait sur un petit homme brun et renfrogné. On avait du mal à imaginer que ses ancêtres pictes rendaient la vie impossible aux Romains.

— Oui ? C'est quoi ?

Ils brandirent leurs cartes et les rempochèrent en chœur. L'homme eut l'air un instant pris de court, puis il reprit son air maussade.

— Inspecteur McNeill de la police de Northumbrie, débita Simon. Il nous a été signalé une effraction dans la maison de M. Vance. Nous ne pouvons entrer dans la propriété et nous voulions savoir si quelqu'un d'autre avait la clé ?

— Le garde-champêtre vous a pas dit ? demanda-t-il avec un accent que Kay trouva presque incompréhensible.

— Eh bien non, dit Simon avec son plus bel accent de Newcastle. Pas moyen de le trouver, comme on est dimanche, voyez.

— Faut aller voir Doreen Elliott. Plus bas sur la route après la maison à Vance. Tournez à gauche et sa maison est dans le vallon. C'est elle qui surveille la maison quand il est pas là, dit-il en refermant déjà la porte.

— Merci, dit Simon d'une voix faible.

— Oui, dit l'homme en leur fermant la porte au nez.

Une demi-heure plus tard, ils étaient en possession des clés du pied-à-terre de Jacko Vance. Malheureusement pour eux, ils avaient également Mme Doreen Elliott sur le siège passager de la voiture de Kay, bien décidée à s'assurer que la précieuse maison de Jacko ne souffrirait pas sous les mains maladroites de la police. Kay ne pouvait qu'espérer pour la pauvre vieille dame qu'ils ne trouveraient pas ce qu'elle craignait derrière la lourde porte de la maison de Jacko Vance.

À peine Tony s'était-il annoncé que la grille s'ouvrit. Il remonta l'allée en se coulant à chaque pas davantage dans le rôle qu'il s'était choisi pour cette entrevue. Il voulait que Vance pense qu'il était hésitant et facile à berner. Il voulait dominer la situation en donnant l'apparence d'être le plus faible des deux. C'était une stratégie risquée, mais il pensait pouvoir s'en sortir.

Vance ouvrit la porte, tout sourires, en l'appelant par son prénom. Tony se laissa conduire à l'intérieur en prenant un air vaguement désorienté.

— Je suis désolé, vous avez manqué Micky, dit Vance. Elle passe le week-end avec des amis à la campagne. Mais je ne voulais pas que vous quittiez Londres sans avoir l'occasion de vous rencontrer en tête à tête, continua-t-il. Bien sûr, je vous ai vu à l'émission de ma femme l'autre jour, mais je vous avais remarqué à toutes les manifestations auxquelles je participais, dernièrement. Vous auriez dû venir et vous présenter, nous aurions pu discuter avant ce jour, cela vous aurait évité de faire tout le chemin jusqu'à Londres.

Il avait débité tout cela d'un ton calme et doucereux. Un modèle de charme et de suavité.

— En fait, ce n'était pas Micky que je venais voir. Je voulais vous parler de Shaz Bowman, dit Tony en faisant de son mieux pour paraître gauche et emprunté.

Un bref instant de perplexité. Puis Vance répondit :

— Ah, oui, l'inspecteur qui a été tuée si tragiquement. Bien. Je pensais que c'était de tout à fait autre chose que vous vouliez parler... Est-ce que vous travaillez avec la police sur cette affaire, finalement ?

— Si vous vous rappelez l'interview avec votre femme, je dirigeais l'unité dont elle dépendait. Alors, naturellement, j'ai pris un rôle dans l'enquête, dit Tony en adoptant un ton destiné à donner à Vance l'impression qu'il n'était pas très à l'aise sur ce sujet.

Vance haussa les sourcils, ses yeux bleus pétillant de malice comme à la télévision.

— J'ai entendu dire que votre rôle dans l'enquête était de l'autre côté de la barrière, dit-il aimablement. Que vous répondiez aux questions plus que vous ne les posiez.

D'où qu'elles viennent, les informations confidentielles qu'avait obtenues Vance pouvaient être tournées à son avantage, se dit Tony. *D'une certaine manière, cela cadrait avec la stratégie qu'il avait choisie.*

— Vous avez de bonnes sources, dit-il en prenant un air ennuyé. Mais je peux vous assurer que, bien que je travaille indépendamment de la police, les preuves que j'ai découvertes lui seront confiées le moment venu.

Voilà qui permettait de faire croire qu'il travaillait en solo.

— Et qu'est-ce que tout cela a à voir avec moi ? demanda Vance en s'appuyant contre le pilastre de l'escalier qui montait vers les étages.

— J'ai une bande vidéo sur laquelle j'ai pensé que vous pourriez me donner quelques lumières, dit Tony en tapotant sa poche.

Pour la première fois depuis l'arrivée de Tony, Vance sembla légèrement déconcerté. Puis son visage s'éclaira immédiatement et son sourire professionnel réapparut.

— Dans ce cas, je vous propose de monter avec moi. J'ai une pièce en haut qui me sert aux projections pour un public choisi.

Il fit un pas de côté et, avec un mouvement gracieux de son bras valide, fit signe à Tony de passer devant lui.

Tony monta l'escalier. Il songeait que la pièce où il se trouverait n'avait pas d'importance : Chris pourrait toujours l'entendre, et si les choses tournaient mal, elle aurait assez de temps pour accourir. Enfin, il l'espérait.

Il s'arrêta sur le palier, mais Vance lui indiqua sans un mot de continuer son ascension.

— Première porte à droite, dit-il, alors qu'ils parvenaient au dernier étage, dont le palier était étonnamment lumineux, grâce à une verrière de forme pyramidale.

La pièce dans laquelle entra Tony était longue et étroite. Le mur du fond était presque entièrement occupé par un écran vidéo. À sa gauche, vissé au sol, se dressait un système d'étagères supportant un magnétoscope et un projecteur. Derrière, des rayonnages qui entouraient une table de montage étaient chargés de bandes vidéo et de boîtes de films. Un ensemble de fauteuils en cuir complétait le mobilier.

C'est la fenêtre qui aurait dû alarmer Tony. Elle était transparente, mais elle était visiblement recouverte de quelque chose. S'il avait fait autant attention aux pièces où il se trouvait qu'à leurs occupants, il aurait remarqué les précautions prises dans les bâtiments officiels où il se passait des choses que les autorités ne souhaitaient pas voir ébruiter. Le revêtement des fenêtres les rendait imperméables aux signaux radio, empêchant toute écoute. Cela, ajouté aux déflecteurs qui recouvraient les murs, confirmait que la pièce était totalement insonorisée et coupée du monde extérieur. Il pourrait hurler tant qu'il voudrait. Chris Devine ne pouvait plus l'entendre.

Chris fixa la demeure de Holland Park en se demandant ce qu'elle allait faire. Les voix de Tony et Vance lui parvenaient nettes et claires, et puis tout à coup, plus rien. La dernière chose qu'elle avait entendue, c'était Vance qui disait : « première porte à droite ». Ce n'était pas suffisant pour savoir où ils se trouvaient, étant donné qu'elle ne connaissait pas la disposition des lieux.

Au début, elle se dit qu'il y avait une panne quelconque du matériel – un faux contact, une défaillance des piles. Des secondes terribles s'écoulèrent, le temps que Chris vérifie. Mais la bande tournait toujours, alors que rien ne lui parvenait dans l'écouteur. Elle plissa le front en essayant de comprendre ce qui se passait. Elle était certaine qu'il n'y avait eu aucun bruit de lutte, rien qui indique qu'on avait repéré le micro. Peut-être même que Tony l'avait éteint de lui-même. Si, par exemple, il s'était trouvé dans un endroit où il y avait un risque d'interférences électroniques qui puissent le trahir. Vance avait parlé d'une pièce spéciale pour les projections, et c'était le genre d'endroit où il pouvait justement y avoir ce type de matériel électronique sensible.

Elle se sentait hésiter et elle s'en voulait. Il pouvait arriver n'importe quoi à Tony. Il était dans une maison avec un tueur, un homme que Tony lui-même s'attendait tout à fait à le voir essayer de le descendre.

Elle pouvait tenter de le contacter sur son portable. Ils étaient convenus qu'elle n'utiliserait ce moyen qu'en dernier recours. Elle ne pouvait rien faire d'autre devant ce silence radio. Elle appuya sur le numéro mémorisé. Ce fut le vide, puis les trois bips familiers, suivis de la voix féminine insupportablement posée qui entonnait : « Votre correspondant ne peut être localisé. Veuillez renouveler votre appel ultérieurement ».

— Merde, merde, merde, souffla Chris.

Il n'y avait qu'une seule chose à faire. Peut-être qu'elle allait griller Tony, mais mieux valait cela qu'hésiter et peut-être risquer sa vie. Chris bondit de sa voiture et courut jusqu'à la maison de Vance.

Inconscient du piège dans lequel il venait d'entrer, Tony se tourna vers Vance.

— Belle organisation, dit-il.

— Le meilleur du marché, dit Vance qui ne put s'empêcher de se vanter. Alors, de quoi vouliez-vous me parler ?

Tony lui tendit la cassette vidéo et le regarda l'insérer dans le magnétoscope, en remarquant que lorsqu'il était sur son propre terrain, le handicap de Vance était à peine perceptible. Un jury aurait peut-être du mal à accepter qu'il ait pu agir aussi gauchement comme lorsqu'il faisait le plein de la voiture de Shaz. Tony songea qu'il faudrait peut-être faire une reconstitution pour le tribunal.

— Prenez un siège, dit Vance.

Tony choisit un fauteuil d'où il voyait Vance du coin de l'œil. Alors que l'image commençait à défiler, Vance baissa les lumières avec une télécommande. Tony s'apprêta à aborder l'étape suivante de la confrontation. La première partie de la bande montrait la séquence brute de Vance à la station-service. Au bout d'à peine trente secondes, Vance émit un bruit de gorge qui ressemblait à un grondement. À mesure que le film avançait, le son s'amplifia et devint plus aigu. Tony se rendit compte que l'homme riait.

— C'est censé être moi ? finit-il par articuler entre deux rires, en tournant son visage souriant vers Tony.

— C'est vous. Vous le savez, je le sais. Et bientôt le reste du monde le saura également, dit Tony, espérant avoir choisi le bon registre, quelque part entre la bravade et le geignement : du moment que Vance était convaincu de dominer la situation, il y avait des chances qu'il commette une erreur.

Le regard de Vance revint à l'écran. Au ralenti, c'était maintenant la vidéo retouchée qui passait. Pour quiconque savait qui ils cherchaient à voir, il était difficile de résister à la ressemblance entre l'homme à l'écran et celui qui tenait la télécommande.

— Mon Dieu, mon Dieu, dit-il d'un ton sardonique. Vous pensez que quelqu'un va constituer un dossier sur quelque chose comme ça ? On voit clairement que ça a été retouché.

— Il n'y a pas que ça, dit aimablement Tony. Continuez de regarder. Ce que je préfère, c'est la séquence où vous retournez à Leeds pour achever votre travail.

Sans prêter attention à ses paroles, Vance appuya sur la télé-commande et arrêta la bande. Il la sortit du magnétoscope et la rendit à Tony, d'un seul mouvement de son bras valide.

— Je ne me comporte pas comme ça, dit-il d'un ton méprisant. J'aurais honte si je m'étais aussi mal adapté à mon infirmité.

— C'était une voiture qui n'était pas la vôtre et la situation était particulière.

— Il va falloir trouver mieux que ça.

Tony sortit brusquement un exemplaire de son rapport et le jeta à Vance. De la main gauche, il l'attrapa habilement au vol. Il l'ouvrit à la première page et y jeta un coup d'œil. L'espace d'un instant, son visage se crispa. Tony sentit que ce n'était que grâce à un effort de volonté qu'il parvenait à ne pas montrer une réaction plus violente.

— Tout y est, dit Tony. Quelques-unes de vos victimes. Des photos de vous en leur compagnie. Leur étonnante ressemblance avec Jillie. La mutilation de Barbara Fenwick. Tout converge vers vous.

Vance leva son beau visage et secoua la tête avec pitié.

— Vous n'avez aucun espoir, dit-il avec mépris. Spéculations. Une poignée de photos retouchées. Avez-vous une idée du nombre de gens qui sont pris en photo avec moi chaque année ? La seule chose étonnante en termes de statistique, c'est qu'une écrasante majorité ne finit pas assassinée. Vous perdez votre temps, docteur Hill. Exactement comme l'inspecteur Bowman avant vous.

— Vous ne vous en sortirez pas avec de belles paroles, Vance, dit Tony. Cela va au-delà de la simple coïncidence. Il n'y a pas un jury dans le pays qui vous croira.

— Il n'y a pas un jury dans le pays qui sera composé d'une demi-douzaine de mes fans. Si on leur dit que c'est une chasse aux sorcières, c'est moi qu'ils croiront. Si j'entends encore parler de ça, non seulement je vous colle mes avocats sur le dos, mais je contacte la presse et je leur parle du petit misérable qui travaille au ministère de l'Intérieur et fait une fixation sur ma femme. Il se fait des illusions, évidemment, comme tous ces pauvres gens qui tombent amoureux d'une image de la télé. Il croit que sous le prétexte qu'il a dîné une fois avec elle, elle va lui tomber dans les bras s'il réussit à m'éliminer. Alors il essaie de me mettre sur le dos une série d'assassinats imaginaires. Nous verrons qui sera le dindon de la farce, docteur Hill.

Il coinça la chemise sous son bras droit et la déchira.

— Vous avez tué Shaz Bowman, dit Tony. Vous avez tué tout un tas d'autres filles, mais vous avez tué Shaz Bowman, et vous ne vous en tirerez pas comme ça. Vous pouvez déchirer mon rapport autant de fois que vous voudrez, mais nous vous coincerons.

— Je ne pense pas. S'il y avait quoi que ce soit de concluant dans ce dossier, il y aurait une escouade de policiers ici. Tout est dans votre imagination, docteur Hill. C'est vous qui avez besoin de vous faire soigner.

Avant que Tony ait eu le temps de répondre, une lumière verte clignota près de la porte. Vance s'approcha du mur et décrocha le récepteur.

— Qui est-ce ? (Il écouta la réponse, puis :) Inutile d'entrer, inspecteur, le Dr Hill allait justement partir. (Il raccrocha et toisa Tony.) Car vous alliez partir, n'est-ce pas, docteur Hill ? Ou bien faut-il que j'appelle des policiers qui seront plus rationnels sur le sujet de l'inspecteur Bowman que le sergent Devine ?

Tony se leva.

— Je ne lâcherai pas, dit-il.

— Et mes amis du ministère de l'Intérieur qui disaient que vous aviez une carrière si prometteuse ! dit Vance en éclatant de rire. Suivez mon conseil, docteur Hill. Prenez des vacances. Oubliez Bowman. Soyez adulte. Il est évident que vous travaillez trop.

Cependant, ses yeux démentaient son rire. Malgré sa capacité à présenter une façade à tout le monde, Vance ne pouvait empêcher l'inquiétude de percer sous son expression amusée.

Tony résista à la tentation de montrer le plaisir qu'il éprouvait et commença à descendre l'escalier avec l'air d'un homme effondré de sa défaite. Il avait réussi exactement ce qu'il voulait. Ce n'était pas exactement ce qu'il avait décrit à Chris Devine, car il n'était pas sûr d'y parvenir. Et c'est très satisfait que Tony traversa le hall et passa la porte de la maison de Jacko Vance.

La chapelle avait été construite pour une congrégation peu nombreuse, mais dévote. L'architecture était simple, mais de très belles proportions, se dit Kay en entrant. La transformation en habitation avait été effectuée avec goût, sans altérer l'impression d'espace. Vance avait choisi un mobilier aux lignes simples et discrètes, et la seule décoration consistait en une série de tapis de gabbeh aux couleurs vives posés çà et là sur les dalles. La pièce unique se composait d'un coin cuisine, d'un coin repas et d'un salon pourvu de deux sofas disposés à angle droit devant une grande table basse en ardoise.

Tout au bout, une mezzanine abritait la chambre. Elle surplombait ce qui ressemblait à un établi avec des outils. Kay sentit l'excitation lui nouer l'estomac tandis qu'elle regardait Leon et Simon inspecter les lieux en cherchant ostensiblement les traces d'un cambrioleur imaginaire.

À côté de Kay, Doreen Elliott attendait. C'était une femme d'une cinquantaine d'années, courte sur pattes, robuste et solide comme un obélisque, avec un visage aussi impassible que les grosses pierres du Mur d'Hadrien.

— Qui a signalé un cambriolage, vous disiez? demanda-t-elle, jalouse de ses privilèges de gardienne de l'intimité de Jacko Vance.

— Je ne sais pas exactement, dit Kay. Je crois que l'appel provenait d'un téléphone de voiture. Quelqu'un qui a vu en passant une lumière bouger à l'intérieur, comme une torche.

— Ça doit être une soirée bien calme pour que vous veniez à trois pour quelque chose de ce genre, dit-elle d'un ton acerbe qui indiquait que la police locale arrivait rarement à la hauteur de ses exigences.

— On était dans les parages, dit Kay. C'était plus facile de nous faire faire un petit détour que d'envoyer une patrouille. D'ailleurs, ajouta-t-elle avec un sourire confiant, quand il s'agit de quelqu'un comme Jacko Vance, eh bien, on peut quand même se donner un petit peu plus de mal.

— Hum. Et qu'est-ce qu'ils sont en train de chercher, les deux autres, là?

Kay regarda l'endroit où Simon semblait examiner le sol, soulevant les tapis du bout du pied et regardant au-dessous. Leon ouvrait méthodiquement les placards de la cuisine et les tiroirs, cherchant, elle le savait, un indice du passage de Donna Doyle.

— Ils vérifient s'il n'y a rien de particulier qui a visiblement disparu et s'il n'y a aucun endroit où quelqu'un aurait pu se cacher, dit-elle.

Simon avait laissé tomber les tapis et s'intéressait à l'établi. Elle le vit se raidir alors qu'il s'en approchait. À présent, il avait une démarche plus circonspecte et il avait penché la tête comme pour examiner ce qui avait attiré son attention. Il se retourna et Kay vit un éclair dans son regard. Il avait découvert quelque chose.

— On dirait que M. Vance est très branché menuiserie, dit Simon en faisant un signe de tête à Leon.

— Il fabrique des jouets en bois pour les enfants des hôpitaux, dit Mme Elliott, aussi fière que s'il s'était agi de son fils. Il trouve qu'il n'en fait jamais assez. La croix de Saint-George, c'est une chose, mais on devrait lui donner une médaille pour les heures qu'il consacre aux gens qui sont sur le seuil de la mort. Vous n'imaginez pas le réconfort qu'il leur apporte.

Leon avait rejoint Simon à l'établi.

— C'est pas de la rigolade, ces machins, dit-il. Tu as vu ? Ces ciseaux sont tranchants comme des rasoirs, ajouta-t-il, le visage sombre. Il faut que tu voies cet étau, Kay. J'ai jamais vu un truc pareil.

— Il s'en sert pour maintenir le bois, expliqua Mme Elliott. Avec l'état de son bras, il ne peut pas travailler sans. Il dit que c'est sa deuxième paire de mains.

Tony descendait l'allée de chez Vance, la tête basse, le bruit de la porte claquée résonnant toujours dans ses oreilles. Il leva les yeux et surprit le regard inquiet de Chris. Tout en lui faisant un grand sourire, il conserva son attitude abattue jusqu'à ce qu'ils aient franchi les grilles électroniques et, une fois dans la rue, que les hautes haies les dissimulent.

— Mais qu'est-ce qui s'est passé là-dedans, merde ? demanda Chris.

— Comment ça ? J'étais en plein dedans quand vous avez débarqué, protesta Tony.

— Je ne vous captais plus. Je ne savais pas ce qui se passait.

— Comment ça, vous ne me captiez plus ?

— Tout à coup, je n'ai plus rien eu. Il a dit « première porte à droite » et ça a été le silence complet. Je me suis dit qu'il vous avait assommé.

Tony fronça les sourcils en essayant de comprendre ce qui s'était passé.

— La pièce devait être protégée électroniquement, dit-il enfin. Bien sûr. Il ne veut surtout pas qu'on l'espionne. Ça ne m'avait même pas effleuré.

Chris alluma une cigarette.

— Bon sang, éclata-t-elle en soufflant un nuage de fumée. Ne me refoutez plus jamais une trouille pareille. Alors, qu'est-ce qui s'est passé ? Il a craché ? Me dites pas qu'il a craché et qu'on n'a pas enregistré ?

Tony secoua la tête en traversant la rue pour rejoindre sa voiture garée bien en vue de la maison. Il jeta un coup d'œil par-dessus son épaule et fut ravi de voir sa proie qui les observait de la fenêtre du dernier étage.

— Montez dans la voiture, pour l'instant, je vais vous raconter. (Il démarra et tourna le coin de la rue.) Il a accueilli les preuves avec mépris, dit-il en prenant la rue suivante pour rejoindre l'endroit où Chris s'était discrètement garée, à quelques centaines de mètres de la maison. Il a clairement dit qu'il pensait qu'il n'y avait rien contre lui et que si on ne le lâchait pas, il me tomberait dessus.

— Il a menacé de vous tuer ?

— Non, il m'a menacé d'alerter la presse et de me ridiculiser.

— Vous avez l'air drôlement content de vous, pour quelqu'un qui vient de se faire passer un savon, dit Chris. Je croyais qu'il était censé s'aplatir et cracher le morceau ou essayer de vous tuer ?

— Je ne m'attendais pas vraiment à ce qu'il avoue, dit Tony. Et s'il avait eu l'intention de me tuer, je ne crois pas qu'il l'aurait fait sur place. Il a peut-être pu convaincre Wharton et McCormick qu'il n'y avait rien de suspect dans la visite que lui avait rendue Shaz avant de trouver la mort, mais je crois que ça leur aurait mis la puce à l'oreille si j'avais été tué juste après être allé chez lui. Non, ce que je voulais, c'était le déséquilibrer pour qu'il commence à se poser des questions et qu'il se demande s'il a correctement effacé les traces de ses crimes.

— Et en quoi ça nous sert ? demanda-t-elle en baissant légèrement sa glace pour jeter sa cendre.

— Avec un peu de chance, ça va le conduire à filer tout droit vers l'endroit où il les tue. Il faut qu'il soit sûr que rien ne peut l'incriminer au cas, improbable, où je pourrais convaincre la police de faire une perquisition.

— Vous croyez qu'il va y aller tout de suite ?

— Je suis prêt à le parier. D'après son emploi du temps, il n'a rien à faire jusqu'à demain 15 heures. Après cela, sa semaine est complètement bookée. Il faut qu'il y aille maintenant.

— Oh, non, pas le M1 *encore* ! grogna Chris.

— Vous êtes partante ?

— Je suis partante, dit-elle d'un ton las. Quel est le plan ?

— Je vais y aller. Il m'a vu partir avec vous, donc il pense que la voie est libre. Je vais monter dans le Northumberland et vous allez essayer de lui filer le train dès qu'il met le nez dehors. On reste en contact par mobile.

— Au moins, il fait presque nuit, dit-elle. Espérons qu'il ne remarquera pas que ce sont toujours les mêmes phares dans son rétro. (Elle ouvrit la portière et descendit, puis elle se retourna :) J'arrive pas à croire que je fais ça. Je me pastille tout le chemin depuis le Nord jusqu'à Londres pour retourner là-bas à peine arrivée. Vous devez être cinglé.

— Non, juste déterminé.

Ça, il l'était, se dit Chris en marchant jusqu'à sa voiture et en regardant Tony faire demi-tour et repartir par le même chemin. Seigneur, se dit-elle. Il était déjà 19 heures. Encore cinq ou six heures de route jusqu'au Northumberland. Elle espérait qu'il n'y aurait pas trop d'action au bout de la route, parce qu'elle était complètement crevée.

Elle alluma la radio spécialisée dans les vieux tubes et commença sa surveillance en fredonnant les refrains des années soixante. Elle n'eut guère le temps d'aller bien loin avant que les grilles de la maison de Vance s'ouvrent et qu'apparaisse sa Mercedes.

— Ma petite beauté, souffla-t-elle en mettant le contact et en commençant à le suivre.

Holland Park Avenue, ensuite le nord pour rejoindre l'A40. Alors qu'ils traversaient Acton puis Ealing,

Chris se sentit un peu mal à l'aise. Ce n'était pas la route la plus facile pour aller dans le Northumberland. C'était un itinéraire pervers. Elle n'arrivait pas à croire qu'il allait remonter par l'ouest pour rejoindre le trajet circulaire du M25 et faire tout le tour pour prendre le M1.

Elle restait assez près pour ne pas le perdre aux feux rouges, mais elle s'arrangeait toujours pour qu'il y ait une seule voiture entre eux. C'était une manœuvre pénible, mais au moins, les feux l'aidaient. Finalement, les panneaux du M25 apparurent et Chris se prépara à prendre la bretelle, bien que Vance ne donnât aucun signe de s'apprêter à obliquer. Il changerait probablement de file à la dernière minute, se dit-elle, s'il pense qu'il est suivi.

Mais il ne bougea pas et c'est elle qui dut braquer à la dernière minute en écrasant l'accélérateur pour ne pas le perdre. Elle ne réussit que parce qu'il roulait à peine au-dessus de la vitesse autorisée, comme quelqu'un qui ne veut surtout pas se faire arrêter. Elle empoigna son téléphone et appuya sur la touche bis.

— Tony ? C'est Chris. Écoutez, je suis sur le M40 en direction de l'ouest, et je colle au cul du petit Jack. S'il va quelque part, en tout cas, c'est pas dans le Northumberland.

La découverte de l'étau avait rendu leur fouille fiévreuse. Se rendant compte que leur attitude devait paraître étrange aux yeux de Doreen Elliott, Kay faisait des efforts désespérés pour la distraire en lui faisant la conversation.

— Ça a été drôlement bien restauré, dit-elle avec un grand sourire.

C'était manifestement la chose à dire. Mme Elliott se tourna vers la cuisine et passa la main sur les panneaux de bois ciré.

— C'est notre Derek qui l'a faite. Il n'a pas regardé à la dépense, vous savez. Il y a tout ce que vous pouvez désirer, le dernier cri, dit-elle en désignant les portes des placards. Lave-vaisselle, lave-linge et sèche-linge, frigo, congélateur, tout est bien dissimulé.

— J'aurais cru qu'il amènerait sa femme plus souvent, se hasarda Kay.

Là, c'était manifestement la chose à ne pas dire. Mme Elliott se rembrunit.

— Eh bien, il nous avait dit qu'il s'en servirait pour le week-end. Mais au bout du compte, elle n'est jamais venue. Il a dit qu'elle était trop citadine. Elle n'aime pas la campagne, voyez. Il n'y a qu'à regarder son émission pour voir qu'elle se mélangerait pas avec des gens comme nous. C'est pas comme M.Vance.

— Ah bon, elle n'est jamais venue ici ? demanda Kay en faisant comme si elle apprenait quelque chose. (Elle gardait un œil sur Simon et Leon tout en essayant de surveiller les réactions de Mme Elliott.) Nous essayons de savoir qui d'autre possède la clé. Pour des raisons de sécurité, ajouta-t-elle précipitamment en voyant que la vieille dame prenait une expression encore plus butée.

— Je l'ai jamais vue venir. (Petit sourire entendu.) Oh, ce n'est pas qu'il y ait jamais eu de femmes ici. Mais un homme a le droit de trouver de petites compensations si sa femme ne peut pas se résoudre à partager ses centres d'intérêt.

— Vous l'avez vu ici avec d'autres femmes ? demanda Kay, toujours d'un ton dégagé.

— Pas de mes yeux vu, non, mais je viens tous les quinze jours faire le ménage, et une ou deux fois, en vidant le lave-vaisselle, j'ai trouvé des verres avec des traces de rouge à lèvres. Ça ne s'en va pas toujours au lavage, voyez. Alors, comme je ne suis pas née de la dernière pluie, je me suis dit qu'il avait une petite copine. Mais il sait qu'il peut nous faire confiance pour garder ses petits secrets.

Tant que tu ne te poses pas de questions, songea cyniquement Kay.

— Si sa femme ne vient pas dans un endroit comme ça… continua-t-elle.

— C'est un petit palais, dit Mme Elliott qui devait sans aucun doute comparer l'endroit à l'obscure cuisine de sa maison. Je vais vous dire : je parie que c'est la seule maison dans tout le Northumberland qui a son abri anti-atomique privé.

Ces paroles firent l'effet d'une bombe dans la conversation.

— Un abri anti-atomique ? répéta Kay d'une voix faible, tandis que Simon et Leon s'immobilisaient comme des chiens à l'arrêt.

Mme Elliott prit leur surprise pour des doutes.

— Juste sous vos pieds, dit-elle. Je n'invente rien, ça non.

Chris venait à peine de terminer son coup de fil qu'elle vit Vance mettre son clignotant et s'apprêter à prendre la prochaine sortie. Chris le suivit en obliquant à la dernière minute. Ils prirent vers le nord, puis, quelques kilomètres plus loin, Vance mit son clignotant à gauche. Au carrefour, Chris ralentit et vit quelque chose qui la fit jurer comme un supporter de football.

Elle passa en veilleuse et longea prudemment l'étroite route. Elle prit un virage et vit sur sa gauche la destination de Jacko Vance.

L'aérodrome privé était inondé par la lumière des projecteurs. Arrêtée sur une piste goudronnée, Chris vit une dizaine de petits avions garés devant quatre hangars. Elle vit le faisceau des phares de Vance balayer l'obscurité puis déboucher dans le flot de lumière alors qu'il stoppait juste derrière l'un des avions. Un homme sauta du cockpit et lui fit un signe. Vance descendit de voiture et se dirigea vers l'avion en donnant une tape sur l'épaule du pilote.

— Oh, merde, dit Chris.

Pour la deuxième fois en l'espace d'une heure, elle ne savait pas quoi faire. Vance avait peut-être réservé l'avion pour aller dans le Northumberland avant ses éventuels poursuivants. Ou bien pour quitter le pays. Il lui suffisait de traverser la Manche et d'atteindre les frontières ouvertes de l'Europe pour disparaître n'importe où avant le matin. Fallait-il qu'elle choisisse une intervention spectaculaire ou qu'elle le laisse filer ?

C'était un pari, du genre qu'elle préférait ne pas prendre. Elle scruta l'aérodrome et aperçut une petite tour de contrôle qui se dressait juste derrière le plus proche hangar. Puis elle vit Vance et le pilote monter à bord. Quelques secondes plus tard, les réacteurs se mettaient en marche.

— Bordel, dit Chris en écrasant l'accélérateur.

Elle contourna le grillage qui ceinturait l'aérodrome et fonça jusqu'à la tour de contrôle au moment où le petit avion s'engageait sur la piste.

Elle se précipita à l'intérieur, faisant sursauter l'homme qui était assis devant un écran radar et un ordinateur. Elle lui fourra sa carte de police sous le nez et demanda :

— Cet avion qui s'apprête à décoller, il a rempli un plan de vol ?

— Oui, oui, bien sûr, bafouilla l'homme. Il va à Newcastle. Il y a un problème ? Je veux dire, je peux l'appeler pour qu'il annule son décollage s'il y en a un. On est toujours prêts à aider la police.

— Aucun problème, dit Chris. Oubliez que vous m'avez vue, OK ? Pas de petit message disant que quelqu'un s'intéressait à la question, OK ?

— Non, je veux dire, oui, comme vous voudrez, inspecteur. Pas de message.

— Et pour être bien sûre, dit Chris en tirant une chaise et en lui décochant le sourire de prédateur qui faisait tout avouer aux durs, je vais rester ici. (Elle sortit son mobile et appela Tony.) Sergent Devine, dit-elle. Le sujet est à bord d'un avion privé à destination de Newcastle. Vous allez devoir vous en occuper. Je propose que vous organisiez un comité d'accueil avec les troupes sur le terrain de sa destination finale, OK ?

C'est un Tony stupéfait qui fixait les phares devant lui sur l'autoroute et répondit :

— Oh, merde ! Un avion ! Je suppose que vous pouvez parler librement ?

— Affirmatif. Je reste ici pour m'assurer que le sujet n'est pas prévenu par la tour de contrôle.

— Demandez-leur combien de temps il faut pour aller à Newcastle.

Il y eut un bruit de conversation étouffée, puis Chris reprit :

— Il dit qu'ils sont sur un Aztec, et que ça devrait leur prendre deux heures et demie, trois heures. Vous pourrez pas y être avant.

— Je vais faire mon possible. Et puis, Chris... Merci.

Il coupa et continua sa route, perdu dans ses pensées. Donc, il y avait entre deux heures et demie et trois heures ? Dans ce cas, il allait falloir que Vance rejoigne Five Walls Halt, soit en taxi, soit avec une voiture de location, ce qui n'allait pas être facile à 10 heures du soir un dimanche. Quand bien même, se dit Tony, Chris avait raison. Il n'avait aucun moyen de parvenir au repaire de Vance avant lui.

— Et c'est pour ça qu'il a agi comme ça, dit-il à voix haute.

Vance n'était pas un imbécile. Il se doutait que Tony était au courant de l'autre résidence et qu'il allait s'y rendre une fois l'entrevue terminée. Ce que Vance ignorait, c'est que Tony avait déjà trois policiers profileurs sur place. Au moins, il présumait qu'ils poursuivaient leur enquête là-bas, puisqu'il n'avait eu aucune nouvelle indiquant le contraire. Tiens, d'ailleurs, il n'avait pas eu d'appel depuis le milieu de l'après-midi, quand Simon lui avait dit qu'ils faisaient du porte-à-porte en espérant trouver des témoins du passage de Donna Doyle.

Mais cela ne suffisait pas. Trois officiers subalternes, aucun n'étant de la police locale, aucun n'ayant l'expérience de la procédure. Ils tâtonneraient, ils ne sauraient pas comment s'y prendre avec Vance. Ils hésiteraient entre attendre ou avancer. Il fallait plus de maîtrise qu'aucun des trois n'en disposait. Il n'y avait qu'une seule personne qui pouvait arriver à temps là-bas et était capable de contenir Leon, Simon et Kay.

Elle répondit à la deuxième sonnerie.

— Inspecteur-chef Jordan.

— Carol ? C'est moi ! Comment ça va ?

— Pas terrible. Pour être franche, je te remercie de me fournir un contact humain. Je me sens comme une lépreuse. Je suis bannie par mes hommes, parce qu'ils pensent que je suis en partie responsable de la mort de Di Earnshaw. Je n'ai pas le droit de voir John Brandon, parce qu'il va y avoir une enquête et qu'il ne veut pas qu'on pense qu'il est influencé. Et je suis hors jeu pour approcher Alan Brinkley, au cas où je compromettrais l'interrogatoire pour des raisons personnelles. Et il faut que je te dise qu'après avoir annoncé la mort de Di à ses parents, j'ai compris que dans l'antiquité, quand on tuait le messager qui apportait une mauvaise nouvelle, ça devait être un soulagement pour lui.

— Je suis désolé. Tu dois m'en vouloir de t'avoir entraînée dans cette histoire avec Vance, dit-il.

— Pas du tout, répondit-elle d'un ton résolu. Il faut bien que quelqu'un l'arrête, et personne d'autre ne voulait t'écouter. Je ne te reproche pas que ça se soit mal passé à Seaford. C'est moi la responsable. Je n'aurais pas dû mettre sur pied une surveillance sans moyens. Je savais que tu avais raison et j'aurais dû faire procéder à l'arrestation avec des ressources suffisantes au lieu de m'appuyer sur une toute petite équipe. Si j'avais fait ça, Di Earnshaw serait encore en vie.

— Tu ne peux pas le savoir avec certitude, protesta Tony. Il pouvait arriver n'importe quoi. Son équipier aurait pu avoir envie de pisser au mauvais moment, ils auraient pu se séparer pour encercler le bâtiment. S'il y a quelqu'un à blâmer, c'est le sergent. Non seulement ils étaient censés se couvrir mutuellement, mais c'était son supérieur. Il devait la protéger et il a manqué à son devoir.

— Et mon devoir à moi, alors ?

Tony secoua la tête.

— Oh, Carol, ne te crispe pas là-dessus.

— Je n'arrive pas à faire autrement. Mais laissons tomber le sujet. Où tu es ? Et qu'est-ce qui s'est passé avec Vance ?

— Je suis sur le M1. Ça a été une journée compliquée.

Tout en avançant à toute allure sur la file extérieure en ne faisant attention qu'à la circulation et à son interlocutrice, il donna les dernières nouvelles à Carol.

— Alors il est quelque part entre Londres et Newcastle ? demanda Carol.

— Exact.

— Et tu ne vas pas pouvoir arriver à temps, c'est ça ?

— Oui.

— Mais moi, si ?

— Peut-être. Probablement, si tu mets le gyrophare. Je ne peux pas te demander d'y aller, mais je…

— Je n'ai rien à faire ici. Je ne suis pas de service et personne ne va appeler la lépreuse de la crime ce soir. Je ferai aussi bien de venir au lieu de rester ici à me lamenter sur mon sort. Indique-moi l'itinéraire. Je t'appelle dès que j'approche de Newcastle.

Sa voix était plus ferme et décidée qu'au début de leur conversation. Même s'il avait voulu discuter, il se rendit compte que cela n'aurait servi à rien. Elle était bien telle qu'il la percevait : elle ne pouvait pas s'empêcher de relever les défis qu'on lui proposait.

— Merci, se contenta-t-il de dire.

— On perd du temps à parler.

Et brusquement, elle coupa.

Le prix du talent de Tony, c'était l'empathie qu'il éprouvait dans des situations comme celle-là. Il comprenait précisément ce que Carol ressentait. Très peu de gens éprouvaient une responsabilité justifiée pour la mort d'un autre individu. Toutes les certitudes de Carol étaient désormais brusquement sur un terrain instable et ceux qui n'avaient jamais vécu une expérience similaire ne pouvaient pas l'aider à regagner la terre ferme. Mais lui comprenait et tenait suffisamment à elle pour essayer de l'aider. Il avait l'impression que son coup de fil avait été, par un heureux hasard, le premier pas dans la bonne direction. Espérant ne pas s'être trompé, Tony fixa la longue file de points rouges qui le précédait et continua d'avancer vers le nord.

En ce qui concernait l'endroit exact où se trouvait l'abri souterrain, Mme Elliott était plus que vague.

— C'est sous les dalles, quelque part. Il l'a fait installer par deux gars de Newcastle pour qu'on ne le repère pas facilement.

Les trois officiers regardèrent, dépités, les dalles d'un mètre carré qui recouvraient le sol.

— S'il ne se voit pas, dit soudain Simon, comment fait-on pour descendre ?

— Notre Derek a dit qu'ils avaient mis un moteur électrique, dit Mme Elliott.

— Eh bien, s'il y a un moteur, il y a forcément un interrupteur, murmura Leon. Simon, commence par le côté droit de la porte. Kay, commence par la gauche. Je vais aller voir sur la mezzanine.

Les deux hommes s'éloignèrent et commencèrent à actionner tous les interrupteurs qu'ils trouvaient, mais Mme Elliott retint Kay par la manche.

— Pourquoi vous voulez trouver l'abri ? demanda-t-elle. Je croyais que vous cherchiez un rôdeur ? Il ne risque pas de s'être caché dedans.

Kay recourut à son plus beau sourire.

— Quand il est question d'une célébrité comme M. Vance, nous devons nous montrer tout particulièrement méticuleux. Un rôdeur dans cette maison, cela peut être beaucoup plus grave qu'un cambrioleur ordinaire. Si quelqu'un l'épiait, par exemple, il pourrait se cacher et le guetter. Donc nous devons prendre ceci très au sérieux. Et si nous allions attendre dehors ? demanda-t-elle en posant sa main sur celle de la vieille dame.

— Pourquoi ?

— S'il y a quelqu'un de caché là-dessous, cela peut devenir très dangereux. (Kay sentit son sourire faiblir.

Si Donna Doyle était prisonnière dans la cave, la découverte risquait de donner à la robuste Mme Elliott des cauchemars pour le restant de ses jours, Kay le savait.) Notre mission est de protéger les gens, vous savez. Comment croyez-vous que mon chef réagirait s'il apprenait que j'ai laissé un cinglé vous prendre en otage avec un couteau ?

Mme Elliott se laissa emmener sous le petit porche en jetant un dernier regard sur Simon et Leon qui continuaient d'essayer les interrupteurs.

— Alors vous pensez que c'est quelqu'un qui le suivrait, alors ? demanda-t-elle avidement. Quelqu'un d'ici ?

— Ce n'est pas nécessairement quelqu'un de la région, dit Kay. Ce sont des obsédés. Ils suivent des célébrités pendant des semaines, des mois, ils apprennent tous les détails de leur vie, leurs habitudes. Avez-vous vu des inconnus dans les parages ?

— Il y a bien des touristes et des randonneurs, mais ils viennent surtout voir le Mur. Ils ne traînent pas.

Avant que Kay ait pu répondre, son mobile sonna.

— Vous m'excusez ? J'en ai pour une minute, dit-elle en rentrant prendre l'appel. Allô ?

— Kay ? C'est Tony. Où vous êtes ?

Oh, merde, se dit-elle. *Pourquoi ça tombe sur moi ? Pourquoi il n'a pas appelé Leon ?*

— Euh... nous sommes dans la maison de Jacko Vance dans le Northumberland, dit-elle.

Simon lui lança un regard noir, mais elle lui fit signe de continuer ses recherches.

— Quoi ? s'exclama Tony, furieux.

— Je sais que vous aviez dit d'attendre, mais nous n'arrêtions pas de penser à Donna Doyle...

— Vous êtes entrés par effraction ?

— Non, nous sommes là très légalement. Une dame du village a la clé. Nous lui avons dit qu'on nous avait signalé un rôdeur et elle nous a ouvert.

— Eh bien, vous feriez mieux de filer tout de suite.

— Tony, elle est peut-être là. L'endroit est pourvu d'une cave secrète. Vance a prétendu aux ouvriers qu'il voulait un abri anti-atomique.

— Un abri anti-atomique ?

Son incrédulité était presque palpable.

— C'était il y a une douzaine d'années. Les gens croyaient encore que les Russes allaient nous bombarder, lui rappela Kay d'un ton plaintif. Ce qu'il y a, c'est qu'elle est peut-être là-dessous, mais qu'on ne pourrait pas l'entendre, même si on était juste au-dessus. Il faut qu'on trouve l'ouverture.

— Non, il faut que vous laissiez tomber. Il est en route. Il a pris un avion, Kay. Il va probablement monter chez lui pour vérifier qu'il n'a laissé aucun indice. Kay, il faut qu'on le prenne sur le fait. Nous devons surveiller son repaire et le prendre au moment où il pénétrera lui-même sur les lieux du crime. Il faut que tout soit intact.

Alors qu'il parlait, Kay vit avec stupéfaction le sol bouger à un mètre d'elle. Sans bruit, une dalle se soulevait et pivotait, obéissant à l'interrupteur que venait de déclencher Simon. En sentant l'air fétide qui s'en exhalait, Kay eut un haut-le-cœur.

— C'est trop tard, dit-elle en se reprenant. On vient de trouver la trappe.

Simon, déjà penché à l'ouverture, aperçut une volée de marches en pierre. À tâtons, il trouva l'interrupteur et inonda la crypte de lumière. Un long moment s'écoula, puis il se tourna vers Kay, livide.

— Si c'est Tony, dit-il, tu ferais mieux de lui apprendre qu'on a aussi trouvé Donna Doyle.

Il pianotait doucement sur l'accoudoir, seul mouvement d'un corps aussi immobile que celui d'un lion ramassé sur lui-même avant de bondir. Il ne se crispait même pas à chaque secousse occasionnée par les trous d'air que rencontrait de temps à autre le petit avion : au contraire, il se laissait aller. Autrefois, il se rongeait les ongles de la main droite quand il était inquiet. Perdre son bras avait été le remède radical à cette mauvaise habitude, se plaisait-il à dire en public avec une ironie forcée. À présent, il cultivait le calme, ayant compris que les tics nerveux ne facilitent ni n'accélèrent rien. En plus, le calme était beaucoup plus déroutant pour les autres.

Le régime du moteur changea alors que le pilote s'apprêtait à atterrir. Jacko jeta un coup d'œil par le hublot aux taches lumineuses brouillées par une fine pluie. Il avait laissé Tony Hill sur la touche. Il n'avait aucun moyen d'aller plus vite qu'un avion. Et il n'avait personne avec lui : Jacko le savait, grâce à une discrète enquête, confirmée par ce que Micky et Tony lui avaient déclaré.

Les roues heurtèrent la piste et il fut secoué dans son siège. Un petit virage, un rétablissement, et ils se dirigeaient à présent vers le hangar de l'aéro-club à petite allure. Ils s'étaient à peine immobilisés que Jacko avait ouvert la porte. Il sauta sur le goudron et regarda autour de lui, cherchant la silhouette familière de sa Land Rover. Sam Foxwell et son frère étaient toujours contents de toucher les vingt livres qu'il leur donnait quand il avait besoin de la voiture à l'aérodrome. Et quand il les avait appelés depuis son téléphone de voiture, ils lui avaient assuré qu'elle serait là.

Ne la voyant pas, il sentit un frisson de panique le parcourir. Ils n'avaient pas pu le laisser en plan, pas ce soir, surtout pas ! Le pilote l'interrompit dans le cours de ses pensées en lui désignant un coin sombre à l'abri du hangar.

— Si c'est votre Land Rover que vous cherchez, je crois qu'elle est garée là-bas. Je l'ai remarquée en arrivant.

— Merci, dit Jacko en lui tirant vingt livres de son porte-billets. Prenez une bière à ma santé. À bientôt, Keith.

Alors qu'il fonçait sur les petites routes étroites du Northumberland qui constituaient l'itinéraire le plus court pour rejoindre ce qu'il considérait comme sa véritable maison, il repensa à ce qu'il avait à faire pendant les deux heures de répit dont il disposait avant l'éventuelle arrivée de Tony Hill. D'abord, vérifier que la petite salope était toujours en vie, et si oui, faire en sorte qu'elle ne le reste pas. Ensuite, la tronçonner, la mettre en sacs et charger le tout dans la Land Rover. Nettoyer la crypte au kärcher et filer à l'hôpital. Est-ce qu'il aurait le temps ? Ou bien fallait-il débrancher le moteur qui ouvrait la trappe ? Après tout, Hill n'avait aucun moyen de connaître l'existence de l'abri souterrain et la police locale n'allait pas mettre en branle une perquisition sur des on-dit, surtout si cela revenait à agacer un bon citoyen comme Jacko Vance. Et puis de toute façon, rien ne prouvait que Tony Hill allait se pointer.

Peut-être qu'il pouvait se contenter de vérifier qu'elle était bien morte et remettre le ménage à plus tard. Ce serait tout à fait amusant de recevoir Tony Hill à quelques mètres de sa dernière victime. Sa bouche se tordit en une grimace hideuse. Donna Doyle allait rester sa dernière victime pendant un bon moment. Foutu bonhomme. Tony Hill aurait dû laisser ces salopes reposer en paix. Mais Jacko avait des projets pour Tony Hill. Un jour, quand tout serait retombé et que Tony Hill se serait résigné à admettre qu'il s'était trompé, il mettrait ses projets en pratique et Hill regretterait d'avoir fourré son nez dans les affaires d'un autre.

Les phares fendaient la profonde obscurité de la campagne tandis qu'il descendait la colline menant à son refuge. Alors qu'il n'aurait dû rencontrer que la nuit noire, des lumières inondaient la lande et l'allée de graviers. Jacko écrasa le frein et la Land Rover s'arrêta en crissant. Qu'est-ce que c'était que ça ?

Alors qu'il restait assis, l'esprit tourbillonnant, le cœur battant, une voiture surgit derrière lui, pleins phares, occupant toute l'étroite route et lui interdisant toute possibilité de retraite. Lentement, Vance relâcha le frein et laissa la voiture descendre vers sa maison. Les phares obliquèrent et le suivirent. Alors qu'ils s'approchaient, il aperçut une deuxième voiture garée en biais sur la route juste après sa barrière, et qui empêchait de poursuivre plus loin sans s'arrêter.

Vance continua sur l'allée qui menait à sa propriété, l'estomac noué par la peur. Il s'arrêta, sauta de sa voiture, endossant le rôle du propriétaire outragé, et alla demander des comptes à un jeune Noir qui attendait sur le seuil.

— Enfin, quoi, qu'est-ce que c'est que ça ? demanda-t-il.

— Je crains de devoir vous demander d'attendre à l'extérieur, monsieur, dit courtoisement Leon.

— Comment ça ? C'est ma maison. Il y a eu un cambriolage, ou quoi ? Que se passe-t-il ? Et qui êtes-vous donc ?

— Je suis l'inspecteur Leon Jackson de la police de Londres, répondit Leon en lui tendant sa carte.

Vance passa au mode charmeur.

— Vous êtes bien loin de chez vous.

— Nous menons une enquête, monsieur. C'est incroyable où les investigations peuvent nous mener à notre époque de communications électroniques et de réseaux de transports perfectionnés, dit Leon d'une voix impassible, mais sans le quitter des yeux.

— Écoutez, vous savez qui je suis, c'est évident. Vous savez que cette maison m'appartient. Pouvez-vous au moins me dire ce qui se passe ?

Il y eut un coup de klaxon et Vance se retourna pour voir la voiture qui le suivait descendre la colline et s'arrêter juste avant la barrière, bloquant l'issue dans l'autre direction. Il était complètement pris au piège. *Seigneur, pourvu que cette petite salope soit morte*, espéra-t-il. Un autre jeune homme descendit de la voiture et remonta l'allée.

— Vous êtes aussi de la police de Londres ? demanda Vance en se forçant à garder un ton professionnel et séducteur.

— Non, dit Simon. Moi, je suis du Strathclyde.

— *Du Strathclyde* ?

Vance fut un instant pris de court. Il avait bien enlevé quelqu'un de Londres quelques années auparavant, mais il n'avait jamais pris personne en Écosse. Il détestait leur accent. Il lui rappelait Jimmy Linden et tout ce qui allait avec. Donc, s'il y avait un flic qui venait d'Écosse, ce n'était pas parce qu'ils recherchaient les filles. *Tout allait bien se passer*, se dit-il. *Il allait s'en sortir*.

— Tout à fait, monsieur. L'inspecteur Jackson et moi-même travaillons sur différents aspects d'une même affaire. Nous étions dans la région et on nous a signalé la présence d'une personne suspecte ici. Donc nous sommes venus voir.

— C'est tout à votre honneur, messieurs. Peut-être que je pourrais entrer vérifier que rien n'a été brisé ou ne manque ?

Il s'apprêta à dépasser Leon, mais le policier fut trop rapide pour lui. Il tendit le bras et barra le chemin à Vance en secouant la tête.

— Je crains que non, monsieur. Il y a eu un crime et nous devons nous assurer que tout reste intact.

— Un crime ? Mais qu'est-ce qui s'est passé ?

Inquiet et soucieux, ou du moins essaie d'en avoir l'air, se rappela-t-il. *C'est ta maison, tu es innocent et tu veux savoir ce qui s'est passé chez toi.*

— Il y a eu un décès suspect, dit froidement Simon.

Jacko se força à reculer comme involontairement, en se cachant le visage de ses mains pour que les deux hommes ne voient pas son expression soulagée. *Elle était morte, Dieu merci. Une morte ne pouvait pas témoigner.* Il se composa un air angoissé et leva la tête.

— Mais c'est épouvantable ! Un décès ? Ici ? Mais qui… Comment ? C'est chez moi. Personne ne vient ici en dehors de moi. Comment peut-il y avoir un mort chez moi ?

— C'est ce que nous tentons de comprendre, monsieur, dit Leon.

— Mais qui est-ce ? Un cambrioleur ? Quoi ?

— Nous ne pensons pas qu'il s'agisse d'un cambrioleur, dit Simon en essayant de contenir la fureur qu'il éprouvait en se retrouvant face à face avec l'homme qui avait tué Shaz et qui faisait mine de n'avoir rien à voir avec l'horreur qu'abritait sa cave.

— Mais… La seule personne qui possède un double des clés, c'est Mme Elliott. Doreen Elliott, de Dene Cottage. Ce n'est pas… Ce n'est pas elle ?

— Non, monsieur. Mme Elliott est en parfaite santé. C'est elle qui nous a ouvert et autorisés à fouiller. L'une de nos collègues l'a raccompagnée chez elle.

Il y avait quelque chose dans la manière dont le flic noir soutenait son regard en prononçant ces paroles qui mit les nerfs de Vance à vif. Le message sans équivoque de cette réponse était un avertissement muet : sa première ligne de défense venait de tomber. Ils n'étaient pas entrés illégalement pour perquisitionner.

— Dieu merci. Alors qui est-ce ?

— Nous ne pouvons formuler d'hypothèse à ce stade, monsieur.

— Mais vous êtes au moins en mesure de me dire si c'est un homme ou une femme ?

Les lèvres de Simon se tordirent. Il ne pouvait plus réprimer sa colère.

— Comme si vous ne le saviez pas, dit-il d'une voix où se mêlaient le mépris et la fureur. Vous croyez qu'on est nés de la dernière pluie ? demanda-t-il en se détournant et en serrant les poings.

— Mais de quoi parle-t-il ? demanda Vance en prenant l'attitude de l'innocent mécontent en voyant qu'on est en train de le mêler aux ennuis d'un autre.

Leon haussa les épaules et alluma une cigarette.

— À vous de me le dire, répondit-il d'un ton négligent. Oh, très bien, ajouta-t-il en regardant par-dessus l'épaule de Vance. On dirait que c'est la cavalerie qui arrive.

La femme qui descendait de la voiture qui venait de s'arrêter derrière Simon n'évoquait en rien la cavalerie, songea Vance. Elle ne devait pas avoir plus de trente ans. Même engoncée dans un imper trop grand, elle était visiblement mince et jolie, avec des cheveux blonds coupés court.

— Bonsoir, messieurs, dit-elle d'un ton enjoué. M. Vance, je suis l'inspecteur-chef Carol Jordan. Voudriez-vous m'excuser un moment, je dois m'entretenir avec l'un de mes collègues. Leon, voulez-vous tenir compagnie à M. Vance une minute ? J'aimerais jeter un coup d'œil à l'intérieur. Simon, je peux vous dire un mot ?

Avant qu'il ait pu ouvrir la bouche, elle entraîna Simon dans la maison en parvenant à entrebâiller à peine la porte pour que Vance ne puisse pas voir l'intérieur.

— Je ne comprends pas ce qui se passe, dit-il. Ne devrait-il pas y avoir des techniciens du laboratoire ? Et des policiers en tenue ?

— C'est pas comme à la télé, la vraie vie, dit Leon en haussant de nouveau les épaules.

Il continua à fumer sa cigarette, puis il jeta son mégot sur les marches et l'écrasa.

— Dites donc, fit Vance en la lui désignant. C'est ma maison. Mes marches. Ce n'est pas parce que quelqu'un s'y est fait tuer que la police a le droit de saccager les lieux aussi.

— Franchement, monsieur, dit Leon en haussant un sourcil, je crois que ce devrait être le cadet de vos soucis à l'heure actuelle.

— C'est scandaleux.

— Moi, je trouve qu'une mort suspecte est un scandale suffisant pour ce soir.

La porte s'entrouvrit et Simon ressortit avec Carol. *La femme avait l'air sombre, l'homme un peu nauséeux,* trouva Vance. *Tant mieux. Elle ne méritait pas de mourir en beauté, cette petite salope.*

— Inspecteur-chef, quand quelqu'un se décidera-t-il à me dire ce qui se passe ?

Il était si occupé à la regarder qu'il n'avait pas remarqué que les deux hommes s'étaient mis de chaque côté de lui pour l'encadrer. Carol le fixa de son regard bleu aussi glacé que le sien.

— Jacko Vance, je vous arrête pour meurtre. Vous n'êtes pas obligé de faire la moindre déclaration, mais je dois vous prévenir que vous mettrez en péril votre défense si vous omettez lors de votre interrogatoire quelque chose que vous comptez invoquer au tribunal. Tout ce que vous direz à partir de maintenant pourra être retenu contre vous.

L'incrédulité se peignit sur son visage alors que Simon et Leon s'emparaient de lui. Avant qu'il se fût rendu pleinement compte que non seulement cette bonne femme l'arrêtait, mais que ces deux idiots posaient la main sur lui, des menottes se refermaient sur son poignet gauche. Il recouvra ses esprits alors qu'ils tentaient de l'entraîner vers la Land Rover et il se tortilla dans une ultime tentative pour se libérer de force. Mais il était déséquilibré et ses pieds dérapèrent sur le gravier.

— Ne le laissez pas tomber ! cria Carol.

Leon réussit à le rattraper alors qu'il touchait le sol. Simon, qui était accroché à l'autre bout des menottes, tira d'un coup sec qui arracha un cri de douleur à Vance.

— Allez, donne-moi une occasion de m'amuser, saloperie, cria Simon. Donne-moi une bonne raison de te faire goûter ce que tu as fait à Shaz.

Il tira sur le bras de Vance, le forçant à se relever.

Leon se redressa et poussa Vance d'un coup sur la poitrine.

— Tu sais ce qui ferait mon bonheur, vraiment ? Que tu essaies de te tirer, ça, ça me plairait vachement, parce que là, j'aurais une bonne excuse pour te défoncer la gueule et te faire chier toute la merde que tu as dedans à coups de pied dans le ventre, ordure. (Il le poussa à nouveau.) Allez, allez, essaie. Essaie un peu, pour voir.

Vance trébucha en reculant, autant pour échapper aux invectives de Leon que pour soulager la douleur de son bras. Il cogna la Land Rover avec un bruit sourd. Simon lui baissa sans ménagement le bras et attacha l'autre menotte au pare-chocs. Quand il se retourna vers Carol, il avait les larmes aux yeux.

— Il risque pas de pouvoir aller bien loin, dit-il d'une voix de fausset.

— Vous allez regretter cette soirée, grinça Vance d'une voix menaçante.

Carol s'avança et posa la main sur le bras de Simon.

— Vous vous en êtes bien tiré, Simon. Maintenant, à moins que quelqu'un ait mieux à proposer, je crois qu'il est temps d'appeler la police.

Il y avait quelque chose d'immuable dans les commissariats, songea Tony. On ne servait jamais de salades dans les cafétérias, les salles d'attente sentaient toujours le tabac froid malgré l'interdiction de fumer en vigueur depuis des années, et le décor ne variait jamais. Il contempla la salle d'interrogatoire du commissariat d'Hexham à 3 heures du matin et se rendit compte qu'il aurait pu être n'importe où entre Penzance et Perth. Sur cette pensée lugubre, la porte s'ouvrit et Carol entra avec deux tasses de café.

— Fort, noir et fait dans le courant de la semaine dernière, dit-elle en se laissant tomber sur le siège voisin.

— Ça donne quoi ?

— Il arrête pas de brailler qu'on l'a arrêté et emprisonné abusivement. Je viens de faire ma déposition pour tout expliquer.

Il remua son café et vit les signes de fatigue sur son visage.

— Qui disait quoi ?

— Qu'on a signalé à nos gars un rôdeur. Qu'ils ont pensé que ça irait plus vite d'aller jeter un coup d'œil sur place – la coopération entre les secteurs —, qu'ils ont trouvé quelqu'un qui avait le double des clés et qui les a gentiment laissés entrer en leur permettant de fouiller, récita Carol adossée à son siège, les yeux au plafond.

» Soucieux de l'éventualité d'une présence malveillante qui se serait cachée, ils ont ouvert le sous-sol, où ils ont trouvé le cadavre d'une jeune femme qui correspondait au signalement de Donna Doyle, qu'ils savaient être sur la liste des personnes portées disparues. Comme M. Vance est la seule personne connue à fréquenter cette maison, il était clair qu'il devait être considéré comme un suspect dans ce qui est manifestement une mort dont les causes sont douteuses. J'ai jugé qu'il risquait de s'enfuir. Il était arrivé sur les lieux avec un véhicule capable de rouler à travers champs pour semer des poursuivants.

» Bien que mon autorité ne s'étende pas dans le secteur de la police de Northumbrie, j'ai usé de mon droit à procéder à une "arrestation par quiconque". Passer à M. Vance des menottes qui lui causaient un inconfort minimum m'a paru une meilleure solution que le laisser en liberté alors que le moindre mouvement en direction de son véhicule risquait de conduire à des gestes inconsidérés les officiers avec qui je travaillais. S'il a été menotté à sa Land Rover, c'était dans le but de le protéger. (Ils souriaient l'un et l'autre quand elle eut terminé son petit laïus.) Quoi qu'il en soit, les gars d'ici m'ont laissé le plaisir de l'arrêter à nouveau lorsqu'ils sont arrivés.

— Et l'inculpation ?

Carol eut l'air déprimée.

— Ils attendent que l'avocat de Vance arrive. Mais ils sont morts de trouille. Ils ont vu ton dossier et ils ont interrogé Kay, Simon et Leon, mais ils sont toujours très circonspects. Ce n'est pas fini, Tony. Et il s'en faut de beaucoup. On n'est pas sortis de l'auberge.

— Si seulement ils n'avaient pas ouvert cette cave. S'ils avaient planqué et qu'ils l'aient pris sur le fait en train de s'occuper du corps de Donna…

— Elle n'était pas morte depuis très longtemps, tu savais ? soupira Carol.

— Non.

— Le médecin légiste juge que ça remonte à moins de vingt-quatre heures. (Ils restèrent assis sans rien dire en se demandant s'ils auraient pu faire mieux ou plus vite, si plus ou moins de respect des procédures aurait permis d'agir plus rapidement. Carol brisa le pénible silence.) Si on n'arrive pas à le flanquer en taule, je crois que je n'aurai plus envie d'être flic.

— Tu penses ça à cause de ce qui est arrivé à Di Earnshaw, dit Tony en lui posant la main sur le bras.

— Je pense ça parce que Vance est une arme mortelle et que si nous ne pouvons pas neutraliser les gens comme lui, nous ne sommes rien de plus que des agents de la circulation, dit-elle amèrement.

— Et si nous le pouvons ?

— Alors peut-être que nous rachèterons la mort de ceux que nous perdons.

Ils restèrent sans rien dire à boire leur café. Puis Tony se passa une main dans les cheveux.

— Est-ce que leur pathologiste est bon ?

— Aucune idée. Pourquoi ?

Avant qu'il puisse répondre, la porte s'ouvrit sur le visage soucieux de Phil Marshall, le superintendant du commissariat.

— Docteur Hill ? Je peux vous parler ?

— Entrez, faites pas de façons, murmura Carol. Marshall referma la porte derrière lui.

— Vance veut vous parler. Seul à seul. Il veut bien que l'on enregistre la conversation, mais il veut que ce soit uniquement entre vous deux.

— Et son avocat ? interrogea Carol.

— Il dit qu'il veut que ce soit seulement lui et le Dr Hill. Qu'en dites-vous, docteur ? Vous voulez lui parler ?

— Nous n'avons rien à perdre, si ?

— D'après ce que je vois, nous avons beaucoup à perdre, en fait, dit Marshall en faisant la grimace. Franchement, je veux des preuves pour inculper Vance, sinon je veux qu'il sorte d'ici dans la journée. Je ne vais demander à aucun magistrat de m'autoriser à garder Jacko Vance sous les verrous avec ce que vous nous avez donné pour l'instant.

Tony sortit son calepin et déchira une feuille sur laquelle il inscrivit un nom et un numéro avant de la tendre à Carol.

— Voilà de qui nous avons besoin. Peux-tu leur expliquer pendant que je parle au petit Jack ?

Carol lut ce qu'il avait écrit et son visage s'éclaira.

— Bien sûr, dit-elle. Bon courage, ajouta-t-elle en lui pressant le bras.

Tony hocha la tête et suivit Marshall dans le couloir.

— Nous allons enregistrer, bien sûr, dit Marshall. Il faut que nous soyons absolument impeccables sur cette affaire. Il en est déjà à clamer qu'il va poursuivre l'inspecteur-chef Jordan.

Il s'arrêta devant une salle d'interrogatoire et ouvrit la porte. Il fit un signe de tête au gardien qui sortit.

Tony entra et fixa son adversaire. Il n'arrivait pas à croire qu'il offrait toujours une façade au charme intact.

— Docteur Hill, dit Vance de sa voix professionnelle, sans le moindre tremblement. J'aurais aimé dire que c'était un plaisir de vous connaître, mais ce serait un mensonge un peu trop gros à faire avaler à quiconque. Aussi gros que vos ridicules accusations.

— Le Dr Hill a accepté de vous parler, coupa Marshall. Nous allons enregistrer votre conversation. Je vous laisse, à présent.

Il sortit et Vance désigna un siège à Tony. Le psychologue secoua la tête et s'appuya au mur, bras croisés.

— Pourquoi avez-vous demandé à me voir ? Vous voulez confesser vos crimes ?

— Si je voulais confesser quoi que ce soit, j'aurais demandé un prêtre. Je voulais vous voir en face pour vous dire qu'à peine sorti d'ici, je vous assignerai en justice, vous et l'inspecteur-chef Jordan, pour diffamation.

— Allez-y, dit Tony en éclatant de rire. Nous ne valons ni l'un ni l'autre ne serait-ce qu'une infime partie de votre salaire annuel. C'est vous qui vous retrouverez à dépenser une fortune en frais d'avocats. Moi, je n'attends que l'occasion de vous faire venir à la barre et déposer sous serment.

— C'est quelque chose à quoi vous ne parviendrez jamais, dit Vance en s'enfonçant dans son siège. (Il avait un regard froid et un sourire reptilien.) Ces accusations montées de toutes pièces ne tiendront pas une fois le jour levé. Qu'avez-vous ? Un dossier que vous avez constitué avec des photos truquées et des coïncidences fortuites. « Voici Jacko Vance sur le M1 à Leeds le soir du meurtre de Shaz Bowman. » Eh bien, oui, c'est parce que ma résidence secondaire se trouve dans le Northumberland et que c'est le meilleur chemin pour m'y rendre, dit-il d'une voix débordante de sarcasmes.

— Que diriez-vous de : « Voici Jacko Vance avec un cadavre dans sa cave ? » ou bien : « Voici une photo de Jacko Vance avec la fille trouvée morte dans sa cave, photo prise à l'époque où elle vivait, souriait et respirait encore ? » demanda Tony sans hausser le ton, histoire d'échauffer Vance et de le laisser lui-même perdre sa maîtrise de soi.

Vance se contenta d'un sourire sardonique.

— Ce sont vos officiers qui ont fourni eux-mêmes la réponse, dit-il. C'est eux qui ont soulevé la possibilité d'un rôdeur qui m'espionnait. Ce n'est pas si irréaliste. Ces gens sont obsédés par leur proie. Je n'ai aucun mal à en imaginer un qui m'aurait suivi jusque dans le Northumberland. Tout le monde là-bas sait que Doreen Elliott détient mes clés et que, comme la plupart des gens de la région, elle ne ferme jamais sa porte lorsqu'elle va prendre une tasse de thé chez la voisine ou jardiner dans son potager. C'est un jeu d'enfant d'emprunter les clés et d'en faire un double. (Alors qu'il s'enthousiasmait pour cette théorie, son sourire s'agrandissait et il se détendait.) C'est également un fait connu de tous que j'ai fait construire un abri anti-atomique dans l'ancienne crypte. Un peu stupide à cette époque de détente, mais le ridicule ne me tuera pas, continua Vance en se penchant en avant, à présent, sa prothèse posée sur la table et l'autre bras sur le dossier de sa chaise.

» Et n'oublions pas la vendetta très publique de mon ex-fiancée qui, comme vous l'avez fort justement fait remarquer, ressemble extraordinairement à ces pauvres filles disparues. Je veux dire, vous ne croyez pas que cet assassin croit me rendre service en tuant ses sosies, puisqu'il est si obsédé par tout ce qui me touche ? conclut-il avec un sourire triomphant. Et vous, Docteur Hill, vous n'êtes pas obsédé par ma personne, peut-être ? Ou plutôt, comme je prendrai un immense plaisir à l'expliquer à la presse du monde entier, c'est ma femme qui vous obsède, je crois.

» La mort tragique de Shaz Bowman vous a donné l'occasion de vous frayer un chemin dans notre existence et lorsque ma chère et tendre Micky a accepté de dîner avec vous, vous vous êtes mis en tête qu'elle tomberait dans vos bras une fois que vous m'auriez éliminé. Et c'est cette consternante illusion qui vous a amené là où vous en êtes, dit-il en secouant la tête avec pitié.

Tony leva les yeux et fixa un regard qui n'avait rien d'humain.

— Vous avez tué Shaz Bowman. Vous avez tué Donna Doyle.

— Vous ne le prouverez jamais. Étant donné que c'est totalement fabriqué, vous ne le prouverez jamais, dit nonchalamment Vance.

Il leva la main et se couvrit les yeux, puis la bouche et enfin il se toucha l'oreille. Pour n'importe qui, c'était tout au plus un geste de lassitude. Mais Tony en déchiffra immédiatement le sens : c'était un défi.

Il se décolla du mur et en deux grandes enjambées, traversa la pièce. Appuyé sur ses poings, il projeta le visage en avant sous le nez de Vance, envahissant son espace personnel. Malgré lui, Vance recula la tête comme une tortue qui se cache dans sa carapace.

— Vous avez peut-être raison, dit Tony. Il est tout à fait possible que nous ne vous coffrions pas pour Shaz Bowman ou Donna Doyle. Mais je vais vous dire quelque chose, Jacko. Vous n'avez pas toujours été aussi doué. Nous vous coincerons pour Barbara Fenwick.

— Je ne vois absolument pas de quoi vous voulez parler, dit Vance d'un ton dédaigneux.

Tony se leva et commença à arpenter la petite pièce aussi tranquillement que s'il se promenait dans un square.

— Il y a douze ans, quand vous avez tué Barbara Fenwick, les techniques de laboratoires étaient beaucoup moins sophistiquées. Il y avait des choses qu'on ne savait pas faire. Prendre des empreintes d'outils, par exemple. La comparaison qu'on faisait à l'époque était très sommaire. Mais aujourd'hui, nous avons des microscopes électroniques et des scanners. Ne me demandez pas comment cela marche, mais ils peuvent comparer une blessure et un outil et dire si les deux concordent.

» Dans quelques jours, les os du bras écrasé de Donna Doyle seront comparés à l'étau trouvé dans votre maison. Avec un peu de chance, dit-il en consultant sa montre, la pathologiste est en route. Le professeur Elizabeth Stewart. Je ne sais pas si vous avez entendu parler d'elle, mais elle a une réputation exceptionnelle en anthropologie légale et en pathologie. Si quelqu'un peut découvrir la correspondance entre votre étau et les blessures de Donna Doyle, c'est bien Liz Stewart.

» Bien sûr, je suis conscient que cela ne vous implique nullement si nous acceptons le conte de fées que vous venez d'échafauder. (Il se retourna lentement pour toiser Vance.) Mais ce ne serait pas le cas si jamais cet étau correspondait aux blessures de Barbara Fenwick, n'est-ce pas ? Les serial-killers aiment souvent utiliser la même arme pour leurs meurtres. Mais il est difficile d'imaginer quelqu'un qui vous suit et massacre des gens tout autour de vous pendant douze ans sans jamais faire d'erreur, n'est-ce pas ?

Cette fois, une ombre d'hésitation passa brièvement sur le masque assuré de Vance.

— Quel tissu de sottises ! Pour le plaisir de discuter avec vous, laissez-moi vous dire que même si vous obteniez un permis d'exhumation, aucun procureur de la Couronne ne suivrait un dossier fondé sur une marque trouvée sur un morceau d'os qui est resté enterré pendant douze ans.

— Je ne peux qu'être d'accord avec vous, dit Tony. Seulement, voyez-vous, la pathologiste qui avait effectué l'autopsie de Barbara Fenwick n'avait jamais vu des blessures semblables. Elles l'intriguaient. Et c'est un professeur d'université. Le professeur Elizabeth Stewart, pour tout vous dire. Elle a donc demandé au ministère de l'Intérieur le droit de conserver le bras de Barbara Fenwick afin de l'utiliser pour ses cours. Pour illustrer l'effet produit sur la chair et les os par la compression. Détail amusant, d'ailleurs, elle a remarqué une légère imperfection sur le bas de la mâchoire de l'objet qui a infligé le traumatisme. Un petit défaut dans le métal qui a laissé dans l'os une marque aussi distinctive qu'une empreinte digitale. (Il laissa sa phrase en suspens. Vance ne le quittait pas des yeux.) Quand le professeur Stewart est venue habiter à Londres, elle n'a pas emporté le bras. Pendant douze ans, le bras de Barbara Fenwick est resté parfaitement conservé dans le département d'anatomie de l'Université de Manchester, dit Tony avec un sourire.

» C'est donc une preuve solide et irréfutable qui vous lie à l'arme utilisée sur la victime d'un meurtre et brusquement, ce que vous appelez des conjectures prend un tout autre sens, vous ne trouvez pas ? (Il se dirigea vers la porte et l'ouvrit.) Et au fait, je voulais vous dire : je ne m'intéresse pas le moins du monde à votre femme. J'ai peut-être des problèmes, mais je n'ai jamais eu à me cacher derrière une lesbienne, *moi*.

Dans le couloir, Tony fit signe au garde qu'il pouvait retourner dans la salle. Puis, épuisé par l'effort fourni par cet entretien avec Vance, il s'appuya contre le mur et se laissa glisser, accroupi sur le sol, les coudes sur les genoux et le visage dans ses mains.

Il y était encore dix minutes plus tard lorsque Carol Jordan sortit de la pièce d'où Marshall et elle avaient assisté à la rencontre entre le chasseur et le tueur. Elle s'accroupit devant lui et lui prit la tête dans les mains.

— Qu'est-ce que tu en penses ? dit-il avec inquiétude en la regardant droit dans les yeux.

— Tu as convaincu Phil Marshall, dit-elle. Il a parlé au professeur Stewart. Elle n'était pas très heureuse qu'on la réveille en pleine nuit, mais quand Marshall lui a expliqué de quoi il s'agissait, elle était ravie. Il y a un train qui arrive à 9 heures de Londres. Elle sera dedans avec les fameuses diapos de la blessure. Marshall s'est arrangé pour que quelqu'un aille chercher le bras de Barbara Fenwick à l'Université de Manchester à la première heure. Si ça a l'air de correspondre, on l'inculpe.

Tony ferma les yeux.

— J'espère seulement qu'il utilise encore le même étau.

— Oh, je crois que oui, s'empressa de dire Carol. On le regardait. Tu ne le voyais pas d'où tu étais, mais quand tu lui as sorti le professeur Stewart et le bras conservé, il a commencé à avoir la jambe droite qui tremblait. Impossible de se retenir. Il a toujours le même étau. J'en mettrais ma tête à couper.

Tony sentit un sourire lui retrousser les lèvres.

— Je crois qu'on vient de sortir de l'auberge. (Il passa un bras autour du cou de Carol et se leva en l'entraînant. Puis il recula, les bras toujours sur ses épaules et la dévisagea.) Tu as fait un sacré bon boulot. Je suis vraiment fier que tu sois dans l'équipe. (Il avait le visage solennel et le regard grave. Il baissa les bras et prit une profonde inspiration.) Carol, cela fait trop longtemps que je te fuis, dit-il.

— Je crois que je sais pourquoi, dit-elle en hochant la tête.

Elle baissa les yeux, évitant son regard, maintenant qu'ils avaient enfin cette conversation.

— Ah bon ?

Elle serra les mâchoires, puis elle releva la tête.

— Je n'avais jamais eu du sang sur les mains. Alors je ne pouvais pas savoir ce que cela faisait d'être dans ta situation. C'est la mort de Di Earnshaw qui a tout changé. Et le fait que ni toi ni moi n'ayons pu sauver Donna...

Il hocha tristement la tête.

— Ce n'est pas quelque chose d'agréable à partager.

Carol avait souvent imaginé le moment où arriverait cette situation. Elle avait cru qu'elle savait comment elle voulait que cela se passe. À présent, elle était décontenancée de voir que sa réaction était si différente de ce qu'elle avait imaginé. Elle lui posa une main sur le bras.

— C'est plus facile à partager pour des amis que des amants, Tony.

Il la fixa un long moment en fronçant les sourcils. Il songeait aux corps que Jacko Vance avait incinérés à l'hôpital où il prenait le temps de réconforter les mourants. Il songeait à ce que Shaz Bowman aurait pu devenir. Il songeait à toutes les autres morts qui les attendaient elle et lui. Et il songeait à la rédemption, non pas par le travail, mais par l'amitié. Son visage s'éclaira.

— Tu sais, je crois que tu as peut-être raison, dit-il.

Épilogue

Le meurtre, c'est comme la magie, se disait-il. La rapidité de sa main lui avait toujours permis de rester inaperçu, et il en serait toujours ainsi. Ils pensaient l'avoir pris au piège, cousu dans un sac et chargé des chaînes de la culpabilité. Ils croyaient qu'ils allaient le plonger dans un réservoir de preuves où il se noierait. Mais il était Houdini. Il se libérerait brusquement au moment où ils s'y attendaient le moins.

Jacko Vance était allongé sur l'étroite banquette d'une cellule de police, son bras valide passé derrière la tête. Il fixait le plafond, se rappelant ce qu'il avait éprouvé à l'hôpital, seul autre endroit où il avait été forcé de rester sans bouger. Il avait eu des moments de désespoir et de colère impuissante et il savait qu'il en connaîtrait d'autres avant d'être libre de quitter cet endroit et d'autres du même genre. Mais quand il était à l'hôpital, il savait qu'il serait un jour libéré de tout et il avait concentré son exceptionnelle intelligence à façonner ce moment.

C'est vrai, il avait aidé Micky à l'époque. Il se demanda s'il pouvait encore compter sur elle. Il se disait que du moment qu'il pouvait jeter un doute crédible, elle resterait à ses côtés. Dès qu'elle aurait l'impression qu'il tombait, elle le quitterait. Et comme il n'avait aucune intention que cela se produise, il se disait qu'il pouvait probablement compter sur elle.

Les preuves étaient minces. Mais il ne pouvait nier que Tony Hill fût impressionnant de maîtrise. Il serait difficile de le déstabiliser au tribunal, même s'il réussissait à distiller dans la presse des articles l'accusant de s'être entiché de Micky. Hill avait découvert d'une manière ou d'une autre qu'elle était lesbienne. S'il laissait filtrer cela en réponse à cette accusation, cela nuirait considérablement à la fois à la crédibilité de Micky et à son image d'homme qui n'aimait aucune autre femme que son adorable épouse.

Non, s'il fallait en venir au tribunal, même avec un jury de télémaniaques, il serait en danger. Il fallait qu'il s'assure de ne jamais aller au-delà de l'audience préliminaire. Il devait détruire les preuves qui existaient contre lui, démontrer qu'il n'y avait aucun dossier.

La plus grande menace venait de la pathologiste et de son interprétation des marques. S'il pouvait discréditer son rapport, il ne resterait plus que des détails et des coïncidences. Mis ensemble, le tout pesait lourd, mais individuellement, c'était facile à réfuter. Mais l'étau était une preuve trop déterminante pour qu'on puisse la balayer.

La première étape consisterait à jeter le doute sur l'identité réelle du bras. Dans un département de pathologie universitaire, le bras ne pouvait pas avoir été conservé avec autant de mesures de sécurité que dans les locaux de la police. N'importe qui pouvait y avoir accès pendant toutes ces années. Il pouvait très bien avoir été remplacé par un autre délibérément écrasé par le même étau par, disons, un policier déterminé à échafauder un coup monté contre lui. Ou bien des étudiants pouvaient l'avoir échangé pour faire une plaisanterie macabre. Oui, si on y travaillait assez, il était possible de fragiliser l'authenticité du bras conservé.

La deuxième étape consistait à prouver qu'il ne possédait pas encore l'étau lorsque Barbara Fenwick était morte. Il se creusa la cervelle pour trouver une solution.

— Phyllis, murmura-t-il finalement, tandis qu'un sourire malin se peignait sur son visage. Phyllis Gates.

Elle avait un cancer généralisé. Cela avait commencé dans le sein gauche, puis cela avait gagné le système lymphatique et enfin, dans des souffrances affreuses, sa moelle épinière. Il avait passé de nombreuses nuits à son chevet, parfois à parler, d'autres à lui tenir silencieusement la main. Il adorait la sensation de pouvoir que la proximité de ces morts en sursis lui procurait. Eux s'en allaient, lui restait, au faîte de la gloire. Phyllis Gates était morte depuis longtemps, mais son frère jumeau Terry était toujours en vie et en bonne santé. Il devait toujours tenir son stand au marché.

Terry vendait des outils. Neufs et d'occasion. Terry le créditait des seuls moments de bonheur que sa sœur avait connus dans les dernières semaines de sa vie. Terry aurait marché sur des charbons ardents pour lui. Terry penserait que dire au jury qu'il lui avait vendu l'étau quelques années plus tôt seulement était le moins qu'il puisse faire pour rembourser sa dette.

Vance se redressa et écarta les bras comme un héros qui accepte l'adulation d'une foule. Il avait trouvé la solution. Il était pour ainsi dire libre. *Vraiment, le meurtre, c'est comme la magie*. Et un jour, Tony Hill allait l'apprendre à ses dépens. Vance pouvait à peine attendre.

Dans la même collection

Russell Andrews	L'affaire Gideon	7408
Brigitte Aubert	Rapports brefs et étranges avec l'ombre d'un ange	6842
Alex Barclay	Darkhouse	8265
Stéphanie Benson	Le diable en vert	6952
	La mort en rouge	7776
	Requiem en bleu	7854
Sallie Bissell	La forêt offensée	7822
Laurent Botti	Pleine brume	5579
Philippe Bouin	Les croix de paille	6177
	La peste blonde	6360
Denis Bretin, Andrea H. Japp, Xavier Mauméjean, Jean-Bernard-Pouy, François Rivière, Maud Tabachnik	Sable Noir	7952
Serge Brussolo	Le livre du grand secret	5704
	La fille aux cheveux rouges - 1	
	Le chemin de cendre	8196
	La fille aux cheveux rouges - 2	
	Les rivages incertains	8197
Philippe Carrese	Graine de courge	5494
Thomas H. Cook	Les instruments de la nuit	5553
Alec Covin	Les loups de Fenryder	7985
	Etats primitifs	8360
William Diehl	Eurêka	7787
James Elliott	Une femme en danger	4904
	Adieu Eddie !	6682
Linda Fairstein	L'épreuve finale	5785
	Un cas désespéré	6013
	La noyée de l'Hudson	6377
Giorgio Faletti	Je tue	7828
	Droit dans les yeux	8276
Robert Ferrigno	Frères de sang	7497
Karin Fossum	Celui qui a peur du loup	8130
	Le diable tient la chandelle	8287
G.M. Ford	Déclarée disparue	8163
Lisa Gardner	Jusqu'à ce que la mort nous sépare	5742
	La fille cachée	6238

	Tu ne m'échapperas pas	7811
	La vengeance aux yeux noirs	8059
Caroline Graham	Ange de la mort	6511
	Un corbeau au presbytère	7536
	Sang bleu	7798
April Henry	Une mort pour une vie	8199
Andrea H. Japp	La voyageuse	5705
	Petits meurtres entre femmes	5986
	Le ventre des lucioles	6361
	Le denier de chair	7406
	La saison barbare	7800
Iris Johansen	Course à mort	7411
	Dernière cible	7642
	Cadavres menteurs	8164
Brigitte Kernel	Un animal à vif	6608
	Autobiographie d'une tueuse	6871
Yasmina Khadra	Le dingue au bistouri	5985
David L. Lindsey	Mercy	3123
Robert Littell	L'amateur	7770
	La défection de A.J. Lewinter	8131
Henri Loevenbruck	Le testament des siècles	8251
John Lutz	JF partagerait appartement	3335
Michael Marshall	Les Hommes de Paille	7407
	Les morts solitaires	7799
	Le sang des anges	8228
Val McDermid	Le tueur des ombres	6778
	Au lieu d'exécution	6779
	La dernière tentation	7409
	Quatre garçons dans la nuit	8025
	La fureur dans le sang	8391
	Le chant des sirènes	8392
Denise Mina	Garnethill	6574
	Exil	6176
	Résolution	7405
	Sanctum	8249
Estelle Monbrun	Meurtre chez tante Léoni	5484
	Meurtre à Petite Plaisance	5812
(avec Anaïs Coste)	Meurtre chez Colette	6978
Viviane Moore	Tokyo des ténèbres	6437
Joyce Carol Oates	Le ravin	7853
Gemma O'Connor	Adieu à la chair	7777
Robert B. Parker	La femme perdue	7653
T. Jefferson Parker	Pacific Tempo	3261
	L'été de la peur	3712
David Pascoe	Fugitive	7984
Michael Prescott	L'arracheur de visages	6237
	Le tueur des bois	6661
Douglas Preston &	La chambre des curiosités	7619
Lincoln Child	Les croassements de la nuit	8227
Philip Rosenberg	La lutte des seigneurs	7608

Greg Rucka	Protection rapprochée	7315
	La pire des trahisons	7537
	Écran de fumée	7823
Jacques Sadoul	Carré de dames	5925
Boris Starling	Vendredi saint	6722
	Vipère noire	7652
Whitley Strieber	Billy	3820
Dominique Sylvain	Travestis	5692
	Techno bobo	6114
	Sœurs de sang	6573
	Vox	6755
	Passage du Désir	8026
Maud Tabachnik	Un été pourri	5483
	La mort quelque part	5691
	L'étoile du Temple	5874
	Le festin de l'araignée	5997
	Gémeaux	6148
	La vie à fleur de terre	6440
	La honte leur appartient	6913
Boston Teran	Méfiez-vous des morts	7410
Carlene Thompson	Tu es si jolie ce soir	5552
	Noir comme le souvenir	3404
	Rhapsodie en noir	5853
	Six de cœur	6732
Charles Todd	Héritage mortel	7340
	Les fantômes d'Osterley	8198
Fred Vargas	Debout les morts	5482
	Un peu plus loin sur la droite	5690
	Ceux qui vont mourir te saluent	5811
	Sans feu ni lieu	5996
	L'homme à l'envers	6277
	L'homme aux cercles bleus	6201
	Coule la Seine	6994
	Pars vite et reviens tard	7461
Michael White	Rêves de loups	7810

8391

Composition Chesteroc Ltd
Achevé d'imprimer en France (La Flèche)
par CPI Brodard et Taupin
le 19 juin 2009. 53423
Dépôt légal juin 2009. EAN 9782290004258
1er dépôt légal dans la collection : avril 2007

Éditions J'ai lu
87, quai Panhard-et-Levassor, 75013 Paris
Diffusion France et étranger : Flammarion